GABRIELA MAYA

RHODES

1ª Edição

sarvier

Copyright © 2021 Gabriela Maya

Todos os direitos de edição reservados à Sarvier Editora.
Nenhuma parte pode ser duplicada ou reproduzida sem expressa autorização do Editor.

1ªedição, 2021.

Revisão de texto
Flávia Portellada

Capa, Projeto Gráfico e Diagramação
Indie 6 – Design Editorial

Impressão e Acabamento
Digitop Gráfica Editora

Imagens
Depositphotos
Gettyimages
Unsplash (Gustav Gullstrand e Yucar Fotografik)

Dados Internacionais de Catalogação na Publicação (CIP)
(Câmara Brasileira do Livro, SP, Brasil)

Maya, Gabriela
   Rhodes / Gabriela Maya. -- 1. ed. --
São Paulo : Sarvier Editora, 2021.

   ISBN 978-65-5686-012-1

   1. Ficção brasileira I. Título.

20-51170   CDD-B869.3

Índices para catálogo sistemático:

1. Ficção : Literatura brasileira   B869.3

Maria Alice Ferreira - Bibliotecária - CRB-8/7964

sarvier

Sarvier Editora de Livros Médicos Ltda.
Rua dos Chanés 320 – Indianópolis
04087-031 – São Paulo – Brasil
Telefone (11) 5093-6966
sarvier@sarvier.com.br
www.sarvier.com.br

"O homem inteligente observa e
aceita o movimento da Terra.
O homem ignorante acredita que
pode paralisar esse movimento.
O homem com fé prevê
esse movimento e colhe o
melhor das estações."

— LEBOR GABALA

Dedico esta obra, antes de tudo, a meu filho Jonas que sem saber contribuiu para o corajoso Rhodes. Te amo filho!

Para Gustavo, meu marido, que sempre me apoiou no ofício de escritora e que é meu suporte nos sonhos mais elevados. *Volo te mecum!*

Para minha mãe Annie, sempre, tudo o que eu fizer. E para os meus irmãos, sobrinhas e enteados, que em seus gestos me incentivam e apoiam.

PRÓLOGO

Esta é uma história que resolvi contar porque dentre tantas pessoas neste mundo, finalmente encontrei alguém bem parecido comigo. Para ser honesto, nem sei exatamente o que me fez escolhê-lo, ou se foi ele — sendo tão sonhador e livre como eu — quem me escolheu para segui-lo. Nós somos parecidos na parte que eu mais gosto em mim: somos livres. Confesso que para mim é fácil dizer isso; afinal, jamais alguém conseguiu me prender. Já o meu amigo... Bem, vocês saberão disso no momento oportuno.

O fato de eu nunca ter sido aprisionado não significa que não tenha que trabalhar; pelo contrário: eu e mais uns poucos dos quais me recordo, trabalhamos há mais tempo do que qualquer homem possa se lembrar. Obedeço a algumas regras e movimentos que vocês descobrirão quando eu contar o que aconteceu a mim e ao meu amigo. Na verdade, nem sei se posso chamá-lo de amigo; o faço porque ele pode contar comigo, estive ao seu lado desde o seu nascimento — aliás, viajei bastante com sua mãe e comecei a segui-la aqui na Gália, de onde lhes conto a nossa história. Mas às vezes me pergunto se ele sabe que eu existo. Vocês podem estar se perguntando se é possível ser amigo de alguém sem o conhecimento dessa outra pessoa. Eu lhes asseguro que sim! E talvez ele tenha retribuído minha amizade algumas vezes, quando julguei minha vida limitada demais sob certos aspectos.

Nós dois, por exemplo, estamos sempre querendo saber sobre os nossos pais, porém meu amigo tem muitas vantagens sobre mim: ele sabe quem é seu pai, o viu um par de vezes, ganhou presentes, ouviu muitas histórias sobre ele — algumas delas se tornaram lendas. Eu também tenho uma ascendência de seres poderosos, mas não tenho a menor pista de quem me deu a vida. Veja, não estou invejando meu amigo; estou apenas elucidando algumas diferenças entre nós. Desejo profundamente que ele reúna toda a sorte de informações sobre seu pai, Júlio César — um famoso romano, talvez o mais famoso deles — e mesmo que muitas vezes ele se ressinta com elas, todas serão necessárias para torná-lo um grande homem. Nossos ascendentes estão invariavelmente tecendo o nosso caráter, seja pela empatia ou pela falta dela.

Eu poderia resumir esta história em no máximo duas páginas modernas, ou num papiro longo e encorpado da antiguidade. Mas isso tornaria meu relato estoico ou egoísta, porque eu estaria lhes tomando o prazer de conhecer essas pessoas com particularidade e sob um olhar meticuloso — às vezes, os detalhes são necessários para que tenhamos impressões mais próximas da verdade. Penso que se eu passar correndo pelos trejeitos do velho Cohncot, sem lhes contar sobre a maneira como segura o queixo entre o polegar e o indicador enquanto se dedica a escutar os outros; se eu deixar de mencionar os olhos atrevidos de Brígida que dizem mais do que seu tom de voz oscilante; ou se eu simplesmente disser que Bautec possui uma esposa arrogante sem, contudo, mencionar os códigos secretos de Mirta, Rhodes e Tumboric ao se referirem a ela (e como a partir disso começaram a se referir a várias pessoas através de figuras mitológicas); se eu me negar a contar esses detalhes, de cheiros, sons e cores, como poderei ter certeza de que fiz bem o meu papel? Desde já, admito que possa falhar em relação a vários desses personagens. Mas mesmo com essas falhas descritivas de minha alma imortal, saibam, caros amigos, que farei o meu melhor. Porque realmente desejo que em algum momento vocês os amem tanto quanto eu os amei.

Rhodes está com doze anos. Infelizmente, não pude acompanhar todo seu crescimento, pois houve um tempo em que precisei trabalhar muito longe daqui e quando voltei, ele já havia se tornado esse meninote curioso e agitado — bem parecido com o que imaginei que seria.

Consigo vê-lo com outras crianças de sua idade, todos se desafiando a entrar em uma caverna desconhecida. Estamos no que eles chamam de Gália Narbonense — uma parte dividida da Gália dominada pelos romanos há quase 100 anos. Amanhã ele será testado, uma prova lhe será imposta para saber se poderá ser integrado num contingente de arqueiros chamado *sagitarii*. Será um aprendiz, claro. Mas isso já é um começo, um belo começo.

Da última vez que nos vimos, estava bem frio e não pude ajudá-lo — às vezes me sinto culpado, as baixas temperaturas pioram quando estou por perto. Dei-me ao desfrute de segui-lo apenas. De qualquer forma, ele não precisou de minha ajuda; sempre confiou muito em si mesmo.

LIBER PRIMVS

LIVRO PRIMEIRO

CAPÍTULO I

O LABIRINTO

Há alguns anos — confesso que não sou muito bom em calcular o tempo das coisas — numa noite de inverno rigoroso, percebi que Rhodes não conseguia dormir. Eu estava do lado de fora de sua cabana, notando o movimento que ele tentava ocultar. Não havia a menor chance de aquietar seus pensamentos, muito menos afastar a ideia de ir ao interior da Floresta *Allobroge*[1]. Desde que ouvira falar do labirinto, o portal espiritual dos celtas, Rhodes cavalgava em pensamento até lá, construía o local milhares de vezes em sua mente, aproximava-se dele num estado catatônico e entrava naquilo que, para ele, era a maior prova de bravura de um guerreiro de verdade. Ele tinha oito anos, acho que isso explica a ansiedade.

---

1. Tribo situada na Gália Narbonense, entre o Rio Ródano e o Rio Isère.

Seu corpo se revirava num intervalo de poucos instantes. Dentro de sua tenda não havia sequer um resto de luz, a noite seguia avançando nas horas e sua mãe dormia há bastante tempo. Com o surto de doentes na aldeia, Mirta trabalhara dia e noite na missão de curar até o mais prematuro dos allobroges. Se ela estivesse acordada, decerto notaria sua inquietação e se ofereceria para lhe esfregar o óleo de lavanda nos pulsos, a fim de chamar o sono — era uma ótima curandeira.

Próximo a ela, notei outra criança. Na manhã seguinte, soube quem era. Percebi que ficaria aqui na Gália por um bom tempo, não sentia nada me empurrando para longe.

Rhodes precisou de só mais alguns minutos para calcular onde estaria sua pele de cobrir, enrolá-la sobre o corpo magro, e abrir vagarosamente a porta sem que sua mãe notasse o frio invadindo o cômodo aquecido — a Gália estava impiedosamente gelada. No entanto, ele não se importava com isso; queria ver o labirinto e tirar da cabeça, de uma vez por todas, os boatos de que aquilo não passava de uma lenda. Mas por onde começar, diante da escuridão da noite, adentrando a vegetação allobroge? Em que direção correr numa velocidade rápida o suficiente para despistar o vigilante da oppida[2]?

A torre de observação era muito alta, de lá era possível enxergar além das campinas allobroges, que dirá um corpo ligeiro bem abaixo do próprio nariz. Rhodes não queria ser visto, nem ficar devendo favores em troca de silêncio. Além disso, se o vigia não fosse o pai de um de seus amigos mais próximos, nem mesmo esse tipo de moeda poderia ser aceito — sem dúvida seria imediatamente repreendido e mandado de volta para a cama. E isso ele odiava: ser tratado como a criança que ainda era.

---

2. Cidade amuralhada dos gauleses.

Mas tudo aconteceu de forma rápida e propícia para sua escapada. Aproveitou-se de um ângulo negro bem abaixo da torre — numa direção diagonal por onde a luz da lua passava ao largo — e rapidamente zarpou. Entre pilos gigantescos que cercavam a aldeia, pela primeira vez agradeceu o corpo franzino que muitas vezes o envergonhara, pois as frestas estreitas não foram obstáculos para ele. Correu tão rápido que quando parou se deu conta de estar praticamente no centro da floresta; chegara ao *nemeton*[3] de Belissãma em pouquíssimos minutos.

O menino conhecia aquele pedaço de terra como ninguém. Aliás, as crianças allobroges eram criadas desde cedo para se refugiarem ali — a floresta era também a casa daquele povo e estava cheia de armadilhas para os forasteiros.

O templo de Belissãma ficava exatamente no centro da floresta, sob uma imensa claraboia natural por onde a luz da lua passava até o solo — permitindo que Rhodes se norteasse em relação à oppida por uma espécie de bússola. Mas para onde ir exatamente, ele não fazia a menor ideia.

Respirou fundo.

Fechou os olhos, rememorando as histórias que ouvira desde pequeno ao redor da fogueira, os cochichos entre Cohncot e alguns guerreiros da aldeia — sempre pronunciando a palavra labirinto com aquele tom das coisas impróprias.

Por sorte, Belissãma fora esculpida em pedra clara e não havia meios de vê-la sofrendo a ação do tempo, os anos se passavam e ainda mais reluzente tornava-se a imagem da deusa no nemeton allobroge. Rhodes fixou os olhos nela e foi caminhando lentamente em sua direção. Utilizando um instinto aguçado que parecia herdado de seu pai, venceu com dificuldades a rocha porosa onde

---

3. Altar religioso dos celtas.

haviam cravado o nicho de Belissãma. Fez rolar pedras abaixo e agradeceu por estar bem longe do limite com a aldeia.

Chegou ao topo da rocha imaginando uma pista que lhe desse a direção do labirinto ou, quem sabe, — entre as altíssimas árvores da Gália Narbonense — encontrar algum outro caminho aberto pelos machados allobroges. Mas a cerração esbranquiçada criara um imenso lençol sobre o chão, impedindo que a floresta fosse vista.

O pequeno guerreiro sentou-se e abraçou as pernas, tentando envolver todo o seu corpo encolhido sob o manto feito com pele de rena. Baforava para dentro do próprio peito com o intuito de se aquecer. Permaneceu de cabeça baixa por um tempo, na tentativa de esvaziá-la e afastá-la da ânsia de encontrar o labirinto. Sabia como voltar para casa do ponto em que estava; ao menos a aventura solitária havia marcado o início de sua busca.

Pelo adiantar das horas, foi ficando sonolento — embora o frio crescente o impedisse de relaxar. Encolheu-se em si mesmo.

De repente levantou a cabeça do ninho aquecido que havia criado e olhou mais uma vez a imensidão da floresta. A neblina agora tinha espaços abertos, como se parte daquele imenso lençol houvesse se rasgado, deixando visível o que havia por baixo. Há cem passos da rocha, Rhodes teve certeza de vislumbrar uma construção circular — ou pelo menos parte dela, o resto poderia estar habitando sua mente sugestionada. Desceu rápido o aclive e dessa vez ainda mais pedras rolaram com ele. Seguiu correndo pelo caminho que havia capturado lá de cima, mas enquanto avançava naquela direção, nada lhe parecia familiar; nem mesmo a vegetação. As árvores demasiadamente secas e seus troncos muito finos, criavam uma paisagem devassada e sem vida, diferente da identidade allobroge a qual estava habituado. Sem notar, caminhava no interior de uma alameda e, não fosse pela névoa alva, teria percebido o enigmático labirinto de pedras a poucos passos de si.

O menino avançava como se algo lhe dissesse para continuar naquela direção — era como se o labirinto tivesse voz própria e pudesse chamá-lo num tom que somente ele escutava. — Ah, aqui está! Agora quero ver me negarem o gládio!

Em sua tenra inocência, acreditava mesmo que a prova cabal de sua valentia seria o encontro com o labirinto. Estava disposto a entrar, não importando o que houvesse lá dentro, pois acreditava que depois disso ninguém se negaria a integrá-lo — ainda que precocemente — no exército allobroge.

Rhodes não sabia que o labirinto nada tinha a ver com valentia.

À primeira vista, a construção pareceu-lhe inócua. Era apenas um aglomerado de antigas pedras acinzentadas cobertas em boa parte pelos *muscus* e de onde era preciso afastar-se um pouco para se ter uma ideia da dimensão. Por não vislumbrar a entrada, foi passando a mão espalmada na superfície da murada, como se quisesse lhe dar um grande abraço. Sem perceber, foi entrando pouco a pouco — essa era uma das armadilhas do labirinto. Dentro de alguns segundos, já estava num corredor estreito; agora certo de que havia encontrado o que tanto procurava.

Dali Rhodes ainda poderia voltar, fazendo exatamente o caminho contrário até se livrar da parede por trás dele e se deparar com a minha presença. Mas ele não desistiria fácil — precisava descobrir o quê, de fato, havia ali dentro. Continuou avançando, sentindo que deixaria para trás os ruídos da noite e caminhava para o silêncio falado das pedras. Tropeçou em um amontoado de coisas que produziu um barulho oco, olhou para baixo e notou uma quantidade jamais vista de ossos. Eram crânios espalhados sobre montanhas de ossos quebrados e poucos esqueletos inteiros — pelo que pude notar, a abundância era mesmo de crânios. Tive medo que algo ruim acontecesse, então decidi entrar lá e lhe fazer companhia.

A visibilidade no interior do labirinto não era muito diferente da floresta, porque suas pedras pareciam ter exatamente a cor dos troncos das árvores que acabávamos de deixar para trás; mas o tom esbranquiçado das ossadas clareava um pouco o espaço em que estávamos. As paredes ali dentro pareciam mais altas e, ao contrário do exterior, as pedras eram lisas como se tivessem sido polidas — certamente com o intuito de evitar uma escalada.

Se ocorresse algo com o menino, eu o ajudaria. Isso me custaria ter de deixá-lo imediatamente, mas a mim ele já era alguém querido demais para morrer tão jovem naquele amontoado de pedras. No entanto, Rhodes parecia protegido por sua curiosidade. Então o deixei a sós com seus achados — às vezes, os homens precisam de seus próprios segredos.

Voltei para fora.

Enquanto ele não vinha, passei pela floresta umedecida, vasculhei um pouco da condição do solo e evitei ao máximo incomodar os pássaros e seus pequenos ninhos, já tão sofridos com o inverno da Gália. Por uma questão de hábito, expandi-me ligeiramente naquela atmosfera. Nos momentos em que os homens testam a si mesmos costumo manter distância, mas, apesar de Rhodes ser um menino esperto, não quis deixá-lo sozinho por muito tempo.

Estava me direcionando para retornar ao labirinto quando ouvi alguns ruídos escaparem da entrada. Logo em seguida, o corpo franzino do menino surgiu do lado de fora, de costas para mim. Escorregava pelo chão como se tentasse escapar, ardilosamente, de uma fera. Avistou algo lá dentro que certamente lhe assustara; mas tive a impressão de que não pretendia dar o braço a torcer. Levantou-se, olhou por alguns instantes para o labirinto e depois disse algo, — como se estivesse respondendo para alguém — mas não consegui ouvir o que era nem ver coisa alguma além dele mesmo e aquelas pedras. Após se afastar por alguns passos, Rhodes permaneceu por um curto tempo fitando a construção. Pelo que eu conhecia dele, acho que não acreditava no que acabara de fazer — era uma tarefa incompleta e nós dois sabíamos disso.

- 20 -

Embora ele sequer notasse a minha presença, eu o acompanhei de volta à oppida, pois tive medo de que se perdesse. Mas o menino era esperto: certamente seria um grande guerreiro. Facilmente refez o caminho parando no nemeton e, diante da deusa celta, beijou-lhe os pés com intuito de agradecê-la por sua vida. Depois tomou fôlego — um fôlego parecido com o meu — e seguiu correndo pela floresta até o meio de seu povo.

Acho que Rhodes estava preenchido por aquela sensação de coragem e audácia que nos faz crer que somos imbatíveis. Talvez por isso ele não tenha encontrado a menor dificuldade ao driblar a sentinela posicionada nas torres da oppida, e atravessar rumo ao interior da aldeia.

Mais uma vez não me atrevi a entrar em sua cabana. Fiquei do lado de fora, espiando o silêncio daquela noite.

Como lhes disse: eu gostava muito dele e também de sua mãe.

CAPÍTULO II

Sobre o menino, sua mãe e o centurião

V oltarei ao passado para lhes contar sobre a vida de Rhodes e Mirta. Começarei pela época em que eles voltaram para este pedaço da Gália.

Roma enfrentava sérios problemas e, mais uma vez, lutava pelo futuro de sua República. Mas o que isso tinha a ver com os allobroges? Muito! Afinal, a tribo, bem como muitas outras na Gália, era dominada pelos romanos. Eles chamavam um grande contingente de terra de províncias e, após dominá-las, tudo e todos que estivessem dentro dessas terras pertencia à Roma.

Até aquele momento, as coisas para os allobroges pareciam razoavelmente administradas, mas após a morte de Júlio César, a famigerada inconstância política voltava a preocupar os gauleses. Por causa da morte de seu grande amor, Mirta havia voltado para a Gália havia alguns meses. Com a ajuda do centurião Ícaro, conseguiu fugir de Roma e retornara a sua terra natal juntamente com seu filho. Mas a verdade é que, mesmo estando em casa, a mãe de Rhodes nunca mais teria paz. Após infringir as leis romanas, Mirta fugira na mesma noite em que o corpo de Júlio César — pai de seu filho e então ditador de Roma — estava sendo cremado no Fórum Romano. Eu não a culpo. No lugar dela faria a mesma coisa: fugiria para bem longe de homens como os romanos, principalmente se o meu grande amor tivesse sido assassinado naquele lugar. O problema é que as coisas mudam (embora nem sempre isso seja exatamente um problema); e para Mirta, após seis anos longe de sua terra, foi fácil notar que os allobroges haviam sofrido grandes alterações políticas e religiosas. Por ironia do destino — e eu lhes asseguro que ele adora pregar peças —, Mirta, que tantas vezes desejou voltar para casa, sentia que já não pertencia mais àquela tribo. Em Roma, antes de partir na calada da noite, ela era poderosa e tinha uma posição privilegiada; mas nada tirava dela a saudade de seu povo. Além disso, o amor por seu filho foi maior, e então... fugiram. Admiro essa mulher. Todas as mulheres do mundo deveriam fazer isso: escolher ficar com seus filhos. Mas nem sempre é assim.

A Assembléia Allobroge

No ano 43 a.C., Lúcio Munácio Planco fundou a colônia de Lugdunum[4]. Na época, o então governador da Gália, Comata, encontrou problemas com a ocupação do território próximo à Vienne. Alguns colonos romanos haviam sido expulsos porque o assassinato de

---

4. Atual cidade de Lyon, na França.

César levara os nobres gauleses a crer que conseguiriam recuperar a antiga independência. Cohncot, o sacerdote allobroge, julgou aquilo um ato de total insanidade. Será que apenas as pessoas velhas demais para lutar conseguem reconhecer o momento de recuar?

O difícil seria explicar para quem estivesse com o bastão do consulado que os allobroges da oppida não eram os allobroges revoltosos. Afinal, aos olhos romanos, todos ali não passavam de gauleses.

Muitas questões estavam em jogo: politicamente a relação com Roma ainda era benéfica. Tanto Otaviano, sobrinho-neto e herdeiro de Júlio César; como Marco Antônio, seu primo e braço direito, estavam dispostos a caçar os assassinos do ditador, os chamados optimates, e tinham a seu serviço as Legiões da Gália. O exército de Marco Antônio, general romano e agora senador, era numeroso. Otaviano, por sua vez — assim que tomou ciência de que seu tio havia lhe legado o poder em Roma por meio de um testamento —, empenhou-se em reunir seu próprio exército, a fim de caçar os assassinos de seu tio até o fim do mundo; nem que para isso tivesse que bater nas portas de Ades, o deus da morte.

No entanto, aquela atitude impulsiva dos allobroges que viviam longe da oppida e que se consideravam superiores ao grupo de Cohncot, havia igualado todos da tribo ao status de inimigos de Roma. Anos atrás, os allobroges haviam se aliado ao exército de César, lutando ao lado dele contra o gaulês Vercingetórix. César cumprira várias promessas feitas àquele povo e lhes concedera alguns privilégios considerados especiais para a condição de cativos. Agora tudo isso estava em jogo, já que o ditador de Roma não estava mais vivo para conduzir as coisas do seu próprio modo. Otaviano, seu herdeiro, era um jovem virtuoso em gestos e posicionamentos. Desde sempre fora orientado por seu tio, mas não tinha a menor experiência como comandante de exércitos romanos. Justamente na morte de Júlio César, Otaviano estava em Apolônia, entregando-se aos estudos e começando uma carreira como comandante de algumas centúrias. Tempos depois, César iria ao seu encontro. Pretendia transformá-lo num grande homem; não só para manter o nome da família Iulius, mas porque enxergava atributos suficientes em seu sobrinho. Agora, ainda que fosse árduo para Otaviano acreditar, seu tio jazia em cinzas. Já Marco Antônio, além de ter vivido entre os allobroges e conhecido mais de perto a relação do ditador com aquele povo, também era uma segurança para a paz — se é que podemos admitir a paz onde não há liberdade. Certamente não castigaria a tribo, mas muitas coisas poderiam mudar. Afinal, o poder costuma se moldar a quem lhe prende o bastão e geralmente toma novas formas. Até então, creio que a relação com Roma era mais vantajosa para os allobroges do que o contrário.

Sinceramente, em minhas andanças por esse mundo eu havia visto tanto sangue derramado que qualquer acordo escrito me surgia como uma enorme bandeira branca. No entanto, para quem vive sob a batuta de um grande poder, as coisas não costumam ser tão simples. Os allobroges, bem como toda a Narbonesa e demais províncias de Roma, temiam pelo seu futuro. E se os optimates vencessem Otaviano e Marco Antônio? Talvez para quem estivesse na Cidade, as coisas fossem mais claras. Quem sabe para os *civitas*, tão próximos da Roma quadrada, o cenário político estivesse desenhando contornos mais nítidos. Porém, para os allobroges, era preciso pensar no futuro. Havia seiscentas milhas os distanciando de toda aquela disputa, estavam, por assim dizer, fora do olho do furacão — mas isso não significava que não sentissem seus efeitos.

A própria fronteira da Narbonesa, totalmente administrada por Roma, já demonstrava uma instabilidade quanto a seus comandantes. Entre dominados e dominantes há sempre muitos meandros.

Não havia outro modo de conciliar ideias a não ser colocando as diferenças na mesa. A assembleia era inevitável.

Na grande cabana, apesar da antiga tradição, até as mulheres foram ouvidas. Pela primeira vez na história daquele povo, a união não ficou apenas sob a responsabilidade dos líderes. Mirta e Rhodes haviam chegado há pouco mais de dois meses, fugidos de Roma. Por sua experiência com os romanos, e principalmente por ter convivido intimamente com o maior general de todos, Mirta foi consultada pelo arquidruida, Cohncot:

— O que você acha que eles farão, minha filha? De que lado estará o poder de Roma?

Seria preciso muito mais tempo do que Mirta vivera na cidade eterna, no seio dos aristocratas, para saber a resposta. Nem mesmo a parcela nobre de romanos reunidos na Cúria, naquela altura dos fatos, se arriscaria em dizer. Se no coração da *urbi* tudo sempre pareceu tão escorregadio para ela, agora, a milhas de distância, Mirta tinha a impressão de que Roma fora apenas um sonho, um universo paralelo num devaneio de amor. Cohncot e o resto dos líderes olhavam-na com firmeza, impingindo a ela um tipo de responsabilidade com o povo que a recebera de braços abertos. Na verdade, assim como eu, você já deve ter notado que Cohncot não precisava daquela resposta. Às vezes, as pessoas nos perguntam coisas sem precisarem da resposta. No fundo, o que elas querem é saber até que ponto podem confiar em nós.

A tensão na grande cabana era grande, tanto que as gargantas secas temiam deixar a saliva fazer seu trabalho e denunciar um tipo de covardia costumeira em momentos de transição. Dessa vez, dei-me ao desfrute de entrar na cabana dos allobroges, afinal, tinha muita gente por lá e minha presença não os incomodaria. Cheguei a tempo de me instalar entre a curandeira e seu filho.

— Senhor, Roma é imprevisível e cruel. Roma não tem memória, a não ser aquela que se senta ao lado do poder. Esperar que nos favoreçam é um risco que ameaça o extermínio de nossa raça. É certo que Marco Antônio não desistirá até vingar a morte de César, mas não sabemos quais alianças serão feitas, e de que forma chegarão até nós. Meu conselho é partirmos o quanto antes.

Assim, nós, os allobroges da oppida e os allobroges de *Lugdunum*, poderemos nos tornar um só povo.

Houve um murmúrio imediato e olhares reprovadores das mulheres que tratavam Mirta como forasteira. As mais jovens apertavam os filhos junto de si, num instinto de proteção contra as dificuldades que enfrentariam caso tivessem que partir. Mirta via nelas um medo antigo. Partir da cidadela fortificada e começar tudo novamente seria um trabalho de anos, ou mesmo décadas. Além disso, uma imensa caravana deixaria suscetível todo o povo. Isso aguçou uma corrente de mal-estar, que até então parecia sufocada por determinação da voz masculina dos druidas. Os ânimos se exaltaram e, por um instante, parecia ser de Mirta a culpa pela instabilidade nas províncias. Ela não os contrariava. Afinal, havia ficado afastada da aldeia por muito tempo, poucas pessoas se lembravam dela e de seu jeito camponês.

Depois de viver entre os romanos e tomar corpo de sacerdotisa, era impossível voltar a ser a Mirta do passado. Ela havia mudado. Não em sua essência, que continuava boa e gentil, mas seu olhar era outro. Tornou-se uma mulher sábia e, para o desconforto de muitos homens ali dentro, sua visão política ultrapassava, e muito, as perspectivas de uma mulher.

— Silêncio! — interveio o arquidruida. — Nada está decidido. Deixemos nossas diferenças de lado. É preciso pensar em nossa segurança e na continuidade de nossa raça. Nenhum de nós deseja abandonar esta terra; mas se for preciso, assim será.

Mirta baixou a cabeça, mas Rhodes continuou com a dele erguida, encarando cada um que lançasse olhares reprovadores a sua mãe. Embora ainda pequeno, o menino era valente e parecia ter força suficiente para enfrentar o mundo. Depois de alguns instantes, a curandeira prosseguiu vaticinando:

— Tenho motivos de sobra para temer o coração dos romanos; é um lugar de onde o amor costuma fugir. Todos nós sabemos do que são capazes; mataram seu próprio líder no palco da república e muitas mãos limpas prestaram-se a um banho de sangue em nome da inveja e do poder. Se mataram César, o que farão conosco, o povo que lhe deu apoio e proteção muitos anos atrás? — questionou Mirta. — Todos nós corremos perigo, e caso os optimates vençam essa batalha, acabaremos escravizados.

Lá de trás alguém gritou:

— Que ele arda no fogo eterno!

Então Rhodes entendeu que seu pai, ao menos na Gália, não era o deus por quem Roma chorava. No íntimo, Mirta sentia que Otaviano e Marco Antônio vingariam a morte de César, principalmente porque tinham o apoio de toda a Roma. O povo estava revoltado e furioso depois do discurso acalorado de Antônio, fazendo-lhes recobrar todas as grandes obras e feitos de Júlio César. Em pouco tempo, Marco Antônio e Otaviano já haviam dado cabo a mais da metade dos responsáveis pela morte do ditador.

Ícaro ousou reiterar o comentário:

— Muitas mortes se consumarão até que Roma decida seu próprio destino — dirigindo a palavra ao arquidruida, continuou seu discurso. — Cohncot, se o seu povo permanecer suscetível e não se precaver, corre o risco de ser extinto.

Embora Ícaro tivesse amigos dentre os allobroges, era possível notar que a presença do centurião provocava incômodo nos ovates, irritados em dividir o futuro de seu povo com um romano refugiado. A grande cabana era sagrada demais para estrangeiros, mas Cohncot talvez fosse mais sagrado do que o próprio templo político dos allobroges. O homem-bruxo que recebera dos deuses a missão de doutrinar os celtas allobroges era uma lenda, um filósofo e governante cujos anos se recusavam a denunciar sua verdadeira idade. Seu aspecto rude de barba e cabelos grisalhos, longos e ressecados, soterrava o que no fundo era sua maior virtude: uma nobre alma. Como se fosse um tipo de melodia hipnotizante, sua voz se fazia ouvir a qualquer momento, a qualquer hora, sem o menor esforço:

— Acabo de receber notícias da Cidade. Parte dos optimates foi morta na própria Roma; no entanto, muitos escaparam. Parece que o antigo exército de Pompeu ressurgiu com a força dos ventos, aliando-se aos optimates. Estão refugiados em províncias que apoiaram Pompeu e de lá, tentam agigantar seu contingente. Temo que venham em nossa direção antes que o poder de Roma defina sua posição sobre nós.

Os guerreiros olhavam-no melindrados, porque as palavras do sábio homem pareciam dizer que os invasores não sofreriam a dor das espadas allobroges, caso os ameaçassem. Cohncot, parecendo ler-lhes o pensamento, continuou seu discurso:

— Somos bravos e sempre seremos. Não nos deixaremos vencer acovardados pelos traidores de César. No entanto, reconhecer nossas limitações é a melhor forma de encontrarmos as melhores soluções. O tempo de duelar contra Roma se foi. Agora temos de agir, acima de tudo, para proteger a nossa raça. É preciso enviar mensagens a Otaviano e Marco Antônio, deixando claro que podem contar conosco. Assim, mesmo que tenhamos de enfrentar em campo o exército dos optimates, receberemos o apoio dos populistas.

Mirta julgou inteligente a posição do sacerdote, mas pensou imediatamente em Ícaro. Desde que partira de Roma com ela e Rhodes, na missão de entregá-la a seu povo, o centurião nunca mais enviou qualquer mensagem a seus superiores. Ele fazia parte da guarda pessoal de César, era um soldado emérito condecorado e, dentre as centúrias, não havia quem o desconhecesse. Tanto ao lado de César quanto ao de Marco Antônio, Ícaro fora um *primipilo* — o mais alto grau dentre os sessenta centuriões de uma legião. Agora, tão distante de sua terra, como estaria sua imagem dentre os romanos? Sinceramente, Mirta não sabia o que Ícaro faria para escapar da sentença destinada aos desertores, e pior, como — caso ele tivesse alguma chance — poderia provar que estava falando a verdade? Teria que contar sobre Mirta e César, e também sobre Rhodes. Para Otaviano, essa hipótese estava descartada. Ícaro sabia muito bem o que o sobrinho e herdeiro de César faria com um filho bastardo de seu tio. Somente Marco Antônio entenderia tudo aquilo, mesmo porque já havia escoltado Mirta até Roma, a pedido de César, muitos anos antes. Enquanto todas essas histórias passavam apressadas pela cabeça de Mirta e do zeloso centurião, os guerreiros allobroges discutiam sobre a parte que lhes cabia.

— Temos de enviar mensageiros até a fronteira da província, o mais rápido possível — falou Áctos, o ovate mais antigo.

Imediatamente, o próprio Cohncot, com sua rebuscada letra, tratou de mergulhar a ponta da pena na tinta de escrever.

"Ilustre tenente,

*O povo allobroge reitera seu apoio às causas
de Júlio César, colocando à sua disposição toda
espécie de suprimentos e contingente humano
que precisarem para a derrota dos optimates.*

*Nosso compromisso com Roma está mantido,
assim como a nossa palavra."*

– Cohncot, sacerdote do povo allobroge.

Mirta havia ficado tão assustada com tudo o que vivera nos últimos meses que só via uma saída a tremular diante de seus olhos: fugir para bem longe. Ainda que isso importasse em deixar a floresta mágica de seu povo e o nemeton de Belissãma. Depois de tudo que passara em Roma, nenhum lugar lhe parecia seguro. Ela estava ficando pessimista.

Os sagitarii, grupo de arqueiros allobroges, se dispuseram a escoltar a parte dos ovates que levaria a mensagem até o posto militar na fronteira da Narbonesa. Também poderiam ir a Narbo, a capital da Gália Narbonense, já bem romanizada, tanto na arquitetura quanto nos costumes. Lá havia gente influente, como ex-senadores romanos, e a maioria dos habitantes de Narbo falava o latim fluentemente, enquanto no norte da província muita gente ainda resistia ao idioma.

Ícaro sugeriu que o grupo se dividisse, levando a mesma mensagem para os dois pontos da província. Assim, mesmo que uma parte fosse interceptada por tropas optimates, a chance de concluir a missão seria maior. Foi assim que, sem querer, o centurião golpeou seu próprio destino.

— Façamos como Ícaro sugere — havia um tom de malícia na voz de Áctos. — Ele mesmo poderá nos ajudar, orientando o segundo grupo que irá até a fronteira, e eu conduzirei o primeiro grupo a Narbo.

A postura militar de Ícaro só fez anuir diante de todo aquele povo com o qual ele resolvera viver. Mas intimamente, ele sabia que o líder dos ovates o lançara para ser julgado pelos próprios romanos e, das duas uma: ou Ícaro seria considerado desertor e morreria diante de seu próprio exército, ou, na melhor das hipóteses, tomaria o posto de comandante de alguma centúria localizada na Narbonesa, haja vista que os romanos certamente estavam distribuindo cargos e postos em meio a toda aquela dissecção política. Na verdade, ninguém poderia precisar qual seria seu destino, porque os romanos eram imprevisíveis.

— Excelente sugestão, Áctos. Eu mesmo acompanharei Ícaro. Preciso falar pessoalmente com o comando das fronteiras — proferiu Cohncot.

Ele era do tipo incapaz de se deixar dominar, mesmo que para isso tivesse que tomar partido de um homem pelo qual não tinha a menor responsabilidade. O arquidruida apreciava Ícaro desde muito tempo antes da morte de César, quando o centurião, ainda rapaz, se dispunha a lecionar o latim na aldeia. E como todo mestre, Cohncot valorizava o saber. Áctos enrubesceu de ódio. Ele fazia parte da camada que se incomodava com a presença de Ícaro ganhando destaque entre os sacerdotes. Os homens da guerra, em geral, colidem com os homens dos livros.

Alegarão, outro sacerdote allobroge, discordou de Cohncot.

— Julgo arriscado colocá-lo nesta missão temerosa diante da incerteza política nas fronteiras — argumentou o ancião.

— Alegarão, meu antigo amigo, deixe este velho homem sentir alguma emoção da guerra. Nem sempre o papiro consegue nos exaltar na glória. — Cohncot pousou a mão senil sobre os ombros do gaulês e o fitou nos olhos, dando o assunto por encerrado.

Rhodes parecia tentar capturar todo o tipo de intenção. Ora sentia-se bem e protegido, ora ansioso para ser um homem como aqueles que decidiam o destino de sua gente. Mais tarde, na intimidade de sua morada, crivou a mãe de perguntas:

— Minha mãe, por que Ícaro tem de ir até as fronteiras? Por que ele não fica conosco, protegendo as mulheres e a terra?

— Porque os homens precisam enfrentar seus destinos. Um dia você enfrentará o seu — respondeu Mirta.

— Quer dizer que Ícaro pode não voltar? Ele pode morrer? — estava claro que Rhodes sentia mais uma vez a ameaça de perder alguém estimado.

— Todos nós podemos morrer, meu filho, a qualquer momento. Ícaro terá de ir ao encontro dos seus, para que dali em diante seu destino inicie um novo caminho. — Mirta tentou acalmar o menino; no entanto, esse jeito de falar certos assuntos pelas beiradas, para que parecessem mais suaves, só piorava as coisas entre eles. Ela sabia que teria de ser literal nas respostas.

— Ícaro pode morrer, minha mãe? — Dessa vez, ele se aproximou dela e segurou seu rosto com as pequenas mãos do homenzinho que crescia dentro dele. Os olhos verdes de Rhodes, tais como os de Mirta, fitaram-na profundamente, impedindo qualquer rodeio.

— Se os romanos certos estiverem por lá, patrulhando a fronteira, Ícaro não morrerá. Ele poderá explicar-lhes o que veio fazer na aldeia allobroge. Mas caso a fronteira esteja sob o comando de uma centúria desconhecida, Ícaro enfrentará sérios problemas e poderá ser considerado um desertor.

A sinceridade de sua mãe foi como um golpe inesperado e Rhodes sentiu seu estômago revirar. Mas, no fim das contas, estava satisfeito por saber a verdade. Ele sempre a preferiu, e com o tempo eu vi que assim permaneceu por toda a sua vida. O menino se amuou. Sentou-se no chão, apoiando os cotovelos sobre os joelhos e as bochechas nos punhos cerrados. Não pretendia chorar; queria manter a postura dos homens fortes que acabara de ver na grande cabana. Mirta passou a mão sobre sua cabeça, mas não disse nada. Ele precisava ficar a sós com seus pensamentos.

ÍCARO

Não sei se já contei a vocês, mas infelizmente não posso interferir no destino dos homens. Isso me custa. Tenho grandes poderes, mas quando faço uso deles — para alimentar minhas próprias vontades — sou imediatamente puxado para trás. Talvez nenhum humano possa se deslocar como eu; tanto quando sou punido, como também quando tenho que trabalhar livremente. Na verdade, esse é o meu poder! Cada um tem o seu, não é mesmo?

Então, cá estou, ao lado de Ícaro, esse romano de quem sou amigo. Torço por ele. Pergunto-me se algum dia Mirta olhará para ele como olhava para César. É uma pena que o amor seja algo tão sólido; se assim não o fosse, certamente Mirta estaria ao lado de Ícaro. Não como uma irmã, mas como ele sempre sonhou: em seus braços, todas as noites.

Ele e Cohncot estão mais adiante, a poucas milhas de Arausio — uma base militar de legionários romanos, onde eles finalmente oficializarão o destino não só dos allobroges, como também o de Ícaro.

Quem estivesse no comando da base definiria o futuro daqueles dois homens. Quer fossem os populistas, seguidores de César; quer fossem os optimates, como Cássio e Brutos. A VI e IX Legião estavam arregimentadas na Gália, o que facilitava as coisas para Marco Antônio, general de César que ocupou esse cargo durante quase uma década na Gália. Por isso Ícaro nutria um pouco mais de esperança sobre o rumo das coisas.

Roma era um lugar distante dali, mas seus braços alcançavam léguas.

Finda a tarde do quinto dia, Rhodes subiu a ladeira verdejante aos berros:

— Eles chegaram, minha mãe, eles chegaram!

O grupo liderado por Cohncot regressava, seguido por Ícaro, galopando em seu cavalo romano. Rhodes ainda não sabia o quanto Cohncot era capaz de se comprometer profundamente com aqueles que amava. Ele só compreenderia isso muito tempo depois.

CAPÍTULO III

UM NOVO TEMPO EM LUGDUNUM

O decorrer do tempo foi benevolente com os allobroges. De fato, como Mirta havia sugerido, parte do povo deslocou-se para a região de Lugdunum. Inicialmente, alguns allobroges recusaram-se a partir de Vienne. Afinal, mais do que uma cidadela, a oppida era para eles um lugar sagrado; a casa de Belissãma, fonte de proteção e magia ancestral. Mirta e Rhodes ainda tentaram permanecer ali, não somente por solidariedade àqueles devotados allobroges, como também por necessidade espiritual. Belissãma era a mãe de todos, a deusa dos allobroges, e afastar-se do nemeton era o mesmo que tornar-se vulnerável aos perigos do mundo. Contudo, com o passar dos anos, a partida tornou-se inevitável, pois a cidadela foi ficando cada vez mais vazia e, consequentemente, suscetível a saques e pequenas disputas com outras tribos da Gália. Enquanto isso, Lugdunum crescia forte e estruturada. E o melhor de tudo: livre de impostos!

Por outro lado, a presença de Roma era maciça naquela região, e o povo allobroge não podia dispor de sua cultura na forma mais primitiva como costumava ser em Vienne. Sabiam disso quando escolheram a mudança e era algo irrefutável. Claro que foram beneficiados pela proteção de Roma, mas estavam assumindo, na verdade, a condição de cativos, dispostos a servi-la com um exército submetido diretamente às arregimentações da cidade.

Os guerreiros gauleses — bem como tudo aquilo que os romanos enxergavam neles e não conseguiam imitar — estavam protegidos pela necessidade das guerras constantes da República. E Roma mantinha com eles seus acordos para obtê-los nos campos de batalha. Para meu alívio, eu via uma cidade grande e fortalecida, sempre com a insígnia SPQR a tremular nos ares. Mas não só isso: eu via o povo allobroge resistindo, o que também era bom.

Como tudo que se desloca é difícil se manter intacto na essên- cia, com o povo de Mirta não foi diferente. Talvez a presença do altar de Belissãma os lembrasse de cumprir com suas obrigações ancestrais, mas ali, em Lugdunum, muitos as negligenciavam, como se Belissãma não pudesse vê-los. É tão engraçado ver os homens pensando que enganam os deuses... Eles realmente não sabem como se tornam tolos. Enquanto ainda estavam na antiga oppida, algo muito importante aconteceu. Rhodes ganhou um irmão. Não um irmão de sangue, pois Mirta parecia fechada para qualquer amor que pudesse lhe dar outro filho. O irmão de Rhodes foi uma surpresa até para ela. Agora entendo de quem era aquele corpinho ao lado de Mirta, na noite em que Rhodes escapuliu até o labirinto de pedras.

Seu nome era Tumboric. Ele mesmo disse, após muitos dias de total mudez. Pobre menino, parecia tão assustado e faminto! Creio que precisou de muito tempo para confiar naqueles que o salvaram.

De início, nem a sopa quente de Mirta ou os sorrisos amistosos de Rhodes foram suficientes para fazê-lo falar. Algo me dizia que o pequeno Tumboric já havia suportado coisas muito maiores do que um ser daquele tamanho poderia suportar. Mas eu sabia que com o tempo tudo aquilo seria respondido.

CAPÍTULO IV

O INVERNO ALLOBROGE

O inverno chegara aos Alpes gauleses e a neve tão conhecida daqueles povos surgia volumosa e altiva, macia como as camas das rainhas. Embora isso significasse uma considerável mudança nos hábitos por uns bons meses, os allobroges gostavam do frio e de tudo que precisavam fazer para tornar sua presença o mais confortável possível: fogueiras acesas ao longo do dia e da noite, comidas quentes e, é claro, muito vinho.

A Gália era a terra dos bons vinhos, encorpados, pungentes, aromáticos na medida certa. Meses antes, os gauleses preparavam e armazenavam seu precioso líquido em ânforas de barro, dispostas lado a lado em celeiros construídos especialmente para guardá-las. Quando o inverno chegava, os aldeões podiam retirar a porção a que tinham direito de acordo com o trabalho de cada um. Como qualquer povo, os allobroges tinham suas castas e, assim, havia sempre os que dispunham de mais. Mas em geral, com o vinho surgia uma complacência — esse era um ponto em comum entre eles.

Mirta sempre dizia aos meninos que amava o inverno, mais do que a primavera ou o verão. O inverno marcara os momentos mais felizes de sua vida, e isso significava sua vida com César. Mirta contava a eles as histórias reais, mas também falava de lendas celtas e germânicas, romanas e gregas. O inverno tem dessas coisas: reúne as pessoas ao redor das histórias. É o tempo em que quereremos estar mais próximos uns dos outros, e por isso pode ser tão cruel às vezes. Essa época do ano era o que ela chamava de "tempo de passar por cima". Certa vez, Tumboric perguntou "que tempo era esse". Rhodes já sabia a resposta, afinal, ouvira aquilo desde pequeno.

— O que é isso, Mirta? Tempo de passar por cima?

— Bem, Tumbo, chegado o inverno, os homens não sabem quando parar de beber, dizem que precisam se aquecer com o vinho e ignoram o fato de que suas mulheres estão em suas cabanas, aquecendo suas camas. Então resolvem beber até cair, ficando lá, estirados ao relento e, nós, que acordamos cedo, temos de passar por cima deles para atravessar parte da oppida. E esse tempo está chegando, você vai ver.

Tumboric ria com a boca aberta, revelando a ausência dos dentes da frente. Estava com sete anos, e Rhodes caçoava disso. Apenas um ano mais velho que o irmão postiço, considerava-se muito distante da realidade desdentada.

Assim como Mirta, seu filho adotivo adorava o inverno; já Rhodes preferia o verão, tal qual Ícaro. Tumbo gostava do inverno por uma questão afetiva. Era muito mais fácil estar junto das pessoas que amava. Como tinham que se proteger do inverno gélido da Gália, os quatro passavam quase todas as noites juntos. Jogavam cartas — Ícaro os ensinava — e faziam adivinhações; isso tudo logo depois do jantar que era sempre delicioso na opinião de Tumbo e razoável na opinião de Rhodes. É que nesse ponto, Mirta sempre teve dificuldades com seu filho: assim como o pai, Rhodes parecia gostar apenas de frutas. O restante ele comia por obrigação. Já Tumboric, se não se cuidasse, em breve não caberia em suas poucas roupas. Para ele, a única coisa ruim do inverno era que acabava rápido demais, como um sonho bom. E por falar em sonho... Tumbo sabia que o verão estava chegando quando Rhodes o acordava bem cedo para verem o nascer do sol. Nos primeiros anos em que esteve junto de sua nova família, o irmão de Rhodes até o acompanhava, mas depois, quando passou a fase em que os dentes caíam para dar espaço aos novos, se recusou. Já se considerava grande demais para ver o nascer do sol e preferia dormir um pouco mais.

— Preguiçoso! — ralhava Rhodes, antes de abandonar a cabana em direção ao seu lugar preferido.

E a vida seguia faceira, dando a impressão de que tudo estaria bem para sempre.

CAPÍTULO V

O CENTURIÃO E A CURANDEIRA

Na primeira lua crescente de cada mês, os dolmens[5] eram cercados de flores e cobertos de mel para que as almas antigas viessem ter com os druidas e todo o resto da gente allobroge. Eles ansiavam por respostas, bênçãos, coragem e até um pouco de predição. As noites quentes de verão cheiravam a mel e fumaça; eu lhes dava uma espécie de aquiescência e só chegava para varrer os cantos dos bardos para dentro das casas, exortando-os ao sono. Antes disso, porém, muitos dos ritos e lendas da ancestralidade dos gauleses eram vistos e ouvidos por lá. Mirta gostava de ver sua aldeia em paz. Nessas noites, celebravam o pagamento dos impostos de Roma, porque o senado passara a exigir das províncias um preço em nome da paz e, àquela altura, renegar essa regra era algo impensável para os allobroges. O poder de Roma se fazia tão resoluto havia

---

5. Monumentos megalíticos atribuídos à cultura celta.

quase um século que uma herança de gerações já não se recordava do que um dia chamaram de liberdade — essa já tomava corpo de deusa e, por certo, se mudara para a terra das lembranças remotas.

Sentada num resto de rocha que marcava propositalmente sua tenda, Mirta sorria ao ver a curiosidade estampada no rosto de Rhodes. Circulando entre os diversos grupos que criavam pequenos universos dentro da aldeia, seu pequeno romano tentava se encontrar entre cavaleiros, sagitariis, bardos e druidas. À procura de si mesmo, olhava fixamente para cada rosto da aldeia.

Sua mente guerreira buscava um lugar para sonhar, um dom, uma história para chamar de sua. Mirta sabia disso e de tudo que estava dentro dele esperando por respostas. Mas ela mesma não poderia predizer quem seria seu filho no futuro, contudo, via muita fé naqueles olhos e um dom premonitório que misturava a intuição gaulesa à sagacidade romana. Talvez Rhodes estivesse predestinado a salvar a Gália; não dos romanos, mas de um perigo que naquele momento Mirta não sabia identificar. Talvez Rhodes, num futuro não muito distante, encontraria dentro de si as capacidades inenarráveis de seu pai, se tornaria um grande líder allobroge e descobriria manobras capazes de salvar sua gente. Ali, olhando para seu pequeno guerreiro, ela só tinha uma certeza: de que ele teria muitas histórias para contar. E Tumbo seria seu aprendiz — o menino escolhido pelos deuses para conhecer o ofício da cura.

— O que foi, curandeira? — a voz conhecida de Ícaro veio despertá-la em meio aos olhares de ternura e devaneio. — Estás a tramar o futuro de alguém?

Do canto de seus lábios pequenos nasceu um sorriso e, de olhos cerrados, Mirta respondeu à implicância do centurião.

— Estou a imaginar um futuro, e não a tramá-lo.

— Se eu fosse um guerreiro astuto, experiente e visionário, diria que você acabou de vislumbrar o futuro de seu rebento — retrucou Ícaro.

— Talvez você esteja atribuindo a mim um dom que não tenho. — Mirta levantou os olhos na direção de Ícaro, que estava de pé ao lado dela e olhava para Rhodes como se visse o horizonte. Naquela noite ele estava particularmente atraente, um tanto sarcástico e menos retraído. A lua crescente, incitava novos comportamentos. Ícaro era um homem disputado entre as mulheres da aldeia. Forte, de porte atlético e semblante firme, e o melhor, sem sinal de rudeza. Suas sobrancelhas retas, negras e bem desenhadas e a voz marcante, despertava interesse até mesmo nas mulheres comprometidas. E algumas vezes ele quase pagou com a vida por conta disso. Talvez, além da beleza física acentuada por uma figura notadamente máscula, estivesse atingindo um ponto crucial em sua vida, porque alguma coisa me dizia que Mirta começara a notá-lo.

— "Dom que não tenho..." — ironizou. — Não me venha com sua modéstia camponesa, há tempos se despediu dela. — Ícaro vestia um tipo de roupa que só ele, dentre os allobroges, criara como veste: um colete de couro justo que, de tanto uso, ficara com as marcas de seu peito musculoso e das dobras do abdome, calças de algodão, um capote amarronzado com as bordas da gola cobertas por um generoso pedaço de pele de carneiro e, nos pés, sandálias romanas de couro trançado. Como eu lhes disse: era o início do verão.

Mirta levantou-se, deu de ombros com a fala de Ícaro e fez que iria se recolher. Já estava há bastante tempo sentada ali e o cansaço lhe pesava. Havia participado da cerimônia no interior da floresta allobroge e seu corpo clamava por um banho quente. Imediatamente, a postura relaxada de Ícaro se contraiu, porque pensava que teria mais um pouco da companhia feminina que mais o interessava. Apesar dos dez anos que se passaram entre o dia em que se conheceram e aquela estrelada noite, ele continuava encantado pela beleza da gaulesa, por seus olhos verdes impenetráveis e seus sedosos cabelos castanhos, tal qual a cor dos troncos de fagus. Com o tempo, pensava ele, Mirta ficava ainda mais atraente e misteriosa. Desde que chegara ao território dos allobroges, Ícaro sempre a considerou especial. Quando a viu pela primeira vez, ela era apenas uma jovem gaulesa que curava os aldeões, mas, sem saber o porquê, Mirta lhe incitava respeito e admiração. Ícaro sondou, assim que pôde, para saber mais a seu respeito; se fora desposada ou se pertencia a alguém daquela tribo. Infelizmente, poucos dias depois, foi César quem se interessou pelos cuidados da curandeira e, tão rápido como tomava as terras que queria, tomou para si seu coração.

Muito tempo se passara desde então, mas Ícaro continuava sentindo que César permanecia entre os dois.

Embora ela fosse gentil e estivesse sempre disposta a ajudar a qualquer um que lhe rogasse cuidados; embora nutrisse amor pelo filho, bem como para outra criança que nem mesmo era seu sangue, para Ícaro ficava claro que, dentro de Mirta, aquele tipo de amor destinado a um homem havia jazido em cinzas junto com o corpo de César.

— O que foi? Irá se recolher agora, quando a lua nem bem se ergueu? — inquiriu ele, um tanto quanto desconcertado.

— Estou cansada e amanhã voltaremos aos veragri. Há dias estão sofrendo com muitos aldeões adoecidos... aparentemente, é mais uma dessas novas enfermidades que desconheço. Está cada dia mais difícil curar com as ervas. — Mirta estava preocupada e secretamente temia que a doença se espalhasse e chegasse até seu povo.

Ao visitar os Veragri algumas semanas antes, tentara de tudo para recuperar as pessoas mais debilitadas com o *malum*. Trocou receitas com as anciãs da aldeia, mas naquela ocasião estavam todos muito abalados, pois a mais experiente delas havia sucumbido com a doença. Mirta os tranquilizou, pediu calma e ainda um pouco mais de sacrifícios aos deuses. Como as tradições de sua antiga vida em Roma permaneciam dentro dela, pediu também ao chefe da tribo que mantivesse uma chama acesa no centro da aldeia na qual o povo pudesse jogar as vestes daqueles que haviam morrido da doença. Ela mesma rogou a Belissãma que se apiedasse dos veragri, principalmente das crianças. Na Narbonense, sempre que uma aldeia pedia a ajuda dos allobroges, era atendida. Era um povo solidário. Anos antes, foram os veragri que ajudaram os allobroges a combater uma praga que se lançou sobre os equinos da aldeia.

Todo esse cenário fez com que Ícaro franzisse o cenho, nitidamente preocupado com Mirta. Sentado sobre seu capote, segurou uma das mãos da curandeira, que mesmo de pé não se elevava tanto acima da estatura dele.

— Cuidado! Não vá adoecer. — Foi o máximo que conseguiu expressar. Se tivesse coragem, Ícaro acrescentaria: *"Eu morreria sem tê-la por perto"*, ou *"toda a Gália perderia o encanto sem a sua presença"*.

— Temos que ajudar uns aos outros, meu amigo. As anciãs de lá também sofrem, e algumas até já se foram para junto dos deuses. — Ícaro sentia-se excluído sempre que Mirta o chamava de amigo, como se quisesse enfatizar a relação entre eles justamente nas ocasiões em que ela estava mais atraente. Preferia quando o chamava de centurião, com um tom carregado de sarcasmo que ela, vez por outra, deixava escapar. Ele tentou estender a conversa. Embora os veragri não estivessem tão longe dos allobroges, a caravana que acompanharia Mirta ficaria alguns dias longe da aldeia. Não se sabia ao certo quanto tempo seria necessário para socorrer a tribo amiga. Nessas ocasiões, Ícaro tomava para si a responsabilidade de ficar com Rhodes e Tumboric, e criava passatempos atrativos para os dois não se queixarem tanto da ausência de Mirta.

— Fique mais um pouco — rogou, tentando disfarçar a vontade de abraçá-la ali mesmo, levá-la para sua cabana e amá-la até que o sol nascesse. — Aproveite e me ensine algum remédio para dar aos meninos quando começarem a clamar por sua presença.

Confesso a vocês que eu gostaria muito de ver aqueles dois se abraçarem como alguns casais allobroges. Esse era um dos motivos que me fazia ficar por aqui sempre que eu podia. Aquela tribo era especial. Dentre tantas outras por onde passei ao longo da vida, varrendo terras longínquas, os allobroges me encantavam. Acho que pela capacidade de duelar e de amar na mesma intensidade. E também pela sua relação com a natureza; eu gosto dela e eles a respeitam tanto quanto eu, que sou parte dela. É uma pena que vez por outra eu tenha que partir e deixar de conviver com eles, pois sou obrigado a soprar para outros cantos.

Quanto à curandeira... Bem, creio que aquela não seria a hora do nosso centurião realizar seus desejos. Ela estava com aquele olhar que eu já havia visto tantas vezes em Roma, em busca de quem ela sabia que não estava por perto. Além disso, acho que, de alguma forma, aquele vulto luminoso que se aproximava dela interferia em seus sentimentos. É que eu ainda não lhes disse isso: às vezes, as pessoas permanecem acompanhadas de outros corpos, não os de carne e osso, mas sim corpos celestiais. Eu os vejo, embora não seja frequente; e aquele corpo eu já havia visto algumas vezes ao lado de Rhodes também.

Mirta agachou-se ao lado de Ícaro, juntando as laterais do vestido para dentro das pernas. De cócoras, prendendo as mãos aos joelhos, falou bem próxima a ele.

— Creio que desta vez não iremos demorar. Fui ter com os deuses na floresta e roguei por mais intuição, pedi que me dissessem de onde podemos obter a cura para o *malum* dos veragri. Algo me diz que conseguiremos ajudá-los. Quanto ao remédio para acalmar os meninos, saiba que você é o melhor. O que seria de nós sem você por perto, ensinando a eles o que mais gostam de fazer nessa vida, que é duelar? — Mirta passou a mão sobre os ombros de Ícaro, acariciando-o como a um irmão. Depois lhe deu um beijo na testa e se despediu.

— Boa noite, centurião, nos veremos em poucos dias.

Não chego a me compadecer dele, pois era um homem viril, bonito para os padrões dos homens, inteligente e sagaz. Muitas vezes vi belas mulheres serem levadas por ele até sua cabana. Algumas entravam sozinhas, oferecendo-se sem qualquer pudor, e ele as fazia se sentirem desejadas e recompensadas pela ousadia. Mas aquele olhar que ele tinha para a curandeira, aquele olhar era só para ela.

CAPÍTULO VI

AULAS DE COHNCOT

No círculo, junto das outras crianças da tribo, Rhodes e Tumboric ouviam atentos às histórias narradas por Cohncot. Naquela noite, finalmente ele contaria a odisseia dos allobroges contra o sanguinário Aníbal, na Segunda Guerra Púnica, assim chamada por causa dos púnicos, o povo de Cartago.

— *Tudo começou com Aníbal, filho de Amílcar, general cartaginês que conquistou o sul da Península Ibérica, a parte do que chamamos de Hispânia e que fica além dos Pirineus* — as crianças o fitavam com olhos curiosos, como se Cohncot fosse um baú repleto de boas lendas. — *O Mar Mediterrâneo era a menina dos olhos famintos de Roma, e Amílcar, bem como seu filho Aníbal, decidiram disputá-lo com os homens de toga. Isso ocorreu há duzentos anos, e foi então que o filho do cartaginês, contrariando as estratégias de Roma, resolveu adentrar o território itálico a partir dos Alpes.*

Cohncot desenhou grosseiramente o mapa do mundo como era conhecido naquela época. Traçou a Gália em primeiro plano para situar seus ouvintes. Depois, traçou o que conheciam como território itálico, a própria Roma, rabiscou os nomes dos oceanos e arrematou a ponta final dos traçados ao sul, deslocando um pouco daquela região que chamavam de Sicília.

— Aqui! — o druida circulou o nome. — Podemos dizer que parte desta guerra foi decidida aqui, no que os romanos chamam de Sicília. Mas a vocês, meus pequenos guerreiros, o que importa mesmo é onde nós, allobroges, nos situamos nisso tudo. — Cohncot andava no centro daquele grande círculo, para não deixar de ser ouvido. — É preciso que vocês saibam de algo valioso na arte da guerra: quando estiverem dispostos a surpreender, lembrem-se de que também poderão ser surpreendidos. Aníbal possuía um número assustador de guerreiros, seu contingente fez tremer as terras por onde passou. Contava com aproximadamente noventa mil infantes, doze mil ginetes e dezenas de elefantes.

As crianças se impressionavam, como se aqueles números representassem uma nação inteira.

— Sim, era um exército numeroso! Mas nem sempre se vence uma guerra pelo número de guerreiros. — nesse momento, Cohncot desenhou o resto do mapa que faltava para continuar sua história.

— Vejam, aqui está Cartago, na terra que chamamos de África. Aníbal não quis enfrentar os romanos pela travessia mais curta. Ele quis surpreendê-los e, sendo assim, ao chegar em nossas terras, nos surpreendeu também. Aníbal estava determinado a invadir Roma pelo norte da Itália e teria de atravessar os Pireneus e depois os Alpes, pois vinha pela Hispânia. Ele então enfrentou o que nós, povos da Gália Narbonense, desde muito tempo, conhecemos como "o lençol alo dos deuses", as "nuvens de gelo", ou seja, a neve.

Rhodes e Tumboric se cutucaram, considerando que a partir dali a narrativa de Cohncot rumaria para a parte esperada.

— A neve, quem diria, deixaria Aníbal avariado em seu numeroso contingente. Os Alpes e nós, os allobroges, demos a ele um trabalho inesperado. Talvez Aníbal, num certo momento, tenha confundido a grandeza dos seus elefantes com seu próprio tamanho. Julgou-se invencível. Talvez ele e seus guerreiros desconhecessem a neve e ao se depararem com a Senhora dos Alpes, decerto pensaram que aqui ninguém vivesse. Então ele se encontrou com o nosso povo e, para nós, A Segunda Guerra Púnica começou ali.

Guerra! Aquela palavra tinha mesmo o poder de modificar a narrativa de Cohncot. Foi naquele ponto que a respiração das crianças allobroges mudou de ritmo, acelerou a tal ponto que para mim, que sou sensível a isso, soou como o bater estridente de tamboretes. Ver o ritmo acelerado daqueles pequenos aldeões me fez pensar no poder daquela palavra. Por que será que os humanos valorizam tanto essa deusa da destruição? Por que a justificam com métodos cruéis, alegando que jamais desejaram provocá-la?

É verdade que de onde eu venho e pela matéria da qual fui feito, no início, o surgimento de seres como eu se assemelhou a uma guerra. Pelo que ouvi dizer, viemos de uma explosão. Mas isso faz tanto tempo que nem mesmo as estrelas, ninfas luminosas do firmamento, sabem dizer exatamente quantas eras se passaram. Nós, seres naturais, não queremos a guerra. Embora, mesmo sem desejar, simplesmente impulsionados pelo fato de existirmos, possamos causar prejuízos à humanidade. O que não acontece com os homens. Mais cedo ou mais tarde, cada um, por menor que seja sua estatura, seu poder, sua beleza e o clã de onde vem, travará uma guerra. O que varia é apenas a proporção. O homem pode guerrear contra um exército de milhares — como o de Aníbal, personagem narrado por Cohncot — ou contra si mesmo. Eu lhes asseguro, por tudo que vi nesses meus caminhos desbravados, que eles vencem muito mais as guerras contra os seus semelhantes do que contra si mesmos. O simples ato de olhar para dentro de si mesmos lhes causa muito medo.

Por isso, embora muito pequeninas diante da experiência de Cohncot, as crianças allobroges reagiram exatamente como ele esperava: excitadas! Talvez isso se explique pelo fato de que a guerra dói. E a dor, bem, é a única que faz crescer quem sobrevive a ela. Então comecei a me perguntar, investigando o rosto de cada criança sentada ao lado de Rhodes e Tumboric, *qual delas sobreviveria a uma guerra?* Acho que, também eu, sem perceber, estava ansioso pela narrativa de Cohncot. As crianças começaram a se aproximar umas das outras porque fui passando entre elas, e por causa do manto invernal que me veste da cabeça aos pés, costumo ficar numa temperatura bem baixa. Sentei-me ao lado delas e resolvi descansar. Afinal, no inverno eu sou desobrigado a espalhar as sementes. Também eu quis ouvir Cohncot.

— Os Alpes tremeram com a chegada dos elefantes de Aníbal, e nós tivemos medo. Dizem os antigos relatos, passados de geração em geração, que a Gália ficou enfurecida por Aníbal ter desperdiçado vidas tão valiosas.

— Então muitos guerreiros morreram? — perguntou Alícia, a filha mais nova de Lucius, o ferreiro; enquanto Brígida, a amiga displicente de Rhodes, rabiscava algo no chão.

— Sim, alguns bons homens morreram. Mas, quanto às vidas valiosas, me refiro aos elefantes. — o bruxo se apegou a um tom nostálgico, como se ele próprio tivesse visto os grandiosos animais do cartaginês caírem por terra. — Todas aquelas criaturas fantásticas morreram aqui nos Alpes por conta da estupidez daquele homem.

As crianças allobroges, e não somente elas, como também seus pais, jamais chegaram a ver um elefante, porque não era um animal da região. Cohncot gastou alguns minutos descrevendo as características do gigante de tromba com presas de marfim, e a cada elemento narrado, ficava mais difícil para eles saberem se queriam mesmo dar de cara com um desses animais.

— Certa vez, quando estive na Cidade, vi elefantes desfilando pelo Fórum Romano em um despojo das guerras civis de Júlio

César, e eles eram lindos! — nesse momento, os olhos de Rhodes brilharam como diamantes, seu pai havia sido citado e todo o resto a partir dali parecia tomar um valor especial. — Até hoje me pergunto se os elefantes desconhecem seu próprio tamanho, porque mesmo sendo os maiores seres da terra dos homens, vivem a servi-los como se não pudessem vencê-los.

Rhodes ficou por muito tempo pensando no poder dos elefantes. Seria possível viver uma vida inteira sem conhecer seu próprio tamanho?

— De acordo com a Palavra Antiga, Aníbal chegou aos Alpes acompanhado de seu exército e seus elefantes, mas com a neve a castigar os animais desacostumados com o clima inóspito, muitos morreram, exauridos após subirem as montanhas soterradas com uma espessa camada de gelo sob suas patas. No início, o estrondo era amedrontador, a terra tremia quando os elefantes caíam, derrotados pela Senhora dos Alpes. Fria e implacavelmente, a neve derrotou boa parte do exército de Aníbal. Outrora, por onde passava com sua gente, o cartaginês conseguia impressionar nações inteiras, e muito disso era devido aos elefantes. Conosco não foi diferente. No entanto, depois de vê-los de perto, percebemos que eram animais sagrados e importantes para os deuses. Aníbal cometeu um grave erro ao sacrificá-los em sua odisseia, e por causa disso pagou um preço muito alto.

— Mas nós derrotamos Aníbal? — a ansiedade costumeira de Rhodes quis encurtar o caminho da narrativa.

Cohncot fez um sinal com a palma da mão virada para o chão como se quisesse abafar algo invisível. Pedia calma.

De posse de seu cajado, olhou para a ponta do objeto e fixou os olhos em sua meia-lua feita de marfim. Ele observou demoradamente aquela meia-lua presa por finas cordas de junco.

— Estão vendo este marfim preso ao meu cajado? Ganhei de meus ancestrais. Pertenceu ao pai de meu bisavô quando ele tinha a mesma idade de vocês. Ele chegou a ver os elefantes de Aníbal caírem exaustos em nossas terras. Foi na Segunda Guerra Púnica.

Tumboric, dentre todos ali, era o único que parecia duvidar daquilo. Talvez por não ser uma criança allobroge, não se sentia obrigado a crer nas lendas daquele povo. Ele não tinha um gene para valorizar, e naquele momento, possuía a vantagem do bom julgamento: imparcialidade. No entanto, manteve-se respeitoso. Ainda não estava convencido de nada, nem mesmo de sua dúvida. Já seu irmão Rhodes mantinha-se imóvel e cada vez mais envolvido com a Segunda Guerra Púnica de Aníbal, encantado com a batalha.

CAPÍTULO VII

O Triúnviro na Aldeia Allobroge

Passados dois anos, Marco Antônio foi ao encontro dos allobroges, que o receberam com todas as honras. Não apenas por ser um dos triúnviros — cercado de servos e coberto de peles que lhe conferiam um aspecto da realeza — mas principalmente por ser tão familiar àquelas terras e àquele povo. A província, onde esteve dez anos antes, ainda lhe reservava a deferência antepassada. Deixe-me explicar melhor.

Depois da morte de César, logo nos primeiros meses, Roma ficou sem rumo. Não se sabia muito bem quem tomaria o bastão do poder. Assim que Marco Antônio e seu exército, bem como os senadores que o apoiavam, começaram a se vingar dos assassinos de César, e tendo Otaviano, sobrinho-neto do ditador assassinado, tomado seu lugar como herdeiro legítimo, por força do testamento feito pela lavra do próprio César, o poder voltou a ter feição. Então, de forma astuta, Antônio — grande general e braço direito de César —, juntamente com Otaviano e Lépido, outro apoiador do antigo ditador, formaram um Triunvirato; uma espécie de aliança que divide o poder entre três homens influentes. Naquele ano, a coisa ainda estava nesses moldes.

Mirta o viu chegar da porta de sua cabana. Em pé, ereta como uma árvore presa por fortes raízes, sentiu tremerem as pernas diante da cena e tudo o mais que se seguiu por trás de Antônio; as centúrias, o estandarte de Roma, a águia dourada e impoluta, seus tenentes e generais; tudo isso a fez voltar no tempo em que o amor lhe era possível, porque vivia dentro de César. Aquela visão a fez morrer um pouco.

Acredite, aprendi que os humanos podem morrer várias vezes numa só vida.

Antônio, como fiel amigo de César, esteve presente em vários momentos da vida da gaulesa, embora ambos soubessem que o melhor era fingir que ela não existia. Talvez também ele, triúnviro de Roma, remetesse aquele lugar e, notadamente, o rosto de Mirta, ao saudoso e eterno amigo, Júlio César.

A recepção à autoridade romana, como de praxe, ficara a cargo dos líderes militares, sempre ladeados pelos sacerdotes druidas. Com esses, Antônio — embora se esforçasse — não tecia muitos assuntos. Religião e fé nunca foram seu forte. Antônio era o homem do braço forte, da espada embainhada, do combate nos campos. A posição de político, embora a desejasse, parecia cair-lhe às pressas sobre um colo pouco hábil e provavelmente não notasse que suas ricas vestes só faziam ressaltar uma ilegitimidade para o posto.

Rhodes estava curioso. Alguém como Antônio podia trazer mais informações sobre seu pai. A mãe do menino, no entanto, tentou conter sua excitação. Disse-lhe que não se aproximasse de Antônio, que não lhe fizesse pergunta alguma, pois os romanos eram imprevisíveis, e ainda mais: que o poder geralmente carregava a gentileza dos homens.

— Mas minha mãe, também eu sou romano. Lá nasci, falo latim e grego, e sou filho de César, não sou?

— Não repita isso! A menos que estejamos em companhia de gente muito amiga. O que para você é um orgulho, meu filho, poderá um dia lhe custar a vida. — Ela se agachou para perto de seus olhos, percebendo que havia usado um tom ríspido demais, devido ao medo de perdê-lo mais uma vez. Mirta se consumia quando a paternidade de Rhodes vinha à tona, e mais ainda quando romanos poderosos estavam por perto. — Digo isso para o seu bem, meu amor, acredite!

Doía para ela lembrá-lo que a filiação ilegítima era uma realidade com a qual ele teria que conviver. Mesmo pequeno, Rhodes entendia e sorvia tristemente as palavras de sua mãe, sabedor de que ela assim falava para protegê-lo de um mundo onde a fidelidade era tão rara quanto os eclipses lunares.

Amuado, o menino espreitou de longe a visita de Ícaro até a tenda luxuosa do triúnviro. Agora Ícaro era um homem barbudo, com os cabelos avolumados, um pouco abaixo da nuca, num corte muito mal repicado, bem diferente dos romanos. Antônio mal pôde reconhecê-lo. O centurião pediu licença ao entrar, pois embora visivelmente confortável dentre os gauleses, não podia apagar toda uma vida de obediência à República Romana.

— Ora, ora, se não é o mais gaulês dos centuriões. — Antônio falava alto, mais ainda por estar de posse de uma caneca cheia do vinho das Gálias. — Vejo que as vestes simples não lhe caem tão bem quanto a lorica e o gládio.

É claro que Ícaro não poderia esperar outra coisa do homem que tantas vezes o comandou. Até as solas das botas de Antônio faziam questão de afirmar que eram romanas; ele, ao que parecia, jamais abriria mão desta condição. Além disso, desde a morte de

César, nunca mais haviam se visto. No entanto, partiu de Antônio a ordem de dispensa que livrou o centurião do banimento. Mesmo assim, Ícaro sentia que jamais se livraria da obediência aos generais de Roma. Quando firmou seu triunvirato com Otaviano e Lépido, coube a Antônio o consulado da Gália e parte do norte da Itália, o que dava a Ícaro um pouco de tranquilidade.

Enquanto isso, na cabana, Rhodes tentava convencer a mãe de que não faria nada de errado e que sequer se aproximaria de Marco Antônio. Disse que iria ao rio para pescar com Tumboric. Talvez, por não estar envolvido diretamente naquela história, eu conseguia ver claramente o que Mirta ignorava: Rhodes sabia dissuadir muito bem. O menino saiu em direção ao rio, imaginando que sua mãe estivesse vigiando seus passos. Assim que ganhou distância, virou-se para trás e nem sinal de Mirta. Talvez ela tivesse acreditado em sua palavra. Sentiu-se culpado pela desobediência, mas, confiante de que Antônio nada de mal lhe faria, tornou a subir o altiplano à sua direita, desta vez na direção diagonal, avistando a parte superior da tenda consular. Minutos depois já estava atrás da cabana; os druidas haviam acomodado o comandante romano na mais ampla de todas as moradas da tribo, uma espécie de alojamento nobre para os poderosos que visitavam a aldeia. Rhodes conseguiu encontrar uma fresta que o permitiu, com certo conforto, subtrair os gestos de Ícaro e Antônio. Algumas palavras escapavam de sua compreensão, certamente indicando elementos técnicos dos homens da guerra. Somente quando a conversa voltou para os interesses pessoais do centurião é que Rhodes se inteirou um pouco mais.

— O comandante tem ao seu dispor homens de muito valor. Grandes guerreiros para Roma. — Ícaro, ao dizer isso, parecia querer fazer Antônio pensar melhor sobre as coisas que já eram suas ou tentar convencê-lo de algo.

— Sim, tenho. Mas penso que nos cercarmos dos melhores nunca é demais. Você já cumpriu sua promessa a César, não está obrigado a viver aqui para sempre. Afinal, está cansado demais para as campanhas ou adquiriu afeição verdadeira por este povo? — questionou Antônio, sustentando seu queixo forte sobre a mão fechada em punho.

Antônio estava recostado num triclínio estofado com um tecido carmesim, parecia cansado e ao mesmo tempo desperto pelo diálogo. Já havia tirado as botas, o saiote de couro e a lorica. Alguns criados passavam para lá e para cá trazendo objetos pessoais, provavelmente as coisas que faziam Marco Antônio relembrar que era um cônsul de Roma. Foi quando Rhodes viu entrar na tenda um rosto familiar. Júnia estava com um vestido diferente daqueles que as mulheres allobroges costumavam usar, feito de um tecido fino e claro que se dobrava várias vezes na altura do ombro esquerdo, deixando o outro lado nu; a transparência da veste tinha o fito de desvelar sua silhueta. A moça era bela, bem no estilo gaulês. Seu olhar discreto, típico de alguém como ela, ordeira e gentil, naquela noite parecia tomado por um tipo de audácia que Rhodes jamais notara; abaixo da linha d'água dos olhos, um risco preto lhe conferia uma expressão sensual. Júnia não pertencia ao grupo de mulheres que vez por outra se sentava no colo dos soldados e Ícaro sabia que um guerreiro allobroge pretendia desposá-la, por causa disso, há tempos ela não era vista como um elemento de prazer qualquer. Rhodes, apesar de menino, tinha um olhar ligeiro como se dentro dele existissem experiências pressentidas, apesar de não vividas, e talvez por isso, a chegada de Júnia na tenda de Antônio deixasse claro para ele que o melhor da Gália teria de estar disposto para os romanos. Imediatamente, ele pensou como um allobroge se sentia ao ver os romanos chegando e tomando tudo e todos como se a eles pertencessem desde sempre. Ainda sob o efeito dessas percepções, Rhodes não notou Tumboric se aproximando por trás, apoiando no ombro o anzol de onde pendiam alguns filhotes de truta.

— O que você está fazendo aí? — perguntou num tom alto e displicente enquanto se agachava ao lado de Rhodes.

— Chiu! Fale baixo! Estou cumprindo ordens — respondeu rispidamente.

Em tom de cochicho, Tumbo repetiu:

— "Ordens"?

De súbito, Antônio ficou nu, retirando o pouco de pano que ainda tapava seu sexo. Ícaro se manteve inerte, parecia que aquilo era comum dentre os romanos. Rhodes fez cara de nojo e Tumboric, que não via o mesmo que o irmão, quis saber do que se tratava. A moça permaneceu de pé, esperando uma ordem. Um criado trouxe uma túnica reta para Antônio e dispôs uma bacia com água sobre uma mesa de três pés. Antônio tornou a dirigir a palavra a Ícaro, logo depois de olhar para a moça com olhos de fome.

— Vamos fazer assim, meu amigo. Enquanto eu estiver aqui, deixarei que você repense sobre suas escolhas. — depois de jogar um pouco de água sobre o rosto e espalhar sobre os cabelos vastos e anelados, Antônio conduziu a moça para o triclínio e começou a alisar seus seios. Depois, deu o ultimato a Ícaro sem tirar os olhos de seu prêmio noturno: — Caso você opte pelos gauleses, tenha uma coisa em mente: minha dispensa não é uma garantia eterna para você. As coisas mudam no poder.

Como se tivesse sido cuidadosamente instruída para isso, Júnia se aproximou de Antônio ignorando totalmente a presença do centurião, ou melhor, como se sequer o conhecesse e passou a acariciar os cabelos encaracolados do romano. Seria aquilo o magnetismo de Antônio sobre as mulheres, ou a condição cativa dos gauleses?

Ícaro saudou o triúnviro e bateu com o punho cerrado da mão direita sobre o lado esquerdo do peito. Desta vez, o olhar reto baixou rapidamente na direção de Antônio que já não o olhava, mas tinha as mãos fixas nos seios da moça e parecia como um lobo prestes a montar numa ovelha.

— Diga para a mamãe que eu estava com você no rio e que subimos juntos. — Rhodes ficara apoiado no chão para espiar e agora limpava as mãos de terra na roupa, deixando-as alaranjadas.

— Por quê? — perguntou Tumboric ligeiramente contrariado por ter que dividir seus feitos de pescador com o irmão mandão.

— Ora, tudo você quer saber... Porque não quero que ela pense coisas erradas a meu respeito.

Tumbo estreitou os olhos em sua direção e seu jeito de olhar era suficientemente esclarecedor para que Rhodes excluísse a ideia da cumplicidade cega.

— Está bem... eu vou contar.

Passados alguns minutos, Rhodes terminou o relato de sua pequena aventura, mas sem revelar o mais importante: que talvez Ícaro partisse em poucos dias. Os dois foram para casa e convenceram Mirta de que haviam pescado juntos os míseros filhotes de truta. Naquela noite, Ícaro não foi jantar com eles e nenhum dos meninos reclamou a sua ausência. Acharam melhor fingir que de nada sabiam. Mirta assou os peixes do lado de fora da casa, numa fogueira acesa prontamente por Tumboric, sempre mais rápido do que Rhodes na arte de atritar os gravetos.

O trio fazia de tudo para não importunar os demais aldeões, nem pedir favores desnecessariamente. Não era preciso pedir por algo que um deles poderia resolver, ainda que, muitas vezes, com uma dose de esforço. Quando Ícaro estava na aldeia, quase sempre jantava com eles. Levava um pão ou uma ave recém-abatida. Mirta sentiu sua falta, mas nada falou quanto a isso. A presença de Antônio certamente era o motivo da ausência. Logo depois do jantar, os meninos se prepararam para dormir, enquanto ela limpava os pratos untados de azeite e alecrim usados para temperar o peixe. Mirta saiu para lavá-los atrás da cabana onde deixava as tinas cheias de água do rio. Quando voltou, notou que Rhodes ainda estava acordado, sob a luz tremulante de um resto de vela acesa, com o braço por trás da cabeça e os olhos fixos no teto.

Mirta sentou-se ao seu lado e perguntou suavemente enquanto passava a mão sobre seus cabelos:

— Ainda pensando nos romanos?

— Não sei se estou pensando num romano ou num gaulês.

Mirta achou graça e pensou que Rhodes estivesse querendo brincar de adivinhar.

— Como assim? Não sabe em quem está pensando?

— Minha mãe, Ícaro é romano ou gaulês? — Rhodes tirou os olhos do teto e fixou-os em Mirta, esperando que ela respondesse.

— Que espécie de pergunta é essa? Você sabe muito bem que Ícaro é romano — retrucou, com um sorriso forçado.

— Não sei não, minha mãe, acho Ícaro mais gaulês do que romano.

— Do que você está falando?

Rhodes pensou que havia ido longe demais naquele jogo de adulto e que teria que pagar o preço da desobediência se quisesse dizer a verdade. Mirta estava esperando sua resposta, mas já pressentia que o filho tinha se metido naquilo que não devia.

— Talvez Ícaro nos abandone... — disse ele assumindo o risco de revelar sua descoberta.

— Rhodes... o que é que você andou fazendo? — seu tom parecia anunciar a aplicação de uma punição.

— Ouvi uma conversa entre ele e o triúnviro.

— Então você me desobedeceu. Mentiu e fez Tumboric mentir também. Estou decepcionada com vocês dois. — Tumboric já estava dormindo e ressonava imune aos atritos da mãe.

— A culpa é minha, não o castigue minha mãe. Fui eu quem o colocou nessa história toda, Tumbo nada fez.

— Se você pensa que vai escapar desta vez, está muito enganado mocinho. Isso vai lhe custar um bom tempo preso sob as minhas barras. — ela sabia que este era o maior de todos os castigos; obrigá-lo a segui-la dia e noite pela aldeia como se fosse um bebê. Mesmo assim, Rhodes continuou falando, precisava dividir isso com ela.

— Sim, minha mãe, eu mereço o castigo por lhe desobedecer. Mas deixe-me contar o que ouvi na cabana.

Mirta cruzou os braços, muda, esperando aquilo acabar para colocar em prática, logo pela manhã, seu plano de doutrinar.

— Marco Antônio disse que quer ver Ícaro integrado ao seu exército.

— Você tem certeza disso?

— Sim. Acho que ele quer Ícaro novamente no posto que ocupava na VI Legião. — A legião da qual Rhodes tinha ouvido Antônio falar era a de formação originária criada por Júlio César na época em que esteve na Gália, do ano 58 a 52 a.C. Nesse período, o general a chamava de Ferrata. Em algumas divisões, seu símbolo era representado por um touro de grandes chifres, em outras, por um lobo.

Mirta franziu o cenho. Ordenou que Rhodes dormisse e disse que no dia seguinte falariam sobre isso. Já era tarde e ela não queria brigar com ele novamente.

Alguns minutos depois de ficar sentada sobre a beira da cama, passou a mão em seu manto de lã, enrolou-o sobre os ombros e saiu da cabana. Ela não costumava aparecer no centro da aldeia, não àquela hora, a não ser nas noites festivas ou em sacrifícios druídicos. Naquela noite, por causa da presença imponente de Roma, tudo parecia artificialmente sob controle, como se todos fingissem apreciar os visitantes. Os allobroges, bem como todo o resto da Gália Narbonense, já estavam acostumados a conviver com os romanos, afinal, eles eram uma província romana. Uma outra parte da Gália, ainda não oficializada como província, era composta de clientes. Mas isso ocorria de forma pontual.

Nas calendas, as caravanas allobroges se dirigiam até a fronteira para pagar os impostos. Quando o poder em Roma solicitava víveres e contingentes de guerreiros gauleses, uma lista de nomes escalados com a chancela dos druidas, chegava até o comando da província e na data aprazada o exército allobroge fazia a sua parte, comparecendo em número de guerreiros nas fronteiras militares. Mas quando uma centúria inteira tomava aqueles campos ligeiramente escarpados, ocupando um vasto espaço de terra com suas tendas de acampamento romano, era o mesmo que ver as pragas tomando conta das plantações no verão. Muito difícil de conter.

No centro da aldeia, os homens tomavam vinho, riam alto, apalpavam as nádegas das mulheres que bem queriam e exigiam que alguns aldeões completassem seus canecos a cada última golada. Alguns centuriões tinham modos mais nobres, no entanto, a maioria parecia menos preparada do que o exército de César; talvez Marco Antônio estivesse recrutando qualquer um só para afrontar os números do exército de Otaviano. Aquele triunvirato parecia cada vez mais estranho. De qualquer forma, Mirta pretendia ficar bem longe de todos, e fez o possível para não ser notada. Os sacerdotes estavam por perto — eles impunham respeito mesmo em ambientes frequentados por soldados romanos, isso a deixou mais calma. No fundo, parecia que Marco Antônio, diferentemente de César, deixava seus homens muito à vontade, o que podia tornar as coisas mais propensas para confusões entre gauleses e romanos, evoluindo para um conflito desnecessário.

Mais duas dúzias de passos e Mirta estaria perto da cabana de Ícaro. Como não o viu entre os fanfarrões na grande fogueira, supôs que estivesse lá dentro. Se a porta estivesse aberta ela entraria, este era o sinal de que ele não estava acompanhado.

Ela pigarreou antes de entrar, anunciando sua chegada.

— Está acordado, posso entrar?

Sem ouvir resposta, entrou. Não havia ninguém na cabana, mas ele devia estar por perto, pois o fogo de sua pequena lareira ardia vivo e o copo de vinho estava cheio. Sobre uma pequena mesa de pedra, Ícaro guardava alguns pertences que para ele eram caros. Seus penates, suas antigas abotoaduras, alguns papiros que Mirta teve vontade de desenrolar mas não o fez porque seria desrespeitoso, e um tinteiro que, para a condição de centurião, era uma espécie de artigo de luxo. Talvez ele gostasse de se debruçar sobre o papiro, mas nunca havia conversado com ela a respeito disso.

Mirta resolveu esperar mais um pouco, era possível que ele tivesse saído para buscar pão na casa de mó no centro da aldeia. Sentada de frente para a lareira, aproveitou aquele momento sozinha junto ao fogo que ardia com a força de uma personalidade jovem e isso a fez sorrir, relembrando os tempos de vestal.

— Mirta, o que houve? Precisa de ajuda? — quando Ícaro a viu, sentada de frente para a lareira, custou a acreditar. Ela nunca ia à sua cabana, muito menos numa hora como aquela. Imaginou que Rhodes e Tumboric estivessem doentes, ou precisassem de algo.

Mirta se virou, depois de fixar seus olhos verdes no fogo, e se surpreendeu com o fato de Ícaro estar acompanhado. Então era isso! Ele havia saído em busca de companhia. Por um instante ela se acanhou, mas conseguiu liberar um meio sorriso e se atrapalhou com as palavras, procurando justificar sua ida.

— É que eu precisava lhe fazer uma pergunta, mas pode ser amanhã. Vejo que está ocupado.

A companhia de Ícaro era conhecida, a filha de Angus, o açougueiro dos allobroges. Era certo que ele estava querendo arranjar um casamento para a filha, portanto Ícaro seria um pretendente em potencial. Aliás, já era hora mesmo do centurião se enroscar com alguém, já que Mirta nunca lhe dera esperanças e parecia ter secado depois da morte de César. A aldeia inteira sabia que ele a desejava, mas sabia também que Mirta preferia permanecer com seu fantasma.

Bell foi se aconchegando na cama de Ícaro, parecendo ignorar a presença de Mirta. Sua pele jovem brilhava sob a luz da fogueira e sua silhueta sensual podia ser vista sob o tecido ligeiramente transparente que ela fazia questão de usar à noite, atiçando o fogo dos homens. Ícaro ficou confuso, sem saber direito o que dizer. Ele desejou tanto aquele momento e sonhou com a visita de Mirta por tantas noites, que o fato daquilo estar acontecendo daquele jeito o desconsertou. Mirta resolveu facilitar as coisas para ele.

— Boa noite, centurião. Quando puder, passe na cabana. Rhodes me pediu que lhe chamasse para jogarem o vinte e um, mas sabe como é... as crianças pensam que os adultos não têm vida... — ela se despediu de Bell como se fossem vizinhas e mandou lembranças ao seu pai.

Meia hora antes Ícaro tinha ido até a cabana de Mirta. Mas ao ver o forro da porta abaixado, resolveu voltar. Confuso e com vontade de dividir um pouco de sua angústia, saiu em busca de conversa com os guerreiros. Mas Bell o abordou pelo meio do caminho com um cheiro de leite de cabra que reforçava sua condição de mulher jovem. Ícaro a despiu e fez amor com ela rapidamente, queria aliviar sua tensão. Quando olhou para os olhos castanhos da moça antes de alcançar o clímax, pensou em como seria penetrar em Mirta e se perder em seus olhos cor de oliva.

Marco Antônio permaneceu com os allobroges por aproximadamente dez luas. Ficou a par de como os éduos e os bitúriges se comportavam pelas costas de Roma e também soube de certa tribo que se sentia no direito de cobrar impostos a quem ultrapassasse suas fronteiras: os carnutes. Era antiga a rixa entre Roma e os carnutes — um dos povos a apoiar Vercingetórix no último grande levante contra a República na Gália. Contudo, após o domínio maciço dos romanos, Antônio julgou ultrapassadas as divergências com os insurgentes.

— Eles não fazem isso de forma declarada, nobre triúnviro — falou com deferência a voz cautelosa de Bautec — Na verdade, esperam que as tribos se locomovam até as fronteiras para pagar seus impostos e se aproveitam desse momento para atacar os povos periféricos, exigindo assim um segundo pagamento para que tenham sua integridade mantida.

— Refresque minha memória Bautec. Não estão eles se utilizando do *contributio*, estão? — inquiriu Antônio, sarcasticamente.

O *contributio* era uma prática autorizada por Roma para recompensar a fidelidade de determinado povo, permitindo que estes exigissem o pagamento de impostos em tribos conquistadas pelos próprios gauleses.

— Jamais, general. Ao contrário, os carnutes foram o último povo a jurar lealdade a Roma. Estiveram, inclusive, bem depois da morte de Vercingetórix, à frente de pequenas revoltas na Gália Interior. Além disso, as tribos recentemente atacadas nunca pertenceram a eles. — nesse instante, Bautec abriu um grande rolo de couro que Antônio sabia se tratar de um mapa. — Aqui estão as tribos atacadas na última calenda, são tão antigas quanto os próprios carnutes. Assim como nós, estão na Gália antes mesmo da passagem de Aníbal.

— Mas são teimosos esses carnutes... Penso que precisam de uma pequena lição. No entanto, Bautec... — Antônio estava de posse de um cacho de uvas e as comia com gosto, porque eram tenras e frescas —, essa não é minha prioridade. Estamos nos locomovendo para Marselha. Embora aqui não seja o meio do caminho, achei por bem mostrar meu belo semblante na Narbonesa. Afinal, não é a Gália minha parte do trato? Mas temos que ser práticos. Otaviano não se mostra afeito a grandes deslocamentos, e voltará para Roma enquanto Lépido e Polião tentam organizar as coisas em Filipos.

Bautec repensou num jeito de manter Antônio envolvido com as questões das pequenas tribos gaulesas que sofriam com o massacre dos carnutes. Os refugiados daquelas regiões vinham em debandadas para as áreas dos allobroges e, com o tempo, isso poderia se tornar um problema para a tribo. Mais gente significava a necessidade de mais comida e nem sempre os forasteiros assimilavam os costumes dos outros povos. Um crescimento desmedido na Narbonesa, em pouco tempo traria desequilíbrio para as províncias.

— Sim, Antônio, entendo. No entanto, pense comigo. Se as tribos periféricas temerem mais aos carnutes do que a própria Roma, é bem possível que comecem a priorizar o pagamento àquela tribo deixando Roma em segundo plano, pois a distância entre eles e as fronteiras os torna vulneráveis demais para se sentirem obrigados a pagar os tributos à República. Com o tempo isso se alastrará — ainda que você me diga que Roma mostrará a ferro e fogo quem detém o poder — contudo, no fim das contas isso trará prejuízos e descontrole ao sistema das províncias.

Bautec tinha razão. Já que os gauleses precisavam obedecer a Roma — como vinham fazendo há tempos —, ao menos que aquilo servisse de garantia às tribos menores. Afinal, se a Gália estava fadada à escravidão, que fosse servil para o mais poderoso de todos os usurpadores. Mantendo seu estilo fanfarrão, Antônio agradeceu as informações e disse que pensaria em algo eficaz para exterminar a confiança dos carnutes, impondo, através dos métodos que os romanos adoravam empregar, uma lição definitiva àquele povo.

À tarde, ainda naquele dia, chegou à aldeia um dos emissários de Marco Antônio, dando posições sobre a partida para o Porto de Marselha. Isso deixou o druida aflito, pensando que com tão pouco tempo para sua retirada, era mais provável que Antônio nada fizesse contra os carnutes. Mas estava errado. Apesar de falastrão, Marco Antônio se tornara um grande líder e com a experiência que adquirira ao lado dos senadores articulados e do próprio César, sabia que era importante estancar as ações abusivas dos carnutes. Mandou chamar Ícaro.

Desta vez, usando traje militar, pediu que os sacerdotes viessem ter com ele, e solicitou também a presença dos chefes militares para deixar claro que não se fazia de insensível aos problemas ocorridos pelas costas de Roma.

— Sentem-se — pediu Antônio, concentrado e liberto dos efeitos do álcool. Esperou que todos se acomodassem para começar a discutir o que fazer contra os carnutes. E foi direto ao assunto apresentando o que queria que fosse realizado dali para frente. — Bautec me deixou a par das façanhas dos carnutes e eu, pelo poder que me foi conferido pelo Senado Romano, não posso fechar os olhos para este problema.

Ícaro se perguntou o que ele estaria fazendo ali, naquela reunião entre líderes allobroges e um dos triúnviros de Roma. Ele até podia imaginar o que lhe estava reservado, mas preferiu deixar que o discurso de Antônio o surpreendesse.

— Amanhã partirei para Marselha. Antes passarei em Arlés e me divertirei no Circo, há tempos não apareço por lá. No entanto, pretendo deixar parte de meu contingente dentre os allobroges.

A mesa de súbito esfriou. Manter um contingente numeroso em terras allobroges significava muito trabalho para a aldeia, pois eles teriam que alimentar aqueles homens, fosse pelo tempo que Marco Antônio estipulasse. Ícaro sabia exatamente aonde os planos do general iriam chegar.

— Organizem seu exército, Bautec e Cohncot, como se fossem para a guerra. Ícaro se encarregará de mediar as ações entre o seu exército e os meus homens, ele já fez isso muitas vezes. Acho que ainda se lembra de como fazer. — e acrescentou — O povo allobroge está, através da minha chancela, encarregado de ensinar aos carnutes que Roma é o único poder e mais ninguém o terá sobre qualquer parte da Gália. Aqui está o documento que deverão portar ao encontrar resistência nas patrulhas das fronteiras. Amanhã, logo ao raiar do dia, serão enviados batedores aos pontos fronteiriços, as tropas da República serão avisadas de que seu povo está agindo em meu nome.

Ao dizer isso, Antônio estava também impondo urgência ao exército allobroge. Com os comandantes informados, a notícia correria rápido na Narbonesa e certamente, em troca de favores, alguém avisaria aos carnutes sobre o que estava a caminho. Um inimigo alertado é o mesmo que um inimigo vitorioso.

Naquele momento, Ícaro se deu conta de que não sabia bem a que lado pertencia, mas, como cumpria ordens de Roma e estava em companhia dos allobroges, sua condição parecia não ter mudado muito. Os druidas se dispersaram afoitos para transmitir o recado aos chefes do exército. Marco Antônio levantou-se, dando por encerrado qualquer pleito. Seu mensageiro estava a postos, aguardando a deixa para lhe entregar as últimas notícias de Roma. Mas Ícaro precisava saber o que viria depois.

— General — ele sempre o chamaria assim, ainda que o cargo de triúnviro fosse maior. — E quanto a mim? Ao regressarmos do embate contra os carnutes, a quem devo servir?

Antônio respirou fundo. Segurou firme nos ombros do centurião, fitando-o nos olhos, e lhe disse:

— Sirva ao teu coração, meu bom homem. Teus feitos e teu caráter me provam o porquê de César ter confiado a seu próprio filho. Sei que gostas dessa mulher — Ícaro ia interrompê-lo, mas Antônio fez sinal de que não se desse ao trabalho —, talvez ela tenha lhe dado para beber da mesma poção que deu a César. Fique onde quiser. Mas prometa-me que jamais trairá Roma.

Jamais, em tempo algum, Ícaro se imaginaria efetivamente liberto para viver dentre os allobroges. A missão de ir até os carnutes era, para ele, o menor dos males. Já havia vencido tantas batalhas ao lado de César e Antônio que meia dúzia de nobres gauleses pouco significava para sua experiência. Agora ele só pensava em cumprir aquela última missão, voltar para a aldeia e dizer a Mirta o que nunca tinha dito: que ele a amava e queria viver com ela para o resto da vida.

CAPÍTULO VIII

Os Carnutes

É possível que você esteja confuso quanto ao fato de Roma se dizer dona de toda a Gália, e mesmo assim, coisas como essas que os carnutes vêm fazendo ainda ocorrerem por aqui. A verdade é que Roma só se interessa em recolher impostos e se aproveitar de qualquer tipo de riqueza que a Gália possa produzir. Vinho, prata, arte da melhor qualidade, batatas, trigo. Se os gauleses pretendem se matar: que sigam em frente! Desde que isso não atrapalhe os planos de Roma.

Mas o que faz com que os carnutes sejam tão pretensiosos... Talvez o fato de acharem que são os únicos gauleses verdadeiramente fortes. Isso porque cinco séculos antes, foram eles que apoiaram e acompanharam Bellovesus até o norte da Itália para atacar aquele território. Deslocaram-se das margens do Rio Liger — onde viviam em grande número — e se enveredaram Gália abaixo. É por isso que nessa empreitada a Gália Narbonense foi finalmente habitada entre os Apeninos e os Alpes. Dali nasceram tribos como os nossos allobroges. Desde então, os carnutes sempre foram um calo nos pés bem calçados de Roma. Mesmo quando as coisas pareciam sob controle, como por exemplo, quando César nomeou Targentius para governante dos carnutes. Pouco tempo depois, o fiel Targentius foi assassinado por seu próprio povo, a fim de provarem a César que ninguém escolheria um governante para os carnutes, senão eles mesmos.

Targentius não possuía herdeiro, mas seu irmão, bem mais velho e já doente, tinha um filho, Urthor, um jovem forte e destemido. Foi ele quem tomou o bastão entre seu povo e começou a desenhar uma relação nada submissa a Roma. Até resvalar, como não poderia deixar de ser, em todo o resto da Gália. Talvez, se tivesse tido alguma chance, Targentius chegasse a ser um bom líder e, quem sabe, poderia dominar os resistentes carnutes que teimavam em combater Roma. Já seu sobrinho, Urthor, esse não se renderia a Roma facilmente. Aliás, Urthor era incapaz de se curvar até mesmo para Cernunnos — o deus chifrudo dos carnutes.

CAPÍTULO IX

A caminho de Chartres

Pelo que Cohncot havia dito, o exército allobroge poderia chegar em dois dias às terras dos carnutes — se usassem as estradas romanas. Mas eles não queriam isso. Homens espalhados pelas fronteiras patrulhadas por Roma poderiam questioná-los e, em pouco tempo, os carnutes saberiam que os allobroges estavam a caminho. Tanto Serviorix como Cohncot concordavam em subir a Gália no sentido de Alésia; lá contariam com a ajuda de guerreiros fixados em Saône e, por fim, se dirigiriam a Avaricum para finalmente decidirem o momento de declarar guerra aos carnutes.

Em pouco tempo, alcançaram as proximidades de Cenabo. Em ruínas, o lugar parecia uma cidade fantasma habitada por um ser que todos os homens odiavam: a derrota. A guerra entre Vercingetórix e César estava registrada ali, para quem quisesse ver. Essa era a razão pela qual Roma negava-se a patrocinar qualquer tipo de vida naquele local: foi um castigo silente para os gauleses, que evitavam o lugar a todo custo. Naquela terra fustigada e fúnebre, o vento sibilante parecia trazer de volta os gritos desesperados das pessoas que morreram queimadas. Uma nuvem negra e carregada surgiu como que do nada e os obrigou a acampar imediatamente. Decidiram, então, continuar a travessia no raiar do dia seguinte.

Parecia um convite sinistro passar a noite nos arredores de Cenabo. Um ou outro camponês corajoso despontava por dentre os restos de moradas em ruínas que, há décadas, exalavam o cheiro de palha queimada. Encabeçando o séquito, Cohncot e Serviorix estenderam as mãos para o alto, sinalizando para o contingente que os seguia uma parada obrigatória. Bautec ficara na oppida, era preciso ocupar o posto do arquidruida, o povo sempre necessitava de orientação. O fato de os druidas gauleses liderarem o séquito podia soar estranho para os padrões estabelecidos entre Roma e a Gália, no entanto, para aquela missão, as centúrias romanas sabiam muito bem que estavam servindo apenas de apoio.

Aquela era, na realidade, uma missão dada aos gauleses e não ao exército de Antônio. Enquanto os allobroges pareciam tensos, os romanos faziam aquilo com o menor dos esforços. A posição de povo dominado por Roma, que lhes fora favorável por bastante tempo, agora mudava de lugar retornando às raízes de um povo guerreiro. Ícaro repetiu o sinal feito por Cohncot aos homens de Antônio, que agora eram os seus homens também. Àquela altura, quem ainda não conhecia o lendário centurião já havia tido tempo de ouvir as histórias sobre sua reputação e sobre os feitos daquele que, inclusive, fora o responsável por salvar a vida de César nas campanhas pela Gália. Ícaro, como soldado experiente, podia imaginar o motivo pelo qual os homens o reverenciavam pouco a pouco, evitando assim que fosse necessário tomar medidas drásticas contra aqueles que se mostrassem indulgentes contra suas ordens.

Naquele cenário, em meio ao nada, era possível perceber um ou outro dique construído, ou pelo menos o que pareciam restos disso. Os armadores se colocaram à disposição de Ícaro e alguns ovates se incumbiram de organizar a tenda dos druidas que, mesmo em momentos de guerra, continuavam a gozar de privilégios com os quais os centuriões nunca se acostumavam. Para os olhos obedientes dos soldados romanos, se não fosse para um general ou cônsul de Roma, a palavra privilégio não havia nascido para você.

Um par de horas depois, Ícaro foi ter com os sacerdotes gauleses.

— Sim, estamos a pouco das terras carnutes. Não se espantem se a qualquer momento formos surpreendidos pelos homens de Urthor, sondando nosso acampamento. A neve é iminente, mas isso só os torna mais alertas do que nunca. — Cohncot havia adquirido um tom diferente, menos profético e mais prático. Mesmo assim, continuava com o vigor de sua alma nobre. De um jeito muito especial, Ícaro aprendera a admirar aquele velho druida. Jamais tivera tanto apreço por um homem que conseguia reunir qualidades tão diferentes entre si: bravura e prudência.

— Nossos soldados estão posicionados ao redor do acampamento. Os flancos estão vigiados e tanto a cavalaria romana quanto os arqueiros allobroges uniram-se em turnos escalados por nossos comandantes. Além disso... — a fala do centurião foi interrompida pela entrada inusitada de dois meninotes que, como num passe de mágica, surgiram do nada no meio da cabana dos druidas. Tinham sido empurrados por um aldeão corpulento, um brutamontes daqueles que carregavam suprimentos e empurravam os carros de boi quando atolavam no meio do caminho.

Por uma fração de tempo, não se ouviu sequer um ruído na cabana. De súbito, os homens bradaram, quase em uníssono: "Pelos deuses! O que vocês estão fazendo aqui"?

Foi o próprio aldeão quem respondeu.

— Estavam escondidos por baixo das batatas, no carro dos bois. — pela baixa velocidade que imprimiam, os carros de boi — responsáveis pelo transporte de boa parte dos suprimentos do exército — chegavam algumas horas depois. Os aldeões encarregados pelo transporte das provisões não eram os homens que impunham o gládio, mas eram tão importantes quanto. Alimentavam e organizavam as refeições daquele bando de famélicos que seguia para as frentes de batalha. Cada homem cuidava do quinhão necessário para seu próprio sustento, considerando o tempo gasto entre um ponto e outro de parada; os soldados mantinham a água em bolsas de couro e alguma porção de carne salgada, geralmente de veado ou javali. Mas a maior parte da quantidade de ânforas contendo vinho, água, aveia e frutas vinha puxada pelos animais que, embora fossem mais lentos que os cavalos, eram mais fortes e resistentes. Certamente por isso Rhodes arquitetara aquele plano. Era muito mais fácil se embrenhar entre os suprimentos do que entre os soldados de Ícaro ou os cavaleiros allobroges. Mercadores também costumavam se apinhar próximos aos acampamentos romanos, a fim de vender suas tentações para os mais famintos. Mas ali não haveria nada disso. Era uma missão sigilosa.

Ícaro os fitava com olhos de fogo que mesclavam simultaneamente fúria e decepção. Rhodes e Tumboric sabiam perfeitamente o que ele estava pensando: *"Como vocês ousaram me desobedecer?"*.

Na cabana, Cohncot e particularmente Serviorix, esperavam partir de Ícaro a decisão de lidar com a insurgência dos meninos. Esboçando um sorriso sarcástico, de esguelha, comum às suas têmporas, Serviorix piorou as coisas para Rhodes e Tumboric.

— Quer dizer que um centurião não consegue manter em disciplina nem mesmo suas crianças... — apesar de não ser o pai de nenhum dos dois, na aldeia todos atribuíam este papel a Ícaro. Eles formavam um clã sui generis do ponto de vista genético, apenas Mirta e Rhodes possuíam o mesmo sangue. Mas naquele tempo de guerras, tão devastador e prolongado, de todo não se estranhava que os seres humanos procurassem outras pessoas para amar independentemente de laços sanguíneos.

— Nobres sacerdotes — Ícaro fez uma mesura respeitosa apenas para Serviorix e Cohncot — permitam-me que eu me retire por alguns instantes.

Os druidas deram licença a Ícaro e fitaram os meninos com ar de reprovação. Rhodes engoliu em seco e naquele instante, somente naquele instante, se deu conta de que não poderia se safar tão facilmente deste incidente. Tumboric ficou o tempo todo de cabeça baixa. Aquele menino tinha facilidade em assumir seus erros.

Meus caros, eu mesmo, que não costumo temer muita coisa, não queria estar na pele daqueles dois. Ícaro virou-se e saiu batendo os calcanhares no terreno rochoso entre as tendas, não sem antes agarrar cada um deles pela orelha. Ele os levou até o seu dique e sabe-se lá o que Rhodes e Tumboric prometeram aos deuses para que pudessem escapar da fúria daquele homem. A temporada de neve começava a dar o ar da graça na Europa Setentrional e em poucos dias chegaria também para os habitantes da Gália, e isso parecia piorar as coisas. Bem sei que o frio tem lá suas vantagens, mas a verdade é que as escolhas ruins parecem muito piores nessa época do ano.

— Qual dos dois vai me dizer de quem foi essa brilhante ideia? — Rhodes deu um passo à frente e ia começar a falar quando Ícaro o interrompeu, num tom de voz tão alto que jamais haviam ouvido. Suas veias do pescoço sobressaltadas pareciam os galhos secos dos antigos ciprestes de Roma, e por um instante os meninos pensaram que levariam uma sova do romano. — Não precisa nem responder Rhodes... É claro que foi você, eu sei... E Tumboric não poderia ficar de fora!!!

— Bem, eu ouvi você dizer que queria que ele viesse... — a voz baixa de Rhodes tinha um misto de pesar pelo erro e de mágoa por não ter sido o escolhido por Ícaro. Era fato que o centurião, pouco antes de partir, havia mencionado a hipótese de levar Tumbo consigo, mas Mirta prontamente o desencorajou.

— Queria que ele viesse quando EU decidi. E deixei de querer... AINDA NA OPPIDA! — ele gritava cada vez mais forte para deixar claro que não era o momento de ouvir justificativas. Aliás, isso eu já notei nos homens, eles não querem respostas quando estão gritando, definitivamente não, ainda que pareça uma pergunta, jamais responda a um homem quando ele estiver gritando.

Tumboric tremia, mas Rhodes não. No fundo, acreditava que estava fazendo o que era certo. Pobre criança, não tinha a menor ideia do que era a guerra. E pior, naquele momento, achava que ela estava muito longe de acontecer. Um instante de silêncio transcorreu como eras. Os três escutavam apenas suas próprias respirações. De repente, a adrenalina do centurião foi se espalhando pela corrente sanguínea, encontrando outros lugares para desaguar além do coração cansado.

Ele havia acendido uma modesta fogueira dentro do que restava de uma tina de ferro, pensando em como passaria aquela noite num terreno que considerou soturno. Pensou em Mirta e em como devia estar aflita. Que tolice daqueles dois! Abandonar um lar protegido para se enveredar em meio ao que eles não tinham capacidade para enfrentar. Sua respiração foi se abrandando... Ícaro aquecia as mãos próximas ao fogo. Rhodes e Tumboric, calados e com receio do que o centurião faria com eles a seguir, não ousaram se mover. Enquanto Tumboric apenas temia pela desobediência, Rhodes, no íntimo, estava excitado com sua primeira batalha e pensava numa argumentação convincente para permanecer em meio aos homens da guerra. Por fim, Ícaro se pronunciou.

— Tenho que levá-los a salvo para a mãe de vocês, mas por ora terão de ficar conosco. Estamos mais perto dos carnutes do que da oppida allobroge — declarou, emitindo um grunhido de desagrado — Não gostei do que você fez Rhodes... Eu lhe pedi, aliás, ordenei, para que ficasse com sua mãe.

Raramente Ícaro usava palavras duras com Rhodes, estava mais para um professor paciente do que para um doutrinador severo. Talvez por isso o menino se sentisse à vontade para testar seus limites. No entanto, desta vez Rhodes tinha ido longe demais. Mirta devia estar desesperada com o sumiço dos filhos, além disso, agora o centurião teria de se preocupar com a sobrevivência daqueles dois em meio a tantas outras preocupações com a estratégia de incursão àquele povo belicoso.

Apesar de toda a tensão, Tumboric não parava de pensar nas últimas palavras de Ícaro: *"Tenho que levá-los a salvo para a mãe de vocês..."* Certamente Rhodes ouvira aquilo com naturalidade e nem de longe dera a mesma importância que seu irmão adotivo; àquela altura, só desejava se safar da insubordinação e provar o quanto estava preparado para aquilo sendo útil ao exército. Mas Tumbo, no centro daquele dique, envolto por uma paisagem desconhecida onde homens experientes planejavam o futuro da Gália, tinha um só pensamento: "tenho que levá-los... para a mãe de vocês". Sim, ele tinha uma mãe e ela se chamava Mirta, a mãe que os deuses mandaram para ele, e Rhodes era seu irmão, e pelo visto, ele teria de tomar conta dele para o resto da vida.

— Nós podemos ser úteis... Diga-nos o que fazer que daremos o nosso melhor, não é Tumbo? — Rhodes então deu uma cutucada no irmão que devaneava de olhos fixos nos levantes tímidos do fogo. Tumboric maneou a cabeça positivamente, mas olhou de soslaio para o irmão, notando que ele perdera a chance de ficar calado.

O rosto do centurião se fazia iluminar pela claridade diáfana do fogo. Estava sério, parecia fazer questão de ignorar as palavras de Rhodes como forma de castigo. Foi preciso um ou dois estalidos da lenha para lhe trazer novas palavras:

— Essa não é uma disputa entre os guerreiros da aldeia, nem dos jogos de verão em Narbo. Nem de longe se parece com algo que você já tenha visto. Cuide-se e mantenha-se alerta, essa é melhor maneira de ser útil.

Apesar de estar ali por culpa de Rhodes, Tumboric foi incapaz de recriminá-lo. Talvez ele quisesse aquilo tanto quanto seu irmão, mas era prudente demais para dar início àquela aventura.

Ao fim do dia seguinte, Mirta havia recebido uma mensagem curta de Ícaro: "Eles estão conosco. Tudo será feito para devolvê-los a salvo".

Se tivesse tempo, Ícaro escreveria muito mais. Quem sabe até, motivado pela incerteza da guerra no interior da Gália, dissesse finalmente que a amava. Mas isso foi apenas um pensamento fugidio. Logo ele lacrou o pergaminho e juntou-o aos outros que Cohncot enviara para a aldeia.

Saber onde estavam seus filhos trouxe à gaulesa um alento momentâneo. Tudo começou a escurecer quando Mirta pensou na guerra e na natureza cruel dos carnutes. Graças aos deuses Ícaro estava com eles, embora soubesse que isso tiraria um pouco de sua atenção naquela missão. Mirta nunca soube agradecer apropriadamente àquele homem que sempre estivera ao seu lado, nos piores momentos.

Sem outra alternativa a não ser tê-los por perto, Ícaro decidiu manter com os meninos o mesmo tratamento dado aos homens do exército: treinamento, alimento racionado e disciplina. Se era a guerra que Rhodes queria ver, então teria de senti-la na pele desde o início. Acordou os meninos na quarta vigília da noite, a tempo de verem a lua se espreguiçar em meio ao lençol estrelado que forrava os céus da Gália. Tumboric quase amaldiçoou Rhodes e abriu os olhos descontente, sem vergonha de mostrar sua irritação. Pensou imediatamente na cabana allobroge e no conforto de sua cama arrumada carinhosamente por Mirta e, também, no chá matinal que ela preparava antes de cortar um naco de pão para cada um deles. Aquela era a melhor hora do dia, o amor realmente tinha um sabor! Agora ele estava naquela floresta seca e sem vida, num cenário de terror que lhe parecia familiar e com a sensação horrível de estar a caminho do inferno. Tudo por causa da ambição de Rhodes, aquele irmão que ele amava, mas que nem por isso perdia a forma de frangote empedernido.

— Vamos! Levantem! Eu não sou a mamãezinha de vocês... lavem-se e venham preparar a ração matinal. — Ícaro os cutucou com a ponta da bota e sua voz forte se assemelhava a um trovão. Viu a irritação de Tumbo ao sair das cobertas e teve certeza de que aquele mau humor seria parte do castigo que Rhodes teria que aguentar para estar ali. Chegou a ouvir o resmungo sussurrado do gaélico: — Você me paga, nunca mais conte comigo para as suas empreitadas, seu peste.

Olhando ao redor, os dois se deram conta de que a guerra contra os carnutes era uma realidade mais nítida: ali não havia o menor resquício do verde da Narbonesa. No dia anterior, Rhodes estava tão aflito com o que Ícaro faria com eles que pouca importância deu ao lugar onde o acampamento fora montado. Agora, a aurora do dia descortinava facilmente o território que eles chamavam de *terra de ninguém*. E dava para saber o porquê! Vegetação escassa, relevos disformes e baixos como se a natureza fosse anã e se negasse a crescer por causa de uma debilidade imposta a ela. Até o solo tinha outra cor, parecia rachado em algumas partes dando a impressão que fora assim a vida toda. Aquele lugar mudava as feições dos allobroges, mudava o olhar dos guerreiros empurrando para baixo a pele de seus rostos como se o chão pudesse subtraí-los. Rhodes e Tumbo se entreolharam num instante que traduzia isso tudo ao mesmo tempo.

Os meninos caminharam na direção da cavalaria allobroge, já que Tumbo vez ou outra costumava ajudar a cuidar dos equinos na aldeia. Rhodes o seguiu e se sentou em meio aos homens como se fosse um convidado de Tumboric. Os *sagitarii* certamente não aprovavam a indolência de Rhodes e, para evitar mais um discurso doutrinador logo no início do dia, sentiu-se feliz por estar no grupo de seu irmão.

Rhodes sabia que havia ido longe demais, não só por causa da reação de Ícaro ou do mau humor de Tumbo, mas por tudo que podia ser visto, dispensando o uso das palavras.

A certa distância, Rhodes notou os druidas sentados ao redor de uma mesa improvisada. Tocos de madeira serviam de assento. Dava para ver o vapor de alguma bebida quente exalando do copo de barro, mas eles pareciam ignorar a importância daquilo em meio ao frio da manhã, absortos por algum mapa estirado na superfície da mesa. De posse de um pote contendo o que certamente seria o desjejum e o almoço que teriam naquele dia, Tumboric fez sinal para Rhodes tirar os olhos do que não era da sua conta e comer o que mais tarde chamariam de "baba de cavalo", mas que naquela manhã cinzenta lhes parecia até comestível.

CAPÍTULO X

CENABO

O caminho mais curto até os carnutes passava por Cenabo. A cidade fora incendiada por César e seu exército implacável no ano 52 a.C., como forma de punição por terem se insurgido contra o domínio romano. Nela, especialmente por estar localizada entre poderosas tribos gaulesas, César fez questão de mostrar seu lado mais perverso. Saquearam e queimaram as cabanas, e massacraram a todos os seus habitantes, incluindo crianças e mulheres, para que servisse de exemplo aos que se aventurassem contra a República. Cenabo agora era uma cidade fantasma.

Mais de uma década havia se passado e, por um sadismo cruel, Roma impedia que Cenabo se reerguesse. Na verdade, ao passar pelo interior da cidade, parecia não ser de Roma essa ordem, mas dos mortos, das almas perdidas e incineradas naquela antiga batalha. Era como um troféu a céu aberto para os romanos, e para os gauleses uma eterna e torturante lembrança da derrota.

Muitos homens evitavam passar por lá, preferindo enfrentar o caminho mais longo, que demandava mais um dia de viagem. Faziam de bom grado, para não correr o risco de encontrarem as almas penadas, em particular, a da menina cega de Cenabo. Os mais supersticiosos diziam que era possível ver panelas e ferragens se movendo ao anoitecer, como se alguém os utilizasse numa vida fantasma.

Cenabo possuía um aspecto de fogueira morta. Carregava a insolência das chamas que desafiam os homens a derrotá-las. Ali o fogo havia vencido. A cidade era o retrato do nada que vive ou de tudo que jaz!

A companhia allobroge passava silente por dentre a via principal. O sinal de que no passado existira vida e movimento naquele lugar era a razão do incômodo. Várias cabanas de pedra, no estilo gaulês, resistiam em ruínas chamuscadas pelo incêndio, e muitas estavam com as portas cerradas por fora com enormes toras de madeira, queimadas. Em seus telhados desfeitos podia se ver tímidos resquícios da palha ressequida, e o sol e a chuva que invadiam aquelas moradas descobertas certamente incomodavam os esqueletos esquecidos de Cenabo. Mais adiante, onde se supunha ser o centro comercial da cidade, era possível ver uma mesa de pedra intacta e sobre sua superfície instrumentos e utensílios que outrora permitiram a um bom ferreiro cunhar metais e fundir o ferro. Uma perfeita mesa de trabalho ao léu, numa infértil cidade fantasma. Se alguma alma sobrevivera ao incêndio de Cenabo, decerto estaria ali para garantir que tudo ficasse como era antes de ser lambido pelo fogo.

Tumboric e Rhodes marchavam sobre o mesmo cavalo e o desobediente da dupla era quem mantinha as rédeas sob controle. À frente dos dois, os líderes da comitiva: Cohncot, Serviorix e Ícaro. Nada se ouvia além dos sons dos cascos dos animais batendo contra o solo seco. Aquele ambiente suscitava nos meninos um sentimento que remontava à infância: o medo de se deparar com a menina feiticeira de Cenabo, Latência. Podia ser uma lenda, e naquele momento torciam por isso, mas as histórias que ouviram ao longo da vida trazidas por mercadores e viajantes que volta e meia visitavam a oppida, ocupavam a mente de ambos com requinte de detalhes. A única sobrevivente de Cenabo parecia um misto de ameaça e lenda. Bem, não seriam todas as lendas verdadeiras ameaças?

De acordo com os mercadores, Latência conseguiu escapar do incêndio que lambera sua casa, no entanto, perdeu toda a sua família carbonizada. Por causa do fogo que atingiu seu corpo da cintura para cima, Latência ficara cega e em sua cabeça não ousava nascer sequer um fio de cabelo. Diziam que seus olhos esbranquiçados eram aterradores. Quando menores, Rhodes e Tumbo morriam de medo dela, mas sentiam-se seguros por estarem em terras allobroges, bem longe da tal Cenabo. Agora, passando por ali, temiam vê-la e atestar de perto todo o seu aspecto monstruoso.

A guarda allobroge mantinha um silêncio reverencioso; eu passava entre eles sentindo a ausência de respiração, alguns homens a retesavam sem notar. A primeira coisa que percebo nos homens é a respiração: para mim, é algo fácil de detectar. Seja pela ausência, seja pela alternância que os pulmões provocam.

Em Cenabo, pouquíssimos mantinham a respiração sob controle. Rhodes segurava as rédeas do cavalo com firmeza, embora não percebesse que sua postura se curvava à medida que avançavam por dentro da cidadela. Segundo os druidas, era preciso atravessar com constância e vagar para não assustarem os mortos. Era crucial respeitar aqueles que, mesmo depois de tanto tempo, ainda não haviam partido em busca do Gwinfyd. Isso atrasaria a marcha se quisessem chegar às terras carnutes até o fim daquele dia, mas era necessário, segundo os bruxos.

"Será que é por isso que vieram conosco? Para nos orientar em situações como esta?" Rhodes se perguntava quanto à presença de homens idosos como Cohncot e Serviorix, afinal, para participar da guerra propriamente dita é que não estavam ali, isso sim... Não teriam como lutar. Não mesmo!

De repente, o cavalo que carregava Rhodes e Tumboric deu um pinote, estava assustado. Bem abaixo deles surgiu uma menina de vestido puído, estatura muito baixa e feições envelhecidas. Restava presa ao chão como se dele tivesse saído.

— Pelos deuses! Você nos assustou! — disse Rhodes na direção da menina.

Tumboric caiu de modo desajeitado no chão, brigando com o irmão.

— Rhodes, segure esse animal!

A comitiva parou e Cohncot, montado em seu lendário alazão, petrificou o olhar na direção da cena. Ícaro desceu de seu cavalo para ajudar Tumboric que parecia ter o pé quebrado, pois urrava sempre que tentava se apoiar sobre ele.

Rhodes ralhava com alguém que somente ele e Cohncot podiam enxergar.

— Você está louca? Como assim, entra em meio a uma marcha e atravessa nosso caminho?

A menina não disse nada. Ficou parada, esperando o momento em que Rhodes sentiria medo dela. Sua cabeça se erguia, como se quisesse encontrar o dono da voz.

— Vá, Latência, não temos nada para você! — Cohncot se dirigiu a ela e então Rhodes se deu conta de estar diante da menina cega. Tumboric, ainda estirado no chão, fitou Ícaro com ar preocupado.

— Eu ouvi certo?! Cohncot disse "Latência"?

— Agradeça por não estar vendo nada, Tumbo. Nem todos conseguem esquecê-la.

Tumboric gelou. Talvez mais pelo fato de não conseguir vê-la e saber que ela estava lá. E o pior, Rhodes podia vê-la! "Pelos deuses" — pensou ele — "Será que meu irmão sempre viu demônios?"

O resto do grupo ficou tenso. Cerca de trinta homens encabeçavam a cavalaria allobroge, mas para eles a cena que se seguiu parecia muito menos insólita do que para Ícaro e Tumboric. Os homens da guerra estavam acostumados com a morte e dela não tinham medo, mas os seres aprisionados entre a vida e a morte sempre lhes causava temor.

— O que ela quer, mestre? Por que ela não sai do meu caminho? — perguntou Rhodes a Cohncot.

O druida estendeu a mão na direção de Rhodes, num sinal para que ele se calasse. Parecia que algo não poderia ser interrompido. Foi somente nesse instante que Rhodes se deu conta da gravidade do que estava acontecendo. Ele ficou imóvel, e por alguns instantes sua respiração parou. Seus olhos estagnaram num ponto fixo e para Tumboric e Ícaro não passava de um olhar catatônico na direção do nada.

Diante da situação imprevista, o resto do exército também parou, pois aquela missão de estava sendo liderada pelos druidas e somente eles poderiam dar o sinal para prosseguir.

— Não se assuste, Rhodes... — murmurou Cohncot, sem tirar os olhos de Latência — Ela sente o cheiro do medo.

— Não estou assustado — respondeu Rhodes, ainda segurando as rédeas de seu cavalo. — Fiquei apenas surpreso.

Latência mais parecia um menino, um velho-menino ou menino-velho, era difícil descrevê-la, talvez porque lhe faltavam cabelos e até as sobrancelhas. Metade de seu rosto era coberto por uma mancha vermelha com contornos disformes, como se uma taça de vinho tinto tivesse sido jogada em sua face e ficado ali para sempre. No entanto, o mais estranho de tudo — e certamente era o que aumentava o desconforto da cena —, é que Latência não se importava com as sensações que sua aparência provocava. Ela parecia calma, na verdade impassível demais para fazer crer que fosse suscetível a sentimentos.

Por alguns instantes, em meio a dor lancinante que o pé machucado lhe causava, Tumboric teve a impressão de tê-la visto, mas em seguida fechou seus olhos porque a dor tomava pelas mãos qualquer tentativa de pensar em outra coisa.

— Rhodes, ela quer seu colar — disse Cohncot, num tom quase inaudível. — Ela está pedindo seu colar.

A mão direita da menina estirou-se na direção do peito de Rhodes de onde pendia seu amuleto. Ele deu um passo para trás.

— Nem pensar! Fantasma nenhum vai tirar o que é meu. — segurando seu colar, Rhodes a fitou nos olhos, esperando que ela pudesse vê-lo. — Não tenho medo de você!

— Teremos que dar a ela. É como um pagamento, um tributo por utilizarmos sua cidade como passagem. — a voz de Cohncot, grave e sussurrada, soava vencida pela exigência de Latência.

— Pois ela que peça outra coisa... Dê a ela seu anel, mestre, creio que tem muitos outros e esse aí não lhe fará falta.

Serviorix, que não conseguia ver a menina mas sentia facilmente sua presença e a tudo ouvira, não se conteve.

— Insolente! Os pertences de um druida são relicários e você está aqui na condição de indesejável. — bradou o ovate, pronto para pular do cavalo e dar uma sova em Rhodes.

Nesse instante, Latência reforçou seu gesto e soltou um grunhido de criança birrenta. Foi então que Rhodes notou seus dentes tortos e escuros, que ela provavelmente usava como um trunfo para assustar suas vítimas.

Rhodes grunhiu de volta.

— Aaaargh! Não dou! Peça outra coisa, sua oportunista. Aliás, não é só porque você sobreviveu que se tornou a dona de Cenabo.

Cohncot e Serviorix mal podiam acreditar. Rhodes estava enfrentando não apenas um fantasma, mas uma lenda. Aposto que pensaram o mesmo que eu: "Só podia ser o filho de César".

Nesse momento, Latência pulou para cima de Rhodes e os dois se atracaram em uma luta corporal, que para os outros parecia um acesso de loucura em que Rhodes se esbofeteava na altura do ombro, deitado de costas para o chão. Ícaro ficou sem ação, dividido entre a atitude que deveria tomar com relação à Tumboric e a intrigante cena que presenciava naquela avenida estreita de pedras que atravessava toda a cidade.

Lá atrás, os homens começaram a se agitar, e Ícaro bem sabia que em poucos instantes todos correriam para tentar ver a menina cega: a assombração de Cenabo.

Rhodes virou-se no ar e agora estava com as pernas abertas e de joelhos, segurando a menina em posição de domínio, quase debruçado sobre o chão, imobilizando os braços de Latência. Seu amuleto balançava de um lado para o outro, como um pêndulo, bem no rosto da menina.

— Pare com isso Rhodes, deixe-a! Seremos amaldiçoados, dê logo seu colar para ela! — gritou Cohncot.

O menino se levantou e olhou em volta, com os cabelos suados embaralhados na altura da fronte, tentando se compor. Só então se deu conta das coisas que seria capaz de fazer para defender seu amuleto.

Porém, de repente, ele e Cohncot não viram mais a menina. Nenhum sinal dela. Latência havia sumido.

— Onde ela está? Para onde foi? — talvez Rhodes quisesse terminar aquela disputa, mas Latência preferiu castigá-lo com seu poder de desaparecer, deixando todos apreensivos a partir daquele ponto.

— Você não devia ter feito isso, agora ela nos amaldiçoará. Talvez nossa missão já esteja perdida, menino insolente! — Serviorix bradava de um jeito que expressava claramente a sua vontade de dar a Rhodes um belo corretivo.

— Acalme-se Serviorix, acalme-se. Talvez Latência esteja ligada a Rhodes de outro modo — interviu Cohncot, subindo novamente em seu cavalo — Vamos! Somos filhos de Belissãma e o sol está conosco.

E estava mesmo. O sol parecia mais forte naquela manhã e pela sua disposição em queimar o chão é certo que chegara o meio do dia. No fundo da comitiva, já entre os homens que transportavam os víveres, Ícaro acomodou Tumboric em uma das carroças onde ânforas com água haviam sido dispostas. Tentou imobilizar a perna do menino de modo a não pender e piorar o latejar lancinante. À frente, uma cavalaria curiosa começava a dar sinais de inquietação, por isso o centurião tratou de lançar-se sobre as pernas para sugerir aos druidas que acelerassem a marcha por Cenabo. Se forçassem um pouco, chegariam num par de horas nas imediações de Chartres, a capital dos carnutes. E foi assim que se Ícaro se despediu de Tumboric, avisando-o sobre a proximidade com o povo que ele fazia questão de esquecer.

— Tumbo está acomodado na carroça das ânforas, não poderá se mexer por causa do pé e por causa das ânforas. — Foi o que Ícaro disse para tranquilizar Rhodes — E você? Agora deu para falar com os mortos?

— Ela não está morta, Ícaro, está mais viva do que nós.

Ícaro preferiu não continuar o assunto. Estavam deixando Cenabo para trás e seu foco de soldado começava a se concentrar na direção dos carnutes. Ele era velho demais na arte de guerrear para acreditar facilmente nas ordens de Marco Antônio. Seu corpo começava a se retesar sobre o lombo de seu cavalo.

Rhodes se apossou de um semblante taciturno. Aquele encontro com Latência revelara algo que ele desconhecia sobre si mesmo. No auge de seus doze anos, Rhodes já havia desafiado dois seres invisíveis; a voz do labirinto e a menina de Cenabo. Que espécie de poder teria ele? Ou seria apenas a velha e boa coragem que se alojava dentro dele desde sempre?

FALCONI

Falconi caminhava por toda Chartres com sua ave em punho. Com as peles que usava, e pela maneira altiva como elevava seu queixo, com o fito de cortar o próprio céu, ficava claro que era um nobre carnute. Se seu irmão mais velho, o filho preferido de Urthor, estivesse vivo, talvez o queixo de Falconi apontasse para o chão. Ele nunca teve a chance de ser alguém antes disso. Não que fosse muito diferente agora. Urthor continuava a ignorar a presença do único filho que lhe restou. No entanto, Falconi tentava de tudo para se superar. Carregava sua ave de rapina como se fosse um troféu. Era, na verdade, seu jeito de mostrar para o povo que o rei Urthor havia falhado.

Dez anos antes, Falconi ganhara, assim como o irmão mais velho, uma ave de rapina. Mas enquanto a ave de seu irmão era robusta e vistosa, a de Falconi era doente, fraca e depenada. Uma era visivelmente bem tratada; a outra parecia ter sofrido um ataque, e não trazia qualquer sinal de que sobreviveria. Urthor sempre deixava claro que o melhor estaria ao dispor de Angus e nunca de Falconi. Bem, naquela época ele ainda não era chamado de Falconi, era apenas Ecteu — o filho mais jovem de Urthor.

Mas quis o destino que a ave de Ecteu crescesse, alimentada com diligência por seu dono. Ficou forte e astuta, em pouco tempo. Em contrapartida, a ave de seu irmão — a mais bela ave de que se tinha conhecimento por aquelas terras — morreu atingida por uma flecha. A flecha de seu próprio dono, que durante a caça errara o alvo.

Ecteu sentiu-se vingado. Seu pai jamais comentara o assunto e parecia achar que os próprios deuses haviam se encarregado da situação. Com o passar do tempo, por causa da inseparável relação com sua ave, Ecteu passou a ser chamado de Falconi.

Mais tarde, os deuses escolheram dar mais um voto de confiança a Falconi: seu irmão Angus, o filho preferido de Urthor, morrera vitimado por uma doença que deixava as pessoas tão magras a ponto de se contar o número de suas costelas. O rei dos carnutes, pela primeira vez em toda a sua vida, parecia verdadeiramente sobrepujado.

Pensei que assim, finalmente, o filho mais novo, Ecteu, teria um tratamento mais digno. Mas foi justamente o contrário.

Se eu tivesse algo parecido com uma família, me sentiria mais à vontade para fazer um juízo de valor sobre certas coisas que acontecem entre os humanos. Poderia dizer, com propriedade, que tipo de homem é o pai de Falconi. Há quem diga, e não são poucos, que os filhos devem obediência irrestrita aos pais e que estes sabem o que fazem. Pergunto-me se quando Falconi era obrigado a fazer coisas impróprias com outros meninos, enquanto Urthor assistia extasiado em sua cabana de luxúrias, se haveria no mundo dos homens meios ou palavras capazes de reparar esse mal. Se os filhos devem obedecer a seus pais no exercício da loucura, a quem esses filhos obedecerão na vida adulta? Lembro-me dos olhos assustados de Falconi, numa época em que não tinha mais do que oito anos de idade, procurando seguir as instruções de seu pai: "aperte ali", "agora dispa-os", "ande, ponha a mão nesse pênis"; e o menino obedecia, meticulosa e mecanicamente, temendo não receber o prêmio dos bons filhos: aceitação. Mas Urthor nunca se mostrou satisfeito com a atuação de Falconi, esperava um pouco mais de engajamento do menino. Naquele jogo doentio de lascívia, em que Urthor usava seu filho sem o menor pudor, faltavam ingredientes para saciar o rei dos carnutes. Falconi, a meu ver, ainda pequeno, não conhecia a profundidade de tudo aquilo que realizava com obediência ímpar. Afinal, suas mais remotas lembranças estavam ali, naquele cômodo onde as paredes pintadas de vermelho se iluminavam à luz de velas.

Em suas lembranças infantis, Falconi se via por vezes com vestes masculinas, noutras, ao contrário, como uma menina nobre, repleto de adereços femininos. Naquela época, ele se lembrava de algo que o incomodava, como se uma voz muito distante sussurrasse em seus ouvidos que aquilo tudo estava errado, como se o mundo das crianças não fosse aquele, porque a hora do sexo estava mais à frente. Na verdade, se Falconi tivesse mais tempo, ouviria muito mais: *"livre-se dos meninos"*, *"liberte-os quando seu pai não estiver por aqui"*. A verdade é que Falconi só tinha olhos e ouvidos para as ordens de seu pai, que lhe dizia repetidas vezes: — Deite-se sobre este, lamba aqui, sente-se ali". Eram comandos curtos e depois disso, seu pai mantinha os olhos fixos no teto, e Falconi ficava sem saber se havia conduzido as coisas como Urthor desejava.

Não sei ao certo como tudo aquilo, que acontecia com frequência, de repente cessou. Talvez uma daquelas crianças tenha escapado e conseguido libertar as outras, ou quem sabe o próprio Falconi, cansado de tentar satisfazer seu pai, tenha se insurgido. Era difícil acreditar, com a má alimentação que recebiam e a escassez de claridade, que os meninos e meninas usados para satisfazer Urthor tenham vivido por tanto tempo.

Graças aos deuses eu não presenciei tais cenas. Isso tudo escutei do próprio Falconi em conversa com seu avô. Pelo tom que o rapaz imprimiu, havia cumplicidade entre os dois e também um nítido sentimento de gratidão do neto pelo avô. Naquela ocasião, eu estava lá por causa de Hordeneus, um homem que admirei e que, no período em que soprei por Chartres, trouxe um odor mais agradável para mim. Se existiu, por um curto período, a chance de Falconi ter sua alma alforriada pelo bem, só ocorreu enquanto aquele homem viveu ao seu lado. Um avô que exerce um papel especial na vida de uma criança com um pai nos moldes de Urthor é um feixe de luz na negra escuridão da hereditariedade. E um avô como Hordeneus tem o condão de salvar uma geração se houver tempo.

Pergunto-me, no caso de Falconi, quanto de seu avô restaria em seu sórdido coração. Restaria alguma semente frutífera naquele terreno degradado?

CAPÍTULO XI

A GUERRA

Quando o mensageiro allobroge atravessou o umbral dos carnutes, desacompanhado de seu cavalo, com olhos arregalados e parecendo ter saído de um banho tamanha a quantidade de suor que escorria de sua fronte, ficou claro para as duas decúrias romanas que a noite seria longa. Não haveria acordo. Eles teriam de agir e invadir o local — e era nada mais nada menos que uma das maiores cidadelas da Gália. A missão diplomática falhara. Como a cavalaria não regressou, Ícaro fez exatamente o que havia dito. Ao término da cera fracionada para a contagem do tempo, saiu a galope até seus homens. Chegou quando Orígenes, o mensageiro allobroge, relatava sua incursão nas terras que agora eram — declaradamente — inimigas.

— Senhor, esta cidade é horrível. Os animais abatidos e descarnados são expostos por toda a parte. Tudo fede a carniça, até a morada do rei.

— Você esteve com ele? Esteve com Urthor? — questionou Ícaro.

— Sim, senhor. Isso foi bem rápido, sequer me fizeram esperar. Assim que mostrei o selo allobroge, as sentinelas me empurraram oppida adentro e foram caçoando de mim até chegarmos à tenda principal, onde estão os nobres carnutes.

— E quanto tempo levou para chegarem?

— Senhor, cinquenta passos a partir dos portões em sentindo leste.

— Muito bem, Orígenes, bom trabalho. Parece-me que esse rei carnute não é tão esperto quanto parece. Ou se considera forte demais para ser derrotado.

— Senhor, creio que se considera forte demais... É o maior homem que já vi.

Ícaro quis saber todos os detalhes dos quais o rapaz se lembrava. E por sorte, aliás, não por sorte, mas por uma questão de capacidade aguçada, o mensageiro allobroge era meticuloso. Fora treinado para isso. Valorizava o menor dos detalhes. Absolutamente tudo de que se recordava era relatado. Cohncot o instruiu dessa forma, às vezes, o menor dos detalhes é o que revela a fraqueza do inimigo. Por essa razão, muitos mensageiros morriam antes de trazer as respostas para seus comandantes. Naquela missão, Orígenes se sentiu menos apreensivo antes de entrar nas terras carnutes porque sabia que estava protegido também pelos romanos. Talvez por isso tenha sobrevivido. Orígenes contou que seu cavalo fora tomado assim que entregou o pergaminho às sentinelas: "Eles disseram que tudo que adentra Chartres sem convite pertence aos carnutes". Embora seu cavalo lhe fosse muito estimado, o alívio que sentiu ao sair por aqueles muros ultrapassava qualquer apego ao animal.

— O próprio sentinela foi quem me levou ao rei. Ele estava sentado, comendo, em companhia de meia dúzia de homens de sua idade.

— Conselheiros, provavelmente. — Constatou Ícaro.

— Ele não me deixou falar sequer uma palavra. Mandou que eu ficasse ali, calado, se quisesse sair vivo para contar aos "velhotes" sua resposta.

— Velhotes?

— Sim, senhor, é assim que ele se refere a Cohncot e Serviorix.

Os olhos de Ícaro chisparam e ele notou que aquela gente não teria o menor respeito pelas tradições celtas, a mesa de pedra ou o Conselho que Cohncot gostava tanto de invocar em seus discursos inflamados. Segundo o relato de Orígenes, cujos cabelos crespos e avermelhados pareciam mais eriçados do que nunca, o rei dos carnutes nem se deu ao trabalho de lamber seu dedo roliço e gorduroso antes de desenrolar o papiro de Cohncot, e foi dizendo como se o rapaz nem mesmo lá estivesse.

— Esses allobroges são mesmo uns estúpidos! — Urthor teve uma crise de riso que desencadeou o riso de seus pares, todos se divertindo com um espetáculo que parecia ser somente deles. — Então agora o seu povo é usado como mensageiro de Roma? São uns lambe-botas de Marco Antônio! Agora que César está morto encontraram outro romano fedido para lamber os bagos.

Orígenes continuou relatando com riqueza de detalhes tudo que o rei carnute fez questão de gritar naquela enorme tenda, onde, segundo seus cálculos, cabiam duas centúrias com folga.

— Quando ele se levantou, senhor, quase morri de susto. É o maior homem que já vi! Talvez ele tenha matado o veado que adorna seu trono com as próprias mãos. Mas não é tão forte, ao menos não pode ser devido a flácida barriga que carrega.

— E a cidade? Conte-me sobre o povo e as condições de incursão. Acaso você pôde notar o movimento nas direções cardeais? — Parecia que o centurião anotava tudo mentalmente, típico dos homens que comandam.

— A cidade é podre. Carcaças de todo tipo de animal estão penduradas sobre as construções: javalis, coelhos, veados e até cachorros. Jamais senti um odor tão desprezível. — Orígenes dizia isso enquanto cheirava suas próprias vestes com descrição. — E não é somente isso que torna a cidade horrível... é o aspecto autômato das crianças e mulheres em relação à vivacidade dos homens. É tudo muito hostil. Prefiro mil Cenabos a meia Chartres.

Ícaro se perguntou que diabos havia acontecido com aquela cidadela, uma das mais ricas da Gália. Nos tempos em que ele havia servido ao lado de César, ela não tinha nada de selvagem ou qualquer aspecto de abandono. Chartres era próspera e seus líderes se vestiam como reis, ornados de muito ouro e prata. Por que agora ela tinha esse aspecto de putrefação? Certamente o tal Urthor era um tipo de tirano doentio, a quem nada satisfaz.

— Pois se prepare, é possível que você tenha que entrar lá mais uma vez. — Ícaro arqueou as sobrancelhas ao dar a má notícia enquanto Orígenes fechava os olhos como quem faz um breve pedido aos deuses.

— Se assim os sacerdotes decidirem, meu senhor, assim o farei.

— Orígenes, preste atenção. Vá com o cavalo de Vinicius até Cohncot e relate o que houve. É possível que ele redija outra mensagem para esta noite. Não para os carnutes, mas para os Conselhos em que ele ainda acredita. Argh! Que os deuses me perdoem! De qualquer forma, quero que corra até a fronteira com os batedores e avise aos tenentes sobre a resposta de Urthor. Diga que precisamos de reforços. Há muitos carnutes aqui para poucos allobroges.

Com o relato de Orígenes, Ícaro e seus homens já sabiam o que fazer.

CAPÍTULO XII

ALLOBROGES *VERSUS* CARNUTES

A NOITE QUE NUNCA ACABOU

A lua já estava firme no céu e bocejava como se precisasse de emoção para continuar brilhando. Ao relatar para Serviorix e Cohncot tudo o que ocorreu na terra dos carnutes, o jovem Orígenes, logo depois, foi ter com os homens e se deu o direito de anunciar que a noite seria longa. Rhodes estava por perto, olhando atento para tudo tal qual um ratinho faminto à espera das sobras de um banquete. A urgência que se instalou no acampamento, corriqueira quando os homens se preparam para lutar, fez com que quase ninguém o notasse. Àquela altura, o tom baixo das missões secretas não mais existia, a guerra estava declarada. A engrenagem do comando de cada uma das divisões romanas fora acionada, como uma máquina. Pela primeira vez na vida Rhodes atestou o verdadeiro universo da guerra, e o fez, sem saber, com os melhores. Ele era um expectador do exército romano e não um inimigo. Ele queria estar inteiro para aquele momento sublime, mas não conseguia parar de pensar em Tumbo, escondido na floresta. Agora Rhodes entendia o que Ícaro sentia, pressionado a matar os inimigos dos allobroges e ao mesmo tempo aflito com a vida dele e de Tumbo.

Tudo estava acontecendo de maneira muito rápida; os homens se equipavam com todo o arsenal disponível, e nos postos de retaguarda soldados romanos e gauleses se misturavam em subdivisões que eu jamais havia visto. Parecia um intrincado amontoado de homens armados até os dentes, mas eles se entendiam dentro de sua própria divisão. E o que era mais importante: cada qual com sua própria missão.

Enquanto Rhodes procurava um lugar para se colocar, Ícaro passou a mão pela gola de sua blusa e o ergueu como quem ergue uma simples garrafa.

— Onde está Tumboric?

O romano estava com os olhos abertos e brilhantes como se dentro deles uma luz houvesse sido acionada.

— Eu o escondi na floresta. Considerei mais seguro para ele. — Rhodes rezou para não ter que ouvir mais um sermão, ele não aguentava mais se sentir culpado.

— Pela primeira vez em muito tempo, finalmente fez algo digno de um soldado. — mas as palavras de Ícaro não tinham um tom de aprovação, tratava-se apenas de uma constatação. — Agora venha. Você não queria ver a guerra? Tome!

Ícaro jogou uma espada nas mãos de Rhodes e mandou que ele não saísse de seu lado. Rhodes ousou interrompê-lo:

— Prefiro o arco e a flecha.

— Menino teimoso! Se quiser um arco, vá procurá-lo.

Rhodes não precisou ir longe. Ele tinha trazido consigo seu próprio arco. Correu até a carroça das batatas e notou que estava já bem vazia; afinal, dois dias alimentando um exército... E quase não havia batatas ali. Rhodes se desesperou. Não via onde estava sua saca... Será que estaria com Tumbo? Mas ele não teria tempo de ir até a floresta. Além disso, o irmão não o deixaria voltar. Então Rhodes, mais uma vez, superou-se em ousadia e, aproveitando um momento de descuido, foi até a tenda dos sagitarii e tirou de lá um arco e um cesto de flechas. Não fazia a menor ideia de quem seria seu dono. Mas sabia que em breve veria um guerreiro gritando pelo acampamento e conjurando um ladrão. Rapidamente ele procurou Ícaro e o viu gesticulando com precisão para os homens do regimento miscigenado por gauleses e romanos. Percebeu que alguns colonos também haviam sido arregimentados, pois pareciam bem assustados.

De repente, o enorme portão de madeira da cidadela carnute rangeu.

A noite já estava ali e, apesar de bela, nenhum homem notou. Toda a murada daquela imensa construção estava iluminada por tochas e mais tochas. Lá de cima viam-se centenas de cabeças, muitas delas protegidas por elmos de ferro. Ícaro puxou Rhodes para cima de seu cavalo, algo que eu não esperava.

Pensei que Ícaro o mandaria para junto de Tumboric, no interior da floresta. Contudo, conhecendo o menino como conhecia, ele sabia que não o obedeceria. Era melhor mantê-lo por perto, sob controle. Estavam todos alinhados. De frente para a fortaleza de Chartres. Naquele momento, o que o poderoso povo de Urthor não sabia era que Roma havia trazido uma surpresinha: o onagro. Diferentemente da catapulta que lançava grandes pedras a distância, ultrapassando fossos e muralhas, o novo invento fora criado nos cercos romanos com o fito de enviar para os inimigos enormes bolas de fogo. Ainda na aldeia allobroge, um grupo de mulheres confeccionou dezenas de bolas de pano, amarradas firmemente com cordas de cânhamo. Elas tinham o tamanho exato da enorme pá de madeira que as lançaria contra os inimigos. Na ponta da pá, uma parte circular revestida de ferro suportava as bolas embebidas em óleo — elas seriam incendiadas segundos antes de serem lançadas.

Rhodes nunca tinha visto algo assim. Em poucos minutos, uma chuva de bolas de fogo cruzaria a distância entre o exército de Cohncot e a cidadela de Urthor. O próprio Ícaro estava vendo aquilo pela primeira vez e jamais imaginaria que algumas daquelas máquinas, posicionadas no fim do regimento, lançariam também algo pior do que o próprio fogo. Veneno. Cohncot e Mirta haviam trabalhado no composto: *Conium maculato* — vulgarmente conhecido como cicuta — e *aconitum*. Era uma verdadeira bomba. A seiva do *Conium* era venenosa e possuía um odor parecido com o da urina. Mirta tivera o cuidado de elaborar um tacho imenso daquilo num lugar distante da aldeia. Apenas ela e Cohncot conheciam o segredo da poção: suas medidas exatas e o tempo de incubação entre as duas plantas. Informaram aos homens responsáveis pelo transporte que usassem proteção não somente no deslocamento das ânforas de um lugar para o outro, mas principalmente quando estivessem embebendo as bolas de tecido na poção. Era altamente tóxico, causando enormes prejuízos para aqueles que tivessem contato direto com ele.

A princípio, os carnutes tinham uma vantagem declarada contra o povo de Cohncot: um número infinitamente maior de guerreiros. Por isso, aquelas bolas de fogo teriam que fazer um verdadeiro estrago no interior da cidadela carnute. Teriam que intoxicar as pessoas e criar uma nuvem de fumaça mortífera. Mirta e Cohncot não sabiam exatamente como seria o efeito daquilo na pele de quem fosse atingido, mas sabiam que de uma maneira ou de outra, o ataque alcançaria um resultado positivo para os allobroges. As bolas embebidas naquele combustível mortal tinham uma corda bem comprida de cânhamo, justamente para que houvesse o menor contato possível de quem fosse usá-las. Mas não ficou esclarecido se os lançadores deveriam atear fogo naquilo também, ou simplesmente lançar a bola encharcada de veneno. Para quem estava acostumada a curar pessoas, criar esse tipo de coisa era algo difícil para Mirta. Mas, no fundo, ela sentia que os carnutes precisavam de uma lição; há tempos eles vinham cometendo crimes nos rincões da Gália.

Foi quando os homens de Urthor pareciam abrir vantagem em direção ao exército allobroge que os lançadores descobriram o efeito daquela poção endiabrada. Nem eles mesmos conseguiam respirar antes de lançar as bolas flamejantes, porque a fumaça era muito tóxica. Os guerreiros, já embrenhados em solo carnute cingindo espadas, ouviam os gritos desesperados dentro da muralha de Chartres.

Sobre o cavalo de Ícaro, o filho de Mirta e César parecia possuído por um deus arqueiro. Rhodes acertava todas as flechas que lançava, e uma delas salvara Serviorix de uma espada carnute.

Ícaro não teve tempo de conferir quantas flechas disparadas por Rhodes foram certeiras em solo inimigo, mas, no dia seguinte, ouviu dos próprios *sagitariis* que o menino havia nascido para aquilo. Será então que o talento de Rhodes, o tão alegado talento daquele menino que vivia a suplicar por uma chance foi a força que o lançou ao perigo? É como eu lhe disse, Rhodes confiava muito em si mesmo. Eu me pergunto se a força de um desejo é capaz de criar talentos geniais ou se são os talentos geniais que reforçam os desejos...

Com o passar do tempo, e quanto mais as estrelas brilhavam, a fumaça negra foi subindo do interior da cidade amuralhada até o céu. No meio do som da guerra, de espadas, golpes, socos e machados, eram os gritos de desespero que predominavam naquelas terras. Crianças, mulheres e velhos saíam lá correndo ao largo da muralha, fugindo sabe-se lá para onde.

Encimado em um cavalo grande e robusto, estava Falconi. Quando já havia derrubado uns bons guerreiros carnutes, Rhodes conseguiu identificá-lo dentre os outros. Foi fácil porque somente ele possuía uma ave junto de si, presa ao seu ombro como se tivesse sido colada com piche. Por mais estranho que pareça, a capacidade de raciocínio na guerra é ampliada numa potência que os homens jamais poderão calcular. Foi isso que fez Rhodes gravar do menor gesto ao maior elemento que envolvia Falconi. Tanto ele quanto a ave tinham o mesmo olhar. Frio e penetrante. E embora ele ainda não tivesse notado Rhodes, era como se possuísse outros olhos, que Rhodes não sabia identificar, mas que sentia que a tudo observavam. Falconi se aproximava de Ícaro, Rhodes tudo via, no entanto, numa distância que sua flecha certamente não alcançaria. Além disso, a emoção de proteger Ícaro certamente influenciaria suas decisões, afinal, apesar de guerreiro nato, era ainda um menino... tinha apenas 12 anos!

Enquanto Ícaro duelava em terra com um guerreiro carnute, Falconi se aproximava sobre o cavalo. Talvez Rhodes tenha superestimado a ave, mas a considerou uma das mais ameaçadoras que já vira. Será que Ícaro pressentia que seria atacado por trás? Será que entre um ou outro movimento com a espada tivera a chance de conferir sua retaguarda?

Rhodes tinha que pensar rápido e por isso contou com o que estaria em seu sangue para sempre: a impulsividade! Correu o máximo que pôde dentre os homens e quando se sentiu perto o suficiente de seu alvo, lançou sua flecha. Nesse momento, lembrou-se da voz retida de Tumboric: "Cuidado com o menino e o falcão, são cruéis". A ave em si não fazia tanta diferença para Rhodes, apenas serviu para que ele pudesse identificar aquele de quem Tumbo falara com tanta raiva e temor. Aliás, com horror. Mas a flecha de Rhodes não acertara o peito de Falconi. Acertara sua ave de estimação. E talvez esse tenha sido um golpe muito maior do que o intentado por Rhodes.

Ouviu-se um grito agudo e lancinante...

— Nãoooooooooooooooooo!

Foi só então que Ícaro virou-se para trás e viu o filho de Urthor gritando sobre a ave, enquanto homens do exército carnute corriam para protegê-lo de algum ataque. Falconi estava desesperado. Ele podia perder qualquer coisa, exceto sua ave. Sua alma gêmea. Seu único e leal amigo. Com a ave nos braços elevou-se dentre os homens para procurar o arqueiro, mas nada viu. Rhodes já havia desaparecido em meio a todo aquele alvoroço.

— Eu o matarei, allobroge desgraçado. Juro que o matarei! — Falconi gritava sua promessa com os dentes cerrados, enquanto levava o falcão para dentro da muralha em busca de cuidados.

Naquela noite em que Rhodes tornava-se finalmente precioso para o exército allobroge, ele atraiu para si seu maior inimigo. E essa é uma consequência da ascensão — sempre há um preço. Mas Rhodes só entenderia isso muito tempo depois.

A toxidade causada pela poção de Mirta e Cohncot foi a maior arma dos allobroges. Sem ela, centenas de guerreiros teriam perdido suas vidas. Pouco tempo depois de iniciada a batalha naquela parte da Gália Lugdunense, parecia que os romanos haviam deixado mais um recado para seus antigos inimigos. Mesmo assim, como um tipo de pesadelo que não tem fim, Urthor enviou um bando de cavaleiros armados até os dentes ao notar seus inimigos batendo em retirada. Nesse momento, não houve outro jeito senão entrarem na floresta como uma rota de fuga. Rhodes já estava lá com Tumboric e ambos puderam ver a multidão de homens correndo para dentro do bloco de faias que dividia as terras carnutes do rio Eure. Foi um efeito surpresa e por um instante eu senti que veria meus amigos morrerem nas mãos daquele povo por quem não tenho o menor apreço.

Os guerreiros allobroges rapidamente ocuparam a floresta, mas perigosamente amotinavam-se naquele espaço. Ícaro gritava para que não se amontoassem no interior do bosque, e sentia que somente os romanos entendiam seu temor. Essa era uma grande diferença entre eles: os gauleses sempre se protegiam nas florestas enquanto os romanos sabiam que a céu aberto era muito mais fácil calcular as baixas de um exército.

Foi tudo muito rápido. Dois grupos ficaram separados: a infantaria, com Ícaro, e a cavalaria allobroge a uma curta distância para fora da floresta. Lançadores, *sagitariis* e soldados da infantaria permaneceram dentro daquele emaranhado de faias e abetos. Então, o que podia se ver era uma linha verde imaginária entre as duas divisões do exército liderado por Cohncot. Quando os homens de Urthor se aproximaram da cavalaria, o inimaginável aconteceu. Como um raio, algo muito ligeiro e preciso ateou fogo entre os homens e a floresta carnute. Ninguém soube dizer como ou quem dera início aquilo... Ninguém que tivesse olhos comuns. Desta vez, Tumboric a viu ao mesmo tempo que Rhodes.

— Pelos deuses... — Tumbo e Rhodes quase disseram em uníssono. — É ela.

Latência estava ali e restava claro que agia em favor dos allobroges. Como se estivessem vivendo uma das lendas que ouviram quando pequenos, Rhodes e Tumboric testemunharam o sobrenatural diante de seus olhos. A menina de Cenabo não estava em carne e osso como os humanos. Ela estava em chamas e movia-se pouco acima do chão como uma forma luminosa e flutuante.

O que eu fiz?

Trabalhei com ela! Soprei junto com Latência enquanto a menina criava um círculo de fogo ao redor da floresta. Eu podia senti-la, muito quente, mas não o suficiente para me queimar. Eu a alimentava na dose certa. Seus olhos, a pele, tudo nela era flamejante como uma chama inteira e indestrutível. Agora eu sabia quem era Latência. Era um ser desses que permanecem entre os humanos e os Naturais. Ela era sobrenatural. Uma força dessas que não se consegue deter. Um ser raro e, às vezes, perigoso.

— Rhodes, eu estou vendo... Você também? — Tumboric mal acreditava no que via. Sua boca estava pendendo para baixo.

— Estou, Tumbo. É ela mesma... — desta vez Rhodes não estava zangado com Latência, porque era nítido tanto para ele quanto para Tumboric que ela queria proteger os allobroges.

Os homens de Urthor lutavam com os romanos, mas logo se deram conta do que estava acontecendo e não sabiam que tipo de manobra os allobroges estavam usando agora. Eles não podiam ver Latência e pensavam que era mais uma inovação da guerra levada até seus territórios. Quando o círculo de fogo estava completo ao redor da floresta, Latência moveu-se até os inimigos dos allobroges e o pior daquela noite se desenhou nos olhos de quem viveu para ver. Ela lançou-se sobre eles. Ateou fogo nos guerreiros carnutes. Sim! Foi horrível. Nesse momento, eu não pude intervir. Na verdade, eu não quis. É claro que aquela noite — tempos depois chamada de Noite das Chamas — se tornaria uma lenda. Cada homem que sobreviveu àquela batalha contaria a sua parte da história, mas Rhodes e Tumboric contariam a versão completa.

CAPÍTULO XIII

O surgimento de Scrix

Não é preciso dizer tudo que estava ao redor daquele vasto território, um perímetro pesado e desonesto conosco, Seres Naturais.

Chega a ser incoerente trabalhar num lugar como esse, pois hoje o dia nasceu muito belo lá no alto e terrivelmente desastroso aqui embaixo. A tonalidade do azul do céu nesta parte da Gália parecia desconhecer completamente o vermelho enegrecido sobre as vestes dos guerreiros gauleses e dos soldados romanos; contudo estes, a bem da verdade, sabiam lidar melhor com a guerra — estavam muito habituados a ela! Confesso que me compadeço de todos, sobretudo dos alazões que não escolheram fazer parte daquilo, ao contrário, nasceram para ser livres e viver correndo por entre montanhas e vales verdejantes, mas, em vez disso, são capturados, domesticados e compelidos por homens ignorantes que os levam, sem escolha, para essas imbecis batalhas.

Ferido, mas ainda belo como sempre, vejo Scrix, um dos animais mais distintos que já conheci. Alvo, tão alvo que seus cílios ousam ter a mesma tonalidade de sua crina. Agora, caído no solo dos carnutes, posso sentir sua respiração suave, assim como meu sopro de hoje, preguiçosa e leve; percebo que ainda há vida nele, e que permanecerá por muitos anos mais. Não sei dizer a quem Scrix pertencia... Naquele momento, ele não carregava nenhuma marca que pudesse identificar sua origem, nenhuma pele de animal dos alpes jogada sobre seu dorso, nenhuma cela cujos detalhes tivessem um primoroso trabalho de ferreiro, nenhum resquício das insígnias dos coortes romanos.

Scrix parecia liberto de seu dono, pois era quase certo que esse desconhecido guerreiro já estivesse liberto da vida terrena. Em pouco tempo, ele se levantará e verá com seus grandes olhos redondos a mesma cena que certamente já viu no passado. Ele verá, assim como eu, com desânimo e conformismo, e mesmo assim levantará sem saber ao certo seu destino futuro, sua missão dentre os homens. Simplesmente levantará. À princípio serão passos tímidos dentre os corpos estirados ao seu redor, ouvindo gemidos de homens que gostariam de estar assim como Scrix, de pé e se mantendo firmes sobre suas pernas. Ele sairá à procura de água, atravessará a floresta carnute e logo verá um rio benevolente cujas águas calmas e doces permitirão que naquele dia, almas cansadas se embebedem. Terá a chance de saciar sua sede num cenário mais agradável, deixando para trás corpos e aquele terrível cheiro de sangue. Na outra margem, a poucos passos de Scrix, há uma promessa de uma nova vida. Ao que parece, até agora, ele pode partir sem pressa, não há nenhum homem com força suficiente para possuí-lo novamente e ele poderá viver por conta própria em campinas mais verdes do que aquelas, dormir sob a proteção das frondosas árvores da Gália, quem sabe até encontrar alguns semelhantes. Scrix está cansado. Eu também... Estamos cansados da mesma coisa. Posso ver em seus olhos.

Após saciar sua sede, finalmente Scrix decide partir. Ele levanta a perna direita e a afunda naquele doce riacho de águas mansas, sente um pouco da friagem da manhã nas correntes calmas. Isso transmite paz por alguns segundos e proporciona a calma necessária para atravessá-las, pois assim como a maioria dos rios, as pedras no fundo são lisas e às vezes se vestem de musgos. Ele não quer mais se ferir. Então, alguém que também não quer mais se ferir, e aliás, é muito jovem para isso, também entra no rio com mais pressa que Scrix e toma as rédeas do cavalo.

— Chiu... Calma menino, calma. — o rapazinho espalma as mãos sobre a face de Scrix, acarinhando-o do nariz até o começo do dorso. Mesmo assustado, Scrix gosta daquele gesto. Ele fixa os olhos em Scrix, e fala com mansidão:

— Não se assuste, não tenha medo... Estou aqui. Não vou lhe fazer mal, seremos grandes amigos.

Então Rhodes montou em Scrix, acariciou sua crina e deu-lhe um tapinha logo abaixo do pescoço, como se quisesse cumprimentá-lo pela sua beleza e por sua força.

— Vamos Tumbo, já encontrei nosso transporte.

A perna de Tumboric nunca mais fora a mesma, alojou-se nele um andar claudicante. Quando voltou para a aldeia, ele tinha febres e a infecção da ferida estava bem avançada. Foi preciso operá-lo e Mirta deu graças aos deuses por poderem contar com os médicos do exército romano. Rhodes culpou-se por isso. E Tumbo culpou Latência. Mas toda aquela corrida de encontro à guerra mudou a vida dos dois para sempre.

LIBER SECVNDVS

LIVRO SEGUNDO

CAPÍTULO XIV

O TEMPO DE PAZ

Quanta energia tinham aqueles meninos. E como se divertiam! No início, tive a impressão de que o filho de César seria o eterno comandante da dupla. Com o passar do tempo, notei que Tumbo tinha um jeito especial de conduzir as coisas, levando seu irmão, muitas vezes, a fazer o que ele queria. Deixava Rhodes apoderar-se da ideia, sabendo perfeitamente que do contrário ele perderia o interesse na questão. Era como se Tumboric assumisse tranquilamente a condição de coautor e, embora Rhodes falasse quase sempre voltado para si, jamais rejeitou o irmão. Estava claro para Tumbo que Rhodes precisava brilhar, chamar a atenção, mas apesar disso ele nunca o relegava nem o deixava de fora das suas brincadeiras ou dos seus projetos de vida. "Quando crescermos, vamos ganhar o mundo, Tumbo" — dizia, com o braço envolto nos ombros do irmão. Tumbo sorria, e seu olhar para Rhodes "o aventureiro", era de regozijo e admiração, como quando usamos bem uma bússola, atingindo o ponto almejado.

É claro que se estranhavam, se empurravam, ficavam sem se falar por algumas horas, mas isso tudo para mim não passava da mais bela prova de que eram irmãos de verdade; de que se amavam, embora naquela época não tivessem a noção desse amor que sempre os uniu — sabiam apenas que podiam contar um com o outro. Quando Rhodes atiçava Tumbo com aquela rixa tola entre kinrys e gaélicos, inevitavelmente se atracavam no chão e Mirta precisava intervir colocando ambos de castigo. Quase sempre ficavam sem sobremesa ou não podiam brincar até o dia seguinte. Mas só ele podia fazer esse tipo de provocação com Tumbo; partia a cara de quem zombasse do irmão por conta dos seus traços físicos. Afinal, assim são os irmãos. Ainda que tivessem quase a mesma idade, em uma determinada fase, foi notória a diferença no amadurecimento de ambos. Rhodes, por exemplo, se interessou pela "anatomia humana" muito antes do irmão, tanto que se enveredava por horas no interior da floresta allobroge com algumas meninas. Eram muitas as curiosidades da puberdade... Às vezes, Tumbo o inquiria com ares de reprovação, principalmente se Brígida estivesse com o irmão. Parecia nutrir um sentimento intrincado pela menina, talvez pelo fato de ela ser a única que não apanhava de Rhodes ao gritar nos ouvidos de Tumbo: "Gaélico! Gaélico!", para depois sair correndo, fazendo mesuras debochadas.

Uma vez Rhodes o convidou:

— Vamos conosco, Tumbo. É divertido.

— E o que vamos fazer lá?

— Ah... depende.

— De quê?

— Do que tivermos vontade de fazer.

— Por exemplo...

— Podemos nos beijar ou nos tocar.

— Quem?

— Nós e as meninas, ora.

— Argh! Que nojo!

— Não há nada de nojento nisso, Tumbo.

— Há sim, cuspe.

— Nossa, como você é criança.

— Olha só quem fala...

— Pelo menos eu gosto de mulheres.

— O que você quer dizer com isso, Rhodes?

— Que se não gosta delas é melhor ir para Roma, lá eles são mais compreensivos com esse tipo de gosto.

— Não é nada disso, idiota.

— E o que é então?

Anos se passarão até que Rhodes possa compreender as profundezas de seu irmão e todas as lembranças hostis que se negavam a abandoná-lo. E como isso interferia em seu contato com as descobertas da sexualidade. Tumboric passou a infância atormentado pelos pesadelos que relembravam suas experiências nas terras carnutes, quando vivia preso com outras crianças em um tipo de cela.

Mais cedo ou mais tarde tudo se esclarecerá. Afinal, não é para isso que serve o tempo?

Até lá, eles viverão muitas emoções. Brígida deixará de ser a pior inimiga de Tumbo e terá um relevante papel em sua vida; o nariz arrebitado, que lhe dá um ar irritante de mandona, passará a ser, para ele, o detalhe mais encantador. Rhodes, depois de se apaixonar por ela pelo longo período de três meses, prazo de "amor eterno" que se repetirá com muitas outras mais, finalmente vai encontrar... Ah! Você terá que ir muito além nessas minhas lembranças. Mirta e Ícaro irão presenciar todas essas divertidas diferenças entre os meninos, e rir às suas custas, muitas vezes sem que percebam e, em outras, impossíveis de disfarçar. Nosso centurião ajudará a criá-los. E ensinará a eles quase tudo que um homem precisa aprender; principalmente, mesmo sem saber, os ensinará a amar. Ele também tentará, algumas vezes, convencer

Mirta a deixar que Tumboric tenha aulas de luta e treinamentos militares como Rhodes, mas ela postergará ao máximo, dizendo que Tumbo possui poderes de cura, que precisa aprender sobre a força das ervas e suas combinações. E por muitas vezes, Rhodes e Tumbo se despedirão um do outro, sempre com o mesmo olhar de desalento e resignação.

Até que chegará o dia em que Mirta não poderá mais evitar o destino de Tumbo. Não terá mais como negar o anseio nos olhos de seu filho gaélico. E vai deixá-lo partir...

CAPÍTULO XV

O Amuleto de Rhodes

Numa tarde, voltando do Conselho, Rhodes resolveu passar na cabana antes de encontrar os outros arqueiros na grande fogueira. A reunião com os sacerdotes fora proveitosa, e ele se perguntava como aqueles homens da fé podiam saber tanto da guerra se passavam aquele tempo todo debruçados sobre antigas inscrições. Pensou que um dia ele também se tornaria um homem maduro, velho demais para lutas; no entanto, seria suficientemente sábio para a religião? Seria mesmo necessário esperar uma vida inteira para ser sábio, ou existiriam pessoas que simplesmente nasciam assim, com a sabedoria de um ancião?

Meneou a cabeça como quem se justifica para si mesmo e desviou a atenção para a quantidade de água que ainda tinham atrás da cabana, para o asseio pessoal. Rezou para que Mirta não tivesse precisado da reserva que haviam trazido do rio na tarde anterior. Ele queria tomar um banho caprichado. Embora nenhuma moça da aldeia tivesse despertado nele o mesmo interesse que demonstravam seus amigos apaixonados, Rhodes sempre contava com a possibilidade "disso" acontecer, principalmente à noite, que, segundo ele, existia especialmente para os grandes amores.

Ao entrar em casa viu Tumboric de costas, mexendo em alguma coisa que provavelmente não lhe pertencia, tamanho o susto que levou. Imediatamente Rhodes se deu conta de que não tinha visto seu irmão o dia inteiro — ele andava muito misterioso nos últimos tempos.

Tumboric segurava o colar com o amuleto de Rhodes.

— O que está fazendo... mexendo no que é meu?

— Eu só queria usá-lo um pouco, não ia estragar. — Tumboric estava muito desconcertado, ainda mais porque aquele tipo de atitude não lhe era comum. Nunca mexera em nada de Rhodes ou de Mirta.

— Nunca mais toque nele, Tumbo! — Rhodes gritou. — Esse é o meu amuleto, meu talismã. Se quiser um desses entre você mesmo no Labirinto.

A porta da cabana estava aberta, e foi nesse instante que Bautec e Cohncot entraram, justamente quando Rhodes acabara de esbravejar. Os druidas se entreolharam, incrédulos.

— É verdade o que diz, Rhodes? Você entrou no Labirinto? — perguntaram praticamente em uníssono.

Rhodes apertou seu amuleto com a palma da mão fechada, num gesto instintivo de proteção. Em fração de segundos, mantendo os olhos fixos nos druidas, sentiu-se despido por ter seu grande segredo revelado. Os pensamentos começaram a fervilhar. Era fácil de imaginar o que se passava dentro de sua cabeça. O que eles poderiam dizer diante dessa verdade? Afinal, a voz do Labirinto havia falado com ele! Será que Bautec e Cohncot conheciam aquela voz? Será que eles também entraram no Labirinto? Será que sabiam quem era aquele que profetizara uma parte da sua vida?

Ah, sim! Certamente aqueles dois conheciam muito sobre o Labirinto de Pedras, sobre o céu e as estrelas, sobre as estações, os deuses, os homens, e claro, principalmente sobre meninos curiosos. Eu quase podia ouvir Rhodes blasfemando. *"Maldita hora que Tumbo mexera no que não era seu!"* Tumboric nunca tinha feito algo assim, por que resolvera fazer isso logo hoje? Se Mirna estivesse aqui certamente ficaria decepcionada. Desta vez ela não o defenderia, pelo contrário, faria uma palestra de como ele deveria respeitar o que é dos outros. Sim! Desta vez ela repreenderia seu aprendiz.

Bautec interrompeu a avalanche de pensamentos de Rhodes, que seguia em busca de uma boa argumentação. Deu um passo adiante.

— Diga Rhodes... É verdade o que disse a Tumboric? Você entrou mesmo no Labirinto?

De súbito, como era de sua têmpera, Rhodes respondeu:

— Sim, eu entrei no Labirinto — afirmou, elevando o rosto como quem noticia uma vitória — e completou — mas isso já faz muito tempo.

Cohncot estendeu a mão, pedindo o amuleto de Rhodes, e o analisou minuciosamente.

— Esse amuleto é uma recordação, para que não se esqueça de que esteve lá? É isso?

Haviam-se passado 7 anos desde aquela noite fria de inverno, quando Rhodes entrou no Labirinto. Eu me recordo muito bem daquela noite e fiquei ansioso para que os sacerdotes celtas pedissem a Rhodes para lhes contar tudo sobre aquele feito, assim eu finalmente saberia o que ele havia conversado com o dono do Labirinto. Agora já era um rapaz, conhecia a arte do gládio, lutava bem no corpo a corpo, era um exímio cavaleiro, e todos podiam perceber que Rhodes havia escolhido ser um arqueiro por dom e vocação. O faro astuto dos druidas aceitava o fato de bom grado, era claro como a luz solar que a escolha de Rhodes fora acertada.

Mas a questão ali era se Rhodes realmente entrara no Labirinto e mais ainda, se possuía algo vindo de lá, como poderia ser ele um homem da guerra?

Era o que Cohncot e Bautec se perguntavam intimamente. E pareciam já saber a resposta.

— É, eu quis guardar comigo essa lembrança.

— Mas você não poderia ter retirado isso de lá, Rhodes. — censurou Cohncot, com um timbre de voz duro como uma rocha.

— Se eu soubesse que era proibido, talvez não tivesse ido, mas como eu poderia saber se ninguém nunca falou nada sobre o Labirinto? Rhodes mantinha um ar insolente e respondeu de igual para igual, sentindo que os bruxos se incomodavam mais com o fato de ele ter feito algo que os dois nunca haviam feito, do que propriamente pela epopeia realizada sete anos atrás. Mais do que isso, pelo olhar de Cohncot, parecia que Rhodes era uma espécie de anomalia.

Tumboric estava lá fora, sentindo-se ultrajado. Passara a vida inteira querendo saber o que afinal significava o amuleto de Rhodes, e agora certamente não teria chance de saber o teor daquela conversa. Em momentos como esse, ele se sentia como um pequeno escravo recém-chegado dos rincões da Gália. Preterido e marginal. Mesmo a contragosto, resolveu ficar ali e esperar a saída dos sacerdotes para se desculpar com Rhodes. Ele não fizera por mal, só queria compartilhar um pouco da sorte de seu irmão e quem sabe obter um pouco de sua destreza. Talvez o segredo estivesse no amuleto. Tumboric também queria ser um grande guerreiro.

— Então, vai nos dizer o que houve lá dentro ou não?

— Acaso serei castigado se eu não quiser contar? — retrucou Rhodes. Desde pequeno, ele sempre dizia o que vinha de imediato na mente, o que lhe custava caro, mas, ali, diante da situação, estava sinceramente satisfeito ao ver a ansiedade dos bruxos que durante a vida toda aprendera a respeitar, pois muitas vezes se aborrecera com o excessivo mistério colocado sobre certos assuntos. Sentiu-se poderoso diante da sabedoria. Quem diria, o menino franzino de sete anos atrás cresceu e agora desafiava o poder dos druidas. Eu estava adorando aquilo tudo, realmente foi uma cena divertida, embora no fundo sentisse uma ponta de temor pelo próprio Rhodes.

— Ouça, meu filho, tenha calma. — disse Cohncot, com sua voz de ancião. Ele sentou-se na cama de Mirta e apoiou a mão direita em seu joelho cansado, enquanto Bautec mantinha-se de pé numa atitude militar da qual, mesmo com idade avançada, não conseguia se desvencilhar. — Não vamos lhe tratar como uma criança curiosa que deve ser advertida por ter feito algo proibido. Isso aconteceria sete anos atrás, como você bem disse, pois foram violadas regras sagradas. Afinal, você entrou em território proibido. No entanto, aqui estamos, você com o seu segredo e nós com a missão de desvendá-lo. O motivo de termos descoberto parte de seu segredo, só os deuses sabem dizer. Eles quiseram que eu e Bautec viéssemos até sua casa no momento em que você revelava sua ida ao Labirinto. E por quê?

Bautec apenas observava. Também ele estava aprendendo com Cohncot, o tempo todo. Os druidas — todos eles — sabiam bem que havia sempre alguém mais sábio com quem podiam aprender. Ficou claro para Rhodes que seria Cohncot o condutor daquela conversa. Rhodes se sentou no chão, sabedor de que haveria de escutar algo importante.

— Vamos fazer um trato. Às vezes os druidas fazem acordos. Você sabe disso, não é? — continuou. Rhodes assentiu de forma madura. — Então eu vou lhe contar um segredo meu e você me conta o seu.

Por mais teimoso que fosse, não dava para Rhodes discordar de Cohncot. Aquele homem tinha um jeito de levar qualquer um a fazer o que ele queria sem empenhar o menor esforço. Acho isso impressionante. Eu mesmo preciso reunir todas as minhas forças para empurrar o mar e formar aquelas ondas que Netuno me pede nas mudanças das marés. Também costumo me desgastar bastante quando as montanhas suplicam que essas mesmas ondas não destruam parte de sua vegetação, comumente nascidas nas encostas. Talvez eu pudesse aprender com Cohncot a fazer alguns seres me ouvirem sem que minhas forças se esvaiam... Por isso fiquei ali, ansioso pelo desfecho daquele embate.

— Você é um rapaz esperto, Rhodes, inteligente como seu pai, intuitivo como sua mãe. Você sabe disso. É um guerreiro habilidoso, que nos enche de orgulho ao lançar suas flechas certeiras contra nossos inimigos, e ao galopar com Scrix deixando para trás uma nuvem de poeira, mostrando a presença impoluta de Secellus. Os deuses o abençoaram, meu filho. — senti a respiração de Rhodes acelerar. É o que acontece quando os homens mais velhos reconhecem os valores dos jovens. — No entanto, para mim particularmente, você sempre foi uma incógnita. Não como ser humano, mas como um celta. Nós viemos para este lugar, a terra dos homens, como missionários dos deuses. Portanto, devemos reconhecer desde cedo o trabalho que precisamos empenhar. Para nós, bruxos, homens da fé, geralmente é concedido o poder de reconhecer essa missão no mais estranho mortal. É por isso que muitas vezes nós, allobroges, estranhamente apoiamos um determinado inimigo; porque conseguimos reconhecer nele a sua missão e, consequentemente, de que forma isso afetaria a continuação do nosso povo. Foi por essa razão que apoiamos seu pai. Sabíamos de que tamanho ele era.

Nesse momento, Rhodes enrubesceu. Cohncot conhecia o ponto fraco do rapaz.

— Mas com você, Rhodes, isso sempre nos soou conflitante. Veja bem, não quero que duvide de seu poder como guerreiro, um *sagitarii* que nos protege e que carrega a flâmula allobroge Gália adentro. No entanto, tanto eu quanto Bautec, que está aqui para não me deixar mentir, sempre divergimos sobre a sua missão, mesmo quando você ainda era um pequeno perguntador. Apostei que você seria um dos nossos e Bautec sempre jogou os denários na mesa apostando em seu gene combativo. E agora, já convencidos de que você seria um líder *sagitarii*, vem a vida e nos surpreende com sua ida ao Labirinto.

Por alguns segundos o bruxo fixou os olhos em Bautec e depois voltou-os para Rhodes. Imaginando que seria a deixa para se pronunciar, Rhodes acrescentou:

— Bautec também foi um guerreiro, um grande e inesquecível guerreiro. E mesmo assim o reverenciamos como líder espiritual e sabemos que um dia, se assim os deuses desejarem, ele será nosso líder supremo como é hoje o senhor.

Cohncot sorriu.

— Sim meu filho, você está certo. Mas é aí que entra a minha parte do nosso acordo. Contar-lhe o que você só saberia se fosse um guerreiro como Bautec, um homem da guerra e da fé. Esse tipo de homem, nós chamamos de Pillum dos deuses.

— Pillum dos deuses? — repetiu Rhodes.

— Sim. São os celtas que servem tanto para a vida da guerra como para a vida da fé. O sacerdócio também é a missão do Pillum dos deuses.

— Mas, o que significa esse nome?

— O Pillum pode proteger a oppida, fincando-se ao redor de nossa cidadela ou lançando-se na direção dos inimigos, atravessando-lhes a pele. O Pillum pode agir silente e estático, ou atacar com a força máxima de um guerreiro em direção aos inimigos.

— E eu sou um Pillum dos deuses? — perguntou o rapaz, ainda reticente.

— Não sei afirmar isso ao certo, Rhodes. Para isso, preciso que você me diga o que se passou na noite em que esteve no Labirinto. Só então poderei responder.

O suspiro de Rhodes denunciava que ele havia muito para contar. Depois de um instante de silêncio, ele começou a narrar os detalhes de sua aventura no inverno rigoroso de sete anos atrás.

O velho Cohncot, como uma criança animada, parecia se deliciar com o relato. Achei tão bonito aquilo, ver um ancião com olhos de criança...

— Então eu entrei no Labirinto, meio que sem perceber. Só depois de alguns minutos espalmando o paredão de pedras senti que havia outras paredes por trás e então tive a certeza de que estava mesmo dentro dele.

— Sim, prossiga.

— Demorei um pouco para me concentrar no escuro. Era uma visão sombria, não dava para enxergar praticamente nada diante de meu nariz. Depois de alguns minutos, mesmo com a luz da lua ausente no interior da construção, eu consegui me orientar por causa dos crânios. — Rhodes engoliu em seco, com medo de ser repreendido por causa do passado, mas Cohncot permaneceu impassível, ávido pelo restante da história e Bautec parecia nem estar ali, mantinha um olhar vazio e distante. — Eu tropecei algumas vezes, e num determinado momento, notei que aquelas ossadas pareciam fazer parte do Labirinto, como as pedras que o haviam construído. Então, um som oco que se assemelhava ao de um instrumento musical ressoou na cavidade em que eu estava.

— Você sentiu medo?

— Não dos crânios... Senti medo de alguém que estava ali e que eu não podia ver.

Bautec e Cohncot se entreolharam, intrigados. Tanto eu quanto Rhodes, tenho certeza disso, sentimos que os bruxos sabiam de quem se tratava.

— Continue, meu filho, por favor.

— Foi tudo muito rápido, enquanto eu tentava não pisar nos crânios ao meu redor, fiquei com medo de me perder e de não conseguir sair de lá. Mas os crânios pareciam iluminar o espaço onde eu estava. Acho que ali era praticamente o início do labirinto.

— Quanto a isso, é impossível de se saber com certeza, Rhodes. O tempo dentro de um labirinto é traiçoeiro.

Rhodes deu uma pausa e sou capaz de apostar que o filho de Mirta fez isso para aumentar o suspense do porvir, bem ao estilo de sua mãe.

— Logo depois eu ouvi a voz.

— A voz? A voz de quem?

— Não sei, até hoje não sei dizer de quem era...

Devo dizer que nesse momento duvidei de Rhodes. Cá entre nós, acho que ele sabia sim de quem era aquela voz, mas preferiu guardar a informação. Se bem conheço aquele menino, o meu Rhodes, guardou esse detalhe em seu íntimo, como uma relíquia. Então prosseguiu, a pedido de Bautec.

— E o que lhe disse essa voz?

— Disse que eu não deveria estar ali, que aquela não era a hora.

— A voz disse isso? Que não era a hora?

— Sim, disse isso claramente.

— Ouça Rhodes, ninguém jamais entrou no Labirinto e saiu vivo. Aquele lugar, na verdade, é um cemitério, um cemitério de druidas. Somente os druidas podem ser enterrados lá. Por isso, ouvindo você contar que entrou no Labirinto, ouviu sua voz e saiu com vida, e ainda de posse de um amuleto, só me faz crer que você, Rhodes, nasceu para ser um druida!

O corpo de Rhodes retesou-se de imediato. Não sei se por medo de que a partir desta revelação lhe tirassem as armas, ou por estar questionando todo o seu amor pelo arco e pela flecha.

— Além disso, meu filho, — continuou Cohncot — não é sempre que o Labirinto pode ser visto. Muitos celtas, das mais longínquas terras, já vieram até aqui para conhecê-lo e a maioria retornou sem realizar esse desejo. O Labirinto é um local sagrado e por isso mesmo não pode ser visto e muito menos visitado por qualquer pessoa. Bautec, por exemplo, não chegou a ver o Labirinto, mas ouviu sua voz em sonho.

Bautec assentiu com a cabeça.

— Você também ouviu a voz, Bautec?

— Sim, Rhodes, ouvi quando tinha a sua idade e lembro-me dela como se tivéssemos conversado ainda hoje.

Rhodes não ousou perguntar a Bautec o que ele e a voz conversaram, ainda que fosse em sonho. Apesar da importância de Cohncot em relação a Bautec, era com o ancião que Rhodes conseguia abrir parte de seus segredos.

— Conte apenas só mais uma coisa, Rhodes. O que a voz falou quando você decidiu trazer de lá este osso que não lhe pertencia?

Rhodes corou. Afinal, seu amuleto era na verdade um objeto furtado. E mais, um objeto furtado de um templo sagrado. Inconscientemente, esfregou seu amuleto com a ponta dos dedos. Ah, como Rhodes dava valor àquele amuleto!

— Ele disse que, por causa do futuro, me deixaria levar este osso. Disse que o presente sempre conhece o futuro, de uma maneira ou de outra, e que dali a sete anos eu precisaria disto para provar a alguém que estive lá dentro.

Cohncot olhou para fora da cabana. O sol da tarde ardia suavemente, e uma águia passou em rasante, piando, dando as boas-vindas ao tempo do saber. Eu bem sei o que isso queria dizer.

— Bem, meu filho, converse com Serviorix. Você terá que frequentar as aulas na Grande Cabana e, por isso, terá mais trabalho.

— Mas, mestre, desculpe a insolência... não pretendo ser druida. Quero ser um guerreiro.

— E você será, Rhodes, você será. E também será um grande sacerdote.

Os homens se retiraram em silêncio, caminhando lado a lado. Tumboric notou um ar contemplativo em ambos e teve uma nítida sensação de que falariam a sós sobre Rhodes durante muito tempo. Pelo que percebeu no semblante de Rhodes quando entrou em casa para se desculpar, estava perdoado.

CAPÍTULO XVI

TEMPO, TEMPO, TEMPO, TEMPO...

Os irmãos cresceram muito rápido. Mal posso acreditar que já saem à noite a procura de companhia feminina. Rhodes sempre fora o mais ousado da dupla, considerando-se apto para aconselhar. Mas Tumboric não se incomodava, fingia que Rhodes tinha experiência suficiente para se achar um expert em mulheres.

Às vezes Tumbo se divertia, desde que Rhodes não insistisse para que ele aceitasse alguém como Brígida para aquecer seus lábios. Geralmente Rhodes ficava um pouco mais no centro da aldeia e se despedia de Tumbo, deixando claro que continuaria por ali mais um pouco. Ele sempre encontrava uma ou outra garota disposta a se divertir. No início, saíam apenas para aprontar algum tipo de peraltice, alguma aventura na qual Tumboric se enveredava, querendo ou não, como por exemplo, a vez em que colocaram estrume na aldrava de ferro na porta da casa de Serviorix. Rhodes nunca simpatizou com o homem e achava acintoso que ele tivesse aquele estilo tão romanizado na entrada da casa, destacando-se dentre o povo da aldeia. Tratou de revestir toda a argola de ferro com uma dose generosa de estrume. E o fez sob o olhar cúmplice e vigilante de Tumboric. Aquela talvez tenha sido a noite em que mais riram na vida. E ninguém pôde acusá-los. Eles haviam colocado bonecos de palha por baixo das cobertas e Mirta estava convencida de que eram os dois, dormindo em sono profundo.

Agora, todo esse tempo havia ficado para trás. Isso era facilmente perceptível para Rhodes. Mas não parecia o mesmo para Tumbo. As particularidades de sua sexualidade eram reservadas até mesmo para Rhodes. Tumbo chegava a ficar agressivo quando o irmão insistia em levá-lo à cabana de Brígida, que parecia não negar prazer a ninguém. O que mais intrigava Rhodes era o fato de perceber que Tumbo, no fundo, gostava dela; sentia que o irmão ficava mais afoito e preocupado com a aparência sempre que estavam na iminência de encontrá-la. Então, por que Tumbo não se lançava sobre ela, ou fazia qualquer tipo de proposta que pudesse torná-la somente dele?

— Você ainda vai perdê-la. — disse-lhe Rhodes, certa vez. Tumbo deu de ombros, pois sempre negava o que realmente sentia a respeito da moça. Talvez o amor de Tumbo por Brígida fosse menor do que a raiva de vê-la nos braços de outros. Regularmente. Eles haviam crescido juntos. Os três. Durante um bom tempo, Rhodes acreditou que Brígida seria seu grande amor. Mas logo Servina, Júnia e tantas outras meninas da aldeia tomaram aquele mesmo lugar de amor verdadeiro, pelo mesmo "infinito" tempo de três meses. Até que Rhodes somou tantas em seu acervo que parou de chamá-las de "Verdadeiro Amor"... ele tinha perdido a credibilidade. Em verdade, ele nunca havia amado ninguém. Não até aquele momento. Mas Tumboric, diferentemente de seu irmão, havia nascido para amar uma vez só. E nós sabíamos disso: eu, Rhodes e Mirta.

—Ah! Seja sincero, Tumbo, você gosta dela... eu sei. — Rhodes tentou arrancar de seu irmão a verdade sobre o sentimento que nutria por Brígida, mesmo sabendo que isso seria difícil. Tumboric era fechado como uma ostra.

— Gosto sim... gosto dela bem longe de mim. — Tumbo arquitetou uma expressão taciturna para dar por encerrada aquela conversa. Ele não abriria sequer uma brecha sobre isso, mas sabia que Rhodes não se daria por vencido.

— Não sei por que você reluta tanto em admitir isso. — agora ele investiria na velha tática de tirar Tumboric do sério. — Toda a aldeia sabe que você visita Brígida de vez em quando, pensa que não vemos?

Aquilo era inevitável, o fato de viver em uma aldeia não proporcionava privacidade a ninguém. Permanecer fora do perímetro de vigilância de algum desocupado era uma proeza. Tumboric detestava isso, principalmente em se tratando de sua intimidade. O que ele queria de Brígida e o que ela podia lhe dar era assunto somente deles dois.

— Rhodes, eu não fico questionando sobre o que você faz de sua vida. Nem como fará para dispensar a garota com quem dormiu a noite de ontem. Deixe-me em paz! —

Tumboric virou as costas e saiu apressado para se livrar de sua contrariedade. Rhodes, ao contrário de outras vezes, não riu. Pensou, pela primeira vez na vida, que apesar do jeito estranho de seu irmão lidar com o amor, Tumboric sentia algo de verdadeiro por Brígida, algo firme e, seguramente, inabalável. Tumbo era, sem sombra de dúvida, a pessoa mais fácil de se interpretar, segundo Rhodes, e também a mais genuína que ele conheceria, até o dia de sua morte. Há fatos futuros que os humanos reconhecem de forma instintiva, e esse, para Rhodes, era um deles.

Entremeios do vento

Enquanto isso, em Roma...

Os homens das togas decidiam, juntamente com seus numerosos exércitos, o futuro de milhões. Otaviano César provava, paulatinamente, que era mais esperto do que pensavam. Marco Antônio, por sua vez, notava as manobras políticas daquele que se tornara seu cunhado — já que ele havia se casado com Otávia, irmã de Otaviano. Por muito tempo o considerou um menino brincando de política, no entanto, anos depois, talvez tarde demais, deu-se conta de que Otaviano, em verdade, era um lobo em pele de criança.

Eu evitava ao máximo sair da Gália, embora muitas vezes meus esforços foram inúteis. Esse método de fingir que não entendo os comandos que recebo já está com os dias contados. Mas quero ver meus amigos. Quero estar aqui quando Mirta finalmente se entregar aos braços de Ícaro, quero ver Rhodes se tornando um arqueiro consagrado, Tumboric alcançando reconhecimento entre os allobroges e sentindo-se parte deles. Por isso quando parto para onde o trabalho ordena, faço-o logo e volto para a Narbonesa. Afinal, sinto que aquele é o meu lugar no mundo.

Já andei muito por aí, tanto que nenhum homem jamais pôde ver o que meus olhos viram. Mas, afinal, nenhum homem viveu o que eu vivi. Não posso fazer essa comparação, seria uma incongruência de minha parte. Sou um Ser Natural, e isso, naturalmente — sem querer ser redundante — me coloca num patamar intangível para a raça humana. Não que os humanos sejam inferiores, cada um de nós tem um propósito existencial. Apenas nos distanciamos quanto às nossas potências. Embora eu possa mudar uma paisagem, provocar acidentes naturais, alimentar a terra e interferir pontualmente na natureza, também eu sonho em fazer coisas humanas. Isso me torna tão suscetível como qualquer outro ser, inclusive o homem.

Sou um sonhador. Por isso gosto tanto de Rhodes. Se alguém pudesse me dizer alguma coisa sobre minha infância, tenho certeza que veria traços meus em Rhodes. Certamente desafiei minha mãe algumas vezes, fugi para lugares arriscados, segui passos errados. Mas nada disso sei, por assim dizer. São apenas suposições. Ou não possuo memória ou nada de fato me aconteceu. Posso eu ter nascido grande e robusto, pronto para trabalhar sem nenhum preparo para a vida? Talvez um mestre muito sábio, como Cohncot, tenha me criado aos moldes desejados para o meu ofício, preparou-me em forma e jogou-me, sem ao menos avisar, num desses abismos próximos ao mar. E de lá, mesmo um tanto atabalhoado, dei meu jeito e saí soprando em frente, com os olhos bem abertos para ver e absorver tudo com a maior brevidade possível.

Sim. É provável que tenha sido algo assim... Sem aviso. Só um comando.

CAPÍTULO XVII

O Bello Gállico

As fogueiras no centro da aldeia, denunciavam que os allobroges comemoravam o culto a Cernunos — o deus das coisas selvagens — e Rhodes, na companhia do inseparável Tumboric, parecia não estar lá. Sentia-se fora daquele rito, um tanto displicente para a fé de seu povo que, como o costume previa, dançava ao redor da fogueira ao som das flautas e batidas de *bodhrán* — os pequenos tambores que produziam um som contundente e extensivo. Tumboric, embora sentisse que aquele não era um bom dia para Rhodes, foi chamado para compor a roda dos músicos e, encorajado pelo irmão, logo iniciou as batidas espalmadas no instrumento que sabia tocar como ninguém. Ele olhava para Rhodes sorrindo, chamando-o para se entregar aos ritos e à diversão que viria em pouco tempo, após as goladas do encorpado vinho gaulês produzido na província.

Há dias em que a música não nos diz nada. Ela está — assim como o resto das coisas —, completando o momento dos outros, não o nosso. Aquela noite era uma dessas, para Rhodes. Ele era só um rapazote, no entanto, muito aberto para o conhecimento. Isso o fazia mergulhar dentro si, muitas vezes.

Foi uma sorte esbarrar em Cohncot e mais ainda, ter sido convidado para uma conversa a sós. O sacerdote dos allobroges era incansável na missão de ajudar seu povo, do menor ao maior. Com o tempo, eu descobri que sempre que ajudamos as pessoas, é quase certo que a ajuda — num ponto futuro — se reverta a nosso favor, nas maneiras mais imprevistas.

Pela primeira vez, Rhodes entrou na cabana de Cohncot. Se bem que não se podia chamar aquilo de cabana, no sentido primitivo da palavra. A morada de Cohncot era toda de pedra, somente o telhado forrava-se de palha, o que a tornava mais aos moldes da Gália do que de Roma. Lá dentro, Rhodes podia sentir o cheiro que exalava sempre de Cohncot. A casa tem o cheiro de seu dono. Sempre. E quase sempre é difícil descrever esse cheiro, tão peculiar. Para o rapaz, aquele convite foi especial. Era como conhecer esferas superiores.

— Sim, Rhodes, durante mais de mil anos foi uma lei celta passar nossos ensinamentos somente de forma oral. Era a nossa arma. Assim, ninguém mais além do povo celta teria acesso ao que há de mais sagrado para nós.

— E isso mudou, Cohncot? — tateou Rhodes.

O suspiro veio com um instante de silêncio.

— Filho, ouça com atenção o que este velho bruxo tem para lhe dizer: às vezes é preciso rever até mesmo o modo mais seguro de passar o conhecimento. Tenho pensado em registrar pela escrita as coisas que me foram passadas em confiança pelo sacerdócio. Coisas muito valiosas que jamais foram escritas, apenas faladas. — Cohncot, nesse momento, sentou-se numa pedra que parecia ter nascido em formato de assento. A lua estava alta no céu gelado de um resto de inverno na Gália. Rhodes e seu mentor puseram-se lado a lado para admirar os raios que vazavam alguns pontos da cobertura de palha.

— Durante muito tempo pensamos que estávamos protegendo nossa tradição ao ensinar para os jovens somente na forma oral. De fato, estávamos. Mas tudo tem seu tempo, até mesmo a sabedoria. Agora que a Gália já foi dominada por Roma em quase toda sua extensão, pergunto-me Rhodes, se já não está na hora de registrar documentos sagrados...

— Mas seria perigoso fazer isso. — o rosto de Rhodes procurou o olhar do velho tentando se desvencilhar dos reflexos da luz proveniente de um belo candelabro.

— Sim, tanto quanto não o fazer. — arrematou o pensamento ágil de Cohncot. — Sabe Rhodes, eu e seu pai tivemos muito tempo para compartilhar nossos conhecimentos. — nesse momento, os ombros de Rhodes se retesaram. — Nós falávamos a respeito de tudo que existe neste mundo. Política, religião, filosofia, guerras e até de mulheres! — Cohncot sorriu de um jeito maroto, causando certa estranheza ao rapaz. Curioso como os jovens nunca pensam que os velhos possam ter se apaixonado um dia. — Seu pai gostava muito de aprender. E valia para qualquer coisa. Foi um dos homens mais inteligentes que já conheci. Ele usava isso aqui — o velho bateu com o dedo indicador bem no meio de sua própria testa —, muito melhor do que a maioria dos homens com quem convivi.

Nesse ponto, não sei se vocês concordam comigo, a conversa me pareceu mais séria do que o imaginado. Acho que o velho queria capturar a atenção de Rhodes para uma missão muito especial. E tocou no seu ponto fraco: Júlio César!

— Você sabe que seu pai passou muito tempo conosco aqui na Gália, não sabe?

— Sim, ao menos isso minha mãe disse. De resto só sei coisas recortadas, que ouço por aí. — Rhodes tinha um tom de lamento na voz.

— Pois eu posso lhe assegurar que seu pai amava a Gália. Pode parecer estranho, pela nossa visão, afinal, ele matou milhares de pessoas, incluindo gauleses celtas, mas creio que se não tivesse encontrado tanta resistência, o que seria praticamente impossível dado a nossa natureza combativa, não teria feito tanto mal ao nosso povo. Seu pai admirava as diferenças, desde que elas não estivessem em seu caminho quando ele decidisse avançar. Era um homem *sui generis*.

— Ser um grande homem contanto que não seja contrariado é muito fácil. — Rhodes parecia zangado ao tecer o comentário, pois seu cenho franziu de imediato.

— Sim, você está certo. Mas ser um grande homem não é nada fácil. — o velho deu uma piscadela para Rhodes. — Você já ouviu falar do *Bello Gállico*, o relato sobre a guerra nas Gálias que seu pai escreveu ao longo de uma década, quando esteve por aqui?

— Já ouvi a respeito. Adoraria ler, mas não sei como poderia... talvez quando eu for a Roma.

— Pois hoje mesmo lhe darei uma cópia. Seu pai deixou uma comigo antes de partir, como prova da confiança que tinha em mim.

Os olhos de Rhodes se arregalaram e sua boca se abriu involuntariamente, dando-lhe um ar meio abobalhado. Se pudesse ver seu reflexo naquele momento, certamente sentiria raiva de si mesmo.

— Ele... lhe deu uma cópia?

— Isso mesmo. Acho mais do que justo que você, sendo seu filho, receba este presente. — a mão direita de Cohncot segurava seu cajado de carvalho, e seu olhar estava reto, mirando o vazio.

— Eu nem sei como agradecer, senhor. — a voz de Rhodes quase não podia ser ouvida e creio que estava fazendo um grande esforço para não deixar transbordar uma emoção que não lhe parecia condizente com a de um guerreiro. — Vou guardá-lo com todo cuidado.

— Eu sei Rhodes. Sei também que assim como seu pai confiou a mim esses escritos, antes mesmo de se tornarem públicos, eu confiarei a você os meus escritos antes de partir deste mundo.

Nesse momento, o tempo pareceu congelar por uma eternidade. Rhodes estava perplexo. Incrédulo. Cohncot percebeu o impacto de sua declaração.

— Estou dizendo a você, Rhodes, que contrariando toda a tradição celta, desde as mais antigas gerações, estou começando a escrever parte dos ensinamentos que me foram passados através dos tempos. Algo me diz que outros além de mim também o farão, pois a humanidade se mantém ligada muito mais através dos pensamentos do que se possa imaginar. Preciso seguir a voz que fala comigo no silêncio da noite. O tempo de repassar a tradição falada está acabando, é momento de registrar, pela pena, legados que não podem se perder.

— Mas, Cohncot, por que isso justo agora? Há tempos que tudo foi dito e é repetido pelos sábios, bardos, druidas, guerreiros... e mesmo assim nossa cultura e nossa religião jamais se perderam.

— Rhodes, eu aprendi muito com o seu pai, assim como ele aprendeu conosco. Ao escrever o *Bello* Gálico, ele fez mais do que relatar a respeito de um conquistador de terras. Júlio César atuou também como um historiador, registrou nossa maneira de viver, nossa cultura, nossa fé. Fez isso porque era um observador, um homem que olhava através das coisas, que procurava compreender tudo aquilo que pretendia conquistar. Seu pai registrou pela primeira vez um pouco da religião celta e o mundo poderá saber, através dele, um pouco sobre nós. Entende? Nossa fé estará caminhando por outros lugares através desses escritos e, embora seu pai fosse um excelente escritor, nem tudo que ele disse está de acordo com nossa tradição. Por isso eu farei com que a pena registre e deixe para o mundo aquilo que somente nós, escolhidos pelo raio celta, podemos dizer. A palavra falada permanecerá, isso não mudará por muito tempo, mas temos que admitir o poder da palavra escrita. O vento pode levar a palavra falada, o tempo deixa viver a palavra escrita, meu jovem.

Então Cohncot sabia desse meu poder! E que surpreendente ouvi-lo falar sobre mim, ainda mais sendo algo tão verdadeiro e sério! Rhodes, embora calado, concorda com ele, eu sei! Isso me acalma. Esses momentos em que os homens falam das certezas do mundo sobrenatural com tamanha convicção e compromisso, concedem a mim um pouco de paz. Cohncot é um sábio. Tem razão em registrar sua fé. No futuro, quem sabe, homens de outras eras poderão aprender sobre o conhecimento celta, mesmo com alguém que já estará no passado. Como poeira de estrelas.

Mais tarde, na cabana, Rhodes mal falou com Mirta e Tumbo, quase não ouvia o que lhe perguntavam durante o jantar. Pediu licença e foi para o cômodo da entrada, acendeu uma vela e pôs-se a ler *O Bello* Gálico — *A Guerra das Gálias* — de Júlio César. Os pergaminhos estavam amarelados pelo tempo, pois lá se iam mais de vinte anos desde que seu pai esteve na companhia dos allobroges e de outros povos na Gália, mas a escrita dele estava ali, intacta. Rhodes passou os dedos por cima do nanquim, cheirou o papiro, percorreu os olhos meticulosamente pelos cantos da folha onde seu pai deixara escapar um borrão ou outro de tinta, admirou a grafia e imaginou a maneira como César segurava a pena. Será que o fazia da mesma forma que ele, Rhodes, segurando entre o polegar e o indicador, mais próximo da plumagem, permitindo assim que os traços das letras fossem mais compridos e desenhados? Será que Rhodes e César tinham os mesmos rituais quando se punham diante do papiro, procurando objetos pesados que pudessem prendê-lo à mesa, criando assim maior estabilidade para a escrita? Ah! Todo o tesouro do mundo não seria para Rhodes mais valioso do que aquelas folhas nas quais as mãos de seu pai haviam pousado tantas noites, muitas delas compartilhadas com Mirta, no tempo em que eles se amavam. Uma vela seria pouco para aquela leitura que buscava saciar a curiosidade de um filho que sentia tanto orgulho de seu pai. Ele precisava de algo que contestasse as tantas histórias repugnantes ouvidas na Gália. A verdade é que por pior que fossem as lendas sobre Júlio César, Rhodes só pensava nele como um ser poderoso demais para ser derrotado, mesmo após a morte.

A voz de Cohncot, ao lhe entregar todos aqueles pergaminhos, reverberava na mente de Rhodes: "Leia e releia os registros de seu pai sobre a Gália. Depois de um tempo você saberá mais sobre ele do que sobre a própria Gália".

Rhodes sabia o que Cohncot queria dizer.

— O que é isto? Novas instruções? — Mirta veio até o cômodo para deixar uma manta nas costas de seu filho.

— Não reconhece, minha mãe, estes escritos? — Rhodes virou-se para trás lançando um olhar desafiador sobre ela.

Mirta olhou por cima dele e seu semblante se iluminou, como se houvesse encontrado uma antiga relíquia, quase esquecida.

— Onde você conseguiu isso, meu filho?! Eu... faz tanto tempo!

— Cohncot me deu hoje. Disse que meu pai gostaria de saber que está comigo.

Por um instante, ela cerrou os olhos e pareceu viajar no tempo.

— Sim, ele iria gostar, filho. Esteja certo disto. — as mãos de Mirta passaram por cima dos escritos assim como as de Rhodes há pouco. Creio que assim, nesse gesto instintivo, ambos acreditavam estar mais próximos de César, como se pudessem, desse modo, tocá-lo. Se eu tivesse como dizer a eles quantas vezes vi aquela luz reluzindo ao seu redor...

Rhodes e Mirta atravessaram parte daquela madrugada falando mais de César do que jamais fizeram e isso os tornou ainda mais unidos, de um modo muito especial.

César revivia ali, em cada detalhe relatado. Não era algo fácil para ela, falar dele, mesmo depois de tanto tempo. Rhodes sabia. A ausência daquele homem, o único a quem amara, causava-lhe uma dor devastadora. Mas ela compreendia o quanto isso era importante para o filho. E a partir daquele momento, Mirta decidiu que compartilharia com Rhodes tudo o que ele quisesse saber sobre o pai. Já era tempo.

CAPÍTULO XVIII

Arelate

O verão finalmente chegou! As manhãs ensolaradas na Gália eram perfeitas, faziam com que os meninos pulassem cedo da cama, sem reclamar. Naquela, em especial, Rhodes e Tumboric estavam ainda mais animados: viajariam a Arelate para conhecer o enorme anfiteatro de lá. Ícaro prometeu levá-los como prêmio por terem trabalhado duro nos campos. Na última colheita, a dupla havia enchido mais sacos de batatas e resmas de trigo do que qualquer outro aldeão. Os filhos de Mirta haviam se empenhado tanto que até emagreceram. Rhodes e Tumbo estavam agora com 14 e 12 anos, respectivamente, e não viam a hora de serem tratados como homens.

Aquela viagem, além de ser um prêmio pelo bom trabalho, tinha outro significado: a possibilidade de serem aceitos como aprendizes no exército allobroge. "Ah! Isso sim seria um pagamento justo!", pensou Rhodes.

Arlés ficava no delta do Rio Ródano e era uma cidade importante tanto para celtas quanto para romanos. A Sexta legião a chamava de Colônia Júlia Ancestral Arelatêncio dos Sextos, um nome pomposo para uma Pequena Grande Dama, com seus 400 acres maiores de extensão. Rhodes parecia mais ansioso do que Tumbo, como de costume — desta vez pelo fato de saber que em Arlés estava o busto mais famoso de César, sustentado em um pedestal diante do anfiteatro. Uma homenagem a quem quis tão bem àquele lugar. Na verdade, a escultura era praticamente uma cópia do general. O próprio Ícaro, que procurava evitar o nome de César a todo custo, comentara a semelhança impressionante com a verdadeira face do pai de Rhodes.

—Quando chegarmos em Arlés, você poderá praticamente "ver" o seu pai. Lá está a mais perfeita representação que já fizeram dele!

Antes de partirem, Mirta segurou os meninos a contragosto e fez com que comessem o mingau. Preparou uma bolsa com frutas e um bom pedaço de pão para que os dois compartilhassem. Rhodes disse que ficaria responsável pelo lanche já que Tumbo tinha uma boca nervosa e acabaria comendo fora de hora. Depois de beijos e recomendações maternais que pareciam sem fim, ambos montaram em Scrix e partiram ao encontro de Ícaro e um grupo de cerca de trinta homens da aldeia.

No início da tarde, a comitiva chegou a Arlés. Os portões da cidade impressionaram os meninos. Ali começava um mundo novo para eles, a arquitetura, o movimento do povo nos mercados a céu aberto, animais selvagens cuja origem sequer podiam imaginar, aromas de comidas exóticas, mercadorias diversas; tapetes, pratarias, taças incrustadas de pedras preciosas e homens enormes lutando em pequenas arenas cercadas de grades — eram os gladiadores. Tudo isso desfilava diante dos olhos arregalados e curiosos de Tumbo e Rhodes. E que dia agradável! Tudo parecia estar em harmonia. Fiz a minha parte: soprei suavemente amainando

o calor do sol e todas as pessoas em Arlés sentiam-se leves e bem-
-dispostas. Contudo, admito que sou um elemento quase imperceptível na vida dos humanos, precisamente nas lembranças de
dias como este. Eu os ouço comumente relembrando momentos
perfeitos gravados em suas memórias, e lá estava eu, fazendo parte
daquele átimo em que tudo se encanta para sempre.

Ícaro reduziu a marcha e fez um sinal para Tumbo, apontando
com o queixo para um determinado ponto. Eles já tinham visto o
que Rhodes, absorto por uma tropa magnífica de cavalos, ainda
não tinha notado: o busto de César.

Não demorou para ser tomado pela visão de seu pai.

Na véspera, Rhodes finalizara a leitura dos apontamentos de
Júlio César sobre o *Bello Gállico*, a guerra nas Gálias, e tudo ainda
estava fresco em sua mente: a letra de seu pai, o cheiro do papiro,
as manchas borradas do nanquim... parecia sentir até mesmo a
respiração cadenciada do escritor. Rhodes trazia o pai dentro de si,
nas veias, na mente e no coração. E agora, o tinha também diante
de seus olhos. Eu estava passando bem naquele momento e parei
atrás dos três. Rhodes desceu do cavalo rapidamente e pôs-se em
pé diante do pedestal, erguendo o corpo ao máximo para registrar
todos os detalhes da escultura. As entradas nuas na fronte da testa,
as maçãs saltadas do rosto — tal qual as de Rhodes —, os lábios finos
e retos. A fisionomia era forte e ao mesmo tempo serena, mostrando
um tipo de controle que não requer esforço. Eram notórias também
as marcas do tempo, dando a certeza de que o modelo já não era um
jovem quando se colocou diante do escultor. Parecia nítida a vontade
de retratar com precisão a imagem do homem que César pretendia imprimir: temido, respeitado, mas, acima de tudo, admirado.

Os braços de Rhodes pendiam para baixo, retos. Seus olhos mi-
ravam com tamanha intensidade que ficariam ali, diante daquela
escultura, para sempre. Tumbo e Ícaro permaneciam imóveis,
calados, temendo interromper a emoção de Rhodes.

Mas quando uma lágrima escapou, descendo pela face do menino, o centurião apertou seu ombro.

— Ele era assim mesmo, não era, Ícaro?

— Sim, Rhodes. Exatamente assim.

Ao anoitecer, depois de tomarem um belo caldo com vários tipos de carnes diferentes, acompanhado de um bom pedaço de pão e uma fruta, os meninos foram se deitar. Os homens acataram à decisão de Ícaro de passar a noite em Arlés — não havia necessidade de cansar os animais voltando no mesmo dia. Eles encontraram uma hospedaria quase em frente ao canal da cidade, que levava ao Mediterrâneo. Naquela época, somente o porto de Marselhe sobrepunha-se ao de Arlés, e o fato de estar na Narbonesa era motivo de orgulho para as tribos desta parte da Gália.

Os meninos, mesmo cobertos pela poeira da estrada, estavam tão exaustos que adormeceram quase instantaneamente, imundos, mas extremamente felizes. Eles dividiram um quarto com Ícaro e mais dois homens: Lucius, um soldado romano retirado que vivia dentre os allobroge, e Argentius, um mercador que se dividia entre os allobroges e as tribos vizinhas, tentando empurrar suas quinquilharias. Ícaro os cobriu com as mantas que Mirta insistiu que levassem: parecia que ela estava adivinhando que dormiriam por lá. Olhando para aqueles dois corpinhos franzinos e indefesos, Ícaro desejou que a vida fosse boa para eles.

Ele os amava com uma naturalidade paternal, como se fossem seus filhos. Acho que César, onde estivesse, sentia-se feliz por isso.

No dia seguinte, enquanto voltavam para casa, Rhodes iniciou um assunto não muito convencional. Pelo visto, pretendia impressionar Tumboric mais uma vez.

Epitáfio

— O que você escreveria em sua lápide, Tumbo? — perguntou Rhodes subitamente, enquanto cavalgavam nas entranhas da floresta.

— Não escreveria nada porque estaria morto.

Revirando os olhos por conta da praticidade de Tumbo, o irmão retrucou sem paciência.

— Você me entendeu muito bem!

Eu comecei a achar aquilo divertido, pois raramente via a ordem das coisas invertidas entre aqueles dois. Tumbo sempre fora a plateia de Rhodes, rindo de tudo o que ouvia, mesmo quando Rhodes caçoava dele por causa de sua inocência excessiva. Curioso era que Tumboric, quando tirava a paciência de Rhodes, nunca fazia isso de caso pensado. Pelo menos até agora.

— Ora Rhodes, não são os mortos que decidem o que vai estar em suas lápides, são os vivos.

Mais um ponto para Tumbo!

— Como assim? Não mesmo! Se o morto desejar, em vida, pode dizer o que gostaria de ter gravado em sua lápide. Pode ordenar. É assim em Roma... — retrucou, como se soubesse muito mais do mundo do que seu irmão.

— Só podia ser em Roma, na terra dos homens tolos. — o corpo de Tumbo se movia lentamente com o andar do cavalo. Ícaro, mais adiante, cavalgando seu belo alazão, fingia não prestar atenção à conversa dos dois.

— De onde você tirou isso? Os romanos são muito inteligentes se você quer saber...— Ora Rhodes, somente os tolos poderiam escolher seus epitáfios.

— Por que você diz isso?

— Porque um morto não tem opinião, ora! Somente os vivos é que podem julgar os mortos, sendo assim, escreverão em suas lápides o que bem quiserem. E o que o morto vai poder fazer? Nada! O mais lógico é isso, torcer para imprimir nas pessoas coisas boas e elas que se encarreguem de libertar suas impressões a respeito de quem a morte levou.

Fiquei de boca aberta, assim como Rhodes. Aliás, ultimamente Tumboric vinha dizendo coisas que me faziam notá-lo de um modo muito especial.

Depois de Arlés

Posso afirmar que Tumbo sempre foi mais fechado em si mesmo, só se abria aos mais chegados. Ele tem um jeito ressabiado de ver a vida. Já Rhodes, é diferente. Com suas pernas longilíneas e sua postura ereta — o que lhe dá um certo ar de empertigado — é bem mais extrovertido que o irmão. E o fato de ser mais alto, mesmo que apenas um pouco, o faz acreditar que está no comando. E também tem aquele jeito de quem acha que pode mudar qualquer coisa ruim que lhe aconteça, um olhar astuto que vê à distância, onde o vento faz a curva. Ao contrário de Tumbo, Rhodes é voltado para fora quase todo o tempo.

Talvez por causa de suas diferenças sejam tão divertidos de se ver. Para mim tem sido um prazer vê-los crescer, nesse período relativamente tranquilo para os allobroges, quando o rolar de cabeças tem sido mais raro e a segurança transforma toda a atmosfera na aldeia. Gosto de ver todos eles acreditando na promessa de paz, isso vai alimentá-los para os tempos difíceis.

CAPÍTULO XIX

ROMA

O tempo passou muito rápido desde a minha última vez em Roma. Quando estive aqui, Otaviano ainda estava casado com Escribônia, filha de Lúcio Escribônio Libão. A mulher era dezessete anos mais velha do que ele e já havia sido casada por duas vezes. Era claro que o sobrinho-neto de César estava focado em sua ascensão, uma vez que Escribônia era tia de Sexto Pompeu Magno, sobrinho de Pompeu. Otaviano precisou engolir aquele casamento a seco, ou quem sabe com a ajuda de muitas taças de vinho, porque Pompeu significava optimates, e optimates significavam 23 facadas sobre o corpo de seu tio Júlio César. E cá entre nós, digo-lhes com pureza d'alma, Otaviano era mais corajoso do que pensei, afinal, Escribônia era uma mulher... como posso dizer, sem parecer rude... dotada de traços irregulares. Sim, posso classificá-la assim. Já Otaviano, jovem e formoso, cada vez mais influente no senado e admirado pelo povo, tinha ao seu dispor certamente as moças mais belas da sociedade romana. Mas talvez para ele, naquele momento, a beleza estivesse represada nos meandros do poder. Entretanto, pouco tempo depois, Otaviano devolveu Escribônia, alegando que seus costumes depravados o desonravam.

Otaviano agora estava prestes a desposar Lívia Drusilla. Pelo que ouvi, passeando pelas domus das famílias mais abastadas de Roma, ele se divorciou de Escribônia no prazo de um ano e talvez isso tenha ocorrido após seu primeiro encontro com Lívia. Desta vez o rapaz de olhar frio e reto parecia mesmo estar de fato apaixonado. Dizem que Otaviano, ao ver Lívia pela primeira vez, simplesmente ignorou o fato de ela ser casada com Tibério Claudius Nero, ter um filho e já estar em estágio avançado de outra gravidez. Lívia foi dada por seu pai em casamento para Tibério Nero no ano 43 a.C., pouco depois de completar dezesseis anos de idade. O primeiro filho do casal também se chamava Tibério, em homenagem ao pai. Tempos depois, Lívia e o marido foram exilados de Roma, pois Tibério Nero lutou ao lado dos optimates, perseguidos por Otaviano César. Foram primeiro para as terras da Sicília, ao encontro de Sexto Pompeu e parece também — pelo que ouvi dizer — que até estiveram por um período na Grécia. Não se sabe bem ao certo o porquê, mas passados alguns anos, Otaviano assinou uma anistia geral, fato que possibilitou o retorno de Tibério e sua jovem esposa Lívia, agora grávida do segundo filho. E exatamente nessas circunstâncias, a moça foi apresentada para Otaviano, um jovem revestido de tanto poder que mesmo um forasteiro em Roma reconheceria isso prontamente.

Otaviano exigiu que Tibério Nero se divorciasse de Lívia para que ele pudesse desposá-la. Prometeu cuidar de seus filhos e os reconheceu como legítimos. Ele já tinha uma filha, Júlia, de seu breve matrimônio com Escribônia, mas lhe parecia aprazível ganhar logo dois herdeiros varões junto da mulher que o enfeitiçara.

Em Roma, dizem as más línguas que Lívia pareceu-lhe uma deusa em comparação com a pobre Escribônia. E quem diria que o rapaz estoico, sobrinho do virtuoso César e descendente dos Iulius, assumiria tantos riscos contra as tradições em nome de uma mulher que há pouco tempo pertencia a uma facção inimiga. O coração dos homens é um mistério para mim, já conheci muitos, mas todos me surpreendem. Diante disso, prefiro não ter um coração, ele nos faz parecer tolos.

O casamento de Otaviano e Lívia está começando exatamente agora. Há três dias ela deu à luz outro menino, filho de seu ex-marido, e mesmo assim se apresenta muito bela: de coque à altura da nuca e uma mecha de cabelo ondulada na fronte. Sinto que pretende indicar suas virtudes romanas, e parece tão imaculada como uma virgem. O rosto luminoso está corado, com um tom de pêssego maduro, seus lábios são pequenos e delicados e o nariz se harmoniza discretamente com a face levemente ovalada. Ela e Otaviano têm mais ou menos a mesma idade, e se eu não conhecesse bem a família do rapaz, chegaria a dizer que eles possuem um grau de parentesco, tamanha a semelhança entre os dois. Ambos parecem felizes e neste momento creio que não se importam com o que os moralistas de Roma pensam.

Conheço bem o lugar onde a celebração ocorre, a residência do Pontífice Máximo. Já estive aqui enquanto César era o morador e posso dizer que presenciei todas as visitas da mãe de Rhodes, na época em que ela era uma vestal respeitada. Otaviano, por sinal, ocupa o mesmo título de seu tio, é o Sacerdote Máximo da religião romana, mas diferentemente de César, prefere viver com simplicidade e não utiliza esta bela construção como moradia principal, mas mora aqui perto, na mesma colina, no Palatino. Sua residência é ampla, de enormes janelas, no estilo etrusco dos nobres romanos, com um átrio colunado no centro da construção, mas é só. Para Roma, Otaviano é o defensor da moral e dos bons costumes, da ordem pública e das contenções de despesas, embora hoje, ao desposar uma mulher que foi casada com um de seus inimigos, isso tudo pareça estranho demais.

Vejo alguns rostos conhecidos: senadores não tão influentes na época de César agora me parecem mais altivos.

CAPÍTULO XX

DUX SAGITARII

—Pensa no seu sonho tomando vida, Tumbo! Exatamente como você sempre imaginou, cada canto detalhado do seu sonho bem diante de você. É isso que está acontecendo comigo agora, meu irmão. Eu estou caminhando dentro do meu grande sonho.

Tumboric sorriu para Rhodes, cheio de orgulho. Seu irmão, o maior e melhor amigo que a vida podia lhe dar, naquela noite se tornaria um chefe sagitarii. E Tumboric estaria a postos para aplaudi-lo, como sempre. Mirta ajustava as fitas cruzando lateralmente o colete de couro no corpo de Rhodes, tentando segurar as lágrimas que insistiam em brotar dos olhos. Ela sabia o quanto ele havia esperado por aquilo, inicialmente com a ansiedade dos jovens, que julgam sempre necessário antecipar o tempo do aprendizado, e depois o viu absorver com sabedoria a cadência do tempo, aceitando o veredicto de que nem tudo vem dos homens, amainando a faina da glória. Rhodes soube esperar e agora, olhando para trás, podia ver que nem fora por tanto tempo.

Os três estavam na cabana e, pelo adiantar das horas, já haviam acendido um archote na entrada. Sentado num banco talhado num velho tronco de carvalho, Tumboric segurava um copo de barro contendo o néctar dos gauleses.

— O que foi, Tumbo? De repente ficou calado. — inquiriu o herói da noite.

— Estou pensando aqui... Agora que você será o chefe dos arqueiros, vai ter que se ausentar por longos períodos.

— Sim, tem razão. Mas isso não quer dizer que ficaremos separados.

Mirta podia ver o amor genuíno que Tumboric tinha por Rhodes. Ao vibrar por sua vitória não havia se dado conta da falta que sentiria do parceiro. Era chegada a hora da travessia particular que o destino costumava trazer para os homens.

Por um tempo, ficaram calados.

Rhodes estava se preparando para dizer ao irmão que de um jeito ou de outro estariam unidos, quando Ícaro entrou.

— Então, aí está a estrela da noite! — exclamou, apertando Rhodes junto ao peito. — Vejo que já está todo arrumado! De agora em diante, cuide-se para que sua mãe não o acostume mal, um líder não pode se deixar acostumar com os mimos das mulheres.

— Pois bem, conheci um centurião muito afeito ao pão que sua mãe assava logo cedo, e que ainda lhe preparava um banho com ervas aromáticas quando voltava das campanhas.

Ícaro corou. Seus olhos baixaram por um instante e Mirta não soube dizer se o comentário havia despertado a lembrança que ele volta e meia tentava apagar: a de que ele tinha uma mãe, provavelmente muito saudosa em Roma.

— É verdade... — disse Ícaro um tanto nostálgico — Retiro minhas palavras meu caro sagitarii. Aproveite, enquanto há tempo, para usufruir do que sua mãe pode lhe dar nessa vida.

Mirta sorriu, satisfeita. Tumboric parecia ainda disperso em seus próprios pensamentos. Receava ficar na aldeia e ver seu irmão partir em missões do exército allobroge. Sem perceber, encheu seu copo com um pouco mais de vinho. A moringa estava cheia e ele deixou entornar um pouco sobre sua bota. Era a desculpa que ele precisava para sair dali e tomar um pouco de ar fresco.

— Pelos deuses! Que desajeitado eu sou!— Deixe que eu limpo para você, Tumbo. — Mirta sabia que ele estava nervoso e que precisava receber alguma atenção.

— Não se preocupe, eu volto já.

— O que deu nele? — perguntou Ícaro.

Olhando por cima de sua mãe, Rhodes respondeu com tranquilidade.

— Ele está com medo que eu o esqueça, ou pior, que o troque por outro irmão de flecha. Não sabe que é o irmão que os deuses me deram e que nunca será substituído por ninguém.

Mirta e Ícaro sorriram um para o outro.

— Pronto, minha mãe! Está ótimo. Deixe-me ir. Vou alcançar Tumbo no caminho para subirmos ao platô juntos.

Desta vez era verdade. Rhodes não estava dizendo aquilo apenas para deixar Ícaro e Mirta a sós, como fizera tantas vezes. Ele estava realmente preocupado com o irmão. Deu uma última checada em seus pertences apalpando a si mesmo e se esticou em frente ao círculo de prata polida que o refletia até a cintura. Gostou do que viu. E saindo em posse de seu arco e flecha, deu uma última olhada para dentro da cabana.

— Não se demore minha mãe. Até que esta vela chegue ao meio, entoaremos o hino sagitarii. — então o filho de Mirta partiu, levando consigo o olhar comprido e orgulhoso de sua mãe.

Agradecendo aquele raro momento, Ícaro puxou assunto imediatamente sem abrir espaço para o silêncio.

O verão na Narbonesa possuía um charme peculiar. As tardes eram tépidas, o prado verde cintilava sob o sol e a brisa convidava os gauleses para desfrutar a natureza — era praticamente impossível resistir. Conhecidos pelos seus hábitos de higiene, adoravam passar as tardes nos rios límpidos da região. Pescando ou nadando, mulheres e crianças perdiam-se do tempo em meio à diversão. Contrariando seu temperamento disciplinado, Mirta largou seus afazeres cotidianos e decidiu aproveitar. Queria estar tranquila e relaxada para aquela noite tão especial. Nadou, brincou com as crianças na água e caminhou sem pressa pelo campo, secando-se ao sol. Os efeitos de uma tarde como aquela eram visíveis em sua aparência. Seus cabelos longos e castanhos brilhavam e alguns fios na altura da fronte mesclavam-se em tons mais claros, acentuados pela exposição ao sol. Ela já tinha feições maduras, e entre as sobrancelhas nasciam suaves linhas de expressão, fixadas pelas preocupações inevitáveis, mas nada disso tirava-lhe a beleza. Sua pele estava levemente dourada, e o viço parecia acentuado sob a luz acanhada da vela.

Ícaro não se cansava de admirá-la. A verdade era que qualquer mudança, por menor que fosse, no corpo, nos gestos ou na voz de Mirta, jamais passaria despercebida por ele.

— Acho que a mãe do novo líder sagitarii quis se fazer notar tanto quanto seu filho. Mas parece que está faltando algo.

— Por que diz isso centurião? Esta é minha melhor túnica. Rhodes a trouxe de Narbo, e sei bem quem o ajudou a escolhê-la. Já escovei meus cabelos e não sinto falta de nada para me parecer com "a mãe de um líder sagitarii". — Mirta fez uma mesura, caçoando de si mesma, dando o assunto por encerrado.

— Talvez eu possa fazer algo por você... venha cá. — Ícaro segurou a gaulesa levemente pelos ombros, virando-a de frente para o círculo de prata que servia como espelho. — Vamos ver como ficará agora.

Delicadamente, o centurião colocou sobre a cabeça de Mirta um majestoso diadema de fios de prata contorcidos com nós celtas.

O ornamento encaixou-se com perfeição, penetrando suavemente nos cabelos escuros de Mirta, deixando aparentes seus detalhes torneados em curvas. Era lindo. Um detalhe precioso sobressaía ao centro da joia, na altura da testa: cinco pequenas esmeraldas, cada uma cravejada em um nó celta. Escolhidas propositalmente, as pedras tinham quase o mesmo tom dos olhos de Mirta.

— Ícaro... é a joia mais bela que já vi! Pelos deuses! — Mirta se deixou deslumbrar por um instante, a respiração contida, quase ofegante. — Não posso aceitar algo assim... é um presente valioso demais. — sussurrou, aproximando-se do reflexo. Com o movimento, pôde ver também a imagem de Ícaro, junto à sua.

— Sim, eu sei. Apenas uma mulher igualmente valiosa poderia receber algo assim.

Mirta corou. Podia sentir a face queimar e ela bem sabia que não era por conta do tempo que passara ao sol banhando-se no Rhonê. Pensou seriamente em declinar o presente sem parecer rude, mas algo a impediu. Não tinha certeza se aquilo era necessário. Eles possuíam tanta intimidade que às vezes se perguntavam como isso acontecera. Por todos aqueles anos, jamais havia se deitado com ele, embora soubesse o quanto ele a desejava, mas sempre o tratara como um irmão, um amigo com quem poderia contar, um confidente que sabia de seus receios mais tolos. No entanto, na sua última partida com o exército allobroge, sentiu sua falta de um jeito estranho. E ficou desesperada quando a maioria dos homens regressou e Ícaro não estava entre eles. Teve que se conter para não especular a respeito de onde estaria. Também estranhou a sensação que a irrompeu na última lua cheia, quando vira Servina adentrar a cabana de Ícaro após o culto a Cernunos. A aldeia inteira sabia que o centurião não se prendia a ninguém, no entanto, os encontros com Servina vinham se repetindo com frequência.

Incomodada por este último pensamento, Mirta tirou a joia cuidadosamente da cabeça.

— Creio que você deva ofertá-lo a outra pessoa. Servina, por exemplo, certamente ficará muito agradecida — disse sorrindo timidamente, sem querer revelar seu ciúme. Analisou o presente reconhecendo sua beleza, mas preferiu devolvê-lo.

Ícaro estava cansado de fingir que não queria aquela mulher para ele, então foi até a entrada da cabana, puxou a proteção que a vedava e voltou calmamente com a diadema nas mãos. Olhou fixamente para ela, mirando aquelas duas esferas esverdeadas, espalmou as mãos sobre os cabelos da gaulesa e tornou a colocar o adorno celta na sua cabeça.

— Este aqui mandei fazer especialmente para a mulher que amo. Mesmo que ela o rejeite não o darei a nenhuma outra. Somente ela possui os olhos da cor destas esmeraldas e os cabelos castanhos que realçam o tom cintilado da prata. — Mirta sentiu um frio na barriga e seu coração bateu num ritmo sobressaltado, deixando-a confusa. Os olhos negros de Ícaro a fitavam desafiadoramente, como ele jamais havia feito. Enquanto ela tentava pensar nas palavras certas, Ícaro foi se deixando invadir pelo desejo de tê-la. Enroscou o braço ao redor da cintura estreita da gaulesa, e a puxou para si. Pôde sentir o leve tremor do seu corpo, seus músculos contraídos, a rigidez dos pequenos seios. A distância entre eles era curta demais para evitarem seus hálitos e, honestamente, nenhum dos dois pretendia deter a sequência dos fatos. Ícaro beijou Mirta pela primeira vez. Muito lentamente, como se tivesse mergulhado num sonho profundo, deixando-se levar pelo calor daqueles lábios e sentindo que finalmente tinha para si aquele corpo. Encorajado, a apertou um pouco mais contra si, para que ela não pudesse escapar.

— Rhodes pode voltar... — sussurrou ela.

— Você sabe que não. Ícaro segurou Mirta pelos braços, sem muito esforço, e a levou até a cama. Passou as mãos sobre seu rosto, acariciando sua sobrancelha com a ponta do polegar. Queria tocar cada parte de seu corpo, medir suas feições milimetricamente. Depois, a beijou novamente, notando sua respiração tomar um novo ritmo. Ela se enroscou nas pernas musculosas do centurião e sentiu sua ereção. Elevando sutilmente o quadril num gesto de aceitação, deixou emergir a feminilidade que havia sufocado por tanto tempo. Ele podia sentir o perfume de lavanda impregnado na pele dela, e era como se a flor azulada e o corpo de Mirta fossem da mesma espécie. A túnica de algodão foi rapidamente vencida pelas suas mãos ágeis, ávidas por tocar-lhe os seios. Livre de qualquer pudor, ela também procurava uma maneira de livrá-lo das vestes. Ali, entre carícias e sussurros apressados, que os mantinham ligados também ao mundo exterior, ambos percebiam claramente que entre eles havia muito mais emoção e afinidade sexual do que jamais podiam imaginar. Ícaro era encantadoramente viril, mas nem por isso a possuiu de maneira rude. Pelo contrário, Mirta sentia-se extasiada pela perfeita conjunção de delicadeza e vigor. Durante a penetração, ele repetia o quanto a amava e como ela era bela, da forma mais completa que uma mulher poderia ser. Seu corpo, musculoso e forte, além da beleza, causava uma sensação de proteção, e Mirta deixava-se levar, sem restrição, totalmente entregue, sob seu poder. O suor de seus corpos ficou marcado na região na cervical, e por um longo tempo tentaram recobrar a respiração. Quando finalmente atingiram o êxtase, Ícaro caiu ao seu lado, puxando-a suavemente para que ela se aconchegasse ao seu corpo, notando o abdômen retomar a respiração normal.

Roçou-lhe a nuca com os lábios e parecia querer retomá-la e começar tudo de novo. Mas Mirta o afastou delicadamente.

— Temos um compromisso para o qual já estamos atrasados. Rhodes nunca vai nos perdoar se não chegarmos a tempo.

Com um suspiro, o centurião concordou. Mas antes que ela dissesse a ele que fosse na frente, Ícaro se adiantou:

— Vamos subir juntos. Não temos nada a esconder.

As chuvas tão comuns na época do calor, naquela noite, não atrapalharam a cerimônia dos sagitarii. Eles estavam enfileirados no alto do platô allobroge, de posse de seus arcos, aguardando a ordem para lançarem as flechas que rasgariam a noite do céu Narbonense. Embora o culto estivesse por conta do protocolo arqueiro, também estavam lá os cavaleiros, os peritos do gládio e a infantaria. As crianças da aldeia agitavam-se, ansiosas, esperando pelo momento mais importante da noite, quando o novo líder lançaria sua flecha em chamas, ateando fogo à pira preparada abaixo da elevação onde estavam. Ao vê-las, Rhodes, lembrou-se dos tempos de criança, quando sentia aquela mesma ansiedade.

Na aldeia, parte do povoado terminava os preparos para o banquete que se seguiria à cerimônia. Javalis, um cervo e várias aves estavam sobre as fogueiras estrategicamente dispostas. A caça fora pródiga naquele dia. Frutas e ervas foram espalhadas generosamente pelas mesas, além de uma variedade de pães, para acompanhar a carne assada. E o principal, não poderia faltar: o vinho estava lá, como sempre, em barris e ânforas, a perder de vista! Era bem provável que boa parte dos homens estivesse à espera daquela oportunidade rara de degustar o precioso néctar com tamanha fartura, mas sabiam muito bem controlar a ânsia e aguardar o início da celebração. Aquela era uma festa à altura dos gauleses.

Mirta e Ícaro chegaram a tempo de ouvir as primeiras batidas dos tambores, sinal claro do hino sagitarii. Rhodes estava montado em Scrix, o que o diferenciava dos outros arqueiros. Sobre aquele animal valente, de porte magnífico, o filho de Mirta adquiria um aspecto de herói, um semideus franqueado para o deleite dos humanos. Seus cabelos, cortados sem muita precisão na altura das espáduas, davam-lhe a aparência dos gauleses, embora naquela época a Gália já estivesse bem influenciada pelo estilo dos romanos. Seis meses antes, ele havia completado dezessete anos, idade suficiente para assumir o posto que quisesse desde que fosse suficientemente bom para aquilo. E ele era! Nas últimas duas batalhas allobroges, contra os éduos e os bituriges — que insistiam em atacar o território de Belissãma — Rhodes e suas flechas precisas haviam abatido dezenas de guerreiros inimigos, e isso o destacou entre todos. E o fato de ser um arqueiro tão jovem chamava ainda mais a atenção, já que parecia fazer aquilo com a experiência de uma outra vida. Cohncot comentara, certa vez, que Rhodes trazia os ares de Ulisses, cuja mira precisa havia derrubado uma criatura poderosa — segundo lendas antigas que remontavam os tempos em que a Gália fora visitada pelos gregos.

E inspirados nesse antigo herói arqueiro, os allobroges haviam composto o hino dos sagitarii:

> *Meus braços fortes são minhas armas,*
> *Cernunos me concede a glória encontrada no pó de seus chifres*
> *Sem os deuses não sou nada, por isso rogo-lhes a vitória*
> *Entoada, entoada,*
> *Arcos e flechas são um só, são um só... são um só*
> *Entoada, entoada*
> *Dai-nos a visão de*
> *O sopro de Dannu*
> *A luz de Belissãma*
> *Arcos e flechas são um só, são um só... um só*
> *Que nossos inimigos, derrubados, derrotados*
> *Sejam doados aos deuses, despejados nos pórticos do além*
> *Sejam a nós entregues*
> *Com a força dos deuses, entoada, entoada!*

Foi exatamente neste ponto que eu cheguei. Fiquei feliz em rever Rhodes. Rapidamente notei o que os allobroges estavam fazendo e me posicionei para levar a flecha de Rhodes na direção que ele quisesse. Talvez eu nem precisasse conduzi-la até a pira, afinal, não era à toa que o menino, agora um rapaz, tornava-se naquela noite um líder sagitarii. Era só não me lançar lateralmente ao seu armamento, e pronto! A flecha de ponta flamejante atearia fogo ao monte de feno e madeira.

Também gostei de rever Tumboric. Nossa! Como eles cresceram desde a última vez que os vi.

— Hoje, nosso exército se torna mais forte... temos um líder sagitarii enviado pelos deuses e sobre seus ombros está a missão de defender os allobroges, proteger nossas fronteiras e subjugar nossos inimigos — Apesar de ser o mais velho dos druidas, Cohncot não estava iniciando a cerimônia, era Serviorix, o antigo líder do exército quem fazia as honras da vez. Seu papel dentre aquele povo, fora, primordialmente, o de arqueiro vitorioso. Portanto, era seu dever conduzir os novos no ofício que ele desempenhara tão bem.

Na Gália, a sabedoria dos mais velhos era valiosa como ouro. Rapidamente pensei, dentre os seres da minha espécie, quanto valeria a minha sabedoria?

Quase cem homens cercavam o cavalo de Rhodes. Todos de posse de suas armas. Lançariam aos céus suas flechas escoltando a flecha flamejante de Rhodes. As crianças aguardavam, inquietas, ansiosas para descer o platô em busca das flechas lançadas pelos arqueiros, espalhadas pelo campo. Eram como um troféu. Valeriam muito no futuro se aquela geração vivesse para testemunhar as grandes batalhas travadas pelo exército allobroge.

— Acho que é agora que Rhodes vai disparar a flecha. — sussurrou Tumboric, segurando seu gládio na cintura, aproximando-se de Mirta.

— Sim, creio que sim. — Mirta o envolveu com o braço, carinhosamente, e Ícaro, satisfeito demais pela conquista daquela noite, preferiu não se ater em nada mais a não ser no rosto radiante de Rhodes e no perfume de lavanda impregnado em sua pele.

A claridade da lua ajudou Rhodes a calcular o trajeto perfeito para sua flecha. Um soldado acendeu a ponta da haste com uma tocha, e o novo líder a lançou na direção da pira. Ela seguiu rasgando o céu, acompanhada de outras cem flechas. O tiro foi certeiro. Em poucos instantes, o monte ardeu em chamas no centro da aldeia. Meninos e meninas corriam em disparada, atropelando-se uns aos outros, à procura das flechas estiradas no chão.

E assim, deu-se o início de uma nova vida para o filho de César.

Alguns dias depois, surgiu a primeira missão de Rhodes. Ele partiria com seus homens para Roma. Intimados, os arqueiros allobroges teriam que lutar ao lado de Otaviano Augusto. Ícaro também o acompanharia. Mirta não conseguia conter a aflição, nunca se sentira tão agoniada em toda a sua vida. A guerra agora seria uma realidade constante na vida de Rhodes. E, mais uma vez, por Roma e em Roma.

Tumboric permaneceria na aldeia. Dedicado aos treinos, ele já estava apto a lutar pelo exército allobroge, mas Mirta pediu que ficasse. Ela precisava dele por perto... estava sendo dolorosa demais a premente ausência de Rhodes, e também a de Ícaro. Era difícil admitir que a partir de agora seus filhos teriam que partir a qualquer momento, e o pior, sem a certeza de um retorno.

CAPÍTULO XXI

TUMBORIC E SUA FORÇA DESCONHECIDA

—Prometa que protegerá nossa gente, Tumbo, e nossa mãe mais ainda — Rhodes estava sobre Scrix ao dizer isso, mas por força da afeição que os unia, desceu do cavalo para abraçar o irmão. — Sabe o quanto o estimo, não sabe? Logo estarei de volta, a tempo de ver um certo gaélico ganhar seu posto na artilharia allobroge.Rhodes de fato acreditava na força e na destreza de Tumboric. Ele mesmo nunca vencera o irmão de criação em uma luta com o gládio. Nesse quesito, Tumboric tinha um talento inconteste. Não se sabia exatamente porque o aprendiz de Mirta não havia sido escalado para missão alguma, o militarismo revelou-se, com os anos, como sua vocação mais nítida. Rhodes achava isso injusto, e no momento em que se despediam, sentiu-se ligeiramente desconfortável.

Tumbo sorriu para Rhodes. Ninguém no mundo, ao conhecer aqueles dois, duvidaria dos sentimentos que nutriam um pelo outro. Talvez, quem sabe, num outro universo, Mirta tivesse realmente dado à luz Tumboric. Era um menino especial aquele. Despertava uma compaixão imediata a quem o conhecia. Rhodes sentia isso. Eu também. Apenas dois anos os distanciavam, e naquele momento, já estavam quase com a mesma estatura. Eu desejava ter um irmão, assim como Rhodes tinha Tumboric. Mas creio que os deuses preferiam manter-me sozinho.

Rhodes partiu com a companhia sagitarii, seguindo à frente dos homens, cavalgando a galope, sem olhar para trás.

Nos dois primeiros dias, a aldeia pareceu monótona para Tumbo, tranquila para o povo e silenciosa demais para Mirta. As fronteiras estavam sob controle, pouco mais de uma semana havia se passado desde o pagamento dos impostos nas últimas calendas. Uma parte do exército ficara na aldeia, garantindo a segurança da oppida em caso de emergência, mas havia tempos os allobroges não viviam qualquer ameaça de ataque ou inconstância. Eles não tinham do que reclamar, mesmo que isso significasse obedecer a Roma eternamente.

Cohncot ficara com o seu povo. Ele já não tinha idade para seguir em viagens longas, e além disso, Bautec teve que se ausentar da aldeia para acompanhar um grupo de conselheiros. Mais uma vez os carnutes os faziam cruzar as fronteiras, desta vez por causa da Conferência Nacional da Gália, em Chartres. Os allobroges teriam que suportar a permanência no mesmo lugar com a tribo inimiga em nome da religião que sofria os efeitos da romanização. Cada vez menos as tribos cumpriam seus ritos religiosos e os druidas advertiam os nobres gauleses quanto ao perigo de perderem sua própria identidade. Numa correspondência trocada entre Cohncot e o líder dos Éduos — tribo vizinha dos allobroges — houve clara apelação para que entrassem num consenso sobre o calendário dos ritos druídicos, ao menos na Gália Narbonense, já que o resto dela parecia cada vez mais distante das tradições.

Mirta saiu cedo para colher ervas e avistou Cohncot ao longe. O druida levantou seu cajado em sinal de boa saúde, depois virou as costas e seguiu na direção contrária. Tumboric seguia a caminho do estábulo, mas foi interrompido pela mãe. Embora fizesse de tudo para que ela não se lembrasse dele para os afazeres de botica, não pôde escapar naquela manhã.

— Vamos, não seja ingrato... sei que é um grande gladiador, mas preciso que aprenda uma de suas últimas lições.

— Última lição? — Tumboric mal podia acreditar. Finalmente estaria livre do ofício de macerar lavanda e misturar sebo de carneiro com algo mais que Mirta inventasse para ele procurar enquanto os meninos brincavam de luta na lama, bem no centro da aldeia. Parte de sua infância fora assim.

— Sim. Em breve você será chamado para fazer aquilo que considera importante nesta vida: arrancar cabeças.

— Minha mãe, não fique zangada. Se soubesse como me orgulho de ter sido seu escolhido para aprender a arte de curar, não diria isso. É que preciso também me sentir um verdadeiro homem. — Ele falava enquanto ajudava Mirta a colocar os potes na mesa e a limpar os restos de misturas da gaulesa.

Mirta o olhou com ternura. Passou a mão sobre seus longos cabelos escuros, que se pareciam com os dela. Quem não conhecia aquela história de adoção poderia acreditar tranquilamente que Tumboric era seu filho biológico.

— Eu sei, querido. No fundo sei que você reconhece o valor das ervas, embora anseie tanto por um duelo de verdade. Tenha calma, meu filho, sua hora vai chegar, e ouça-me — nesse momento ela segurou o queixo de Tumbo com a mão —, nem sempre a guerra se anuncia. Nem sempre o inimigo está do outro lado da colina. Nas batalhas, a intuição muitas vezes é a grande arma de um guerreiro. Lembre-se disso! — Tumboric tinha muito medo dos vaticínios de Mirta. Sabia que ela conseguia, de um jeito inexplicável, sentir o cheiro do futuro.

— Hoje quero que aprenda a preparar o unguento dos cortes profundos. Você sabe, o mal que eles podem causar se espalha por baixo da pele como uma nuvem de fumaça se não forem imediatamente contidos. Mesmo que pareçam inofensivos, saiba que um ferimento profundo precisa ser constantemente examinado. Sua coloração, seu odor e principalmente a temperatura da pele ao redor do ferimento precisam ser avaliados até a total cicatrização. Se tudo isso lhe parecer estranho e insalubre, aja com o penúltimo dos recursos...

— Qual? — Tumboric tentou relembrar aulas pregressas, mas não obteve sucesso.

— Queime-o. Queime a pele de seu paciente para que os ossos sejam preservados. É o penúltimo recurso, mas se administrado no momento certo, salvará um membro.

— E qual o último recurso minha mãe?

— Se o ferimento for nos membros de baixo — pés e pernas —, ou nos de cima — mãos e braços —, e nada do que for feito adiantar, a parte ferida deverá ser amputada. Este, meu filho, é o último dos recursos.

Tumboric calou-se, imaginando o horror daquela situação. Abaixou a cabeça e a sacudiu, tentando se livrar daquele pensamento. Mirta sabia o quanto aquilo era pesado, era um sofrimento terrível, doía só de pensar.

A manhã passou rápida entre as aulas de Mirta e as anotações de Tumboric; ele sempre registrava suas palavras, tinha medo de esquecer algum detalhe. Depois, os dois dividiram uma refeição rápida e Tumbo trocou de roupa para passar no estábulo e alimentar Scrix, que estava machucado e por isso não partiu com Rhodes. Pensou em ir até o campo de treinamento ver se alguém se dispunha a praticar com ele um pouco da arte do gládio. Antes de sair, Mirta quis saber se ele viria para o jantar, ao que Tumbo consentiu, como de praxe. Ao se despedirem, ela disse suavemente, encarando os olhos negros do gaélico:

— Você é como os abetos negros, meu filho, não precisa de luz para crescer.

Tumbo sorriu, enquanto a mãe lhe beijava a testa.

A tarde correu como ele jamais imaginaria. Treinou com os meninos no campo e tudo ao redor parecia perfeito. Eram momentos simples e frugais, mas traziam uma felicidade plena e sem razão aparente. Na volta para casa, despediu-se dos amigos que tentavam mudar seu rumo para dar início às festividades da noite. Ele já havia se comprometido com a mãe e começava a render-se àquilo que sempre o acompanhava: a fome. Tomou a trilha de casa, à esquerda da campina que encimava o centro da aldeia. A cabana de Mirta podia ser vista ao longe, sem muito esforço. No entanto, sem porquê, Tumbo parou no meio do caminho, admirou o crepúsculo, sentou-se na grama e puxou um pouco do ar para si, levando uma brisa fresca para os seus pulmões. Ele adorava aquela parte do dia. Do outro lado da campina, no sentido oposto de sua casa, ficava a morada dos druidas — a de Cohncot e a de Bautec. Por causa do papel religioso que ambos desempenhavam, eles preferiam ficar um pouco afastados do movimento da aldeia. Em tempos antigos, os druidas viviam no interior das florestas, como eremitas.

A aldeia allobroge tinha sua fortificação, mas ao contrário das grandes cidadelas na Gália, os líderes allobroges preferiam patrulhar as fronteiras muito mais do que o perímetro que delimitava seu território. Tumboric achou estranho o movimento de alguns cavalos acima da casa de Cohncot e, de repente, o rasante de um falcão o fez sentir um calafrio intenso e um aperto súbito no estômago. Aquela não era uma ave qualquer. Ele a conhecia. Imediatamente, Tumbo correu para sua casa, viu pela janela aberta uma vela acesa no interior, como Mirta gostava de deixar, mas não teve tempo para chamá-la. Precisava agir com rapidez. O gládio estava em sua cintura, afiado e brilhante, como ele gostava de manter. O treino havia aquecido seu corpo e o sangue corria rápido e urgente em suas veias guerreiras. O instinto de Tumboric fora acionado, podia prever que algo de ruim estava prestes a acontecer e apostava que Cohncot seria o alvo. Sozinho e sorrateiramente, Tumboric aproximou-se dos fundos da cabana do bruxo allobroge. Tudo parecia muito quieto. A morada do sacerdote — ao menos naquela hora — não costumava estar sem um ou outro consulente em busca de uma boa conversa. Muita gente ia lá para ouvir os conselhos do velho sacerdote. Tumboric manteve-se agachado e aproximou-se da porta — foi quando avistou o druida amordaçado, na iminência de ser carregado por Falconi. Ele se deitou no chão e foi se arrastando como um réptil na direção dos dois. O velho bruxo o viu se aproximar e imediatamente voltou os olhos para o alto do morro indicando a Tumbo que havia mais invasores por ali. O menino levou o dedo indicador sobre os lábios, sinalizando para que o ancião não emitisse som algum. Tumboric olhou para trás e pôde ver no sopé da aldeia o movimento de aldeões, guerreiros e ferreiros e até uma dezena de ovates, mas qualquer sinal ali, naquele momento, implicaria na morte certeira de Cohncot. Ele tinha que pensar rápido. A ave de Falconi pousou na palha que revestia o telhado da casa e olhava fixamente para seu dono, como se estivesse verificando o passo a passo do plano arquitetado entre os dois. "Aquele maldito falcão havia sobrevivido", pensou Tumboric. Ele teria que acertar um dos dois com um golpe preciso, certeiro, e depois disso berraria ao máximo para que o socorro viesse em sua direção, não sabia quantos inimigos estavam por detrás das colinas allobroges. E foi o que ele fez. Em um momento de distração, enquanto Falconi observava o soldado carnute selando o animal que carregaria Cohncot, a espada de Tumboric lançou-se sobre o ombro do príncipe carnute, em seguida desferiu um golpe sobre o pescoço do soldado. Quase simultaneamente, a ave mergulhou em voo, apontando as garras para as costas de Tumboric. Cohncot aproveitou o momento e se levantou, esgueirando-se sobre as paredes de pedra enquanto Tumboric gritava a plenos pulmões:

— Cavalaria! Ataque! Ataque! Ataque!

O bruxo tentava afastar a ave com as mãos atadas pela corda enquanto Tumboric golpeava o peitoral de couro de Falconi. Os olhos do filho de Urthor eram amarelados, um tom que as cobras costumam ter, e aparentavam frieza em demasia. Tumbo conhecia aqueles olhos como ninguém e mais tarde Cohncot saberia porque o gládio do menino descia com tanta raiva sobre seu inimigo. Não fosse o ataque do falcão sobre o filho de Mirta, certamente Tumboric o teria matado. E seria uma imensa coincidência do destino conceder esse privilégio ao gaélico. A ajuda não chegava nunca e os homens de Falconi, ao ouvirem o crocitar intermitente da ave, desceram a colina em direção à casa de Cohncot. A tempo, um contingente de guerreiros allobroges os alcançou, e então começou uma luta improvável para um dia comum. Os carnutes vieram num número de trinta, armados até os dentes e convictos de que conseguiriam agir de maneira rápida e eficaz. Mais tarde, ficou claro para os allobroges que havia algum informante dentre eles dando aos inimigos todos os passos do exército e, principalmente, de Cohncot. Em pouco tempo, quase metade dos carnutes havia morrido, e os outros, bem como Falconi, foram rendidos e imobilizados. Tumboric libertou o sacerdote das cordas que o prendiam pelos pulsos e retirou-lhe a mordaça. Cohncot ordenou então que os inimigos restantes fossem detidos, mas não executados.

A ave de Falconi voou para longe de forma tão veloz que nenhum arqueiro pôde abatê-la. Aquele bicho parecia dotado de algum poder sobrenatural. Eu sabia qual.

Cohncot, mesmo abalado pelo ataque, tentava aparentar serenidade.

— Não os matem. Esperem... — a voz anciã quase não se podia ouvir dentre os homens ainda tomados pela adrenalina do combate. Tumboric, ofegante, começava a sentir os ferimentos causados pelas garras do falcão. Ele não entendia os motivos que levavam Cohncot a preservar a vida daqueles carnutes, mas não tinha forças para contestá-lo. Só queria se certificar de que os inimigos estavam bem amarrados.

— De onde eles vieram, e como... como isso tudo aconteceu? — perguntou Serviorix enquanto puxava um dos carnutes pelo pescoço.

Outros homens subiam a colina e em pouco tempo parecia que toda a aldeia havia chegado até lá, inclusive mulheres e crianças encorajadas pela curiosidade.

— Foi Tumboric quem tudo viu... Não fosse por ele, eu já estaria bem longe daqui. — respondeu Cohncot, apontando para o rapaz.

O tenente allobroge engoliu seu orgulho e congratulou Tumbo, a contragosto. Serviorix nunca o havia aceitado por completo, nem a ele nem a Rhodes, por atribuir a ambos sempre as confusões, e não sem razão.

Segurando a barra do vestido, Mirta chegou ofegante, sentindo um pouco de dor na altura do estômago. Enquanto corria, ouviu algumas pessoas dizendo que Tumboric estava lutando contra carnutes. Como toda mãe, nessa hora, ela só pensou no pior.

— Meu filho! Meu filho... — Mirta abraçava e beijava seu menino moreno, olhando por todo o seu corpo para ver se estava bem.

— Estou bem, mãe. Só sinto um pouco minhas costas.

— Vamos para casa. Eu cuido disso.

Ela abraçou Tumboric pela cintura, como se quisesse carregá-lo consigo. Antes de saírem, porém, Cohncot o chamou.

— Venha cá meu filho. — com as mãos ainda trêmulas, o homem fez um sinal para que Tumboric se aproximasse. Para quem não o conhecia, Cohncot parecia tão frágil, mas para os allobroges, era considerado uma verdadeira fortaleza. — Hoje, você mudou o curso da história de nosso povo. Provou que um guerreiro só precisa ter duas pedras sagradas: intuição e coragem. Tome... — então Cohncot retirou um colar de seu pescoço senil, que carregava consigo há décadas, sem nunca ter tirado. Era uma fita de couro torcido, da qual pendia uma pedra púrpura, presa por um amarrado de fio muito fino de prata, algo muito difícil de tecer. Uma ametista em estado bruto.

— Meu pai me deu esse colar quando eu tinha a sua idade. Ele dizia que tinha vindo das Montanhas de Tauros, no centro da Ásia Menor, feito pelos caldeus. Além deles, ninguém sabe fazer esse tipo de amarração em pedra. Isso é prata, a mais pura. Quero que fique com ele. Agora, você tem seu talismã.

— Obrigado, senhor... é um presente muito valioso. Vou mantê-lo comigo para sempre. — Tumbo estava tão emocionado que mal cabia dentro de si. Na verdade, ele ainda não havia se dado conta do risco que correra e da destreza que aplicara naquele momento, tão fugaz entre a vida e a morte. Estava mais feliz, mesmo, pelo amuleto que ganhara.

Na cabana, Mirta lavou as feridas de Tumbo com água fria, desinfetou os cortes com álcool de vinho velho e aplicou cataplasmas de aloe vera com pomada de figo, altamente eficazes para ferimentos. Apesar de tudo, ele parecia não sentir dor ou desconforto. Tumboric estava vivendo, sem dúvida, o segundo melhor dia de sua vida e Mirta sabia disso.

Queria que Rhodes e Ícaro estivessem lá.

Na cabana de Cohncot havia um lindo triclínio entalhado em fagá — uma árvore de madeira branca cultivada para fins ornamentais —, belíssimo. Algumas almofadas de tapeçaria grossa repousavam sobre ele, além de pergaminhos e objetos que Tumboric não conhecia muito bem. A cabana de Cohncot, ao contrário do que se esperava de um nobre sacerdote, era confusa e desarrumada. Tempos depois, Tumbo se deu conta de não ter visto sequer uma cama ali dentro. Tudo tinha um cheiro de passado, embora não estivesse sujo. Era o cheiro de uma vida dedicada à fé, e também a muitas batalhas. Nenhuma delas, segundo Cohncot, merecia ser lembrada.

— Sente-se, meu filho. — Cohncot segurava uma caneca com chá e o vapor da bebida nebulou o centro de sua face.

Tumbo parecia sem jeito ao ocupar o triclínio de fagá. O móvel era a coisa mais linda que já tinha visto, com o encosto entalhado, como se muitas folhas brotassem da madeira. Serviorix estava ao lado do Sacerdote-mor, particularmente calado naquela manhã. Talvez estivesse ali apenas para cumprir o papel de testemunha.

— Tumboric, ouça o que tenho a dizer. Não me interrompa. E não me conteste até o final de tudo. — iniciou o velho.

Os olhos negros de Tumboric eram maduros e conheciam muito bem o significado da obediência, ao contrário de seu irmão.

— Ontem você salvou minha vida. Serei eternamente grato...

Tumboric quase o interrompeu porque considerava irreal a gratidão de seu mentor, aliás, do mentor de todo um povo. Cohncot estancou sua intenção mostrando a palma da mão em riste. Ele não queria ser interrompido. Serviorix, em sua postura militar, mais parecia um cão de guarda, e se não fosse pelo dia anterior, Tumboric pensaria que aquele chamado tratava-se de uma reprimenda.

— Por isso, e só por isso, devo-lhe uma explicação para o que fiz nesta manhã. Eu ordenei a libertação dos carnutes.

Aquilo soou como um equívoco e talvez por causa da expressão do menino, Cohncot repetiu a frase enquanto a completava:

— Eu os libertei e o fiz porque tenho muitos motivos. O maior deles é que não posso fazer mal a qualquer um que tenha o meu sangue.

Nesse momento, Serviorix remexeu-se por dentro. Certamente não concordava com o fato de Cohncot abrir uma parte tão secreta de sua vida para um simples menino, ainda mais para um gaélico. Mas Cohncot era a voz suprema daquele povo, e o outro não ousaria reprimi-lo.

Tumboric continuou mudo.

— Falconi é meu neto. Sua mãe era minha filha. Só isso pretendo dizer por ora... Um dia, quem sabe, contarei o resto. Essa é apenas uma parte da história, que partilho para que isso tudo faça sentido para você. Não quero que pense que seu sacrifício foi em vão.

— Sim, senhor. — foram suas únicas palavras. — Está bem, então. Posso confiar esse segredo a você? — o ancião perguntou estendendo a mão para Tumbo, a fim de selar o pacto.

— Como a própria vida.

Enquanto fechava a porta da casa de pedra, Tumboric ouviu a voz de Serviorix, murmurando:

— Espero que esteja fazendo a coisa certa.

A libertação dos carnutes causou alvoroço dentre os allobroges. Ouvia-se de tudo naqueles dias... *"Não é possível, o velho deve estar louco"*, *"Ah! Isso merece uma explicação"*, falavam os homens do exército. *"Nosso sacerdote sabe o que faz"*, diziam as mulheres mais idosas. *"Isso não! Quer dizer que eles vêm até nós, nos atocaiam aos olhos de Bellenus e Cohncot os liberta?"*, perguntavam-se os mais os jovens. Por estes, Falconi voltaria para casa sem os dois olhos, tateando entre as tantas terras que o distanciavam de casa. *"Inacreditável!*

Estamos expostos a nossos inimigos, nossos filhos e maridos vão à guerra para que Cohncot liberte esse tipo de gente sob nosso teto, que infâmia!" — zangavam pelas beiras dos riachos as mulheres da aldeia. Até Brígida, sempre tão alheia a problemas políticos, tentou arrancar algo de Tumbo:

— Ora vejam só... De que adiantou arriscar sua própria vida, se logo depois o velho achou melhor que aquelas aves chifrudas voltassem para casa?

Tumbo apenas ouvia aquilo tudo, calado.

Foram dias estranhos. Os aldeões mantiveram um silêncio reprovador a Cohncot, como se quisessem castigá-lo, deixando claro para ele que, pela primeira vez, não estavam do seu lado e questionavam sua postura. Em cinquenta anos, o velho bruxo jamais havia passado por algo assim. Nem mesmo nos tempos de César.

Pelas manhãs, os costumeiros presentes — assados, bolos, pães, ânforas com vinho fresco da estação, batatas, frutas e ervas — não mais se viam à porta de Cohncot. Apenas à noite, Mirta deixava do lado de fora as melhores ervas medicinais colhidas e a mais forte essência de lavanda que havia extraído entre seus unguentos. Ela não podia condenar seu mentor, o homem que a aceitara de volta, dando-lhe segurança, que confiava em seus dons e protegia seus dois filhos. Nunca. Jamais se colocaria acima de Cohncot, julgando-o. No interior de sua cabana, ela pedia aos deuses, acendendo velas para Vesta e Belissãma, a fim de que protegessem Cohncot. Ela sabia que o sacerdote tinha algum motivo importante para o que fora feito, e, se fosse o melhor para todos, que tudo se revelasse no melhor momento.

Eu já esperava que Cohncot fizesse um pronunciamento. Dito e feito!

Dez dias depois, Tumbo não via a hora de contar tudo com riqueza de detalhes para Ícaro e Rhodes, enquanto Mirta servia chá para eles. Foi uma emoção reencontrá-los! Rhodes abraçava o irmão e não se cansava de felicitá-lo pelo corajoso feito! Agora ninguém mais duvidaria de seus valores, principalmente Serviorix, por quem Rhodes nutria uma antipatia especial. Ícaro levantava os braços de Tumbo para o alto, num gesto abrutalhado de guerreiros.

— Provou ser um guerreiro, Tumbo! Um guerreiro astuto! No entanto... — tinha que ter uma advertência — da próxima vez, procure ajuda. É muito difícil conseguir estocar os inimigos quando estão em maior número. Teve sorte.

Enquanto Rhodes queria mais e mais detalhes, Mirta e Ícaro bebiam o chá olhando um para o outro. Eles sabiam que por causa daquele ataque soturno dos carnutes, certamente outros ventos soprariam por aquelas bandas.

Logo depois, coisa de três dias, Ícaro e Rhodes voltaram para as fronteiras. Pareciam não ter fim as idas e vindas por causa do exército. Mas, desta vez, Tumbo não se ressentiu. Agora, tinha um lugar especial dentre os allobroges.

CAPÍTULO XXII

O PASSADO SEMPRE VOLTA

Sobre a maneira como os homens dividem o tempo, já comentei que é estranha. Quanto a isso, nada posso fazer. No entanto, não entendo por que eles ainda não perceberam que o passado sempre volta, não se enterra, assim, por completo. Sua forma mais comum de viver — por pura graça — é no próprio pensamento humano, ou seja, o passado se apossa do presente. Certo é que ele precisa partir, com as sensações da realidade, precisa partir para existir de verdade, porque estando para trás pode ter a versão que o homem bem quiser, a roupagem que as mentes quiserem lhe dar. Mas o passado gosta de pregar peças. É fanfarrão. Bufão moribundo com vontade própria.

E por causa disso, nossa curandeira, tão cheia de saberes da vida, também estava inserida na lista de pessoas que o passado queria visitar. É que Mirta, num determinado momento, nos braços da paz dentre sua gente, havia se esquecido do passado, e ele, esse ser andarilho na vida dos homens, não gostava de ser esquecido. Os segredos de Roma, os segredos da vida de Mirta — pensava ela — estavam definitivamente enterrados. Mas, como eu disse, o passado sempre volta. E foi num dia com ares de comum, ao regressar com Cohncot de uma aldeia vizinha, que a gaulesa se viu frente a frente com o passado, e mais: ele exigia um pagamento alto por ter sido generoso com ela.

O milheiro que dividia a Via Flaminia da Via Narbonense já havia sido ultrapassado há pelo menos uma hora, estavam próximos da oppida, pois as montanhas guardiãs dos allobroges podiam ser vistas no horizonte. A Gália — ao menos sob a perspectiva do poder — pertencia a Roma, por isso, os romanos nela transitavam livremente. No entanto, nem sempre isso ocorria de forma pacífica. Alguns revoltosos gauleses saqueavam viajantes, fossem eles mercadores ou fidalgos romanos. Para os rebeldes ninguém tinha importância, por assim dizer, as vítimas se nivelavam pela insignificância.

A comitiva allobroge de repente se viu impedida de seguir viagem. Mais adiante, os éduos atocaiavam um grupo com mais ou menos doze carroças lotadas de mercadorias. A agitação entre saqueados e saqueadores podia ser vista de longe. Cohncot, que não viajava sem parte do exército allobroge, fez sinal para que seus homens se adiantassem para ver do que se tratava. Estavam numa das estradas que dividia a Gália em direção a Narbo, embora Mirta e Cohncot quisessem apenas segir em direção a Lugdunum, subindo ao norte. Pelo que Mirta notara, ao longe, os ânimos se exaltavam e pouco faltava para que os homens, de ambos os lados, lançassem mão de seus gládios e machados. A princípio, para ela não se tratava de algo novo. Mesmo com o poder maçante de Roma sobre os povos da Gália, volta e meia entre suas andanças costumava ver saqueadores nas estradas. Pouco depois, não importando o montante do roubo, a resposta de Roma castigava todo o povo em represália a esses ataques. Cohncot proibia qualquer ação contra os romanos, os allobroges já haviam sofrido muito para manter um resquício de paz.

— Senhor — falou o soldado allobroge para Cohncot — são éduos. Estão liderados por dois sujeitos que dizem ter direito a essas mercadorias. O romano diz que lutará com sua comitiva até a morte para se vingar e que Otaviano César saberá disto.

— Quantos são? — perguntou o velho bruxo.

— Os éduos ou os romanos?

— Todos.

— Creio que os éduos contam cinquenta, ao todo. E é possível que o romano e sua comitiva não cheguem à metade deste número.

— Você disse que estamos querendo passar?

— Sim, senhor. Falei em seu nome. O líder dos saqueadores disse que não se oporá a nossa passagem desde que não nos intrometamos.

Mirta percebia claramente o impasse. Para seguir viagem, a comitiva allobroge teria que ou apoiar os éduos, sem qualquer atitude para detê-los, ou intervir contra o saque em favor dos romanos — o que elevaria a tensão entre éduos e allobroges.

O bruxo allobroge calculava rapidamente os prós e os contras do que deveria ser feito, o que nem sempre ficava claro para quem o acompanhava. "Já que estamos fadados à subserviência, que fosse da maneira menos dolorosa", dizia ele para seu povo. Qualquer movimento para sair daquele impasse poderia significar um forte estremecimento na relação dos allobroges tanto de um lado, como de outro. A neutralidade também tem seu preço.

— Vamos. Quero ver de perto quem são esses homens que se dizem éduos...

Mirta sentiu um calafrio percorrer seu corpo. Alguma coisa lhe dizia que aquela cena não se tratava de um saque qualquer. Teve a impressão de que as águas se dividiriam naquele dia.

Em um galope, allobroges, éduos e uma caravana com insígnias romanas se encontravam nas imediações de Acerrae, território dos Insubres. Mirta estava em seu próprio cavalo, com vestes gaulesas: capucho marrom sobre o vestido de linho claro e reto que usava ao sair em missão de cura. Seus cabelos, cada vez mais longos, chegavam à cintura. Ela vinha logo atrás de Cohncot, e a tudo ouvia, atenta, sem saber por que seu coração batia acelerado.

— Homens! — Cohncot entoou sua voz gutural — Por que insistem em saquear estes romanos?

Os éduos murmuraram entre si, mas não responderam à pergunta do velho bruxo.

O romano, ao que parecia, era o dono das mercadorias e tinha ares de nobre. Cohncot já vivia há muito em meio deles para não reconhecer a origem de um. Montado em um belo cavalo e ladeado por uma dúzia de soldados experientes, o homem não parecia temer o bando de éduos e tinha dentro de si a certeza de poder derrotá-los. O bruxo se aproximou do romano:

— Senhor, fui informado por meus homens que estes que insistem em saqueá-lo alegam ter direito às suas mercadorias. — a tentativa de ser o juiz daquela tocaia certamente irritava aos éduos, ainda mais porque Cohncot falava em latim rebuscado.

— Nada sei destes homens, nada devo a eles. Minhas mercadorias estão a caminho de Narbo. Lá serão entregues ao procônsul Lucius Munatiu Plancus, e eu mesmo me encarreguei de trazê-las e não as entregarei a nenhum bárbaro.

Aquela voz, que não estava tão próxima, mas podia ser ouvida claramente por conta da tensão silenciosa que cobria parte da estrada, Mirta conhecia. De imediato, ela se lembrou de quem se tratava: Rubio Metella! Dez anos haviam se passado, e Mirta estava muito perto do homem que salvara sua vida em Ostia Antica. A gaulesa se aproximou de Cohncot com o capucho abaixado, cobrindo boa parte de seu rosto. Não queria que o romano a reconhecesse. Enquanto o bruxo se via entretido na tarefa de apaziguar os ânimos dos éduos, tentando convencê-los a deixarem a caravana do mercador seguir viagem,

Mirta avizinhou-se, sem nada dizer. Se tudo desse certo, Cohncot, com sua experiência e destreza, convenceria os rebeldes a baixarem seus machados e ela não teria que se revelar a Rubio Metella.

— Desista, velho. Não somos seus discípulos, temos nossos próprios sacerdotes e não lhe devemos obediência alguma! — respondeu, insolente, o barbudo que se punha diante de todos os outros éduos.

— Sei disso. Madras é seu mentor e de todo o seu povo. Mas é sabido que temos um compromisso com a irmandade. — Cohncot se referia ao acordo firmado com os druidas da Narbonesa, sobre se apoiarem em defesa da cultura celta e demais assuntos referentes à Antiga Tradição.

A guarda de Rubio Metella estava alerta como cães farejadores. Ao menor gesto, atacariam. Pareciam soldados experientes, decerto centuriões dispensados de algum exército, trabalhando para um particular.

O barbudo éduo riu alto na cara de Cohncot. — Somos homens sem fé, velho. Que me importa a Tradição... Não temos trato com allobroges, nem com Roma. Saia de nossa frente...

Mirta sabia que Cohncot estava na iminência de se posicionar. Ela conhecia seu árduo trabalho de criar alianças entre as tribos da Gália, de manter um pouco de união entre seu povo e outras aldeias. Estava claro que aquele grupo não representava os éduos. Num todo, eles formavam uma nação grande na Gália. Contudo, se Cohncot atuasse contra os éduos, naquela fronteira, mesmo se tratando de um grupo de bárbaros, como ficaria sua reputação entre os gauleses? Seria como segurar o vento — logo as inverdades soprariam entre as outras tribos. "*Afinal* — pensariam —, *quem seria realmente Cohncot, e o que de fato pretendia? Teria se infiltrado entre nós para depois combater ao lado de Roma?*".

— Por quem posso chamá-lo, romano? — perguntou o sacerdote.

— Metella. Rubio Metella. — disse o mercador sem tirar os

olhos dos éduos. — Deixe que cuidaremos disso ancião, nada tema. Roma não castigará seu povo. Dou-lhe minha palavra.

Cohncot sorriu gentilmente.

— Nada temo, Rubio Metella. Ao contrário, estou aqui justamente por não temer.

Rapidamente, mais homens se juntaram aos saqueadores, aumentando consideravelmente a desvantagem para os romanos. A única chance seria Cohncot assumir o lado de Rubio Metella, ordenando a seus homens para que lutassem a favor do mercador. Parecia que os éduos estavam mesmo envolvidos com a emboscada. Organizaram-se de maneira maciça e era claro que a mercadoria não chegaria a Narbo, e muito menos Rubio Metella. A cavalaria allobroge esperava a ordem de Cohncot, confiante de que o bruxo preferiria seguir viagem. Mirta temia por isso. Ela não poderia deixar o romano para trás, sabendo que ele estava prestes a morrer nas mãos de homens que não faziam ideia de como aquele mercador trabalhara para construir o que tinha. Rubio não era um usurpador, era o construtor de seus próprios sonhos.

— Senhor, não podemos deixá-lo aqui. — sussurrou Mirta para Cohncot. O bruxo se espantou, pois ela jamais intercedeu em situações assim.

Rubio Metella não fazia a menor ideia de quem era a figura encapuzada, com cabelos tão longos quanto os de seu cavalo. Falava no dialeto gaulês, incompreensível para ele. Pensou que ela dissuadia o druida de oferecer ajuda aos romanos. Nesse instante, um machado voou zunindo rente ao mercador e uma luta entre os homens no final da caravana iniciou-se sem a menor chance de ser estancada. A guerra estava travada. Um homem da guarda pessoal de Rubio fora atingido pelo machado e seu crânio restava aberto, no chão. O próprio Cohncot puxou sua espada. Os guerreiros allobroges entenderam que estavam irremediavelmente envolvidos e cercaram não só o mercador, mas também o sacerdote e Mirta. Uma ilha de defesa foi criada tão rapidamente que Rubio Metella se surpreendeu com a organização daquele exército. Os homens de Rubio e o exército allobroge agora eram um só, e os éduos, com seus machados afiados, lançavam-se errantes sobre eles. Em poucos minutos a Via Flaminia estava banhada de sangue, e aquele tapete vermelho que as guerras sempre trazem consigo foi estirado pela Gália. Talvez fosse a milésima vez, e certamente não estaria nem perto de ser a última.

Rubio Metella também lutava. Mesmo sendo um homem de meia-idade, possuía vigor e coragem. Era robusto e sua firmeza o tornava temível. É o que eu digo, a força de dentro é muito maior do que a dos músculos. Mesmo assim, o romano levou um golpe e seu ombro sangrava bastante por conta de uma flecha vinda do alto. Ao arrancá-la, ele soltou um grito, o ferro gaulês era afiado como um espinho. O criado de Rubio o puxou para trás, jogando-o da maneira que pôde para dentro de uma liteira. Seu rosto tisnado demonstrava que a flechada causara um bom estrago, provavelmente em razão do elébor o branco, um veneno comumente utilizado na confecção das flechas. A luta entre éduos, romanos e allobroges seguia dura e, na liteira, o romano foi perdendo os sentidos, a audição ficou confusa, depois sua visão se tornou turva e foi escurecendo até que ele não respondia mais a nenhum estímulo. Rubio Metella parecia morto.

— Acalme-se... — disse Mirta para o homem com aspecto de moribundo — está tudo bem, você está entre amigos.

O mercador romano despertou muitas horas depois, numa cabana desconhecida em meio a uma gente que nunca vira antes.

O rosto de Mirta, tão próximo, provocou-lhe uma expressão de terror e incredulidade, e poucos segundos depois ele voltou ao estado de inconsciência. Parecia que estava dormindo o sono de uma vida inteira, ou de muitas noites mal dormidas. No dia seguinte, Rubio Metella acordou na companhia de seu lacaio pessoal e do soldado que o acompanhava. Os homens lhe disseram que estavam em terras allobroges, e perguntaram ao mercador se ele se lembrava de terem sido ajudados pelo líder daquela gente. Contaram-lhe também sobre o desfecho da luta contra os éduos, e que graças à astúcia dos allobroges em conjunto com a guarda pessoal, toda a mercadoria estava a salvo e a caminho de Narbo para ser entregue ao procônsul. O próprio Cohncot convocou um bom número de homens para acompanhar a caravana até a capital da Narbonesa. Rubio ouvia a tudo apreensivo, preocupado com as mercadorias, mas os homens o tranquilizaram, dizendo que devido ao seu delicado estado de saúde, acharam por bem entregá-las sem ele. A moça havia cuidado de sua febre e cauterizado a ferida no ombro; eles estavam confiantes em sua melhora e não saíram de perto de seu *dominu* por nada. Disseram também que a curandeira voltaria mais tarde para verificar seu estado e ministrar mais chás e unguentos.

— Eu devia mesmo estar perto da morte — suspirou Rubio. — Dizem que quando somos entregues aos deuses, vemos os rostos dos mortos e ontem à noite juro ter visto o rosto de uma morta. — Rubio precisava dizer isso para se sentir mais leve enquanto tomava dois copos bem cheios de água. A secura em sua boca dificultava-lhe a fala. Depois, ele tateou a região do ombro onde havia levado a flechada, e sentiu um edema que se estendia ao redor da ferida. Percebeu a profundidade da ação do veneno e não entendeu como estava vivo naquele momento.

— Descanse senhor... foram muitas horas de delírio. Sua mente deve estar cansada. Essa gente é amiga e nos trata muito bem — disse o lacaio.

— Ajude-me aqui Dionísio, não aguento mais ficar deitado. Quero ver a noite, sentir-me vivo. Vamos, leve-me para fora.

— Senhor, já é dia. Aliás, estamos quase no fim do segundo dia aqui neste lugar.

— Pelos deuses... então estou desacordado há quase dois dias! — Rubio não fazia ideia de como o tempo passa rápido para quem está prestes a sair do corpo de carne. — Então eles já chegaram a Narbo, certo Menelau?

— Sim, senhor. É possível que em poucas horas estejam de volta. — respondeu o guarda.

Cohncot adentrou a cabana, não sem antes pedir licença. O velho era gentil, tão gentil e nobre que deixava os estranhos pensarem que eram donos de sua própria casa. Rubio Metella já estava de pé, e tratou de agradecê-lo incessantemente, tanto pela vida quanto pela entrega das mercadorias.

— Não tenho palavras para agradecer-lhe, ahhh... senhor. — Rubio não sabia ao certo como se referir ao homem... senhor, mestre, bruxo, sacerdote. Os romanos não aceitavam as religiões gaulesas e julgavam seus deuses melhores do que todos os outros. Contudo, Rubio tratou de esquecer toda essa hierarquia religiosa, talvez pela iminência da morte ou pelo fato de ser um homem de postura nobre. Assim, o comerciante marítimo mais rico de toda a Roma, agradeceu com pureza d'alma o gesto de Cohncot.

— Espero que isso não lhe traga problemas. Nem para si, nem para seu povo. — continuou, já do lado de fora da tenda, caminhando na companhia do bruxo e observando ao redor a rotina allobroge. Rubio sentiu-se bem ali. Sentiu-se acolhido em terras estranhas, pois nunca havia estado dentro de uma aldeia gaulesa. Estava em paz.

— Os problemas não nos abandonam, caro romano, cabe a nós nos prepararmos para enfrentá-los de maneira sábia. — o sorriso de Cohncot era discreto, porém extremamente sincero. Rubio sorriu de volta. Em seguida, parou para sentir o cheiro daquelas relvas, dos assados, e para ouvir o barulho do povo allobroge. Havia muito movimento e pelo que Rubio pôde notar, as terras eram extensas e ocupadas harmonicamente por pequenos grupos edificados numa distância agradável, que não os deixava nem amontoados nem isolados entre si.

— Diga-me, Rubio... posso chamá-lo assim? Pelo primeiro nome?

— Por certo, Cohncot — respondeu o romano em tom íntimo.

— Qual é a sua relação com o passado?

Geralmente, as perguntas inusitadas deixam os humanos sem ação. O mercador olhou para Cohncot intrigado. Teria ouvido direito? Que tipo de pergunta era aquela?

— Não entendi...

— Pergunto se tem uma boa relação com o seu passado. É importante para que eu possa lhe contar um segredo. — a mão esquerda do sacerdote pousou no ombro sadio de Rubio, segurando firme, à espera de uma resposta.

Rubio Metella, com seus olhos excessivamente negros, olhou fixamente por vários segundos nos olhos de Cohncot. Ele estava se perguntando o mesmo a respeito de Cohncot. Às vezes, as questões mais relevantes da vida são as que levam menos tempo para serem respondidas.

— Tenho uma vida feliz, ao lado de minhas filhas, e sou grato pelos deuses terem me deixado ao menos o amor incondicional dessas três mulheres. Sou pleno no que faço, tenho a riqueza que reflete meu trabalho de três décadas. — Rubio parecia fazer uma análise sobre si mesmo, num raro momento de introspecção. Ele era um homem de ação, negócios e decisões rápidas. Homens assim costumam olhar pouco para si mesmos.

— Entendo... — Cohncot queria uma resposta, mas esta ainda não estava clara para ele.

— Minha única dor é ter que conviver com a falta de minha esposa. — seus olhos penderam. — Já se vão quase vinte anos e é a sua lembrança que me faz companhia todas as noites, em minha cama vazia.

— E você perdoa os deuses por isso, por ter perdido o seu grande amor? — questionou o bruxo. — era estranho para Rubio falar disso com um velho estrangeiro, com quem ele não tinha a menor intimidade, mas que, ao mesmo tempo, lhe parecia tão confiável.

— Não há o que perdoar nem entender. Talvez os deuses tenham decidido me tornar rico e poderoso, mas, para isso, cobraram-me um preço. Minha ingratidão com os deuses não traria minha esposa de volta. — Rubio devaneou olhando para o céu simpático da Gália, azul e vestido com retalhos de nuvens puídas. Um céu simples, mas com as cores que as pessoas costumam gostar. O sol já não se via, mas a claridade diáfana do fim da tarde trazida por ele iluminava perpendicularmente parte da aldeia. O solo tinha o efeito da lua nova, metade sombra, metade luz.

— Caro Rubio, folgo em saber disso, pois os que têm boa relação com o passado são mais aptos a perdoar.

Ao ouvir isso, o romano mergulhou no silêncio.

A expressão de Rubio era contemplativa, ainda sob o efeito de suas próprias respostas a Cohncot, como se estivesse tomando ciência naquele momento sobre o que ele pensava de sua própria vida em retrospecto. Mas, ao ouvir as últimas palavras do bruxo, sentiu que ali havia alguma razão desconhecida, e queria descobrir o porquê.

Rubio estava de toga, ao estilo romano, para não deixar dúvidas sobre sua casta. A mão direita pousava por dentro das dobras do tecido, como um apoio para o braço. Era uma posição de repouso, seu corpo estava relaxado, apesar das últimas vinte e quatro horas.

— Creio, então, caro Rubio, que você pode conhecer um segredo de seu passado.

Rubio Metella franziu o cenho imediatamente. *"Como esse homem estrangeiro, que jamais vi, pode conhecer algo de meu passado? Que espécie de brincadeira é essa?".*

Cohncot acenou, bem no alto, certamente sinalizando algo para quem estava um tanto distante dos dois. Minutos depois, uma mulher descalça, com cabelos muito longos e divididos ao meio, subia até o local onde eles estavam, trajando um vestido simples e de corte reto. Tinha um sorriso manso, e seguia na direção de Rubio Metella, como se já o conhecesse, o que fez com que o romano buscasse na memória aquele semblante. Sim. Era a mulher que cuidara dele na cabana, a quem ele vira entre delírios e segundos de lucidez. Ele se lembrou de seu rosto, calmo, cuidando de suas feridas e extraindo milagrosamente os efeitos do eléboro branco. Rubio olhou para ela e depois para Cohncot.

— Essa é a pessoa que me salvou, correto? A mulher que cuidou de meus ferimentos... Serei eternamente grato a ela. Mandarei que lhe entreguem moedas de ouro....

— Não... — o bruxo fez um sinal estanque para que Rubio parasse de falar. — Espere, caro Rubio. Talvez você já tenha pago por isso, no passado.

Quando Mirta finalmente se aproximou a uma distância capaz de revelar seu rosto com nitidez, quando seus olhos verdes e profundos encararam os de Rubio Metella, uma década depois de visitar Óstia Antiga, foi preciso apenas aguardar alguns segundos para a memória do homem recolher no passado a imagem da antiga vestal.

— Não pode ser... — a exWpressão de espanto brotou imediatamente. — Você está viva... Roma chorou sua morte... Não é possível! — por instantes Rubio Metella acreditou que estivesse delirando, quem sabe o efeito do veneno confundisse os olhos de suas vítimas e quanto a isso só o tempo o curaria...

— Sim, é verdade Rubio. Eu morri para Roma, mas não morri para a vida. — a voz suave de Mirta, com sua rouquidão inconfundível, destilando um latim impecável, o fizeram relembrar da vestal que o tocou tão profundamente através da fé. A vida é mesmo surpreendente, só ela pode nos proporcionar surpresas que o dinheiro não consegue comprar.

Rubio Metella ficou um pouco zonzo, e Cohncot imediatamente fez um sinal chamando seu criado pessoal, que os seguia passos atrás, para levá-lo ao interior da tenda mais próxima. Assim, poderiam continuar a conversar sobre tudo que parecia tão inexplicável para ele.

Na tenda vazia, simples, mas extremamente asseada, deitaram o homem na cama e acomodaram-no com o tronco ereto. Uma maneira rápida de espantar a tontura. Que lugar apropriado para conversar. Ali, ele poderia "entender" tudo o que estava ocorrendo, no significado pleno da palavra, ao "entrar na tenda" do outro, entrar na sua pele, na sua casa, na sua intimidade.

Mirta trouxe-lhe um copo de água fresca e acendeu um par de velas na cabeceira. Era preciso deixar tudo às claras.

— Sente-se melhor? — perguntou a curandeira, enquanto afofava um travesseiro por trás de suas costas.

— Sim. Sinto-me melhor. — por ser um homem prático, Rubio dirigiu-se para Dionísio, seu criado, e ordenou que fosse ter com sua guarda pessoal. Pediu que seguissem caminho até a estrada de Narbo, a um milheiro dali, para proteger o mais importante: seu pagamento pelas mercadorias levadas ao procônsul. Para Mirta, isso também era uma clara ideia de que o homem queria privacidade para a conversa que teriam. Quando o servo se foi, Cohncot se postou ao lado da cama, sentando-se confortavelmente numa cadeira. Ali permaneceu em seus pensamentos, como um bom ouvinte.

— Por que você fez Roma pensar que estava morta? — perguntou o romano, de modo direto, como era seu costume.

A conversa não seria fácil para Mirta. Relembrar tudo que vivera e o que a levara a ter uma vida de mentiras como uma virgem sagrada, era doloroso. Parecia que a voz de Rubio Metella falava em coro com toda uma aristocracia ludibriada por ela. O olhar do homem era inquisitivo.

— Rubio, não sou romana, nunca fui. Sou gaulesa, nasci na Gália e ainda menina me trouxeram para os allobroges. Aqui conheci Júlio César, e nos apaixonamos durante sua batalha contra Vercingetórix. Depois disso ficamos juntos até seu retorno para Roma, pouco antes de partir para a guerra contra Pompeu. Foi então que César arquitetou meu futuro, transformando-me em sacerdotisa do fogo.

— Mas, como isso foi possível... esses detalhes nunca conheci.

— César criou uma família para mim, os Fraettelia. Disse aos sacerdotes que havia prometido à minha família que eu me tornaria vestal, mas que, por conta de suas extensas batalhas na Gália, não tivera oportunidade de me apresentar ao Colégio Vestal. Inventou uma nobreza que precisei sustentar através de muito estudo no latim e no grego, modos e conhecimentos da política romana. Tive que decorar nomes e conhecer a fundo histórias de nobres que somente César poderia me contar. Conheci Roma por trás das cortinas e soube de histórias que nem mesmo os mais influentes senadores faziam ideia.

Com os olhos e ouvidos atentos a tudo que ela dizia, Rubio se questionava a respeito de todos aqueles desvelos. Aquela estátua que ele mandara fazer para ela, enquanto vestal, que restava de pé no porto de Óstia, teria para ele a mesma importância agora? E a fé na deusa Vesta, a deusa dos lares romanos, restaria intacta?

— Então, foi tudo uma farsa?

— Minha identidade sim. Meu amor por Roma, por Vesta e por minhas companheiras não. Uma coisa ajudava Mirta e a ajudaria para sempre neste plano terrestre: sua maneira de trazer a verdade à tona. Há pessoas com esse dom, em seus lábios a verdade toma corpo.

— Não consigo entender como uma gaulesa, com deuses tão diferentes dos nossos... — Rubio respirou fundo tentando pensar em algo que não ofendesse a gente que o salvara — ...deuses de costumes tão diferentes dos nossos, que precisam de cabeças humanas para se alimentar, pôde estar no meio de nossa fé com verdadeira devoção.

— Rubio, há coisas sobre os gauleses que chegam a Roma somente para que os romanos permaneçam afastados da beleza de nossa cultura. Há muitas pessoas interessadas em nos manter como um povo bárbaro e rude. César teve oportunidade de aprender muito conosco. Apesar de nossa escravidão, tivemos a generosidade de lhe conceder muitos de nossos ensinamentos. Como você mesmo pode ver, não somos selvagens, nem arrancamos cabeças para ofertar aos deuses. Isso são coisas que pertencem ao nosso passado, o mesmo passado que em Roma fez Rômulo matar Remo, irmãos que deveriam se amar.

Ouvir as palavras de Mirta ali, no coração da Gália mística, fazia mais sentido do que em qualquer outro lugar. Era preciso que Rubio Metella sentisse o motivo que a fez regressar, conhecesse o cheiro da Gália e suas magias silentes, pois ele próprio se beneficiara delas, em sua inesperada cura. Mirta passou todos os detalhes de sua vida em Roma, até chegar ao dia em que se conheceram, quando ela lhe dera o conselho que mudaria para sempre o rumo dos seus negócios. Ela lhe contou sobre o amor que tinha por César e também das decepções que marcaram fortemente a história de amor que tiveram. Mas Mirta não contou sobre Rhodes. Teve medo. No fundo, ela não acreditava piamente no coração dos romanos, mesmo no de um homem honesto como Rubio Metella.

— Seus conselhos me foram muito úteis, para não dizer inestimáveis. Agora que tudo passou e que sei que não é mais uma sacerdotisa do fogo, acha que me disse tudo aquilo porque conhecia César... Mirta o interrompeu.

— Não duvide do poder de Vesta somente porque eu não era virgem nem patrícia, Rubio. Fui apenas um instrumento para lhe dizer algo que você merecia ouvir. Os frutos dos nossos esforços podem ser retirados por nossas próprias mãos ou podem, muitas vezes, serem concedidos por mãos gentis. Vesta agiu sobre mim e você foi agraciado. Somente isso.

Rubio suspirou. Não havia qualquer argumento em sua mente.

— Apesar de tudo — continuou — é uma alegria saber que você está viva. Mirta sabia que esse "apesar de tudo" significava para Rubio Metella a sua traição para com os romanos, o fato de ela ser gaulesa e de ter sido amante de César. *Apesar de tudo*. Mas, mesmo assim, ela preferiu se ater à alegria dele por ela estar viva. Por um instante, em sua cabeça passou um pensamento súbito: Será que Rúbio dissera isso por se sentir ameaçado pelos allobroges? Não... Ele era um homem muito nobre para tamanha hipocrisia. Rubio a fitou por bastante tempo enquanto ela examinava o aspecto da ferida no ombro, agora completamente livre do veneno. Mirta passou um pano umedecido com um de seus chás cicatrizantes, de sementes de camomila. Rubio Metella segurou seu pulso, olhando-a firmemente.

— Eu esperaria o tempo que fosse para me casar com a vestal Mirta, mas não pense que sua estátua foi uma prova disso. Não mesmo. Aquela escultura em pedra foi um genuíno agradecimento pela minha fé.

— Sei disso... você é um homem grato. Consigo enxergá-lo bem, Rubio, e creio que vejo o mesmo que sempre vi: retidão, coragem, justiça e dedicação. Talvez você seja o nobre romano que mais estimei. Sinto-me lisonjeada com suas palavras, mas não teria coragem de lhe envolver em todas as minhas mentiras.

— Ainda sou seu amigo, Mirta. Essa história... não é fácil de se absorver, pois você sabe o quanto a fé nos deuses é para mim algo muito sagrado. Mas sei também o que nós, seres humanos, somos capazes de fazer por amor. Eu mesmo entregaria tudo que tenho para ter de volta a minha amada esposa. Ela era assim como você, doce e forte.

Mirta ruborizou. Sequer sabia que isso ainda pudesse acontecer.

— Rubio, quero que me responda uma coisa que sempre me intrigou. — Sim. — Por que você disse para Felícia, naquele banquete em Óstia, que conhecia minha família. Por que mentiu?

— Felícia já havia prejudicado uma pessoa que eu muito estimava, minha prima. Foi ela quem plantou provas injuriosas nos aposentos de Cineia, quando era vestal.

— Sim, eu me lembro deste fato, ocorreu pouco antes de minha chegada ao Colégio. Idália e Agostina sempre tiveram certeza de que Felícia era a responsável por arquitetar toda aquela injúria.

— Pois então, Mirta, minha prima sempre sonhou em ser uma sacerdotisa do fogo. Era pura e muito devotada. Quando a Máxima vestal decidiu expulsá-la, ela adoeceu a tal ponto que seu corpo parecia somente feito de pele e ossos, tamanho desgosto. Todos nós sabíamos da índole de Felícia, que é a mesma de seu tio Sula. Semanas depois, sentindo-se injustiçada, Cineia deixou uma carta dizendo mais uma vez que era inocente, mas seu desgosto a fez tirar a própria vida, com a ingestão de cicuta. Minha pobre menina, tão querida por todos nós, se foi por causa da inveja que os Sula sempre tiveram em suas veias.

Mirta assentiu.

— Por agora, creio que já tenhamos falado bastante. Vou deixá-lo descansar. Você ainda precisa de repouso.

A conversa decerto havia desgastado a ambos, com assuntos que os dois gostariam de não recordar.

— Prometa que voltará amanhã. — Rubio pediu, segurando no braço da gaulesa.

— É claro que voltarei, ainda está sob meus cuidados. Amanhã o encontrarei na cabana de Cohncot. E não se esqueça de tomar os chás que deixei com seu criado. — concluiu Mirta, com um suave sorriso.

Mirta acordou disposta a pedir para Rubio Metella notícias de suas amigas vestais, particularmente de Idália. Durante a noite, com os pensamentos fervilhando, ela se deu conta de que ele seria sua única chance de obter alguma informação. Afinal, ao que tudo parecia, ele continuava sendo o mesmo homem em quem ela confiara muitos anos atrás.

Será que Idália continuava na Casa Vestal? Teria ela optado em voltar para a vida de citadina romana ou permanecera como uma sacerdotisa do fogo?

A curiosidade de Mirta estava à flor da pele, por isso apressou-se em assar um de seus famosos pães de alecrim e levar para o seu convalescente, que certamente daria graças por sair daquela dieta de coisas tão insípidas.

— Como está o mercador mais famoso de Roma?

— Com fome. — respondeu um Rubio, animado e com a face corada.

— Então acredito que gostará de provar um naco de pão gaulês com azeite, que acabei de assar.

O apetite de Rubio voltou a todo vapor e Mirta pensou que deveria ter feito mais de um pão.

— Está muito bom, muito bom mesmo! Eu poderia comer um desses todos os dias... — disse ele, ao devorar o último pedaço. Mirta não duvidou de suas palavras.

Então, depois de servir-lhe um pouco de leite de cabra aquecido com uma colher de manteiga — especialidade dos allobroges — Mirta tomou coragem para iniciar sua abordagem. Primeiro, tateou um pouco perguntando sobre o Colégio Vestal, como estaria Fábia Severo, a Sacerdotisa que tudo ensinara para ela. Era certo que Rubio teria muito para lhe contar, afinal, era um devotado romano que jamais deixara de render homenagem às virgens vestais e ao Fogo Sagrado de Roma. Porém, o quanto ele estava disposto a revelar para alguém que havia virado as costas para tudo isso, ainda era um mistério para Mirta. A fé é capaz de residir nos nossos conceitos mais rígidos por isso era preciso respeitar os limites do perdão que Rubio lhe oferecera.

Mas o romano parecia ler os pensamentos de Mirta e via emergir claramente a chama acesa da saudade no rosto da antiga vestal.

— Nunca mais teve notícias de Roma, de sua Casa Vestal? — Rubio perguntou, segurando com leveza a caneca de leite. Os olhos baixos de Mirta elevaram-se com o fulgor de uma criança curiosa.

— Não, nunca mais... sinto tanta falta de todas.

Com uma espécie de deleite, Rubio fez suspense, fitando-a como se nada tivesse a dizer.

— Rubio, sei que não tenho o direito de saber nada a respeito do que deixei para trás. Mas, me diga ao menos se Idália está bem. Durante todos esses anos sempre sonho com seu rosto iluminado pela chama de Vesta e ela sempre me sorri, mas temo que isso seja apenas um pensamento sugestionado.

O mercador sorriu de um jeito maroto, brincando com ares de quem possuía algo que não lhe daria. Mirta se surpreendeu com a faceta descontraída de Rubio, que sempre lhe pareceu gentil e sereno, no entanto, muito objetivo para se dar ao desfrute de brincadeiras.

— Bem, deixe-me ver... Você sabia que eu me mudei para Roma, Mirta? Agora vivo com minhas filhas em Aventino. Nossa morada é ampla, com uma linda alameda de pinheiros que conduz ao pórtico principal, o sonho de qualquer matrona.

— Alegro-me em saber Rubio, as meninas devem ter ficado felizes, embora em Óstia não tenha me passado pela cabeça que seu desejo era voltar a Roma.

—Vou a Óstia a cada dez dias, não posso tirar meus olhos de lá e agora também pertenço a Ordem Equestre de Otaviano César, o que requer que eu também seja visto em Roma. Ainda me consulto com os Áugures, igualmente com as Virgens Sagradas. Além disso, Mirta, já desposei uma filha, mas ainda me restam duas e preciso encontrar um marido amável e justo para cada uma delas, nascido das famílias patrícias. Você sabe que isso não é tão fácil quanto parece... não quero dar minhas filhas como prêmio para obter vantagens, já tenho tudo o que preciso em Roma.

—Sim Rubio, é bom saber que pensa num futuro de amor para elas e não apenas em ascensão. — para Mirta, ouvir algo assim de um romano tão tradicionalmente moldado para o sucesso, soava como alguém falar em abolir o sistema de castas na Gália.

—Sabe com quem se casou minha filha mais velha? — perguntou, com um tom de mistério na voz.

—Não faço ideia, mas espero que esteja muito feliz, pois lembro-me da maneira meiga e atenciosa com a qual me recebeu em sua casa.

—Fiorella foi desposada pelo filho mais novo dos Balbo, o irmão de Idália, lembra-se? — continuou, levando a xícara até a boca. Rubio fingiu que aquela informação era coisa comum.

Mirta bateu palmas em um gesto furtivo, mal podia crer que Rubio estivesse tão próximo dos Balbo, consequentemente, tão próximo de Idália. Ser um consulente de uma vestal era bem diferente de fazer parte da sua família. Quando Mirta esteve na mansão dos Balbo, no fatídico dia em que Claudius Livius casou-se com Antônia Balbo, a irmã mais nova de Idália, o genro de Rubio Metella era apenas um menino.

— Pelos deuses, Rubio! Então você tem muito contato com os Balbo. Quase ia me esquecendo de que as famílias de Roma se ligam para o bem ou para o mal, mais cedo ou mais tarde. Foi uma ótima escolha para Fiorella.

— Pois então... você quer mesmo saber notícias de Idália? — o mercador sorriu com a empolgação de Mirta, que mais parecia uma criança. *"Que linda essa gaulesa que um dia foi romana"*, pensou.

A manhã já estava acabando e o clima agradável por causa do sol primaveril fez com que Rubio pedisse à Mirta para lhe mostrar mais da aldeia e ela consentiu. — Mas não se exceda, você tem que descansar. Enquanto caminhavam, Rubio surpreendeu Mirta com notícias boas e tristes. Fábia Rubia Severo falecera na última Vestália, fato que deixou toda a comunidade religiosa romana em luto. Fora um mal súbito, mas que apenas deu cabo às mazelas que nos últimos anos fizeram com que a Sacerdotisa apenas desempenhasse um papel protocolar nas cerimônias públicas. Após a morte de César, e também do "desaparecimento da vestal Mirta", Fábia tornou-se uma mulher frágil e doente. Vivia enclausurada em seu quarto e era Idália quem comandava tanto as vestais quanto o próprio Colégio, no dia a dia. Agora que Fábia finalmente fora para a morada dos deuses, Idália assumira o posto de Máxima.

— Os Balbo ficaram garbosos, você bem sabe o que é ter um membro da família ocupando o posto máximo na religião romana, como mulher. Idália é agora a mais poderosa da cidade.

— Sim, sem dúvidas, para a família de Idália deve ter sido uma grande honra. — no fundo, Mirta pensava se alguém se importava com os sentimentos de Idália, que ainda tão menina fora entregue para Vesta e jamais pôde resistir à vontade dos pais. Mas a realização de Idália nada tinha a ver com a sacralidade Romana. O amor de Idália tinha um corpo humano e não era volátil como o fogo sagrado.

No entanto, o desvelo mais emocionante para Mirta — e Rubio não sabia disso — estava por vir...

— Pois bem, agora a notícia que tenho para contar-lhe não é tão auspiciosa. — Rubio pigarreou para repassar a Mirta o assunto mais comentado em Roma nos últimos tempos. — A alegria dos Balbo com a ascensão de Idália ao maior orgulho de sua casta, afinal, teve um preço. Quis o destino, esse que nos dá e nos tira com a mesma mão, levar, pouco tempo depois, Antônia Balbo.

— ... levar? — Mirta ficou atordoada.

— Sim, Mirta. Antônia Balbo faleceu ao dar à luz seu terceiro filho e ardeu em chamas na Via Áppia, dois dias depois, para morar no mausoléu da Família Balbo.

Os olhos de Mirta marejaram. Antônia, a irmã mais nova de Idália, era floral! Doce e meiga de tal modo que não conseguiu despertar uma ponta de raiva ou indignação no coração nobre de Idália, que teve de assistir, resignada, o casamento de Antônia com Claudius, seu grande amor de infância. A tarde de enlace entre os Balbo e os Livius ardia viva na lembrança de Mirta. Este foi, para ela, o episódio mais marcante quando esteve entre os romanos, pois fora cruel ver os pais de Idália arranjarem o casamento entre Antônia e Claudius, mesmo sabendo que ele e Idália se amavam desde sempre.

— Que lástima! Perder uma filha assim tão jovem como Antônia. Lembro-me muito bem dela. E Claudius? Certamente se desesperou...

— Sim. O homem entrou num mar de desgosto. Tempos depois, emergiu da dor e fez proposta a outra mulher. — Rubio disse isso com os olhos expressivos e arregalados.

— Quem? — perguntou Mirta, indignada. Tinha se esquecido de como os romanos substituíam rapidamente seus consortes.

Rubio Metella aproximou-se da gaulesa como quem conta um grave segredo, esquecendo-se de que ali, no seio da Gália, ninguém se importava com os fuxicos das famílias romanas.

— Idália Balbo! — exclamou o mercador, e então bebeu seu último gole de vinho e bateu com o copo na mesa de madeira para arrematar seu *grand finale*.

— Pelos deuses! Que alegria!... Quero dizer... como assim?

— Certa tarde, Claudius Livius surgiu no Colégio de Áugures portando um pergaminho no qual colocava-se à disposição para desposar Idália Balbo após seu trigésimo ano de sacerdócio, período em que, como você sabe, ela pode escolher entre voltar para a vida citadina de Roma ou permanecer em sacerdócio até os seus últimos dias. Ele queria ser o primeiro a ter o privilégio de desposá-la, assim que ela completasse os trinta anos a serviço de Vesta.

Mirta começou a fazer uma conta imaginária. Lembrava-se que Idália — assim como a maioria das meninas que ingressava no Colégio Vestal — havia chegado lá muito nova, e agora, aos 37 anos de idade, podia se libertar do sacerdócio se assim desejasse. Se Idália optasse em voltar à vida civil, abandonando suas obrigações sacerdotais, certamente receberia inúmeros pedidos de casamento, pois seu poder e influência na sociedade estaria marcado para mais de uma geração.

— Mas... e Idália, aceitou a proposta de Claudius? — perguntou Mirta, curiosa.

Quantas voltas a vida dava para unir as pessoas que se amam, ainda mais as separadas pelas mãos dos homens. Isso era uma circunstância que alegrava o coração da gaulesa.

— Ainda não sabemos. Quando saí de Roma, soube que Idália ainda precisa exercer um curto período de sacerdócio para completar seu ciclo e desposar Claudius Livius, se aceitar sua proposta. Se não aceitar, viverá o restante de sua vida no Colégio regendo a vida das Virgens Vestais, como você bem sabe.

Os ombros de Mirta penderam para baixo. Há pouco quase gritara de tanta alegria, queria estar lá para ver o rosto de Idália ao receber o pedido de Claudius, seu grande amor. Ela, mais do que ninguém, sabia o quanto aqueles dois se amavam.

Três dias depois, enquanto caminhavam na direção de sua caravana, Rubio voltou a afirmar a Mirta o que já havia dito, dias atrás:

— Se você tivesse ficado em Roma, eu esperaria o tempo que fosse... para desposá-la.

O sorriu de Mirta se abriu com gentileza e então ela passou o dorso das mãos em seu rosto, como forma de carinho. — Rúbio, você é um homem muito especial. Quis o destino que fôssemos de universos distintos, embora de almas semelhantes. Pedirei aos deuses em seu nome e a vida há de lhe trazer uma alma gentil e companheira.Antes de partir, Rúbio declarou:

— Aconteça o que acontecer, você tem um amigo em Roma. Nunca se esqueça disso.

A caravana partiu e Mirta agradeceu pelo fato de Rhodes e Ícaro estarem longe da oppida, acampados em missão na Gália Comata. Ela não queria esconder seu filho curioso, nem ter de lidar com o ciúme de Ícaro.

Tumboric não notou nada demais. Para ele, ver sua mãe cuidando de algum doente era como ver a Lua chegando lentamente no crepúsculo.

CAPÍTULO XXIII

UMA SEMANA DEPOIS, RHODES E ÍCARO ESTAVAM DE VOLTA

—O quê? Cohncot perdoou Falconi? Já não bastava tê-lo deixado partir com seu bando? Que loucura! — a indignação de Rhodes não moveu uma palavra sequer nos lábios de Tumbo.

— Talvez ele tenha um bom motivo... — disse Mirta, de costas para os três enquanto despejava óleo de linho em uma de suas ervas.

— Ora minha mãe, pelos deuses! Que motivo teria Cohncot para deixar que aquele demônio escapasse... A menos que...

— A menos que o quê? — inquiriu Tumbo, com medo de que Rhodes chegasse perto do segredo de Cohncot.

— A menos que esse bostinha tenha feito uma boa oferta para Cohncot. Algo que tenha a ver com essa tão sonhada paz que somente na cabeça dele poderá existir. Não acha, Ícaro?

A atenção do centurião estava voltada para os contornos de Mirta, seus gestos distraídos dentro de casa, andando de um lado para o outro sem notar a ânsia daquele homem.

— Hã? O que acho...

— É! Não concorda? Talvez Cohncot tenha feito um acordo com Falconi em troca de sua liberdade.

— Na verdade o que acho é que sua mãe sabe mais do que está nos contando.... — era um truque dele, sempre que queria chamar a atenção de Mirta para um assunto, ele insinuava algo a respeito dela.

Mirta virou-se de imediato, desferiu um olhar de paisagem sob as sobrancelhas e continuou sua tarefa.

— Não sei de nada — disse ela.

— Estão vendo? Ela sempre responde isso quando está escondendo algo.

Tumbo riu, era o único que conhecia as armas de Ícaro.

— Minha mãe, diga a verdade! Você sabe de algo? — a ansiedade de Rhodes sempre fora sua maior inimiga, e a partir daquele instante passaria a atormentar também a pobre Mirta.

— Não sei mesmo, meu filho. Afinal, que motivo eu teria para esconder de vocês algum acordo entre Cohncot e Falconi? Nós todos temos interesse nisso, não?

— É... Temos. — concordou Rhodes. Mas a semente da desconfiança havia sido plantada na sua cabeça, e naquele instante Tumboric deu graças aos deuses por não ser o alvo. Seu irmão era uma das pessoas mais insistentes que já conhecera e ele odiava ter de lidar com a obstinação de Rhodes.

— Agora vão! Deixem-me trabalhar... Vão conversar sobre Cohncot e Falconi em outro lugar. Preciso de silêncio! — Mirta falava, enxotando-os porta afora. E incluiu Ícaro no bolo.

— Mas até eu? — perguntou o centurião, decepcionado.

— Principalmente você! — os olhos de Mirta chisparam em sua direção e ele entendeu o recado.

— E o nosso jantar? Estamos famintos!

— Está muito cedo para jantar, o sol ainda se faz firme na montanha. Vão encontrar o que fazer e voltem na hora certa da refeição.

— Puxa, minha mãe! Você já foi mais carinhosa conosco, homens da guerra com quem você tanto se preocupa... Já foi sim, muito mais carinhosa. — choramingou o filho. E isso era algo que a tirava do sério, quando Rhodes fazia-se de vítima e tinha o apoio de Ícaro.

— É mesmo, já foi bem mais carinhosa. Antigamente assava pães para nós, perguntava por nossa saúde, dava-nos atenção e carinho. Agora, nem parece que passamos um par de semanas fora da aldeia. Vamos Rhodes, ela está se acostumando a viver sozinha. — esse tom de sarcasmo que Ícaro usava fazia Tumboric gargalhar.

De dentro da casa um objeto foi arremessado na direção de Ícaro, que, se não tivesse um bom reflexo, teria sido um alvo certeiro.

— Vejam! Agora ela está até agressiva! — caçoou Ícaro, já descendo o declive correndo, seguido pelos rapazes, percebendo que os nervos de Mirta alcançaram outros níveis.

— Se não sumirem agora, essa noite não terão JANTAR!

As coisas pareciam relativamente calmas na aldeia, embora um clima de inquietação tivesse se formado com o passar dos dias por causa do salvo conduto ofertado por Cohncot a Falconi. Não apenas Rhodes estava surpreso com a atitude do druida, mas toda a aldeia, particularmente o exército allobroge. Aqueles homens treinavam por toda uma vida com a missão de salvar seu povo de inimigos cruéis, e já bastava Roma tirando vantagens do suor e esforço daquela gente. Pairava no ar um clima de indignação que só não aumentava por conta do respeito que tinham pelo velho bruxo. No fundo, todos ansiavam que aquele perdão significasse algo de muito bom para os allobroges.

Ícaro tentou extrair algo de Serviorix. Mesmo conhecendo a astúcia do homem, achou melhor tentar. Mas foi em vão. Serviorix desconversou. Se já era difícil para os dois chegarem a um acordo em termos de estratégias militares, quanto mais acerca de segredos gauleses. Para ele, Ícaro seria sempre um romano infiltrado.

Não sei dizer ao certo quanto tempo foi preciso para dissipar os boatos e as tensões por causa da postura de Cohncot, mas o certo é que chegou um dia em que isso parecia nem ter acontecido. Era época de festas, ritos e banquetes. Ao menos por um bom tempo, as coisas mal resolvidas pareceriam adormecidas.

CAPÍTULO XXIV

MACARVEN

O sol se escondia por trás de algumas nuvens em forma de manchas borradas num céu benevolente, quando uma pequena comitiva despontou sobre o topo verdejante das colinas allobroges. Alguns guerreiros, por causa do instinto vigilante, apoiaram as mãos sobre as adagas presas às calças, enquanto o som de um martelo batendo sobre o ferro forjado parou de súbito. Foi como se a aldeia inteira prendesse o fôlego por alguns instantes. A memória secular dos gauleses escorria silenciosamente pelas artérias e destilava diariamente o estado de vigília, mesmo em tempos de paz. Há muitas luas eles haviam descoberto a fragilidade da paz.

Ícaro, próximo a cabana de Rhodes, lançou o assobio de alerta. Mas Rhodes não apareceu. A cem passos da muralha allobroge, Scrix lançava-se como um raio diante dos forasteiros; Rhodes mantinha as rédeas sob controle enquanto a crina do animal balançava revolta como se saltasse da pele em forma de lanças. Tantas vezes Ícaro o advertiu sobre isso: "Não vá de encontro a uma ameaça sem saber o tamanho exato dela", mas era o mesmo que nunca ter dito.

Àquela altura, a sentinela da oppida já havia acionado as catapultas recém-fabricadas, que aguardavam ansiosas para serem lançadas. Ninguém podia prever que tipo de visita era aquela. Nenhum aviso. Nenhum papiro para Cohncot desenrolar e descobrir o intento da visita. Foi assim, desse jeito mesmo que lhe conto. Uma comitiva de dez cavaleiros enfileirados. E o que estaria por trás deles, do outro lado da campina allobroge? Um exército numeroso? E o pior era que a comitiva surgiu do flanco onde os allobroges não dispunham de patrulha armada, à nordeste da oppida.

Dez cavaleiros alinharam seus cavalos lado a lado criando uma linha precisa, intransponível, no topo da colina. O que estava atrás deles só poderia ser visto se alguém se aproximasse na mesma altura da colina.

Um galope conhecido juntou-se a Rhodes, e a maturidade do cavaleiro trouxe um olhar menos ofensivo, dizendo a Rhodes que não avançasse sem uma retaguarda; ele não tinha que ser o herói cego dos allobroges. A decúria de visitantes manteve-se inerte. Até que um outro cavaleiro, que tinha um aspecto inegável de líder do grupo, aproximou-se na ponta extrema. Em um lindo cavalo, e com ares de nobre, Macarven fez um sinal com a mão. Talvez alguém estivesse vendo, alguém que Rhodes e Ícaro ainda não haviam notado.

A pé e descalço, Bautec arrastou sua túnica negra até o outro lado passando por seus dois grandes guerreiros como se nada pudesse detê-lo:

— Guarde a espada Rhodes. Você está prestes a conhecer uma lenda. — disse isso sem lhe dirigir o olhar.Após alguns passos, Bautec abriu seus braços como nas noites de sacrifícios druídicos, mas dessa vez não havia a fogueira a arder-lhes as vistas e sim um estranho e cabeludo visitante.

— Macarven! Bem-aventurada seja esta tarde! — e assim foi anunciado, para quem estivesse por trás dele, um sinal para baixarem a retaguarda.

O homem desceu do cavalo, segurando o animal pelas rédeas, abrindo um elegante sorriso em direção ao comandante allobroge. Ícaro deixou que os ombros caíssem relaxadamente e com isso anunciava para o resto do corpo um momento de trégua. A companhia de Macarven aproximou-se lentamente, seguindo até a oppida, tateando a região onde pretendiam se estabelecer por algum tempo. Era como se ignorassem toda a tensão que os allobroges sentiam naquele momento — eles simplesmente avançavam com ares de expedição.

— Sejam bem-vindos! Que a Tuatha esteja convosco!

Os dois homens se abraçaram, do jeito que a paz e a amizade costumam fazer, e deixaram claro para os seguidores que ali existia uma cumplicidade antiga. Mesmo que o clima entusiástico soasse estranho para quem conhecia Bautec, pouco comum em sua personalidade, era nítido o afeto entre os dois. Talvez o estranho remetesse outros tempos ao druida allobroge. Bautec era um tipo de druida *sui generes*: duas décadas atrás, era o general da tribo gaulesa, bravo homem que salvou seu povo muitas vezes, com a capacidade de fazer acordos até com os romanos. Assim como Rhodes, suas duas grandes capacidades — de se comunicar com os deuses e de duelar com os homens — haviam lhe inquirido durante muitos anos de sua vida. Por fim, após a definitiva conquista de César sobre os allobroges, decidiu doar-se para o druidismo. Parecia que aquele homem, a quem Bautec abria os braços, fazia parte dessa comunhão com os deuses e não da vida de guerra da qual ele se despedira há tempos.

A partir do abraço entre os bruxos, o restante da comitiva ganhou o cume do monte. Pelas contas de Rhodes, o grupo não passava de trinta. Escoltada por cinco jovens cavaleiros, cujos animais possuíam uma espécie de capa azulada, uma jovem chamava a atenção — não só por ser a única mulher no grupo — mas principalmente pela beleza, que parecia valiosa para eles. Rhodes, pela primeira vez na vida, sentiu o abdome gelar de uma forma diferente. Não era medo, porque isso ele conhecia bem. Também não era susto ou desconforto físico. Era algo novo. Alguma coisa que o impedia de tirar os olhos daquela criatura. Rhodes ainda não sabia, mas muita gente naquele mundo sentia-se assim diante do amor: em guarda!

— Rhodes, Ícaro, venham! Quero que conheçam o mais famoso bruxo que a Gália já viu.

Macarven sorriu com modéstia abraçando seu amigo enquanto Amarantine, sua filha, descia do cavalo, ajudada por um dos cavaleiros que a escoltava. Foi o endosso que Rhodes precisou para se aproximar. Foram feitas as apresentações e Bautec tratou de ordenar a seus homens para que instalassem o séquito de Macarven nas melhores cabanas.

— Bautec, esta é minha filha, o sol de Belissãma, minha Amarantine.

O homem abraçou a filha sorrindo para Bautec, deixando claro que provavelmente ela era o seu maior tesouro. Os cabelos ruivos partidos ao meio chegavam até a cintura e ondulavam-se da metade das costas até as pontas. Parecia que a moça não fazia a menor ideia da própria beleza. Os lábios, o nariz, a simetria das sobrancelhas... Tudo era demasiado harmonioso, a ponto de transformar a postura de Rhodes. Foi preciso que Ícaro salvasse seu discípulo, agarrando-o pelos ombros num gesto brusco capaz de acordá-lo daquele transe.

— Que bom... fico feliz em saber que temos a companhia de velhos amigos e poderemos poupar nossas flechas, não é Rhodes?

Macarven estendeu ambas as mãos e cumprimentou Ícaro agasalhando a mão do centurião, que se pôs à frente dando as boas-vindas ao amigo de Bautec. Tumboric estava no interior na aldeia, partindo a machadadas pedaços de troncos para Mirta. De longe notou um movimento no alto da campina, viu tratar-se de estrangeiros, mas se aquietou assim que Bautec, junto de Rhodes e Ícaro, se uniu ao grupo. Logo ele saberia quem eram aquelas pessoas, talvez no mesmo momento em que Mirta visse em seu filho um sentimento despertado.

Naquela noite, os sacerdotes allobroges cearam com a comitiva de Macarven, mandaram assar dois cervos para que, num banquete à luz da lua, toda a aldeia viesse conhecer aquele grande homem. No avançar das horas, o pai de Amarantine já havia tirado a capa que lhe cobria as costas e a ação do vinho gaulês fazia-lhe corar a face, de um jeito que ela gostava de ver. Após um mês cavalgando do norte da Germânia até encontrarem as margens do Ródano, finalmente poderiam desfrutar alguns dias de descanso. Sem saber o porquê, a fada via em seu pai um semblante de descontração — ali, entre Bautec e Cohncot, ele parecia outro homem. Remoçou alguns anos em poucas horas e ria de um jeito largo e descontraído, como há tempos não fazia.

Ícaro estava sentado na mesma mesa que os sacerdotes, fora convidado para contar algumas de suas histórias de centurião, mas escolhia aquelas em que quase morrera na companhia de alguns soldados, geralmente combatendo gauleses, e os allobroges — já bem acostumados com a dominação romana —, riam a valer sentindo-se vitoriosos, pelo menos um pouco. Macarven achou inusitado um centurião que naquele momento nem mesmo se fazia notar por sua origem, passaria calmamente como gaulês, pois suas vestes e seu cavanhaque há muito o distanciavam da imagem de romano, a não ser pelos cabelos, picados aleatoriamente na altura do pescoço, diferentes do estilo longo dos galos cabeludos.

Sentada ao lado de Macarven, sua filha falava pouco, embora sorrisse bastante. Seu sorriso mostrava os dentes alinhados como se tivessem sido esculpidos em pedra mármore, envoltos por lábios delicados que se elevavam na parte superior, criando, no centro, um formato de coração. O nariz parecia ter sido escolhido pelos dedos de Belissãma e os olhos... bem, os olhos tinham uma cor que raramente vi: um azul tão escuro que precisavam da luz solar para revelar-lhes o tom. Mas o que Amarantine tinha de mais belo eram os cabelos... ah, os cabelos faziam parecer que estavam em chamas embora seu semblante mais se assemelhasse à candura da neve. Se eu, que raramente me dei ao desfrute de me afeiçoar a uma mulher, considerei-a belíssima, imagine o nosso Rhodes já tão destro nos deleites carnais.

— Você devia se esforçar um pouco mais para disfarçar seu interesse pela moça, ou o pai dela logo notará. — Tumboric deu uma cutucada em Rhodes, por debaixo da mesa com a perna direita, pois parecia ler os pensamentos de Mirta.

Tentando se concentrar no pedaço de carne que foi buscar junto à fogueira, Rhodes negou para si mesmo que estivesse completamente encantado por Amarantine.

— Pare de asneira, gaélico. Só estou interessado na origem desse tal Macarven. Parece que todos o adulam e nós nem sabemos o porquê.

— Meu filho, Macarven é uma lenda, e você está podendo conhecer essa lenda de perto. No futuro poderá contar a seus filhos e netos que ceou na companhia de um bruxo que a Gália não soube respeitar. — como sempre, a voz misteriosa e rouca de sua mãe o fez pensar mais profundamente sobre aquele homem, e por um breve momento, se interessou mais por ele do que por sua filha.

Dali a pouco mais de duas taças de vinho, Ícaro pediu licença e foi ter com Rhodes, Mirta e Tumboric. Havia notado os olhares de Macarven na direção de Mirta, e sem ter certeza se ela notara, achou por bem seguir seu instinto de homem e marcar o território que desejava ser seu. Olhando de fora, era possível acreditar que formavam uma família: Ícaro, Mirta, Rhodes e Tumboric. De certa

- 218 -

forma, sim, eram uma bela família. Suas almas costumavam ter o mesmo volume, era o que eu sentia.

Alisando até o fim a barba comprida e castanha que se estendia até o início do peito, o bruxo visitante perguntou a Cohncot quem era aquela com quem Ícaro dividia um naco de pão.

—Ah, Macarven, é justamente quem você pensa... a nossa curandeira, regressada de Roma.

—Então não eram boatos, é fato que a amante de César voltou para a Gália.

—Sim, há muitos anos. E aquele ao seu lado, tão altivo e corajoso como o pai, é Rhodes, seu filho.

Mirta parecia ler os lábios dos bruxos, conhecia muito bem os sentimentos dos sacerdotes por ela, sabia que a estimavam, e que também a respeitavam por ter escolhido a Gália depois da morte de César. Eles se apegavam ao passado de Mirta como uma pequena vingança dos gauleses sobre a onipotência dos romanos, e riam da peça que ela havia pregado em homens que se consideravam demasiado superiores aos gauleses. Mirta, por sua vez, ressentia-se com isso. Ela também amava os romanos, embora não costumasse falar sobre isso. O mais surpreendente de tudo, naquela noite, foi lembrar que Macarven, na mesma época em que Mirta e César alicerçaram seu amor, combatia o domínio romano ao lado de Vercingetórix.

No auge da batalha entre aqueles dois homens, César e Vercingetórix, ouviu-se dizer do romance entre o grande romano e uma camponesa allobroge. Pensou-se que o próprio César, ao capturar Vercingetórix, o perdoaria cedendo aos pedidos de sua amante. Mas isso foi uma verdadeira tolice, dessas que o desespero costuma plantar nas mentes atordoadas. César jamais perdoaria quem ousou humilhá-lo.

Lembranças como essa correram entre os convivas daquele banquete à luz da lua cheia, na aldeia allobroge. Em poucos minutos, a memória dos homens consegue viajar tão rápido ao passado, que se não fosse a dificuldade de se transportarem, certamente voltariam e escolheriam outras saídas nos afluentes que o destino costuma apresentar.

Indagado por Tumboric sobre o que sabia daquele homem e de sua filha, Ícaro tentou minimizar a importância do bruxo. Limitou-se a dizer que era um druida dos antigos e que há muito não aparecia por aquelas bandas, além disso, por conta das inúmeras guerras que os gauleses costumavam enfrentar, nem sempre se sabia dos amigos, por isso Cohncot e Bautec estavam tão alegres com sua visita.

— Mais ainda, Tumbo — Mirta o chamava pelo apelido que ela mesma havia criado. — Macarven está tentando fazer as pazes com a Gália depois de um longo tempo exilado.

— Fazer as pazes? Como assim?

— Houve um grande mal-entendido na vida deste homem, e isso costuma marcar uma pessoa para sempre, quando a ela não é dado o direito de resposta. — respondeu ela.

Ícaro detestava quando Mirta falava em tom vestal, ele gostava mesmo era de sua porção gaulesa.

— E agora ele veio se explicar quanto a esse "mal-entendido"? — indagou Tumboric.

— Não para nós. Os allobroges sempre souberam quem era Macarven, um grande druida e, como todo sacerdote celta, homem de palavra. Neste momento, eu senti o peito de Ícaro inflar como se tivesse que tomar a proporção de um homem maior. O ciúme faz essas coisas entre os homens, os faz duvidar de seu próprio valor.

Todo aquele assunto em torno de Macarven estava deixando Rhodes e Tumboric intrigados, pois, assim como Ícaro, não tinham paciência para os rodeios de Mirta.

— Minha mãe, por favor, seja mais clara... conte-nos de uma vez por todas de que mal-entendido estamos falando.

Mirta permaneceu de posse de seu copo cheio de suco de uva, ela não o deixava fermentar para não sofrer as ações do álcool, fazia exatamente como aprendera em Roma, com a criada da Casa Vestal. Além disso, nunca fora afeita aos efeitos do vinho que a levava a devanear com o amor que ela não queria mais sentir. Então, sentou-se ligeiramente de lado, para verter as palavras somente na direção dos três. O centurião adotou uma postura insolente, como se para ele não fizesse a menor diferença as lendas acerca de Macarven.

— Vercingetórix tinha seus aliados, e eram muitos. Bem mais do que César podia imaginar. Aliados políticos, militares e religiosos. Nobres e cavaleiros da Gália, em diferentes pontos dela. Macarven era, em verdade, seu ponto religioso. Seu confidente e amigo. Seu mentor. Quando César fechou o cerco contra Vercingetórix, furioso por ter perdido muitos homens na batalha de Órleans, Macarven o advertiu e disse-lhe que precisariam de reforços pois o romano voltaria e, desta vez, ou Vercingetórix, ou César, restariam derrotados.

— E então meu pai derrotou Vercingetórix, mas Macarven sobreviveu... — o tom de Rhodes era de quem já conhecia a história de trás para frente, mas nem por isso a negligenciou.

— Sim, seu pai derrotou Vercingetórix e matou milhares de famílias gaulesas de fome e sede.Às vezes Rhodes não sabia bem o que sentir pelo pai, se admiração ou desprezo. Também não se julgava capaz para analisar todas aquelas histórias, se para ele, por enquanto, havia vivido mais em tempos de bonança do que torrentes. Não fosse pela tribo dos carnutes que volta e meio os ameaçava, a Narbonense se fazia pacífica, nos moldes das províncias romanas.

O tom que Mirta usava para falar daquilo parecia imparcial.

— Quando Macarven advertiu Vercingetórix sobre o que estava por vir, sugeriu que buscassem ajuda. Ponderou sobre ficar ao lado dele e mandar algumas tropas em busca de mais contingente e aliados. Mas segundo contam, foi o próprio Vercingetórix que, contando com o prestígio de Macarven, pediu que ele partisse em busca de ajuda. A figura do druida traria segurança para quem quer que se dispusesse a apoiar o chefe averno contra César.

— E por que Macarven não voltou? Já que está aqui vivo, creio que não tenha voltado para ajudar Vercingetórix, é isso? — Tumboric estava ansioso.

— Ele voltou, Tumbo. Mas já era tarde demais. Quando chegou nas cercanias em companhia de um exército bretão, alguns bitúreges e camponeses que se dispuseram a enfrentar o poderio de Roma, a oppida em Alésia já tinha sido tomada pelos centuriões... — Então ela completou, olhando para Ícaro. — Você estava lá, Ícaro?

— Não. Eu estava aqui. César me escalou para administrar o acampamento, não se lembra? Por um instante eu juro que vi o centurião agradecer aos céus por não ter que dizer aqueles jovens gauleses que participara daquela chacina.

Mirta parou por uns instantes. Ficou calada, tentando retomar o ponto em que estava daquela triste narrativa. Ela se recordava muito bem daquele dia em que a Gália via sua terra irrigada de sangue gaulês. E agora, muitos anos depois, tinha a mesma certeza daquela época: somente o grande amor que sentia por César permitiu que ela o perdoasse.

— E, afinal, qual foi o grande mal-entendido minha mãe?

— Durante muito tempo, acusaram Macarven de covardia. Disseram que ele havia fugido e deixado Veringetórix no momento em que o guerreiro mais precisou de seu apoio. Julgaram-no ardiloso ao sugerir mais reforços, apenas com o fito de se afastar da morte que, segundo pensavam, ele próprio havia visto refletida do rosto de Vercingetórix. — Tumboric e Rhodes fixaram os olhos em Mirta, interessados em algo mais que ela certamente lhes diria. — Mas isso tudo foi um grande acaso, uma fatalidade. Como eu disse, Macarven regressou e, ao se aproximar da oppida construída em Gergóvia, foi impedido de prosseguir por facções aliadas. Disseram-lhe para não alforriar mais vidas aos romanos, que estes estavam em número infinitamente superior, que haviam construído fossos ao redor da muralha de Vercingetórix e que somente sobreviviam aqueles que juravam amor a Roma, é claro, sabedores de que morreriam escravos. Macarven havia reunido um exército de mais ou menos dois mil homens. Um número grande para uma batalha, mas pequeno para combater a gente de Roma. O próprio Vercingetórix clamava pela vida de seus companheiros e mandava mensagens para que não se aproximassem e deixassem a cargo dos deuses o futuro de quem estivesse com ele naquela cidadela.

— Bem minha mãe, mas se você sabe da verdade, toda a Gália também...

— Não naquele momento. Essas foram informações que chegaram muito tempo depois, contadas depois que César e eu fomos para Ravenna.

CAPÍTULO XXV

Amarantine

A filha de Macarven tinha uma missão, uma missão imposta a ela muito cedo. Verdadeiramente, no início, não era um sonho dela e sim das pessoas que diziam que aquele seria um caminho maravilhoso e que ela havia nascido para ele. Então, por amar as pessoas que diziam isso, Amarantine aceitou essa missão.

Uma coisa eu aprendi nesses tempos em que passei por aqui: as coisas ditas para as crianças podem mudar suas vidas para sempre, porque é nesse momento que elas estão em seu estado mais poderoso, embora na maioria das vezes não saibam disso. E foi na mais tenra infância que Amarantine ouviu, pela primeira vez, que havia nascido para ser uma druidisa. A partir de então, como se aquilo fosse uma sentença de pedra, acreditou que seu destino estava traçado e que, ao menos para o seu povo, seria alguém importante. Sinto que a raça humana tem esse traço em comum, todos, sem exceção, nascem com o desejo de serem importantes, e por desejarem tanto isso, tornam-se tão comuns.

Nessa mesma época, Amarantine colheu todas as informações possíveis sobre o que teria de fazer para ser uma druidisa, mas as respostas que obteve criaram mais dúvidas além das que ela já tinha. *"Isso não depende de você, nem de nós... Isso depende dos druidas, da Caravana dos Druidas". "Temos que esperar, meu amor, só o tempo dirá".* A menina ficou aflita, com medo de que aquele sonho não fosse para ela; temeu decepcionar os outros e não ter, na verdade, os atributos que seu pai e seus avós diziam que ela tinha dentro de si. E, embora fosse poderosa, Amarantine não sabia disso.

Pouco tempo depois, ela e Macarven tiveram de partir da Germânia. Fugiram com um número reduzido de ovates e preciosos pertences que podiam carregar. O verde escarpado dos montes e as silhuetas do Elba eram do que ela mais sentiria falta. Seus avós, já muito cansados de correrem por terras em busca de paz, decidiram ficar. Cercados por alguns bons cavaleiros bretões que juraram lealdade por toda uma vida, eles subiriam as montanhas da Germânia logo após se despedirem de Macarven e Amarantine. Eram idosos e seus cabelos já bem esbranquiçados denotavam a pureza das nuvens que Amarantine sempre aludiu aos dois. Ela sabia que jamais os veria de novo e por isso cavalgou em seu cavalo, olhando para trás o máximo que pôde, pedindo aos deuses que jamais tirassem de sua memória aquela imagem da avó que ela tanto amava, tão cheia de sabedoria e nobreza, uma verdadeira rainha cujos gestos Amarantine jamais encontrou em outra pessoa. Seu avô, o pai de Macarven, apesar da inabalável seriedade, a ensinou desde menina a respeitar a natureza, e a ouvir o seu som. Ele dizia para ela que o som das vozes dos homens podia abafar a voz da natureza e que era importante perder várias horas do dia em silêncio, até alguns dias. Segundo ele, era nesses momentos que os deuses falavam conosco. Eu mesmo vi muitos desses momentos, quando passei por dentre a vida dessas pessoas. Tenho a nítida impressão que Strabão — o avô de Amarantine — ouviu-me algumas vezes.

Acho que posso dizer algo especial para você, já que estamos nessa conversa há tanto tempo. Em alguns lugares, sou considerado um deus. Talvez por isso — mas não com a frequência que eu gostaria —, alguns homens conseguem me ouvir.

Macarven e Amarantine tiveram que fugir porque, após muitos anos enclausurados na Germânia, foram descobertos pelos druidas da região, e o passado do bruxo fugitivo não pôde ser explicado. Creio que ainda que fosse ouvido, Macarven sofreria mais um banimento. A trajetória dele era nobre, assim como a sua alma e a origem de sua família, mas isso ele preferia deixar no mesmo lugar em que as castas religiosas o colocavam: no exílio. Quanto à sua mãe, Amarantine pouco sabia. Apenas que havia morrido quando ela ainda era muito pequena, na Bretanha — a parte noroeste da Gália — de uma doença repentina que a levou no meio da noite após três dias de muita febre. Àquela altura da vida, já uma linda moça para o universo celta, Amarantine havia percebido o quanto doía para seu pai falar sobre Cairdna, sua esposa. Por isso, prometera para si mesma que não tocaria mais no assunto da mãe, ao menos com ele. Ao se despedir de seus avós, com os quais sempre colhia algo mais sobre sua mãe, não haveria mais com quem falar sobre aquela que a gerou.

Ouso dizer que admiro essa moça, tão jovem e já tão repleta de sabedoria. Realmente, aprendera com o avô a me ouvir passar e não só a mim, mas também a chuva, o farfalhar de asas aquilinas, o lamento caudaloso do Elba. Eu realmente acredito que ela possa realizar o sonho idealizado para ela.

Mas, ao que me parece, o maior perigo de um sonho é que ele costuma andar na companhia de outros.

— O homem só falava nisso! Que sua filha nasceu para ser druidisa... Que sua filha isso, que sua filha aquilo... — Tumboric arrancou um naco da coxa de faisão que Mirta havia assado naquela noite.

Ela deixou a ave descansar um dia antes em alecrim e manjericão, misturados com uma dose de vinho e pimenta que Ícaro havia trazido das fronteiras. Essas especiarias eram guardadas como se fossem ouro em pó no meio de suas ervas.

— É um belo destino. Uma pena que essa escolha não dependa dele. — disse Mirta.

Rhodes estava calado. Apenas colhendo informações sobre aquela linda criatura que não saía de sua cabeça. Os três jantavam do lado de fora da casa, porque a estação mais aprazível do ano — a primavera — estava no auge.

Com a boca cheia, Tumboric falou por cima das palavras de Mirta.

— Como assim? Ele não pode decidir...

— É um evento incerto. Nem sempre a Caravana dos Druidas passa pelos mesmos lugares. Além disso, não há nenhum critério para escolher druidisas, nada de que tenhamos conhecimento sobre o Alto Celtismo.

— Alto Celtismo?

— Sim. A parte nobre e desconhecida da Antiga Tradição. Há muitos núcleos celtas espalhados pela Gália, Germânia Magna, Hispânia, embora em menor número, e principalmente pela Britânnia. Mas todos eles nasceram de um só celtismo, o mais antigo e tradicional de que temos notícias. É claro que Cohncot sabe muito mais do que nós, e certamente muitos outros sabem mais do que ele. Por assim dizer, nós só temos ciência de uma pequenina parcela desses conhecimentos.

RHODES

O prato de Rhodes estava intacto. Ele não havia comido nada e tinha o olhar perdido.

Tumboric, ao contrário, parecia faminto e se adiantou cutucando o irmão.

— O que é que você tem? Não vai comer?

— Hã? O que é, Tumbo?

— Estou perguntando se você não vai comer. — Acho que não. — Rhodes parecia nem estar ali. — Minha mãe, não fique triste, mas hoje não estou com fome.

— Está bem. — Mirta trazia mais porções para a mesa, pois esperava por Ícaro, que não tardaria em chegar. Ele sempre subia com um vinho mais fresco, perfeito para o paladar de Mirta.

— Então eu como a sua parte. — disse Tumbo, sempre atento às sobras.

Rhodes empurrou o prato na direção do irmão, liberou um sorriso curto e desceu a campina.

— Aonde você vai, filho?

— Vou caminhar por aí.

Mirta e Tumbo se olharam, com o mesmo pensamento: *"O que deu nele?"*.

Ainda havia um resto de luz natural no céu. Em poucos instantes, a primeira vela da noite seria acesa. Mesmo assim, Rhodes quis se refugiar em seu lugar preferido. Selou Scrix e subiu em direção ao rochedo allobroge. Lá de cima ele conseguia ver num ponto bem longínquo, alguns tons de vermelho das construções romanizadas na Província de Segusio. Mais ao sul, os Alpes Cottiae, que naquela época do ano possuíam uma camada muito curta de neve, somente a parte que revestia o cume, diferente do inverno, quando tudo era branco e mágico como a crina de Scrix. Em seu refúgio, Rhodes podia ter um tipo de paz que nenhum outro lugar no mundo lhe daria. Por isso era o seu lugar preferido.

Eu sugiro que todos os humanos tenham um refúgio.

Rhodes desceu de Scrix, sem prendê-lo — como de costume — e sentou-se na beira do penhasco. Ele gostava de sentir suas pernas pendendo para o abismo. Ali se perguntou que diabos estava havendo com ele... Por que não conseguia parar de pensar naquela moça que já estava prometida para os deuses. Afinal, por que ela?

Aproveitei aquele momento para dar uma soprada no fundo do vale; bem lá embaixo corria um pequeno riacho por onde eu gostava de passar levemente. Às vezes, eu também preciso me refrescar. Tive uma breve sensação de que tudo no mundo estava em seu devido lugar. Era tão bom sentir isso. Esses momentos, estanque, são os que nos alimentam. Logo depois eu subi. Soprei para cima e encontrei Rhodes, perdido em seus pensamentos. Seus braços jogados para trás apoiavam as palmas das mãos no chão de terra batida. Ali, nós dois fazíamos a mesma coisa: tentávamos enumerar os sons que conseguíamos ouvir. Um canto de cotovia, uma revoada ao longe, estalidos metálicos da aldeia allobroge... tudo muito distante e controlado como deve ser nos momentos de paz. Mas logo depois ouvimos um trotar lento de cascos de cavalo. Não era Scrix, ele não desceria sem Rhodes.

Surpreendentemente, foi outro belo alazão que se aproximava, carregando uma moça ruiva sobre ele. Rhodes virou-se para trás e eu soprei forte na distância que os separava fazendo revoar tanto os cabelos dele quanto os dela. Amarantine passou a mão sobre os fios, tentando domá-los e sorriu para Rhodes.

— Desculpe se atrapalho. — a voz dela era suave e gentil. Sem fazer o menor esforço, Amarantine tinha uma maneira muito própria de catalisar a atenção.

Enquanto espalmava as mãos para livrar-se da terra, ainda surpreso, Rhodes foi logo dizendo:— Não. Não atrapalha. Você se perdeu? — ele não entendeu como ela apareceu ali.

— Parece que sim... — então Amarantine fez o que jamais poderia ter feito em direção a Rhodes. Ela sorriu inocente e desajeitada.

— Homero foi subindo essa parte da estrada e pensei que conseguiria conduzi-lo para o caminho de volta, mas de repente achei tudo tão lindo que decidi deixá-lo me levar. Não é, menino? — a filha de Macarven deu algumas leves batidas no dorso do animal.

Fiz questão de soprar forte nas costas de Rhodes pois ele estava estático demais e isso lhe dava um ar abobado. Não seria bom para a reputação do meu amigo.

— É sim. Essa é a parte mais bela de nossas terras. — finalmente ele se aproximou de Amarantine, fazendo menção de ajudá-la a descer do cavalo. Não conseguia desgrudar os olhos dela e tinha plena ciência disto. Mas são os riscos que as pessoas apaixonadas correm nessas horas.

Amarantine tinha um cheiro peculiar. Não sei se na pele ou nas vestes, mas o perfume do cedro estava embrenhado nela. Rhodes notou isso assim que se aproximou, o vácuo que se criou entre o momento que ela desceu do cavalo e pisou no chão, imprimiu a sensação em Rhodes. Mesmo assim, ele procurou conter a excitação. Agora, pela primeira vez tão próximo dela, pôde notar que a moça era esguia e não muito mais baixa do que ele. Certamente tinha uma origem Kymry, a camada mais recente na árvore genealógica de celtas.

— É mesmo. Você tem razão. Uma parte muito bela de suas terras. — respondeu, segurando as rédeas do cavalo. A moça caminhou para mais perto do rochedo, tentando constatar a profundidade do vale, mas logo recuou, receosa.

— Que foi? Está com medo?

— Um pouco. Sinto-me nauseada quando olho para baixo.

— Deixe seu cavalo livre e sente-se na beira. Assim se sentirá mais segura para desfrutar da paisagem.

— Não creio que seja uma boa ideia. Homero pode fugir e se chegar lá embaixo sem mim, meu pai intentaria uma busca desesperada... Não! — falou, meneando a cabeça de um lado para o outro como se quisesse afastar uma lembrança ruim.

— Estou certo de que Homero não se afastará de você.

Então ela olhou para Rhodes penetrantemente e naquele momento eu soube que ele jamais a esqueceria. Por uma fração de segundos, Amarantine experimentava um tipo de confiança com a qual não estava acostumada a lidar. Uma liberdade de coisas pequenas.

—Vamos! Confie em mim. — as mãos dele estavam estendidas para ela.

— Está bem. — Amarantine soltou as rédeas de Homero e o viu parado junto dela. Expectador de sua dona.

— Agora sente-se.

Eles estavam a um metro de distância da beirada. E Rhodes foi como um professor muito paciente. Sentou-se no chão e foi se arrastando lentamente para a beira do penhasco até parar com as pernas para fora, como gostava de fazer. Amarantine fez a mesma coisa, de mãos dadas com ele, e só as soltou quando as pernas dela penderam como as dele.

— Viu só? Não tem nenhum mistério... — então sorriu para ela, descontraído.

— É mesmo. — olhando para baixo e visivelmente amedrontada, Amarantine apertou os olhos em seguida.

Rhodes gargalhou por conta da careta que se formou no rosto contraído da moça. Mesmo assim, ela continuava linda. O aspecto misterioso de Amarantine, quando chegara com seu pai à terra dos allobroge, era na verdade timidez, ou, quem sabe, como Rhodes desconfiava, costume de se aprisionar. Enquanto estavam ali, Rhodes pediu que o céu não escurecesse. Que tivessem mais um pouco de luz para não serem obrigados a voltar.

—Você sempre vem aqui? — perguntou ela, de olhos fechados, sentindo-me passar por seus cabelos.

— Sempre que posso ou preciso.

—E hoje, você podia ou precisava? — então ela abriu seus olhos azuis ligeiramente amendoados.

— Eu precisava...

Por alguns instantes, Amarantine e Rhodes perderam-se um no olhar do outro. Na verdade, esses instantes costumam ser eternos. Alguns olhares se perdem dentro de outros e nunca mais regressam.

—Vocês pretendem ficar conosco até quando? — Rhodes achou melhor quebrar o silêncio e também julgou apropriado o momento para tal pergunta.

— Você não gosta de forasteiros, não é? — agora ela já balançava as pernas no vão do penhasco, displicentemente.

— Não. De maneira alguma. Não me entenda mal.... — ele corou. — Não quero parecer rude.

Amarantine lançou um sorriso travesso, como se estivesse se divertindo com o embaraço de Rhodes.

— Só que nunca vi uma Caravana de Druidas antes. Por isso não sei se aqui seria o lugar ideal para vocês esperarem por ela.

Pensei comigo, "Esse é o meu menino!", rápido e certeiro como as suas flechas.

Os olhos de Amarantine perderam o brilho e tomaram-se de sobriedade. Não sabia o que dizer. Por que, afinal de contas, seu pai fazia questão de alardear que ela havia sido colocada à disposição dos deuses? Não que ela negasse seu destino, mas o fato de ser mencionada como se fosse um troféu a deixava constantemente aborrecida.

—Acho que devo voltar. Já está escurecendo...— e então ela foi se levantando. E Rhodes fez o mesmo.

— Está bem. Eu a acompanho.

— Não é necessário. Eu o atrapalhei e não quero que se sinta... — nesse instante, ela olhou para baixo e esqueceu que não estava acostumada com a altura, então cambaleou.

Rhodes a segurou pela cintura e capturou suas medidas através dos tecidos atados à sua pele. O cheiro da madeira de cedro cortado o invadiu mais uma vez. Amarantine agradeceu e se desvencilhou.

— Faço questão de acompanhá-la. Não seria gentil de minha parte. Meus superiores me repreenderiam por isso.

Sem encará-lo, Amarantine consentiu.

— Obrigada, de qualquer forma.

Os dois pegaram seus cavalos que descansavam calmamente, à procura de uma refeição fresca nascida dentre as rochas.

Na descida, Rhodes tentou descontraí-la falando sobre amenidades, mas Amarantine só fazia liberar um breve sorriso, como fazem as pessoas educadas. No sopé da estrada, agarrada às rédeas de Homero, a moça despediu-se apressada.

— Se não se importa gostaria de voltar sozinha a partir daqui.

— De maneira alguma. Como quiser. O caminho é todo seu.

— somente um curto espaço de terra os separava da muralha allobroge. Ela estava segura. Podiam ser vistos com segurança por quem estivesse ali perto e pelo jeito que cavalgava estava claro para Rhodes que era uma excelente amazona.

Antes, porém, de lançar o calcanhar sobre seu cavalo, Amarantine o fez rodopiar perto de Rhodes:

— Obrigada. — disse, com aquele olhar de infinito, novamente.

— Sempre às ordens, para quando quiser descer montanhas.

— Não. Estou agradecendo por me fazer encarar o abismo.

Depois disso, ela saiu galopando e seus fios vermelhos revoavam contra mim. Rhodes ficou lá atrás, consumido pelas palavras daquela bela fada.

Naquela mesma noite, Tumboric chamou Rhodes para lhe fazer companhia junto à Grande Fogueira. Os cultos a cada mudança de ciclo lunar estavam cada vez mais raros nos últimos tempos, era doloroso constatar que a dominação romana extraía pouco a pouco os costumes e a cultura da Gália. Infelizmente, tudo se transforma. Até mesmo as coisas mais belas da vida. No entanto, não sei bem a razão, naquele mês Cohncot e os bardos estavam inspirados pelo astro luminoso. Promoveram banquetes, disponibilizaram muitas ânforas de vinho gaulês e música até o raiar do dia.

— Vamos! Não fique aí com os olhos pregados no teto. Nenhuma fada ruiva sairá dançando dali. — imitando os passos de uma dama elegante, Tumbo caminhou até Rhodes. Mirta riu alto. O mais engraçado era que Tumboric nunca fazia esse tipo de coisa e por isso mesmo não levava o menor jeito para imitações.

Rhodes jogou seu travesseiro no irmão.

— Engraçadinho...

— Vá meu filho. Faça companhia ao seu irmão. — ela não queria que eles perdessem as festas allobroges. Conhecia a importância disso, no futuro. Assim como foi com ela, um dia Rhodes se alimentaria destas lembranças.

Meia hora depois, os irmãos guerreiros estavam no centro da aldeia. Assim que viu Brígida, o filho gaélico de Mirta estufou o peito e criou um ar de nobreza. Esse truque ele aprendera com Ícaro: "*Jamais perca de vista a boa postura. Não só as mulheres, mas também seus oponentes o notarão e o respeitarão. A atitude é tudo para um homem*". Rhodes notou que Tumbo estava particularmente ousado naquela noite, pois logo se aproximou de Brígida e a chamou para dançar, antes que algum homem bêbado e velho fizesse isso.

— E por que não, gaélico! — Brígida sempre o chamava assim. Quando crianças, isso deixava Tumboric muito zangado. Mas agora ele ria. Algumas coisas da infância dos humanos tornam-se códigos para a vida adulta.

Rhodes se perdeu na dança de Brígida e Tumboric. Seu irmão, tão desajeitado para certas coisas, sabia dançar como ninguém. Fazia isso com graça e força, requisitos indispensáveis para um amante da dança, e Brígida se entregava à condução de seu par, sorrindo entre um e outro movimento. Seu corpo era leve, dócil e o de Tumboric robusto e musculoso. Era impossível não notar os dois. Pelo menos na dança eles pareciam ter nascido um para o outro. As flautas de abetos negros tinham uma ressonância peculiar, tocadas freneticamente por dedos rápidos e fôlegos invejáveis. Brígida tinha um tipo de beleza incontestável e tipicamente gaulesa: pele rosada, cabelos escuros e compridos. Seus traços eram finos, mas a expressão em seus olhos — castanhos e profundos — conferiam a ela um aspecto intenso. Sua personalidade era forte demais para uma mulher e era isso o que Tumboric mais gostava nela. Certa vez, quando criança, Brígida apareceu na frente de Tumbo e Rhodes com o cabelo cortado à moda romana, bem curto, dizendo: — Agora me digam que eu não posso fazer o que os meninos fazem. No entanto, naquela noite, pela primeira vez, Rhodes entendeu o porque de Brígida e Tumboric se amarem. É que Tumbo, durante muito tempo, não tinha a menor ideia do quão forte era, e Brígida sempre soube da própria força. Talvez isso tenha ficado claro para Rhodes, porque assim como aqueles dançarinos, também ele estava experimentando o amor.

— Junte-se a nós, Rhodes. Você vai gostar de ouvir as coisas que Macarven tem para contar. — Serviorix aproximou-se com uma caneca de vinho. Não era de seu feitio beber além da conta, mas todos estavam tão diferentes naquela noite que Rhodes começou a achar que a lua estava emitindo algum tipo de feitiço sobre os allobroges.

— Está bem... — Ele tentou fazer um sinal para Tumbo, indicando onde estaria, mas seu irmão já estava irremediavelmente embebido no perfume de Brígida.

Há alguns passos dali, os druidas se reuniam ao redor de Macarven. Estavam todos, visivelmente, sob o efeito avançado do álcool. Será que somente ele se manteria sóbrio naquela noite?

— Então eu disse que se eles viessem receberiam os raios dos céus sobre suas cabeças... — o pai de Amarantine contava efusivamente uma de suas passagens ao enfrentar o exército romano, décadas atrás.

— E o que eles fizeram? — inquiriu um dos homens sentados à mesa.

— Ora, — Macarven deu um riso sarcástico — fizeram o que os romanos sempre fazem: começaram a matar crianças e mulheres.

Esta última parte ele disse olhando para Rhodes. Sua barba comprida estava molhada de vinho, seu rosto demasiado corado parecia pegar fogo e seus olhos tinham o fito de ferir.

Cohncot interferiu no comentário, afinal, ele não queria que outros ouvidos entendessem que os allobroges hospedavam inimigos de Roma.

— Mas isso nós também já fizemos, meu caro amigo. É um risco que se corre ao combater nas cidades e não apenas nos campos.

Macarven não estava propenso a aceitar a mudança do curso na conversa. Ele tinha um objetivo, ou melhor, um alvo.

— ... perdoe-me, meu velho amigo, mas nós nunca fizemos isso... não como os romanos. Não como Júlio César fez na Gália. — declarou, elevando seu copo no ar, como se estivesse brindando na direção de Rhodes.

Em outros tempos, o filho de Mirta e César avançaria abruptamente em direção àquele homem. Fosse ou não convidado de Cohncot. A simples menção do nome de seu pai, sempre fora um bom motivo para que Rhodes desferisse socos e pontapés. Mas desta vez não. Rhodes estava calmo. Não sei se percebia que todos estavam alterados pela bebida, se já havia brigado muito por seu pai no passado ou se, por estar apaixonado, achava tudo aquilo ridículo e antiquado. Afinal, tanto tempo havia se passado.

Nesse momento, Rhodes viu Amarantine se aproximar. Parecia vestida como um anjo — túnica longa e de mangas compridas, em um tecido esvoaçante — e seus cabelos estavam presos de um lado só por um tipo de pente curto, cuja incrustação de pedras preciosas fazia luzir ainda mais o avermelhado de seus fios. Ela tinha os olhos fixos em Rhodes, vendo-o por cima da cabeça de Macarven.

— Não acha que devemos nos recolher, meu pai?— Ah! Aqui está o meu maior tesouro. — Macarven segurou a filha pela cintura aproximando-a de si, mas Amarantine se desvencilhou educadamente. Certamente ela não gostava de ver seu pai — aquele homem sério e de fala educada — dedicando-se com tanto afinco ao vinho gaulês.

— Então venha fazer companhia ao seu maior tesouro. — o tom dela era suave. Era o tipo de filha que jamais confrontava o pai. Mesmo assim, fez um gesto quase imperceptível para afastar o copo da frente de seu pai.

— Não, não, não, mocinha. — Macarven meneou a cabeça. — Não tire de um homem uma alegria dessas: confraternizar com velhos amigos. Não faça o que os romanos vêm fazendo conosco há um século. Não tome à força o que é nosso!

Amarantine e Rhodes se olharam, sentindo a ferroada daquelas palavras. Elas tinham um destino certo. Ao fundo, murmuravam vozes que se sobrepunham a de Macarven: era o som da aldeia. Felizmente a música estava bem alta, evitando, ao menos um pouco, que o efeito das palavras de Macarven tingissem um ponto mais elevado. Mas o homem não se deu por vencido.

— Façamos um brinde! — o bruxo se levantou e ergueu a taça. Seus companheiros de mesa fizeram o mesmo, ofertando o vinho aos ares.

Percebi que a respiração de Amarantine perdeu um pouco o ritmo. Ela estava pressentindo o mesmo que eu. Aquela noite não acabaria bem.

— Um brinde à Gália! Um brinde ao que sempre nos pertencerá! Um brinde às nossas raízes que nunca serão de Roma!

Rhodes levantou-se da mesa enquanto todos brindavam, achou apropriado o momento para se retirar antes que alguma palavra viesse direta e indelével em sua direção.

— Ei! Você, rapaz... não brinda conosco? — Macarven não desistiria e, desta, vez investiu definitivamente em Rhodes.

— Eu não bebo, senhor.

— Nem para homenagear a sua terra? Ou se considera romano demais para isso...

Se eu tivesse com quem apostar naquele momento, ganharia a aposta. Era querer demais que o filho de César engolisse tantas provocações e pior, em meio a seus superiores. Todos ali o conheciam muito bem.

— Prefiro homenagear a Gália lutando por ela. O vinho somente homenageia o prazer. A guerra homenageia a honra.

Macarven bateu palmas, mas elas saíram desordenadas.

— Tão jovem e tão cheio de sabedoria. — a voz do homem estava cada vez mais carregada de contrariedade e sarcasmo. — Os deuses riram de nós, vejam vocês, o filho veio ao mundo depois do pai, contudo mais sábio e prudente.

Rhodes não se fez de rogado. Muito menos exaltou a glória de seu pai. Tão somente fez com que Macarven bebesse do próprio veneno.

— Os deuses sabem o que fazem. A prova disso é que agora mesmo enviaram uma sábia moça para levar seu pai ao descanso.

Os olhos de Macarven chisparam faíscas e quando se empertigou para desferir impropérios na direção de Rhodes, caiu por cima da mesa onde estavam dispostos vários copos, algumas taças e jarras de vinho. A partir daí só soube balbuciar palavras desconexas. Amarantine mostrou-se controlada, talvez estivesse acostumada com aquilo, e ajudou os homens que carregaram seu pai para cama. Talvez por isso ela não estivesse junto dos outros na grande fogueira, não queria ser parte do que considerava uma promessa de constrangimento.

Mirta e Rhodes comiam um bolo de milho e mel que ela acabara de assar, com uma generosa caneca de chá de camomila. Ícaro havia saído bem cedo, queria inspecionar parte da fronteira allobroge. Ele nunca acreditava piamente na paz e tinha um instinto forte demais.

Um tanto sem jeito e sem saber muito bem que tipo de postura tomar ao entrar na cabana, Tumboric desejou bom dia para sua mãe e seu irmão. Era a primeira vez que ele dormia fora de casa, mas assim que Rhodes contou sobre a dança da noite anterior, Mirta tranquilizou-se. Era fácil imaginar onde e com quem Tumboric havia dormido. Nos primeiros minutos, houve um silêncio sepulcral. Foi Rhodes quem quebrou a expectativa:

— Brígida não lhe serviu sequer um desjejum? Você parece faminto.

— Não comece, Rhodes... — retrucou Tumbo.

— Ontem, quando voltei para casa, não o vi nas imediações da fogueira. — Rhodes iria fustigar seu irmão. Há anos ele queria arrancar uma confissão de Tumbo, que sempre negava os sentimentos por Brígida.

— Mas foi você quem sumiu, no meio do nada.

— Pois é... fui convidado para um banquete de bêbados.

Mirta, que estava calada, quis saber do que Rhodes estava falando. Seu filho contou com riqueza de detalhes sobre a postura de Macarven.

— O homem quer culpar alguém e parece que escolheu você... — disse Tumboric.

— Ele não esqueceu meu pai... pensou que me golpearia com as ofensas que estavam prontas em sua boca. Aliás...

— O quê? Tem algo mais? — perguntou Mirta enquanto tomava um gole do chá. Parecia que ela estava ficando entalada com aquilo tudo.

— Foi Serviorix quem me convidou para sentar à mesa com os druidas, e fez isso com persistência.

Mirta concluiu.

— Fez isso a pedido de Macarven, claro. E Macarven sendo um homem experiente, soube bem a quem escolher. Patético!

— Minha mãe, não se preocupe, não responderei às provocações. Não tenho tempo para velhos homens condenados ao passado. Sou como as minhas flechas: tenho uma direção a seguir e é sempre para frente.

Tumbo bateu nas costas do irmão:

— Um filósofo! — exclamou, com um sorriso brincalhão.

— Sim. E você, um amante inveterado. — Rhodes voltou-se para a missão de fustigar seu irmão.

Mas isso não tirou de Mirta a preocupação com a presença de Macarven. Ela já tinha visto tantas coisas na vida e descobrira bem cedo que a vingança não conhece a ação do tempo; onde ela nasce, há de morrer. A de Macarven havia nascido na própria Gália.

Naquele mesmo dia, ao regressar do platô onde os *sagitarii* treinavam diariamente, Rhodes avistou Brígida desfrutando de assados numa mesa onde somente ela figurava como elemento feminino. Os homens riam em tom alto e ela fingia que achava graça. Na verdade, tanto eu quanto Rhodes notávamos que Brígida estava sempre fingindo achar graça da vida, mas, diferente de meu amigo arqueiro, somente eu sabia o motivo. De toda sorte, Rhodes agradeceu aos deuses por Tumboric estar com os *Triarii* no interior da floresta — eles não queriam que suas estratégias fossem conhecidas, nem mesmo por sua própria gente. Os *Triarii*

eram um grupo seleto no exército romano e Ícaro fez questão de introduzir esse componente militar no regimento allobroge. Eles entravam em ação na última parte do combate, quando o ataque falhava ou se enfraquecia visivelmente pelas baixas. Ser um triarii significava estar disposto a tudo, mas principalmente ser capaz de reverter a derrota. Na Roma antiga havia um provérbio atribuído a eles: "A situação está tão complicada que deve ser confiada aos *triarii*". Talvez por isso Tumboric estivesse, pela primeira vez na vida, muito seguro de si. Sua postura fora abrandada no momento em que os homens da guerra confiaram a ele esse tipo de missão: especial e delicada. No seio da legião, eram os heróis, os triarii, que garantiam a sobrevivência da formação falangista.

Rhodes estava suado, seus cabelos compridos tinham um aspecto úmido e seu rosto corava-se com dois círculos bem marcados na face. Usava um peitoral de couro por cima de uma blusa rústica em tom marrom, um saiote de lã (o de franjas de couro ele achava muito romanizado) e botas até os joelhos. Ele sempre preferira treinar com os uniformes da guerra, achava mais adequado se acostumar com tudo que tivesse ao seu alcance na hora do combate. Ícaro apareceu do nada e o chamou para lavarem o rosto na pia comunitária. Depois, sentaram-se próximos à mesa de Brígida, mas Rhodes não pôde notar muito além do que já tinha visto, pois a conversa com Ícaro pareceu interessante demais para perder tempo tomando conta da namorada de seu irmão.

— Parece que o tal Macarven partirá em poucos dias. — Ícaro fez sinal para o cozinheiro da cabana, pediu mais vinho, Rhodes preferia água.

— Partirá para sempre? — o arqueiro tentou disfarçar a frustração cortando uma fatia de presunto que estava disposto numa tábua de madeira.

— Ouça, sua mãe me contou o que houve ontem à noite. Nós não somos cegos e nem burros... essa moça já está prometida para os druidas. Ela vai ser, como foi sua mãe, alguém proibida para os prazeres carnais. Você sabia disso desde o início.

— Pois é... o pai dela fez questão de dizer em altos brados assim que chegaram.

— Então, você já devia estar com o burro pastando em outras bandas. — os olhos de Ícaro estavam fixos em Rhodes, esperando para ver o efeito de suas palavras. A maneira reta de lidar com os problemas da vida sempre foi para Ícaro como no campo de batalha: problemas para combater rápida e precisamente.

Mas aquele sentimento novo que crescera rapidamente em Rhodes — que nunca se prendera a ninguém —, o transformou em poucos dias. Sempre brincalhão e agitado, agora parecia calmo e resignado. É tão curiosa a forma como os humanos lidam com o amor; ele sempre os transforma. Nada será como antes depois do amor.

— Não me leve a mal, Ícaro, mas você deveria ser o último a me pedir para desistir de alguém.

— Eu sei... não sou um bom exemplo neste caso. Talvez por isso mesmo eu seja a pessoa certa para lhe dizer o quanto nos é retirado quando amamos alguém que não está disponível para nós.

— Bem, mas no seu caso valeu a pena, não?

— Sim, valeu. Não me arrependo de nada. — Ícaro passou a mão na cabeça de Rhodes, ele o amava como um filho. — Mas no seu caso, você há de reconhecer que as coisas estão um pouco mais complicadas.

— Complicadas. Não impossíveis.

— Mas a moça tem um pai que parece um lobo dos Alpes. Além disso, como eu lhe disse, eles partirão em poucos dias.

— Então vou fazer como o meu pai fez muitas vezes na vida: vou deixar nas mãos dos deuses.

O Vento

Essa minha mania de me colocar no lugar dos humanos já está me fazendo achar graça da minha condição. No momento me pergunto se — caso estivesse no lugar de Rhodes — eu me manteria calmo e disciplinado, como ele está agora. Mirta, Tumbo e Ícaro não ousavam tocar no assunto Amarantine, era como se fosse um pacto silente que sequer foi combinado entre os três. Eles sabem, assim como eu, que ela não é mais uma das investidas corriqueiras de Rhodes. Acho que viram uma luz se acender dentro dele e por isso não ousam apagá-la.

    O compromisso com os *sagitarii* seguiu firme, intacto. Rhodes tinha muito em comum com seu pai. Nenhum amor conseguiu desviar os planos de César, nem Mirta, nem Cleópatra, nem Sevília. O homem olhava para a frente e chegava ao ponto que havia traçado naquela mente arguta e indecifrável. O filho de César tinha essa característica. Era a linhagem dos Iulius. Otaviano também era assim, mostraria isso ao longo de décadas. Por isso a seta, a flecha na vida de Rhodes, como um símbolo ancestral que o próprio César não notara pertencer aos Iulius, foi percebida com naturalidade por Rhodes — também filho da Gália mágica. E foi a flecha que fez Rhodes manter seu equilíbrio mesmo com a ameaça de ver Amarantine partindo. Tenho para mim que a cada flecha lançada no treinamento dos arqueiros, Rhodes fazia um pedido: "que Amarantine não parta", "que seu pai desista de ofertá-la ao druidismo", "que a Caravana não passe na Narbonesa"... Eu sinto isso, sinto fortemente porque, como já disse, eu e Rhodes somos muito parecidos.

Já tinham se passado alguns dias desde a última vez que ele a vira, na noite da bebedeira. Nem Rhodes se fez ver no centro da aldeia, nem ela, por força do destino, passou pelos mesmos cantos que ele. Os sagitarii teriam que partir em missão dali a três dias. Pela primeira vez, Rhodes se apresentaria pessoalmente diante de Otaviano, aliás, diante de seu exército romano, nas imediações de Roma. Isso trouxe uma chance de tirar o pensamento daqueles cabelos ruivos, dos lábios desenhados de Amarantine. Mas também o afligiu. Quanto tempo ficaria longe da aldeia? E quando voltasse, certamente ela já teria partido ou com seu pai ou com a Caravana de Druidas. O pensamento de Rhodes não parava e, se parasse, o esvaziaria.

Naquele dia ele não voltou do interior da floresta, onde os sagitarii se reuniam em treinamento. Despediu-se de todos os arqueiros e os dispensou. Disse que treinaria mais um pouco, talvez até dormisse por lá, como em tempos passados em que ele estava muito excitado com o fato de ser um líder sagitarii. Havia suprimentos por perto: água eles buscavam num córrego próximo que vinha descendo suave de um afluente do Rio Durance. Era tão fresca que não havia como negar sua nascente: os Alpes Cócios. Quanto ao que comer, Rhodes sempre pôde contar com o exagero de Mirta, tanto que sempre dividia com quem não tinha nada.

Então ele ficou. Reuniu todas as flechas usadas naquele dia de treinamento. Colocou-as nos cestos de palha, ao seu lado e aproveitou o fim da luz do dia para pôr em prática um treino exaustivo que o levasse ao cansaço máximo e lhe permitisse então, uma noite de sono profundo em que ele pudesse esquecer Amarantine.

Rhodes estava com um cento de flechas ao seu dispor. Começou a lançá-las no tronco de um cipreste bem distante, talvez a cinquenta passos dali. Criou uma linha imaginária entre eles. Respirou bem fundo e pensou na importância da primeira flecha. A número um, o início. A força motriz e inicial. De repente, ele se deu conta de que aquela moça ruiva também representava o "um" em sua vida. O primeiro amor, talvez, quem sabe, e se dependesse dele, o único amor.

Rhodes foi lançando suas flechas, uma a uma. Cada vez mais rápido, com força, acertando o tronco, errando, rápido, rápido, sem notar, sem contá-las. Quando errava seu alvo corria até as flechas perdedoras e as quebrava para se lembrar de confeccionar aquele número e nunca mais repetir aqueles erros. Eram rituais que ele próprio criava para se aprimorar. Ninguém no mundo cobrava tanto de si mesmo como Rhodes.

Suas mãos já estavam feridas, como no passado em que ele queria provar seu valor. Mas ele não se importou. Desta vez não haveria ninguém para ver suas feridas, nenhum mentor. Nem Bautec, nem Cohncot. Somente ele e suas flechas, testemunhados pelos seres vivos e invisíveis da floresta allobroge. E eu.

Suas mãos começaram a sangrar e ele fez ataduras com trapos de algodão que carregava no fundo de uma sacola. Scrix pastava ali por perto, ignorando a postura atípica de Rhodes. Aquele cavalo era sábio.

Eu subi um pouco, como se precisasse de ar em meio àquela cena tediosa de lançamentos de flechas. Naquela tarde, nada de mais interessante aconteceria, além do treinamento, ou seria autopunição? Bem, não vou criticá-lo. Cada um faz o que pode para suportar a dor do amor. Como tudo, quando nasce, isso sempre causa dor.

Lá de cima eu podia vê-lo como um pequeno ponto no centro da clareira natural da floresta. Era uma tortura. Então me expandi. Eu precisava me livrar da angústia de Rhodes. Sou grande, vasto, mas isso não significa que também não fique exaurido. Como qualquer outro ser, posso me exaurir por angústia e sofrimento. Mais até do que os humanos, porque, como digo: tenho minhas limitações.

Lá de cima avistei uma imagem que parecia improvável. Cabelos ruivos revoavam na trilha da aldeia em direção à floresta, encimados num belo animal que eu conhecia, o cavalo de Amarantine. Eles seguiam com muita pressa para dentro da floresta, como se fugissem de algo. Rapidamente desci, eu precisava preparar Rhodes para aquilo, afinal ele estava tão absorto em suas flechas que poderia não ver Amarantine passar dentre as árvores frondosas da floresta. Então soprei para baixo e revoei na clareira, levantei um pouco de terra e folhas secas. Rhodes parou por uns minutos; aquele meu estardalhaço atrapalhou seus planos de lançar suas infindáveis flechas e a ausência de sons ampliou o ritmo dos cascos de Homero cada vez mais. Isso despertou Rhodes. Ficou atento na direção do galope. Pensou que fosse Tumboric, procurando-o para que viesse para casa. Quem além de Tumbo viria atrás dele, naquela parte da floresta onde somente os homens do exército costumavam ficar? Então Rhodes foi tomado de assalto pela imagem de Amarantine, diante dele, como uma aparição no meio do terreno circular que o dividia do seu alvo, a cinquenta passos. Ela estava ali, diante dele, inexplicavelmente, com ares de pressa, afoita, como se tivesse cavalgado de Roma até lá num só sopro. Por uns segundos, Rhodes se deixou levar pela visão; embora soubesse que era verdade, tudo lhe parecia, inexplicavelmente, irreal.

Amarantine acalmou Homero, segurou firme as rédeas enquanto olhava fundo para Rhodes. Naquele momento, percebi que ela tinha um propósito e não estava perdida, cavalgando a esmo, como me pareceu lá de cima. Assim como as flechas de Rhodes, ela tinha um alvo e era o meu amigo. Talvez o surgimento de Amarantine tenha despertado os sentidos de Rhodes e de maneira instintiva ele apertou seus ferimentos contra as faixas de pano amarradas minutos antes.

Eles não falavam. Isso me deixou indócil. Estão tão acostumados às palavras, que quando se calam, assim como nós — os Naturais —, nos causam espanto.

— Eu precisava... precisava... — Amarantine saltou de seu cavalo, depois que o animal se acalmou. O deixou solto, nem sequer preocupou-se em amarrá-lo. Acho que naquele momento ela queria que tudo desfrutasse de liberdade.

Rhodes pensou em perguntar se ela precisava de ajuda, se havia se perdido... mas calou-se.

Amarantine aproximou-se de Rhodes sem tirar os olhos dele, caminhando em direção ao centro da clareira e somente a três passos de distância pendeu o olhar até as mãos feridas de Rhodes, onde o sangue vencia as ataduras.

— Você se feriu... — sussurrou, e imediatamente tentou ajudá-lo.

Rhodes não disse nada, somente a olhou notando o suor em sua fronte, onde os fios jovens grudavam na testa. A face avermelhada, os lábios desenhados e ligeiramente fartos, os olhos azuis e penetrantes... alguns pontos em tom de terra espalhados pela pele. Amarantine tinha os tons do outono.

— O que faz aqui? — o tom de Rhodes me surpreendeu, foi quase uma advertência. Pelos deuses! O que deu no meu amigo? Não queria ser interrompido? Nem mesmo... por ela?

Amarantine balbuciou alguma coisa, parecia constrangida, desajeitada. Havia perdido a coragem?

De repente Rhodes a puxou para si. E a beijou! E Amarantine correspondeu... as mãos feridas dele se encontraram nas costas da moça, num abraço cheio de calor e, naquele momento, os dois tinham as cores do fogo que, pouco tempo antes, pareciam pertencer somente à ela. O vestido dela capturou vestígios de sangue e os dois só se deram conta disso muito tempo depois, deitados sobre a terra. Só então finalmente disseram algo.

Com o dorso da mão, Rhodes afagou o rosto dela. Ele estava mergulhado nos minúsculos traços de sua íris, catalogando todos os tons de Amarantine. Eles não chegaram a consumar seu amor, mas os abraços e beijos que ela lhe dera, bem como o ritmo acelerado de sua respiração, não deixaram dúvidas de que ela o queria. Mas isso, ele não ousaria roubar-lhe. Ele não sabia se aquela ida à floresta significava alguma mudança nos planos dela, e até que ponto, afinal, ela estava destinada a ser uma druidisa... e estava claro que se isso fosse cumprido, não seria por sua vontade. Amarantine estava apaixonada tanto quanto ele e por isso tinha sido algo tão forte; desde o primeiro instante em que a viu, Rhodes sabia que o sentimento dentro dele era o mesmo dentro dela e seria para sempre uma eterna lembrança daquilo que eu, infelizmente, jamais senti.

— Por que você veio aqui? Estava à minha procura? — perguntou ele. O rosto de Amarantine estava no peito de Rhodes, enquanto ele a abraçava.

— Sim, eu estava à sua procura. Seu irmão me indicou o caminho.

— Está indo embora? — perguntou.

Ah! Eu bem sei que Rhodes temia aquela resposta, mas era um rapaz corajoso.

— Ainda não, mas meu pai é imprevisível. Se a lua o disser, teremos de partir amanhã, e assim será.

Rhodes suspirou profundamente e Amarantine ergueu a cabeça para fitá-lo.

— Não quero ir, quero ficar aqui. Você quer que eu fique? — ela era tão tímida, mas ao mesmo tempo tão profusa.

Eu estava feliz, por Rhodes, e por ela também, mas extremamente surpreso com toda a rapidez daquele sentimento. Se eu não tivesse testemunhado aquele encontro, não acreditaria. Deve ser algo muito forte mesmo, esse tal amor. Ou, quem sabe, teriam sido as flechas de Rhodes... tenho certeza que ele exerce magia sobre elas. Fustigou suas mãos como forma de sacrifício. Certamente, foi isso! É que os descendentes de deuses possuem mesmo algum poder.

— Quero que você fique para sempre.

Então Rhodes a beijou mais e mais enquanto o resto de luz do dia sumia no horizonte. Contaram um pouco de suas vidas, em recortes longos que sinalizavam os marcos mais importantes: Rhodes contou sobre Roma, lembrava pouca coisa, sobre como ganhou um irmão, sobre sua relação com Ícaro e Cohncot — os dois homens que ele mais respeitava. Sobre seu pai, nada disse. Amarantine falou dos avós, da saudade que sentia deles, da relação com o pai que ela amava, mas a quem, no entanto, ela não estava mais disposta a seguir como uma missionária, na certeza de que havia nascido comprometida com o celtismo, de que sua avó havia vaticinado seus dons, dos sonhos e premonições que sempre tivera desde menina, e também da certeza de que ela e Rhodes se conheceriam, pois já havia sonhado com ele, ainda na Germânia.

— Isso é verdade? Então já estava à minha espera? Eu acredito que isso possa acontecer... minha mãe, assim como você, também pode antever o futuro, mas ela não gosta de falar sobre isso.

— Eu não posso prever o futuro, a bem da verdade. No entanto, algumas vezes vejo rostos desconhecidos e eles surgem acompanhados de emoções, às vezes boas, às vezes más. — a voz de Amarantine era suave e baixa, encantadora.

— E o meu rosto, estava acompanhado de que emoção?

— De uma que eu jamais havia sentido. Essa que me fez cavalgar até aqui, sem temer meu pai ou qualquer outra pessoa. Aliás, sem reconhecer meus próprios instintos.

— Jamais senti isso por outra pessoa. Eu nunca sonhei com você, mas creio que a esperei por muito tempo.

Nem Rhodes nem Amarantine precisaram de palavras depois daquele momento. Eles se encontraram quase todas as tardes ali, durante muitos dias. Quis o destino que Macarven adoecesse, talvez pela ingestão de algum alimento ao qual não estava acostumado. E Rhodes deu graças aos deuses. O homem nada dizia quando via a filha retornar, já no início da noite. Somente perguntava se ela estava bem, já que parecia ter gostado muito dos allobroges. A moça apenas respondia com pureza d'alma que estava muito contente com aquela gente. Macarven bebericava um chá enviado por Mirta e lançava um olhar comprido para a filha.

Eu fiz questão de passar algumas horas perto dele, porque me parecia que tudo estava fácil demais para aqueles dois enamorados. Tudo que notei foi a melancolia do homem, que não provinha de seu recente mal-estar, mas de feridas que teimavam em não cicatrizar porque o ferimento da culpa costuma ser muito profundo.

Quando Macarven olhava para a filha, eu via muito amor em seus olhos e também uma imensa sensação de perda, como se ela nunca tivesse, de fato, sido sua. Eu me compadecia dele e, por um longo tempo, nem soube o porquê.

A sorte estava mesmo ao lado de Rhodes, pois nesse mesmo período Ícaro lhe informou que Otaviano mandara uma mensagem suspendendo a ida dos allobroges para Roma. Ele precisava de mais tempo para a construção de algumas galeras que ele mesmo queria supervisionar. Por isso, preferiu manter os homens em suas terras, assim, teria que alimentar menos bocas.

Em uma dessas tardes, Amarantine chegou acompanhada de Tumbo e Brígida. Levaram mais suprimentos, cobertas, e material para montar duas barracas. Rhodes olhou surpreso para ela. Será que tudo aquilo era mesmo o que ele estava pensando?— Vamos, não fique aí parado com essa cara, ajude-me a montar nosso acampamento. Ou quer que as moças façam isso? — Tumboric quis desfazer a expressão de Rhodes, incrédula, que o deixava com aquela cara abobada. Quando estavam mais afastados, colocando o toldo por cima das estruturas de madeira, Tumbo sussurrou: — O que você tem? Não estou te reconhecendo... cadê o garanhão allobroge?— Não é isso, Tumbo. Amarantine está prometida para o celtismo, embora não queira. Não sei até que ponto posso ir, sem a anuência do pai dela.

— Anuência do pai dela? O que deu em você? Nunca foi de se importar com isso.

Tumboric às vezes não tinha a menor paciência para meandros. Era como Ícaro.

— Quero fazer a coisa certa com Amarantine. Quero me casar com ela.

A ripa de madeira que serviria de parede para a cabana caiu no pé de Tumboric, tamanho susto que levou.

— Casar? — perguntou, meio bravo, meio assustado.

— Sim, isso mesmo que você ouviu. Nos moldes da religião.

— Está louco?! O homem não vai permitir...

— Então fugiremos. — enquanto fazia as amarrações, Rhodes rebatia todas as implicações que Tumbo apresentava.

— Vocês não têm para onde ir. Viveriam de quê? Dormiriam onde?

— Tumbo, fique calmo. Para tudo tem um jeito.

— Ah, sim! Falou o senhor encrenca... É cada uma...

— Não se esqueça de que eu sou o irmão mais velho. — Rhodes disse isso piscando para Tumbo e já sabia que o irritaria mais ainda.

— Pois não parece. Você parece mesmo um bebê, se borrando pelas pernas.

Depois disso, os dois simularam uma luta de irmãos, só de brincadeira. Mas Amarantine se assustou.

— Fique calma. É briga de irmãos... eles sempre fizeram isso. — Brígida estava enchendo um pote de água fresca.

— É mesmo? Nunca vi algo assim.

— Você não tem irmãos? — perguntou Brígida, enquanto levantava uma parte da barra de seu vestido para não molhá-lo na margem do rio.

— Não. Somos apenas eu e meu pai... E você, tem irmãos?

Brígida preferiu desconversar, mas respondeu à Amarantine:

— Tenho dois. Mas somente um vive comigo. Não tenho muito tempo para ele, é bem menor do que eu.

Amarantine assentiu com a cabeça, mas não tirava os olhos dos irmãos. Parecia não entender que aquilo fosse uma brincadeira.

Somente quando ambos se levantaram sacudindo a poeira das vestes, assimilou tudo aquilo. Então Tumbo e Rhodes foram reunir lenha para a fogueira.

Naquele período quase não pude fazer-lhes companhia. Fui puxado para Roma, assim, sem mais porquê. Tudo que fiz foi imaginar os quatro, se amando, se divertindo e torci para que tudo ficasse como estava. Já longe da Gália, ocorreu-me um pensamento ruim que eu quis afastar de imediato: algo de inesperado romperia aquela parte feliz de suas vidas, tornando aqueles dias irremediavelmente inesquecíveis. No entanto, eu nada saberia até poder, sabe-se lá quando, regressar à Gália.

Até lá fiz o meu melhor para abrandar os ânimos da Cidade. As velhas pedras de Roma ficaram felizes ao me sentir. Eu as refrescava, mas era mesmo a chuva quem cumpria esse papel melhor do que qualquer outro Natural. No início da noite eu passava pelo Palatino, circulava a colina e me erguia sobre os longos ciprestes de copas achatadas, passava por dentre os galhos para me perfumar no aroma silvestre dos pinhos e me sentia bem. Depois, passeava pela Casa das Vestais, via Idália apagar a vela na Biblioteca e descansar a pena na tina de nanquim e ela, de posse de um molho de chaves pesadas, partia ao encontro de Cecília e Agostina. Elas, assim como Mirta, ganhavam traços maduros, expressões profundas e exalavam suspiros longos... é deste modo que as mulheres amadurecem. Estar com elas é como estar com Mirta, e isso me acalma.

Hoje ficarei por aqui. Não importunarei a chama de Vesta. Tudo está tão sereno.

CAPÍTULO XXVI

RHODES E AMARANTINE

R hodes tinha um olhar messiânico, atingindo seu ponto máximo na ternura. Ali, sentado ao lado da mulher que amava e sem saber o que fazer com as lágrimas de Amarantine que rolavam sem intervalos, Rhodes tirou de seu arsenal íntimo a capacidade de homem protetor. Trouxe a cabeça confusa de sua amada suavemente para junto de si, como se a convidasse para dançar ao som cálido das despedidas.

Finalmente Macarven comunicou a Amarantine a data da partida: em dois dias deixariam os allobroges. Por muito tempo, Rhodes doou-se em silêncio, aprendera com sua mãe que o conforto nem sempre se utiliza de palavras. Esperou pacientemente até que o choro de Amarantine parasse de transbordar. Aproximou seus lábios da testa feminina e beijou-a suavemente, sentindo o resquício dos soluços. Depois, retirou com cuidado o elmo de sua casta bretã, um objeto esculpido preciosamente com nós celtas sobre o ouro do adereço, intercalados por cabeças de cavalos, símbolo de tribos guerreiras, e pousou-o sobre a mesa de pedra. Passou os dedos por trás da cabeça de Amarantine, afundando-os sobre os fios vermelhos, como tivera vontade de fazer desde a primeira vez que a viu, e olhou-a fixamente tentando trazê-la para o remanso lago de amor e ternura que havia criado para eles dois. Beijou-a nos lábios, sentindo um ir e vir na respiração, e com a paciência de um desejo cauteloso para não deixá-la partir. Amarantine não partiria, a não ser para dentro dos planos de Rhodes, e dali para a frente só o abandonaria por outro grande amor.

Dos lábios até o pescoço delicado da moça, Rhodes beijou centímetro a centímetro até encontrar a fronteira dos seios, até então intocados por mãos masculinas. Em poucos minutos, Amarantine saltou do pranto rasgado pelo abandono até a instigante sensação dos desejos carnais, e seu estômago resfriava rapidamente causando uma sensação a que ela não estava acostumada. Enquanto o fogo estalava a poucos passos dali, Rhodes e Amarantine procuravam um espaço onde pudessem se deitar, no solo sadio das florestas gaulesas. Ali ele a possuiu como se ela sempre tivesse sido sua, com os contornos de um amor prometido, assim como havia ouvido nos contos dos bardos.

O corpo de Amarantine cheirava a cedro. Era como se ela tivesse nascido com raízes tão fortes e profundas como as da árvore, e seus braços seriam como delicados galhos a conduzir a penetração de Rhodes no ritmo apaixonado de seu prazer. Como fazem os novos e jovens amantes, amaram-se até os primeiros raios de sol e depois daquela noite parecia não haver dúvidas sobre o amor que sentiam um pelo outro.

Depois do amor consumado, Amarantine prometeu que diria a seu pai a verdade: não partiria com ele e se casaria com Rhodes. Mesmo que isso causasse uma dor profunda em seu pai, mesmo que — ao contrário do que ela desejava — seu pai a abandonasse para sempre. Se ele de fato a amava, jamais a colocaria à margem de sua vida. Assim, oas dois mantes se sentiram confiantes, pensaram que não se tratava, afinal, de nada impossível para suas vidas. Causaria contrariedade para Macarven, estranheza para um ou outro, mas valeria a pena, porque o tempo era capaz de curar qualquer desses sentimentos.

Mirta chegou na cabana a tempo de ouvir a conversa dos filhos.
— Ah! Seja sincero, Tumbo, você gosta dela... Eu sei. — Rhodes tentava arrancar de seu irmão a verdade sobre os sentimentos que nutria por Brígida, mesmo sabendo que isso seria difícil, pois Tumboric era fechado como uma ostra.
— Gosto sim... Gosto dela bem longe de mim. — Tumbo arquitetou uma expressão taciturna para dar por encerrada aquela conversa. Ele não abriria sequer uma brecha, mas sabia que Rhodes não se daria por vencido.
— Não sei por que reluta tanto em admitir isso. — agora ele investiria com a velha tática de tirar Tumboric do sério. — Toda a aldeia sabe que você visita Brígida de vez em quando, pensa que não vemos?

Inevitavelmente, o fato de viver numa aldeia limita a privacidade. Estar fora do perímetro de vigilância de algum desocupado era uma proeza. Tumboric detestava isso, principalmente em se tratando de sua vida íntima. O que ele queria de Brígida e o que ela podia lhe dar, era assunto somente deles dois.

— Rhodes, eu não fico lhe questionando sobre o que fará de sua vida. Se vai se casar com Amarantine e como fará para dispensar as mulheres com quem dormia na aldeia antes de Macarven chegar aqui com a filha. Deixe-me em paz!

Somente neste momento Mirta interferiu.

— E você vai, meu filho, desposar Amarantine?

— Sim, minha mãe.

A mãe de Rhodes conhecia sua determinação, ele não estava brincando. Mirta sentiu uma ponta de preocupação ao pensar até que ponto Macarven estaria disposto a impedir que os sentimentos de Amarantine e Rhodes culminassem num casamento. O homem queria transformar a filha numa sacerdotisa a qualquer custo, e por alguns momentos Mirta pensou se ele próprio, Macarven, se via obrigado a isso. A viagem para Roma estava próxima, Mirta havia convencido Ícaro de levá-la na ocasião em que Idália daria uma resposta a Claudius Livius, mas a gaulesa não partiria num momento assim, em que seu filho poderia precisar da família. Um casamento era algo muito sério para os celtas. Decidiu ir, ela mesma, falar com Macarven. Fez isso naquele mesmo dia. E a coisa se deu mais ou menos assim:

— Já imaginava que viesse ter comigo — iniciou o bruxo averno.

— Nossos filhos se amam. Não me parece que o druidismo conseguirá impedir Amarantine de viver este amor — respondeu, sem rodeios, a curandeira.

— Não cabe a ela essa decisão.

— Não? E que fé é essa que obriga as pessoas? Por acaso você pensa que o druidismo ganhará algo com isso, rompendo o que para nós, celtas, é sagrado: o amor?— Nós, celtas? Como uma mulher como você, que serviu a deuses romanos, pode falar em nome do celtismo?— Falo com propriedade sobre duas religiões. Elas me fizeram forte para enfrentar pessoas como você. — Pessoas como eu... como se atreve!? Eu sou um druida! E você é uma camponesa apenas.

— Muito bem, se você é um druida, haja como tal, respeite as leis sagradas do celtismo, livres, isentas de manipulação. Esse é o verdadeiro celtismo, cuja matriz alimenta o espírito em ascensão.

— Minha filha ascenderá em fé, no lugar e com as pessoas apropriadas. — Esta é uma decisão sua, e não dela. — Ela fará o que eu decidir. — Não se estiver em terras allobroges. — Do que está falando? Pensa que meus companheiros sacerdotes passarão por cima das minhas ordens, em relação a minha própria filha?— Por cima de suas ordens, não, mas a favor nossas próprias leis, sim. — Que leis? — neste ponto Macarven sentiu-se inseguro, sua voz saiu inconsistente.

— Somos um povo organizado, Macarven. Temos nossas leis e, sobre a fé, ela é escrita.

A maioria das leis, canções, dos ritos e calendários celtas eram orais, para evitar que outros povos jamais conhecessem suas tradições. Mas algumas, que variavam de um povo para outro, foram escritas através de séculos. Então, o que Mirta estava fazendo era invocar algumas dessas leis, jogando-as contra Macarven e a favor de Rhodes e Amarantine. Ali, em território allobroge, e ainda, com um membro allobroge envolvido, a Lei Matrimonial dos Allobroge seria aplicada, caso os nubentes desejassem ou precisassem, o que era o caso de Rhodes e Amarantine.

Macarven era um homem experiente. Se o que Mirta estava falando fosse verdade, nem mesmo sua autoridade de pai e druida surtiria efeito. Seria vergonhoso afrontar uma lei escrita, já que isso era uma exceção entre os celtas. Se a lei era escrita, teria de ser cumprida ainda mais.

— Se não acredita em mim, vá até Cohncot, pergunte você mesmo. Macarven estava com os olhos arregalados, a respiração descompassada. Era um homem alto, de porte nobre — uma de suas mais fortes características —, mas de súbito se perdeu e Mirta, por sua vez, deixou a atitude combativa de lado abrandando a voz. Então, aproximou-se um pouco do pai de Amarantine.

— Ouça, Macarven, sei que não gosta de meu filho, não porque o conhece e a partir de então pôde tirar suas próprias conclusões, mas sim porque ele é filho de César e isso é algo impossível de mudar. Mas lembre-se que sua atitude para com ele é a mesma que muitos gauleses, entre eles druidas, tiveram contra você anos atrás, quando sequer lhe deram a chance de provar sua inocência, de provar sua lealdade. Se me permite dizer, eu mesma nunca duvidei de sua lealdade e mesmo vendo em seus olhos a raiva que nutre pelos romanos, precisamente por César, jamais duvidei de sua fé. Aprendi a separar o joio do trigo, mesmo sendo uma simples camponesa.

Se as palavras sinceras não possuíssem um tipo de magia só delas, o mundo de hoje seria completamente diferente. Eu lhes asseguro, as coisas estariam bem piores. Talvez por isso, Macarven — não sem antes se certificar das leis allobroges — tenha finalmente aceitado o pedido de Rhodes para desposar Amarantine. Cohncot, no lugar de Ícaro, fez o papel de pai do noivo e foi com ele até a presença de Macarven. Isso tornava as coisas mais fáceis para Rhodes e delicadas para o pai da noiva. No entanto, com o passar dos dias, talvez pela felicidade solar dos noivos, ou pela forma como os próprios allobroges agora o tratavam — não somente com deferência, mas também com genuíno carinho — Macarven finalmente assimilou a mudança de planos de sua filha. E, por fim, aproximou-se de Rhodes inesperadamente, numa daquelas noites. Estavam todos próximos da fogueira, conversando ao redor da comprida mesa de carvalho. Todos mesmo.

Amarantine, por um capricho do destino, vestida como uma fada, de mãos dadas com Rhodes; Cohncot na cabeceira, de posse de uma taça feita de prata na qual o vinho gaulês se fazia presente; Bautec com sua Leon Nora — sempre com ares de rainha allobroge —, e Ícaro não muito distante de Mirta, que naquela noite parecia feliz, com Tumbo ao lado dela, como um guardião. E eu, completo de alegria por estar assistindo a mais um dos recortes de felicidade do meu amigo Rhodes. Eu os coleciono.

Então, como que num gesto que concretizava o sentido de felicidade, Macarven se aproximou da mesa. Precisamente atrás de Rhodes:

— Levante-se Rhodes. — disse, num tom muito particular, quase solene. Cohncot era o único ali que sabia o que estava para acontecer.

Rhodes o obedeceu, sem saber se perderia a chance de desfrutar uma noite tão agradável. Estava prestes a se casar, depois disso serviria ao exército allobroge em mais uma missão ordenada por Roma, sua mãe e Ícaro finalmente assumiam seu relacionamento, Tumbo e Brígida em breve seriam os próximos. Então, nada de ruim poderia acontecer, a menos que Macarven quisesse.

— Em breve você será meu filho, e cuidará de Amarantine, muitas vezes, como um irmão. Então... — nesse momento, Macarven tirou do dedo mínimo um anel de incrustação jamais vista. Era a maior pedra turquesa que Rhodes, e talvez todos naquela mesa, já tinham visto. Macarven colocou-o no dedo de Rhodes, cuidadosamente. Coube como que por encomenda. Depois disso, olhou fundo nos olhos de Rhodes e creio que viu um menino feliz lá dentro. Os dois se abraçaram pela primeira vez. Um abraço de guerreiros, forte e curto. Amarantine tinha os olhos molhados e um sorriso que mostrava todos os seus alinhados dentes. Mirta também se emocionou e fingiu não notar o ciúme de Ícaro na condição de pai que sempre foi de Rhodes.

Assim, posso dizer que esse dia foi um dos que mais sinto falta desde que passei pela vida dos allobroges, porque nunca mais vi todos esses seres particularmente especiais reunidos ao redor de uma mesa de carvalho.

CAPÍTULO XXVII

UMA IDEIA PERIGOSA

Mirta daria tudo para voltar a Roma ao menos uma única vez na vida, sentir o cheiro da confusão do Fórum, ouvir o som do Rio Tibre em dias de chuva, ofertar flores de verbena a Vênus, passear pelas colinas em dias de Vestália... tudo que fizera parte de sua vida sacerdotal em seis anos de sacerdócio e que passara tão lentamente no início de sua vida perigosamente arquitetada; agora, no auge de seus anos, parecia-lhe algo muito mais simples do que viver longe de Roma. Muito estranho como tudo na vida dos humanos pode se reverter de um polo ao outro, como na inversão do tempo contado pela ampulheta: os mesmos grãos de areia regressarão escorregadios e apressados para o fundo do vidro, mas não serão os mesmos de antes porque estarão numa nova tarefa imposta pelos universos paralelos. Nunca seremos os mesmos na indubitável lei do tempo, logo, tudo será possível enquanto atravessamos esta vida na vigília da história.

Mirta sorria por isso. Por desejar, ali no seio da sua amada Gália por tanto tempo tão desejada quanto a Roma de agora, estar em outro lugar. A ampulheta da vida no movimento incessante de reverter a contagem dos universos paralelos jamais nos isenta da saudade. Outro dia mesmo eu estava pensando sobre isso: os homens atribuem muitos sentimentos e qualidades às suas vidas: coragem, inteligência, astúcia, amor, orgulho... tantos são os elementos que permeiam uma vida humana. Mas será que a maioria dos homens reflete sobre a importância da saudade em suas trajetórias? Muitas vezes creio que ela seja na verdade a mola mestra do mundo. É claro, depois de um certo número de anos vividos. É preciso viver com consciência para se sentir saudade. É preciso experimentar aquilo que nos é valioso, prazeroso, às vezes, ímpar.

Saudade. Poderosa mistura formulada pela lembrança. Talvez a saudade sequer necessite de lembranças, é como uma marca na pele; sabemos que está ali somente ao passar os dedos sobre ela. Mirta agora estava a passar os dedos delicadamente sobre o cheiro da casa vestal, sobre a chama de Vesta no Templo, sobre as risadas com Idália e Agostina, sobre as carpas que nadavam nos tanques da casa. Mirta estava embalada pela saudade girando ao redor da Roma Quadrada. Veio o alecrim. As pedras úmidas no inverno que muitas vezes evocavam também o cheiro lúgubre de urina — nem sempre o saneamento da cidade cumpria seu papel —, mas isso tudo era Roma, e Roma, assim como os homens, era cheia de beleza, mas também de defeitos.

Agora tudo lhe parecia tão claro: Roma era o sangue nas veias dizendo a ela que estava viva, correndo rápido para pulsar a existência e a Gália... a Gália era tudo que só a alma sabe ser.

Será que Mirta se arriscaria para viver um pouco mais disso tudo, agora que Rhodes já era um homem e estava prestes a formar sua própria família com Amarantine? Tumboric parecia aos poucos mais aninhado à Brígida e as coisas em Lugdunum tinham um aspecto menos movediço com os romanos. Será que aquela era a sua derradeira chance de arriscar?

O convite de Rúbio Metella lhe parecia tão inusitado, porém acertara em cheio o coração da gaulesa. Poder estar com Idália, abraçá-la. Poder agradecer a sua amiga por tudo que lhe dera em voto de confiança. Idália fizera com que a Mirta exercesse o direito de ser mãe. E agora, o que Idália faria com seus próprios sonhos... deixaria o Templo de Vesta e suas companheiras vestais para finalmente viver sua grande história de amor? Há 10 anos Mirta saberia responder, mas agora, que havia descoberto quantas pessoas cabem numa só, Mirta não arriscaria dizer.

Ícaro surgiu silencioso na entrada da tenda. Talvez já estivesse lá há muito tempo, no entanto, o devaneio da gaulesa sequer o notou. A ampulheta novamente contava o tempo, cada um num movimento muito particular.

— Não me diga que está pensando em responder a esse convite? — a voz do centurião rompeu a reflexão profunda de Mirta, tanto que demorou para obter uma resposta.

— Por quê Ícaro, por que eu não devo responder?

O cenho dele franziu de imediato num movimento que elevava simultaneamente sua sobrancelha esquerda. Mirta não gostava de admitir, mas isso lhe conferia um ar sensual que nascia justamente do dever que ele sentia em protegê-la. Na verdade, àquela altura, Ícaro e Mirta eram o que podemos chamar de um casal, embora ela não permitisse que isso fosse dito; preferia acreditar que estava livre, mesmo sabendo que isso era só uma questão de retórica.

— Você sabe o que pode ocorrer em Roma. Talvez o simples fato dessa resposta cair em mãos erradas lhe... aliás, *nos* causaria sérios problemas. Não preciso discorrer sobre isso, é inteligente demais para desperdiçar meu latim.

Mirta fitou-o com profundidade. Notou também como o tempo é injusto com as mulheres e solidário com os homens. Ícaro ficava cada vez mais atraente com o passar dos anos. Sua beleza amadurecia entre os vincos nas laterais dos lábios, a fronte seminua, o tom grisalho dos cabelos. Além disso, a impetuosidade cada vez mais longe deixava em seu corpo espaço suficiente para que a sabedoria reinasse soberana; isso era para ela uma apoteose no aspecto gracioso daquele homem de braços cruzados e pernas abertas — quase em postura militar — que exigia dela uma resposta.

— Sinto falta de Roma... gostaria tanto de rever Idália. — seus olhos penderam para baixo enquanto as mãos do centurião se aproximaram de seu rosto e se enroscaram por trás de sua nuca.

— Sei disso e sinto muito por você. Acredite, conheço bem esse sentimento. Pense como é para mim, ficar longe de minha casa e minha mãe. Roma é minha casa. — por um tempo Mirta se colocou no lugar de Ícaro, o que ela nunca havia feito. Ao menos desta forma, não. Às vezes, esquecia dos sacrifícios que ele fizera para estar ao seu lado. Seria tão injusto com ele arriscar sua própria vida por apenas sentir saudade de Roma, quando ele próprio — filho daquela terra — vivia tão privado dessas lembranças.

A proximidade com o corpo quente de Ícaro tornava seus pensamentos de minutos atrás completamente descartáveis. Certamente isso era uma arma dele. Mirta sabia que Ícaro não era mais uma dúvida, ele era seu amor. Por mais que se lembrasse dos tempos em que ele só recebia carinho fraternal, e que no passado ele fora apenas como um irmão, agora, depois de tanto tempo juntos, era como se aquele tempo não tivesse existido. Ela sentia sua falta na cama, sofria quando ele partia com o exército e até chorava baixinho nas noites de inverno em que a Gália estava em guerra e as mulheres não tinham notícias de seus maridos. Mirta juntava-se a todas elas, assumidamente como uma esposa saudosa.

— Podíamos ir juntos. — sua voz quase não saiu.

— Que diferença isso faria se acaso a reconhecessem? Pensa que posso matar toda a Guarda Pretoriana, ou mesmo o pequeno número de homens que faz a segurança de alguns dos senadores que a conheceram e receberam seus conselhos de vestal? Pior, pensa que posso contra o povo de Roma que, ao tomar conhecimento de sua existência, "a Vestal morta pelo Rio Tibre", cairia sobre você sem ao menos levá-la até o Monte Tarpeia?— Eles poderiam não me reconhecer...

— Ora Mirta, faça-me o favor... dez anos não a transformaram tanto assim.

Dessa parte Mirta gostou.

— Eles me conheciam sob uma veste sacerdotal. Jamais viram meus cabelos soltos, muitos sequer podiam fitar-me nos olhos. Você sabe das regras...

— A gente de Roma, eu sei, não tinha como fitar-lhe a não ser na Vestália. Mas, e os senadores, os sacerdotes... e o próprio Otaviano César!

— Muitos senadores já estão mortos Ícaro, você bem sabe o que houve após a morte de César. Augusto executou muitos deles em nome de seu tio, na luta contra os optimates. Os que sobreviveram já estão velhos e certamente pensariam que suas mentes desgastadas estavam a confundir-lhes o pensamento. Afinal, como você mesmo disse, morri nas margens do Tibre.

— Mirta, há sempre quem preserve a memória saudável, há sempre quem resista às confusões do tempo... Isso seria uma loucura! Uma loucura! — Ícaro se afastou dela em busca de um copo de vinho. Estava nitidamente assustado com a ideia de perdê-la ou ter de passar por emoções fortes. Já não era um menino e estava desfrutando de um par de anos em paz na terra dos allobroges.

A gaulesa deixou que ele bebesse uns goles, depois o abraçou por trás deixando que suas delicadas mãos encontrassem seu peito robusto. Encostou um lado da face em suas costas e disse baixinho:

— Acalme-se, não farei nada que não possamos fazer juntos.

Ícaro bebeu o resto de vinho que colocara no copo de barro, desvencilhou-se de seus braços e dirigiu-se até a porta. Mirta pensou que partiria, mas o centurião baixou a cobertura e a prendeu por dentro com os fechos de ferro que ele mesmo havia feito. Voltou para junto dela e a beijou, depois suspendeu seu vestido até o quadril e a levou para a cama. Mirta aninhou-se nele e empurrou suas calças para baixo notando que seu membro já estava ereto. Eles se amaram até que a penumbra no interior da tenda denunciou a noite lá fora.

Quando pensou que ele adormecera, ouviu-o romper o silêncio.

— Se quiser muito, irei contigo.

CAPÍTULO XXVIII

Mirta vai a Roma

"Prometa-me que ficará bem longe das vestais", "Não terei a menor chance de livrá-la da fúria dos sacerdotes, se souberem que você está viva".

Ícaro não gostava nada da ideia de escoltar Mirta até Roma. Não era apenas uma ida à cidade, acompanhada de um motivo qualquer. A relação entre os allobroges e Roma era próspera e boa, Otaviano contava com eles, como contou desde o início. Mas Mirta não era apenas uma camponesa gaulesa visitando Roma acompanhada de seu povo, ela era uma personagem desaparecida na cortina da religião romana, que fora dada como morta, mas que decerto — apesar de mais de uma década depois — não saíra da lembrança de muitos. Se Mirta cumprisse sua promessa, de ficar misturada ao povo, somente o povo, e espiar de longe a cerimônia em que Idália anunciaria sua escolha para toda a Roma, tudo podia correr bem. O trato era esse: não se aproximar de Idália, nem de Agostina, muito menos do Colégio Vestal.

- 269 -

Essas e outras recomendações foram ditas e repetidas muitas vezes. Talvez aquela tenha sido a manifestação mais assídua de amor e zelo que o centurião havia dado a ela, sem notar, contudo, que revelava à Mirta esse bem querer incondicional. Era óbvio que ele a amava. Seu medo de perdê-la se acentuava com o passar dos anos, inclusive porque — tenho para mim — a ideia de ela estar próxima de Rúbio Metella o incomodava ferozmente. No entanto, sobre isso ele não falava. Estava velho demais para cair nas armadilhas dos jovens corações ciumentos, revelando seus temores.

O que foi acertado era o melhor de todos os motivos: Otaviano queria consagrar o povo allobroge como gente amiga, numa cerimônia em que faria isso para outros estrangeiros também. Concederia honrarias, reconheceria oficialmente alguns deles como cidadãos de Roma e, é claro, os povos desses líderes se sentiriam igualmente contemplados. Uma propaganda da paz. No futuro, o jovem triúnviro Otaviano provaria para todos o seu compromisso com a paz. Cohncot e Bautec levariam parte de sua gente como convivas dos allobroges, e Mirta estaria dentre eles no papel de curandeira mesmo — como era conhecida dentre seu povo. Isso os romanos não questionariam, sabiam que os gauleses, assim como eles, tinham seus próprios deuses, tinham uma relação própria com a medicina. Além disso, estariam todos, como sempre, entretidos com os olhos nos poderosos. Tanto o povo de Roma, como os estrangeiros. Os espetáculos públicos tomavam como de assalto a atenção de todos. *"Quem prestaria atenção numa mulher vestida com andrajos, encapuzada, no meio de um povo estrangeiro ainda considerado bárbaro"?* Era isso que Mirta respondia para Ícaro quando os olhos romanos daquele centurião a investigavam, como se quisessem saber algo mais nas intenções de Mirta. Mas isso não trazia paz para Ícaro. Seu faro militar não estava satisfeito.

Rhodes e Tumboric prometeram cuidar da casa. Tumboric, principalmente, comprometeu-se em inspecionar os potes com as ervas e aplicar — caso fosse necessário — seus conhecimentos medicinais. Ele não era mais o aprendiz de Mirta, mas reconhecia o valor dos ensinamentos que recebera e a importância disso para o equilíbrio da aldeia. Se não fosse pelo fato de estar completamente apaixonado por Amarantine, Rhodes certamente faria questão de ir com sua mãe, mesmo sob os protestos dela. Por isso Mirta julgou providencial a data em que ocorreriam os eventos em Roma. Ela voltaria a tempo para o casamento de seu filho.

— Minha mãe... isso tudo não é arriscado demais? Afinal, sabemos o que pode acontecer se a reconhecerem.

— Fique tranquilo, não confia na astúcia de sua mãe?

De repente, os dois riram porque soou como se os papéis estivessem invertidos naquela conversa.

Ícaro interviu:

— Ela prometeu que irá se comportar, não é curandeira?

— Sim. — Mirta bateu continência para ele e os três acharam graça.

Dez dias depois

Faltava bem pouco para chegarem a Roma. Aproximadamente meia parte do dia. A comitiva allobroge não possuía mais do que cinquenta pessoas, entre elas os nobres gauleses com suas esposas, dez membros de cada uma das principais patentes do exército — équites, arqueiros, soldados da infantaria e lançadores. Ícaro vinha cavalgando ao lado de Cohncot enquanto Mirta preferira uma liteira na companhia de Leon Nora, a mulher de Bautec; e como não poderia deixar de ser, em se tratando da comitiva allobroge, Cohncot liderava o séquito. Ícaro há muito não se preocupava em atravessar as fronteiras entre as províncias na companhia dos gauleses. Ele ficara, com a chancela do senado, designado para o cargo vitalício de tenente da Narbonesa a serviço de Roma. Tal benesse havia sido concedida por Marco Antônio, quando da batalha primeira contra os carnutes, anos antes. Otaviano César, como agora gostava de ser chamado o futuro imperador de Roma, por sua vez, não suspendera a patente e Ícaro dava graças aos deuses.

Em verdade, Ícaro se tornara caro para os allobroges. Tinha uma história dentre aquela gente, esteve junto deles em momentos cruciais e já não precisava provar sua lealdade aos filhos de Belissãma. Era um homem inteligente, aproveitara sua experiência no exército romano para organizar alguns contingentes do exército gaulês. Tal ação era realizada de forma silenciosa, sem despertar a atenção de Roma, contudo, era visivelmente notada pelos nobres allobroges. Por isso seguia ao lado de Cohncot, como um lictor, um aprendiz, um soldado de confiança, e sentia-se bem com um posto para o qual não existia nome exato na cultura allobroge, mas de maneira intacta materializava-se dentre os preceitos de lealdade.

Poucos passos atrás do líder allobroge, vinham Bautec e Serviorix, ladeados por uma dupla de soldados, e seguiam-se sucessivamente, fileira após fileira, os demais militares. Mirta, na liteira de Leon Nora, sentia-se mais ansiosa a cada miliário vencido. Ela os estava revendo depois de muito tempo. Miliários romanos na Via Flamínia, anos antes, quando ela e Rhodes fugiam de Roma, deram para Mirta uma emoção renovada de vida nova. Ela os desejava, em meio aquela inesquecível chance de viver junto de Rhodes, os contava e pedia para vê-los até a chegada aos allobroges.

Tanto tempo depois, quando ela pensava jamais regressar à cidade de pedra, o caminho contrário tinha jeito de sonho, um tanto fora do alcance por ser impensado. Talvez o fato de Rhodes não estar com ela a deixara mais confiante; Mirta temia sempre pela vida de seu filho e, ao seu lado em Roma — ao contrário do que era na Gália —, a eterna ligação de mãe e filho tornava-se perigosa demais. Mirta não poderia ser notada em Roma, muito menos, caso descoberta, estar acompanhada de um filho. Os pontos que nos parecem mais desinteressantes aos olhos dos inimigos são as maiores armas deles.

O ar desinteressado de Leon Nora não convencia Mirta, ao contrário. A esposa de Bautec, com sua personalidade pueril, estava radiante com a possibilidade de mostrar aos nobres romanos suas famosas joias, seus elmos de contornos variados, um mais adornado do que o outro, encravados de pedras preciosas raras e de formatos lindamente forjados pelos artesãos gauleses. Assim como eram conhecidos pela arte de ornar o ferro, os gauleses também eram os artífices de lindas joias. Leon Nora talvez fosse a maior consumidora dessas joias, era o que Mirta pensava ao vê-la passando os dedos intermitentemente sobre o colar que circulava o pescoço grosso e forte da mulher de Bautec. Não havia quase nada em comum entre elas, nem mesmo os deuses, já que Leon Nora viera de uma tribo germânica e não reconhecia Belissãma como deusa; os filhos das duas também não se davam: para Bautec e sua mulher, Rhodes não passava de um exibicionista e seu reconhecido valor como guerreiro ofuscava o de seu filho, Lucius, que nunca fora aceito dentre os sagitarii, tendo que se contentar com a insígnia de cavaleiro leal, uma espécie de prêmio de consolo para seus pais. Sobre as ervas, a mulher não demonstrava o menor interesse. Esse trabalho, segundo ela, devia ser executado pelas "mulheres como Mirta", como costumava falar. Mais de uma vez ela usou tal expressão com um ar de desprezo, mesmo tendo sido salva pela curandeira quando do nascimento de seu segundo filho. Sua paixão pelas joias não podia ser compartilhada com Mirta, pois acreditava que a curandeira jamais soubera o valor daqueles objetos, tão distantes de sua realidade. Sobre isso, embora não fosse dito, mas efetivamente sentido, Mirta apenas achava graça.

Na verdade, naquele momento, Mirta agradecia ao fato de Leon Nora ser tão vaidosa e afetada. Isso chamaria a atenção daqueles que vertessem os olhos para a comitiva allobroge, visto que até os homens, principalmente os poderosos, também apreciam joias. Leon Nora era, naquele momento, a luz ofuscante de um farol na noite negra sobre um oceano: o que estivesse ao seu lado não seria notado. Durante o trajeto feito desde a Gália Narbonense, as poucas palavras que trocaram foram sobre o tempo e sobre como o calor, naquele ano, havia chegado muito rápido. Fora isso, trocaram apenas olhares amistosos das vezes em que Mirta não estava de olho na estrada.

Ícaro aproximou-se da charrete que as levava e deu a notícia que Mirta "adivinhara": uma chuva repentina havia causado um estrago considerável na Via Flamínia, um trecho não pavimentado pelos cascalhos. Teriam que acampar nas imediações de Carsulae, nas proximidades de Roma, comuna que estava além da estrada avariada. Somente no dia seguinte, com a ajuda do exército, veriam o que fazer para seguir viagem.

Estavam tão próximos de Roma que Mirta se deu conta de que haviam se passado exatos dez anos desde sua partida; desde sua fuga para a Gália. Ela não havia feito uma contagem nostálgica do tempo, como quem fraciona a despedida lutando contra a cadência da vida, Mirta não podia se permitir a isso. Nos primeiros anos, tudo o que podia pedir à Belissãma — às vezes para Vesta também — era que pudesse criar seu filho em paz, no anonimato, sendo apenas a simples curandeira que fora no passado. Por isso a passagem do tempo contou para ela com um olhar furtivo, quase imperceptível, pois tinha medo que fosse notada por ele; o deus tempo. Talvez se ficasse absorta entre seus desígnios curativos e a maternidade, ele, Tempo, pudesse se esquecer dela e, consequentemente, passaria sem alarde nesses dez anos.

Rhodes já estava crescido e Tumboric também, estavam prontos para viver suas próprias vidas e como haviam escolhido o exército, a distância entre eles era um ponto certo, uma hora ou outra, estariam separados.

Então Mirta se via em plena Carsulae, como se o tempo não tivesse passado, como se entre a noite que fugira com Rhodes, escoltada por Ícaro, anos atrás, tivesse ocorrido há poucas horas e que, desistindo de chegar à Gália, ela e Ícaro num gesto impensado houvessem arremetido os cavalos de volta a Roma. Sentiu-se ainda bem jovem e ocultou um medo antigo: de ser descoberta. Mirta olhava, agora, para o seu passado como jamais fizera e o medo foi partindo no instante em que sentia orgulho de sua vida, das coisas que fizera, das vidas que salvara, dos filhos que criara. Contava com pouco menos de quarenta anos, mas sentia-se uma anciã, não por cansaço ou pouca saúde, mas exatamente por ter a consciência de que havia vivido muitas coisas cuja maioria das mulheres de sua era não havia vivido, nem mesmo a orgulhosa Leon Nora.

— Temos que pousar esta noite aqui. Com sorte partiremos ainda amanhã, mas tudo dependerá de conseguirmos abrir a estrada; se nenhum contingente a caminho da Gália precisar atravessar amanhã bem cedo, daremos início aos trabalhos, no romper da aurora e por nossa própria conta. — informou Ícaro ao resto da comitiva.

Os nobres dormiriam numa pequena vila, desocupada por seu dono — o senador Horácio Puno —, por estarem indo para Roma a convite do próprio Otaviano. Os criados da casa não viram mal em acomodar Cohncot, Bautec, Serviorix e suas respectivas mulheres. Mirta preferiu dormir na tenda de Ícaro, no acampamento montado pelos homens do exército. Primeiro porque não queria fazer parte da nobreza que representava os allobroges, e segundo porque Ícaro era seu companheiro.

— Será mesmo que seguiremos viagem ainda amanhã? — perguntou a Ícaro, enquanto penteava seus longos cabelos com o pente feito de chifre de cervo.

— Certamente. Se não formos nós a iniciarmos o trabalho, outros homens o farão ainda no fim desta madrugada. — a Flamínia era a principal via de acesso à Gália e o comércio nas províncias, assim como a travessia de exércitos, se fazia constante naquela estrada. — Fique tranquila, curandeira, chegará a tempo para ver sua companheira passar o véu à sua substituta.

— Ou não...

— Ou não o quê? — perguntou o centurião com ares de grande solucionador de problemas.

— Idália poderá entregar o véu ou não. Ela pode se manter como Máxima. — os cabelos de Mirta brilhavam, agora soltos como se pudessem voar além dela, e exalavam o cheiro seco da lavanda. Ícaro a fitou por alguns instantes, não sei se para absorver sua imagem como quem respira ao ar livre ou porque se intrigara com as observações de Mirta.

— Acredita mesmo que ela abriria mão de seu grande amor? Não foi o que ela desejou por tanto tempo? — Sim... há tanto tempo, por muito tempo. Mas...

— Mas... — Ícaro repetiu o que Mirta deixara em branco, queria saber o que estava se passando por sua cabeça. Ele próprio não pensava na hipótese de Idália declinar do pedido de casamento que Claudius Livius havia levado ao Colégio de Áugures.

— Mas muito tempo se passou Ícaro, estar no posto de Máxima Vestal é algo que transforma a vida de uma mulher, de uma sacerdotisa devotada como Idália. Sinceramente, não faço ideia do que ela decidirá.

— Bem, independente da decisão da Máxima ... — falou, entrando por baixo da manta que cobria Mirta, e passando o braço por trás do pescoço dela — ...nós dois só saberemos na hora, assim como todo o povo de Roma. E a senhora estará ao meu lado, munida de seu capuz, certo?

Ele falava como se tivesse que convencê-la disso.

— Sim, não foi o que prometi? — a voz rouca de Mirta assentiu.

— É, prometeu. — nesta hora, Ícaro se desvencilhou dela e sentou, fitando-a olho no olho, nitidamente procurando um sinal oscilante.

Mirta riu e seus olhos brilhavam, porque Ícaro parecia Rhodes.

— Acalme-se, centurião. Não lhe dei minha palavra? Então, é isso.

— Acho bom. Caso contrário, cortarei seu cabelo como fizeram na noite em que você foi para o Colégio e voltará para a Gália como uma cativa. — o corpo de Ícaro sobrepôs-se ao dela e sua face mergulhou no canto do pescoço da amada, capturando um pouco do cheiro de seus cabelos.

— Você não teria coragem...

— Está me desafiando, camponesa?

Mas a resposta de Mirta não ficou muito clara, porque já era uma espécie de balbucio e foi se misturando à respiração acelerada do romano que estava a pressionar seu corpo, enquanto acariciava seus seios e beijava sua boca. Como faziam há certo tempo, Mirta e Ícaro se amaram aquela noite, desta vez e pela primeira vez, em terras itálicas.

Um dia depois, chegaram a Roma. O clima estava agradável, não era o ponto alto do verão, tampouco havia resquícios do inverno. Era um momento de intervalo para aquela parte do mundo, um "nem uma coisa, nem outra". Mirta lembrava-se vagamente desta sensação atmosférica, porque chegava em Roma numa época gostosa, em que apenas alguns dias os separavam da Vestália, a festa da deusa Vesta. E que data para regressar! Que dádiva os deuses reservavam para ela, estar em Roma e na Vestália! Era, sem dúvidas, um grande reencontro.

Cohncot havia admitido que o casal ficasse na casa de Ícaro, afinal, ele era romano, tinha status de tenente e podia provar por muitos motivos que estava em Roma por ordens de Augusto. A comitiva allobroge, bem como o próprio Cohncot, fora alojada não muito distante do Fórum, na colina de Célio. Uma vila de instalações confortáveis e com alguns servos à disposição. Otaviano ordenou pessoalmente que a comitiva de líderes estrangeiros ficasse bem instalada, parecia que o líder romano quis deixar claro suas boas relações com a Gália. Parte do norte da Itália também estava presente, muitos seriam consagrados com o título de romanos, e a partir disso, aparentemente, teriam mais direitos. Dona Ismênia estava radiante! Seu filho regressara para casa em companhia tão querida. A mãe de Ícaro parecia ignorar totalmente o perigo de abrigar Mirta, novamente, e toda história que ela havia deixado para trás, enfurecendo os deuses. Ela tinha a sabedoria de quem vive um dia de cada vez entre os pequenos afazeres, em um mundo particular que negligencia os problemas das grandes nações, mas se zanga se a chuva demora a cair para irrigar a plantação. O universo de Dona Ismênia era feito de pequenas e relevantes decisões e o amor fazia parte disso também.

— Minha querida... o tempo foi tão generoso consigo. Veja como está linda! Seus olhos parecem mais verdes e seus cabelos mais brilhantes. — as pequenas mãos da senhora seguravam o rosto de Mirta e, embora a gaulesa não fosse de estatura alta, ainda assim era preciso que a mãe de Ícaro inclinasse a cabeça para olhá-la nos olhos.

Ícaro passou por trás das duas levando um baú de médio porte com os pertences dele e de Mirta. Não deixou, entretanto, de mexer com os brios da gaulesa.

— Ora minha mãe, não sabe que os gauleses são adeptos de poções mágicas? Por isso ela vive embrenhada nas matas.

Mirta desferiu um tapa no ombro do centurião e riu de leve, meneando a cabeça. Em seguida, soltou uma sonora gargalhada quando Dona Ismênia a puxou para junto de si a fim de sussurrar em seus ouvidos:

— Se isso for verdade, minha filha, não se esqueça de dividir comigo um pouco dessas poções. — e arrematou o comentário com uma piscadela.

Naquela mesma noite, Ícaro levou Mirta ao topo da colina de Aventino, acima da casa de Dona Ismênia. Havia poucas construções por lá, dava para contar nos dedos das mãos, pois Aventino era uma das sete colinas de Roma, um dos lugares onde o povo menos abastado de Roma não tinha condições de morar. As vilas, como se chamavam as propriedades da gente de posses — senadores, mercadores ou a aristocracia — eram as construções menos comuns. Naquela época, em Roma, as casas de nobres tinham tanta beleza e robustez que se sabia exatamente a quem cada uma delas pertencia.

Mirta havia pedido para sair com ele. Com a chegada da segunda vela, as ruas estavam mais vazias e, então, com seu manto encapuzado, poderia sorver um pouco da atmosfera opulenta de Roma. Quanta saudade reprimida! Acho que ela só se deu conta disso ao chegar nas imediações da cidade, na qual sua vida fora profundamente transformada. Que bom que Ícaro estava ao seu lado, talvez isso tenha afastado o receio de estar ali, após sua fuga, após ter virado as costas para os deuses romanos e para o povo também. E César... Ah! É claro que ela pensava nele. Como separar Roma de César? Impossível! Era como se, ao morrer, ele tivesse se tornado uma imensa nuvem invisível cobrindo toda a extensão da cidade, com olhos gigantes que podiam ver tudo e todos. César estava ali, nas curvas que eu fazia entre as Sete Colinas, no cheiro das pedras antigas, e agora, na última década, estava também esculpido por toda a cidade juntamente com as inúmeras estátuas de Otaviano.

Às vezes, sinto muita pena de Mirta... É como se eu pudesse sentir a mesma saudade que ela. Pergunto-me se é uma espécie de leitura da mente, ou apenas as minhas lembranças misturadas às dela, afinal, estive com ela desde o início, desde a chegada de César à terra dos allobroges. Vi tudo tão de perto. Naquela época, eu raramente me ausentava. Devo confessar que o amor entre ela e César foi um dos mais belos que já testemunhei. Ele, cônscio de que teria de protegê-la e que para isso a faria sofrer; ela, por sua vez;

doando-se como um cego no escuro, muitas vezes beirando o abismo. Mesmo assim, valeu a pena. Sinto-me honrado de ter presenciado essa história. Hoje, quando caminho ao lado de Rhodes, sei que tudo valeu a pena tanto para mim quanto para ela e César. A vida é mesmo uma eterna linha imaginária tecida pelo amor entre os homens.

Sobre o cavalo de Ícaro, no ponto mais alto de Aventino, Mirta capturou o ar noturno de Roma, e só então atestou que podemos chamar de lar mais de um lugar no mundo. Lar é onde seu coração quer estar. Penso assim. Acho que ela também.

CAPÍTULO XXIX

DOIS DIAS DEPOIS

As casas de Roma estavam todas enfeitadas, havia flores nos portões e um pouco de ração para o burro que, por tradição, acompanhava o séquito vestal. Era a festa da Deusa Vesta, a deusa dos lares, para a qual as vestais dedicavam anos de suas vidas. A deusa do fogo sagrado de Roma. Nessa data, toda a cidade rendia homenagens à deusa, da casa mais humilde às domus de famílias ricas. Todos, sem exceção, rendiam homenagens à Vesta, retirando as cinzas dos oratórios e renovando o fogo sagrado existente em cada casa. As sete colinas eram visitadas pelo séquito vestal. Ricos e pobres, jovens e idosos, apinhavam-se nas ruas para verem as virgens sagradas, as sacerdotisas do fogo. Mirta lembrava-se da emoção de estar nas ruas com suas companheiras, mesmo que protegida pelas liteiras. Não fora por acaso a data escolhida para a cerimônia que revelaria a todos a decisão da Máxima Vestal; Idália Balbo, a mulher mais poderosa de toda a Roma, única mulher cuja opinião poderia mudar decisões no senado, a guardiã de inúmeros testamentos de nobres romanos, que dirigia um templo sagrado, um Colégio Vestal — doutrinando meninas que lá chegavam, assim como foi com ela, em tenra idade. Idália era a única a sentar-se à mesa com homens poderosos, emitindo opinião sobre fatos relevantes da política romana, privilégio concedido à Máxima Vestal romana.Mirta estava tão ansiosa para a cerimônia da noite seguinte, nas escadarias no Templo de Júpiter, que se esqueceu completamente do desfile da Vestália. Certamente elas passariam por ali, pela colina de Aventino, assim como pelas outras: Célio, Esquilino, Quirinale, Virminale, Campidoglio, e o próprio Palatino, esta sendo a mais próxima colina do Fórum Romano, onde estava também a residência das sacerdotisas.

Será que Mirta conseguiria ver, ao menos de longe, sua amiga, sua querida Idália? E Agostina, Cecília, companheiras devotadas que sempre estiveram ao seu lado? Mas estas, ao contrário de Idália, pensavam que Mirta estava nos braços dos deuses há muito tempo. Para elas, por segurança, a gaulesa jamais poderia ressurgir.

Dona Ismênia havia preparado a mola salsa, o pão sagrado ofertado à deusa Vesta. Na verdade, não chegava a ser o mesmo produzido na casa das vestais, mas era algo próximo, representando o verdadeiro alimento sagrado preparado apenas pelas virgens. A casa estava com os portões abertos, para deixar entrar a sacralidade romana; mesmo um simples desfile em frente aos lares era suficiente para abençoar as ruas, as colinas e as casas. Muitas pessoas estavam de pé, nas beiras da rua na intenção de capturar o menor gesto das vestais. Sempre enclausuradas no templo ou no Colégio, onde moravam, as sacerdotisas eram vistas em público somente nos jogos ofertados no Circo Máximo, em cerimônias fúnebres — nas casas dos ricos — ou quando figuras ilustres as convocavam para casamentos e nascimentos. O povo mesmo, pouco se aproximava, a não ser na Vestália, momento em que até mesmo as mulheres sem nenhuma ascendência nobre poderiam visitar o Templo de Vesta. Apenas e tão somente uma única vez no calendário romano.

— Minha filha, me diga — Dona Ismênia passava as mãos sobre sua veste, uma túnica branca sobreposta por um tecido de tom marfim sem qualquer detalhe opulento, cujas dobras caíam sobre seus ombros — Você que já foi uma... bem, você sabe... considera apropriada minha roupa? Acha que estou apresentável?

— Por certo! A senhora está impecável. Como uma verdadeira matrona. — Então Mirta ajudou a arrematar as últimas dobras do tecido encorpado que cruzava o tronco curto daquela mulher devotada. Todo ritmo da cidade estava voltado para isso; ali na casa de Ícaro não seria diferente. Mesmo assim, Mirta sabia que tudo aquilo era mais para aqueles que davam valor à tradição do que para as próprias vestais. Apesar do desfile, nas principais ruas da cidade, raramente elas entravam nas moradas desconhecidas. Os nobres, mais uma vez, eram os que se beneficiavam do séquito, que se dispunha a acender a chama de algumas casas. Como se estivesse lendo o pensamento de Mirta, a mãe de Ícaro confessou:

— Sei que somente com a ajuda da Bona Fortuna, poderia a minha humilde morada receber a visita das vestais. Mas a sorte é para todos, não é? Quem sabe...

Ao ouvir isso, Ícaro entrou na sala vaticinando:

— Não diga uma coisa dessas, minha mãe! O que seria uma honra para a senhora, poderia colocar em risco nossas vidas.

Dona Ismênia fez uma expressão de incompreensão.

— Se alguma vestal vir Mirta aqui, a reconhecerá imediatamente. Viveram juntas por cinco anos, na mesma casa, esqueceu?

— Acalmem-se. — tranquilizou Mirta. — Ficarei nos fundos da casa até que o séquito abandone toda a Aventino. Só então ingressarei nas dependências da casa. Não é justo mitigar as esperanças de Dona Ismênia.

A velhinha sorriu para Mirta: — Ela jamais perdeu a doçura.

Mirta sabia que a possibilidade de receberem a visita do séquito era quase nula; Ícaro também se lembraria disso se não estivesse tão tenso nos últimos dias. E Dona Ismênia, assim como ele, parecia acreditar nisso como quem sabe que o dia e a noite sempre virão.

Já se iam muitas horas da manhã quando finalmente ouviu-se um burburinho que aumentava num curto intervalo. Dona Ismênia já estava no portão, como uma guardiã de um templo sagrado. A criada levara um banquinho de madeira para lhe proporcionar maior conforto. De dentro da casa, Mirta olhou pela última vez lá para fora, capturando a imagem de algumas pessoas do outro lado da rua e notando o corpo de sua anfitriã de costas. De longe, percebeu sua enorme trança de cabelo muito alvo. Talvez Mirta nunca tivesse notado o tamanho real dos cabelos da mãe de Ícaro.

— Pronto! Já viu o suficiente... pode ir para os fundos — falou o centurião enquanto passava suavemente o braço por sua cintura, conduzindo-a firmemente para isso. Temia que ela quisesse espiar mais tempo.

— Sim. Você está certo! — Mirta passou as mãos no rosto de Ícaro com resignação e afeto. Ela compreendia desde o início os perigos daquela viagem e não queria colocar em risco a vida de pessoas que amava. — Ficará comigo?

— Acho melhor fazer companhia à minha mãe, você sabe como ela costuma falar mais do que o necessário.

— Sim. Sei sim...

— Logo o séquito partirá e então você não estará mais sozinha.

— Não se preocupe, ficarei junto ao *lararium*. Lá serei mais útil do que em qualquer outro lugar. O *lararium* ficava na parte externa da casa, o nicho reservado às orações, lugar onde o fogo era aceso em homenagem à deusa Vesta. Dona Ismênia, como boa romana, também possuía um.

Os passos rápidos do centurião alcançaram o portão rapidamente. Ícaro postou-se ao lado da mãe como homem da casa. Naquele dia, por respeito aos cultos à Vesta, também se vestiu com simplicidade, usando uma túnica reta e bem cortada, sem a estola que os magistrados e senadores costumam usar. Afinal, era um homem de dois papéis apenas, o da guerra e o da vida comum. Ícaro tinha os cabelos lisos e negros, penteados para trás, deixando-se notar o início de entradas laterais na fronte da testa. Um homem alto, forte. De semblante muito agradável, apesar de traços inegavelmente masculinos. Um tipo que fazia as mulheres se sentirem seguras, assim como sua mãe naquele momento, à porta de sua casa. Perto dali, surgindo vagarosamente na curva que nascia no fim da rua, um burro ornado com uma grinalda de flores campestres apontava, dando o sinal de que as vestais estavam próximas. O burro era um animal sagrado para as vestais, pois havia salvado a honra e a vida da primeira sacerdotisa do fogo, aproximadamente setecentos anos antes.

— Veja, meu filho, lá vem o burrico! — disse Dona Ismênia, eufórica, com a espontaneidade de uma criança, ao que Ícaro sorriu notando a simplicidade de sua mãe, uma mulher que não pedira muito da vida. Passou seu braço forte sobre ela, e beijou-lhe a testa. A senhorinha sorriu abertamente para ele, mostrando um sorriso onde faltavam alguns dentes molares e depois volveu sua atenção para o sopé da rua.

— Com sorte passarão logo e então poderemos entrar para comer.

— Você só pensa em comer! Vai perder a forma se não tomar cuidado!

— Só estou comendo mais porque estou na casa da melhor cozinheira de toda a Roma. Não, de toda Roma e toda a Gália. Não, não: de toda Roma, Gália, Hispânia, Ibéria, Egito e Mauritânia.

— Deixe de mentiras... você está querendo mais daqueles bolinhos, eu sei.

— Mãe, você sabe que nunca irei mentir para você...

Dona Ismênia corou, depois abraçou seu filho. Ele nunca esteve tão carinhoso. Os anos passados na Gália haviam amolecido seu coração. Embora sempre tivesse sido um filho respeitoso e preocupado com ela, nunca dera tantas manifestações de carinho como desta vez. Devia estar com saudades. Ou com medo de perdê-la. Quando mãe e filho se deram conta, as vestais estavam passando muito perto. Duas casas abaixo e não haviam parado em nenhuma daquela rua. Assim como Mirta pensara, certamente passariam ali por apenas poucos segundos, seguindo caminho para Célio, a colina seguinte. A rua estava cheia. Havia gente que se dispunha a seguir o séquito desde os primeiros passos dos lictores — homens designados para segurar as liteiras das vestais —, ao saírem do Fórum. Era uma espécie de penitência, acreditavam que seriam purificados se carregassem as sacerdotisas. Crianças, jovens, matronas e velhos homens estavam misturados entre si. Se as ruas de Roma estariam purificadas pela passagem das virgens vestais, eles, seguidores, também.

O séquito das vestais passava bem em frente à casa de Dona Ismênia quando o burro, que vinha puxado por um criado, empacou. Ícaro pensou que fosse passageiro, decerto o homem conseguiria puxar o bicho dando continuidade ao desfile. Mas tal não ocorreu.

— Tome senhor, dê um pouco de ração a ele. Esta aqui eu mesma preparei. — Dona Ismênia pôs-se logo na rua, dispondo-se a ajudar. Para ela, a simples parada do animal em frente à sua casa representava um enorme júbilo.

O homem não sabia muito bem o que fazer e foi nesse instante em que uma jovem mulher, ajudada pelos lictores, desceu da liteira. Tinha feições belas, possíveis de se notar apesar de estar sob um finíssimo véu, que lhe cobria a cabeça. Pelo número de nós que haviam em seu cilum — o cinto de oito nós que circulava a cintura da Vestal Máxima — dona Ismênia soube de quem se tratava e sentiu suas pernas tremerem. Ela já havia participado de tantas cerimônias em Roma, todos os anos preparando-se para a Vestália, mas nunca havia chegado tão perto da Máxima Vestal, por isso admirava tanto Mirta, por ter sido sacerdotisa do fogo.

— Receba a doação desta cidadã de Roma, homem. — a sacerdotisa ordenava ao servo para que desse ao burro a oferenda daquela senhora. — Agora, leve-me para dentro de sua morada, se assim desejar. Sabe o que significa isso, não sabe?

A mãe de Ícaro estava boquiaberta, e se esse gesto não fosse tão comum aos olhos da Máxima Vestal — que costumava ver mulheres simples se embevecerem diante dela — Idália acharia estranha aquela mudez.

Ícaro tentava manter o controle, pensando rapidamente em como agir.

Como se acordasse de um transe, Dona Ismênia respondeu:

— Será a maior honra de toda a minha humilde vida. — e foi conduzindo a vestal para dentro de sua casa.

Supunha-se que haveria um nicho qualquer naquela morada para o qual a vestal Máxima se dirigiria e acenderia a sagrada chama de Vesta. Ícaro lembrou que Mirta estava lá, e sua amiga, a Vestal Máxima, estava indo ao seu encontro sem fazer a menor ideia disso. Dona Ismênia, por sua vez, parecia hipnotizada pela presença de uma mulher tão poderosa, e de gestos tão simples. Ao passarem por baixo dos galhos do jasmineiro, ele ainda não tinha um plano para evitar aquele encontro. Idália estava acompanhada de uma criada, apenas, e da dona da casa. Lá fora, além do portão, todo o séquito vestal aguardava os ritos que se seguiriam por causa da teimosa criatura que se negava a caminhar indicando o caminho de suas sacerdotisas. Acreditava-se que, se o burro empacasse, não se podia forçar sua partida. Havia um motivo sagrado, mesmo que fosse por simples cansaço. O animal era, naquele dia, um ser sagrado e sábio.

Não havia muito o que fazer. Ícaro não poderia impedir a passagem da Sacerdotisa Mor para dentro de sua casa; além disso, a negativa importava em renúncia aos deuses, faria mais alarde do que aquele encontro que — com sorte — não traria problemas se Mirta ouvisse as vozes e se escondesse até a partida de Idália. O centurião achou por bem permanecer onde estava. Mudo. Lá dentro, depois de passar pelo átrio pequeno que havia no centro da casa, Dona Ismênia indicou o caminho para a Vestal Máxima e, como se fosse despertada de um sonho, aumentou o tom de sua voz como que de súbito, para alertar Mirta que o inusitado estava acontecendo.

— Sinto-me tão honrada com vossa presença, Máxima! — falou quase que gritando — ...que me fogem as palavras para agradecer.

— Saiba... como é o nome da senhora?

— Ismênia, Ismênia Cornélia Gio Netélia — a mãe de Ícaro pronunciou o próprio nome como se estivesse recordando dele.

— Gio Netélia... tal nome não me soa estranho. — Idália tinha gestos muito delicados, dignos de uma sacerdotisa, e Dona Ismênia fitava-a como se estivesse muito perto de uma estrela. Tudo nela era arrematado à perfeição, suas seis tranças impecavelmente entrelaçadas na altura da nuca, de onde não ousava sair sequer um fio de seus castanhos cabelos, a seda de suas vestes sobrepondo-se a uma túnica de algodão, os cordões envoltos a partir do quadril até a primeira costela abaixo dos seios. Era como uma aparição bem no meio da casa de Dona Ismênia, era a própria Vesta, se um dia viesse a ter corpo de gente em lugar de chama sagrada.

— Gio Netélia é o nome da família de meu saudoso marido. Marco Gio Netélia foi um centurião muito devotado ao general Mário — Caio Mário era o tio-avô de Júlio Cesar — Foi ele quem nos deu esta casa.

— Ah, sim. É possível que eu tenha ouvido este nome em minha casa, nas conversas de meu pai. — as palavras de Idália eram educadas e gentis, e Dona Ismênia sabia disso pois seu marido, apesar de muitas condecorações, não fora tão famoso para ter seu nome mencionado nas casas da nobreza romana. Além disso, tal situação ocorrera muito tempo atrás, quando talvez os próprios pais de Idália nem mesmo fossem nascidos. O pai de Ícaro era vinte e cinco anos mais velho do que sua esposa.

Mas nem mesmo essa conversa, falada em tom mais alto do que o comum, foi capaz de afastar Mirta dos corredores. Para ela, o séquito já havia passado e o movimento devia-se ao fato de Ícaro e sua mãe terem voltado para dentro. Idália já estava na parte externa da casa reservada à chama sagrada, pronta para reacender o fogo daquela morada em obediência ao burrico, pois era claro que ele escolhera aquele lugar e só os deuses saberiam o porquê. Os deuses e, naquela ocasião, a própria Idália também.

— Então, como foi lá fora? — Mirta surgiu na porta que dava para a área externa, vendo de imediato a cena inesperada: Dona Ismênia ao lado de Idália, acendendo o amontoado de gravetos e pequenos tocos que Ícaro havia cortado meticulosamente a pedido de sua mãe.

Foi como parar o tempo. Eu mesmo já havia presenciado isso entre os homens. Há momentos em que instantes se expandem como uma cortina muito comprida e pesada, difícil de se fechar. O fogo começava a se formar, em meio ao nicho encravado no muro de pedra, e foi possível vê-lo subir no espaço entre Dona Ismênia e Idália, quando ambas se viraram na direção daquela voz. A aparência de Mirta era a mais gaulesa possível: o comprimento dos cabelos chegava quase à cintura, estavam partidos ao meio e ela vestia uma simples túnica de tecido encorpado, da cor do trigo. Num primeiro momento, Idália a fitou rápida e naturalmente, e só depois de uma ou duas frações de segundo pareceu se dar conta de quem estava ali. Dona Ismênia, já tão pequena, pareceu um ser ainda mais diminuto, tamanho embaraço. Ela bem que tentou avisar, mas supôs que Mirta as tivesse visto antes de adentrarem o átrio da casa e então se escondido. Idália parecia petrificada. Só depois de Mirta abrir-lhe um sorriso teve certeza do que estava acontecendo.

— Mirta... é você?

— Sim. Sou eu, Máxima. — Mirta fez um cumprimento em mesura. — Por Vesta, como senti sua falta... pensei que estivesse morta!

Dona Ismênia assistia a tudo impassível; talvez quisesse sair do local, mas sentiu-se aliviada quando Idália caminhou ao encontro de Mirta para abraçá-la. Por muito tempo permaneceram em silêncio, naquele abraço. As duas choraram como fazem as sacerdotisas, de modo baixo e controlado.

— Minha amiga, minha querida amiga... o que faz aqui? Pensei jamais vê-la de novo, conte-me tudo... quero saber de tudo.

Nesse instante, Dona Ismênia, refeita do susto e muito contente porque o cenário do reencontro fora sua residência, logo cedeu lugar na mesa de madeira da cozinha. Era um cômodo mais ao fundo e as duas poderiam conversar reservadamente.

— Dona Ismênia, a senhora decerto possui criados. — Só uma, divina sacerdotisa.

— Pois peça a ela que leve água fresca para minhas companheiras que estão nas liteiras e informe-as que logo retornarei para dar prosseguimento ao cortejo. — Idália precisava ganhar tempo e não queria mais ninguém ali dentro.

— Sim, por certo. — a senhora fez imediatamente o que foi solicitado e entendeu que a conversa entre as duas seria breve, mas extremamente íntima.

— Pelos deuses — falou com as duas mãos sobre as bochechas — Isso mais parece um sonho!

— Para mim também, minha querida, embora um sonho temido.

Idália pousou as mãos sobre as de Mirta e as segurou firme.

— O que a trouxe a Roma?

— Você...

— Eu? Como? — Idália estava confusa.

Mirta contou sobre o encontro com Rubio Metella e como teve medo de se revelar a ele, mas que depois tudo correu bem entre os dois e que foi ele quem contou todos os detalhes sobre a morte da irmã de Idália, e a proposta de Claudius Livius. Nesse ponto da conversa, Idália baixou os olhos. Somente muito tempo depois, Mirta soube fazer a leitura daquele olhar.

— Então você quis vir a Roma por minha causa?

— Sim. Tive uma boa desculpa para acompanhar meu povo, a convite de Otaviano. Mesmo sob os protestos de Ícaro, decidi que viria, ainda que para isso tivesse de usar um capuz quente e escuro no verão de Roma, pedindo aos deuses que a cerimônia se desse à noite nas escadarias do templo de Júpiter, como rezava o costume.

Idália tinha os olhos fixos em Mirta, e eles brilhavam como se tivessem recebido um presente. Toda a postura formal e distante que a circulava desde o momento em que o burro havia empacado, agora estava sob seus pés, como um vestido de tecido muito fino que escorre pelo corpo até o chão.

— Querida, eu teria lhe escrito se soubesse onde estava.

— Isso nos custaria a vida. — afirmou Mirta, convicta.

— Sim, tem razão. — Por isso jamais pude enviar qualquer notícia. Sempre temi por você e por nossas amigas. Elas também estavam entre nosso segredo, mesmo sem ter ciência dele.

— Quanto a isso... — disse Idália.

— O quê? Você contou a elas?

— Somente para Agostina e Cecília. Você sabe como nossa vida é cheia de privações, não podemos esconder segredos entre nós por muito tempo. Seria doloroso demais não contarmos umas com as outras.

— É verdade! — Mirta sentiu uma pontada de receio, pois embora amasse Agostina e Cecília como irmãs, sabia que um segredo deve ser ouvido no máximo por dois pares de ouvidos.

Elas tentaram resumir o máximo possível aqueles anos que as distanciaram. Tudo foi dito atropeladamente enquanto Ícaro contorcia-se imaginando o corpo de Mirta sendo jogado do Monte Tarpeia, pois sua pena jamais estaria prescrita. Depois de contar à Mirta todos os seus planos de vida e qual seria sua decisão na noite seguinte, Idália pediu que fosse ao Colégio ver Agostina e principalmente Cecília, que estava muito doente já há algum tempo, desenganada pelos médicos.

— Pobre Cecília... tão jovem e bela. — Mirta ficou consternada com a notícia.

— Será que você conseguiria curá-la? Lembro-me de seus dons...

— Eu adoraria tentar, mas se alguém descobrir, você sabe muito bem o que farão comigo. Além disso, Ícaro morreria se eu entrasse mais uma vez no Colégio. Ele me fez jurar que eu não entraria no Templo, aproveitando a Vestália.

— Darei um jeito. Até o início da primeira vela, pensarei num plano para nós. Agora preciso ir. Devem estar sentindo minha falta.

As duas se abraçaram ternamente, como sempre fora entre elas. Mirta sussurrou:

— Mesmo que você não possa executar um plano...

— Isso não ocorrerá! — Idália foi enfática e, naquele instante, Mirta notou que estava não diante de sua antiga amiga, mas na presença da Máxima Vestal de Roma.

Quando voltou para a liteira, Idália encontrou Agostina suando sob o véu:

— Mas que demora! Acaso estava acendendo o fogo de Vesta ou queimando toda a residência?

— Eu estava pondo fogo em nossos votos....

No caminho para Célio, as amigas conversaram sobre o que ocorrera lá dentro. Agostina estava boquiaberta, e logo tomou posse do jeito espevitado que sempre tivera. Os anos não mudaram sua personalidade. Sempre fora a vestal mais atrevida.

— Pelos deuses! Por que não me chamou? Eu também tinha o direito de vê-la... não tinha?

— Acalme-se Agostina. Tenho uma ideia melhor.

Naquela mesma tarde

— Não é possível! Você me prometeu, gaulesa! — Ícaro estava furioso. Tudo o que havia combinado com Mirta parecia nunca ter sido dito.

— Por favor, não fale assim. Não foi minha culpa tê-la visto. Será que não percebe que foram os deuses os responsáveis por esse encontro? — Mirta estava empolgada com a ideia de entrar no Colégio Vestal e, quem sabe, salvar a vida de sua amiga Cecília. Ela não podia disfarçar seu contentamento. Sentia-se como uma criança.

— Você tem noção do que pretende fazer, Mirta? — havia desapontamento no tom do centurião e foi então que ela sentou-se na beira da cama e o puxou consigo.

— Fique tranquilo... não me arriscarei... Idália sabe o que faz. Afinal, ela é a Máxima Vestal, não é? Pensa que ela própria arriscaria sua vida e reputação, por um capricho? Tenha confiança, as mulheres são cuidadosas ao formular missões secretas.

— Não posso me acalmar. Não mesmo... — Ícaro levantou e suas sandálias romanas não faziam papel algum sobre o chão. Parecia que seus calcanhares se impactavam sem proteção sobre o solo. Andava de um lado para o outro. Acho que ele tinha um plano sobre o plano que Idália ainda não havia revelado. Fazia conjecturas. Era como se lançasse uma flecha no escuro. Enquanto o clima esquentava no quarto que dividiam, Dona Ismênia veio à porta. Bateu suavemente porque podia notar a tensão das vozes por trás da porta.

— Sim, minha mãe? — Ícaro estava impaciente.

— Meu filho, chegou isto para você.

O pergaminho selado tinha a marca do sinete da Casa Vestal, as iniciais CV estavam encravadas na cera vermelha.

"Ao tenente Ícaro Gio Netélio,

No posto de Máxima, ordeno que traga às portas do Colégio Vestal a matrona que conheci em sua morada, no dia de hoje.

Eu os aguardo no acender da primeira vela da noite."

— Idália Balbo, *Máxima Vestal*

— Pronto! Está aí... a chancela para a sua morte. E ainda terei de assistir de perto! — o pergaminho rolou ao lado de Mirta, que ainda estava sentada à beira da cama.

— Não seja dramático! Veja como a solução foi simples... Você me levará como uma matrona romana e assim poderei entrar no Colégio a convite da própria Máxima.

— Ah, sim! Sem despertar qualquer estranheza... em plena noite, uma mulher estranha entrando na Casa das Vestais! Por favor, Mirta! Onde vocês estão com a cabeça?

— Esqueceu de um pequeno detalhe, centurião. — Mirta levantou e ficou mais perto dele, abraçando-o pela cintura — Hoje até o fim da noite, ainda é a Vestália.

— Disso eu sei... — ele ainda estava contrariado.

— Então... tenho todos os motivos para entrar no Colégio, como uma matrona. — falou, piscando para ele.

— Ah, sim! Com suas roupas de gaulesa você poderá mesmo ter um aspecto perfeito de matrona romana.

— Por isso mesmo preciso de sua ajuda. — então ela respirou fundo porque sabia que estava abusando da tolerância de Ícaro.

— Necessito de dois belos cortes de seda, você poderia adquiri-lo no mercado. Assim farei minhas amarrações e também uma bela trança à romana. E pronto! Você terá uma esposa romana!

Ele mudou a expressão retesada.

— Quer dizer que fui promovido a marido?

— Todos nós fomos promovidos esta noite.

Ícaro saiu com trajes de romano. Ele não estava em missão militar naqueles dias e não queria despertar muito interesse em sua direção. Mirta havia pedido que ele trouxesse também uma fazenda mais simples para dona Ismênia. Levaria a senhora com ela como se fosse sua criada. Mais tarde, em posse de suas encomendas, ela foi até sua anfitriã.

— Dona Ismênia, importa-se de deixar o jantar ser feito todo pela criada e tomar um belo banho? — perguntou, vendo a senhora com as mãos sujas de farinha. Ícaro havia pedido que ela fizesse bolinhos todos os dias em que ele estivesse em casa.

— Por que, minha filha? — a senhora não fazia a menor ideia do convite que receberia.

Mirta a tirou de perto da criada e a levou até seu quarto, onde um novo corte de tecido estava dobrado sobre a cama.

— Gostaria de conhecer a Casa das Vestais?

— O quê? Como isso seria possível? — a velhinha empalideceu.

— Se não se importa, terá apenas de fingir que é minha criada. Precisamos encenar alguns papéis esta noite.

Ícaro estava em pé, ao lado da janela que tinha vista para o jardim. E respondeu ao olhar inquisitivo de sua mãe:

— Diga minha mãe. Sei que a senhora faz parte desse grupo de mulheres insanas. Acho que a Vestália retira a luz de suas consciências. — dizia isso para fazer o papel de contrariado, mas já estava mais calmo em posse do pergaminho enviado por Idália. Aquilo era a chancela para a vida dos dois, ou três, caso Dona Ismênia aceitasse o convite.

Dona Ismênia se aproximou do tecido dobrado e o pegou como se estivesse de posse de um pote de ouro. Depois olhou para Mirta enquanto seu rosto iluminava-se através de um enorme sorriso.

— Sempre sonhei com isso minha filha.

Os olhos de Ícaro reviraram-se para cima. Pronto! Ele perderia mulher e mãe numa mesma noite.

CAPÍTULO XXX

Às portas da Mansão Vestal

O instinto militar de Ícaro estava acionado. Achou melhor não cumprir à risca a ordem da Máxima quanto ao turno das horas. Preferiu chegar com a convidada, ainda na primeira vela, mas quando o céu havia escurecido por completo. Era muito arriscado revelar o rosto de Mirta tão acintosamente, no meio do Fórum romano.

Ele havia alugado um transporte luxuoso, que levaria sua mãe e Mirta confortavelmente. Isso levara uma boa parte de suas economias, pois teve de pagar também quatro libertos para carregarem a liteira. Achou por bem vestir seu uniforme romano, já que cumpria ordens da Vestal Máxima. Seguiu ao lado da liteira sobre seu cavalo gaulês. Por baixo da *lorica musculata*, com o couro brilhante e polido, seu coração batia em ritmo acelerado. Ao longo da vida, Ícaro notara que as missões mais arriscadas não estavam no campo de batalha, mas sim nos cenários mais amenos.

Dona Ismênia também estava nervosa, e friccionava as mãos, em movimentos constantes. Mirta disse-lhe baixinho, quando adentraram a parte norte do Palatino:

— Ouça, Dona Ismênia, não diga uma só palavra até que estejamos seguras, na presença da Máxima. E aja como se estivesse acostumada a isso. Hoje, preciso parecer alguém importante de Roma. Do contrário, a Máxima nunca teria me convidado. Não sabemos quem pode nos ver.

A senhora assentiu com a cabeça rapidamente.

Ícaro parou diante dos guardas que protegiam a entrada da morada vestal. Eram dois e portavam-se como estátuas diante do portão.

— Trago uma convidada...— Deixe-nos ver o pergaminho. — falou de maneira reta e obediente um dos soldados, enquanto estendia a mão na direção de Ícaro. Após ler a mensagem, bateu três vezes no portão de madeira e logo depois ele se abriu. Uma criada acenou para os guardas, de dentro da casa. Só então Ícaro se aproximou da liteira e ajudou Mirta e Dona Ismênia a descerem.

Mirta estava com um vestido tom terracota e jogara uma estola vermelha por cima do ombro direito, num gesto afetado, permitindo destilar a soberba da nobreza romana. Seus cabelos foram trançados numa única e impecável trança por onde ela deixou passar uma fita de seda e nada mais. O vermelho, que marcou sua aparência, era proposital. O escarlate de Roma. Dos ricos. E também da morte.

Dentro do Colégio, ela respirou fundo e seus pulmões encheram-se do passado. Estava diante do tanque de água onde as carpas nadavam, em pleno jardim das vestais. Seus olhos percorreram tudo aquilo, corredores, arcos, pilastras, lenta e prazerosamente. Parecia tudo tão igual e ao mesmo tempo tão antigo e mágico. Nada havia mudado, mas ela sim. E de alguma forma, a construção lhe pareceu um pouco menor. O átrio vestal estava ali, protegido pelos muros que ninguém ousaria invadir, a menos que Roma ruísse. Somente assim.

Em meio ao olhar meticuloso de Mirta, uma criada a despertou.

— Senhora, por aqui, por favor.

As três seguiram pelo corredor de baixo, passando pelas colunas que sustentavam toda a estrutura avarandada da Mansão Vestal. Mirta sabia que a criada a conduzia para o escritório oficial da Máxima, e foi lá que Idália recebeu Mirta e Dona Ismênia.

— Minha querida! Que bom que chegou. Estava preocupada...

— Ícaro achou por bem chegarmos com o céu escuro.

— Entendo. Fez bem. — Idália a segurava pelas mãos, fitando-a como se para ambas aquilo fosse inusitado demais. Uma lua antes, nenhuma delas imaginaria aquele encontro.

Dona Ismênia estava muda. Parecia nem mesmo respirar.

— A senhora veio! Foi uma boa ideia, Mirta. Toda matrona tem criadas, não? — e então sorriu para Dona Ismênia de um jeito maroto, desmistificando a solenidade de uma Máxima Vestal.

— Ah, sim, Máxima. É preciso servir a nobreza. — Dona Ismênia fez as outras duas rirem alto.

— Vou pedir para a criada levar a senhora até o refeitório. Eu e Mirta iremos a um lugar no qual, infelizmente, a senhora não pode entrar. São as regras.

Agora sem o véu e sem as seis tranças que prendiam seus cabelos naquela manhã, Idália deixava à mostra toda a sua beleza e Dona Ismênia não conseguiu disfarçar que esquadrinhava a face da Vestal Máxima. Ela foi saindo, enquanto Idália chamava a criada com a ajuda de um objeto feito de bronze cuja vareta do mesmo material produzia um som agudo e estridente. A partir dali nenhuma delas falou até que Mirta e Idália chegaram aos aposentos de Cecília.

Idália dispensou a dama de companhia que agora, por conta do estado de saúde da vestal, era presença constante no recinto.

Quando estavam apenas as três, Mirta se pôs ao lado de Cecília e passando a mão direita sobre sua cabeça, sorriu sem mostrar os dentes.

— Minha querida... minha doce Cecília. — a voz rouca e inconfundível de Mirta soou muito próxima aos ouvidos de Cecília, despertando-a lentamente.

— Mirta... se Idália não tivesse me contado, pensaria eu que estava num daqueles delírios.

A doença de Cecília se agravava a cada dia. Nenhum médico lhe dera esperanças. Os Áugures já haviam tentado de tudo: sacrifícios, unguentos, adivinhos e tudo o mais que as inúmeras crenças de Roma poderiam dispor naquela época. Havia vários tipos de religião coexistindo entre os deuses de Roma, nas Sete Colinas da Cidade.

Segundo Idália, o próprio Otaviano César, agora Pontífice Máximo, não poupara esforços para curar Cecília. Custeava tudo, de suas próprias expensas. Quando Idália disse isso, Mirta pensou imediatamente nos tesouros que Otaviano e seus exércitos já haviam saqueado mundo afora e calculou que suas expensas eram, na verdade, a riqueza de muitos povos estrangeiros. Mas fez questão de se ater à saúde de Cecília, que era muito precária.

Pouco tempo depois, foi Agostina que irrompeu no quarto, apressadamente abraçando Mirta. Rindo e brincando, como sempre. Idália já havia contado todos os detalhes ocorridos na casa de Dona Ismênia, por isso elas se colocaram a falar sobre coisas que não tiveram tempo de saber uma da outra. Parecia muito natural todo aquele encontro, apesar do brilho no olhar de todas elas. A amizade verdadeira é feita de um material inquebrável. Gosto muito quando a vejo.

Mirta examinou Cecília, meticulosamente. Olhou suas unhas, as juntas, axilas. Seus pés. Investigou seus sintomas, não só inquirindo a doente como também as companheiras que acompanharam todo o surgimento da doença. Até aquele momento, parecia que Cecília tinha provado toda a sorte de remédios disponíveis em Roma e fora dela. Cecília disse que de todos os problemas, as dores na nuca eram a pior coisa que tinha de suportar. Por isso passava a maior parte do tempo deitada. Com esforço, Cecília elevou-se na cama, com o tronco recostado na cabeceira.

— Consegue abaixar a cabeça?

— De forma alguma. — sussurrou Cecília, tristemente.

— Deixe-me ver sua nuca.

Mirta levantou os cabelos longos de Cecília e notou uma mancha de tom avermelhado no início da cervical. Pediu que Agostina e Idália aproximassem o lampadário até o local. E as três chocaram-se ao ver que abaixo da pele de Cecília, havia um movimento. Algo estava vivo e se mexia sob a pele clara de Cecília. Talvez o excesso de unguentos não deixasse que a própria doente notasse a parte inchada que crescia na base de seu pescoço.

Agostina deu um passo para trás.

— Que horror! O que será isso, por Vesta! — seu rosto contraiu-se numa careta denotando nojo.

— Um verme, provavelmente um parasita. — respondeu Mirta, calmamente.

— Júpiter Capitolino... o que faremos? — Vamos tirá-lo daqui.

— Mirta, você já fez algo assim antes? — Idália confiava em Mirta, mas não poderia colocar a vida de Cecília em risco numa tentativa cega de melhora. Além disso, teria de explicar aos Áugures se algo viesse a piorar drasticamente o estado de Cecília.

— Confiem em mim, minhas amigas. Dentre meu povo já vi muito disso, é provável que Cecília tenha se exposto a algum ambiente diferente e não tenha notado os primeiros sintomas da doença. Somente quando a coisa cresceu e começou a comprimir seus nervos todo o quadro piorou.

Cecília sentia muitas náuseas e contou a Mirta que vomitava muito no início, e que sua cabeça girava constantemente.

— Tenho aqui comigo alguns remédios que precisarei usar em Cecília. Mas o mais importante não possuo.

— O quê? — perguntou Idália.

— Uma lâmina afiada e de ponta bem fina.

— Esse é o menor dos problemas! — apressadamente Agostina foi ao escritório de Idália, abriu o armário onde ficavam guardados os testamentos dos nobres e pegou, na última prateleira, uma caixa de madeira. Lá havia alguns instrumentos do médico das vestais. Ele mesmo havia deixado lá, para que fossem de uso exclusivo delas.

— Vamos lá, minha querida. Você vai precisar de coragem. — disse Mirta olhando firme nos olhos de Cecília. — Isso pode doer, mas saiba que no final ficará tudo bem.

Cecília fechou os olhos e entregou-se aos cuidados de Mirta. Agostina dobrou um pano de algodão e deu para a doente morder.

— Vou precisar de água quente e alguns retalhos limpos. Com sorte este médico também deixou uma pinça por aqui, não deixou? — parecia que estava falando sozinha enquanto vasculhava a caixa de madeira. Quando encontrou tudo o que precisava, Mirta mergulhou tudo em água quente. Idália e Agostina não se moviam, obedecendo quando Mirta pedia ajuda.

— Deite-se de bruços. — pediu Mirta à Cecília, que o fez com muito esforço.

Só então perceberam que ninguém havia encontrado o problema porque a maioria dos médicos que examinara Cecília, por serem homens, não se sentia à vontade em olhar atrás de seus cabelos, em seu pescoço, sempre protegido por sua vasta cabeleira anelada.

Acima do corpo de Cecília, Idália e Agostina mantinham a luz firme das lamparinas e viam impressionadas a precisão de Mirta ao operar. Seu corte perfeito e reto acima do inchaço da pele. Mais tarde, ela explicou que o corte, aparentemente grande, foi feito para melhor manipular a ferida e assim retirar tudo o que houvesse abaixo da pele. De fato, foi assim. Um verme gordo e molenga fora retirado da pele de Cecília. Pelo que Mirta percebeu, ele devia estar ali há quase um mês. Aproximadamente a data em que estiveram no sul da Itália, em um casamento celebrado numa vila onde, segundo Idália, havia muitos animais soltos. Mirta acreditava que o verme que estava em Cecília, viera de alguma criação de porcos.

Mirta limpou a incisão com vinho e preencheu a pele cortada com resina de pinheiro — um excelente bactericida. Fechou o corte com dez pontos e pediu que Cecília repousasse naquela posição durante sete dias e sete noites. Ela poderia se levantar, assim que se sentisse bem para isso. Mas não poderia comprimir o local com seu próprio peso.

Chamaram a dama de companhia que ficava no quarto com Cecília e desceram para o escritório da Máxima. Ali, as três compartilharam algumas xícaras de chá e falaram sobre a decisão de Idália.

— Agora que você já sabe o que farei, não precisa ficar para a cerimônia oficial. Seria mais seguro, não?

— Sim, seria. O que me fez voltar a Roma foi a saudade que sentia de todas vocês. Agora que nos vimos e que tudo foi muito mais intenso do que eu poderia imaginar, não há nada que me prenda aqui. Ícaro vai dar graças aos deuses. Creio que fazê-lo ir ao Fórum comigo amanhã seria abusar de sua fidelidade.

— Vocês são marido e mulher, Mirta? — perguntou Agostina, imediatamente.

— Agostina! Que impertinência... — Idália ralhou como uma Máxima.

Mirta riu.

— Quase isso, minha amiga. Quase.

— Fico feliz que você tenha um companheiro. E que tenha valido a pena abandonar tudo por seu filho. — disse Agostina, abraçando-a.

— É verdade. No final, tudo valeu a pena.

As três se abraçaram longamente, conscientes de que talvez isso fosse impossível de acontecer novamente até o fim de suas vidas.

De volta para casa, dona Ismênia rompeu o silêncio na liteira com um sussurro.

— Já posso falar agora?

Mirta soltou uma enorme gargalhada.

— Claro, que sim. — ela adorava a maneira natural de dona Ismênia. Como uma criança pura.

— Obrigada por essa noite minha, filha. Muito obrigada!

— Eu que agradeço, dona Ismênia, por sua coragem. As duas seguiam de mãos dadas, enquanto Ícaro cavalgava ao lado, sentindo seu corpo mover-se devagar com o trotar curto de seu cavalo.

No quarto, enquanto se vestiam para dormir e Mirta liberava seus cabelos da grossa trança que fizera, Ícaro quis saber por que haviam demorado tanto lá dentro. Mirta lhe contou tudo, inclusive a decisão de Idália.

— Não precisamos ficar em Roma. Se quiser, amanhã mesmo podemos regressar à Gália.

O centurião se ajeitou na cama, sentando ereto.

— Está falando sério?— Sim, claro! O motivo que me fez vir a Roma já foi cumprido. Nada mais me prende aqui.

Ícaro a abraçou e aninhados, ambos caíram num sono profundo e regenerador.

Na manhã seguinte, enquanto Mirta e Dona Ismênia tomavam café e conversavam sobre as vestais, Ícaro chegou para juntar-se a elas.

— Fui ter com Cohncot. Comuniquei-o sobre a nossa partida e ele disse que podíamos ir em paz. Achou bom e prudente.

— Então vocês já vão? — a mãe de Ícaro estava desapontada.

O centurião beijou a testa de sua mãe e fez um convite:

— Venha conosco, minha mãe. Você nunca saiu de Roma, seria uma oportunidade única. Não sei quando poderei vê-la novamente.

As pequenas mãos senis de Dona Ismênia seguraram o rosto de seu filho. Mas ela negou o pedido.

— Estou velha, meu filho. Não aguentaria chacoalhar numa carroça daqui até a Gália. Meus ossos doem até para ir ao mercado.

— Nós poderíamos parar várias vezes, sempre que a senhora pedisse. — Mirta também queria que ela fosse. Poderia desfrutar do ar na Gália, comer frutas que não nasciam em Roma. Poderia finalmente rever Rhodes.

— Vocês teriam que parar tantas vezes que chegariam apenas para o casamento de Rhodes. Não, não... deixem-me aqui. Se não puderem me visitar, mandem-me cartas. Assim me sentirei importante.

— Você é importante mãe. Sempre será. — Ícaro a abraçou longamente, como nunca fizera e, se fizera, havia sido numa idade em que os filhos não se envergonhavam de abraçar as mães. Beijou sua testa e suas mãos. — Sinto sua falta, mãe.

— Eu também meu filho, eu também... — as mãozinhas de Dona Ismênia batiam carinhosamente nas costas do centurião.

Horas antes da cerimônia que revelaria a toda Roma a decisão de Idália, Mirta e Ícaro partiram de Roma. Resolveram fazer isso naquele dia mesmo, porque a cidade estaria envolvida no acontecimento da noite. Mesmo que não avançassem para tão longe de Roma, o fato de estarem fora dela e na estrada, já lhes concedia vantagem. Mais ou menos na mesma hora em que a cerimônia dava início no Templo de Júpiter Capitolino, Ícaro e Mirta montavam sua barraca na primeira parada para descansar naquela noite. Escolheram um lugar seguro, não muito perto da margem da estrada, mas suficientemente longe de olhares estranhos.

— Ninguém pode imaginar o que ouvirá nesta noite, não é? — disse ele, enquanto acendia uma pequena fogueira.

— É, o povo certamente espera que Idália aceite Claudius em matrimônio. Mas aqueles que vivem nos corredores dos templos não estranharão sua decisão.

— E você? Esperava por isso? — Ícaro pegou uma pequena panela das mãos de Mirta para aquecer a água.

— Sinceramente? Bem dentro de mim era isso o que eu esperava de Idália. — ela suspirou profundamente enquanto olhava para o céu da Itália, que tinha um desenho só dele. Mirta estava se despedindo das estrelas itálicas. Roma era tão forte e profunda que parecia possuir suas próprias constelações.

Longe dali, no coração de Roma, nobres, senadores, sacerdotes e o povo se reuniam para assistir à cerimônia de Idália Balbo. Otaviano estava lá, triunfante, reinando invicto e resoluto, enquanto suas rusgas com Marco Antônio o faziam chegar aonde queria. O senado o apoiava. O povo o aceitava. E os deuses o abençoavam. Assim como o mármore que revestia o templo do deus-mor dos romanos, a face de Otaviano César reluzia. Ele tinha a tez de um menino e os olhos de um ancião. Com sua toga clara, cujas extremidades eram bordadas em vermelho e dourado, Otaviano sentava-se como um rei a notar cada elemento que o cercava. A *gravitas*, virtude romana com a qual ele queria imprimir seu potentado, podia ser vista nitidamente no seu semblante. Ética. Ele acreditava que conseguia praticá-la.

Mas a estrela da noite, nossa Idália — que estava mais bela do que nunca —, tinha a virtude das vestais: *pietas*. Quando o compromisso com os deuses está dentro de alguém, nada nem ninguém é capaz de suprimi-lo. Por isso, quando todos, inclusive Claudius Livius, esperavam que ela retirasse seu véu de Máxima e o colocasse na cabeça de Agostina, espantaram-se. Idália não se casaria. Não abandonaria o Colégio Vestal, nem suas companheiras, tampouco o poder que residia em suas mãos. Idália era a mulher mais sagrada de Roma naqueles tempos e seria por muito mais.

Mirta contou a Ícaro parte da conversa com sua amiga, e as palavras de Idália foram estas:

*"Eu amei Claudius com minha própria alma, da aurora
da vida até os tempos de mulher. Mas hoje, vejo que
o que perdemos jamais poderá ser resgatado. O que
perdemos foi vivido entre ele e Antônia. Foi o desígnio
dos deuses. Hoje, meu amor é para o povo de Roma."*

No fim daquela noite, Ícaro estava grato pelo burrico da Vestália. Afinal, tudo poderia ter sido muito mais arriscado do que fora. E menos satisfatório para Mirta.

CAPÍTULO XXXI

A VINGANÇA DOS CARNUTES

Cinco dias antes do retorno da comitiva allobroge, Mirta e Ícaro já haviam chegado às imediações de Lugdunum; acharam melhor se adiantar para os preparativos. Quando passaram perto de Vienne, Mirta sentiu vontade de arremeter o cavalo naquela direção, mas agora, aquela não era mais a sua casa. Afinal, o povo de Cohncot já havia se mudado de lá. Agora, se quisessem visitar o Templo de Belissãma, teriam de viajar por uma boa distância. As coisas haviam mudado, algumas para melhor — como a organização da cidadela e a chancela de Roma sobre os moradores de Lugdunum —, mas a fé dos allobroges vienenses sofria abalo pela romanização. Antes de partirem para Roma, a família de Rhodes, bem como o próprio Macarven, haviam escolhido uma data para o enlace de seus filhos; estava tudo marcado para os primeiros dias de Sextillis, mês do calendário juliano que ainda não tinha sido batizado com o nome de Augusto, precisamente em um *Dies Solis — Dia de Sol, domingo —*, pois assim Mirta e Ícaro já teriam voltado de Roma, bem como o sacerdote celebrante, Cohncot, estaria presente.

Os pais de Rhodes estavam falando sobre isso, pouco antes de romper a murada allobroge, em Lugdunum. A temperatura fresca do Rio Saône já se fazia sentir e aos poucos marcava na vida dos moradores uma referência. No entanto, em poucos minutos, esse começo de familiaridade com Lugdunum se romperia de súbito, no coração não só de Mirta, como também de seu companheiro romano. Tumboric veio ao encontro dos dois como se fosse um espectro, magro e abatido, fitando sua mãe como se na verdade não quisesse enfrentá-la, de todo. Atrás dele, guerreiros allobroges formavam uma espécie de comitiva que se avolumava, como se quisessem prestar um tipo de homenagem. Mirta sentiu as pernas tremerem e o que se seguiu foi o relato do mais temido pesadelo de todas as mães.

Rhodes havia morrido!

Tumbo, coitado, foi o mensageiro daquela fatalidade e de uma maneira injusta da vida para com ele, não estava preparado para aquilo:

> *"Minha mãe...Rhodes não está mais entre nós.*
> *Os carnutes o levaram, há três dias. Nos atacaram na*
> *floresta, estávamos a caminho de Avaricum.*
> *Os Bitúriges nos socorreram, pois assim como nós,*
> *sofreram um ataque repentino dos chifrudos... ele estava*
> *ao meu lado, começamos a lutar, despreparados para*
> *aquilo... estávamos num pequeno grupo arregimentado*
> *por Serviorix. Apenas alguns arqueiros e lançadores, além*
> *de mim. Eles, eles...o mataram e levaram seu corpo."*

Se Tumboric não estivesse tão abalado e se sentindo culpado, poderia ter escolhido melhor as palavras. Mas era apenas um jovem rapaz, tentando se acostumar com a guerra e não pôde encontrar meios sutis de dizer a sua mãe que o irmão estava morto. Achou, então, que deveria contar as coisas como de fato tinham ocorrido. Na terceira frase de Tumbo, a curandeira já havia sucumbido ao chão. Esteve ausente por muitos minutos e quando voltou a si, enquanto Ícaro a segurava nos braços pedindo que as mulheres da aldeia trouxessem água, Mirta começou a balbuciar alguns sons, seguidos de gritos que jamais havia dado em toda a sua vida. Contraiu-se ali mesmo no chão, em posição fetal, com os braços apertando o ventre, como se pudesse prender seu filho na curvatura de seu corpo, e suas pernas encolhidas davam a impressão de que diminuíra subitamente. Ícaro, tão perplexo quanto ela, olhava para Tumbo procurando uma pista naquela narrativa capaz de desmentir o fato. Seus olhos sibilavam entre o céu e o corpo de Mirta, enroscado como um caramujo. Amarantine veio correndo ao encontro deles e se jogou sobre Mirta para abraçá-la, queria com ela dividir seu desespero. Disseram coisas desconexas, agarradas, e se olharam implorando uma para a outra para que aquilo não fosse verdade. Outras pessoas vieram até eles, em silêncio, gente que conhecia Rhodes desde pequeno e que o vira crescer, transformando-se num guerreiro; pessoas que haviam rido de suas peraltices — ou sofrido com elas —, aldeões, artesãos, ferreiros, homens do exército allobroge, gente que tinha vindo ao mundo pelas mãos de Mirta, que tinha sido curada por ela. Todas essas pessoas estavam ali por perto, ouvindo o choro daquela mãe. Uma mulher que ajudava a todos, mesmo quando não tinha a menor ideia de como fazê-lo, mas que, naquele momento, não poderia ser ajudada por ninguém. Nem mesmo Cohncot, quando chegou a Lugdunum, cinco dias depois, soube o que dizer ou fazer pela curandeira.

Eu me culpei também. Não estava lá para ajudar meu amigo, resolvi seguir Mirta e Ícaro até Roma, porque de uma maneira inteiramente ingênua, acreditei que tudo estava sob controle. É assim que sou castigado, caindo na armadilha de pensar que sou humano. Se estivesse com os pés na condição de Natural, não viveria apenas dentre os allobroges, na maior parte do tempo, assumiria minha condição de soprar e teria visto o que os carnutes tramavam em Chartres. Mas é que havia se passado tanto tempo desde aquela fatídica guerra, que todos nós acabamos por pensar que Roma tinha mandado seu recado de maneira irrepreensível. Acontece que os carnutes, agora, tinham os allobroges muito mais como inimigos do que os romanos. No momento em que Tumbo foi dizendo aquelas coisas para Mirta e Ícaro, suspendi minha respiração. Depois soprei por toda aldeia, entrei, em fração de segundos, em todas as construções de Lugdunum. Varri as margens do Rio Seône, seguindo depois os veios do Ródano. Eu não acreditava naquilo, embora tenha visto tanta sinceridade e compaixão nos olhos de Tumboric. De repente tudo ficou cinza, denso e apertado para mim e precisei subir o máximo que pude. Eu precisava de ar, mais ar, mais amplitude. Senti-me derrotado. Gritei e quando fiz isso provoquei trovoadas. Logo depois a chuva veio e tornou as coisas piores para a Mirta, e para todos aqueles que amavam Rhodes.

Não trabalhei naquele dia e, sinceramente, apesar de saber que sem mim a chuva se torna mais forte e resoluta, deixei que ela caísse sem trégua. Se outros ventos quisessem chegar, que chegassem. Eu não estava mais fazendo questão de ficar ali. Se o meu comandante quisesse me puxar para longe, que puxasse. Mas ele não fez isso. Apenas me deixou estagnado, um expectador da ausência de Rhodes.

O OLHAR DO VELHO BRUXO

Quando tornou-se possível falar sobre a morte de seu filho, Mirta foi até a cabana de Cohncot. Durante três dias e três noites ela não comeu, nem bebeu. Ao final do terceiro dia aceitou uma caneca de chá, oferecida por Tumbo, e bebeu somente para não morrer antes de ter a certeza de seus sentimentos. Estava fraca e com um olhar muito diferente, de alguém que não era ela de verdade. Pediu a Tumbo que a levasse até Cohncot, e jogou sobre seus ombros uma capa de lã em tom de açafrão, como quase tudo que ela tinha. Seu filho correu para pegar suas sandálias, a fim de calçá-las na curandeira, mas ela fez que não e se Tumbo tivesse conhecido a mãe anos antes de ter vivido em Roma, saberia que ela só andava descalça. Mirta estava, naquele momento, cultuando todos os deuses da Gália, não se lembrava do que era Roma, nem de onde se situava, sequer reconhecia esse nome. Naquele momento seu corpo e sua mente eram somente gauleses e mesmo sem dizer, seu aprendiz reconhecia essa mudança nela. Acho que Ícaro também. Quando Mirta atravessou por dentro da oppida, até a casa de Cohncot, notou-se um silêncio desses que só existem quando gente de muito valor passa por nós. Todo o povo allobroge estava, naquele momento, enlutado por Mirta e por seu filho. De longe, ouvia-se um bater de martelo sobre algum pedaço de ferro, um barulho sínico que lembrava a todos que a vida continuaria.

Desta vez Mirta não se fez anunciar. Foi abrindo a porta de madeira maciça que vedava o interior da casa do sacerdote. Talvez ele estivesse esperando por ela. Tumbo a segurava pelo cotovelo, com receio de que desmaiasse a qualquer momento; parecia que a gaulesa se mantinha firme por algum tipo de clemência celestial. Lá dentro queimavam, sobre um prato de cobre, algumas folhas de mirra. Cohncot segurava uma caneca com chá bem quente e, embora fosse dia, havia somente uma claridade baça proveniente da única fresta de luz espremida entre a abertura na parede e a margem de uma grossa cortina. Tumbo notou que a casa de Cohncot não era muito diferente daquela em Vienne, somente por fora tinha a aparência mais romanizada a começar pelo telhado; seu interior, porém, conservava o mesmo cheiro de tradição e ervas.

O sacerdote foi até Mirta e a abraçou demoradamente, depois a fez se sentar em uma cadeira de três pés enquanto ele, com certa dificuldade, tomou assento em uma cadeira com braços altos.

— Quero meu filho, Cohncot. Quero-o de qualquer maneira. — a voz de Mirta estava muito baixa e misturada a sua conhecida rouquidão, mal podia ser ouvida. Tumbo, que também andava naqueles dias entre os sentimentos de perda e culpa, juntamente com a obrigação de zelar por sua mãe, não percebeu de imediato que aquilo não era um pedido, mas sim, por mais insano que parecesse, uma ordem.

O velho continuou bebendo o conteúdo da caneca.

— E como quer que eu faça isso, minha filha? — havia uma subserviência naquela pergunta? Tanto eu quanto Tumboric demoramos a entender aquela conversa.

— Não sei. Encontre a melhor maneira, o senhor é muito sábio e conhece várias formas de ser obedecido.

— Isso não depende apenas de mim...

Mirta o interrompeu com uma expressão que variava entre a impaciência e o respeito. Seus olhos estavam fechados até começar a falar.

— Não me obrigue a desfazer uma promessa. Quero meu filho, morto ou vivo.

Nessa hora Tumboric sentiu pena de sua mãe. Aquela conversa devia ser uma espécie de consideração de Cohncot para com ela, afinal, até aquele momento ela não tinha aceitado a morte de Rhodes, mesmo o próprio Tumboric jurando ter visto o corpo de seu irmão morto sendo levado no cavalo de Falconi. Então, por mais doloroso que fosse, por que sua mãe não acreditava nele? Será que não ouvira toda a sua narrativa? Ele tinha contado tudo sobre a morte de Rhodes, naquela mesma manhã, quando sua mãe, aparentemente mais desperta, pedira para que ele repetisse pausadamente o que acontecera naquela terrível tarde.

- 314 -

"Nós estávamos exatamente entre Allier e Lezoux, onde os arqueiros Bitúriges disseram que nos encontrariam. Passávamos por um terreno acidentado numa estrada de carvalhos mirrados, quando fomos surpreendidos pelos carnutes, logo à nossa frente. Aquele estandarte de Cernunuos que pode ser notado ao longe, parecia maior e mais reluzente. Eles se posicionaram de modo a bloquear nossa passagem e nem mesmo quando Macarven intermediou a conversa aceitaram nossa solicitação de seguir viagem. Do outro lado da estrada, vindo na direção contrária, vimos o contingente Bitúrige e então pensamos que a coisa fosse, afinal, se resolver da melhor forma. Mas aquele maldito Falconi não tinha a intenção de solucionar nenhum conflito. Estava claro que era uma emboscada para nos matar". Tumboric ficou um tempo em silêncio, precisava de coragem para continuar.

"De repente, fomos surpreendidos com mais carnutes que vinham logo atrás do contingente bitúrige. Estavam encimados num monte que divisava a estrada e então o que fizeram foi um cerco. Alguém certamente os avisou de nosso encontro. E, talvez por saber que Cohncot e Bautec não estavam em Lugdunum, resolveram agir, não sei."

Por isso, quando Mirta falou em ter Rhodes vivo ou morto e Cohncot não a contestou, Tumboric pensou que o velho, por experiência, notara a perturbação de uma mãe lutando para aceitar a morte de um filho. As mãos senis do sacerdote passavam lentamente por sua túnica, acarinhando a tessitura grossa com desenhos celtas bordados sobre ela. Ele estava pensando numa resposta e depois de alguns minutos, Tumboric entendeu que só estava ali porque conhecia um dos segredos de Cohncot.

— Quero o meu filho, tenho o direito de enterrá-lo. Não obedecerei nenhuma regra, nenhum tratado, acordo ou condição para fazer valer meu direito. Ainda que isso importe em ser banida de Lugdunum e que seja a última coisa que eu faça nesta vida, vou em busca do meu filho. — a fala de Mirta tinha um tom contumaz jamais visto por Tumboric, era quase uma ameaça. Eu já tinha presenciado aquilo antes, quando em Roma ela soube que Rhodes estava vivo, ao contrário do que a fez pensar César. De seus olhos chispavam faíscas que tinham a intenção de queimar seu amor pelo romano. Agora, era contra Cohncot que desferia faíscas, antigas, por certo, e tanto eu quanto Tumbo não sabíamos com que direito ela dizia aquelas coisas.

— Tumboric jura ter visto o corpo de Rhodes jogado sobre o cavalo de Falconi. Macarven também confirmou isso. — disse o velho.

— É uma outra coisa que não entendi, o que ele fazia com Rhodes e Tumboric se foi solicitado para permanecer na oppida como seu substituto? Tumboric se ateve àquela pergunta e desfiou um rápido pensamento que não havia lhe ocorrido até então. Seria possível que Macarven, através de uma maquinação secreta, tenha feito um acordo com os carnutes entregando Rhodes numa emboscada?

— Ora, creio que se sentiu na obrigação de acompanhar Rhodes porque, afinal, era seu futuro genro. — completou o sacerdote com naturalidade.

Pelo olhar de Mirta deu para notar que o próprio Cohncot não estava certo daquilo e talvez por isso, algo inusitado tenha ocorrido naquele encontro, porque Mirta se ergueu sobre o velho e como nunca na vida tinha feito, gritou com o dedo em riste.

— Rhodes não será uma moeda entre você e sua gente. Eu não permito! Não permito!

O homem ficou inerte, segurando os braços da cadeira e assumindo que merecia aquele tratamento. Foi tão estranho, aquilo tudo. Do que Mirta falava, afinal? Segundos depois, ela caminhou para fora com uma força que voltava como uma lufada. Antes de bater a porta de carvalho, virou-se para o homem e disse:

— E pensar que eu o amei como a um pai... e que meus filhos foram criados para protegê-lo de qualquer *malum*.

Mirta voltou para casa e pediu para Tumbo encontrar Ícaro, com urgência. Pouco tempo depois, os três estavam reunidos em casa, quando Mirta anunciou ao centurião aquilo que já tinha certeza.

— Rhodes não morreu. Ele não morreu. — afirmou, segurando as mãos de Ícaro enquanto olhava fundo em seus olhos.

— Meu amor... não, ele não morreu para nós. — Ícaro estava, assim como Tumbo e Mirta, extremamente abatido, aquele menino era como o seu próprio filho. Nos últimos três dias, enquanto Mirta mergulhou em sua cama sem nada comer ou beber, preferiu ficar recluso e também na aldeia, ninguém soube dele. Tumboric sentiu-se só. Não fosse a companhia de Brígida, que se mostrou uma amiga e amante como ele jamais pôde imaginar, sua tristeza teria sido muito mais profunda. Foi ela quem tentou tirar de sua cabeça a culpa pela morte do irmão, porque afinal, estava também lutando com outro carnute quando Falconi acertara a espada nas costas de Rhodes.

— Ele não morreu, Ícaro. Acredite em mim... — Mirta estava com os olhos muito abertos e presos nos de seu amante. Queria que ele acreditasse em sua intuição contra todos os fatos e relatos de quem vira a morte nos olhos de Rhodes.

— Por que dizes isso?

— Porque tive uma visão. Rhodes estava partindo para o Egito, numa galera, tinha o rosto maduro, cabelos longos e a barba comprida. Seus olhos se perdiam no horizonte enquanto as ondas do Mediterrâneo batiam no casco da embarcação e respingavam em seu rosto. — enquanto dizia isso, Mirta começou a chorar, implorando para que Ícaro acreditasse nela.

Ele a abraçou forte e os dois se perderam entre soluços e carícias. Tumbo, que estava com a mente confusa, depois da conversa entre sua mãe e Cohncot, saiu para tomar ar e pensar nas coisas que tinham sido ditas na cabana do bruxo. Sentia-se vazio sem o seu irmão e se deu conta de que até aquele momento, quase sete dias depois de vê-lo morto sobre o cavalo de Falconi, não acreditava que o havia perdido. Um punhal estava enterrado nas costas de seu irmão, seus olhos abertos, enxergando o além. Ele não tivera coragem de contar para Mirta os detalhes mais terríveis: quando o maldito Falconi veio até ele e mandou que olhasse nos olhos de Rhodes, disse que queria lembrá-lo disso para o resto da vida — como se Falconi já não fizesse parte das mais perversas lembranças de Tumboric — e que dissesse para os allobroges que o filho de Júlio César estava morto como o pai.

Ouvi Tumboric dizer essas coisas para Brígida, meia hora depois. Despejou sobre ela esses detalhes com o fito de rememorar o motivo definitivo que o faria matar Falconi, e disse que faria isso nem que fosse a última coisa de sua vida. Brígida passava as mãos sobre seu cabelo espesso e negro, enquanto Tumbo pousava a cabeça sobre seu peito. Depois de um silêncio demorado, em que os dois convergiam o pensamento sobre Rhodes — cada um com suas lembranças —, Brígida perguntou a Tumbo:

— Você confia em Macarven?

— Por quê? Tem algo a me dizer? — ele ergueu a cabeça e a fitou nos olhos.

— Nada sei desse homem, a não ser que não gosto e nunca gostei de seu jeito. Tem olhos de raposa. Não acredito sequer que seja um druida.

Tumbo respirou fundo. Acho que não queria acreditar que Macarven tivesse algo a ver com a morte de Rhodes, mas começou a pensar na pergunta de Mirta a Cohncot. De fato, não seria de todo comum que o homem, sacerdote, acompanhasse seu futuro genro a um encontro com outro contingente arqueiro, quando ele próprio não era um homem das armas. O mais certo seria ficar dentre os allobroges, cumprindo a promessa que fez a Cohncot. A menos que para cumprir o trato com os carnutes, tivesse de estar pessoalmente garantindo sua entrega. Enquanto chegavam a essas terríveis deduções, Tumbo olhava fixo para Brígida. E a fala desenvolta da moça, peculiar no caráter atrevido, continuou desenhando para ele outro Macarven.

- 318 -

— Vocês acreditaram muito rápido em Macarven. Pensam mesmo que ele aceitaria sua filha se casando com o filho de Júlio César, o homem que o condenou a uma vida de banimento na Britannia? Que destruiu Vercingetórix e dominou a Gália? Não mesmo! Foi tudo fingimento, isso sim. A mim, nunca enganou.

— Eu o mato...

— Ah sim, gaélico... você o matará quando tiver provas disso. E se ficar bem quieto, as conseguirá.

Eu estava dando graças à Belissãma por fazer aqueles dois se unirem, mesmo que por um motivo tão doloroso, assim Tumbo não se perderia, porque Rhodes sempre foi seu contraponto, assim como ele era para Rhodes. Quanto à Brígida, penso que é uma mocinha esperta, mas será que está certa sobre o caráter do pai de Amarantine? Quando saí da morada de Brígida, finalmente tive um lampejo de lucidez e soprei até Chartres. Eu precisava ver o que fariam ao meu amigo Rhodes, o que fariam com seu corpo.

CAPÍTULO XXXII

A prisão, em Chartres

Custei a encontrar meu amigo. Tive, com muito custo, a coragem de procurar seu corpo dentre os corpos que os carnutes penduravam pela cidadela, como demonstração de força e imposição de medo. As pessoas aqui parecem estar acostumadas ao fedor desses corpos e caminham de um lado para o outro ignorando o fato de que sobre suas cabeças pendem corpos de inocentes ou inimigos que nunca se aproximariam deles. Chartres me assusta e me deprime. Mas sua arquitetura é, por ironia do destino, lindíssima. Uma das oppidas mais belas de toda a Gália. Talvez tenha sido muito mais bonita no passado quando outros tipos de homens a comandavam. Agora, com Urthor e Falconi, a cidade fora lambida por uma atmosfera maligna e doentia. Difícil até para descrever. Fui entrando por um e outro canto de Chartres, escancarei portas, janelas, soprei montes de palha e feno. Nada de Rhodes. Então subi um pouco mais alto a fim de mapear todo território Carnute.

Foi quando avistei, a meia milha de distância, uma construção circular, feita com pilos de madeira muito altos e talvez por isso sem proteção na parte superior. O que quer que pretendesse escapar de lá, não conseguiria com uma simples escalada. Era, por assim dizer, uma grande cela. Aproximei-me e desci ao seu interior. Lá estava o meu amigo Rhodes, tão deformado fisicamente que tive dificuldade de identificá-lo dentre os demais prisioneiros. Todos com um aspecto deprimente, mais pareciam mortos-vivos. Cada um estava preso pelas pernas e pelos pulsos com correntes pesadas de ferro ao redor de tocos de madeira. Era notório que tinham sido açoitados, porque as costas guardavam cortes profundos de onde a pele saltava em tons de carne viva. O tal ferimento, causado pelo punhal de Falconi, estava aberto e bem escuro, mas algo me dizia que não era tão profundo como supôs o meu amigo Tumboric. Tive vontade de abraçar Rhodes, mas se tentasse algo parecido, estaria acabada a minha tentativa de ajudá-lo. Eu seria punido e não sei por quanto tempo ficaria longe dele e dos allobroges. Por isso, só pude observar.

8° DIA DE PRISÃO

— Água... por favor, água... água...

A boca ressequida de Rhodes implorava por água, mas seu algoz só fez jogar para o lado uma tigela feita de barro do tamanho da palma da mão, com um bocado de algo que só mesmo homens na condição de prisioneiros em cativeiro teriam coragem para comer.

Para o velho, ao lado do meu amigo, que parecia mais morto do que vivo, deixaram a tão desejada água pela qual Rhodes implorava. O carcereiro, vou chamá-lo assim, agia como quem alimenta animais. Não. Acho que ninguém alimentaria animais com tanto ódio e desprezo. Certamente seu cavalo — se tivesse um — seria melhor alimentado. Talvez aquele carnute, cujo semblante se eximia de qualquer emoção, não tivesse apreço nem mesmo por um animal. Estava claro que não. E eu não digo isso porque sou amigo de Rhodes e desejo que algo sobrenatural o salve dessa gente, mas porque posso ver onde a emoção se instala nos homens, e ali, entre os carnutes, passo muito tempo sem encontrá-la.

O velho ao lado de Rhodes, de rosto colado no chão lamacento, parecia estar de olhos semicerrados. Rhodes não sabia precisar — por causa de suas rugas e do tecido flácido da pele misturados aos hematomas que ainda não haviam desaparecido —, quando estava acordado ou desmaiado.

— Porcos! — gritava o carcereiro, que devia ter no máximo 20 anos de idade, enquanto saía cuspindo, dando a impressão que alimentar aqueles dois fosse a tarefa mais humilhante para um homem do povo Carnute.

Quando a porta pesada feita de troncos de madeira bateu atrás das costas do homem, Rhodes sentiu alívio. Estar na presença daqueles vermes torturadores era muito pior do que morrer de sede ou fome. Muitas vezes, já quase nos braços dos deuses, ele pensou em se despedir do mundo e fazia orações para Belissãma pedindo que o esperasse no portão dos celtas cuja travessia levaria a algum estágio do Gwinfyd. Mas em seguida, sem saber ao certo quanto tempo havia se passado, Rhodes percebia que ainda estava vivo, para deleite de seus inimigos.

Por alguns minutos, aquela espécie de ração levada até Rhodes compôs aquele cenário degradante, como um visitante que chega apenas para verificar um cômodo vazio. Um visitante indesejado, cujo papel não cumpriria com a menor dignidade, pois, para Rhodes, e certamente para o velho também, era melhor não atribuir gosto às refeições que recebiam. Os braços de Rhodes não tiveram a menor vontade de alcançar a comida.

— Tome... pegue um pouco para si. — o homem empurrou a tigela com água na direção de Rhodes, ligeiramente, com a sola dos pés muito sujos. Seus pulsos estavam amarrados, mas os pés não. Talvez, diferentemente de como fizeram com Rhodes, os carnutes não acreditassem que o ancião — depois das sovas que levara — conseguisse escapar para algum lugar.

Só depois de beber um bom gole foi que Rhodes percebeu que o velho parecia muito bem, apesar de tudo. E que seu estado semimorto, minutos antes na presença do carcereiro, nem sequer podia ser lembrado. Limpando os lábios com a face da mão, Rhodes deixou as pálpebras caírem demoradamente em sinal de agradecimento. Teve o cuidado de guardar para o homem a metade do líquido e o empurrou de volta com o mesmo cuidado para que não sofressem o azar de derramar. Era fim de tarde e um sol muito delicado se punha por trás das montanhas. Estranhamente, Rhodes sentiu que o velho pensava o mesmo que ele: aquele sol era a bonança e em breve algo de bom lhes aconteceria. Ou seria o prenúncio da morte a lhes trazer antecipadamente a sensação da paz em despedida?

— O Bem se avizinha, guerreiro allobroge... o Bem se avizinha.

De olhos fechados, sentindo aquele resto da nobreza solar, Rhodes respirou como um passarinho, suavemente, sem deixar que as palavras daquele homem fossem perturbadas, dando passagem para que elas, missionárias de esperança, atingissem sua total potencialidade. O silêncio é o maior amigo das premonições.

No dia seguinte, pedindo aos deuses que dessem forças a Rhodes, voltei para Lugdunum.

Na Oppida Allobroge

Ícaro foi convocado por Bautec em sua tenda. A comitiva dos nobres bitúriges havia chegado pela manhã e buscava apoio para intentar uma incursão noturna na cidadela dos carnutes.

— Bautec, penso que irmos às terras carnutes apenas com o nosso efetivo, é uma sentença de morte. Precisamos do auxílio de Roma.

O líder dos bitúriges, Caudeus, que era um homem maduro e de feições muito limpas, atacou o argumento de Ícaro.

— Já devemos muito para Roma, não sei mais o que esses governadores podem tirar de nós. Além disso, sabemos onde estão os prisioneiros de guerra. Não ficam no interior de Chartres, estão há meia milha de lá, aproximadamente.

Bautec acariciava a barba escura enquanto pensava no que o homem dizia.

— E isso o faz pensar que poderíamos chegar até o local dos prisioneiros sem maiores percalços, por quê?

— Porque estamos acampados próximo dali há três dias. Temos certeza de que nosso líder está lá, bem como seus arqueiros.

Ícaro queria acreditar nas previsões de Mirta, mas evitava se apegar a isso com medo de nutrir falsas esperanças. Nos últimos dias, a única promessa que fizera à mãe de Rhodes era de que traria seu corpo para ser enterrado perto de Belissãma.

— Não estamos pedindo ajuda, senhores, estamos oferecendo a oportunidade de resgatar seus prisioneiros na mesma ocasião que nós, o que facilitaria os dois lados envolvidos. — o líder porta-voz dos bitúriges tinha vigor em demasia. Seus bigodes longos, assim como a sobrancelha reta e unida no cenho da testa, davam a impressão de que nada em seus planos falharia.

Ícaro interrompeu uma fala recém-nascida na intenção de Bautec. Fez sinal para o druida com a mão dando a entender que seria uma breve interrupção.

— Agradeço a oportunidade caro guerreiro, mas nós não temos prisioneiros de guerra para resgatar dentre os carnutes — seus olhos penderam para baixo — nossa vingança se dará em pouco tempo, mas creio que nossos homens não irão com vocês.

— Tem certeza, centurião, que os allobroges não têm prisioneiros de guerra dentre os carnutes? — a voz daquele homem pareceu tão inquisitiva quanto a de Mirta, e por alguns instantes seu olhar transmitindo certeza fez com que Ícaro duvidasse da cena que Tumbo tinha visto: o corpo de Rhodes pendendo do cavalo e seu amuleto sendo bradado para o alto como prêmio.

Bautec e Ícaro se entreolharam. Os arqueiros sobreviventes haviam testemunhado a tudo no campo de batalha e logo depois o próprio contingente de bitúriges que lutara com Rhodes confirmava a mesma cena que Tumbo vira: o líder sagitarii sendo levado para Chartres, sem resquícios de vida. Mas por que Bautec, assim como Mirta e aquele estranho guerreiro bitúrige deixavam no ar a hipótese da sobrevivência de Rhodes? Será que somente Ícaro, que era praticamente um pai para Rhodes, não acreditava na benevolência dos deuses, que dariam esse presente para aquela mãe devotada?— Ícaro, os carnutes, diferentemente de nós, não matam seus inimigos com brevidade. Exaurem seus corpos e almas para terem certeza de que chegarão no outro mundo muito fracos para um recomeço. Sendo assim, os preferem vivos. E os torturam por muito tempo. — disse Bautec com um cuidado que jamais havia dispensado na direção do centurião.

— Está admitindo que Rhodes possa estar vivo?

— O fato que me surpreende é que, sendo um homem de tantas guerras, não passe por sua cabeça que Rhodes possa ter sobrevivido. — Bautec chamava o centurião à luz da experiência, afinal, quantos homens ele já tinha visto entre a vida e a morte, sobreviventes inimagináveis?

— Sim, nós vimos um corpo sem vida e ensanguentado. Nós vimos Rhodes dependurado naquele carro de mortos, de cabeça para baixo. Nós vimos os carnutes bradarem seu amuleto. Mas não vimos sua cabeça arrancada — interrompeu o bitúrige.

De repente, a situação mais óbvia de todas havia se posto diante de todos. Mirta não era apenas uma mãe desesperada, nem

Tumboric um irmão inconsolável e sem razão: era possível, sim, que Rhodes estivesse vivo. Entretanto, Ícaro se perguntava se era certo nutrirem essa esperança vã, reunindo mais um contingente de homens avariados a se engajarem — o que parecia para ele um motivo muito mais vantajoso para os bitúriges do que para allobroges. — Já temos um número de homens, Ícaro, e também a centúria de Otaviano que nos foi cedida para esta missão. Em dois dias partiremos. Se preferir ficar, entenderemos. Mas iremos até o fim, ao menos que seja para apoiar nossos irmãos da Narbonesa, como sempre fizemos. — dizendo isso, Bautec pousou a mão sobre o ombro de Ícaro. Era a forma de dizer a ele que aquele comentário, diferente de tantos outros do passado, não fora para fazer o centurião se sentir um forasteiro, mas apenas para deixá-lo livre na decisão.

Mesmo assim, isso levaria tempo. Reunir homens para uma missão segura e silenciosa numa Gália cheia de tribos inimigas, por onde se espalhavam bases legionárias nas cercanias de antigas províncias, era um jogo perigoso e calculado. Entre resgates de homens gauleses, o interesse de Roma jamais poderia ser afetado.

Antes de sair da cabana de Bautec e depois de se despedirem do líder bitúrige, que dormiria aquela noite entre os allobroges, Ícaro questionou ao druida quando submeteriam aquela decisão à Cohncot.

— Não submeteremos.

— Não? — questionou o centurião, surpreso.

— Ícaro, eu não deveria, mas vou lhe dizer algo que fará a sua mente romana pensar a noite toda. — Bautec estava nos surpreendendo naquela noite... — Lembra-se da batalha em Chartres?— Como poderia esquecer?

— Nós não tínhamos que participar dela. A menos que quiséssemos.

— Bautec, lembro-me que foi Marco Antônio quem nos mandou até lá para dizer aos carnutes que estavam proibidos de cobrar impostos aos povos periféricos.

— Isso foi o que Cohncot disse ao Triúnviro. Você acaso teve alguma prova disso?

—Bem... naquela época, não me recordo muito.Bautec completou:

— Naquela época você estava tão cego de amor que faria qualquer coisa para ficar entre nós, inclusive comandar trezentos homens para se lançarem numa guerra plantada por Cohncot.

Os ombros de Ícaro penderam para baixo dando-lhe um aspecto de quem baixa a guarda. Mas Bautec parecia disposto a colocar as coisas bem claras naquela noite.

— Ouça centurião. Durante muito tempo me incomodei com a sua presença e a de qualquer romano que se fixasse dentre nós. Vamos dizer que eu seja um gaulês sonhador, esperando que a Gália, enfim, se liberte de vocês. Mas hoje, vejo que você é mais gaulês do que muitos de nós, e isso me ensina a ver a vida por outro ângulo e creio que seja uma forma de aprendizado para me tornar, no futuro, um Sacerdote Supremo. Por isso, digo apenas o seguinte: Cohncot foi um grande líder, e ainda é. Apenas deixa de ser sacerdote e torna-se somente homem quando o orgulho o enfeitiça. Sim, essa é a pior armadilha para um homem da fé: o orgulho.

De volta a Chartres

Naquela noite, eu me sentei no canto poeirento do cárcere onde Rhodes estava confinado há quase um mês. Um mês! Impossível acreditar que meu amigo tenha suportado tantos maus tratos, torturas físicas e psicológicas, sede e fome, frio e degradação. E o velho! Esse então, nem se fala... Como se mantêm lúcido é algo que jamais vi, nem mesmo em gente mais jovem, quanto mais em gente como ele — que parece ter sido chamado ao mundo dos mortos há bastante tempo. É isso que admiro nos humanos, essa capacidade de me surpreenderem com suas forças descomunais. É uma pena que a maioria deles desconheça suas próprias forças, enquanto uma minoria — bem menos valiosa — se apodere da ignorância como se fosse força. Mas hoje, me parece que será uma noite de reviravoltas. Estou no canto da cela que os carnutes visitaram há pouco. Certamente não regressarão até que o novo dia amanheça, pois os vejo ao longe enchendo seus canecos de vinho e em pouco tempo não se recordarão nem mesmo de seus próprios nomes.

O velho dera a Rhodes um naco extra de pão, e de onde isso saiu não sei! Há coisas que fogem de meus olhos, às vezes me parece mágica. Acho que esse pedaço de alimento, o qual Rhodes não está acostumado a receber, vai deixar meu amigo alerta para algum tipo de revelação.

— Coma devagar, filho... assim a sensação de saciedade durará até amanhã.

Mas Rhodes parecia ter os tímpanos fechados, comia como se nunca tivesse visto um pedaço de pão. E o velho sorriu.

— Ouça. Você se lembra que eu lhe disse que meu povo viria me buscar? Rhodes assentiu com a cabeça freneticamente, enquanto comia suas últimas migalhas.

— Isso vai acontecer na próxima noite. Hoje é a primeira noite de lua cheia, mas eles virão somente amanhã.

— Como você sabe, como pode ter tanta certeza?

— Por que eu os ensinei, eu os treinei, os iniciei, os conduzi ao mundo das letras e dos mapas. Por isso sei.

Os olhos de Rhodes, já desfeitos do aspecto faminto, foram investigando o velho como nunca antes haviam feito naquelas semanas. Talvez meu amigo não pudesse notar a sabedoria daquele homem porque, como a maioria dos jovens, se apegava muito mais às aparências do que às sensações. O homem continuou a falar com a mesma naturalidade dantes, no entanto, desta vez, deixou claro para Rhodes que suas palavras eram instruções.

— Quando meu povo chegar, rapaz, teremos de lutar. Não sei quantos virão, mas estamos em terras carnutes e isso significa desvantagem. Esta noite quero que descanse, ignore os gritos dos outros prisioneiros ou qualquer coisa que possa impedi-lo de refazer suas forças. Peça aos deuses que sejamos um número suficiente de homens para dar muito trabalho a esses imbecis.

Enquanto o velho ia falando, Rhodes notou que ele já não era mais um ancião e sim um homem forte de palavras assertivas e engenhosas. O homem continuava antigo, mas já não era velho. Parecia tomado por uma força até então escondida, praticamente morta. Depois de alguns instantes, ficou claro para Rhodes — sem que o homem precisasse explicitar — quem era aquele a lhe orientar sobre as terras dos carnutes... era o druida dos bitúriges. Rhodes não lembrava seu nome, assim de pronto, mas depois, com a mente mais descansada do susto, certamente recordaria. Seu nome era, na verdade, muito citado por Bautec e Cohncot: Pártiux.

No canto daquela arena improvisada, fétida e lúgubre, notei que os detalhes daqueles odores desagradáveis, do frio noturno que atravessava os ossos daqueles dois, das fezes que as feras deixavam quando iam assustá-los, em meio a escassez de água que potencializava um terrível mau hálito em ambos, a iminente aventura de fuga que se avizinhava tinha o poder de aniquilar todos esses abomináveis elementos. A chama que se acendeu no peito de Rhodes certamente o impediria de descansar. Ela, a chama, de proporção tão abundante iluminava o círculo onde estávamos quase a ponto de nos cegar. Sim, a luz pode cegar!

Procurei um estado de inércia. Não queria que meus movimentos interferissem nas palavras do druida; além disso, eu estava muito feliz por Rhodes e pelo velho também. Particularmente, ele sempre me intrigou. A sabedoria costuma se alojar nos corações mais modestos.

Rhodes então sussurrou suas dúvidas, pois já tinha assimilado toda a ação pretendida pelo povo bitúrige.

— Mas por que não me disse quem era... por quê?

— Que diferença isso faria para nós dois exatamente onde estamos agora? — o velho olhou para o próprio corpo, esquálido e combalido e depois para Rhodes, com um ar de riso nos lábios.

Isso fez Rhodes sorrir de volta.

— Estamos tão despidos de nossas insígnias, arqueiro, que a ausência delas nos coloca em igual patamar. Isso é bom porque nos faz olhar para a alma e não para o corpo.

Já confessei a vocês que alguns homens me parecem muito parecidos, mas os que se diferenciam dos demais — pela via do Bem — esses eu guardo em meu coração. A inteligência pura existe em larga escala, não chega a ser uma vantagem. Pelo número de pessoas que existem neste planeta, a inteligência não é algo raro. Conheço milhares inteligentes, no entanto, bem poucos são sábios. E não é à toa que os druidas são sacerdotes, políticos, professores e, muitas vezes, generais. Os druidas são especiais.

O velho notou que Rhodes não conseguiria descansar, e não o culpava. Por causa disso decidiram conversar, sempre em tom de sussurro.

— Você disse que seu povo só viria amanhã por causa da lua cheia, mas não hoje que é o primeiro dia... Por quê? — na verdade Rhodes já imaginava a resposta, mas quis ter certeza.

— Porque hoje é dia de sacrificar aos deuses. Espero que tenham poupado os equinos, particularmente o meu.

Era comum que os guerreiros sacrificassem ao menos um alazão, antes de partirem para uma grande guerra. Rhodes agradecia por nunca ter visto isso na oppida allobroge. Ele se imaginava partindo em defesa do animal e isso certamente traria grandes transtornos para Mirta e Ícaro. Naquele momento, ele pensou em Scrix e rezou para que seu companheiro de tantos anos estivesse são e salvo. Lembrou dos olhos redondos e expressivos de seu cavalo, de seu pelo espesso e nevado, a fluidez da sua crina bailando no vento... Em mim! Scrix é mesmo um animal lindo... quisera eu que você o visse!

O velho sacerdote dos bitúriges me parecia mais fraco naquela noite, justamente naquela noite!

Como que para manter Rhodes atento, o velho começou a falar e de repente notei que a conversa dizia respeito a mim:

— Sabe rapaz, todos nós pertencemos a algum elemento da natureza. Você já deve ter ouvido isso da boca de Cohncot. — Rhodes fez que sim com a cabeça, lembrando-se de alguma conversa nas rodas em torno da fogueira.

— Pois então, — continuou o homem — sou capaz de apostar que o seu elemento é igual ao meu, por isso estamos aqui juntos. Afinal, se morrermos aqui, o que espero que não aconteça, seremos levados para esferas pelo mesmo elemento, e o nosso é o ar, o vento.Ei! Isso é verdade! Mas como ele pode saber disso? Que homem diferenciado. Tomara que fale mais de mim. Pelos deuses! Estou tão eufórico que começo a me mover na cela de modo que a terra sobe e cria um pequeno redemoinho. Rhodes e o druida notam isso, o primeiro se impressiona e o segundo sorri.

— Antigamente, nossos ancestrais diziam que existiam quatro espécies de vento: Zéfiro, o vento do Oeste, e seu irmão Euro; o vento do Leste. Além deles, Bóreas, o vento do Norte e Austro, o vento do Sul. Não sei muita coisa sobre eles, mas se não me engano Zéfiro era amante da deusa Flora, e como sabemos, deuses só podem se relacionar entre si. Bóreas, por sua vez, desposou a ninfa Oritisa, mas ela era muito frágil, e ele precisava respirar brandamente, do contrário a mataria. Nesta altura da narrativa, fechei meus olhos e comecei a vê-la diante de mim. Tantos séculos haviam se passado, para não dizer milênios, que eu me esquecera de Oritisa. Ah, meu amor! A luz que me conduzira para o mundo dos homens. Agora me lembro, sim! E como é doloroso lembrar. Também eu amei alguém e Oritisa me era tão cara, tão bela e doce. Oh! Sábio homem, por que me tiraste do esquecimento. Por quê? Definitivamente eu preferia morrer na ignorância, esse ser anônimo e sem filiação. Deus dos Deuses, agora me lembro... tudo volta compacto e pesado sobre mim, por ter sido despertado tão de repente. Por isso gosto tanto de Rhodes e Amarantine, por isso os observava e admirava sempre que possível... porque, sem que eu percebesse, isso me levava ao meu amor, minha Oritisa. Fada das fadas. E a voz daquele homem, que eu jamais esqueceria, continuou a falar para Rhodes das coisas que eram minhas... só minhas e de mais ninguém.

— Tenho a impressão de que somos protegidos por Bóreas, o vento do Norte. Sou capaz de jurar que ele está aqui conosco e também estará quando sairmos daqui, vivos ou mortos. Como eu lhe disse, meu amigo, nosso elemento nos acompanha até às portas do submundo, e também nos faz companhia na terra dos homens. Rogo para que ele nos ajude. Será que eu estava chorando? Aquilo tudo me arrebatou de modo tão inesperado. Jamais imaginaria que existissem homens capazes de me sentir e de saber que eu trabalho por eles. Homens como Rhodes e Pártiux. A respiração do meu amigo estava fraca, de uma hora para outra parecia se afinar como se precisasse passar por túneis muito estreitos. Então ele fechou os olhos. Talvez não acreditasse nas palavras do druida, ou, quem sabe, pensasse que aquela história toda era como as que Cohncot contava quando ele era criança e, afinal, Rhodes agora era um homem... No entanto, o que ouvi em seguida, me dissuadiu de tal ideia.

— Sei disso, Pártiux... sei disso desde pequeno. O vento sempre foi meu amigo, assim como meu irmão Tumboric, sendo que cada um pode me ajudar até certo ponto. — a última parte Rhodes falou bem baixinho.

Ah, meu amigo, que alegria ouvir isso! Hoje talvez tenha sido o dia mais feliz dos últimos tempos. Rogo para que Rhodes sobreviva, junto desse sábio homem.

Senti que ele e Rhodes precisavam despertar e, além disso, continuavam com muita sede. Havia aridez em seus lábios. Por isso me arrisquei. Subi e procurei uma nuvem carregada, dessas com um tom cinza-chumbo. Havia uma à nordeste de Chartres, quase imperceptível, e certamente quando estivesse gorda e pesada jogaria água bem longe dali, talvez nas imediações de Agedicum, próximo a Seine. Então rumei em sua direção e fiz um pedido enquanto me deslocava:

"Criador, que me criou para ser exatamente o que sou, para servir e agir conforme o que for, que me deu vida e força para trabalhar na Terra, por favor permita que eu ajude meu amigo Rhodes. Eu o conheço há tanto tempo que não sei que tipo de vida terei se for obrigado a assistir sua morte precoce. Ouso pedir que não me impeça de trazer aquela nuvem comigo e abrandar o sofrimento de meu amigo, bem como o de seu companheiro. Permita que chova sobre eles, mesmo que hoje seja o meu último dia de vida."

E continuei, até encontrar com a donzela zangada no céu da Gália. A empurrei com certo esforço, porque estava densa e pesada. Enquanto isso, foi anoitecendo, e na ânsia de ajudar Rhodes, perdi a noção do tempo. Quando cheguei com o meu presente sobre a cela circular, já estava escuro. A nuvem era maior do que eu calculara, ao longe. Não tive noção de seu tamanho até alcançá-la, e ela se espalhou sobre toda Chartres. Meu Criador não me impediu, nem me empurrou para longe de lá. Agradeci profundamente. A partir de agora conversarei mais vezes com ele.

Sem saber que os allobroges e bitúriges estavam nas cercanias, acabei facilitando as coisas para o resgate de Rhodes e Pártiux. Agora, os prisioneiros já não eram mais novidade para Falconi e seu pai, e em breve morreriam. O tempo se passou e ninguém veio oferecer-lhes uma recompensa nem propor uma barganha. Já não tinham valor algum. A princípio, Urthor, quando soube do que Falconi fizera contra os bitúriges e allobroges, escorraçou o filho e o diminuiu ao menor dos homens. Disse-lhe que, como sempre, só metia os pés pelas mãos. Depois, ao saber que haviam capturado um líder como Pártiux, calou-se, porque era a única maneira que conhecia de demonstrar o mínimo reconhecimento pelo filho que tanto desprezava.

CAPÍTULO XXXIII

O DESENCONTRO

Na véspera da sua partida com a Caravana dos Druidas, Amarantine sonhou com Rhodes. Um sonho em que pessoas estranhas o embalsamavam, retiravam seus órgãos assim como os egípcios faziam, e introduziam óleos essenciais embebidos em algodão muito branco nos orifícios de seu corpo. Já haviam-se passado duas luas desde o dia em que Rhodes fora dado como morto e em seu sonho Amarantine tinha a plena consciência do decurso do tempo. Ela sabia também que no Egito (segundo lhe contava sua avó), era neste período que os embalsamadores começavam a embrulhar os corpos dos mortos, pois o nátrio já havia secado e assim todo o processo poderia ser finalizado.

Estranho como ela se recordou com detalhes de tudo na manhã seguinte, e como o cheiro daquele sonho permaneceu por tantos dias, muito mais do que ela desejava, pois enfatizavam a triste certeza de viver sem Rhodes. O perfume dos óleos oscilava entre mirra, acácia e cardamomo, tudo tão marcante que era como se ela tivesse vindo da terra dos faraós e passado os óleos em sua própria pele. A cerimônia de embalsamento não a assustou, nem o local fúnebre iluminado esparsamente por archotes que vinham de um corredor muito comprido. Nada disso a impressionou. O que tornou aquele sonho um verdadeiro pesadelo foi a certeza de que estava enterrando Rhodes. Sim, era ele, aliás um corpo avançado em estado de inércia, um corpo cuja alma nitidamente já havia abandonado há muito tempo. Apesar do cheiro agradável dos óleos, Amarantine nunca mais sentiria aqueles perfumes como se fossem algo a adornar a vida. O cardamomo, a mirra e a acácia por um longo tempo seriam para ela um símbolo de perda irreparável, algo que ela já havia entendido muito bem o quanto era capaz de feri-la. Ela sentiu que o pesadelo era, na verdade, uma oportunidade de se despedir de Rhodes; algo que não lhe foi permitido em vida e que, agora, para partir em paz para Unterspone, ela precisava fazer. E naquela sala escura, de procedência desconhecida, Amarantine despediu-se de seu grande amor. Seu único amor. Não derramou lágrimas, pois já havia derramado todas, mas prometeu a ele que jamais pertenceria a nenhum outro homem e que sua alma seria dele em todas as vidas que os deuses lhe dessem.

Pesadelos podem ser libertadores.

De repente, lembrou-se de sua partida. Então as águas naturais femininas voltaram a surgir. Amarantine chorou profusamente. Sabia que seu destino estava novamente marcado, como antes de chegar junto dos allobroges, como esteve desde o dia em que seus olhos abriram pela primeira vez neste mundo. Mas nem sempre o destino dos homens os conforta, aliás, quase nunca. Ela havia pedido para dormir na cama de Rhodes e Mirta, tão sofrida, disse-lhe que ficasse ali o quanto desejasse. Mirta e Amarantine se gostaram desde o início, como as pessoas que já chegam ao mundo gostando uma da outra, e o sofrimento mútuo, de tão compartilhado, parecia diminuído quando estavam juntas.

Macarven, desde a morte de Rhodes, parecia mais recolhido. Mirta evitava a todo custo encontrá-lo, temia suas reações; o fato de imaginar que o homem pudesse ter arquitetado uma tocaia contra os sagitarii a deixava a ponto de cometer uma loucura. Mesmo assim, ela não mencionou qualquer suspeita a Amarantine, deixou a menina fora disso; afinal, ela já havia sofrido demais. A cabana estava vazia quando Amarantine acordou, mas a chaleira no fogo indicava que Mirta estava por perto. Como seria difícil despedir-se dela! Abandoná-la com aquela dor infinita parecia mais errado do que renegar uma vida como druidisa. Por um momento pensou em não contar nada sobre o sonho, isso certamente só aumentaria o sofrimento daquela mãe que insistia em negar a morte do filho. Por mais que lhe ferisse a alma, Amarantine pensava como Ícaro: que o amor que sentiam por Rhodes não poderia cegá-los a ponto de negar o inegável: que Rhodes havia morrido nas mãos dos carnutes.

Foi entre soluços que Mirta encontrou a menina. Seu rosto estava vermelho como os fios de seus cabelos e a pele manchada com pequenos pontos cor de ferrugem lhe davam um aspecto muito raro, como se fosse uma rosa selvagem. A mãe de Rhodes não pôde deixar de notar aquela beleza rara.

— Não chore minha menina... não chore.

Amarantine aninhou-se no colo de Mirta e molhou o vestido velho da curandeira. Ver aquelas duas mulheres tão belas em suas capacidades de amar e perdoar os deuses, causou-me imensa tristeza. O sofrimento necessário, além de ser inevitável, é restaurador, grande mestre na arte de transformar seres pequenos em seres de alma grande.

Bem, mas quem sou eu para discernir sobre o sofrimento humano? Se elas soubessem que Rhodes estava a salvo em Avaricum aguardando o momento certo de regressar. Pelos deuses! Quanto desencontro! Se ao menos eu tivesse voz...

Depois da partida de Amarantine, Mirta sentiu o vazio se agigantar. Parecia que a prometida de Rhodes havia levado consigo o último vestígio do guerreiro. Era como se a mera presença da moça pudesse manter ali, como uma espécie de clemência dos deuses, um pouco do seu querido Rhodes.

Nos dias que se seguiram, Mirta tinha a estrutura de um corpo combalido. Não caminhava... arrastava-se, movia-se como que por obrigação sem a menor intenção de ser ouvida ou vista. Num dado momento, era possível pensar que ela havia perdido a sanidade, algo que ninguém imaginaria acontecer justo com aquela que sempre teve as palavras certas para tudo e para todos. Mirta passava pelas pessoas na aldeia como se elas não existissem. Sua dor era tão grande e poderosa que a mediocridade da paz arraigada ao cotidiano tornava-se para ela algo ridículo e desonesto. Era impossível não notar. Era impossível não pensar que Mirta estivesse, assim como as sibilas exiladas, enlouquecida por seus presságios errôneos. A princípio, somente Tumbo pôde entendê-la, justamente ele, que tinha visto o corpo de Rhodes jogado no lombo do cavalo carnute. As poucas palavras que Mirta balbuciava eram dirigidas a ele, num secreto e doloroso idioma que só os dois entendiam. Pouco tempo depois, Ícaro retirou seus pertences da cabana de Mirta. Não foi ela quem pediu, não diretamente, mas ele próprio sentiu-se completamente incapaz de partilhar da sua dor, preferiu partir.

Foram dias difíceis. Nunca pensei que presenciaria circunstâncias como estas com meu quarteto preferido.

Mirta, em sua dor, sequer se dera conta da expedição que partiu em busca de seu filho, liderada por Ícaro, acompanhado por Tumbo.

O VENTO

Existem várias espécies de prisão... Um sonho por muito tempo perseguido, também é uma forma de aprisionamento e a liberdade seria, por conseguinte, o alcance desse sonho.

Os homens têm a mania de se aprisionar de diversas maneiras nesta vida.

Eu, mesmo sendo um Natural, não posso me dar o direito de ser livre. Livre no sentido de vontade própria. Afinal, já não disse a vocês tantas vezes que gostaria de ser humano? E se um dia o fosse, mesmo momentaneamente, estando livre do desejo de ser humano não estaria eu imediatamente fadado ao destino de tantas prisões?

CAPÍTULO XXXIV

O RETORNO DE RHODES

Foi numa manhã dourada que Rhodes despontou no cume do vale allobroge, na garupa do cavalo de Ícaro e ao lado de Tumbo. Mirta mal pôde crer na silhueta magra que trouxe de volta os cabelos ensolarados de seu filho. Eles desciam lentamente a depressão que o distanciava de sua mãe, e sua aparência débil apertou o coração da curandeira que extraía em fração de segundos o sofrimento de seu filho alforriado da mansão dos mortos. De longe, os dois se agarraram num olhar cálido.

— Eu sabia! Eu sabia... — sussurrou Mirta repetidamente, correndo em sua direção. Não podia doar sequer mais um segundo para o tempo. — Eu sabia e sempre soube que não o perderia de novo.

Ícaro chegou num galope manso, ajudou Rhodes a descer e deixou que mãe e filho celebrassem o reencontro. Depois saltou do cavalo, a tempo de se envolver naquele abraço, nos beijos que Mirta selava na testa de Rhodes, em meio a palavras balbuciadas à Belissãma e ao próprio Ícaro, em forma de agradecimento. Seu amigo fiel jamais a desapontara. Tumboric parecia muito chocado com tudo aquilo, em poucas fases da lua perdeu e ganhou seu irmão. Ele e Ícaro tinham resgatado Rhodes da própria cela e viram em que condições ele vivera.

— Pela segunda vez na vida, você devolveu meu filho... Que hei de fazer neste mundo que possa pagar essa sua sina de me devolver a paz?

— Faça-me um assado, costure minhas botas e estamos quites.

Rhodes e Mirta sorriram, enquanto Ícaro dava-lhes as costas, caminhando na direção de sua casa e longe o suficiente de quem pudesse testemunhar a emoção umedecendo sua face. Antes que o perdessem de vista, Mirta vaticinou:

— Não costurarei suas botas, isso é certo, mas o assado você ganhará hoje mesmo!

O centurião já havia sumido como fazia facilmente, mas pôde ouvir a voz de Mirta tentando dissuadi-lo do choro.

— Vamos, meu filho... vamos para casa, você precisa descansar.

Na cabana, a curandeira banhou seu filho como se ainda coubesse em seus braços, e fez isso com dor porque viu em seu corpo esquálido as marcas da tortura que ele sofrera em cativeiro. As costas muito magras, marcadas com o símbolo dos carnutes, várias vezes. Algumas feridas, ainda em carne viva, mostravam que por bem pouco Rhodes escapara de passar para o outro mundo.

Mirta embebia compressas de aloe vera e pousava delicadamente sobre o dorso de seu filho, ele não reagia. Não se importava com a ardência, estava sendo curado pelas mãos de sua mãe, as mãos curativas que a tantos outros já haviam salvado. Isso era um remédio para alma, e Rhodes acabava de aprender que a alma sã era capaz de curar o corpo doente. Curvado, sentado na banheira de pedra, olhava para seu reflexo na água morna. Não se reconhecia. A barba e os cabelos muito compridos escondiam quase todo o rosto, exceto as maçãs saltadas como as de seu pai.

Seria preciso sete dias e sete noites até recobrar a dignidade da pele. E ainda demoraria muito tempo para apagar as marcas de tortura.

Mirta lhe contara sobre a ida de Amarantine, e sabia que, ao contrário do que aconteceria com a pele rasgada de seu filho, talvez nem o tempo pudesse aplacar aquele sofrimento.

Rhodes sentiu ódio dos carnutes, não por terem lhe amordaçado, deixarem que ele beirasse a inanição, nem pela tortura, pelo corpo desnudo exposto às noites frias, pelo cheiro fétido de fezes e urina no chão escuro, por ter sido deixado por dias, sem uma gota d'água. Teve ódio e sede de vingança por lhe roubarem a chance de viver com Amarantine. E por causa do poder nefasto que o ódio tem de se espalhar, Rhodes sentiu raiva das Ilhas Britânicas, do druidismo e de ser celta. Teve ódio de seu heroísmo cego, da vontade de triunfar como guerreiro e provar para todos que seria um grande líder. Teve ódio da ideia de se fazer respeitar através do poder. Por mais que esse sentimento o levasse para um nível desprezível, e o afastasse vertiginosamente do Gwinfyd, ele tinha esse direito!

Pensou nos homens comuns da aldeia, pensou nas insígnias que nada significavam para quem estava disposto a apenas cuidar da oppida, do nemeton e dos dolmens. Soube, naquele momento, que a felicidade não estava no que acende a inveja alheia e sim no que conforta o coração do homem. E por isso nenhuma palavra saíra de seus lábios, porque estavam cerrados, concentrando o hálito seco de quem perde a batalha.

Mirta apenas olhava para seu filho, impotente e resignada, porém, intensamente agradecida aos deuses.O dia seguinte amanheceu opaco e silente. Ao menos para Rhodes.

Macarven, que por muito tempo havia se recolhido diante dos acontecimentos, resolveu aparecer. Mirta ainda não havia esquecido de suas suspeitas, mas o recebeu sem julgamentos prévios.

O homem manteve-se impassível diante da aparência física de Rhodes; sabia bem dos estragos que um inimigo pode causar. Sem delongas, foi direto ao assunto que o trazia ali: Amarantine. Ele o aconselhou a aguardar a chegada do outono, nessa época as druidisas seriam batizadas e viveriam os quatro meses seguintes no interior das florestas, supervisionadas pelos druidas anciões. Eles as aprovariam de acordo com as regras do druidismo. Sendo assim, após a experiência de reclusão, mistério e celibato, a própria druidisa saberia se haveria de ser uma serva de Dagda e Dannu. Macarven pediu que Rhodes aguardasse o tempo da vida, sabedor de que 120 luas não eram nada para a grande missão de viver. Disse-lhe que aquela seria a primeira lição de Rhodes no movediço universo entre um homem e uma mulher.

— Deixe a cargo dos deuses o futuro do amor, aquilo que pensamos possuir pode nos escapar quando menos esperamos.

Mas a impetuosidade de Rhodes tomou como ofensa aquele conselho.

— Deixar a cargo dos deuses? Mas foram os deuses que me levaram morto diante dos olhos de meus companheiros, foram eles que permitiram a ida de Amarantine, então por que eu deveria permitir que deles partisse o desejo de me devolverem o amor? Macarven se viu em Rhodes. Vinte anos antes, ao norte da Gália, ele passara pela incerteza de abandonar Vercingetórix em Alésia e partir em busca de ajuda, ou de permanecer exatamente onde estava para morrer capturado pelos romanos, cheio de glória e patriotismo. Mas quis o destino que Macarven partisse, sonhando em trazer reforços, e nesse sonho juvenil, derrubar o poderio de Roma. Nem que Macarven vivesse mil vidas esqueceria aquela cena. O contraste de duas cores que o perseguiam em sonho: o vermelho glorioso e opulento da flâmula romana e o cinza, parvo e moribundo dos insurgentes gauleses.

Naquele instante, ele mudou seu destino. Sem saber, e com a brava vontade de avolumar a resistência gaulesa, Macarven buscava, por uma via coletora das intenções cósmicas, uma nova rota na Grande Roda da Vida. Não imaginava que jamais reveria Vercingetórix, nem que partiria em pouco tempo para as Ilhas Britânicas e que um dia veria seu próprio espírito ir para tão longe, com a sensação de tê-lo perdido de vista. Tudo isso passou em lapsos cortados do tempo enquanto ele olhava para Rhodes. No entanto, como sabem e fazem os mestres, teria que deixar o discípulo encontrar suas próprias respostas. Fosse pelo amor, fosse pela dor.

— Rhodes, Rhodes... Os deuses têm planos, mas nem sempre escrevem-nos de forma legível.

No íntimo, o guerreiro allobroge sabia qual era o único obstáculo que o afastava das Ilhas Britânicas. E Macarven o lembrou disso. Rhodes teria de esperar para saber se Amarantine nascera para ser a fada gaulesa que sonhou ser desde menina. Era preciso, e prudente também, que as 120 luas viessem definir o destino de Amarantine, embora um homem fosse o mesmo que mil destinos.

Mas para Rhodes, esperar era o mesmo que morrer aos poucos.

Naquela noite, tudo que Rhodes queria era fechar seus ouvidos para o mundo dos vivos, porque nele nada parecia fazer sentido. Cada prova de que sobrevivera aos carnutes era como um exercício constante de se lembrar de Amarantine, e que ela não estava por perto.

Bem próximo dali, o som das baladas allobroges fez sucumbir de vez aquele destemido e impaciente coração. O lamento compassado parecia trazer a história de um amor andarilho, como seria o de Rhodes até reencontrar Amarantine.

Montanhas sagradas de Dôme
Levem-me para o meu lar,
Mesmo que Dagda não queira
Preciso daqui escapar

As florestas de Vosges me prendem
A um amor que não posso tocar
Venha, venha, venha meu corpo curar
Pois Dannu me permite escapar

Sou um dolmen, sou menires
Sou nada além de um altar

Dannu me permita sair...
Vou chorar, vou sorrir, mas preciso partir.

Inconscientemente, Rhodes sabia de sua capacidade de superação. Aconteceria, independente do tempo que levasse, de um belo dia acordar sem sentir a dor da perda, depois a lembrança de Amarantine, ainda que impregnada em sua corrente sanguínea, surgiria somente como um hábito da mente. E, finalmente, sabe-se lá quando, sem sequer notar, Rhodes se daria conta de que não havia mais pensado nela. Somente como a marca de uma antiga ferida, ele se lembraria da fada das Gálias.

No entanto, tanto eu quanto ele sabíamos que esse dia estava muito longe. Somente os deuses conheciam sua chegada.

LIBER TERTIVS

LIVRO TERCEIRO

CAPÍTULO XXXV

UNTERSPONE

Numa tarde de primavera, Amarantine chegou à Britannia Prima. A viagem durou muito mais do que o previsto, não por culpa de seus condutores — que eram exímios atravessadores quando se tratava da rota Gallia-Britannia —, mas por causa do mar revolto nas praias da Costa Armórica. Em Rotomagus, na Gália Lugdunensis, esperou por quase um duas semanas até que as águas verdes daquela praia dessem permissão para serem navegadas. Sua sorte foi que Rotomagus se tornara um grande ponto comercial e ali, passeando pela Decumanus, pôde distrair-se entre um e outro mercado. Dessa espera Amarantine concluiu que, possivelmente, aquilo fosse um sinal para ficar na Gália e ajudar os allobroges de alguma maneira. A intuição costuma escravizar as mulheres, e com Amarantine isso ocorria a todo o momento. Porém, ao atravessar o Mar Brittanicus, a filha de Macarven teve certeza de que estava fazendo a escolha certa, e ao pisar na terra do druidismo mais secreto e profundo, sentiu-se tocada nos ombros pelas mãos de sua missão. A partir de então, vestiu sua escolha como quem veste um costume tecido, sob medida, para um corpo harmoniosamente feminil. Embora não soubesse, tempos além, cumpriria um destino especial.

Finalmente, quando chegou ao cume de Unterspone, Amarantine sentiu-se muito forte. Ali seria o seu lar. Aquele que o destino havia reservado para ela. Lá de cima entendeu que todas as lendas que nasciam da Caravana dos Druidas eram pura invenção. A morada das druidisas era muito simples — toda de pedra e construída para abrigar poucas pessoas —, mas por causa da beleza estonteante do local, Amarantine não se ateve ao tamanho da casa na qual moraria para o resto de sua vida. As três montanhas sagradas que protegiam o vale eram tão significativas que a ação do homem, em forma de construção, perdia totalmente a importância. Imediatamente Amarantine entendeu que não se tratava da casa, era o lugar onde ela estava. A caminho da casa de pedra, desceu apenas na companhia de Serviorix, que a acompanhou da Gália até a Britannia. Os outros ficaram a postos, esperando que o homem regressasse. Amarantine foi recebida com carinho e entusiasmo, suas companheiras pareciam velhas amigas à sua espera. Andriac, a mentora das fadas, emocionou-se ao conhecê-la. Serviorix a tudo assistia sem o mínimo entusiasmo. Possuía um estoicismo forçado. Desde os primeiros momentos Amarantine não gostara do bruxo, mas guardou para si esse pensamento até sentir-se segura para dividi-lo com alguém. Sua impressão foi reforçada pelo tratamento hostil que o homem dispensou ao único criado das druidisas, Macbot. Como se estivesse diante de um animal que sequer compreendia sua língua, Serviorix dirigiu-se a ele com desdém e mau-humor, ao que o rapaz — que devia ter a mesma idade das druidisas — só fez obedecer tão prontamente que chegou a se atropelar com medo de reprimendas. O desconforto entre as fadas podia ser notado com facilidade, mas o bruxo o ignorava; não tinha intenção em agradá-las, do contrário as pouparia das cenas que no futuro tornariam as coisas insustentáveis para as meninas. Recém-chegada, Amarantine só havia presenciado um décimo das coisas a que Macbot se submetia sob as ordens de Serviorix. Talvez o silêncio da druidisa-mor diante dos maus tratos se desse ao fato de que o homem nunca se demorava por ali, e, além dele, nenhum outro. Apenas o pobre e subserviente Macbot.

Enquanto isso, em Lugdunum, Rhodes, que já possuía uma experiência razoável em meio ao exército allobroge, não teve dificuldades no alistamento para as campanhas de Otaviano. O coração de Mirta não encontrou lugar para escapar, estava irrefutavelmente preso a seu filho. Tumboric ainda não havia sido designado para Roma e desta vez ficou contrariado. Além disso, agora não eram mais os quatro todas as noites. Muitas vezes, era só ele e Mirta. Em outras, quando Ícaro aparecia, Tumbo ficava ainda mais sozinho. A prisão de Rhodes deixara todos muito abalados, mas agora, no entanto, o próprio Rhodes parecia não se lembrar disso. Ele estava mais endurecido com a vida, embora cada vez mais ligado às pessoas que amava. É difícil de explicar, eu sei. Mas é o melhor que posso fazer para descrever o novo Rhodes.

CAPÍTULO XXXVI

A guerra de Otaviano César e Marco Antônio
Alistamento dos allobroges

—Está mais do que na hora de você pensar em si mesmo, centurião. — Mirta o segurava pelos ombros e tinha um olhar firme sobre ele, quase se assemelhando a um superior militar. —Chega de pensar em César e de como ele gostaria que você agisse, que nós agíssemos. Fizemos a nossa parte com César: eu, amando-o mais do que a própria vida, e você, honrando-o até o fim de suas promessas. Agora chega! Pense em si mesmo, no que será melhor para você, mesmo que para isso precise nos abandonar.

Ela estava falando de Rhodes e Tumbo, também.

— Não quero viver o resto da vida pensando que sou um eterno fardo, com dois filhos que sequer são seus. Todo esse tempo,

Ícaro — sua voz se fez suave — jamais o ouvi falar do que realmente quer. Simplesmente imagino, mas nunca tive certeza.

— Quero estar com você por perto, até o fim. As mãos de Mirta seguraram as dele. E ela o fitava seriamente, com a cabeça inclinada para cima.

— Então fique. Mas saiba que isso vai importar apoiar o triúnviro que os allobroges apoiarem e então nossa sorte somente se desenhará quando da morte de Marco Antônio ou de Otaviano. Considere a hipótese de ter que apoiar um lado que não lhe agrada.

Aqueles que apoiavam Antônio já haviam partido para o Oriente. A Terceira Legião que também havia lutado na Pártia com ele, chamada de Gálica, e anos antes também com o próprio César na batalha de Munda, e outros homens que pertenciam a *Alaudae* — conhecidos como "As cotovias de Penacho" — também haviam partido no começo do inverno, um ano antes. A última chance de integrar o exército de Antônio, caso Ícaro quisesse se alistar, era com a Sexta, conhecida por Blindada, a Legião que nenhum exército havia derrubado. Para Ícaro, decidir partir com as centúrias que haviam sido comandadas por Antônio e agora serviam a Otaviano era algo como dar uma punhalada no próprio peito. Ao lado de Antônio, Ícaro havia vencido muitas batalhas, algumas comandadas pelo próprio César. Ele conhecia o coração de Antônio, muito mais benevolente do que o coração de Otaviano, que era rígido e frio. Para Ícaro, embora estivesse claro que Otaviano agora se tornara uma força imbatível, era indigesto levantar a espada contra Antônio. Havia boatos de que este, assim como César, sofria sob os feitiços de Cleópatra e se entregava sem reservas aos diferentes tipos de vinho de que a rainha dispunha, particularmente o Chiante — que o triúnviro adorava. O centurião conhecia a inclinação de Antônio aos prazeres do álcool e sabia o quanto se tornava generoso sob a influência volátil das bebidas. Mas também se lembrava das vezes em que Antônio agira como um verdadeiro romano, sedimentado com a *dignitas*, salvando a vida de seus homens e premiando-os por seus feitos, por sua lealdade e competência. Assim aprendera com César. Antônio era o tipo de homem com quem valia a pena lutar.

Já Otaviano... Ah! Otaviano era motivo de chacota entre os homens das espadas. Ele, como o próprio Ícaro dissera certa vez, deveria se chamar Otávia, assim como sua irmã. Homônimos de sexos opostos. Nas batalhas em campo, ele sempre era acometido por um "mal súbito" que o obrigava a se recolher do embate. Se havia algo que Otaviano não sabia fazer, era lutar. Não no corpo a corpo. Não corajosa e abertamente. As lutas de Otaviano eram vencidas de outra forma e isso ocorria nos últimos anos com frequência. Sua luta era meticulosa, articulada, baseada em alianças temporárias, tecida como uma teia envolvendo a todos os seus inimigos, que eram atraídos a ele para que, assim, os administrasse melhor. As pessoas de caráter frio preferem manter seus inimigos por perto. Já as de caráter passional os desejam bem longe. É quase uma regra.

— Sinto-me encurralado, num momento decisivo de minha vida em que não posso me apegar à honra do soldado que sou para viver com um pouco de amor. Minha mente diz para lutar com Otaviano, meu coração diz para lutar com os allobroges e minha honra pede que eu lute por Antônio. No fim das contas, tudo isso parece depender de Cohncot.

— Cohncot... não entendo.

— Cohncot é seu líder, Mirta. E quando o líder dos allobroges bater seu cajado e anunciar para quem e por quem lutaremos, será ele em verdade o responsável por me desvencilhar dessa encruzilhada. Eu me sinto entrincheirado.

— Mas você já sabe o que fazer. Não precisa esperar por Cohncot, por isso está triste e pesaroso. Ícaro, o soldado Ícaro, quer estar com Antônio e não com Otaviano.

Havia muito espaço na morada de Mirta por onde eu passava delicadamente, não para me fazer presente, mas tão somente para alimentar de mais oxigênio aquele ambiente onde duas mentes muitos parecidas se uniam genuinamente. Acho bonita a forma como Mirta o auxilia; mesmo querendo-o por perto ela o conduz a uma decisão que só poderá partir dele. Não é um amor doente e possessivo — embora ela já tivesse passado pela perda de seu primeiro amor, Mirta sabia que a liberdade é a condição *sine qua non* para o crescimento dos sentimentos mais profundos.

— Sim, é verdade. Mas entre Otaviano e Antônio está você a me fitar com esses olhos de "verdes-folhas-secas".

Mirta sorriu, desajeitadamente. O centurião afundou os dedos nos cabelos dela, na altura da nuca, e sorveu um pouco da maciez dos fios como se precisasse deles para relaxar. Depois a puxou para junto de seu corpo e a apertou contra si de uma maneira única, a fim de torná-la parte dele. Isso já era assim. A túnica reta que Mirta vestia prendia-se por um cordonê trançado na frente do corpo, uma amarração diferente do estilo romano ou grego que começava a virar costume entre as mulheres na aldeia allobroge. As mãos grandes de Ícaro teriam trabalho para desfazer o caminho das tiras se ambos desejassem um momento de intimidade. Lá fora o sol ardia alto, a primavera estava acabando, mas tinha jeito de verão, prolongando os dias para a benesse dos homens que ainda não haviam partido para lutar. A respiração de ambos começava a se alterar entre beijos e afagos. Quando ele pensava no tempo que perderam e como ele a queria sem esperar a menor possibilidade de intimidade, seu desejo aumentava como o de um soldado sedento que atravessou um deserto para beber um pouco de água. Ali, no meio do dia, tê-la ao seu alcance com a promessa de fazer amor em sua morada com o cheiro da lavanda tão peculiar parecia um sonho. Graças aos deuses os gauleses não tinham regras para o sexo como os romanos. Gauleses não refreavam seus desejos, eram pura emoção. Os romanos não se deitavam para dividir a cama com alguém durante o dia, pois — segundo eles — o dia era para o trabalho. Mas tenho impressão de que os romanos criavam essas regras apenas para poderem quebrá-las. A todo tempo, pelo que andei vendo por lá.

Aqui na Gália isso seria, como dizer... anormal.

Por isso Mirta facilitou as coisas para Ícaro e afrouxou as amarrações de sua túnica na altura dos seios, primeiro, permitindo que ele começasse suas carícias por ali, tateando os bicos enquanto beijava seu pescoço. As mãos da curandeira tentavam libertá-lo das vestes — apenas uma túnica reta, simples. Isso era bom. Por saberem que Rhodes e Tumboric estavam longe dali e que só voltariam no fim da tarde, entregaram-se livremente ao prazer de seus corpos. Cada vez mais tinham a certeza de que não conseguiriam viver uma vida feliz longe um do outro.

Distante dali, sem saber, Otaviano, mais uma vez beneficiado pelos deuses, arrematava para seu exército dois grandes guerreiros.

Dias depois, Ícaro e Rhodes partiam para Roma — o dever junto a Otaviano os chamava.

CAPÍTULO XXXVII

A CASA DAS DRUIDISAS

À noite, ainda insone, Amarantine preferiu escrever um pouco antes de dormir. Andriac fora junto com Macbot a Cornwell buscar mantimentos; não se sabia exatamente por que as caravanas não haviam passado para deixar os suprimentos como de costume. Margot, Anna e Esther, aproveitando-se da ausência de Andriac, resolveram se entreter com um jogo de tabuleiro trazido de sua terra. Quando Amarantine as espiou antes de descer para escrever na mesa da cozinha, parecia que a mudinha estava dando uma surra nas irmãs bretãs.

— Margot, preste atenção, você está facilitando as coisas para Anna. — dizia Esther, indignada.

Amarantine desceu os degraus da escada de pedras e sentiu-se estranha sem a presença de Macbot e Andriac. A casa, que já não era das mais barulhentas, agora parecia vazia demais. No entanto, a noite era agradável. Na primavera, Unterspone tinha um cheiro bem doce, de mel e flor. Eu passei por toda a construção, invadi o quarto onde as meninas jogavam, depois desci as escadas um pouco antes de Amarantine, dei meia volta na sala e na cozinha e voltei para assoprar os cabelos ruivos da moça. Naquele momento pensei no meu amigo Rhodes — ele daria tudo para fazer o que eu estava fazendo.

Já havia se passado praticamente um ano desde a chegada de Amarantine no Vale Sagrado. Margot, Esther e Anna — as outras druidisas — eram para ela como as irmãs que nunca teve. No início, por causa da falta de jeito de quem ainda não se conhece, as meninas se estranharam. Houve uma espécie de partição, por questões óbvias. De um lado, Andriac e Amarantine, que se afeiçoaram logo de início, pareciam formar uma relação à parte de Anna e das irmãs bretãs, Esther e Margot. Macbot era neutro. Como um bom serviçal, sequer notava tal divisão, e concentrava-se somente em servi-las. Mas em pouco tempo, logo se dissipou o que a princípio fora causado por ciúmes, diante do excessivo entusiasmo de Andriac por sua nova pupila. Assim, elas formaram uma célula mágica e forte; cinco mulheres movidas pelo sacerdócio celta trabalhando em nome daquilo que se esperava delas: o fortalecimento da ponte invisível entre a Terra e as esferas superiores.

Diariamente, elas eram submetidas a exercícios de luz — práticas diversificadas a respeito de tudo que pudesse desenvolver as capacidades psíquicas —, leituras para elaborar a oratória, principalmente o estudo dos ensinamentos ancestrais, e também exercícios físicos, como a prática do arco e flecha, cavalgada, jogos de lançamentos e testes de força. Tudo isso era feito com uma rotina disciplinadora, rígida e cadenciada. Havia um momento certo para tudo na casa das druidisas, exceto no verão, talvez por uma questão de necessidade fisiológica, quando a autoridade da casa deixava que as meninas se estendessem um pouco mais nos entretenimentos ou na conversa ao ar livre. Ao entardecer, Macbot preparava um suco delicioso de amoras selvagens e levava para suas fadas numa jarra de estanho. Elas sempre o convidavam para partilhar o suco com elas, pois o consideravam um ser doce e gentil, não como um homem qualquer. Macbot era, por assim dizer, um ser raro, desses que não precisa ter um sexo para diferenciar-se na raça humana. Ele era um menino-homem ou um homem-menino. Não possuía maldade, talvez porque nem a reconhecesse, e mesmo sendo tão maltratado desde muito pequeno por Serviorix, o servo das druidisas não guardava mágoa; era possível até que pensasse ser merecedor daquilo, uma forma de castigo por ter nascido tão feio e disforme. Sua estatura muito elevada tornava a deformidade em sua coluna marcante, era como uma montanha que nascera bem no meio de suas costas e curvava seu pescoço para a frente. Seus braços eram curtos e o tronco longo. O pouco cabelo que tinha era fino e ralo, como de um recém-nascido. Mas seu rosto era doce, muito doce. Olhos escuros e sinceros, protegidos por sobrancelhas fartas e arqueadas. De lábios fechados, Macbot até poderia ser classificado como um homem de corpo disforme e rosto bonito, mas era só abrir um sorriso que seus dentes tortos e sua gengiva comprida retiravam-lhe qualquer atrativo, agravando imediatamente sua fadada existência assexuada. Talvez por isso as moças se sentissem tão à vontade ao seu lado, porque Mac — como o chamavam carinhosamente —, apesar de adulto, era como uma criança dócil, obediente e zelosa. E assim viviam os moradores de Unterspone, na companhia de si mesmos e da fé.

Ali, Amarantine sentia-se em paz, flutuando sobre uma nuvem que a aconchegava a uma espécie de futuro bom, uma sensação misturada entre o desejo de elevar-se às instâncias superiores e a certeza de estar no caminho da luz e da plenitude. Contudo, às vezes, só em alguns instantes distraídos, nem mesmo aquela ponte podia transportá-la para longe da vida que ela havia sonhado ao lado de Rhodes.

A Roda da Vida havia invertido e revertido o seu movimento num sentido tão distante de tudo que ela havia sonhado, ou melhor, que ela e Rhodes haviam sonhado... tanto tempo decidida a se tornar druidisa, e quando essa decisão fora rompida por um amor arrebatador, este é desfeito tragicamente. Agora, ela olhava para trás sem acreditar que esse sonho estava acabado. Amarantine trocaria qualquer chance de atingir o Gwinfyd para ter seu Rhodes de volta. Mas a Roda... essa não fazia acordos. Girava e girava num movimento incessante, eterno e muitas vezes no sentido contrário. Era nesses momentos que o destino dos homens sofria, porque a Grande Roda, como toda força feminina, era caprichosa. Gostava de pregar peças nos homens. Da Roda pendia a ignorância humana, o amor fraterno, a lascívia e a honra, a dignidade e o medo. Nesse movimento, quer para o bem, quer para o mal do destino alheio, a Roda Girava e não havia nenhum mortal que pudesse detê-la. Só cabia aos homens rogar piedade e compaixão para que aquele movimento permitisse que suas vidas seguissem sem maiores percalços.

Mas seriam as druidisas imprecisas na arte de orar?

Porque, em verdade, permaneciam à parte do mundo, isoladas em uma casa de pedra úmida e fria, incrustada em um vale perdido em meio a florestas densas e esquecidas pelo homem.

Perdida em pensamentos inquisitivos, Amarantine olhou ao redor. Pela primeira vez notava o formato das árvores que seguiam para além da ponte. O som da água gentil se aconchegando entre as pedras do rio, a fez conectar-se a percepção mais profunda acordando não só sua visão como toda e qualquer lição druida, deixando-a livre para observar as leis da natureza.

"Árvores curvadas"... *Como não havia notado isso antes?* Como pudera ignorar por tanto tempo o que estava diante de seus olhos? Sua avó lhe ensinara, quando ainda era uma menina, a linguagem das árvores. Em seus primeiros oghans — a escrita vegetal dos celtas — Amarantine aprendeu a ler a vida das árvores como presságio e reconhecendo os bons territórios, o povo em guerra se afastava do que chamavam de raiz torta. Os oghans traziam os ritos celtas escritos em folhas, porque assim, depois de lidos, secavam com seus ensinamentos, por isso, somente aqueles que os liam de imediato podiam deter seu conhecimento. Um jogo da memória, que sempre foi a maior arma dos celtas. Poemas com mais de mil versos eram memorizados, e passados de geração em geração para que não fossem esquecidos, pois isso significava preservar sua própria cultura, e assim foi, até que um homem cuja coragem despertou todo o planeta, se dispôs a escrever as primeiras linhas do livro de Kells. Mas isso aconteceria muito tempo depois desse dia em que Amarantine estava prestes a se dar conta do perigo que corria.

O primeiro oghan de Amarantine lhe falava do corpo da árvore, seus galhos, o tom dos troncos, o formato das folhas, o cheiro da madeira e a textura das lascas que dela saíam como se fossem sua própria pele. As árvores falavam, através de sua aparência e de suas características, tudo o que tinham visto e sentido ao longo da vida.

Ao olhar ao redor minuciosamente, o que Amarantine reconhecia fez tremer todo o seu corpo: não havia sequer uma árvore reta, frondosa e altiva ansiando tocar o céu. Eram todas cabisbaixas e curvadas, criando corredores onde tocavam-se por intermédio de seus galhos, como se quisessem consolar umas às outras. Um calafrio passou raspando pelas costelas da druidisa, transformando aquela floresta em um lugar soturno e fantasmagórico.

Árvores curvadas não eram um bom sinal, ao contrário do que aprendera no último ano, ao contrário das inscrições sagradas. Não só ela como todas as sacerdotisas de Unterspone estavam ameaçadas. Não era seguro para elas, nem para Macbot, ou qualquer alma boa que estivesse em busca do Gwinfyd. Mas se Amarantine notara a tristeza impregnada em todas aquelas árvores, como

Serviorix não notou ? E se notou, por que as deixava ali naquele ambiente hostil, bloqueador de passagens etéreas? Não havia uma explicação lógica.

Uma voz suave lhe dizia pausadamente: *"Fuja, Amarantine, fuja... fuja enquanto há tempo"*.

Talvez fosse seu pensamento sugestionado. Talvez o susto de ver o que sempre esteve diante dos seus olhos, mas que o orgulho de ser sacerdotisa deixara embaçado, tinha lhe furtado a razão.

CAPÍTULO XXXVIII

PERFEITA NA SUA GERAÇÃO

Pela primeira vez em meses de estudo, Amarantine se permitiu pensar em algo diferente do Gwinfyd. Atestou que de nada adiantaria fatigar o pensamento. Era preciso aceitar as coisas ao seu redor, procurar caminhos laterais e distrair-se enquanto ser humano. As meninas decidiram sair para caçar, apenas Anna permaneceu na casa de pedra. Ela tinha a saúde frágil e quase sempre evitava esforço físico. Andriac disse que ficariam bem em companhia de Mac, preparando um delicioso jantar para quando voltassem. Bem cedo, as irmãs bretãs saíram da cama e puxaram Amarantine com elas; a fada ruiva adorava se estender um pouco mais embaixo das cobertas, mas com a convicção daquelas arqueiras, não teria como escapar. Saíram quando os primeiros raios de sol invadiam o vale, enquanto Mac se despedia na soleira da porta, Margot e Esther corriam mais à frente, eufóricas com a ideia de caçar na companhia de Amarantine.

Ela se mostrava interessada no ofício do arco e flecha pois isso a deixava mais próxima de Rhodes, assim pensava. Com a nova discípula, em breve as irmãs poderiam tornar mais interessante a disputa que sempre ficara somente entre as duas.

— Venha logo Amarantine, você está lenta como uma gazela de Narbo. — as duas caçoavam dando corda numa antiga rivalidade entre os narbonenses e os bretões, mas se esqueciam de que Amarantine, na verdade, não era nem uma coisa nem outra.

— Ah, vocês vão ver do que sou capaz quando me emprestarem essas flechas enfeitiçadas! Vou desbancar essa dupla! — ao mesmo tempo em que entrava no jogo das moças que tinham a disputa arraigada na genética, Amarantine doava-se à paisagem do vale triangular. Tanto tempo em busca da excelência espiritual, procurando com afinco um contato com a mentora, que deixara de notar a beleza do lugar. Os encantos daquele canto da *Britannia Prima* escolhido especialmente para albergar as virgens celtas, fadas confiadas por uma escolha que ainda não estava clara para ela, mas que a fazia sentir-se plena e valiosa para sua religião.

As três atravessaram a ponte de pedra e avançaram floresta adentro. Passaram pelos dolmens, como se pudessem ignorar a importância daquilo ao menos por um pequeno momento de lazer. Mas a pressa das irmãs era maior: tratava-se de um instinto que Amarantine nunca teria. Passaram a manhã inteira dando lições à moça, Margot com muita calma e repleta de teorias a respeito do movimento da flecha contra o vento, a respiração que deveria ser presa antes do lançamento, o material perfeito para a confecção do arco. Esther a interrompia:

— Ande logo, ponha-os na mão de Amarantine. Deixe que ela mesma faça uma tentativa, de que adianta tanta falação?

Amarantine ria alto.

— De que serve essa precipitação? Assim ela perderá a concentração. — retalhava Margot.

E assim passou aquela manhã. Logo depois, elas descansaram e comeram as frutas e os biscoitos que Mac havia preparado. Até que, entre uma conversa e outra, Margot tocou num assunto que Amarantine evitava ao máximo, aliás, todas elas, porque isso era algo proibido na casa de pedra.

— Ama... — ela chamava Amarantine assim, carinhosamente. — Como era o seu Rhodes?

Esther a interrompeu.

— Mas o que é isso Margot? Acaso quer colocar todo o nosso trabalho a perder?

— E o que uma coisa tem a ver com a outra, sua desmiolada?

— Se Ama pensar em Rhodes não vai mais se concentrar no arco e na flecha. — argumentou, e as duas riram.

— Tudo bem, Esther — respondeu Amarantine —, não por isso. Penso nele todos os dias e hoje, precisamente, mais do que nunca.

E, respondendo à pergunta que Margot havia feito, Amarantine declarou:

— Ele era como Bellenus. Tinha cabelos de sol, braços fortes, porém sem rudeza, bela estatura, pele lisa e uniforme. Movia-se com precisão e sua maneira de segurar o arco e a flecha era única, como se esses dois elementos fossem uma extensão de seu corpo. Da última vez que nos vimos, antes de... bem, estava com pelos espessos ao redor dos lábios, bem ao estilo gaulês. Contudo, o que de melhor havia em Rhodes era o seu senso de justiça e o seu olhar messiânico.As irmãs fitavam Amarantine com um misto de curiosidade e compaixão e por algum tempo não disseram nada. Até que Margot rompeu o silêncio:

— Meu Caudeus também era muito justo e belo e já havia construído nossa casa com suas próprias mãos. — assim como Rhodes, o noivo de Margot também integrava o exército, entre os bitúriges. Era filho de Pártiux e por consequência de uma disputa entre bitúriges e éduos, por motivos não muito diversos dos que separavam allobroges e carnutes, também foi dado como morto numa batalha. Logo depois, Margot e Esther partiram com a Caravana dos Druidas, dois anos antes de Amarantine. Quando souberam dessa semelhança em suas vidas, ficaram por um longo tempo conversando sobre o assunto. Diferentemente de Amarantine, Margot não aceitava a morte de Caudeus.

— Bem fiz eu, que não entreguei meu coração a ninguém. — falou Esther, quebrando a atmosfera nostálgica.

—Ah, sim! E aquele filho de Devidiac, que foi até o porto se despedir com lágrimas nos olhos? — Não sei do que está falando, Margot. — desconversou Esther, levantando-se e pegando o arco e a flecha.

— Não sabe...

Amarantine divertia-se com as irmãs e pensava como os deuses eram benevolentes por fazê-la conviver com elas em meio a tantos dias de saudade de casa e de todos. Esther e Margot faziam o tempo passar mais rápido.

— Vamos caçar um pouco mais antes de voltarmos, Ama? — pediu Esther, enquanto se pendurava no pescoço da amiga.

— Vão indo, eu as alcançarei. Deixem-me colher um pouco de mistletoe, Andriac nos concederá mais momentos como este se lhe dermos um pequeno mimo. — Mistletoe era um fruto místico para os celtas e na Britannia ele era encontrado com frequência.

— Não demore, estaremos logo abaixo dos abetos para que as caças não nos vejam. Bem à frente das charnecas — gritou Esther.

— Está bem.

As bolinhas brancas de conteúdo gelatinoso e fresco capturaram a atenção de Amarantine. Ela ouvira falar muito dessa plantinha, rara na Gália, mas que florescia em abundância no vale. Rasgou um pedaço do forro de sua túnica, uma espécie de linho egípcio, grosso o suficiente para bloquear um pouco o vento invernoso da Britannia, e colheu delicadamente algumas sementes, sem perder as companheiras de vista.

— *Amarantine...* — chamou uma voz suave — *Amarantine...*

Quando se preparava para dizer que já estava a caminho, Amarantine ergueu os olhos na direção da voz. Por estar distraída e completamente absorta, pensou se tratar de Margot que tinha a voz mais grave e aveludada. No entanto, a voz que a chamava possuía uma forma imaterial... translúcida. Ficou ali, diante dela, sem o menor aviso ou sinal que a preparasse para o momento mais esperado de sua vida. Sua mentora finalmente se revelava para ela. De um jeito simples, sob a luz de um início de tarde invernal.

Tive o prazer de testemunhar esse momento. A luz pueril que cobria aquela aparição fazia dela uma das coisas mais lindas que já vi. Mais do que o pôr-do-sol no deserto africano, mais do que o nascimento do narciso rasgando a neve, mais do que uma criança humana vindo ao mundo. Que coisa linda era a mentora de Amarantine! Fiquei estupefato e totalmente inerte. Puxa! Será que isso é estar apaixonado? Lembrei-me imediatamente de Rhodes, naquela tarde em que Amarantine despontou no Monte Allobroge. Ah, meu amigo... como eu gostaria que você estivesse aqui, comigo e Amarantine. Cada um de nós com as suas lindas criaturas. Que Oritisa não me ouça, onde quer que esteja.

A fada de Unsterspone parecia não saber o que fazer, e sua respiração, bem... por um tempo fiquei sem notá-la. Acho que tanto eu quanto Amarantine julgamos desnecessário respirar porque era como se aquele ser, aquela luz — não sei bem como descrevê-la —, nos bastasse. E de repente, como que lendo o pensamento de Amarantine, começou a falar docemente:

> *"Por isso você consegue me ver e ouvir, por ter dilatado os seus sentidos e porque somos ligadas pela mesma centelha. Somos feitas do mesmo núcleo. Com o tempo, nossa linhagem sofreu desgastes por causa de gerações e gerações que não se desenvolveram, não foram em*

*busca do Gwinfyd, então criou-se uma barreira entre
nós. A alma não perde a herança ancestral, mas
pode adormecê-la por séculos e, assim, ensinamentos
valiosos que poderiam manter-nos facilmente ligadas,
simplesmente adormecem, só podendo ser despertados
pelos exercícios do dilatar. Durante seu estado gestacional,
antes do seu retorno para a terra dos homens de
carne, eu e você nos conhecemos e conversamos sobre
a sua caminhada, sua missão e suas escolhas."*

As bolinhas de mistlestoe caíram das mãos de Amarantine, e correram faceiras para a grama do vale; se eu não estivesse tão absorto, teria ouvido seus risos. Era como se eu, Amarantine e sua mentora estivéssemos num plano paralelo, protegidos de qualquer outro som que não fosse a voz cálida daquela figura. Verdadeiramente, posso dizer que não era a figura em si aplacando tamanha admiração, mas o que ela nos transmitia. Eu me senti tão leve e ao mesmo tempo tão profundo, como se dentro de mim existissem lugares nunca antes visitados, com os quais eu não tinha familiaridade. Aos poucos, a figura criava traços mais definidos. Avena, a mentora de Amarantine, tinha cabelos muito negros que se sobressaíam nitidamente em relação ao resto de sua fisionomia, porque sua pele não se parecia com a pele dos humanos e sim com um véu muito fino e brilhoso. Seus olhos de tom violeta nos penetravam de um jeito único. Definitivamente ela não pertencia a esse mundo e isso me pareceu injusto, precisamente comigo.

Um estado de letargia impedia Amarantine de formular perguntas. Era toda ouvidos. Sua mentora estava materializada nitidamente diante dela, emanando calma, sabedoria e uma cumplicidade que a fazia sentir-se à vontade, apesar da emoção. Como se Avena fosse uma parte antiga dela mesma e, ao mesmo tempo, alguém completamente único. Uma forma intacta e inimitável.

"Não condicione seu pensamento. Permita que as imagens venham até você, com o tempo todas elas farão sentido. Estarei sempre ao seu lado, conduzindo-a. Não se esqueça disto, sob a luz do dia ou mesmo sob a influência das trevas. Jamais a abandonarei."

Talvez a tarde tenha passado em fração de segundos para Amarantine, certo é que num dado momento, ao seu redor; tudo parou! Avena não movia os lábios, nem o menor gesto que a animasse por hábitos humanos. Tudo foi ouvido e sentido por meio de uma conversa mental, telepática. Seu rosto angelical mantinha-se impávido, com um sorriso cálido, luminoso. Não tinha um aspecto divino ou de rainha, nada que reluzisse artificialmente como se costuma imaginar os seres celestiais. Sem dúvida, era a simplicidade de um ser belo o que motivava o impacto de sua aparição. Depois de algum tempo, a druidisa nem mesmo soube dizer quais eram as vestes de sua mentora. Tentou recobrar a memória, os instantes que passou em sua companhia, mas nada — além do rosto reluzente de Avena — voltava a seus anais.

— Eu a verei novamente? — foi o que conseguiu perguntar no auge da emoção.

Avena sorriu enquanto seus olhos cerravam para descanso. E do mesmo modo que veio, ela se foi. Dali em diante, a druidisa das Gálias nunca mais seria a mesma.

CAPÍTULO XXXIX

A COLHEITA

Unterspone despertou ao som de tambores... Drums.

— Drums... a essa hora! — ralhou baixinho a voz de Esther.

Mas o que seriam drums? — pensou Amarantine.

Batidas ocas retumbavam na casa, pelo vale e além das três colinas. As companheiras se levantaram a contragosto e Amarantine teve a impressão de ser a única ali sem saber o que fazer. Uma das irmãs bretãs, percebendo sua inação, resmungou algo que soou como ordem:

— Trabalho, Amarantine, trabalho!

As fadas eram notívagas, preparando a maioria dos ritos ao cair da tarde e atravessando o caminho das estrelas, porque era com a Lua o pacto de magia que travavam quase todas as noites. O exercício da transmigração da alma costumava ocorrer na ausência do Sol, algumas vezes escolhidos especialmente de acordo com o calendário lunar. E naquela manhã, particularmente, elas pareciam exaustas demais para o que as aguardava.

Era a temporada de colheita e se Amarantine pensava que suas tarefas eram apenas as que havia realizado até aquele momento, estava enganada. A rotina noturna das fadas, naquele mês, se avolumava com a diurna. Nada de sonos prolongados, nem afazeres postergados ou empurrados para Macbot; das mãos sagradas daquelas moças seriam arrancados centenas de tufos de erva-doce, levados direto para o celeiro esperando a caravana de servos, a quem seriam confiados. Muitos clãs dependiam das plantas britânicas, que atravessariam mares e terras salvando vidas a léguas daquele vale sagrado, servindo muitas vezes como base de feitiços celtas.

— Não entendo por que somente nós podemos fazer esse trabalho tão árduo... — a fala resmungona de Amarantine foi revelando seu mau humor matinal e arrancando risos das outras sacerdotisas.

— Amarantine, Amarantine, você não conhece o que é trabalho árduo. Colha de bom grado os frutos de Unterspone, é uma honra poder fazê-lo. — Andriac sempre fazia as coisas parecerem mais fáceis, mas naquele dia, isso não aconteceu. Principalmente depois que os olhos de Amarantine elevaram-se calculando o quanto restava para ser colhido. Os cestos que Macbot confeccionara nas semanas anteriores pareciam nunca se acabar. Seu quarto ficou cheio deles, mal deu para o pobre homem alojar-se no recinto. Várias vezes a druidisa das Gálias lhe perguntou para que serviam e porque ele fazia tantos iguais como se estivessem esperando oferendas dos céus.

— Você saberá minha fada... na hora certa, você saberá.

A hora certa havia chegado e com ela a certeza de que ser druidisa não significava um universo de regalias. Agora ela sabia que o silêncio de Macbot guardava um sarcasmo que ela sequer imaginava habitar naquele ser de alma ingênua. Foram três longos dias de colheita. Anna era a mais ligeira, colhia como um ratinho sozinho numa cozinha repleta de migalhas. Margot parecia não se importar em ficar agachada por tanto tempo, mesmo sendo a mais alta de todas, fazia Amarantine se perguntar como suas costas resistiam. Esther ficava no meio do caminho, entre a disposição de Margot e a indisposição de Amarantine. Andriac, ao contrário do que todas pensavam, colhia com maestria ímpar. O funcho parecia ceder facilmente aos seus comandos, como se os dedos da Druidisa Mor possuíssem um tipo mágico de poder que os atraía sem força. E como se não bastasse, ela os colhia cantando. Esther e Amarantine se olhavam e depois reviravam os olhos. Macbot assistia a tudo, admirava o movimento cadenciado das fadas dentre os vastos campos amarelados de funcho maduro. Era, para ele, como uma dança onde cada uma delas tinha seu próprio ritmo. Sentindo o perfume da erva misturado aos tufos de terra fresca que às vezes vinham com a flor, Macbot se considerava a mais feliz das criaturas e passava os cestos dentre elas para ajudá-las na colheita.

Já ouvi falar que a felicidade mora nos detalhes.

Ao final de três dias exaustivos, as meninas de Unterspone, sentadas num pedaço de terra extenso a perder-se de vista, sentiram a bem-aventurada sensação de dever cumprido, e como todo esforço requer uma recompensa, a delas não tardou em chegar. Surpreendentemente, como se um sinal invisível tivesse soado, despontou na colina do leste um grupo de homens enfileirados em seus negros cavalos. Amarantine não parou para contar, mas era possível que fossem uns doze, tal foi a barreira feita diante do sol que se punha naquela hora do dia.

— Chegaram... — disse Andriac em tom contumaz —, como sempre, na pontualidade dos deuses.

O Conselho dos Druidas, escoltado pelos Servos Oficiais, cumpria mais uma vez a jornada e a missão de carregar e distribuir pelos territórios celtas o funcho da Britannia. Lá se iam três séculos de tradição, e sob o bastão de um arquidruida, jamais faltara a erva para o povo da Britannia. Segundo a lenda, eles seguiam um enorme mapa desenhado no couro de um boi místico, que pendia na parede da morada dos druidas. Era um imenso mapa das terras celtas, cujos acordos haviam sido firmados nas Ilhas Mágicas, determinando os pontos onde não só ervas, mas também pedras preciosas e alguns vegetais raros seriam entregues, junto com a colheita de Unterspone. Não era segredo para ninguém que a arquidruidisa da Ilha de Seine, receberia a maior parte do que as mãos delicadas de Amarantine e de suas companheiras tinham acabado de colher.

Entendam, o funcho não era mágico porque saía de Unterspone. Era mágico, segundo acreditavam, porque havia sido colhido pelas druidisas. Afinal, elas eram o sinal da pureza e da elevação espiritual. Elas eram as fadas que receberiam os simples mortais no Gwinfyd, se assim merecessem. E como oferendas, também para elas eram confeccionados aparatos, objetos, vestimentas e até perfumes que vinham de muito longe.

— Não se esqueçam de entoar a canção da cura. Nosso funcho é magia pura, de terra abençoada. O vento ancestral de Unterspone lambeu os cabelos verdes da erva-doce e fez nosso vale perfumar toda a Britannia. Isso não é por acaso, é por nós. Lembrem-se, somos feitas por Belissãma e por ela estamos aqui.

Eu só estava ali de passagem, como eu lhes disse, não sou o vento do Oeste, por isso passei tanto tempo com os allobroges. Quando Andriac falava de um vento ancestral de Unsterspone, não se referia a mim. Aqui sou apenas um espectador e o meu semelhante me permite lhe fazer companhia, só um pouco. Em breve partirei.

À noite, quando se recolheram ao quarto, cada druidisa recebeu um pequeno retalho de couro amarrado por uma fina fita do mesmo material. Dentro, uma pedra preciosa retribuía o trabalho daquela temporada. Esther ficou feliz com sua esmeralda de porte médio, ainda em estado bruto. Margot sorriu, ao ver seu rubi reluzir sob um feixe diagonal do resto de luz potencializada pela vela acesa. Andriac, por causa de seu antigo e valioso papel desempenhado, recebeu um diamante. E Amarantine, bem... ela parecia não entender o porquê da pedra preta de textura lisa e perfeita que mais se parecia com um ovo de alguma ave mitológica. — Ônix, minha filha. Os sacerdotes a querem protegida, mais do que a qualquer uma de nós. — foi assim que Andriac, com suas sábias palavras, ultimou a mensagem enviada do Conselho dos Druidas.

Esther e Margot pareciam conhecer suas mensagens. Anna não abriu o seu embrulho. Deixou as outras curiosas sobre qual seria sua pedra. Mas nenhuma exigência fora feita para que revelasse sua cifra druídica. As fadas da Britannia respeitavam a fé de cada uma, assim como seus tesouros. Amarantine notou que sua pedra era a única não considerada preciosa. O ônix era uma pedra de energia poderosa, mas seu valor monetário nem se comparava ao do rubi, da esmeralda ou do diamante. Isso não pareceu para ela algo ruim, simplesmente quis entender o significado daquilo. Talvez fosse porque era sua primeira colheita, ou porque ainda era a mais nova da casa de pedra. Se um dia pudesse, se tivesse a certeza de que Andriac não a consideraria ingrata, perguntaria a razão disso. Além do mais, ora, de que adiantaria terem pedras preciosas se jamais sairiam dali para ostentá-las ou trocá-las por outra coisa?

CAPÍTULO XL

UNTERSPONE

A combinação da chuva fria e do céu cinzento obrigavam Amarantine a se lembrar de casa, e isso doía. As faias no alto das três colinas mudavam de cor, escurecendo de imediato o tom rubro de suas folhas, que sucumbiam facilmente à mudança do tempo, deixando passar até o fundo do vale aquele presságio nostálgico. A saudade, de tanto incomodá-la ganhou outro nome: vazio. Nesses momentos, Amarantine sabia que não adiantava ser fada, nem atingir esferas elevadas ou transmigrar a alma. O remédio para a saudade nunca fora invisível, tinha carne e osso no corpo de alguém querido.

Macbot subiu correndo pela escada, com a missão de vedar as janelas da torre. Amarantine estava lá de pé tão inerte e absorta pela chuva caindo sobre o vale que o fez hesitar em cumprir sua obrigação.

— Estou aqui, Macbot, não se acanhe... siga com sua tarefa. — nem sempre ele conseguia distinguir quando as fadas estavam em transe, principalmente em momentos como aquele em que os olhos de Amarantine não se abriam nem mesmo ao lhe falar.

Só mesmo um homem do porte de Macbot poderia, com tanta destreza, carregar o imenso tampo de madeira que vedava as aberturas de pedra no quarto das druidisas. O servo estava afoito, apressando sua tarefa como se tivesse deixado outra por fazer. Desceu as escadas da torre com a mesma pressa de antes.

— Mac! Mac! — Amarantine foi logo atrás chamando por ele, mas Macbot estava afoito, parecendo não poder perder tempo. — Por que tanta pressa? Você está me escondendo algo... Quando chegou à cozinha, Amarantine mal pôde crer. Ela havia esquecido completamente de seu aniversário. O último ano passou tão rápido que sequer pôde notar o ciclo lunar em sua direção. Andriac, Esther, Margot e Anna seguravam uma grande cesta com suas frutas e especiarias preferidas. Macbot havia assado uma gazela e sobre ela o mel derretia cristalizando a carne tenra; o rosto do cozinheiro era como um imenso sol se pondo por detrás do orgulho que sentia da amizade com a druidisa. Alguns mimos foram trazidos da Gália, na última estação, mas Andriac resolvera entregar numa ocasião especial como aquela. Por mais estranho que pareça, a arquidruidisa administrava tudo, até a saudade de suas alunas. Havia dois pergaminhos, um colar com fita de couro de onde pendia um lindo símbolo celta talhado em prata, algumas pedrinhas brancas que imediatamente Amarantine reconhecera, e um ramo de alecrim, tudo reunido numa pequena caixa de madeira onde o nome de Amarantine aparecia gravado em letras rebuscadas. Seu pai nunca desistira dela, nem de fazê-la lembrar que Unterspone era mágica, mas o amor que os unia era maior. Com a caligrafia dele havia um pequeno bilhete:" *Que os deuses protejam-na, minha menina. Estou partindo da terra dos allobroges. Em breve mando notícias*". Com amor, seu pai."

Emocionada, Amarantine dizia:

— Minhas queridas... meu amigo! — Amarantine abraçava a todas como se tivesse mais braços, e passou a mão sobre o rosto de Macbot, lançando a ele o olhar carinhoso de sempre. — Vocês não deixaram escapar sequer uma pista, eu jamais adivinharia o porquê de tanto silêncio em nossa casa.

— Tivemos o trabalho de avisar a Macbot todos os dias que não deixasse escapar nada, porque mesmo calado ele consegue contar segredos. — brincou, Margot beliscando o braço daquele que se encabulava com facilidade.

— Devo dizer que Macbot se saiu muito bem, não percebi nada.

— Vamos meninas, aproveitemos que a homenageada já está aqui para comermos o presente de Macbot antes que o mel endureça. — Andriac foi servindo o vinho nas canecas de prata, pois a ocasião merecia revelar a prataria da casa. Amarantine arregalou os olhos em sinal de surpresa e riu para Esther, que segurava a caneca fazendo trejeitos de nobre. — Isso mesmo, aproveitem, pois é só por hoje. Amanhã voltaremos para nossa realidade que vem do barro.

Foi uma noite tão especial que entraria para a coleção de preferidas no coração de Amarantine. Em breve, elas se alimentariam apenas de lembranças como as daquele dia.

O Vento

Se ao menos Rhodes soubesse como a sua querida Amarantine vivia em Unterspone... Se soubesse que ela estava, assim como ele, partida ao meio, talvez isso o consolasse. Mas Rhodes, tanto quanto o resto dos homens que se sentem injustiçados, não podia ver nada além de seu próprio sofrimento. Ele não confiava mais no destino, nem nas forças do Universo, não confiava nas profecias celtas, no Gwinfyd, nem em Belissãma. Nada de mágico ou promissor fazia sentido para ele e assim seria por algum tempo. Para mim era fácil olhar adiante, pois apesar de amá-lo como um semelhante, eu precisava soprar e soprar e isso me movimentava invariavelmente, mas Rhodes estava preso a dor e, embora eu torcesse para que o tempo corresse para ele e apressasse seu processo de secar feridas, eu sabia que o tempo dos homens era cruel, muito mais cruel do que o meu.

Fui embora e só revi meu amigo um ano depois na costa Sorrentinina, ao sul da Itália. Não me pergunte como... Também não sei dizer como eu, o vento do Norte, fui parar ali.

CAPÍTULO XLI

O ritual da Brigid

As fadas de Unterspone estavam genuinamente felizes naquela noite, riam sem saber a razão, embora Andric pudesse ver claramente os efeitos do hidromel se espalhando sobre elas. A bebida mais antiga dos celtas podia ser encontrada em abundância nos porões úmidos da casa, mas raramente era usada, a não ser em dias como aquele, quando a deusa tríplice era reverenciada e o sagrado feminino transbordava a intuição daquelas moças. Após a cerimônia da Brigid, repletas de celtismo e da liberdade que o álcool costuma produzir, algumas delas se puseram a bailar numa ciranda entoada pelo som da flauta doce de Esther. Amarantine, descontraída, gargalhava desenfreadamente até seus ombros chacoalharem contagiando Andriac. Anna e Margot, após coagirem Macbot, giravam sem parar dizendo que as estrelas estavam loucas e que não sabiam por que mudavam de lugar tão rapidamente naquela noite. Perverso hidromel! Depois de alguns instantes, os três dançantes noturnos caíram de mãos dadas perto da fogueira onde estavam Amarantine e Andriac. E o pequeno grande gigante de fala tímida, pregava nos céus seus olhos arregalados e sorridentes, mal parecendo o bicho acanhado que negara o pedido das fadas. Macbot era, nitidamente, um menino.

— Diga-me, Andriac, afinal, por que as fadas sagradas se afugentam em locais como Unterspone... por que estamos aqui?

Como quem acorda no meio da noite, Andriac ficou absorta por alguns instantes, sem entender como Amarantine fizera emergir essa questão contumaz em meio a tanto divertimento. Tal pergunta causou silêncio e pareceu interessar às outras também. Esther calou a flauta.

Andriac pigarreou para dar início ao que parecia ser uma aula:

— Os oghans mais antigos de nossa era nos ensinam sobre a importância de nos mantermos puras, no estado primitivo da consciência, sem a influência de grupos ou tribos repletos de regras e leis distantes dos preceitos celtas. É preciso que estejamos livres dos conceitos humanos e plenas de intenções estelares, para que os deuses possam nos dizer o que querem que façamos por esta terra.

Abraçada em suas próprias pernas, Amarantine começava a entender o propósito de Unterspone, mesmo não vislumbrando como isso atingiria o número necessário de almas perdidas.

— Entendo Andriac, mas como aquilo que aprendemos e descobrimos em Unterspone poderá ajudar alguém senão a nós mesmas?

— Quando nos tornarmos o resultado que Dagda espera de nós, haverá momentos cruciais em nossas vidas, quando digo "nossas", vou além desta casa de pedra, refiro-me ao que conhecemos por mundo terreno — continuou, com a capacidade inconteste que tinha de levar o ensinamento. — Ao potencializarmos nossos poderes mentais, ao nos conectarmos com os deuses e o puro raio céltico, criaremos uma corrente que poderá ser percebida, ainda que aos poucos, pelos homens e mulheres por onde passarmos. Esta corrente os fará notar o que de fato importa neste lugar onde os deuses nos colocaram. Isso poderá ser sentido Amarantine, e percebido, porque ao final de tudo saberemos que todos somos feitos da mesma centelha e ela nos quer na mesma sintonia.

As estrelas ficaram quietas e Macbot finalmente levantou seu corpanzil em direção à casa. Aos poucos, as coisas que Andriac dizia foram fazendo sentido, porque se misturavam com os exercícios e os rituais de Unterspone, abrindo passagem na intuição das druidisas e se instalando em seus pensamentos como se nunca houvessem saído de lá. O que estava implícito e não podia mais ser ignorado, era que Unterspone não seria a última morada daquelas druidisas, pelo menos não para a maioria delas. Isso tirou o sono de Amarantine por mais algumas velas.

Depois dessa noite, a druidisa das Gálias adoeceu. Talvez o efeito do hidromel tenha enfraquecido seu corpo e ela contraiu uma gripe muito forte, com febres e dores que se espalhavam do topo da cabeça à sola dos pés. Nesses dias, os rituais e iniciações foram suspensos, afinal, ao menos desde que a fada ruiva chegara, estavam todas no mesmo nível sob a ótica da tutora-mor. Assim eu pensei.

Mesmo depois de curada, Amarantine permanecia insone. Parecia que as semanas em que esteve doente haviam deixado esse legado em seu corpo: ver o dia nascer sem pregar os olhos. Embora tentasse todos os artifícios — chás, unguentos, preces e massagens, nada era capaz de lhe trazer uma noite inteira de sonhos. Preferiu guardar para si essa questão; se a situação persistisse, pediria a Andriac um remédio daqueles que a druidisa-mor guardava nos frasquinhos de vidro. Não quis perturbar as outras, todas já haviam se dedicado muito a ela nos últimos tempos e achava que lhes devia uma imagem saudável, menos frágil.

Numa daquelas noites em que o vale se fazia tão silencioso levando Amarantine a ouvir a terra, resolveu ir até a cozinha preparar uma boa caneca de chá de funcho adoçado com mel. *Ah!* — pensou ela — *Não é possível que o funcho me abandone, com ele hei de dormir!*

Desceu silenciosamente as escadas de pedra, para não despertar quem gozava do descanso. Macbot, decerto, com o avançar das horas devia estar no décimo grau de levitação, o pobre trabalhava muito, merecia descansar mais do que qualquer uma delas. O quartinho apertado do criado, embora contíguo, ficava fora da casa e possuía duas portas: uma que dava para o interior da cozinha e outra que — para quem via de fora — parecia a porta principal de sua casa, ao lado de uma modesta janela de madeira. As janelas têm a capacidade de retirar das construções o aspecto de prisão.

Amarantine tentou não fazer barulho. As folhas de funcho, bem como as de hortelã, malva, camomila e açafrão da terra ficavam dispostas lado a lado na bancada de madeira, em potes de barro. Mantida por um tímido fogo de lenha cansada, a chaleira com água quente esperava o tempo todo pelo uso. Por isso, a fada afundou um ramo de funcho no fundo de uma caneca de barro, jogou a água quente por cima e tampou o recipiente com um prato. Dali a alguns minutos derramaria mel sobre o chá em efusão.

Distraída, ela entoava em pensamento uma cantiga antiga, daquelas que a faziam sonhar com uma noite bem dormida. Enquanto isso, no interior da caneca, o funcho se permitia misturar na água tingindo-a de um tom próprio: o amarelo vivo. Logo ele lhe traria um pouco de aconchego e ela poderia voltar para as cobertas. Entretida em sua missão, a fada das Gálias demorou para identificar um cochicho distante... quase inaudível. E isso só foi possível após sorver o primeiro gole da bebida, quando seu corpo sentia os primeiros prenúncios de descanso. Amarantine apurou os ouvidos. Tentou encontrar a direção das vozes, sabendo que não estava em estado de relaxamento profundo como ocorria nos exercícios druídicos. Seria Macbot? Não... Mac roncava alto. Mais um pouco... e sim. Duas pessoas conversavam lá fora, atrás da casa. Por serem de pedra, as paredes da casa dificultavam a passagem do som, mas o cochicho parecia aquecido por uma das vozes evidentemente contrariada... Serviorix!

— Você não poderá adiar a decisão por muito tempo, Andriac. Já estou farto de suas desculpas. Escolha logo uma delas, qualquer uma. — pela maneira como o homem falava, estava cobrando algo a que tinha direito.

A voz de Andriac mal se ouvia, então Amarantine teve de fincar o ouvido na fresta da janela, mas só conseguiu ouvir algo como "não estão prontas", ao que o bruxo, mais uma vez contrariado, respondeu:

— Não me interessa se estão prontas ou não, uma delas terá de ser minha!

A caneca com chá de funcho caiu da mão de Amarantine e, ao contrário do que ela desejou, emitiu um som aberto e cortante. Até o ronco de Macbot cessou ao efeito do barulho. Ela não teve tempo para catar os pedaços do barro partido. Subiu as escadas como o vento a tempo de ouvir a porta da sala se abrir empurrando para dentro da casa uma brisa fria da noite. Certamente os dois sabiam que alguém esteve bem perto de ouvir seus sussurros, mas quem seria e o que havia ouvido?

A druidisa entrou ligeiro sob as cobertas, de bruços, como costumava dormir nos bons tempos, antes da doença. Enquanto Andriac não entrava no quarto, Amarantine esticou o pescoço na direção de sua cama e percebeu que a mentora havia forjado um volume no lugar destinado a ela. Será que Andriac tinha esse costume? Fingia que estava ali e saía à noite para fazer outras coisas? O coração de Amarantine não batia, galopava. As últimas palavras de Serviorix foram tão rudes e assustadoras que ela teve dificuldade de afastá-las.

Lá embaixo, Andriac procurou não fazer barulho. Não queria acordar mais ninguém além de quem tivesse ouvido aquela conversa. Na cozinha, parou para catar os pedaços do copo quebrado, e Macbot abriu a porta ligeiramente, como se não quisesse incomodar quem o havia despertado.

— Foi você Macbot, quem derrubou esta caneca? Fale, não irei me zangar.

Como sempre, como se fosse um anjo na vida de Amarantine, ou talvez como se tivesse nascido para pagar pelo que não tinha feito, Macbot assentiu com a cabeça.

— Tudo bem Mac, pode ir se deitar. A Lua ainda brilha alta na escuridão. — respondeu Andriac. Embora não tivesse certeza, algo lhe dizia que não fora Macbot o insone à procura de funcho.

Na cama, Amarantine pensava justamente nisso: *Que bom que eu nada disse sobre minha falta de sono.*

De uma coisa tenho certeza, quando algo tem de ser revelado, nem todo o zelo do mundo pode sufocá-lo. Os mistérios e segredos têm seu tempo de vida, enquanto a tolice e a ingenuidade também. Naquela noite, Amarantine estava a um passo de desvendar um grande mistério. Sua ingenuidade jazia quebrada como a caneca de barro.

CAPÍTULO XLII

Na Gália...

Por um bom tempo a vida de Rhodes pareceu sem rumo. Ele continuou sendo um líder sagitarii, a única coisa que fazia sentido para ele, embora, a meu ver, tudo fosse muito sistemático e não intuitivo como sempre fora; como ele e Mirta costumavam ser. Rhodes estava vazio a maior parte do tempo, e não havia nada que o trouxesse de volta. Depois de quase um ano à espera de Amarantine, finalmente o guerreiro gaulês compreendia que não a veria nunca mais e que teria de enterrar seu amor para sempre. Ao que parecia, ela realmente havia escolhido doar-se ao druidismo e ele não a culpava, afinal, além de tudo Amarantine estava certa de que seu amor estava morto. Somou-se a isso o fato de que nenhum contingente allobroge o acompanharia até a Britannia Prima, porque todos estavam submetidos às designações de Roma e ele não tinha como custear uma viagem marítima até a terra das druidisas. Essa era a pior parte: saber que sua limitação financeira o impedia de encontrar Amarantine e dizer a ela que estava disposto a tudo, que não seria justo viverem separados pela fé por causa de um mal-entendido, uma tragédia que não se consumara. Sua família, apiedada das torturas mentais em que o arqueiro vivia nos últimos tempos, juntou todos os pertences e os colocou à sua disposição. Mirta ofereceu dois colares de pedras preciosas que César havia deixado para ela, Ícaro dispôs das moedas de ouro e cobre da última campanha, e Tumbo surpreendeu a todos: deu sua espada de aço temperado — talvez a coisa mais preciosa que possuía. Talvez tenham sido essas atitudes, vindas daqueles que o amavam, que também haviam sofrido com a notícia de sua morte, e que enfrentaram perigos para capturá-lo, o que trouxe Rhodes do exílio afetivo em que havia mergulhado. Vê-los doando o que tinham de mais precioso para que ele fosse até a Britannia o fez confrontar sua perda com algo tão forte quanto o amor que nutria por Amarantine — sua célula familiar. Isso o despertou e o deixou ver que o amor por aquela mulher não podia continuar sufocando aqueles que o amavam. Ninguém tinha culpa daquela armadilha que o destino havia preparado. Era o que Rhodes pensava, mas eu não. No entanto, eu me senti aliviado ao vê-lo arrefecido. Rhodes admitiu que uma força estranha insistia em separá-lo de Amarantine, afinal, para qualquer lugar que olhasse só enxergava obstáculos entre eles; pessoas e situações concretas fincadas entre os dois como se colocadas pelos próprios deuses a fim de impedir aquela história de amor. Por isso, por um bom tempo Rhodes não se referiu aos deuses, não ofertou honras a Cecellus quando voltava das missões sagitarii, não entrava em casa se Mirta estivesse rezando e se retirava da companhia dos outros quando o assunto era a fé. Rhodes tornou opaca a relação de cores fortes, outrora existente entre ele e os deuses, e os apagou por um longo tempo dentro de si.

Entretanto, algo inesperado aconteceu naturalmente: ele e Macarven tornaram-se grandes amigos, por incrível que possa parecer. O bruxo gastou parte do tempo em que esteve com os allobroges ensinando um pouco de magia para Rhodes. Cohncot não se opôs, ele e Bautec conheciam o destino do filho de César. Talvez aquelas aulas com Macarven tenham encurtado o tempo que Rhodes pretendia passar dentro de si mesmo. Ele aprendeu a invocar os dois lados da consciência: o prático e o intuitivo, simultaneamente. Quem não gostou disso foi Tumboric, o tempo não trazia aos seus olhos outra maneira de enxergar o pai de Amarantine, senão com desconfiança. Ícaro, por sua vez, nada dizia. Não sei se pela intenção de disfarçar o ciúme ou se porque via com bons olhos aquela aproximação entre Rhodes e seu antigo sogro.

Em contrapartida, nosso arqueiro treinava, cada vez mais, colocando em prática as diferentes técnicas de respiração que havia aprendido. Sem forçar, Macarven tornou-se um mentor para Rhodes. E tudo que estivesse ao seu alcance Rhodes faria para ocupar a mente ao invés de pensar em seu grande amor. Mal sabia que logo ele teria uma oportunidade concreta no mundo das guerras e então, mesmo que quisesse, não pensaria em Amarantine.

CAPÍTULO XLIII

Na colina do Palatino

"Apressa-te lentamente"

Por esses dias, Otaviano andou insone, arrastava as sandálias de solados altos pelo assoalho liso da casa simples, onde morava no Palatino. Vez por outra Lívia ia, ela própria e não uma criada, rogar-lhe o descanso em vão. O romano sequer respondia em voz alta, passava-lhe as mãos sobre os cabelos brilhosos conferindo o aspecto nobre do semblante de sua mulher e doava, em troca do júbilo, um sorriso curto e premeditado. Depois, virava-se de costas em direção a um corredor comprido e pouco iluminado. Em sua biblioteca particular, espalhavam-se cópias de mapas onde se viam desenhos não muito elaborados dos territórios por onde seu exército investiria contra Antônio. Rotas que iam do porto de Tarento a Àccio, de Creta a Cirene e de Cirene a Alexandria. Em outros mapas similares, mais rotas: de

Atenas a Éfeso, de onde partiam pontilhados simultâneos, de um lado para Cilícia, Tarsus, Antíoqua, Síria e Ashkelon — o ponto mais próximo de Alexandria antes de cruzar o estreito do Mar Vermelho —, e de outro um pontilhado de Éfeso até Alexandria, onde um traço único cruzava o Mar Mediterrâneo. Parecia que muitas mãos haviam trabalhado naqueles mapas e de alguma forma eu sabia que veria Rhodes cruzar um daqueles traçados, muito em breve. Às margens dos mapas, ora eu reconhecia a grafia meticulosa e desenhada de Otaviano César, ora a letra apressada de Agrippa, que naquele inverno havia cruzado o Adriático com suas tropas rumo à Grécia. Noites a fio aqueles traçados permaneceram nos pensamentos do sobrinho de César, e de tempos em tempos os servos vinham trazer-lhe mais luz e água, porque Otaviano tinha uma sede constante. Cedo ele haveria de saciá-la quando diante de seu opositor vingaria, com glória e opulência, o nome de sua família, aniquilando de uma vez por todas as chances de Antônio destilar insultos entre os homens da toga *virilis*. Uma infinidade de vezes chegou aos seus ouvidos os comentários depreciativos daquele que se dizia o "Dionísio do Egito", porque quanto mais Antônio abraçava Cleópatra e seus planos de governar Roma, mais se alimentava da origem humilde de Otaviano. Dizia, desde a guerra em Filipos, que o sobrinho de César era: *"bisneto de liberto, cordoeiro do bairro de Túrio e neto de argentário, e que César — apesar de todos os esforços empreendidos — havia falhado na missão de tornar seu sobrinho-neto um verdadeiro soldado".* Tais insultos ecoavam na mente de Otaviano naquelas lúgubres noites de inverno entre o fim do ano 32 a.C. e o início do ano 31 a.C., e me pareceram uma espécie de manjedoura para um novo Otaviano, ainda mais astucioso e surpreendentemente apaixonado pelas batalhas. Ele estava reavivado pela memória de um menino que, aos doze anos de idade, discursou no Fórum na cerimônia fúnebre de sua avó Júlia, e lá de trás, como se precisasse se alimentar de um momento casto, porém brioso, soergueu-se sobre os mapas contendo as estratégias de guerra que derrotariam Marco Antônio. Dali a pouco tempo, aquele novo homem que nascia junto ao lume das noites de inverno em Roma receberia do povo um novo nome: Augusto!

CAPÍTULO XLIV

O CONVÍVIO NOS TORNA MUITO PARECIDOS COM QUEM VIVEMOS...

Unterspone era tão dócil que às vezes esbarrava num canto vazio de quem estivesse por lá. Por permanecer muito tempo na calmaria, a cabeça de Amarantine começava a "ver coisas", e algumas ela jurava serem nada mais do que sua fértil imaginação. Mas em noites quentes, sobretudo aquelas em que o céu estava limpo demais para não ter estrelas, o silêncio chegava sorrateiro e indesejável. "Prefiro o silêncio do inverno, é mais justo e tem seus acordos com o vento", dizia em voz alta, olhando para fora. Margot levantou-se da cama, depois de perder alguns minutos parada com os olhos fixos no teto do quarto. Em silêncio juntou-se à Amarantine, expectadora atenta daquele misterioso vale onde a Lua, senhora de si, brilhava além do normal; a imensa bola lustrosa se aproximava das moças num sussurro de quem brinca sozinha.

— Esse vale às vezes me incomoda — disse Margot, exteriorizando pela primeira vez o que Amarantine sentia constantemente nos últimos meses, mas resistia em partilhar. — Há dias que sinto como se existissem enormes olhos a me espiar por trás desse bloco de abetos.

As duas ficaram ali olhando fixamente para fora, em busca do que as incomodava. Talvez fosse Anúbis visitando a terra dos celtas que, embora tivessem seu próprio deus da morte, se assustavam com a figura disforme dos egípcios. Talvez fossem apenas as druidisas capturando o lado soturno de Unsterspone e aceitando, sem saber, a suscetibilidade daquele vale.

Fingindo dormir, Andriac também sentia medo, mas era o de falhar na missão de doutrinar as druidisas e de protegê-las, e o medo tem dessas coisas; cisma de se espalhar.

— É melhor irmos para a cama, amanhã teremos um longo dia...

Amarantine assentiu.

Em algumas circunstâncias, eu não apenas vejo como também sinto o cheiro de homens vis. São capacidades que eu preferia não possuir, afinal, existem cheiros fortes demais até mesmo para alguém como eu. Serviorix, por exemplo, tem a capacidade de me fazer desejar perder o olfato. Seu cheiro, só de lembrar, causa náuseas; como se de seu corpo exalasse um misto de enxofre com o terrível chorume de um corpo em decomposição, um dos piores cheiros que já senti em milênios de existência. Era insuportável, principalmente quando olhava para Anna com aquele desejo mal contido, nervoso, como se houvesse pouquíssimas razões para impedi-lo de se jogar sobre ela, rasgar sua roupa e deitar com o falo rijo invadindo de arroubo a vagina virgem da moça. Se estava claro para mim, esse desejo que o levava a um olhar arrebatador, prestes a permitir que tocasse na druidisa, imagine para as outras fadas que na condição de mulheres, puras e imaculadas, certamente notavam as intenções de Serviorix, não pelo cheiro como eu bem sabia, mas por sinais a elas tão facilmente detectáveis. O fato de ter em Anna uma presa, a mim pareceu uma escolha clara; ela era a mais calada e reservada. A mais tímida e, aparentemente, a mais frágil.

Por isso eu sentia um ímpeto irrefreável de derrubá-lo com a minha força extraordinária, jogá-lo contra os cascalhos pontiagudos para que se humilhasse diante das fadas emitindo um grito de dor e fragilidade. Talvez assim ele perdesse o interesse nefasto e animalesco que tinha por Anna, livrando assim minhas narinas desse odor fétido da alma. Eu poderia fazer isso, afastando-o dela, livrando a pobre daquele corpo funesto. Mas vocês bem sabem o que me aconteceria. Talvez eu precise da sabedoria do Tempo, ele tem aquele poder de se fazer presente e trabalhar silente. Era certo que eu teria de atuar aqui em Unterspone, você sabe... Daquele jeito. Mas tenho que esperar o momento certo. É custoso, mas necessário.

Naquela ocasião, tivemos que esperar dois longos dias até que o verme, vestido de bruxo, fosse embora. Logo depois que partiu para Glastambury, o vale voltou a exalar o seu delicioso perfume de funcho e lírio.

Duas luas após a partida de Serviorix

Assim como as fadas, eu e Macbot estávamos desfrutando de uma noite perfeita, creio que a valorizávamos mais pela ausência de Serviorix do que por qualquer outro elemento, embora, deixe-me ser justo, fosse uma linda noite na Britannia Prima. Estávamos, para ser preciso, entre o verão e o outono, e eu adoro esses entremeios do Universo: a aurora entre a noite cansada e a manhã acesa, o crepúsculo que antecede as estrelas, o interlúdio entre o encantamento e a paixão, os minutos que separam a maré baixa da maré cheia, a apreensão dos filhotes de aves antes do primeiro voo e o momento que se lançam sobre mim. Esses instantes, prementes, pontuais, a mim são preciosos, pois eles possuem um tipo de silêncio que só eu consigo identificar, o que chamo de fôlego. Se pararmos para pensar, a humanidade só conhece a existência porque toma fôlego constantemente, assim como nós, os Naturais. Sem fôlego não há vida, não há expectativa, não há esperança.

Eu senti que as fadas, muitos anos depois, reconheceriam aquela noite como um instante de fôlego.

Depois do jantar, houve um tipo de conversa informal entre Andriac e as meninas. Uma hora depois, tomaram o chá de funcho, despediram-se de Macbot e foram para o quarto. Em pouco tempo estavam dormindo. Amarantine, a despeito de sua insônia costumeira, também adormeceu. Margot, porém, logo começou a se remexer, inquieta. Ao seu lado estava Esther, logo depois Anna e Amarantine, na extremidade oposta. Andriac e Anna continuaram imóveis, e Esther resmungou alguma coisa, como *"fique quieta"*, mas Margot não se conteve. Instantes depois, Amarantine estava tão inquieta quanto as duas irmãs e como que fazendo uma espécie de pacto, saíram da cama e desceram as escadas de pedra, reunindo-se no centro da casa, muito próximas à porta. As três, sem dizer uma só palavra, se olhavam, sem entender muito bem o motivo de estarem ali. Não precisou muito para que o silêncio fosse rompido por gritos ao longe. Gritos de mulheres. Gritos de pavor. Não era a primeira vez que as fadas ouviam algo assim, mas sempre acharam, por se tratar de um som muito longínquo, que estavam sonhando, ou melhor, tendo um pesadelo. Nenhuma delas chegou a comentar com a outra sobre isso. Talvez, naquela noite, suas mentes estivessem atentas, relaxadas após a partida de Serviorix. É que quando o medo surge, a mente sugestiona muito do que sentimos, mas quando ela está tranquila e em paz a verdade se mostra mais nítida, sem os véus espessos da imaginação.

— Fiquem aqui, já volto com nossos arcos. — pé ante pé, Esther subiu ao quarto e não sei como reuniu o arco e flecha dela e da irmã, sem fazer o menor barulho. Segundo ela, Andriac não se moveu. Ao descer, acrescentou: — Desculpe Ama, não temos outro para você.

— Não se preocupe, tenho minha própria arma — sussurrou Amarantine, e então lançou mão de um estilingue feito por Macbot com galhos de carvalho.

No escuro, Amarantine viu o rosto de Esther suavizando-se com um curto sorriso, enquanto Margot abria a porta lentamente para não deixar entrar qualquer ruído. Não pretendiam acordar Anna e Andriac. Fora da casa, os gritos eram mais fortes e nítidos, mas ainda distantes. Como não costumavam ser visitadas, a não ser por Serviorix, e conheciam as redondezas por causa das vezes em que estiveram fora do vale, qualquer barulho estranho que rompesse a rotina dos sons comuns da noite era assustador. O Vale das Fadas era cercado por três montanhas, e além delas só se viam as estradas longas que levavam ao próximo vilarejo, distante dali. Assim que se afastaram da casa de pedra, começaram a falar, ainda em tom de sussurro.

— O que será isso? — Margot quebrou o silêncio erguendo a barra de camisola a fim de evitar os carrapichos.

— Não sei, mas não é a primeira vez que ouço. — disse Amarantine.

— Bem, se nós três ouvimos, não é possível que Andriac e Anna também não tenham ouvido. — constatou Esther.

As três tinham pressa em alcançar o ponto mais elevado do vale, e se olhavam cuidando umas das outras para que não pisassem em falso ou tropeçassem nas pedras incrustadas na terra. Naquele momento, não falavam, somente agiam como um só ser necessitando de respostas. Margot e Esther, que tinham uma construção física forte comum em atletas, mostravam um desempenho natural para aquela empreitada noturna, enquanto Amarantine, com seu jeito delicado, sentia dificuldade de se mover no escuro em meio a pequenos arbustos condensados, aqui e ali. Irrompendo a noite, mais uma vez e agora com nitidez ímpar, um novo grito deu a elas a certeza de que, ao vencerem por completo aquele cume teriam de estar preparadas para algo terrível e muito distante de suas realidades druídicas. Faltando pouco para o ponto que as permitiria, quem sabe, tomar ciência do que estava acontecendo, Amarantine tropeçou e rolou morro abaixo. As irmãs arqueiras, como jamais vi em mulheres daquela época, deslizaram até ela como chuva escoando nas pedras.

— Ama, pelos deuses, está ferida? — perguntaram as irmãs.

— Estou bem, estou bem... Foi apenas um susto. Escorreguei em algo molhado.

O orvalho, naquela altura, já havia caído em Unterspone, porque na Britannia Prima não era preciso esperar pelo inverno, em todas as madrugadas a temperatura caía sem pedir licença. E enquanto Esther e Margot a ajudavam a se erguer, um som de galope foi se tornando mais nítido, prestes a chegar até elas. As três correram para trás de uma grande faia e agradeceram aos deuses por estarem num ângulo contrário ao feixe da Lua. Dois cavaleiros passaram por cima da colina, e não foi possível saber suas origens, apenas que eram homens fortes, com vultos que não confundiriam ninguém. De súbito, as fadas sentiram-se ameaçadas, não pelo medo de serem vistas, mas porque sentiram, naquele instante, que Unterspone não era tão seguro quanto pensavam e mais, de uma maneira que não sabiam explicar, as três moças sentiam que aqueles homens estavam ali para impedir que lá no seio das três montanhas surgissem pessoas que os impedissem de fazer o que tinham vindo fazer. Agachadas e de mãos dadas, as fadas de Unterspone pensavam a mesma coisa: *"Não há como recuar, temos que saber que gritos são esses"*, seus olhares cúmplices não deixavam dúvidas de que iriam até o fim. Aquela noite não lhes assombraria com a dúvida.

— Podemos avançar? — perguntou Margot para Amarantine.

A fada ruiva anuiu. De mãos dadas, subiram o monte, fortes e unidas. Pareciam não temer a nada. Eu estava com elas o tempo todo, mantendo distância para não piorar as coisas naquela madrugada fatídica, e mesmo com a escuridão que se fazia sólida e robusta, não pude deixar de notar a luz áurea que emanavam. Tive a impressão de que aquelas três almas eram tão similares que formavam um tipo de matéria muito rara de se ver. Por sorte, somente eu podia desfrutar daquilo, pois do contrário, aqueles que não deveriam vê-las as notariam, complicando as coisas de maneira definitiva. Lá de cima, o que elas viram eu já conhecia, porque havia testemunhado em diversas partes do Mundo Antigo. Foi aterrador! Mulheres nuas, de diferentes idades, corriam desesperadas lutando pela vida, enquanto homens a cavalo as perseguiam, rindo da vulnerabilidade cruel que as impedia de vencê-los. Por mais que gritassem, por mais que se debatessem, por mais que lutassem contra uma penetração forçada, nada podiam fazer, e quando finalmente se cansavam, exaustas, jaziam inertes no solo úmido e terroso. No centro daquele horror, concentrado num espaço aberto à luz da lua, havia um tapume de madeira, onde as fadas podiam avistar uma enorme cadeira de braços altos. Um homem sentado segurava-se nas laterais como se precisasse se prender ali, certamente deleitando-se com o espetáculo. Daquela distância, as moças não podiam vê-lo com nitidez, ainda mais porque ele permanecia de costas, mas viam os rostos dos homens montados que perseguiam suas vítimas; algumas eram laçadas como presas, feito animais silvestres. As tochas de fogo dispostas ao redor daquele perímetro — nos quatro pontos do tapume —, permitiam que as fadas capturassem cenas que jamais esqueceriam: presas pelos pulsos, as vítimas não tinham como resistir aos falos eretos e selvagens que as penetravam, ora pela frente de seus corpos, ora por trás, seguidamente, por um, dois, às vezes três diferentes homens, todos rindo e gritando o gozo do prazer doentio. Nem sempre a penetração parecia a pior violação, algumas eram mordidas nos bicos dos seios, apanhavam até desmaiar e somente depois disso eram abusadas das formas mais brutas possíveis. E o homem sentado acima do tapume, imóvel, parecia se comprazer com aquele circo de horrores. De que submundo seriam aqueles seres tão cruéis? Para onde iriam aquelas que sobrevivessem àquela terrível noite? Como aquele monstruoso séquito ousava praticar tais crimes tão próximo ao Vale Sagrado das Druidisas? Pelos deuses!

Depois de um período curto, outros homens mais jovens foram se aproximando daquele cenário, e outros archotes de fogo permitiram que as druidisas vissem um grupo de crianças reunidas em roda, presas umas às outras. Choravam e gritavam, desesperadas, e para as druidisas ficou claro que se tratavam dos filhos ou filhas daquelas mulheres, porque em seus gritos ouvia-se nitidamente a dor de quem ama.

Aquela luminosidade que envolvia as druidisas mudou de tom, capturando uma coloração terracota, abrasada, densa e sólida. Margot e Esther se preparavam para lançar flechas, Amarantine afundou a mão nos bolsos encontrando pedras a serem lançadas por seu estilingue. Nenhuma delas, naquele instante, pensou nas consequências, nem mesmo na possibilidade de serem descobertas assim que atingissem seus alvos; estavam horrorizadas, mas acima de tudo violadas na alma tanto quanto aquelas mulheres na carne. Os gritos não cessavam e não cessariam tão cedo se algo não impedisse aquele festim mundano. Quando Margot, muito arrojada em seus lançamentos, estava prestes a fazer o primeiro ataque, um vulto se soergueu por de trás das meninas e as fez sentir uma lufada pavorosa: era Anna.

— Se vão fazer isso, encontrem um lugar seguro. — os cabelos sempre presos da mudinha estavam soltos e suas vestes não eram as de dormir, como as de suas companheiras, mas de caça.

As três emudeceram por alguns segundos e depois, como se Anna fosse a verdadeira caçadora, a seguiram até um ponto mais distante, atrás de rochedos que pareciam desconhecidos até então. Sua intimidade com o terreno surpreendeu as companheiras. Anna tinha um aspecto diferente naquela noite, era como se alguém muito parecida com ela acabasse de surgir num momento muito oportuno. Novamente a luz tomou novo tom, ainda mais forte, porém cintilado. Então as fadas, as quatro alunas de Andriac, se puseram a lançar flechas e pedras sobre os homens lá embaixo, do outro lado de Unterspone. Margot e Esther lançavam precisamente sobre aqueles que dançavam frívolos ao redor das crianças, indicando-lhes que seriam as próximas. Anna tinha como alvo o homem na cadeira, ainda de costas. Ela sabia que partia dele as ordens para que tudo aquilo não tivesse fim. Sabia que os homens montados queriam agradá-lo, sendo talvez bem pagos para satisfazê-lo. Sua primeira flecha não chegou nem perto dele, mas alcançou um homem próximo, que movimentava o quadril freneticamente sobre uma pobre mulher. E nesse instante, o rosto do homem misterioso da cadeira virou-se para o alto das montanhas. Não havia como saber, no escuro, de onde vinha aquele ataque. Elas estavam bem posicionadas.

As flechas se lançavam numa sequência frenética, e atingiram muitos homens em partes vitais — pescoço, peito, virilha. Anna, ainda persistindo em atingir o mentor daquela desgraça, acertou seu bíceps, enquanto ele, de pé e inerte, procurava pelos lançadores. Por estar com o rosto pintado de vermelho, certamente sangue, à noite e numa distância longa, ainda não era possível identificá-lo, mas Anna, somente ela, parecia saber em seu íntimo de quem se tratava. Ela o pressentia. O conhecia desde pequena. Quem sabe

Anna, assim como eu, pudesse sentir seu terrível cheiro. Algumas mulheres, àquela altura, conseguiram fugir, soltando outras, e carregavam desesperadas as crianças que lhes pertenciam; corriam nuas, pobres criaturas, sabe-se lá para onde na noite escura da Britannia Prima. As fadas sabiam que a qualquer momento também teriam que fugir, a fim de garantir suas próprias vidas. Mas no calor da emoção, o medo e o instinto de sobrevivência não foram maiores do que a sede de justiça, e de certa forma aquilo as alimentou. Margot, Esther e Amarantine já se preparavam para deixar o lugar de batalha e esperavam que Anna fizesse o mesmo, mas a moça, irreconhecível naquela noite, mantinha-se firme atrás de uma rocha.

— Anna, venha antes que nos alcancem. — sussurrou Margot agachada, a cinco passos de distância, enquanto Esther e Amarantine desciam um pouco mais. Alguns homens montados rodopiavam seus cavalos, à procura da direção certa para lançá-los na noite escura em busca de seus inimigos. No entanto, Anna parecia em estado catatônico.

Margot insistiu.

— Vamos Anna, ande! Quer que nos alcancem?

Amarantine e Esther, paradas um pouco mais abaixo, não sabiam o que fazer.

— Não, não quero que nos alcancem. — Anna lançou-se sobre a rocha onde haviam se escondido durante todo o tempo, empurrando seu corpo contra a sólida massa calcária. Margot olhou para trás, esperando que as outras duas viessem dissuadi-la, mas pouco depois eram as quatro imprimindo uma força sobre-humana contra a redonda forma que a natureza esculpiu.

Abaixo delas, um grupo de homens se reunia com os olhos fixos naquela direção. Sua localização fora denunciada quando algumas pedras menores estavam sendo removidas com a força das fadas, e rolavam até o chão. E então eles começaram a cavalgar na direção do monte e eu pensei comigo: *"terei que ajudá-las"*. Na ânsia de salvá-las, acabei perdendo o momento em que o homem do tapume gritava: "Peguem-nas, andem!" E aquele grito de raiva, execrava, por si só, as fadas de Unterspone. Então elas podiam ser vistas? Não. Creio que não. E possivelmente os homens que galopavam em direção ao ataque se perguntavam de quem o comandante falava. Por que se referia a "elas"?

Para dizer a verdade, naquele momento de angústia das fadas, não quis raciocinar sobre os detalhes, fui direto ao ponto: empurrei a maldita rocha morro abaixo, sabedor de que por muito tempo não as veria, mas também ciente de que, se nada fizesse, todas estariam mortas em pouquíssimo tempo. Eu tinha que agir. Por elas... e também por Rhodes. Além disso, Anna merecia aquilo. Ela merecia e precisava. Aquela era uma noite de "fôlego". Por isso empurramos juntos e pouco tempo depois, a enorme bola calcária rolava na direção dos homens e seus cavalos. Só tive tempo de ver o comandante de rosto vermelho correr, enquanto seus lacaios doentios eram prensados pela grande pedra. Muitos fugiram e conseguiram se safar, assim como seu mentor, ficando livres para, quem sabe, um dia repetir o horror daquela noite.

Em instantes eu não estava mais em Unterspone. E como consequência, castigo talvez, também não fui para a Gália. Fiquei preso num lugar onde nada se movia além de pequenos meteoros, chamados de estrelas cadentes. De lá eu podia ver a Terra, azul, mansa e terna, fazendo seu movimento rotacional. Olhando assim, até dava para acreditar em sua passividade.

CAPÍTULO XLV

NA CABANA DE MIRTA

—Otaviano mandou arregimentar dez mil homens na Gália. Está decidido a derrotar Antônio e Cleópatra. — deitado ao lado de Mirta, com o braço direito por baixo do pescoço dela, Ícaro começou o assunto. Eles tinham acabado de se amar.

— Então ele deve estar feliz. Finalmente terá tudo que deseja: Roma, Gália, a Macedônia, e agora, o Egito. É capaz de querer rebatizar Alexandria com o nome de Otaviana.

— É verdade. Teve coragem de exilar Lépido em Circeii, a cada dia enfraquece a figura de Antônio em Roma e parece que convenceu toda a República a derrotar Cleópatra. Otaviano conseguiu o que queria: desacreditar Antônio e Cleópatra perante a opinião pública.

— E a você... ele convenceu? — Mirta sabia onde aquela conversa iria chegar. Ícaro não conseguiria evadir-se por muito tempo.

— Não se trata disso. Você sabe. Não depende de mim... se Otaviano manda, a Gália obedece.

Meses antes, ele e Rhodes, juntamente com o exército allobroge foram chamados a Roma. Lá se prepararam para uma grande batalha.

Por um instante, eles ficaram em silêncio e o ar dentro da cabana tornou-se diminuto. Mirta sentou-se na cama. Ela tinha a voz embargada.

— Eu nunca pensei que diria isso, mas como desejo que Antônio e Cleópatra derrotem Otaviano. Vou pedir aos deuses que o matem e que tragam sua cabeça opulenta para o seio do fórum.

— Não diga uma coisa dessas... — Ícaro colocou o dedo indicador sobre os lábios dela. — Não pronuncie palavras que não fazem parte de você, minha gaulesa. Não faça isso... é o tipo de coisa que demora a sair de nós.

Ele a abraçou por trás, longamente. Sua cabeça encostada nela permitiu que ele ouvisse o primeiro sopro de choro que nascia dali.

— Então terei que passar uma vida inteira pedindo aos deuses para que poupem a vida daqueles a quem amo?

Para essa pergunta, Ícaro não tinha resposta.

Quando Mirta se acalmou, o centurião tomou fôlego para comunicar que Rhodes também iria para Roma. De lá, partiriam para onde o exército de Otaviano e Agrippa se dirigisse. A fama dos guerreiros allobroges tomava corpo entre os homens da guerra e o lado ruim dessa história era que Roma iria querer desfrutar de todo esse esplendor e bravura.

— Maldita estátua de carne! — Mirta sempre se referia a Otaviano dessa forma. Ela o considerava estoico, frio, ambicioso e engenhoso. Mas a pior face dele, segundo Mirta, era a covardia. Motivado por ela, Otaviano tomava as piores decisões. Atacar Alexandria, e tomar todo o Egito, era nada mais nada menos do que a vontade de matar Cesarion. Mirta sabia disso, bem no seu íntimo. Ela não precisava estar em Roma para conhecer os desejos de Otaviano; suas ambições monárquicas, cada vez mais claras, não permitiriam a existência de um concorrente vivo para disputar um mesmo trono. Além disso, mesmo que houvesse quem jurasse a ilegitimidade de Cesarion como filho de César, ainda havia em Roma olhos vivos para contar sobre as inúmeras provas que o ditador dera em vida, assumindo a paternidade do filho de Cleópatra. César o reconheceu como filho diante de vários romanos. Agora, do outro lado do mundo, Marco Antônio testava diante do próprio Lúcio Planco em favor de Cesarion, afirmando que este era o legítimo sucessor de Júlio César. Cesarion crescia com tutores à sua disposição, cercado de muita riqueza, e também, para o pesadelo de Otaviano, sob a batuta de Marco Antônio — o general experiente que vivera ao lado de César.

Mirta sabia que era isso, de fato, o que preocupava Otaviano. Ele queria execrar aquela descendência. Com a riqueza e o esplendor do Egito, Cleópatra poderia reinar com Antônio, e Cesarion só precisaria de tempo para tomar para si todo o amor que os romanos sentiam pelo saudoso César. Afinal, o que a riqueza não podia comprar? Ainda mais em Roma! Não era nenhuma loucura pensar nisso... todos conheciam o poder de convencimento de Marco Antônio, aquele que encimado na Rostra, insuflou corações para vingarem a morte de César. Além disso, Antônio tinha algo que visivelmente Otaviano não possuía: sangue nas veias. Quanto ao Senado, bem, nós já vimos muita coisa acontecendo por lá, não? Talvez o lugar mais certo para se atingir resultados em Roma fosse o Senado, vendável como sempre foi, e agora ainda mais devido a morte de Cícero, o único ali a chamar seus pares à luz da moral. Cleópatra, uma rainha astuciosa e diplomática, atuaria ao lado de seu consorte romano, e ofereceria uma boa parte do ouro egípcio àqueles senadores de peito aberto para recebê-lo. Ah, sim! Pode apostar nisso. Eu pensava como Mirta, porque os efeitos da vitória abrem caminhos para novos líderes, e se Otaviano fosse derrotado pelo exército de Antônio, não haveria outro para combatê-lo em Roma. Estavam, ambos os lados, apostando tudo que tinham.

Agora, Rhodes corria o risco de ser mandado em uma missão no Egito, com o fito de matar o próprio irmão, afinal, Cesarion também era filho de César e devia ser muito parecido com o pai para que Otaviano fizesse tantas manobras a fim de levar 40.000 homens em busca de Antônio e Cleópatra.

— Talvez nós não partamos com os navios de Otaviano. Podemos ficar arregimentados em Roma, mantendo a cidade em segurança, ou nos portos, para que fiquem protegidos.

— Prometa-me, Ícaro. Prometa-me que não deixará Rhodes partir em missão para o Egito.

— Prometo, meu amor. Prometo.

CAPÍTULO XLVI

O Exército de Otaviano

Em um intervalo de dez dias, Ícaro e Rhodes já haviam chegado em Roma. Apresentaram-se nos escritórios oficiais juntamente com o resto do efetivo gaulês designado pelas tropas de Augusto. O documento que Antônio confeccionara dez anos antes para o centurião, pela graça dos deuses, fora ratificado por Otaviano — não porque este tivesse gosto em chancelar as escolhas de seu inimigo número um, mas porque confiava no tato de seu tio, César, que considerava Ícaro um homem de sua máxima confiança. Essa espécie de salvo-conduto dava a Ícaro liberdade tanto entre os gauleses quanto entre os romanos, e Rhodes sentia-se orgulhoso disso.

Naquela ocasião, talvez por ter olhos um pouco mais maduros, Rhodes notou que os romanos estavam erigindo construções em escalas prodigiosas. A *pozolana* — uma espécie de argamassa feita de areia, cal e cinzas vulcânicas — propiciou uma era arquitetônica jamais vista na Cidade. Apesar dessa suntuosidade trazida nos últimos anos, Rhodes tinha mais gosto pelas cidades da Gália, porque, para ele, pareciam nascer naturalmente de um desejo meticuloso em romanizar. Isso permitia que os cônsules, e os governadores — título dado àqueles que haviam sido cônsules da república e que recebiam uma província após o consulado —, desenvolvessem um plano urbanístico mais cuidadoso, planejado. Já Roma sofria, constantemente, com a mudança de poder, e a vontade de cada homem em imprimir sua marca na capital da República a tornava um tanto confusa. Por isso, aos olhos de Rhodes, faltava na Urbi uma identidade, um estilo próprio. Roma, àquela altura, assemelhava-se a uma bela mulher de posses que não sabia como escolher as joias certas a serem usadas num banquete e, por fim, usava todas. Assim como Leon Nora. E foi em meio a essas observações que Rhodes identificou Tito Lívio, descendo as escadas da Biblioteca do Fórum. Ao contrário de Rhodes, Tito não havia mudado quase nada, a não ser pela tez mais pálida em virtude das horas que passava circunspecto em salas úmidas, copiando, assinalando, reescrevendo e pesquisando toda a História de Roma. Em Patavium, sua cidade natal, Tito possuía uma pele levemente rosada com as marcas de uma vida saudável.

— Tito! Tito! — gritou Rhodes abaixo das escadas, acenando efusivamente para o historiador. Em companhia de alguém que aparentava menos idade, um escriba talvez, Tito Lívio fechou o cenho, como se não reconhecesse quem o chamava.

Aquela expressão fixada no rosto de Tito Lívio, o amigo que Rhodes nutriu com saudades em seus pensamentos desde a infância, desmoronou algo no coração do arqueiro. Logo depois, Ícaro se aproximou acompanhado de outros homens, pessoas que tinham ido à guerra com ele nos tempos de César. Não percebeu a expressão decepcionada de Rhodes e foi apresentando o rapaz como seu filho. Dali surgiram conversas antigas, relembrando manobras do exército, citando as mudanças que ocorriam ligeiras nos campos de batalha em razão dos investimentos que Otaviano fazia questão de financiar. Agrippa, o cônsul virtuoso com quem Otaviano contava para derrotar Cleópatra e Marco Antônio, estava, a coisa de um ano, além de liderando exércitos, construindo pontes e aquedutos e ainda reformulando toda a Cidade para oferecer ao povo serviços de boa qualidade. Pelo que Rhodes ouviu, chegou à conclusão de que Otaviano não apenas era agraciado com uma dose extra de sorte, como também tinha um braço direito altamente capaz, cedido com a herança militar de seu próprio tio, Júlio César. Quando o pai de Rhodes enviara Otaviano para se entregar aos estudos e ao militarismo em Apolônia, tendo o jovem amigo de seu sobrinho em alta conta, deu a mesma chance a Agrippa, financiando seus estudos. Depois do que foi dito naquela manhã pelos homens que estavam com Ícaro, o arqueiro gaulês entendeu, mais uma vez, que seu pai tinha um faro muito apurado para os talentos alheios. Todos aqueles relatos entrecortados de brincadeiras e comentários picantes dos soldados com quem estavam, permitiu que Rhodes esquecesse o episódio nas escadarias da Biblioteca.

CAPÍTULO XLVII

TITUS LIVIUS

Mais tarde, na casa de Aventino, eu pude ver o desapontamento de Rhodes em sua respiração. Aquele encontro com Tito o havia derrotado em parte.

A sensação de alegria em rever alguém do nosso passado, alguém em quem depositamos carinho e estima, torna-se mais forte com o passar dos anos... E como é triste ver que para esse alguém não fomos tão importantes como imaginávamos. Sua mãe estava certa, Roma era capaz de engolir o mais nobre coração em pouquíssimo tempo.

— Está tão calado, o que foi Rhodes? — Ícaro devorava a refeição noturna molhando pedaços de um bolinho de carneiro no molho que só D. Esmênia sabia fazer. O cheiro de manjericão e ervas rescendia pela casa.

— Nada. Estou pensando o quanto me incomoda admitir que minha mãe tem razão.

O centurião desviou a atenção da comida pela primeira vez. Ainda em posse de mais um bolinho, lançou um olhar comprido para Rhodes.

— Não deixe que ela saiba disso, já é pretensiosa o bastante...

Os dois caíram num riso aberto, mas logo os olhos de Rhodes voltaram a emanar um tom nostálgico.

— Diga Rhodes, pelos deuses, o que está tirando seu apetite? — Ícaro finalmente deixou o bolinho na tigela e limpou as mãos num pedaço de pano qualquer disposto sobre a mesa.

— Hoje, no Fórum, antes de você chegar na escadaria da Biblioteca, vi Tito Lívio descendo, e o chamei.

— Ah! É mesmo? Esqueci de dizer que ele está morando em Roma há bastante tempo, parece que veio logo depois que partimos de Patavium. Mas, por que você ficou assim, acaso ele não o reconheceu?

— Não. Estava acompanhado de uma pessoa, alguém não muito mais velho do que eu.

— Provavelmente um escriba, secretário.

— É, pode ser.

— Ele presta serviços para Otaviano. Parece que o "nosso" *imperator* encomendou a Tito a mais vasta pesquisa sobre a História de Roma.

— Então Tito também se vendeu a Augusto?

— Depende do que você entende por "se vender". Não se esqueça de que estamos aqui para servir Roma, e Roma agora é Otaviano.

Rhodes ficou com os olhos pousados em Ícaro, assimilando aquela última fala. Talvez ele não tivesse se dado conta de perguntar a si mesmo até que ponto apoiaria Roma e suas batalhas, fortalecendo o inimigo da Gália cada vez mais. Quando as alianças deixam de ser necessárias para se tornarem um legado de covardia? E, mais uma vez, Rhodes se sentia um traidor do raio céltico.

— Mas, me diga... — continuou Ícaro, voltando a comer seus deliciosos bolinhos, e havia muitos —, o que o incomodou em seu encontro com Tito?

— Não chegou a ser um encontro, talvez tenha sido um grande susto para ele enquanto para mim foi uma felicidade de poucos instantes. Intimamente, tenho a certeza de que ele sabia quem eu era, mas fingiu não me reconhecer. Acho que ele daria tudo para não ter passado por isso. Senti-me bem constrangido, como um desses meninos famigerados que caminham pelo mercado suplicando por comida. Se eu não estivesse com minhas vestes militares, era bem possível que pensassem que eu pretendia atacá-lo, como um liberto recém-trazido ao mundo civil.

— E o rapaz que estava com ele? — inquiriu Ícaro.

— O que tem?

— Como agiu? Agiu como um criado, um lictor?

— Não, olhou-me com igual ou maior indiferença. Como se eu pudesse transmitir um tipo de praga que os humanos desconhecem. Tito simplesmente fingiu que não sabia quem eu era... Mas sei que estava mentindo. — Rhodes, aqui em Roma, mesmo nestes tempos em que tudo parece caminhar para uma definição política, ou seja, quando o mundo inteiro assiste a vitória de Otaviano César sobre Lépido e Marco Antônio, absolutamente nada é seguro, nem mesmo reconhecer um amigo, estrangeiro, em pleno Fórum, onde nobres e senadores transitam encimados por suas liteiras, mais atentos aos movimentos das ruas do que suas sedas transparentes permitem desvelar. O Fórum, se quer saber, é mais perigoso do que um campo de batalha... Sim! Acredite. Homens e mulheres são pagos regiamente por qualquer informação que leve a conspiradores; famílias ricas se utilizam do que é falado por criados entre uma compra e outra de especiarias. Boatos, fofocas, maledicências são mais valiosos em Roma do que em qualquer outro lugar, são ferozes e muitas vezes, injustos assassinos.

— Mas, por que motivo eu seria uma ameaça para Tito e sua reputação? Se nós gauleses servimos para integrar o exército romano e defender interesses de Otaviano, por que seríamos um ameaça?

— Pois bem, você já respondeu. Os gauleses servem para integrar o exército romano, mais nada. Arriscam suas vidas e fingem que não pensam na desgraça de ser um povo cativo pagador de impostos. Acaso esqueceu o que fizeram ao seu pai quando ele quis integrar nobres gauleses no senado romano?

Às vezes Ícaro mergulhava fundo nas lembranças de Rhodes, mas era preciso. Primeiro, porque, como soldado e homem da guerra, ele não tinha tempo para floreios, e segundo, porque temia que Rhodes ainda nutrisse alguma esperança de revelar a Otaviano que era o verdadeiro filho de César.

— É... tem razão. — a voz de Rhodes quase não saiu desta vez.

Dona Ismênia veio da cozinha segurando um tacho de barro em suas pequenas mãos, tinha um formato cuneiforme e encaixava precisamente numa parte da mesa onde havia um círculo vasado. Nos primeiros dias, Rhodes se perguntava o porquê daquele buraco na superfície da madeira, mas não teve tempo de inquirir a senhora; estavam sempre apressados para resolver assuntos militares.

— Está quentinho meu filho, como você gosta.

Ah! Como eu cobiçava isso: sentar à mesa com pessoas queridas, fartar-se de iguarias até sentir o estômago doer, provar esses alimentos dos quais só posso sentir o aroma. Bem, eu já vi milhares de humanos fazerem isso. Deve ser muito prazeroso! O pote de barro possuía uma espécie de mingau grosso, com aveia, pedaços de uma carne bem picada, cebolas roxas, tomates e temperos. Não ouvi Ícaro ou Dona Ismênia dizerem algum nome específico para aquilo, mas era uma espécie de tortura ficar por ali sem poder prová-lo. Teria que esperar pacientemente o cair da noite para fazer o que me restava como única opção: sorver o orvalho.

— Está muito gostoso, D. Ismênia. Agora sei como foi difícil para Ícaro ficar longe de casa.

Dona Ismênia enrubesceu. Ela ficava visivelmente garbosa com elogios.

— Sente-se aqui mãe, fique um pouco ao meu lado. Chega de trazer coisas da cozinha, assim a lorica não irá me servir.

— Você nem deveria mais usá-la, meu filho. Já deu muitos anos de sua vida para o exército, devia estar ajudando Mirta a plantar ervas pela Gália junto com os allobrugis.

— Não me falta vontade, mãe... E não é allobrugis e sim allobroges.

A senhorinha lançou as mãos freneticamente no ar.

— Allobrugis, allobroges... não importa. Você me entendeu.

O cômodo contíguo com a cozinha, dividido apenas por um arco bem aberto, tinha um resto de luz do dia denunciando que em pouco tempo seria acesa a primeira vela da noite. Por causa do átrio retangular construído no centro da maioria das casas romanas, era possível capturar a luz do dia ao máximo. A herança dos etruscos tornara-se uma grande aliada daquele povo no dia a dia, principalmente para as mulheres, que ficavam mais tempo no interior das domus romanas. Pobres ou ricas, libertas ou escravas, as mulheres romanas eram as responsáveis pela administração de seus lares e só elas sabiam o quanto necessitavam de luz.

Dois dias depois, nessa mesma hora, alguém bateu a aldrava de ferro fixada no portão de madeira da casa de Dona Ismênia. Instantes após, a senhora cruzava o pequeno jardim da casa em companhia de um homem encapuzado mostrando sandálias de tiras de couro que denunciavam sua origem de homem abastado. As sandálias diziam muito sobre os romanos. Ícaro e Rhodes estavam atentos à cena: quem seria aquela pessoa que se vestia com a nítida intenção de não ser notado ao adentrar aquela morada?

— Rhodes, esse homem veio lhe falar. — Dona Ismênia agia com muita naturalidade, talvez porque seu filho estava ali para defendê-la de qualquer ameaça, ou porque os olhos sérios e honestos de Tito Lívio lhe dessem condições para acreditá-lo.

Assim que se postou próximo a Rhodes e Ícaro, Tito Lívio baixou seu capuz para trás, revelando um rosto corado pelo que, decerto, ele pensava ser uma grande aventura.

— Olá, Rhodes, quanto tempo! — sua voz saiu entrecortada, o fôlego parecia fugidio.

Ícaro e Rhodes se levantaram, ainda surpresos. Jamais imaginariam vê-lo ali, bem diante de seus olhos.

— Como vai, Tito, quero dizer, Tito Lívio... — Rhodes mostrou um tom distante, porque genuinamente não sabia como agir. Ícaro, por sua vez, manteve-se como espectador dos dois.

— Ora, Rhodes, por favor, não me faça sentir mais pesar do que senti desde que me afastei, no Fórum. Só os deuses sabem como desejei encontrá-los e explicar o porquê de minha reação. Deixe-me abraçá-lo...

Rhodes recebeu o abraço de Tito Lívio desmontando imediatamente sua postura defensiva, afinal, não era isso que ele esperava ao encontrar Tito?

— Como você mudou, embora tenha o mesmo sorriso, a mesma curiosidade nos olhos... Deixe-me vê-lo... Quanto tempo, não é mesmo, Rhodes?

À esta altura, Ícaro já estava sentado novamente, Dona Ismênia já havia trazido um prato para Tito, embora ele e Rhodes ainda estivessem trocando lembranças e pequenos abraços. Tito Lívio mais parecia um tio que depois de muito tempo via seu único sobrinho novamente.

— E, você, Ícaro, como realmente está? — Estou muito bem, Tito, ainda mais porque enquanto vocês se abraçam como duas patrícias eu fico com os bolinhos só para mim.

Tito Lívio sorriu abertamente e entendeu que era hora de tomar seu assento à mesa e não fazer desfeita aos anfitriões. O que poderia ser uma afronta entre um militar e um homem das letras, na Roma daquela época, era plenamente aceito entre os dois que haviam se conhecido em circunstâncias muito perigosas, uma década atrás. Para dizer a verdade, acho que pessoas como Tito Lívio, de natureza retraída e introspectiva, só precisam encontrar as pessoas certas para deixarem emergir um lado solto, mais suave.

Eles tinham tanto que falar e tão pouco tempo.

— Vim com uma pequena escolta. Disse que precisava enviar uma mensagem à Otaviano por intermédio de alguém de minha própria confiança. Imagino que irá apoiá-lo em suas Campanhas do Oriente, do contrário não estariam em Roma, correto?

Ícaro olhou para Rhodes, esperando que ele contasse a Tito o andar dos acontecimentos.

— Ícaro voltará para a Gália. Conseguiu que Otaviano o liberasse, finalmente.

— Compreendo... Lembro que tu foste agraciado ainda por César, então já era tempo de estar fora dos campos de batalha. Mas, por que ainda usa uniforme militar?

— Bem, enquanto eu não chegar à Gália, essa vestimenta é minha passagem segura por toda a Itália.

— Fato. E você, Rhodes, decerto também regressará à sua terra... — observou Tito enquanto se servia de uma porção do que estava disposto na terrina de barro.

Rhodes pigarreou.

— Na verdade, não... Eu farei parte do exército de Otaviano, pretendo chegar com ele ao Egito.

— Mas isso lhe foi imposto? Fostes escalado? O que um menino como você pode fazer no meio de homens tão experientes na guerra? Não me entenda mal, imagino que sejas um guerreiro astuto, não poderia ser diferente, decerto tornou-se hábil no gládio... lembro-me de suas tentativas de duelo ainda na casa de meus pais, quando suas mãos mal podiam sustentar uma *ludus*... falou, atropeladamente.

Os bolinhos estavam fazendo muito sucesso e saíam rapidamente da tigela. Tito agia como se o tempo estivesse sendo contado em seus ouvidos por uma voz que os outros não podiam ouvir.

Ícaro o interrompeu.

— Na verdade, caro Tito, Rhodes é o líder dos sagitarii allobroges. Foi efetivado há mais de um ano.

— Ora, mas que honra meu rapaz... então já não está mais aqui quem o chamou de menino.

Rhodes sorriu. Mas seu sorriso tornou-se sério quando Tito Lívio finalmente tocou no assunto que o trouxe.

— Perdoe-me por não ter correspondido à sua tão alegre investida nesta tarde, no Fórum. Eu não pude demonstrar minha surpresa e minha alegria imensa, pois estava em companhia de meu secretário a quem confio apenas pesquisas, transcrições e pequenas incumbências relativas aos meus ofícios, nada mais — declarou ele, um pouco cabisbaixo. — Há anos vim para Roma, como vocês já devem saber. Era meu sonho viver aqui, mas não me dou ao luxo de confiar em ninguém. Já ouvi histórias de traições que foram recompensadas por pouquíssima coisa. Aqui, os destinos são negociados por preços irrisórios; muitas vezes a recompensa nem chega a tempo, pois no jogo das traições, o delator raramente sobrevive para receber seu prêmio.

Ícaro e Rhodes trocaram olhares cúmplices. Haviam falado sobre isso há pouco.

— Hoje eu o dispensei mais cedo e pedi aos guardas da biblioteca que me acompanhassem até aqui, informando-os, como lhes disse, que trazia uma carta para Otaviano, que deveria ser levada por um homem de confiança. No entanto, não posso me demorar.

— E como está sua mãe?

— Ela está bem... — Rhodes e Ícaro responderam em uníssono.

— Que bom. Às vezes lembro-me do tempo em que vocês estiveram conosco. Lembro-me de nossas refeições... tão agradáveis como esta... Às vezes penso que nunca mais viverei um momento como aquele: perigoso e mágico.

— Ah! Basta você voltar comigo para a Gália. Isso acontece lá a todo o momento: perigo e magia! — Ícaro falava alto como dona Ismênia, lambendo as pontas dos dedos.

— Se eu pudesse... — Tito olhou para baixo, nostálgico.

— Tu irias, se pudesse? — Rhodes estava surpreso.

— Ah sim. Iria com toda a certeza. Sempre tive vontade de conhecer a Narbonesa; além disso, adoraria rever sua mãe e provar seus remédios. Ando sentindo muitas dores nos joelhos. Talvez sejam as escadarias do Fórum.

— Então, por que não vai com Ícaro? Seria uma grande e grata surpresa para mamãe.

— Não posso, Rhodes. Tenho compromissos com Roma. Às vezes penso que jamais sairei daqui. Em dez anos, só visitei meus pais um par de vezes; a cada dia ocorrem mais reviravoltas na política, o Senado é como o céu caprichoso do verão; ora calmo e límpido, ora acinzentado e lúgubre, e, de repente, quando menos se espera, torna-se negro e tempestuoso. E eu, como um escriba insone, sinto-me obrigado a anotar tudo que se passa ao meu redor — concluiu, liberando um longo suspiro. — Afinal, não é isso que fazem os historiadores?

A pergunta era para dissipar o ar de desapontamento que o próprio Tito havia revelado.

— Creio que sim. Mamãe sempre quis ter notícias suas. Ela sabia que estava em Roma, sempre acreditou no seu sonho de historiar.

— Sei disso. Acreditou antes mesmo de mim...

A comida estava acabando. Dona Ismênia começou a tirar os pratos e disse que traria frutas para acompanhar os bolinhos de mel. Rhodes e Tito sorriram, abrindo uma brecha em seus estômagos para degustar daquelas delícias. Ambos eram bem magros, ao contrário de Ícaro, que começava a lutar para manter a boa forma que sempre tivera.

— Rhodes, diga a ela que não esqueci de minha promessa. Aliás, já cumpri parte dela, e também por isso não podemos ser vistos juntos em público. Entende?

Ícaro preferiu se levantar e ajudar sua mãe; achou melhor que os dois tivessem alguma privacidade.

— Não entendo, mas respeito. — Rhodes olhava abertamente nos olhos de Tito Lívio, pedindo silenciosamente que lhe dissesse algo sem que ele precisasse perguntar com todas as letras.

Ah! A curiosidade de Rhodes.

— Bem, isso tem a ver com a História de Roma, com a relação de seu pai e sua mãe, e, consequentemente, com você. Eu prometi a ela que isso não ficaria apagado para sempre...

— Ah, sim... — os olhos de Rhodes pareciam fitar algo que não estava ali, por assim dizer.

— Carrego esse segredo comigo há muitos anos e carregarei por quantos forem necessários ainda, embora eu não saiba o tempo que me resta. Otaviano finalmente ganhou a chancela do Senado para combater contra Antônio, e aqueles que estavam indecisos quanto ao lado a que pertenciam, escolheram o sobrinho de César. Você tem ideia das consequências disso em sua vida?

Tito estava falando do anonimato, da eterna missão de Rhodes: esconder sua origem e silenciar até o fim sobre isso com toda e qualquer pessoa dentro e fora de Roma, e mesmo na Gália.

— Sim. Se quer saber, já desisti de reclamar qualquer direito filial no Senado e perante o povo de Roma. Sei que minha mãe tem razão, eu morreria em pouquíssimo tempo, talvez não pelas mãos do povo, que ficaria muito curioso para verificar minhas semelhanças com meu pai, que era idolatrado. — esta última parte Rhodes falou pausadamente, querendo a confirmação de Tito.

— É verdade. O povo de Roma amava seu pai, mas é verdade também que o povo não poderia protegê-lo das garras de Otaviano, que veria em você uma ameaça, como vê em Cesarion.

— Cesarion... Será que se parece com meu pai, assim como dizem?— Pelo que li e ouvi, sim. Os partidários de seu pai afirmam isso. Planco e Tício, que vieram há pouco de Alexandria, confirmam a semelhança.

Rhodes precisava ouvir aquilo da boca de Tito Lívio, em quem ele aprendeu a confiar ainda menino.

— Por isso preciso ir com Otaviano.

— Como? Não entendi... Sabes que Otaviano pretende tomar o trono de Cleópatra, e pelo que sei, não vai poupar a vida de ninguém.

— Sei disso, eu ouvi de sua própria boca. O primeiro que pretende enforcar é Cesarion.

— Quer dizer que você pretende apoiá-lo nisso? Quer ver com seus próprios olhos, Rhodes? — de repente Tito Lívio começou a olhar para Rhodes com uma rajada de desconfiança e estranheza. É claro que Rhodes não teria forças, mesmo se quisesse, para impedir Otaviano César de conseguir seu intento. O futuro imperador tinha o apoio de um exército numeroso, reis de províncias distantes, nobres, exércitos estrangeiros e o melhor dos generais ao seu lado, Agrippa. No entanto, imaginar Rhodes corrompido pelas ideias de Otaviano era algo que Tito não esperava.

— Não, Tito. Quero ir... para impedi-lo de fazer mal ao meu irmão.

Tito Lívio arfou com os ombros baixos. Não sabia o que era pior: imaginar Rhodes por um instante como um seguidor cego das ideias de Otaviano, ou atestar que o pequeno menino que ele conhecera no passado não havia mudado seus instintos em nada.

— Impedi-lo? — sua voz saiu baixa como se tivesse medo que alguém ouvisse.

— É, isso mesmo que ouviu. Integrado no exército de Roma, ficarei a par de todos os movimentos de Otaviano contra os Ptolomeu e, assim, poderei chegar em Alexandria antes dele, e avisar a Cesarion por meio de alguém que leve minha mensagem ao palácio da rainha.

— Rhodes... Acaso contou isso a Ícaro? Ele sabe?

— Não. Ele não sabe. E não saberá. Prometa que...

Ícaro regressou da cozinha com dona Ismênia, e pareciam trazer frutas para uma centúria inteira comer. Havia bolinhos de mel para saciar a fome de vinte homens e o cheiro adocicado das frutas e dos bolinhos pareceu dissipar um pouco a atmosfera criada pelas últimas palavras ditas por Rhodes.

— Parece muito bom. — a voz preocupada de Tito tentou volver a atenção para as iguarias, mas não convenceu o astuto centurião.

A primeira vela da noite estava prestes a acabar e Tito Lívio precisava regressar ao Palatino. Ele e mais alguns intelectuais tinham sido agraciados por Otaviano, que incentivava os escritos de alguns homens dispostos a empenhar a pena para relatar o que ele chamava de "a verdade dos fatos". Claro, desde que não fosse a verdade que destacasse as virtudes de Marco Antônio e não as dele; ou que ousasse revelar o poder de Cleópatra e sua capacidade de administrar um Egito cada dia mais opulento. Tal verdade não poderia, de forma alguma, mencionar o quanto Otaviano era infiel à Lívia e que — assim como seu tio César — gostava de dormir com as mulheres de alguns senadores.

— Infelizmente preciso ir — disse, limpando um pouco de mel que escorreu para o meio de seus dedos. — Estas foram as mais saborosas iguarias que comi nos últimos anos, Dona Ismênia.

— Ora, o que é isso... o senhor deve comer nos banquetes dos nobres e certamente lá a fartura e a comida superam, e muito, essa nossa humilde refeição.

— Não creia! Sinto que meu estômago sorri para mim esta noite. Gosto das refeições simples, feitas com mais amor do que luxo. Além do mais, não costumo frequentar tais ambientes, são muito sofisticados para mim. Prefiro o refúgio de meu escritório.

— Pois, então, venha quando tiver vontade. Não é sempre que tenho companhia e sinto-me muito só, principalmente nas refeições.

— Virei, Dona Ismênia, pode esperar! Creio que Tito Lívio falava a verdade. Ele parecia feliz, mesmo que por pouco tempo. Era um homem de alma simples e sentia que ali estava entre amigos. Além disso, futuramente poderia saber notícias deles por meio de Dona Ismênia.

A senhora sorriu de volta. Tito despediu-se, agradecido.

— Deixe-me acompanhá-lo até o portão. — Rhodes se adiantou.

— Como queira — disse Ícaro, entendendo que ambos teriam ainda algo a dizer, e que fora interrompido quando de sua chegada da cozinha. — Então, Tito, foi um prazer desfrutar de sua companhia esta noite. Tenha uma boa sorte em Roma.

— Obrigado, centurião. Mande lembranças à nossa amiga.

Mais adiante, após atravessarem o jardim, bem abaixo do jasmineiro frondoso que protegia o portão, Tito Lívio parou e pousou a mão esquerda sobre o ombro de Rhodes.

— Pense bem, pequeno gaulês. Está na iminência de arriscar sua vida por alguém que sequer conhece a sua existência. Alguém que pode não acreditar em suas palavras.

— É um risco que prefiro correr, Tito, ao invés de simplesmente assistir Otaviano ganhar tudo o que quer à custa de um maldito testamento — sussurrou Rhodes.

— Rhodes, você já está assistindo. Todos nós estamos e ainda veremos muito mais. Pelo que ouvi, Marco Antônio está enlouquecido depois da derrota na Pártia; embora não admita, foi sua maior derrota. Parece que não se recuperou moralmente e a cada dia Cleópatra o pressiona mais e mais a derrotar Otaviano para que juntos, ela e Antônio, dominem Ocidente e Oriente. — então, Tito parou para pensar em algo que demovesse Rhodes daquela ideia absurda. — Não há nada que você possa fazer. Otaviano já é o homem mais poderoso do Ocidente e será consagrado em poucos meses quando tomar o Egito. Não é segredo para ninguém que ele vem trabalhando nisto há mais de três anos. Marco Antônio, ao se divorciar de Otávia e escandalizar toda a Roma, só fez facilitar as coisas para Otaviano. Depois, veio o escândalo de seu testamento firmando o compromisso de ser enterrado no Egito ao lado de sua rainha e, por fim, o pior de todos os motivos; a confirmação de sua própria lavra de que Ptolomeu César é filho de Júlio César. Agora, os poucos apoiadores de Antônio não veem mais como sustentar argumentos a favor deste triúnviro. Cleópatra ganhou Antônio só para ela e Antônio perdeu Roma para Otaviano.

— Sim, isso não me é estranho. — Rhodes já tinha ouvido o próprio Ícaro dizer, com outras palavras, o mesmo que Tito.

— Então demova a ideia de ir para o Egito proteger quem você não pode proteger. Cuide de si. Já há muito perigo na vida de um homem que serve a qualquer exército. Pense no sacrifício que sua mãe e outras pessoas fizeram para que você vivesse livre, em paz.

— Mas Cesarion é meu irmão.

— Não, Rhodes. Cesarion é o filho de Cleópatra, descendente de uma dinastia de irmãos que se casam com irmãs, criado com deuses que sequer lembram os seus, nascido num reinado cujo luxo não vê limites. Nada ao redor dele é parecido com você, e certamente você não representa mais do que um bárbaro para ele. Esqueça este sonho de consanguinidade.

— Quero estar lá, Tito. Quero estar lá para ver.

— Cuide-se e saiba que se Otaviano movimentou toda a Cidade para caçar seu concorrente oriental, estou falando de Cesarion e não de Antônio, pense no que ele faria para caçar um gaulês bastardo. — foi a última coisa que Tito Lívio disse para Rhodes, segurando firmemente em seus ombros. Depois partiu.

Esses dois amigos só se veriam muitos anos depois.

CAPÍTULO XLVIII

UNTERSPONE
UMA DESPEDIDA INESPERADA

"Estou deitado, pousando sobre o Vale de Unsterspone. Hoje, não estou disposto a varrer folhas secas, nem pretendo soprar sementes para longe daqui. A humanidade me cansa."

— O VENTO

Depois que Margot partiu, a casa de pedra se manteve constantemente fria, não importando o quanto o sol trouxesse uma onda de calor ao vale — por dentro, a casa das fadas perdera a capacidade de se aquecer. Para Esther, como era de se esperar, a partida de sua irmã foi como perder um membro do corpo, aliás, muito mais do que isso; perdera um pedaço da alma e para isso os homens ainda não haviam inventado um antídoto. E jamais inventarão. Nos últimos tempos, essa minha mania de viver entre os humanos me ligou a eles de tal forma que quase posso sentir suas angústias.

Quando presenciei a despedida de Margot e Esther, aquilo me doeu tão profundamente que hoje estou assim: impossibilitado de trabalhar. É o que acontece aos seres Naturais quando se aproximam muito dos humanos. Sofremos por não poder ensinar aos homens aquilo que sabemos fazer. Nós, os Naturais, nascemos com o poder de resistir aos rompimentos, às despedidas. Talvez pela capacidade de sentir tão facilmente o movimento da Terra — circular, harmônico, cíclico, constante —, podemos também entender que os desencontros estão ligados aos reencontros. O adeus não existe realmente, somente o "até um dia".

Mesmo assim, eu me entristeço, compadecido dessas irmãs. Sempre foram tão unidas. Uma dupla de arqueiras! O arco e a flecha me conectando aos humanos... mais uma vez.

Na minha última passagem por Unterspone, Margot foi pedida em casamento. Havia se passado uns meses desde a Noite Negra e ninguém havia tocado no assunto, ignorando, até então, quem arquitetara aquele terrível ritual no qual as druidisas interferiram.

Inesperadamente, numa manhã bem fria, a aldrava da porta da casa de pedra foi batida firmemente, logo cedo. Tão cedo que Macbot sequer havia levado ao fogo a chaleira com água. Do lado de fora, o servo fiel encontrou rostos desconhecidos que foram se apresentando como o povo das irmãs bretãs. Deixaram um rolo com um papiro que continha a seguinte mensagem: *"Andriac de Thetuareg, estamos acampados atrás do vale, viemos da Bretanha para dizer à Margot que Caudeus está vivo e pretende desposá-la. Invoca, portanto, este, a lei sagrada dos celtas que permite a duas almas amantes se unirem de livre vontade, ainda que isso importe em esvaziar o sacerdócio druídico. Da mesma forma, reconhecendo a força das tradições, se o desejo de Margot é ficar no vale doando-se ao raio céltico, partiremos ainda hoje, sem oposição."*

No canto direito do papiro, estava a assinatura do pai de Caudeus, o rei bretão Pártiux, a quem admiro e respeito. Você sabe o por quê.

Quando Mac acordou Andriac, com sacolejos incomuns, bradava o papiro nos ares como quem descobre um rato no meio dos alimentos. Diante daquilo, a mentora só poderia, segundo as leis sagradas — partindo do princípio que a vinda de Margot para Unterspone nada mais fora do que um grande engano —, comunicar o conteúdo do escrito não somente à noiva de Caudeus, mas também a suas amigas. Simples de imaginar qual foi a escolha de Margot... aquela que se colocava diante dos fatos, aquela que não tinha medo de ninguém, mas que, apesar disso, temia, em contrapartida, perder sua irmã amada. Margot era passional. Assim como Amarantine, havia optado pelo amor e o sacerdócio jamais fora sua escolha. Depois de algumas horas de choro e conversas entre as mulheres da casa, momento em que Macbot só fez ouvir — de cabeça baixa e abatido —, a própria Andriac foi até o acampamento encontrar com Caudeus e Pártiux, levando consigo a resposta da sacerdotisa bretã. Embora aquilo tudo fosse como um sonho, uma inesperada realidade inversa ao caminho que o destino sinalizou por tanto tempo, havia uma conduta a seguir; um respeito com Unterspone e a Casa de Pedra. Por isso, só na manhã seguinte Margot pôde ver, emocionada e incrédula, o rosto de Caudeus, quando ele e seu pai, acompanhados de um destacamento bretão, desceram até o meio do vale para buscá-la. Esther estava com ela, afinal, também era o seu povo, a sua gente, de quem ela também sentia falta. Mas aquela partida era só de Margot, somente ela estava sendo resgatada em nome das leis sagradas que permeavam os matrimônios celtas. Somente Margot estava sendo beneficiada daquela dispensa em nome do amor. Devo confessar que o reencontro de Margot e Caudeus foi emocionante: agarraram-se num olhar demorado, ainda ao longe, e de repente eram um só corpo, abraçados de um jeito que nem mesmo eu poderia passar entre eles. Formavam um belo casal. Certamente terão lindos filhos, e por conta da saudade que sentiram um do outro, acho que isso não tarda a acontecer. Amarantine constatou que o príncipe amado de Margot era, sem tirar nem pôr, igual ao que ela tantas vezes relatara; alto, forte, másculo, de boas proporções, sério e ao mesmo tempo de modos ternos e respeitosos. Um verdadeiro cavaleiro bretão. Possuía barba espessa e castanha, rosto redondo, nariz anguloso, porém agradável, sobrancelhas longas que permitiam notar exatamente abaixo delas, as janelas da alma de Caudeus. Seus olhos eram verdes, os cílios longos e muito negros, assim, valorizando o tom oliva. Era perceptível a intimidade e a similitude dos dois. Decerto, não havia como separá-los. Dois dias depois, o séquito bretão partiu com Margot, agarrada à cintura de seu noivo, conduzidos por um belo cavalo.

Definitivamente, eu não era o único a sofrer com aquela separação. Anna e Amarantine tentavam consolar a menina da Bretanha de todo modo, e extrair dela um sorriso que fosse, entre brincadeiras forçadas. Mac fez bolinhos fritos, os preferidos de Margot, e o cheiro da cobertura de canela e mel escapava pela janela da cozinha. A iguaria era um quitute dos deuses. Eu gostava de imaginar até a própria Dannu descendo dos céus para experimentá-los. A única coisa que me causava um estranhamento, era o silêncio de Andriac. Incomum para um momento como aquele. Mas os sentimentos da Sacerdotisa Mor eram difíceis de se ler, ela tinha um jeito de trancar as emoções às sete chaves. Gente assim me lembra o velho Cohncot, homem impossível de decifrar.

Depois de alguns dias, estávamos todos perdidos sem Margot. Estávamos sem lugar. Parecia-me tão impróprio o espaço que ela havia deixado, como uma chuva de verão que se instala abaixo de um céu azul e sem nuvens, confundindo os pássaros no meio do dia. Margot era a parte sólida das quatros fadas, cujo ofício de trabalhar com o abstrato às vezes as tornava etéreas demais. Ela era o pé descalço sobre o solo de Unterspone, a voz que despertava o transe, a mão que sovava o pão na medida certa, aquela que abria as janelas quando o sono passava da hora, a voz que se punha a romper outras vozes exaltadas, a cadência do trabalho a ser feito. Disso, todos nós sentiríamos falta. E das outras coisas que não podem ser descritas por palavras, também. Mas Esther... Ah! Esther sentiria falta do próprio chão, do ar que lhe parecia tão espesso naquele vale outrora repleto de magia. As inseparáveis não esperavam por isso. Era surpreendente, mesmo para mim, ver as façanhas desse mundo.

Antes de partir, porém, Margot falou ao ouvido da irmã:

"Descobrirei quem eram os homens naquela noite, na clareira. Se preciso for, as tirarei daqui."

Sinceramente, sou capaz de apostar tudo que outros Naturais, assim como eu, se deixam prender, vez por outra, aos humanos desse mundo. Ao menos um que seja, nessa vida. E por isso penso que há um Deus, maior do que o Zeus da Grécia, que Júpiter Capitolino em Roma, Serápis no Egito, Athena, Ganesh, e de tantos outros nomes, pois submete-nos, inclusive os Naturais, às emoções mais belas e mais tristes. Submete-nos às perdas e à saudade, ao tempo, a "sentir falta do que não está mais ao nosso alcance", que não será conquistado nem mesmo com o maior dos esforços físicos ou mentais. Esse Deus que nos diminui, creio, é o mesmo que nos torna grandes. É o que eu digo, viver entre os homens me torna maior do que sou, posso falar por meus pares, pois há coisas que atravessam nossa existência e nossa natureza, para nos "humanizar". Só assim podemos ajudá-los a evoluir.

É um processo lento. No entanto, extremamente valioso.

Quanto às meninas de Unterspone, terão de viver com a falta de Margot.

CAPÍTULO XLIX

A Batalha de Áccio

Logo depois daquele encontro com Tito, Rhodes partiu para o sul da Itália integrado no exército de Otaviano. Junto dos arqueiros não só gauleses como romanos, desceu até o Porto Taranto, onde se reuniriam com o comandante Marco Lúrio e ficariam a par da situação em Leucas. Eu já imaginava que Ícaro não cumpriria a promessa de se retirar e voltar para a Gália, afinal, como ele poderia reencontrar Mirta e dizer que Rhodes havia partido para o Egito? Não estava disposto a lidar com o sofrimento de sua amada, muito menos com o dele próprio, que não ficaria em paz tão longe de Rhodes, sem poder prevenir ou ensinar a ele tudo o que podia sobre as guerras. Além disso, algo me dizia que seu instinto militar precisava se alimentar um pouco mais. Ícaro não estava pronto para pendurar sua *lorica musculuta*, não para sempre. Na manhã em que Rhodes havia se apresentado fora dos muros da Cidade, espantou-se ao notar que Ícaro, aparatado para a guerra, surgia vigoroso como se a sua retirada jamais tivesse sido cogitada.

— O que há gaulês? Parece que viu uma alma... — havia um sorriso maroto estampado no rosto do centurião.

— O que está fazendo aqui? — perguntou Rhodes um tanto boquiaberto.

— Achei que devia passar pelo tabularium, a fim de registrar um documento antes de partir, e notei que ainda me resta um tanto de glória para doar a Roma.

Por instantes o arqueiro fitou-o, enquanto Ícaro fingia conferir algo no uniforme, mas depois os dois se apegaram a um cálido olhar, desses que são trocados entre pai e filho. Rhodes o abraçou enquanto dizia em tom brincalhão:

— Acho que você está com medo de voltar sozinho para casa.

— Não tenha dúvida disso!

Então os dois marcharam de Roma a Taranto, e depois, mais ao sul da Itália. Ícaro fez de tudo para ensinar a Rhodes as lições mais importantes. Ele próprio não possuía muita experiência em batalhas navais, mas fez questão de recordar algumas passagens em que navegou pelo Mediterrâneo na companhia de César, partindo pelo porto de Marselha. Assim como Antônio, Ícaro era um homem da terra e não havia o que os impedisse de capitular o inimigo se estivessem com os pés escorados no chão. Mas o mar, esse era o primeiro desafio em uma guerra naval; somente depois de vencê-lo poderiam capitular o inimigo. O contingente que partiria do porto, conduzido por Marco Lúrio até a Grécia, misturava gente de vários lugares, romanos, gauleses, hispânicos, ilíricos e alguns chamados de povos de Hércules, pois pertenciam a uma parte da Grécia que havia se aliado a Otaviano.

Pelo que Ícaro dizia, estavam com sorte, porque haviam sido escalados numa época em que o mar se fazia navegável e não causava tantas náuseas aos soldados. Em outros tempos, chegariam em terra firme precisando de no mínimo três dias para terem condições de se apresentar para a guerra. O centurião deu a Rhodes pequenos amarrados contendo ervas que Mirta preparou e o fez carregar, alertando que não confundisse a carum carvi — o cominho — com as outras ervas, pois ele o isentaria de colocar "os bofes para fora". Quando chegaram a Taranto, receberam suas designações e a ordem de embarque. Ícaro não iria para Leucas — a ilha tomada há pouco tempo pela frota de Agrippa. Ficaria na Itália entre os homens destinados ao comando de missões secretas em Roma; era imperioso que se mantivessem no mínimo três coortes — como eram chamadas as subdivisões das legiões romanas — e por isso um centurião experiente como ele era muito bem-vindo para manter a ordem, até o retorno de Otaviano. Essa era uma forma de oferecer algum poder aos homens maduros que já haviam doado grande parte da vida para Roma em outras ocasiões. Além disso, os veteranos eram considerados aptos para a proteção das fronteiras e portos. A experiência era um elemento valiosíssimo na guerra, e a vitalidade, indispensável para um bom combate.

Assim, Rhodes e Ícaro se despediram com abraços militares, porque compreendiam a importância de assimilar, desde já, o espírito da guerra. Sem afetos. Era hora de abrir caminho para a lógica e a precisão.

— Estarei aqui, e se me mandarem para longe, regressarei assim que possível. Tenho certeza de que o verei em breve, como um experiente marujo — falou o centurião ao filho.

Não posso dizer que foi fácil para Rhodes se acostumar com o mar; e se aquela era uma época de calmaria no Mar Jônico, ele daria tudo para não conhecer o período bravio. Não fosse o bendito cominho, talvez não só seus bofes — como diria Ícaro — como também todos os outros recheios de seu corpo teriam ficado a bordo das embarcações romanas. Até mesmo Marco Lúrio, experiente como capitão, andou deixando um pouco de si no assoalho brilhoso do navio. Não só o casco como também toda a parte de madeira que pudesse ser protegida eram revestidos de alcatrão, comumente utilizado na construção da frota marítima. Tempos depois, soube-se que parte dos belos navios construídos com as posses de Cleópatra fora perdida pela ausência deste pequeno detalhe. Rhodes ouviu do próprio Otaviano: "De que adianta o ouro sem a perspicácia", ao se referir a esse delicioso incidente. Mas o fato é que o alcatrão, misturado à maresia, criava um odor enjoativo, como se tivesse feito um acordo com as correntes marítimas para zombar dos homens da guerra. Eu bem sei que os homens pouco percebem quando nós, Naturais, nos dispomos a caçoar deles.

Ao chegar em terra, os homens de Otaviano se juntaram aos milhares espalhados pelo acampamento. As notícias eram as melhores possíveis: Antônio, além de perder um sem-número de trirremes no último inverno, por causa dos cupins, perdera também quase todos os remadores, pois de alguma forma a localização de seu acampamento trouxe doenças e acabou por esmagar seus soldados aquartelados no golfo. Era possível que os deuses tivessem se zangado contra Cleópatra e Antônio por causa de um infeliz incidente, meses antes: Turúlio, aliado de Antônio, havia derrubado o bosque sagrado de Asclépio, em Cós, para construir mais navios egípcios. Foi um ato evidentemente profanador e os soldados de Otaviano, ao descreverem o ocorrido, enchiam-se de honra e pensavam ter os deuses ao seu lado ou, no mínimo, contra seus inimigos. Já era um bom começo. Somou-se a isso o fato de que os hoplitas, lançadores de pedras e arqueiros montados aos quais Canídio e Ahenobarbus — generais apoiadores de Antônio — se referiam como grande vantagem em relação ao exército inimigo, não foram suficientes para estancar o vigor de Agrippa, pois àquela altura, este já havia tomado os postos navais, capitulando Patras e Ítaca. Finalmente, Antônio e suas legiões tinham perdido por completo, o Golfo de Corinto.

O enfrentamento naval

Rhodes não entendia como aqueles homens podiam dormir tão bem ao seu lado, na véspera de uma batalha de tamanho porte, como se no dia seguinte não tivessem nada com o que se preocupar. Há algumas horas, Otaviano havia discursado para seus homens:

"Soldados de Roma,

Amanhã mudaremos o curso da história e varreremos, de uma vez, a mancha negra do Oriente sobre nós. Os deuses podem provar que tentamos a paz, mas a ganância do faraó, que sonha em derrubar a flâmula da República, não o deixa ver que a batalha está perdida! Vingaremos nossos homens, aqueles que deram suas vidas pela nossa causa, honraremos nossos aliados, escreveremos nossos nomes nos anais da História e vitoriosos conquistaremos o Egito. Descansem, filhos de Marte, pois amanhã Netuno estará conosco e não haverá nau capitânia que sobreviva a nós".

Ouviram-se muitas batidas de pés sobre a areia do acampamento e gládios de duas lâminas percutiam entre si criando os sons ritualísticos da guerra. No entanto, para Rhodes, aquilo soou como um gesto autômato e não pungente — como costumava ser no exército allobroge. Ele se perguntou se seria o cansaço dos soldados, porque afinal lutariam mais uma vez sob os feitiços do mar, ou se a fala automatizada de Otaviano revelava um mecanicismo no qual não se podia notar o sangue nas veias. Afinal, mesmo que Antônio estivesse quase derrotado, uma coisa Otaviano César nunca conseguiria aplacar: o carisma vigoroso que "o inimigo de Roma" conseguia invocar no peito de seus homens.

Horas depois, ouviu-se o rumor do acampamento. Estavam todos vestindo seus uniformes militares; os comandantes — Otaviano, Agrippa e Marco Lúrio — com suas togas por baixo das couraças e saiotes de couro, cada um adornado da forma que preferia, uns invocando ancestrais com símbolos que remontavam sua *gens familiae*, outros (como Agrippa), simplesmente acrescentavam mais uma tacha de ouro a cada batalha ganha e a dele; particularmente, reluzia o suficiente para não deixar dúvidas do quão se tornara vitorioso. Todos os três encimaram elmos de cobre sobre as cabeças e neles se via a presença de penachos vermelhos, pois assim eram identificados os comandantes. O meu amigo estava se preparando também; vestiu sua túnica curta de algodão, feita por sua mãe e que possuía, lá no fundo, o aroma da lavanda. Mas ele não deixou o pensamento se agarrar a isso. Por cima, um colete de couro grosso e marrom, com amarração frontal para que não precisasse pedir ajuda a ninguém; um cinto largo no qual se prendiam quatro bolsas de couro em formato cuneiforme, duas de cada lado da cintura, onde ele depositava suas flechas. Aliás, Rhodes havia perdido boa parte da noite anterior inspecionando uma a uma; verificou se as penugens usadas na extremidade estavam intactas, afiou várias delas com uma pedra calcária, e o mais importante, com o romper d'alva, as embebeu numa poção a base de eléboro branco. Enquanto ele se preparava, em meio aos demais, soergui-me ligeiramente; eu precisava me certificar se havia mais alguém naquela parte do golfo, além de mim. Alguém como eu, sabe, outro vento. Isso dificultaria a vida dos dois exércitos, porque quando trabalho com outros de minha espécie, nem sempre nos entendemos. E não seria nada propício uma confusão de interesses no mar. Por Rhodes, eu me sacrificaria em inércia, desde que isso não significasse prejudicá-lo. Mas de onde estou, no meio do acampamento, não consigo sentir outro além de mim. Menos mal. Voltei minha atenção para Rhodes e constatei como ele estava admirável! Muito sério e de cenho franzido na maior parte do tempo, contudo, eu me emocionei mais uma vez ao notar aquele vulto luminoso ao seu lado. Seria a presença dos primeiros raios de sol, ou, quem sabe, a luz diáfana de uma tocha romana já cansada de iluminar o acampamento; ou um suspiro último da Lua enciumada por não poder testemunhar um momento como aquele? Não. Definitivamente não era nada disso. Aquele vulto era César.

Manhã de 2 de setembro

Para a sorte dos dois exércitos, o céu estava limpo, as correntes marítimas no golfo pareciam adormecidas e até mesmo eu — procurando não atrapalhar — me abstive por um tempo de ser elemento atuante naquele cenário. Suspendi minha respiração até que as embarcações de Augusto tomassem seus lugares no Mar Jônico. Muitas delas, as maiores, já estavam posicionadas há vários dias, impedindo a passagem dos enormes navios egípcios. Otaviano César deixou o acampamento naquela manhã mais cedo do que Antônio e Cleópatra, pois quando o "Casal do Oriente" despontou no estreito do golfo, toda a frota romana já estava a postos; se quisessem seguir para o Mediterrâneo teriam de derrotar as embarcações nas quais tremulavam as flâmulas vermelhas da SPQR. Conhecendo Antônio como conhecia, Otaviano apostou todo o seu tesouro naquele encontro naval. Mesmo que os comandantes de Antônio sugerissem uma retirada pelo leste, navegando até a Macedônia, o orgulho militar de Antônio não se submeteria a isso, afinal, apesar de estar em desvantagem até aquele momento porque perdera trinta mil homens, e por ter calculado mal as incursões do exército de Otaviano, Antônio jamais daria o gosto a seu inimigo de chamá-lo de desertor; depois disso — sendo o lendário general que sempre fora — só lhe restaria a desonra e a morte.

Por uma coincidência que só pude entender horas depois, Rhodes e outros arqueiros da Fraternidade Allobroge ficaram no mesmo navio que Otaviano. Ao que parecia, não havia uma determinação expressa, apenas uma distribuição aleatória, e os homens enfileirados embarcavam pela ordem de chegada onde houvesse espaço e necessidade, assumindo seus postos. No ancoradouro de Otaviano, foram-se ocupando meticulosamente os navios romanos. O que se passava na cabeça de Rhodes naquele momento, eu não fazia a menor ideia. Será que ainda nutria o pensamento fixo de seguir com Otaviano até o Egito, caso derrotassem Antônio, para salvar Cesarion? Ou, naquele momento crucial da batalha, em que precisava defender Roma para salvar sua própria pele, iniciava-se silenciosamente uma comunicação entre ele e seus antepassados, que eram, aliás, os mesmos de Otaviano. Notei como se parecia com o pai, e por incrível que pareça, também com seu primo. Os três possuíam um poder de concentração invejável e lhes asseguro, essa é uma arma poderosa. Sei disso porque me disperso com muita facilidade, intenciono ocupar muitos lugares ao mesmo tempo e no meio disso desperdiço muita energia. Caio Mário, outro grande general romano e tio-avô de Rhodes, possuía essa qualidade; a de olhar para a frente e não se perder. Pensando nisso, procurei não perder meu amigo de vista, mas sabia que, mesmo eu sendo extenso e robusto, haveria um momento em que o calor da guerra furtaria meu foco.

Lá de cima me preocupei. Apesar das duas últimas derrotas, a esquadra de Cleópatra e Antônio era infinitamente maior que a de Otaviano, embarcações luxuosas, enormes, com remadores que pareciam, ao menos do meu ângulo, homens fortíssimos. Não sei onde arrumaram tantos, pois uma grande parte havia morrido às margens do golfo. Mas a verdade é que, mesmo estando em maior número de soldados e remadores, havia um bloqueio naval esperando por eles há dois dias, de opositores ansiosos, acostumados já à maré, dominando as náuseas e "habituados ao vento", como disse Agrippa. Eu o ouvi mencionar isso no mesmo momento em que me encontrei com Zéfiro, o vento do Sul. Trocamos olhares rápidos: ele, muito reservado e arrogante, como os patrícios de Roma atendendo a pedidos de libertos, e eu, cheio de coragem e atrevido como Rhodes, testando o nosso Criador, aguardando até quando me seria permitido ficar ali, onde não era a minha casa... o meu habitat. Parei para refletir um instante na frase de Agrippa. Se ele — que era um dos comandantes do exército pelo qual Rhodes lutava — estava acostumado com Zéfiro, isso se tornava uma vantagem sobre Antônio e Cleópatra. Se eu interferisse... Bem, acho que você já entendeu.

Tive que recuar e Zéfiro logo se agigantou, zombando de mim. Estavam todos aguardando a aproximação da esquadra de Antônio, comandada também por Canídio, Caio Sósio e Publícola — os almirantes — e, ainda, Délio. Embora eu tenha esse afeto pelos allobroges, não podia deixar de registrar minha admiração por esses homens que fincaram seus nomes na história de Roma, e da humanidade. Eles todos possuem valores íntimos e peculiarmente especiais. Trabalharam anos pela glória de Roma, por suas *dignitas*, pelo nome de suas famílias, ou simplesmente por amor à guerra. Merecem o meu respeito. Ainda mais quando fazem tudo isso, ou parte, em conjunto com a lealdade. Neste particular, precisamente hoje, eu me afeiçoo a Antônio. Gosto dele. Sinto muito por seu estado de espírito, ele já esteve em melhores condições: em Filipo, quando Marco Antônio deu guarida para Otaviano — enfermo e expulso de seu próprio acampamento —, tinha a força e o vigor de um leão, amado por seus homens, respeitado por seus pares, temido pelos inimigos. Agora, quase uma década depois, era chocante ver aqueles papéis invertidos com tanto ardil. Quanto mais eu vivia entre os homens, mais notava a dificuldade de se manterem por tanto tempo em seus momentos de glória, perdurando seus efeitos, desfrutando do brilho cego que somente a vitória é capaz de produzir, sem, contudo, perderem o controle de si e, mais importante ainda, dos outros. Não muito distante da embarcação de Antônio, à sua retaguarda, estava a de Cleópatra. Ah, se ela soubesse como isso enfraquecia Antônio perante os soldados romanos! Uma mulher como comandante! Ah, se os romanos soubessem o quanto o povo de Alexandria e todos os egípcios, do delta do Nilo até Meroé, a amavam ainda mais por sua força e destemor! Em menos de um calendário ela ficaria conhecida como o último faraó do Egito.

Antônio finalmente foi avistado quando o sol castigava, como um general exigente, todos aqueles homens posicionados no Mar Jônico. Aquele mês de setembro tinha ares de agosto, pesado. E, finalmente, foi dada a ordem para a tentativa de romper o bloqueio naval de Agrippa com toda sua formação compacta. Um lançamento de tochas desferido por ordem de Canídio atingiu a proa do navio romano que se encontrava na dianteira. A batalha estava declarada. Houve uma série de ataques sucessivos, e as bolas de fogo voavam de um lado para o outro, parecendo filhotes do astro-rei, e como sempre, tudo muito rápido, como eu havia previsto. Ao menos para mim, que observo de cima. Rhodes estava visivelmente infalível naquele dia, as horas para ele passavam como minutos e em seus olhos acendiam-se luzes que eu só havia visto em momentos de guerra. Suas flechas certeiras derrubaram muitos homens de Antônio, quase cegamente. Era uma reação proposital, pois naquele momento não podia se dar ao desfrute — como os druidas faziam — de pensar na origem de seu oponente; ele apagava rapidamente as referências diante de seus olhos, quando roupas e acessórios celtas eram identificados em seus alvos. Afinal, Antônio também possuía gauleses em sua tripulação. Mas Rhodes simplesmente lançava suas flechas, uma atrás da outra. Centenas de homens caíam ao mar, flechados, em chamas, derrubados pelas colisões que com o passar das horas foram feitas reiteradas vezes por Agrippa, que tinha navios menores, porém, bem mais ágeis. O líder allobroge não esquecia, sobretudo, de proteger seus arqueiros e se lançava da proa à popa da galera com a rapidez de suas flechas. Sem saber, Rhodes estava sendo atentamente observado por Otaviano, que apesar de carregar o elmo dos comandantes, naquele dia, preferia ceder o comando a Agrippa. Eles haviam decidido que Otaviano, ao contrário do que Antônio podia pensar, não estaria na mesma embarcação que Agrippa, afinal, precisariam minimizar as perdas.

Sósio e Canídio estavam posicionados à esquerda e foram os primeiros a sofrer grandes baixas. Antônio e Publícola, no lado oposto, tiveram de assistir seus homens morrendo à larga, e com o crescente desespero em se aproximar para ajudá-los, notavam o pior: as imensas e reforçadas embarcações egípcias eram pesadas e lentas. É claro que se eu quisesse, poderia mudar o curso dessa história, mas não era o caso ali. Entre idas e vindas até as galeras liburianas de Otaviano e Agrippa, pude testemunhar o momento que mudaria a relação de Rhodes e Otaviano para sempre: com a aproximação do quinquerreme comandado por Canídio, um dos soldados inimigos — certamente um núbio, porque nadava como um crocodilo e tinha o porte de uma esfinge — caiu ao mar e subiu na embarcação onde estava Otaviano. No calor das espadas e dos gritos de morte e ferimentos, não houve quem notasse a perícia daquele guerreiro, que escalou o navio alcançando o convés justamente onde estava Otaviano. Presa pelos dentes longos e fortes do homem, havia uma adaga de lâmina fina, que certamente atravessaria em poucos segundos a jugular do romano. Rhodes virou-se a tempo, justamente no instante em que isso aconteceria. A flecha allobroge acertou em cheio o ombro do núbio. O homem de pele acastanhada e olhos cor de mel contraiu as feições de súbito e começou a cair para trás, momento em que Otaviano lhe enfiou a espada no abdome nu. Depois, para se certificar de que estava seguro, o romano lançou os olhos na direção do mar como se dali pudessem sair outros homens com aquele tamanho e aquela destreza. Quando se virou para olhar na direção de Rhodes, nosso arqueiro mirava um outro soldado inimigo. Este tombou facilmente. Era notório que Antônio havia recrutado o que encontrou pela frente, e muitas vezes não eram soldados, mas libertos famintos, camponeses coagidos a lutar, gente que nunca tinha visto o mar, muito menos embainhado uma espada... talvez lutassem melhor com seus ancinhos se tivessem essa opção. Ao longe, a embarcação de Cleópatra vencia o promontório de Áccio e era a última a avançar para o espaço de Agrippa, em alto-mar. Sem notar o pior, Antônio e seus homens lançaram-se contra as duas fileiras de navios que Agrippa havia formado e ficaram cercados por barcos menores. O embate corpo a corpo acelerou o processo final. Para Cleópatra, que ficou mais atrás com sua luxuosa embarcação, talvez tenha sido terrível constatar a estratégia de guerra do comandante Agrippa, obliterando toda a sua frota majestosa. Nesse dia, esse romano brilhou mais do que todos. Tudo por causa daqueles mapas rabiscados, centenas de vezes, por ele e Otaviano. O que se pode dizer diante disso? Que quanto mais tempo você se preparar para a guerra, mais chance terá de vencê-la.

Assisti ao trabalho de Zéfiro, incólume, e só por isso pude testemunhar todos esses detalhes. Uma batalha épica.

Dois dias depois da vitória incontestável sobre o exército de Marco Antônio, os mensageiros de Otaviano levaram aos portos a notícia da vitória. Obviamente, muitos detalhes foram alterados, afinal, mesmo a vitória pode sofrer melhorias. Em Brundísio, Taranto e Misenum, as notícias chegaram com o frescor de uma pesca recente e de lá correram até o Fórum romano. Aqueles que nutriam um resto de afeição por Marco Antônio tiveram de amargar calados a sequência dos fatos; faltava muito pouco para Otaviano César se tornar o homem mais poderoso de Roma e, por conhecerem o herdeiro de César tão bem, sabiam que, agora, com uma possibilidade irrisória de êxito das forças do Oriente, ele beberia lentamente da taça do sucesso. Desta vez não havia argumentos disponíveis a favor de Antônio. Ele e sua amante egípcia haviam fugido ao notarem a derrota iminente.

No acampamento de Otaviano, houve festa! Muita comida e distribuição de despojos, afinal, eles também haviam saqueado as embarcações rendidas: vinhos, suprimentos, armas, enfim, tudo aquilo que puderam angariar. Agrippa, desta vez ele e não Otaviano, fez um belo discurso para os seus homens; não um discurso pomposo de palavras rebuscadas, próprias dos senadores, mas algo sucinto. Embora se expressasse muito bem, o comandante de Otaviano proferiu uma mensagem simples, generosa e humilde. Disse que com aqueles homens lutaria até o fim do mundo, ainda que Cassiopeia exortasse a fúria das ninfas, ainda que monstros marinhos emergissem dos mares — com aqueles homens, ele triunfaria. Assim, Rhodes testemunhou a vitória de Otaviano. Ao cabo de tudo, ele percebeu que desejou aquilo desde o momento em que marchou com Ícaro e os sagitarii até o Porto de Taranto. Ele fazia parte de tantos círculos envoltos na causa de Otaviano, que sequer havia se dado conta. Pensou que àquela altura Ícaro já tinha notícias suas, pois no dia anterior, quando o ardor da vitória havia passado e sequer se recordava do feito em que salvara Otaviano, foi surpreendido com um chamado à tenda do romano. Otaviano César o recebeu com deferência, agradecendo-o de maneira reta e educada, fazendo-lhe elogios, e o informou que agora fazia parte de sua guarda pessoal, pelo menos até o fim da guerra. Rhodes recebeu a notícia entre o orgulho e a decepção. Estar ao lado de Otaviano, assim, de forma tão próxima, significava muito mais do que lutar bem; ele teria que redobrar os cuidados e manter a boca bem fechada — um deslize sobre sua origem e a morte de Cesarion ficaria em segundo plano para seu primo.

— Tens o direito de me fazer um pedido, arqueiro. Desde que não seja uma dispensa. — O romano fez sinal para que um soldado trouxesse vinho para o gaulês, supondo que esse seria o caminho.

Rhodes fez um sinal discreto para que o homem não avançasse na tarefa.

— Se me permite, senhor, gostaria de enviar uma mensagem ao meu pai. Deve estar aquartelado na Cidade, ou em Taranto, onde nos vimos por último. — Otaviano se espantou com a atitude de Rhodes, que podia ter se aproveitado da oportunidade para pedir algo mais valioso.

— E quem é teu pai? Algum soldado de Roma? Neste ínterim, Marco Lúrio entrou na tenda, asseado e portando a toga *virilis*. Aliás, naquela noite, todos haviam dispensado seus uniformes. Estavam em festa.

— É um centurião condecorado, Ícaro Gio Netélia. — completou Rhodes, em tom informal.

Marco Lúrio, ao ouvir o nome, quis saber se se tratava do centurião da Nona Legião que havia servido com César e morava há mais de uma década numa província gaulesa.

— É ele mesmo, senhor — respondeu.

Otaviano observava os dois, como se estivesse de fora da conversa.

— Teu pai é um grande soldado, gaulês. Vejo que te ensinou o latim, falas muito bem a nossa língua.

— Bem, senhor, não é o latim também a língua das Gálias? — a resposta de Rhodes era inteligente, e embora para Marco Lúrio tenha parecido um tipo de observação de alguém que detinha um raciocínio rápido, Otaviano se perguntou se naquilo não havia um tipo de crítica sobre a imposição de uma língua estrangeira aos gauleses cativos.

— Boa resposta, arqueiro... boa resposta. — respondeu o comandante, e seguiu em busca de uma boa taça de vinho.

Otaviano esquadrinhava os traços de Rhodes, buscando alguma lembrança remota, agora que o nome de Ícaro havia sido mencionado. Em sua mente, se perguntava como aquele rapaz de tão pouca idade possuía tanto talento para o arco e a flecha. Certamente muito treinamento. Disciplina. Concentração. Todas as coisas que Otaviano nutria diariamente.

— Redija sua mensagem... — falou, fazendo um gesto de continuidade com a mão, esperando pelo nome do rapaz.

— Rhodes.

— Pois bem, Rhodes, redija tua mensagem que amanhã mesmo será entregue ao teu pai.

Foi o que Rhodes fez, com precisão, para não abusar do favor, sem saber que nisso também estava sendo avaliado.

"Pai,

Estou bem. Vencemos! Agradeço pelo cominho. Se os deuses permitirem, em breve nos veremos. Parto para o Egito com o nosso comandante. Diga à ela que a amo."

– RHODES.

O próprio Otaviano enrolou o pergaminho e o dispensou até segunda ordem. Antes de sair da tenda, porém, Rhodes teve de responder a uma última uma pergunta:

— Acaso teu pai mora em Aventino? — Otaviano quis saber.

— Tem uma casa lá, mas quem mora é minha avó. Nós moramos em Lugdunum. — Rhodes pensou rápido. Afinal, a verdade é sempre mais fácil de ser dita.

— Entendo... Estás dispensado. — o olhar comprido de Otaviano seguiu Rhodes até a abertura da tenda.

Não gostei da pergunta de Otaviano, não mesmo. Rhodes também não; seu estado de espírito pulou do orgulho de si mesmo para a preocupação. Seria aquela pergunta uma espécie de aviso? E por mais que detestasse frases feitas, como as que Cohncot gostava de citar, naquele momento uma delas acertou em cheio seu pensamento: "Ainda que sejais lobo, não se envergonhe de usar a pele da ovelha".

Otaviano César ordenou dez dias de descanso. Seus homens precisavam recuperar as forças e a Cidade teria tempo para assimilar sua vitória sobre Antônio. Depois disso, volveu sua atenção para Alexandria, e Rhodes, agora fazendo parte de sua guarda pessoal, rumava para a terra dos faraós ainda mais próximo de seu primo, e consequentemente, mais próximo dos planos dele para aniquilar Cesarion.

CAPÍTULO L

A ESTRATÉGIA DA RAINHA

Em Alexandria, a monarca egípcia finalmente entendeu que sua guerra contra Otaviano estava pedida. Foram calculados, na ponta da pena, os prejuízos que o Egito teria de suportar pela derrota — não só os econômicos, mas as baixas de cidadãos devotados a Ísis, personificada na própria Cleópatra —, tão profundos e densos que nem toda a água do Nilo poderia empurrar. Antônio transitava pela cidade de maneira irreconhecível, e mais uma vez a rainha teve de tomar a frente no que lhe restava de tempo para governar a sua terra. Cleópatra não podia contar com seu consorte romano, ao contrário, notou que sua ausência a tornava mais forte e serena para tomar as últimas providências em favor de sua família. Mandou então, numa derradeira tentativa, um emissário até Otaviano. A mensagem, em poucas palavras, consistia no seguinte pedido:

"Ao imperator Otaviano César,

O Egito ainda possui forças para combater seus inimigos.
Contudo, para não haver novo derramamento de
sangue, proponho uma tomada pacífica, estendendo
a Roma todos os tesouros de nosso reino, desde que,
com o consentimento expresso, meus filhos possam
governar o Egito, que se manterá como um aliado da
Cidade, como vem sendo há mais de cem anos."

— KLEOPÁTRA PHILOPÁTŌR, *Rainha do Egito*

As bem-sucedidas ações de Otaviano conferiam-lhe um aspecto menos contrito e deixavam que olhos mais ingênuos acreditassem em um comportamento benevolente e tolerante. Afinal, até aquele momento, o único infortúnio que o afastara temporariamente de sua marcha para o Egito fora uma onda revoltosa de legionários romanos exigindo o soldo por suas campanhas na Batalha de *Áccio*; eles haviam sido dispensados na primeira calenda após a deserção de Antônio. Nosso arqueiro permaneceu na Grécia, não fora dispensado e nem seria até que pisasse em Alexandria, meses depois. De alguma maneira eu sentia que Otaviano confiava em Rhodes, e o considerava mais do que um simples estrangeiro que o havia salvado, e isso me foi provado mais de uma vez. Otaviano exigia sempre a sua presença em pequenas locomoções, incluindo encontros com os seus recentes aliados: Amintas, o rei da Galácia, Polemo de Ponto e Arqueleus da Capadócia. Eles juraram lealdade a Otaviano, desde que pudessem permanecer no trono de seus reinados. Esses juramentos, tenho certeza, traziam para Otaviano um tipo de moeda que os homens não podem cunhar, mas de valor incalculável, que tornava os homens poderosos e respeitados: a vitória. O sobrinho-neto de César não se cansava de ostentar essa coroa sobre sua bem formada testa. É claro que conhecia a rapidez das notícias,, sendo que ele próprio trabalhava para isso, e certamente o desespero de Cleópatra, estampado na sua mensagem, era por esse motivo: seus mais estimados aliados estavam, a partir de agora, oficialmente apoiando Otaviano César.

A grafia, meticulosamente desenhada de Cleópatra, deixava claro a dificuldade em reconhecer a supremacia do seu oponente; ela não o chamara de Divino Augusto, como ele mesmo se intitulou, preferiu o título usado pelos generais e por seus soldados, que aliás combinava bem mais com o virtuosismo de Marco Antônio e muito mais ainda com o de César. A carta da rainha mais parecia uma tentativa desesperada de perpetrar a dinastia dos Ptolomeu, afinal, ela acabara de perder uma grande batalha, e só podia contar, naquele momento, com a presença de três centúrias romanas, em Alexandria, uns poucos navios no estreito do Mar Vermelho e um mirrado exército egípcio muito aquém dos legionários romanos de Otaviano. Isso tudo era sabido. Não havia nenhum elemento surpresa que ela ou Marco Antônio pudessem dispor para combater seu inimigo, assim que ele pisasse na terra dos faraós — e o "Divino Augusto" tinha setenta e cinco mil homens sobre o seu comando, todos marchando lentamente até o Egito.

Otaviano estava na Grécia quando a mensagem de Cleópatra chegou nas suas mãos alvas e macias. Ele não a responderia antes de passar pela Síria e pela Judeia e finalmente atravessar as portas orientais do Egito. Queria aumentar a angústia da rainha, arrancar dela qualquer forma de alívio, deixar que mais notícias enchessem seus dias de fastio e espalhar o sabor amargo da derrota nas dependências de seu suntuoso palácio, avinagrando os mais deliciosos vinhos, azedando mesmo as iguarias feitas com as melhores especiarias, mantendo no ar o aroma fúnebre da expectativa da morte. Em Rodes — a ilha grega —, ele recebeu a notícia de que a rainha arquitetava a fuga de Cesarion, temendo o pior para seu filho. Alexandria estava repleta de espiões e simpatizantes de Otaviano.

Aparentemente, para o nosso Rhodes, o semblante de seu primo — quase sempre sob controle — não se alterou em nada com a notícia; certamente ele havia previsto isso. Sua recusa em emitir uma resposta à missiva da rainha era, na verdade, uma recusa em definir uma postura, embora, muitas vezes, deixasse notória toda a sua intransigência e inclemência. Por um capricho dos deuses, após Otaviano César transferir sua legião para a Síria, entre outras dezenas de formulações, ele destacou Rhodes e seus arqueiros — juntamente com duas decúrias — para irem ao encalço de Cesarion. Ao receber as ordens do próprio Otaviano, pensei, ao mesmo tempo: "Que sorte para Rhodes!" Mas logo depois, antes mesmo de meu amigo arqueiro, lembrei-me de Cohncot, dizendo: "Sorte ou azar, só o tempo dirá".

A estação do calor havia chegado e os dias começavam a castigar os homens da guerra. Rhodes e seus arqueiros saíram em busca de Cesarion — deveriam interceptá-lo ao sul do Nilo, como afirmava o informante de Alexandria, e mantê-lo preso até a chegada de Otaviano. O romano queria entrar na cidade de Cleópatra ostentando seu mais ilustre prisioneiro. Pelo que se via em Roma, com a maioria dos despojos de guerra, o que se esperava era que o divino augusto regressasse à Cidade na companhia da rainha e de toda a sua prole para o desfile da vitória, como o próprio César fizera com Arsíone, irmã de Cleópatra, e com Vercingetórix em plena Decumanus Máxima. Quanto ao destino de Antônio, seria selado ali mesmo na terra dos faraós, afinal, ele próprio não desejara morrer e ser enterrado naquela terra estrangeira de cultos exóticos e ímpios? Mas Rhodes sabia que a promessa de Otaviano matar Cesarion estava mais viva do que nunca e só perdia brilho, em escala de prioridades, para a morte de Cleópatra. Na marcha forçada que imprimiu com outros homens incumbidos da missão, o filho de Mirta pensava nas palavras de sua mãe: "Você só tem um irmão, e ele se chama Tumboric!", e relembrou os conselhos de Tito Lívio: "Nada ao redor dele é parecido com você, e certamente você não representa mais do que um bárbaro para ele. Esqueça este sonho de consanguinidade", e a voz de Ícaro que nunca o ouvira dizer qualquer coisa sobre Cesarion também surgiu, com o tom experiente e acessível que sempre usou ao ensiná-lo: "Se souber cuidar ao menos de si mesmo, já será um grande guerreiro". Essas vozes ressoavam na mente de Rhodes ao longo daquela jornada que iniciou em Samos, passou por Éfeso, cruzou toda a Cilícia, a Síria, o sinuoso caminho da Judeia, atravessou o estreito do Mar Vermelho e finalmente alcançou a proximidade do Nilo. Vez ou outra, Rhodes se perguntava sobre aquela outra voz, soprando algo nunca dito a ele por alguém conhecido, e que tinha mais razão dos que as outras. Uma voz que podia ser confundida com a consciência, e que com o tempo ele saberia discernir, mas que muitas vezes ia de encontro às escolhas justas, contrapondo-se a um porto seguro; parecia, quem sabe, uma voz de seu espírito ancestral, talvez a de Vênus Venerix... quem poderia afirmar? Só sei dizer que não era a minha voz. Eu não queria sinalizar meus pensamentos para Rhodes, porque a verdade é que eu não tinha uma opinião formada sobre Cesarion, não uma opinião sobre o que valeria ser feito por ele, ou melhor, ser sacrificado por ele. Para isso, eu precisaria ver o coração de Rhodes até as suas profundezas.

Dois dias antes de atravessarem o Nilo, rumo a Memphis, um batedor com vestes romanas alcançou o grupo. Trazia em mãos um papiro. Sem poder distinguir o líder daquele contingente, já que estavam todos vestidos de maneira muito similar, o batedor estendeu a mensagem ao mais velho entre eles — Aurelius, um experiente legionário. Ao terminar a leitura, ele prontamente informou aos demais que deveriam atravessar o Nilo imediatamente. Montariam acampamento perto da margem. Em pouco tempo, chegaria a época das cheias, e o Nilo transbordaria. Se Otaviano não estivesse próximo dali, a sua incursão ao Egito seria retardada.

A mensagem dizia que Cesarion chegaria àquele ponto do Nilo em um dia, sua intenção era abandonar o Egito e seguir até Dendera, e depois atravessar Coptos, indo por terra até o Mar Vermelho. Como aquele informante tinha tantos detalhes sobre a fuga de um príncipe regente, filho de uma rainha tão astuta como Cleópatra, nunca saberemos. A verdade é que em termos de deslealdade e egoísmo, a humanidade se supera como se fosse uma força da natureza.

Eis que finalmente chegou o momento em que Rhodes conheceria seu meio-irmão. Como previsto pelo informante alexandrino, o filho de Cleópatra chegou às margens do Nilo, na cidade de Memphis, no fim do dia seguinte. O horário parecia proposital, uma vez que só mesmo os egípcios teriam coragem de descer o Nilo na penumbra da noite, enfrentando crocodilos impiedosos e mosquitos sugadores que traziam um incômodo terrível, jamais imaginado por quem não pertencia àquelas terras — para Rhodes, eles eram uma verdadeira arma contra os inimigos. Havia apenas dois homens acompanhando Cesarion, um ancião que trazia na fronte a docilidade dos sábios e um outro que se destacava pela altura e força física. Ao serem abordados subitamente, pegos de surpresa, nenhum deles mostrou resistência e por isso foram tratados com decência pelo grupo de soldados. Otaviano havia sido categórico quanto ao tratamento dispensado a Cesarion: "Não o destratem, façam tudo que for preciso para mantê-lo são e salvo até minha chegada". Assim foi feito. Depois de confiscarem a maioria dos pertences do regente e de seus acompanhantes, eles foram instalados em uma tenda de porte médio, sem muito conforto, mas com o mínimo que permitisse descanso. A água e os suprimentos que eles carregavam foram mantidos. Naquela madrugada, dois homens foram designados para a vigília da barraca onde mantinham Cesarion. Além desta, havia mais cinco montadas. Era uma noite quente, mas certamente não a mais quente do ano; o verão no Baixo Egito estava apenas dando sinais de sua chegada indesejada. Para Rhodes, acostumado com as temperaturas agradáveis dos Alpes, aquela parte do mundo era uma espécie de castigo contra almas degeneradas, embora todo aquele exotismo o fascinasse profundamente.

— Saulo, já pode ir descansar. Aurelius mandou que eu rendesse um de vocês. — disse Rhodes ao soldado que montava guarda.

— E quanto ao meu companheiro? — perguntou, de pronto. Saulo era um soldado eficiente; na segunda vela da noite tinha os olhos acesos como nunca, e parecia totalmente desperto. Foi difícil convencê-lo a deixar o posto. Talvez pelo fato de saber que Rhodes fazia parte da guarda pessoal do *imperator*, e que aquela missão tinha uma intenção particular, acatou às ordens. Além disso, havia um tom propositadamente indolente na voz de Rhodes, como se tratasse aquela tarefa como uma qualquer. No entanto, teve de dar conta da pergunta do romano.

— Daqui a meia queima de vela outro arqueiro virá rendê-lo — respondeu, em voz mansa.

Saulo partiu enquanto desabotoava o colete que protegia seu peito, dando por encerrada a missão. Para que seu plano desse certo, Rhodes devia esperar o momento certo, quando o outro vigilante saísse para resolver suas necessidades fisiológicas. Assim que Rhodes conseguiu ficar sozinho na vigília da tenda que guardava seu irmão egípcio, manteve-se alguns instantes a postos, como um verdadeiro vigilante faria, de olhar reto e atento a todo e qualquer movimento capaz de ameaçar a captura do inimigo condenado. A atmosfera quente daquela noite deixou os soldados e arqueiros extenuados; somado a isso, a sensação de dever cumprido pela detenção do príncipe do Egito permitia a todos um descanso merecido. Tudo isso era propício aos planos de Rhodes, e eu me perguntava até que ponto a sorte do meu amigo arqueiro era somente um elemento aleatório em seu caminho, ou um instrumento utilizado por uma força que eu não conseguia identificar. Sorte seria um nome dado pelos homens aos que estes não podiam enxergar como sendo seus benfeitores?

Aquela parte fértil do Egito, às margens do Nilo, possuía um cheiro adocicado e vegetal, trazido pelo encontro dos juncos batendo aqui e ali, entre plantas aquáticas e papiros abundantes. Aquele movimento também produzia um som quase hipnótico, como tantas outras coisas na terra dos faraós, que serviam para proteger um povo muito antigo, cuja sabedoria atravessaria milênios guardando mistérios e enigmas indecifráveis. Talvez por causa de todos esses elementos pertencentes à dinastia dos Ptolomeus, Rhodes tenha encontrado Cesarion numa postura puramente distinta, típica de reis e rainhas: o rapaz detinha no olhar a força de quem foi criado para governar e justamente por isso a conversa entre os dois não me surpreendeu. Minutos antes de realizar o seu propósito, pensado cerca de um ano antes, ainda na Gália, Rhodes sentiu um frêmito, como um sinal de alerta querendo mantê-lo atento às suas próprias palavras, questionando se havia mesmo a necessidade de se arriscar por esse irmão. A conversa se estabeleceu num latim culto, porque ambos faziam questão de mostrar o quão eruditos podiam ser. Cesarion, por sua vez, perguntava-se intimamente o que mais, naquela fatídica noite, o surpreenderia. Quando os dois irmãos se colocaram frente a frente, o gaulês com quase vinte anos de idade e o egípcio com dezessete, fiquei surpreso; não se pareciam em nada com os meninos que ainda eram, ao contrário, eu via ali dois homens muito bem estruturados e resolutos. Os dois filhos de Júlio César tinham uma maturidade acima da média: a do meu amigo provinha de suas batalhas, de sua coragem nata, e, principalmente, de sua fé em si mesmo e em seus deuses — que embora ele tivesse renegado nos últimos tempos — estavam intactos dentro dele. Cesarion herdara a nobreza de seus ancestrais, a erudição de sua mãe, a autoconfiança lapidada em um monarca desde o nascedouro, a disciplina e o destemor que, somados, culminam em uma soberba inegável. Soberba e soberano... parecem palavras nascidas da mesma raiz.

A resposta de Cesarion ao plano oferecido por Rhodes foi pronta e ríspida:

— Esqueça "nosso" parentesco, gaulês. Não há nada que nos ligue um ao outro. Da mesma forma que duvidam de minha descendência em Roma, eu duvido da sua. Se está interessado em ouro ou joias, não possuo, tudo já foi arrancado de mim por seus companheiros.

Rhodes se ofendeu.

— Acaso me ouviu pedir-te algo? Não faço nada por dinheiro, faço por uma questão de consciência e princípio! Afinal, se Otaviano já está conquistando tudo, não precisa dar cabo de uma dinastia!

Os cabelos dourados de Rhodes estavam soltos, encimados nos ombros, e contrastavam com a cabeça raspada de Cesarion. Ambos possuíam estatura semelhante e por isso podiam se encarar diretamente, olhos nos olhos. Rhodes mantinha sua postura militar, não porque estava diante de um inimigo, mas porque não se sentia à vontade diante do egípcio — ele não contava com a postura arrogante de seu meio-irmão.

Os dois servos acompanhantes do príncipe se mantinham eretos e calados, um passo atrás de seu protegido. O mais velho, que parecia um tutor, analisava as feições de Rhodes detalhadamente e parecia ansioso para dizer algo a Cesarion. Dando o encontro por encerrado, o filho de Cleópatra assumiu um tom oracular.

— Ouça, gaulês, esqueça este "nosso" pai, se é que também é o meu, pois nada fez para nos salvar. Esqueças que és filho de César, se quiseres viver um pouco mais. Se és, de fato, meu irmão, estas palavras são as únicas que posso te ofertar e são como o Olho de Hórus, que tudo vê. Os olhos de Rhodes fitavam fixamente os de Cesarion, realçados por um forte traço de kajal negro. O egípcio falava sem piscar, como um autêntico faraó: entre o comando e a predição. Sua voz era suave, com trejeitos ligeiramente feminis, porque certamente guardavam os tons diplomáticos de sua mãe, mas com uma força imperativa que remetia à genética dos Ptolomeu desde o tempo de Alexandre, O Grande. Em seguida, Cesarion vestiu seu toucado egípcio, e deu por encerrada a conversa.

Para mim, ficou claro que Otaviano não encontraria ali nenhuma resistência; ele consumaria seu plano sem ouvir um argumento sequer, sem qualquer relutância física ou mental do príncipe. Mas eu pude ver, e Rhodes também, que o imperador romano estaria diante da representação plena da nobreza e da estirpe dos grandes faraós do Egito, o Primogênito de Ísis, o filho de Cleópatra e Júlio César, o regente daquele eldorado agrícola, cônscio de sua genética ptolomaica e de tudo que isso representava para o Oriente. Era uma imagem muito forte e difícil de ignorar. Cleópatra havia mesmo criado um nobre monarca.

Com seu jeito gaulês, de quem não sabe usar meias palavras, Rhodes quebrou a formalidade de Cesarion:

— Espero que o Olho de Hórus fique bem aberto quando sua cabeça for decapitada. Eu ri. Afinal, aquele era o meu amigo. Mantinha-se o mesmo em qualquer situação. Em sua resposta, vi também um traço de Tumboric — seu verdadeiro irmão.

CAPÍTULO LI

AMARANTINE

Acordei em Unterspone. Há dias vinha me confrontando com forças superiores, evitando ao máximo partir para longe de Rhodes. Contudo, já tinha ficado ao lado dele por bastante tempo. Precisava me movimentar. Pensei comigo: "Bóreas, Bóreas, você já está abusando das forças...". E assim fui movido. Mas não era sacrifício nenhum voltar a Unterspone, e, quem sabe, depois rever meus amigos a caminho da Gália.

Ao encontrar as fadas, notei que precisava delas tanto quanto precisava de Rhodes — elas também tinham o poder de me manter são neste planeta. Algumas pessoas nos dão a certeza de que vale a pena lutar pela humanidade, mesmo que se utilizem de uma dose bem forte de ingenuidade. Assim era com Rhodes, assim era com as fadas de Unterspone. Naquela manhã perfumada pontualmente pelo cheiro do poejo, eu me senti bem-disposto, o aroma me despertara com um toque de frescor muito característico da menta e por isso pude capturar toda a conversa entre Amarantine e Anna. A fada ruiva não havia superado sua afeição ao sono e continuava com a pecha de dorminhoca. Anna, que andava acamada por conta de um resfriado, notara que o sono de Amarantine fora agitado desde a madrugada, e mostrou-se aflita pousando os olhos demoradamente sobre a amiga.

— Tive um sonho muito estranho... — disse Amarantine, compreendendo o olhar de Anna. — Estava no Egito...

O Boi Ápis

Sonhos eram enigmas nos quais Amarantine gostava de penetrar. Naquela manhã, ao contrário do que costumava acontecer, ela lembrava nitidamente com o que havia sonhado: o Boi Ápis. Os olhos castanhos e profundos do animal, trocando mensagens com ela, a marcariam para sempre. Foi um sonho bom, daqueles que fortalecem a alma. Eis aí uma coisa que eu gostaria de fazer: sonhar!

A fada foi rememorando o sonho aos poucos, e reviu o momento em que ela estava em meio a pessoas completamente desconhecidas. Notou que eram egípcios, percebeu a estatura elevada tanto dos homens quanto das mulheres, os olhos fortemente delineados por um risco negro e preciso, a pele em tom âmbar, as vestes brancas, realçadas por joias em ouro e pedras preciosas. Amarantine podia sentir nitidamente o cheiro de incenso que rescendia no ambiente. O lugar era um templo. Talvez o interior de uma pirâmide. Havia pouca luminosidade e as pessoas sussurravam apenas o indispensável. No centro, o Boi Ápis.

Amarantine sabia seu nome, pois a segunda esposa de seu avô — que se casou com ele logo após a morte da mãe de Macarven — era de família nobre, filha de um rei Bretão. Além de conviver com muitos escravos de diferentes etnias, ela era bastante instruída, adorava saber a respeito de outras culturas e costumava contar a Amarantine histórias de antigas religiões, costumes de outros povos e até de astronomia. E as lendas sobre o Boi Ápis eram as que Amarantine mais gostava de ouvir.

No sonho, o Boi Ápis, representado por uma enorme escultura polida em granito negro, comunicava-se facilmente com ela. Amarantine tinha nas mãos sua oferenda: uma vasilha cheia de leite. O murmúrio das pessoas ao redor ocorria em primeiro plano, e ela não se lembrava se eles podiam vê-la como ela os via. A voz do boi não podia ser ouvida, somente sentida. Sem entender o porquê, ele pedia a ela que lhe desse de beber do leite que havia levado. Ao seu redor, Amarantine via flores, sementes, cerais, amarrados de trigo e até ouro. Somente ela trazia leite. O Boi Ápis gostava dela e, naquele momento, parecia estar mais satisfeito com o leite trazido por Amarantine do que com qualquer outra oferenda.

Ela podia ouvi-lo, dizendo:

"Por ter me trazido este leite, ele nunca
faltará para ti e nem para a menina."

Amarantine estava perdida nesse pensamento onírico, e tentou conectar o sonho do Boi Ápis ao sonho que teve em Lugdunum, logo após a morte de Rhodes, em que ambos estavam no Egito. Mas, afinal, o que isso tinha a ver com ela e Rhodes?

Interrompendo as divagações de sua discípula, Andriac entrou no quarto e foi logo abrindo as janelas, liberando a claridade:

— Está na hora de começarmos o dia, meninas, o estudo nos aguarda.

Era mais uma manhã encantadora em Unterspone, pronta para servir de cenário para o exercício sétimo: "o despertar".

Durante o desjejum, Amarantine não conseguia se concentrar; em seus pensamentos, a frase do sonho se repetia: "... não faltará leite para você e nem para a menina". Mas não ficou aflita, ela sabia que em algum momento o inexplicável faria sentido.

Saudoso das fadas, fiquei alguns dias no vale. Enquanto me permitiam. Eu precisava saber, afinal, o que havia acontecido após aquela noite, quando Anna se revelou uma verdadeira caçadora!

CAPÍTULO LII

ALEXANDRIA

Eu estava verdadeiramente feliz por acompanhar Rhodes em sua caminhada pela Via Canópia, a principal avenida de Alexandria. Como aquilo iria enriquecer sua vida e aprimorar o seu olhar. Era uma dádiva poder perceber a cultura e a sabedoria de outros povos além do seu, principalmente porque, como gaulês, nosso arqueiro estava muito mais predisposto ao conhecimento alheio do que os romanos. Noto a similitude entre gauleses e egípcios, tão afeitos aos sinais da natureza, à linguagem dos animais — afinal, para estes, aqui deificados, são erguidos templos e monumentos. Ambos apreciam os perfumes das plantas e suas capacidades curativas, e admiram a mim e a meus semelhantes, os Naturais. Rhodes entrou em Alexandria junto de Otaviano e suas legiões. O general romano chegou à terra dos faraós triunfante, trazendo consigo o filho de sua inimiga. Pelo caminho, lembrava-se da ironia de ter partido de um cidadão alexandrino o conselho que o levou a definir o destino de Cesarion. Ário Dídimo, filósofo, professor de grego e preceptor de Otaviano César, havia lhe dito a frase que mais tarde entraria para os manuscritos da história: *Ouk agathon polukaisarie*, isto é, "Não é bom ter muitos césares". Depois de um último embate com as tropas remanescentes de Antônio, na chamada Porta do Sol, o sobrinho-neto de César finalmente respirou aliviado. O Egito havia caído. Antônio, ao que parecia, havia tirado a própria vida. Então, o *imperator* mandou encarcerar Cleópatra e os filhos que teve com Antônio — Alexandre Hélio, Cleópatra Selene e Ptolomeu Philadelfo —, e executou sem demora o filho mais velho de Antônio, do casamento com a romana Fúlvia, Marco Antônio Antilo, a quem Cleópatra chamava carinhosamente de Antilo. A fama de inclemente que Otaviano fazia questão de sufocar estava acesa em Alexandria; ele não conseguia disfarçar o próprio semblante, tomado de uma expressão quase selvagem.

Rhodes agradeceu por ter sido dispensado enquanto Otaviano esquadrinhava a sala dos escribas no Palácio Real, verificando os documentos oficiais que o colocavam a par das riquezas do Egito. Os celeiros reais estavam fortemente abastecidos. As últimas colheitas tinham sido as mais abundantes dos últimos anos. Ao deixarem o Palácio, os arqueiros passaram por salões suntuosos, de pé-direito alto, ladeados por pilastras esculpidas em mármore e paredes revestidas de basalto e ébano. No pátio central havia um lago de água cristalina com flores de lótus, cujo perfume impregnava o ambiente. Rhodes sentiu tanto prazer com o aroma da flor, que desejou jamais esquecê-lo. Naquele lugar magnífico, tão distante de sua terra natal, Rhodes começou a compreender os motivos que fizeram seu pai e Marco Antônio se manterem na companhia de Cleópatra. O Egito era inesquecível. Alexandria era inesquecível. E, certamente, a rainha também.

Os arqueiros se espalharam pelas ruas de Alexandria; os gauleses estavam sedentos e em busca de um pouco de diversão, tanto quanto os soldados romanos. Naquele momento, eram o exército de Otaviano César, e podiam, portanto, comemorar. Com sorte encontrariam um pouco do vinho da Prâmia, doce e refrescante. A Via Canópia era larga, bela, organizada, concentrando em si o que chamavam de Distrito Real. Quando tomaram Alexandria, no dia anterior, Rhodes ficou extasiado: na cidade dos faraós havia muita opulência, riqueza, espaço, e a visão do que deveria ser um modelo para o resto do mundo helenístico — por isso era chamada de Primeira Cidade da Terra. Afinal, Alexandre O Grande a tinha idealizado com a ajuda do arquiteto grego Dinócrates de Rodes, e sua construção ficou a cargo de Cleómenes de Neucratis, mais de trezentos anos antes da tomada de Otaviano. Alexandria era, na verdade, como uma obra de arte, uma estátua encomendada e esculpida com rigor, diligência e extremo bom gosto. Rhodes absorvia com os sentidos aguçados tudo o que via. Queria gravar em sua memória a sensação de sonho diante da realidade, para descrevê-la com detalhes a seu irmão, extraindo da memória todas as imagens perpetuadas em seu pensamento.

À direita do Palácio Ptolomaico, via-se uma pequena extensão de terra avançando pelo mar, chamada de Lochias, um pequeno porto privado. Um lindo quinquerreme ornado com coroas de flores e pintado a ouro por toda a extensão de sua proa, restava ancorado ali. Certamente uma embarcação de Cleópatra.

Alexandria fora construída de frente para o Mediterrâneo, beirando a baía que se formava entre a Via Canópia e a Ilha de Pharos. O céu, de um azul límpido, concorria com o tom turquesa das ondas mansas que avançavam por toda a baía. A brisa suave trazida pelo mar amainava o calor do dia. Curiosamente, no Egito, ao contrário da Grécia, eu podia soprar livremente, sem oposição. Aqui era diferente. O lugar parecia mágico. Embora, depois de a morte de Cleópatra, nunca mais seria assim. Eu, mesmo como um ser modificador por natureza, às vezes me ressinto com esse tipo de coisa.

Rhodes desceu a Canópia em direção ao farol. Naquela hora do dia, aquele era um elemento marcante no cenário da cidade; sua estrutura gigantesca, encimada por pedras claras, conferia à construção uma autoridade na paisagem, como se a Ilha de Pharos pertencesse a ele e não o contrário. O Farol de Alexandria era único. Pelo menos eu nunca tinha visto nada igual no mundo até então. Ptolomeu I mandou construí-lo para orientar os navegantes. À noite, era um espetáculo à parte: a chama flamejante em seu topo podia ser vista à distância.

Ao chegarem entre o Campo Macedônico e os Obeliscos, os arqueiros allobroges foram atraídos pelo cheiro delicioso de comida fresca que vinha das barracas à beira-mar. Ali, egípcios, gregos e macedônios comercializavam suas iguarias, que variavam entre deliciosos frutos do mar e peixes assados com especiarias frescas. Também havia as quinquilharias e mercadorias de pilhagens, provavelmente adquiridas de piratas. Rhodes deu uma olhada em tudo, estava em busca de um presente para sua mãe e especialmente para seu irmão — Tumboric sempre demonstrou interesse pelo Egito nas aulas de Cohncot; as histórias sobre a terra dos faraós eram as suas preferidas. O sacerdote allobroge tinha ido ao Egito apenas uma vez, mas já era o bastante. Um mercador grego, de nariz comprido e olhos vivos, negociava com Rhodes um cordão de fio de junco de onde pendia um escaravelho em tom turquesa, quando Lucius, o filho de Leon Nora e Bautec, deu-lhe um sinal indicando que estariam a alguns passos dali, comendo. Interessante como às vezes demoramos para notar afinidades com alguém tão próximo. Lucius cresceu ao lado de Rhodes sem que este sequer o percebesse. Não sei como aquele menino medroso e sem atributos foi parar entre os arqueiros, mas a verdade é que esteve com Rhodes na maior parte do tempo, exceto quando nosso arqueiro estava acompanhando a guarda pessoal de Otaviano. Esteve na Batalha de Áccio, na mesma embarcação que Rhodes, e devo dizer que não se saiu mal. Demonstrou amizade pelo filho de Mirta, dividiu nacos de pão e goles de vinho quando os acampamentos não dispunham de muito para os soldados. Chego a pensar que poderiam ter sido amigos ainda na aldeia, não fosse a insistente mania de Leon Nora em exaltar para os outros qualidades que Lucius não possuía; isso atraía para o menino a antipatia das crianças, que o excluíam das brincadeiras. A guerra pode promover as mais surpreendentes amizades, e estava sendo assim com Rhodes e Lucius. Sentados em banquetas improvisadas, perto das docas, o pequeno contingente allobroge acabou se reunindo, depois de tanto tempo dividido entre as legiões de Otaviano. Foi bom vê-los juntos, satisfeitos, com a sensação de dever cumprido, e mais ainda, a salvo — ao menos até aquele momento. Tudo isso pairava no ar naquele início de tarde no Porto de Alexandria, onde uma tina de cobre fervilhava sobre um fogareiro improvisado, de onde escapava o delicioso aroma de camarões, moluscos, postas de cavala e ostras temperadas com cúrcuma e pimenta das Índias. A maresia, perfume do Mediterrâneo, vinha no mesmo ritmo das pequeninas ondas empurradas por mim na direção da cidade. O olhar de Rhodes se perdeu no horizonte, além da Ilha de Pharos, além de tudo. Era aquele olhar de Amarantine — a maneira única como seus olhos se aprofundavam quando ele a via. Nem os sabores, aromas, esfinges e toda a opulência de Alexandria podiam extrair aquela lembrança de seu pensamento. Um coração apaixonado pode parecer adormecido por muito tempo, e sem mais nem porquê, de repente despertar.

CAPÍTULO LIII

A VISITA DE LEBOR GABALA

Amarantine tinha acabado de sentir a presença de Rhodes. Estava prestes a mergulhar em suas lembranças de amor quando ouviu de relance a voz de Andriac.

— Nós não vamos a nenhum lugar além desse vale, minha querida Esther, as pessoas é que vêm até nós, porque precisam provar que merecem estar conosco. Entretanto, uma vez a cada Calendário Dagda, visitamos a capital. É somente nessa ocasião que podemos deixar Unterspone, mas não suas leis sagradas; essas devemos carregar conosco para sempre. — o ar professoral de Andriac simplesmente não a largava, estava imbuída dele até em seus mais íntimos sonhos.

— Bom, ao menos temos uma data para esperar... — constatou Amarantine, depois de um breve suspiro.

— Vejo que está cansada de nós, dos mesmos assuntos, apesar das lições druídicas.

Esther fiava sem parar. O fuso da roca girava como se somente ela soubesse fazê-lo rodar tão rápido daquele jeito, tanto que era praticamente impossível olhar para outra coisa que não fosse o movimento preciso do cone. Ela falava com Amarantine e Andriac, atropelando as palavras antes que a conversa esfriasse.

— Na certa está entediada, afinal, não somos tão interessantes como os letrados da Narbonesa, nem tão prendadas como as aldeãs allobroges... — disse, torcendo o nariz como quem provoca de propósito.

Era cedo ainda, mas a Britannia insistia em esfumar o céu dando prova de um dos mais rigorosos invernos que já haviam passado por lá. O jeito era trabalhar em casa, fosse nos estudos nos escritos sagrados, fosse nas tarefas domésticas que elas dividiam entre si. Acontece que o inverno tem dessas coisas, faz a gente olhar para o passado. É era isso que ocorria com Amarantine; ela deixou-se levar para um passado não muito distante, em que se via no vale allobroge, esperando por Rhodes. No entanto, teve de responder à provocação da amiga. Envolveu-a num abraço e disse-lhe docemente: — Nada disso, não me canso de vocês... nem nunca me cansarei. Hoje sei que somos partes de uma única força. Apenas sinto falta de outras vozes, outros galopes a romper o declive de Unterspone.

— Bem, eu disse que nós não podemos sair, mas não disse que não podemos receber visitas... e algumas até muito ilustres — interrompeu Andriac. Em seguida, chamou Macbot. — Retire do sótão os vinhos da estação passada, é melhor que estejam dispostos em nossa dispensa, assim poderemos servi-lo ao nosso convidado assim que chegar. O inverno está castigando até os deuses, é preciso aquecer o coração de quem atravessa nosso vale.

Se Dannu não dera o dom da palavra a Macbot, o presenteara com uma rara capacidade de obediência e total ausência de curiosidade.

Tomando mais ar, Andriac fez parecer que pronunciaria uma sentença:

— Em poucos dias, as druidisas de Unterspone conhecerão um dos homens mais respeitados de todas as terras célticas. — seus olhos se encheram de brilho e orgulho por conhecer pessoalmente tal sumidade. — Ninguém, eu repito, ninguém que se reconheça no mundo celta ousou medir o valor de Lebor Gabala.

O Dilatar

Dois anos se passaram desde a chegada de Amarantine a Unterspone. Tudo estava a contento, sua afinidade com Andriac, o carinho pelo servo Macbot, cuja doçura a fazia superar as saudades da Gália, a irmandade crescente entre ela e as companheiras, a conexão com a Britannia e, acima de tudo, sua fé cada vez maior. Estas coisas tornavam sua vida mais suave. Contudo, apesar de sua dedicação, a druidisa não conseguia entender por que ainda não havia praticado o dilatar. Em seu entendimento, o exercício da transmigração era tão ou mais importante que o dilatar, afinal, precisara de três fases da Lua Nova para conseguir alcançar tal aptidão, sair de seu próprio corpo e vê-lo de fora, o que era perigoso, pois quase a manteve em transe por mais tempo do que o desejado. Então, por que, até aquele momento, elas não haviam recebido qualquer lição a respeito do dilatar? Mal sabia que isso estava diretamente relacionado à chegada de Lebor Gabala. Por se tratar de uma lição tão cheia de magia e destreza, era preciso contar com a lendária maestria de Gabala, o bruxo dos bruxos, guardião dos mistérios incontáveis dos povos celtas. Três dias antes, quando viram chegar em Unsterpone aquele homem de aspecto curioso, cujos pertences o faziam parecer uma espécie de mercador andarilho, nenhuma delas poderia imaginar do que Lebor Gabala era capaz.

O Livro Sagrado

Os dias passaram rapidamente, e quando as fadas já estavam bem familiarizadas com o bruxo andarilho, sem que percebessem, beberam de sua última lição. De uma maneira inexplicável, é na despedida que os humanos mais se enchem de beleza. Lebor tinha os cabelos tão longos quanto os de Amarantine, ruivos também, porém em um tom mais fechado. Quando o sol batia em seu rosto, sempre munido de um suave sorriso, era possível notar os reflexos avermelhados em sua barba. Lebor não era tão alto quanto Cohncot ou Rhodes, mas tinha uma estatura mediana. Pela aparência, sua idade era difícil de calcular — a tez viçosa e rosada, o nariz pronunciado e afilado; a boca larga e os dentes claros e simétricos, conferiam a ele um aspecto físico bem atraente. No entanto, creio que a maior beleza daquele homem residia no tom caloroso de sua voz, muito firme, porém afetuosa, e por isso facilmente se fazia ouvir.

Sentados à mesa de pedra, debaixo do grande carvalho, Andriac e Lebor Gabala folheavam cuidadosamente um livro antigo, de folhas amareladas pelo tempo. Ficou claro para Amarantine que se tratava de algo valioso. Ela e as outras fadas atravessaram parte do campo de erva-doce para irem ao encontro daquelas duas sumidades religiosas. Com a brisa leve, seus vestidos esvoaçavam suavemente, e tudo ao redor parecia conspirar para um encontro com os deuses.

Lebor deixou o livro aberto sobre a mesa. Ambos olhavam fixamente para as moças, transmitindo, através da energia que os circulava, a importância do momento. Naquele fim de tarde, na Britannia Prima, elas teriam a chance de conhecer o que milhares de pessoas, celtas e não celtas, kimrys ou não kimrys, jamais conheceriam. Não se tratava de privilégio ou sorte. As druidisas da Britannia sabiam que acessar o conteúdo do livro sagrado era algo que já estava previsto, desde sempre. Logo elas veriam seus nomes escritos numa das páginas envelhecidas da obra sagrada, nomes que haviam sido escolhidos por bruxos muito antigos, homens que escreveram a história do druidismo puro e primitivo, que as viram antes mesmo da centelha de cada uma ser concebida. Há séculos e séculos, Amarantine, Esther, Margot, Anna e a magnífica Andriac já eram esperadas para cumprir uma missão revelada aos druidas de Glastanbury. Lebor Gabala possuía a preciosidade celta tão mitificada, repleta de lendas e mistérios, e naquele momento, tida como uma espécie de templo sagrado e intangível. E agora, trazia para Unterspone o que havia de mais cobiçado pelo mundo em que viviam. E eu me indagava o porquê de tudo aquilo.

—Venham minhas fadas sagradas! Este será o momento mais inesquecível de suas vidas, e espero que o conservem para o resto de seus dias. — iniciou Andriac. As sacerdotisas sabiam que as palavras da mentora selavam uma lei entre elas, e décadas depois, ainda guardariam a lembrança ardente daquela tarde como se o tempo nunca tivesse atravessado suas vidas.

—Sentem-se, fadas de Unterspone. Ouçam o que vos digo, sem interrupções, pois nada será repetido. — Lebor Gabala tinha um tom inconfundível e extremamente agradável. —O que é sagrado não pode ser dito em vão. As palavras sagradas são preciosas, e devem ser guardadas como tal.

Andriac saiu de onde estava, sentando-se ao lado de suas pupilas, na grama. Com elas provou mais uma vez que a hierarquia era respeitada sem o menor esforço. Os gestos de Andriac eram harmônicos; ela não precisava de nenhum adorno ou postura especial para demonstrar ser a mais sábia de todas. As coisas feitas pelos homens jamais se colocariam acima dos valores de Andriac: havia nascido para perpetuar o celtismo e descrevê-lo diante dos olhos puros e dignos. Portou-se como uma aluna sedenta de conhecimento; outra de suas qualidades: Andriac admitia que nada sabia. E por mais madura que fosse sua beleza, na condição de aprendiz ganhava contornos de menina.

Gabala prosseguiu. — Muitos em nosso mundo se perguntam por que vocês foram escolhidas, qual o critério, o motivo que as trouxe a Unterspone. Nobres, aldeões, conselheiros, mercadores, o povo das montanhas... tantas e tantas gerações se foram e ainda virão sem essa resposta. Simplesmente porque não pertence a eles... é de vocês essa resposta!

Por trás do homem, uma fileira de cedros criava um muro intransponível, e por um momento as altas árvores tomaram corpo, como se fossem soldados, emanando a força que protegeria aqueles presságios. Dava para sentir que nada nem ninguém interromperia as próximas palavras.

— Seus nomes estão bem aqui neste livro, diante de mim. Venham, aproximem-se.

Era verdade! Abaixo de algumas linhas escritas em tinta verde, uma coluna de nomes descia vertiginosamente até o fim da página. O livro era encapado por uma película grossa de couro e selado por um fecho de ferro forjado preso às capas, criando um perfeito ambiente para que as folhas de papiro — protegidas contra a ação do tempo — produzissem o inesquecível cheiro das lendas guardadas. As druidisas, desde a infância, já tinham ouvido falar do livro sagrado, o Livro de Kells, personagem vivo dos contos celtas. Gabala sorria para elas ao expor, finalmente, uma parte de seu conteúdo a quem de direito.

Elas podiam reconhecer ali vários símbolos celtas, desenhados às margens das páginas: animais mitológicos, flores e objetos sagrados ilustrados com uma fina camada de ouro, tornavam fascinante o percurso da leitura.

"No seio da Britannia Prima, sob os três deuses de pedra, três décadas antes do raio céltico chegar ao nosso mundo, teremos a Aliança das Fadas, a mais forte desde os tempos da Thuata. Duas irmãs com a força de Secellus, uma ninfa silente com olhos de águia, a mãe das mães, viajante das esferas, e aquela cujos cabelos o fogo não pode lamber, virão resgatar aquilo que o homem quer destruir. O que os três gigantes guardam, tanto mata quanto salva."

— Nomes não escritos, mas descritos. — revelou Gabala. E continuou, contando que estava em Unterspone porque havia chegado a hora de revelar a elas o motivo sagrado de serem druidisas.

— Vocês são a profecia de Kells; uma delas ao menos. Estão aqui porque esse é o seu destino, traçado muito antes de nascerem. Por isso, aqueles que estavam em vossas vidas, impedindo de algum modo esse caminho, sofreram, mesmo sem merecer, a sanção da Thuata.

Foi então que Amarantine compreendeu a morte de Rhodes, porque só assim a profecia se cumpriria para ela, do contrário, nada nem ninguém a impediria de viver ao lado de seu grande amor. Fora assim também com Margot e Esther, perseguidas por seu próprio tio sedento de poder na Gália Bretã, cujo reinado dependia de aniquilar a linhagem do irmão. Mesmo que a fada de cabelos negros não estivesse mais estre elas, a referência clara sobre Margot estava ali descrita. Quanto a Andriac e Anna, Amarantine nada sabia sobre o que as levara até Unterspone, mas certamente conhecer essa parte de suas histórias seria uma questão de tempo.

— Eu sei o que estão pensando: "Mas e o nosso livre-arbítrio, nossos desejos pessoais? Por que devemos nos submeter ao livro sagrado?" — observou Gabala, e continuou, dando a resposta. — Porque desde os primórdios, dentre todas as possíveis maneiras de viver a Vida, essa foi a escolha de vocês. Dentre as certezas que lhes foram apresentadas, esta, aqui em Unterspone, foi escolha de vocês, ainda que não se recordem.

— E se ela não for cumprida... se nossa missão, de alguma forma for interrompida, o que acontecerá com o Livro Sagrado? — Esther disparou a pergunta a Lebor sem fitá-lo nos olhos, absorta demais pelo dourado das páginas. Certamente pensava em Margot.

Apesar de não ter a intenção, a arqueira causou uma reflexão coletiva e desviou a atenção dos escritos. Lebor Gabala não perdeu a elegância das palavras e agiu como se aquilo fosse esperado. — A certeza é tão abstrata como nossos pensamentos. Até agora, pelo que aprendi e constatei, apenas a vida é certeza, ou ao menos o que experimentamos por certeza. O resto é porvir, é previsão dos deuses, algumas vezes cedida para os homens. No entanto, mesmo a vida precisa da morte para se vestir de certeza, sendo assim, isso nos prova que tudo necessita de um contraponto para se tornar real. Assim é com o Livro Sagrado: ele precisa de nós para se tornar certeza, para tornar real tudo que há dentro dele.

— Então dependerá de nós tornar essa página uma verdadeira profecia? Isso já não é uma lei sagrada? — a voz quase esquecida de Anna tomou-se de atrevimento.

Andriac deixava correr a lição de Gabala, sem interferência; gostava que as dúvidas fossem suprimidas por ele com sua inegável sabedoria. Às vezes, ela própria desejava possuir a voz masculina dos bruxos, porque dentre o universo feminino aquele elemento surtia um efeito profundo.

— Sim. Não estamos aqui reunidos entre os três gigantes de pedra, com aquela cujos cabelos o fogo não pode lamber? — falou, sorrindo para Amarantine, fazendo-a ruborizar. — A verdade, minhas fadas, é que o sagrado só existe se nós permitirmos, se lutarmos por ele, ainda que os deuses o prevejam.

Foi um tanto decepcionante ouvir aquilo. As fadas preferiam crer no absoluto roteiro dos deuses, no poder dos escritos sagrados milenares que já haviam traçado seus destinos, na imutabilidade de seus dons e na missão de transmiti-los para o mundo celta, mas, acima de tudo, queriam acreditar em uma força que as impediria de traçar outro caminho. Temiam pela suscetibilidade das profecias.

Amarantine manteve-se calada. Esther baixou os ombros abruptamente e enviou um olhar desanimado na direção de Andriac, deixando escapar a maior parte das lições que havia aprendido até aquele momento. A altivez de Esther, senhora das flechas certeiras, fugiu diante daquela revelação. Mas com Anna, deu-se justamente o contrário. Sua respiração acelerou, bem como seus batimentos cardíacos, revelando a compreensão plena da sua importância e da sua responsabilidade diante da missão de ser uma druidisa de Unterspone. A companheira de aspecto frágil e fala rara, agigantou-se em posse do bastão de sua própria senda.

Elas não notavam, mas o bruxo as sondava, esquadrinhando seus olhares, seus movimentos e até o silêncio de Amarantine. Era um homem que apreciava o indizível, gostava de colecionar os pensamentos alheios, armazená-los numa espécie de arquivo secretamente organizado, sempre disposto a vasculhar a natureza humana de forma recatada e profunda. Por fim, continuou a elucidar para elas a importância do livro. Havia uma lista de profecias que já tinham sido cumpridas tempos depois de serem escritas, e ele as mostrou, não para que tivessem certeza, mas para fazer aquilo que mais gostava: testar a fé alheia. Amarantine não se apegou às palavras contidas nas páginas amareladas, algumas até em estado precário. Eram os desenhos gravados em ouro que a levavam para uma linguagem subliminar. Os símbolos das tribos antigas da Bretanha, pertencentes a Margot e Esther, a flor dos sonhos de Andriac, a marca de nascença nas costas de Anna, e o mais forte de todos: o brasão allobroge. Amarantine sentiu-se representada por ele, quanto a isso não teve dúvidas. Mas, por quê? Não pertencia àquele povo, embora tivesse sido mais feliz naquelas terras do que em qualquer outro lugar. Era a tribo de seu único e verdadeiro amor. Ainda que fosse uma fada de Unterspone, sua vida fora particularmente atrelada aos allobroges e isso estava ali, estampado no Livro Sagrado. Percorrendo os outros símbolos interligados com os nós celtas, Amarantine percebeu um perfeito enigma que não se encaixava com o símbolo allobroge.

Enquanto as druidisas se perdiam nas margens desenhadas do Livro de Kells, Lebor Gabala e Andriac Tetuareg entoavam uma antiga canção, iniciada pelo assovio melodioso do bruxo e entremeada pelo murmúrio da tutora. A canção tirou Macbot de dentro da casa, trazendo seu pequeno tamborete para acompanhar a cadência do refrão. Durante toda a minha existência, só teria o prazer de ouvir aquela toada por duas vezes: aqui em Unterspone, na presença de Lebor Gabala, e muitos anos depois, em Lugdunum.

> *"Antes, muito antes, de todas essas jornadas*
> *Houve, nas esferas, o encontro das mais belas fadas*
> *Mestres e mentores de muitos outros lugares*
> *Vieram, no tempo, trazendo seus luminares*
>
> *Dannu, linda e celeste*
> *De nuvens fez sua veste dizia, no além do*
> *céu: — Venham, ninfas da Terra!*
> *Quatro são as almas que a vida encerra*
> *E que no Vale irão se encontrar*
> *Não importa sob qual luz, do Sol ou do luar*
> *As quatro almas, no Vale, irão se encontrar...*
>
> *Tecendo a cortina do Abred, elas irão transmigrar*
> *O fogo, a terra, a água e o ar, por si só, irão se juntar*
> *Movendo cintilâncias etéreas, fulgurando amor e ascensão*
> *Na Terra dos Homens sem alma*

As fadas trarão salvação
Pelo Gwinfyd, e com a Thuata
As fadas trarão salvação...

Esse canto, tão antigo quanto o próprio mundo, entoado em uma espécie de oração e lamúria, trouxe para o Vale uma energia majestosa. No centro das três montanhas, eu via cores além daquelas pertencentes às madressilvas e às prímulas silvestres, além do relvado coberto de musgo, da aveleira, das alcarias violetas, cores que pairavam especialmente ao redor daquele círculo de almas ascendentes. Sobre elas ondulava-se uma dança de cores vibrantes, cintilantes — o lilás e o azul-ferrete, o rosa da aurora boreal e o carmesim ligeiro de uma rosa selvagem em botão. Enquanto o canto ressoava — repetido por várias e várias vezes —, fui atingido com tamanha profundidade que pude, assim como as fadas de Unterspone, transmigrar.

De repente não estávamos mais no Vale Sagrado, não da maneira como se costuma estar fisicamente em um lugar, sentindo que os pés pertencem momentaneamente ao solo. Estávamos em uma das inúmeras esferas que se interpõem entre a Terra e o Gwinfyd, e apesar de nada ter sido dito, todos nós sabíamos onde estávamos. Sinceramente, creio que mesmo sendo um Natural, esse tipo de lugar jamais me foi apresentado. Com certeza é algo que, até para nós, requer certo merecimento. Vejo nitidamente as fadas, mas elas não me notam. Nada do que sei fazer entre os humanos me é permito aqui nesse lugar, por isso meu estado é difícil de descrever, seria como um ser inerte, mas consciente... Ao mesmo tempo que reduzido em forma, estou muito sensível. Amarantine, Anna, Esther e... Margot — sim, a irmã de Esther estava lá conosco — tinham, por incrível que pareça, uma abrangência maior que a minha. Eu via seus rostos, luminosos e sorridentes, entreolhando-se num êxtase proveniente da compreensão divina, mas seus corpos se perdiam em expansão como se deles não precisassem e seus sentidos apenas serviam a elas, orientando-as naquele momento inicial, pois ali, naquela ascensão, eram plenamente dispensáveis. Que maravilha de sensação! Estávamos sentindo algo tão profundo e divino que provavelmente iria nos alimentar por muitas e muitas vidas, mesmo que a passagem do tempo, permeada de circunstâncias, levasse essa sensação para longe, isso estaria cravado em nós não apenas como uma lembrança, mas sim como um núcleo vital e imortal.

Qualquer palavra me parecia inadequada, inócua, para descrever a magnificência desse sentimento, algo que nos era ofertado por uma força muito pura, tão bondosa e resplandecente, tão lúcida e real, que talvez isso, e não o que os homens falsamente idealizam, seja o amor. Esse estado ou sentimento tinha o poder de curar qualquer trauma, preencher qualquer vazio, iluminar toda escuridão do pensamento, libertar de todo julgamento, e, consequentemente, das comparações, porque éramos uma só coisa, um só ser proveniente justamente do sentimento que nos unia. Seria a centelha? Ou o sopro do Gwinfyd? Se existia algo mais divino do que aquela esfera, certamente eclodiria dentro de nós partindo-nos em minúsculas porções que sucessivamente proporcionariam esse sentimento a outros, tão necessitados quanto nós.

As fadas sorriam, luminosamente, compreendendo muitas coisas que não tinham explicação — pela expressão partilhada em seus olhos, esta era uma certeza. Estavam experimentando a transmigração e perceberam que precisavam passar pelo *dilatar* e pelo *despertar* antes de chegar aqui, afinal, ao provar tal sentimento quem teria coragem de regressar à terra?

Nosso retorno se deu lentamente; não podíamos simplesmente ser arrancados dali de súbito. Chegamos ao solo de Unterspone alternadamente. Primeiro vi Anna, ladeada por Gabala e Andriac, que ainda sussurravam a canção, depois foi a vez de Esther. Eu

- 486 -

voltei à esfera, onde Amarantine e Margot se olhavam como crianças que brincavam ao ar livre. Pisquei. Talvez fosse um estado de semiconsciência, e ao me perceber novamente no Vale, senti que regressara junto de Amarantine. Margot, por ser a única vivendo fora do Vale, não sei bem quando voltou à Gália. De repente, não ouvimos mais a canção. Eu voltei a mover os galhos das castanheiras, ainda em êxtase, ciente de minha forma original. Tomei um fôlego e mergulhei além das nuvens, para me alinhar à forma de Natural. Assim foi também com as fadas. Um silêncio longo se fez no Vale. Orbitando ao redor das quatro druidisas, ainda permeadas daquelas cores cintilantes, eu me certifiquei de que todas estavam de volta ao mundo dos homens.

Foi então que o bruxo fechou o livro que nunca mais seria visto ali. Dois dias depois, o vale encantado se sentiu desguarnecido de magia. Lebor Gabala partira.

Durante muito tempo senti que as druidisas, assim como eu, não conseguiam voltar ao mesmo estado de antes. Estávamos tocados eternamente pela sensação que nos permitiu transmigrar. Depois da partida do bruxo andarilho, elas sentiram-se banidas do Gwinfyd, como se somente Lebor Gabala fosse a ponte entre elas e a esfera do exercício sétimo, afinal, ele e Andriac haviam entoado aquela canção de um jeito único e singular. Juntas, numa conversa sobre aquela experiência, tentaram recordar a canção; Amarantine e Esther entoavam a melodia e Anna lembrou-se das estrofes. Mas faltava algo mais, talvez a permissão para retomar aquele momento.

— É uma bela canção, não? — disse Andriac displicentemente, enquanto passava entre elas, saindo da casa pela porta principal. Ela havia acabado de se banhar e sua passagem pela sala deixou um perfume suave de verbena. As meninas foram ao seu encontro. Do lado de fora, o céu muito azul se harmonizava com as montanhas verdes do vale, como uma dupla inseparável. Pensei em Margot e

Esther... Qual delas seria o verde entranhado da Britannia, e qual seria o azul espalhado pela atmosfera?

—Andriac, aquilo que nos levou para tão jubilosa experiência, só poderá ocorrer novamente na presença de Lebor Gabala? — perguntou Amarantine. — Somente quando estivermos na presença de vocês dois, entoando lindamente aquela canção?

O verão já tinha partido e os ares do outono chegavam trazidos por mim. Em outras vezes, pareciam brotar do solo porque a Britannia possuía uma conexão tão estreita com o frio, que eu me perguntava até que ponto a temperatura naquela porção de terra dependeria de mim e de outros Naturais. Macbot, sempre atento, trouxe as mantas que permitiram algum conforto para aquela conversa ao ar livre. Às vezes era como se ele adivinhasse o que elas necessitavam. Sentadas em tocos de carvalho dispostos em círculos, próximo à entrada da casa, as meninas ouviam atentamente o que Andriac dizia.

— Queridas, não posso lhes dizer "se" e "quando" terão uma nova oportunidade de experimentar o transmigrar. Não possuo poderes para dar-lhes esta resposta.

— Não?! — inquiriu Esther, incrédula.

— Não. Eu mesma só o experimentei uma única vez em toda a minha vida. Apenas uma e inesquecível vez. — os olhos de Andriac estavam fixos no céu, à procura de algo.

— Mas então por que o chamamos de exercício, já que não poderemos repeti-lo tanto quanto o dilatar e o despertar? — Esther quis saber.

— Porque sem os anteriores, ele não poderia ser experimentado. Vocês não estariam abertas para mergulhar na esfera; suas mentes, ainda que iniciadas no conhecimento do raio céltico, não estariam fecundas para o transmigrar. Por isso ele é o último dos exercícios, uma coroação de etapas vencidas.

—Um prêmio? — surpreendeu Anna, com sua voz quase esquecida.

- 488 -

— Podemos dizer que sim... É um prêmio destinado a quem se dedica ao pensamento elevado, purificado.

— Mas só de pensar em nunca mais experimentá-lo... — resmungou Amarantine.

— Ama, eu lhe garanto que nem mesmo esta nossa existência inteira ou outra a que tivermos acesso serão suficientes para esquecer aquele momento. Uma vez transmigrada, a alma toma ciência de sua imortalidade, de sua essência e de sua jornada. Nada será capaz de apagar o que viveram naquela tarde. Nada. Por isso não temam esquecê-lo. Todas vocês foram tocadas. O transmigrar chegou no momento em que precisavam conhecer a importante união que as celebra. Juntas vocês possuem o poder.

As palavras de Andriac, como de costume, eram claras e profundas, muito fáceis de assimilar.

— Se por acaso um dia — Amarantine aproveitou para tirar uma dúvida que vinha lhe consumindo — tivermos que nos separar, mesmo que seja pela morte, esse poder se perderá?

Andriac sorriu. Envolta numa manta de lã em tom de trigo, sobre a qual seus longos cabelos de reflexos avermelhados caíam confortavelmente, parecia mais jovem, a pele de tom rosado possuía, assim como Anna e Amarantine, os tons do outono. Cada pessoa pertence a uma estação do ano; ao atravessá-la, torna-se mais bela, integrada ao que lhe foi reservado pela natureza.

— A morte não nos separa, Ama, jamais. Ela nos distancia, somente. Quanto ao poder, pode-se dizer que ele seja uno e indivisível quanto aos desígnios individuais que já existiam em vocês antes de se conhecerem e, ao mesmo tempo, uno e indivisível quando juntas vocês se tornaram as escolhidas no Gwinfyd, entendem?

As meninas estreitaram o olhar para Andriac, parece que não haviam alcançado o raciocínio da mentora. Então, Andriac prosseguiu:

— Depois do transmigrar, vocês compartilharam da mesma sensação: de que já se conheciam há muito tempo e que já atravessaram várias vidas na companhia uma das outras. Por causa das milhares de jornadas que a alma faz, só lhes foi permitido experimentar o transmigrar do "Encontro Primeiro", no limiar do raio céltico. Mas saibam que estarão unidas para sempre. Tanto na Terra quanto nas esferas, terão oportunidade de trabalhar juntas. Nem sempre no mesmo espaço em que vivem. Por isso aprenderam o dilatar e o despertar. Por isso conheceram seus mentores, por isso vieram a Unterspone.

Macbot trouxe da cozinha tigelas com uma sopa saborosa de abóbora e alecrim. Sobre o caldo, espalhou pequenos pedaços de pão. Gabala o presenteara com algumas especiarias e uma garrafa de azeite, que para Mac era como ganhar um brinquedo novo.

Enquanto sorviam a sopa, as fadas refletiam a fala de Andriac. Aquela descoberta do transmigrar não apenas as transformou para sempre como despertou a certeza de que em algum momento aquela união seria desfeita. Não demorou para concluirem que Unterspone não seria a morada eterna das fadas. E eu comecei a assimilar aquilo no mesmo momento que elas.

À noite, debaixo das cobertas, Esther e Amarantine notaram a apatia de Andriac. Talvez Anna também notasse, mas nada comentou. E o motivo só podia ser a partida de Gabala. Afinal, era notória a ansiedade de Andriac dias antes da chegada do bruxo, e agora, parecia estar tomada por outro corpo. Se Amarantine e Esther tivessem uma coisa chamada prudência, decerto não fariam qualquer comentário a respeito. Mas isso, elas não tinham.

— O que você tem Andriac... está doente? — começou Amarantine.

— Se quiser, vou eu mesma preparar-lhe um chá... — completou Esther, como se tivessem ensaiado.

Deitada e com um dos braços sobre o rosto, Andriac simplesmente disse que não precisava. Amarantine estava sentada na beira da cama, calçando as meias de lã que Anna havia feito para ela. Preferiu não olhar para Esther, pois temia começar um riso sem controle como tantas vezes havia ocorrido. Anna, como era de se imaginar, parecia alheia à investigação.

— Não se preocupem, estou bem. Logo passa.

— Lebor Gabala nunca mais virá nos visitar? — arriscou Esther.

Temendo se ver atrelada à imagem de Gabala e conhecendo a perspicácia das druidisas, Andriac logo se ergueu, pondo ordem na casa.

— Vamos dormir, apressem-se... Estou ótima, só um pouco cansada. — e bateu palmas para apressar suas ordens dissipando no ar o nome de Lebor Gabala.

As fadas se olharam, decerto para entrarem em acordo sobre avançar ou não naquele terreno. Decidiram pela primeira opção.

— Não pode nos dizer, Andriac, se Lebor Gabala nos visitará novamente... algum dia? — Esther fez a pergunta com um ar inocente, quase paregórico, e foi entrando embaixo da coberta como se a sua obediência pudesse amenizar sua insistência.

Anna já estava deitada. Amarantine também, evitando ainda, a todo custo, olhar para Andriac; tinha medo de explodir numa gargalhada. De repente, notou que Andriac era a única fora da cama, de pé, meio atarantada com a pergunta de Esther. As três a irritavam. Esperavam que ela revelasse algo mais sobre Lebor Gabala. Afinal, ele havia encantado a todas. Havia trazido luz e entusiasmo para elas, havia plantado ideias e mistérios.

— Provavelmente vocês o vejam novamente — respondeu Andriac como se estivesse pensando em voz alta. — Mas isso pode levar anos, ou décadas.

Isso calou as sacerdotisas curiosas. Quando, enfim, Andriac pensou ter se livrado do inquérito, foi a vez de Amarantine voltar ao assunto.

— Qual foi a última vez que o viu, mestra? — estava quase bocejando ao fim da frase, com total despretensão.

Andriac mergulhou no passado em um lapso de segundo e pareceu capturar todo o ar do recinto, porque de repente seus olhos se petrificaram. As meninas notaram que jamais saberiam como havia sido, de fato, aquele último encontro. Estava claro que a lembrança subtraía o equilíbrio da mestra céltica. Isso, contudo, não impediu que Andriac respondesse à pergunta de Amarantine, antes de apagar as velas.

— Foi há vinte anos.

Lebor Gabala negou-se a fazer parte do Conselho de Glastanbury; tinha abdicado da cadeira que lhe fora oferecida. A notícia da recusa correu para além da Brittania Prima e foi o assunto preferido das aldeias celtas durante muitas luas. Nunca, desde a fundação de Glastanbury, se ouviu falar de algo parecido; todo druida sonhava em figurar como membro do conselho. Soava como audácia e, acima de tudo, uma ofensa jamais vista. Mas, para quem conhecia Lebor Gabala, aquilo não era propriamente uma surpresa. O homem era imprevisível não só no que tangia seu modus vivendi, como também na maneira de conduzir o celtismo. Era um nômade por natureza. Costumava aparecer nos lugares com a mesma rapidez com que desaparecia; deixando para trás muitos corações partidos fosse por sua capacidade de solucionar conflitos ou pelo charme inegável que o tornava ainda mais desejável.

Seu vínculo com o Conselho dos Druidas, como se previa, tornou-se cerdoso e cada vez mais distante da relação amistosa que fora no passado. No entanto, nenhum dos dois lados assumia a animosidade que se criou após a recusa de Gabala: o Conselho por não admitir que precisava do bruxo nômade, e Gabala, por não fazer questão de alimentar os detalhes periféricos criados por aqueles que mesmo sem fazer parte da ocasião, criavam cenas fantasiosas como a de um duelo entre ele e Deandor, o arquidruida de Glastanbury. O próprio Deandor impediu que Gabala perdesse o título de druida, ameaçado pelo Conselho, e mediou a reunião onde os druidas do castelo de pedras fizeram questão de anotar no Livro Sagrado dos Celtas a indolência de Gabala. O documento de cinco mil páginas, além de um importante registro do celtismo, era um compêndio milenar de ritos e poemas. Mas não houve jeito de dissuadir a facção de registrar nele a recusa inédita de Lebor Gabala.

A sensatez de Deandor fez emergir um pouco da coerência druídica, lembrando aos membros do castelo que não se podia castigar Gabala por sua escolha em respeito ao mais primitivo princípio celta: a liberdade. Não se podia forçar ou amordaçar o celtismo de cada um, porque assim como a natureza respeita os caminhos do vento, o Conselho haveria de respeitar a escolha de Gabala. Seus dons eram inegáveis, ninguém ali teria coragem de contestá-los, e fora por isso que o registro seguiu, sem o banimento previsto no Conselho.

Gabala agia de forma independente, sob a própria intuição, seguia em missões que ele mesmo intentava não só na Brittania como também na Gália e na Germânia. Era insubordinado, sujeitando-se apenas ao próprio coração que dizia ser guiado pelas vontades de Dannu.

Se o bruxo das montanhas já era conhecido dentre a casta de Glastanbury e os seguidores da Thuata de Dannu, após os rumores da recusa, tornou-se uma lenda. Os homens seguiam firmes na adoração pelos corajosos. Consagrou-se pela ousadia e, a partir daí, agigantou seu poder. Dizia que um celta não nascera para se enclausurar sob ricas pedras a menos que quisesse formar seu próprio clã, fixar morada e morrer por sua família ou seu povo. A ideia de encarcerar os dons que recebera dos deuses celtas era nitidamente violenta para ele, seria como aprisionar uma criança ou engaiolar os pássaros.

Quando Lebor Gabala morreu, décadas após sua última visita a Unsterspone, o Rio Danúbio corria faceiro e suas margens estavam felizes por testemunharem o último suspiro do bruxo dos bruxos. Dannu veio buscá-lo montada na carruagem que rompia nuvens áureas como suas vestes. Uma legião de celtas sonhava em seguir seu legado e a partir dali usariam seu nome como um título que se perpetuaria por séculos e séculos. Apenas mil anos depois, nossa civilização conheceria uma versão do livro de Kells, infelizmente desejosa dos registros do lendário Lebor Gabala.

CAPÍTULO LIV

EM LUGDUNUM...

Eu me sentia dividido. Quando estava junto das fadas, meu coração e minha mente expandiam-se de um jeito jamais experimentado; elas me enriqueciam. Eu as amava, pois me faziam sentir o mais humano possível. Em Lugdunum, junto de Mirta, Tumbo, Brígida, Cohncot e todos os outros aldeões, que já acompanho há tanto tempo, sentia-me em casa. Acolhido de uma forma muito natural, para não dizer protegido. E com Rhodes, em suas andanças, eu me sentia próximo a forma humana. Ao lado dele era como se, mesmo impedido, eu pudesse protegê-lo. Curioso, mas era assim. Eu me sentia responsável por Rhodes, por sua felicidade, por sua segurança. Acho que é isso que fazem os mentores, os pais, os anjos. A verdade é que como aquele tempo nunca houve nada igual; era um conjunto muito forte de pessoas que eu admirava. Com o tempo, isso foi se tornando cada vez mais escasso. Na oppida allobroge, apesar da falta que sentiam de

Ícaro e Rhodes, as mensagens recentes tranquilizaram o coração de todos. Era possível que em breve retornassem à Gália. Se os deuses ouvissem as preces daquela curandeira.

Tumbo estava cada dia mais forte, um homem mesmo. E Brígida, aquela menina espevitada e arredia, notava nele um par, quem sabe, para a vida inteira. Eles eram mesmo muito especiais quando estavam juntos, feitos de um mesmo material que se reconhece ao longe. Se não fosse a triste distância entre Rhodes e Amarantine, eu poderia me sentir completamente feliz.

LIBER QUARTUS

LIVRO QUARTO

CAPÍTULO LV

A Noite Negra

Apesar da insurgência de Anna, as fadas não puderam ir ao tão sonhado casamento de Margot. Elas de fato precisaram sair do Vale Sagrado, o lugar onde se desenvolveram para o druidismo mais profundo, onde se tornaram fortes e inabaláveis, mas o motivo foi algo inacreditável e nada teve a ver com uma festividade. Anos depois, quando uma delas se permitia relatar o que as fizera partir, era como se revivesse o mesmo sentimento de angústia e desespero.

Eu já não acreditava que as meninas conseguissem se manter fiéis às ordens de Serviorix. Primeiro porque aquele verme fedorento cada vez menos disfarçava o desejo voraz com o qual cobiçava Anna e, é óbvio — pelo menos com a obviedade que se imagina na fé do celtismo — que ele não a teria. Diante disso, ele descontava toda a sua fúria no pobre Macbot. Na última visita dele, antes da Noite Negra — como as meninas a chamaram — chegou a espancar o inocente Mac, bem diante dos olhos de Andriac. Naquele episódio, Andriac não se calou. Disse impropérios para o homem. Lançou objetos contra ele como se jamais tivesse lhe devido obediência. Dos olhos de Anna chispavam ódio, revolta e dor. Amarantine ajoelhou-se junto ao amigo e o abraçou, criando uma couraça protetora sobre ele.

As coisas foram ficando difíceis no Vale, e começou com a partida de Margot. Afinal, elas eram todas um só elemento. O equilíbrio da casa, a colheita do funcho, as orações para Dannu, as danças transcendentes ao redor da fogueira, os símbolos do Livro de Kells, tudo isso só tinha sentido se fosse feito pela aliança quíntupla — a reunião daquelas sacerdotisas, incluindo Andriac.

O retorno de Serviorix foi o ápice da dificuldade.

Afinal, porque ele foi o bruxo escolhido para reportar ao Conselho como as coisas eram administradas em Unterspone, eu não consegui descobrir. E por que esteve na Gália antes disso? Eu não sei se você já notou a fragilidade do mal. Talvez as pessoas com esse instinto, de malignidade, saibam disso no íntimo, e por isso agem de modo assoberbado e contumaz sempre que se sentem desvelados. O mal, quando descortinado, se revolta e é aí, nesse exato momento, em que será combatido que ele se reveste de uma dose a mais de impiedade. Como se desse tudo de si. Ele não quer perder batalhas. O mal é orgulhoso. Não tem espírito esportivo. É personalista, voluntarioso, altaneiro. Exatamente como Serviorix. Daqui do alto, de onde o vejo, o considero patético; não só pela aparência ignóbil, mas pela falsa noção de quem é: um ser humano, apenas. Ludibriado pela falsa noção de superioridade, ele não se dá conta de que não passa de um simples homem.

Sentindo-se desmoralizado e sem autoridade sobre a casa de pedra, Serviorix voltou, poucos dias depois, ensandecido, e agiu como agem os seres com sua perversidade: trancou Esther, Anna, Andriac e Amarantine na casa durante a madrugada, e arrastou

Macbot para fora. Ele não estava sozinho, claro, do contrário não teria conseguido amarrar Mac num tronco, para chicoteá-lo sem piedade. Serviorix despejava todo o ódio que sentia da vida e de sua própria aparência naquele pobre ser indefeso.

As fadas acordaram assustadas com o som estalado vindo do lado de fora. Quando descobriram o que estava acontecendo, quase não conseguiram acreditar no que seus olhos viam. Desesperadas, elas gritavam da janela do quarto; se não fosse tão alta, certamente de lá se lançariam ao chão para impedir aquele castigo injusto. Macbot não gritava, nem chorava; aguentava firme com os olhos pregados no céu de onde parecia esperar a salvação. Acho que rezava. Eu evitava passar por ele para não piorar seus ferimentos. Distante, soprava:

"Aguente firme, estou aqui com você. Também sou seu amigo, meu querido Macbot", Soprei repetidas vezes, até me certificar de que ele ouviu.

No fundo, a minha vontade real era de arrancar Serviorix do chão, lançá-lo ao alto e depois jogá-lo lá de cima. Ou então carregá-lo para a beira de um penhasco, e balançar seu corpo de um lado para o outro, sem derrubá-lo, porque isso seria muito simples e rápido. Faria isso durante uma noite inteira, e depois, sim, exausto, o deixaria cair entre as pedras, e veria seu corpo batendo nas quinas das rochas pontiagudas e ásperas da Britannia. Eu me certificaria das pancadas que seu rosto levaria com uma queda aqui e outra ali, antes de finalmente lançá-lo ao mar bravio da madrugada. Ah! Como eu gostaria de fazer isso! Mas não posso... Era tentador vingar-me de Serviorix, mas isso significaria nunca mais poder rever os seres que tanto amo. Sou apenas o vento e sei que a mim não cabem os julgamentos.

O castigo que o verme impôs a Macbot tinha um alvo: Anna. Serviorix gritou que só largaria o chicote se ela viesse para fora por livre e espontânea vontade, e que isso seria um sinal claro de que ela se entregaria a ele de corpo e alma, em troca da vida de seu amigo. Andriac não podia acreditar no que estava acontecendo; aturdida, soltava frases desconexas, que confundiam Esther e Amarantine: "ele está louco, como pode dizer tais coisas...", "será que não virão nos buscar...", "morreremos se não lhe dermos o que ele quer".

Junto de Serviorix, havia uns cinco homens encapuzados. Obedeciam às ordens do bruxo, como se o servissem há bastante tempo. As moças tremiam, de medo e de ódio a cada chibatada lançada sobre o dorso de Macbot. Eu já estava prestes a fazer algo, sem medir as consequências, desde que isso desse uma vantagem para as fadas escapulirem e libertarem seu fiel amigo. Então Anna decidiu que se entregaria. Amarantine, Andriac e Esther se desesperaram porque não viam saída para aquilo; Macbot morreria se a sequência de chicotadas não cessasse, e mesmo após a entrega de Anna, sem temer a lei celta ou qualquer homem que estivesse acima dele no intrincado colegiado druídico, Serviorix seria capaz de tudo. Quanto tempo levaria para que soubessem o que acontecera às druidisas de Unterspone? O crime que ele cometera ali, isento de reprimendas, seria descoberto quando? Na próxima colheita? Quando a Caravana dos Druidas resolvesse visitar o Vale, levando, quem sabe, uma substituta para Margot? As circunstâncias facilitavam as coisas para aquele homem. Lá em cima, Anna falou com uma postura jamais testemunhada:

— Irei até ele. Não chorem. Não gritem. Apenas rezem. Nosso desespero o estimula. Invoquem Dannu. Transcendam. Afinal, não é isso o que sabemos fazer? Andriac, invoque Lebor. Sei que pode. Rogue por ajuda.

A força de Anna era descomunal. Era visível o quanto ela luzia no silêncio. Não conheço muito de seu passado, mas Anna era uma fortaleza silente. A fada loira desceu as escadas com a precisão dos batedores; sem temer o destino. Sua cabeça erguida pela coragem e pela confiança despertou a consciência das fadas. Toda a sabedoria parecia surgir naquele instante, e cheguei a pensar que era Serviorix quem devia temê-la. A porta se abriu por fora da casa e ouvimos o grito de Macbot:

— Nãooooo!

Somente naquele momento sua dor latente tornou-se visível. A entrega de Anna era seu maior castigo. Ah, Mac, eu gostei tanto desse humano...

De posse daquele instrumento castigador, Serviorix acendeu o olhar quando a imagem de Anna surgiu. Que sentimento de desejo asqueroso! Se fosse um desejo da alma, algo que não pudesse ser contido nem mesmo com toda a sabedoria disponível para os celtas, eu entenderia. Quem sabe me compadeceria. Mas aquele não! O desejo de Serviorix era vil e carnal. Caprichoso e doentio, como costuma ser o desejo dos homens ímpios. Homens que não sabem diferenciar meninas de mulheres. Eu os abomino.

— Solte-o — falou a moça assim que sua voz pôde ser ouvida. — Solte-o ou eu me mato, agora mesmo. E minhas companheiras farão o mesmo. — a mão pequena e firme da druidisa segurava um punhal afiado acima do pulso. A expressão de Serviorix divisava entre o prazer e a contrariedade. Também havia cansaço em seu corpo, dava para notar por conta do suor que lhe escorria pelas suíças, afinal, tivera que erguer o braço muitas vezes contra Macbot. — Ande. Solte-o. — agora era Anna quem detinha o controle sobre o velho bruxo. Ela sabia disso.

Serviorix acatou e mandou desatarem as cordas dos punhos de Macbot, que caiu de joelhos no solo de Unsterspone, o vale que um dia foi chamado de sagrado... Agora, não mais. O que o tornava sagrado, de fato, era o amor que unia aqueles seres que o habitavam. Sagrada era a fé que movia Anna naquele momento. Sagrado era o pensamento, elevado e altruísta, capaz de vencer o mal do mundo. Mas aquele vale, como pedaço de terra, já não me dizia nada... Não a partir daquele momento.

CAPÍTULO LVI

ROMA, SEXTILLIS

Tito Lívio havia pedido uma audiência com Varro. O velho historiador ainda escrevia seus apontamentos a respeito dos homens de Roma, porém de forma mais moderada. Varro era uma espécie de lenda viva, o tipo de homem que quando morre deixa um extenso legado de uma vida ativa. Sua propriedade, em Reate, era ampla e confortável e ele parecia pleno dentro dela, apesar de seus 82 anos. Graças às bem-aventuradas relações com Otáviano César, Varro pôde dispor do pedaço de terra que pertencera décadas e décadas à sua família. A vida do homem que se perdia em pergaminhos não podia ser imaginada por quem não conhecesse sua trajetória. O velho intelectual, há algum tempo recluso para se dedicar às suas teses sobre seres microscópicos, mosquitos e doenças desconhecidas, já havia lutado no exército romano ao lado do grande Pompeu. Tito Lívio conhecia bem sua trajetória, por isso o admirava e ansiava por alguns dias em sua companhia; tinha muitas dúvidas que podiam ser sanadas pela experiência de Varro, ou quem sabe pelo que ele já tinha ouvido mundo afora. Nem sempre um historiador pode se ater apenas a provas cabais, é preciso acender a luz da consciência, seguir a intuição e observar o tempo como uma colcha tecida por fios de seda que podem rasgar-se ao menor deslize. Mas as histórias contadas de geração em geração também são instrumentos valiosos, que podem se encaixar como peças de um mosaico na História da Humanidade.

Tito queria isso de Varro. Não os seus documentos escritos, que já eram coisa de 70 obras, com cerca de seiscentos volumes. Para isso existiam os copistas, a biblioteca de Roma que o próprio Varro se dispôs a administrar por um longo tempo. O que Tito queria eram as partes não contadas, e até mesmo... as enterradas. Para cumprir a promessa que fizera à Mirta — de contar para a posteridade a existência do filho gaulês de Júlio César —, Tito precisaria saber mais sobre as Profecias Sibilinas; afinal, a maioria parecia gozar de credibilidade para os antigos romanos.

— Entre senhor. Seja bem-vindo. — Um homem de meia-idade, com roupa de liberto, saudou Tito Lívio na entrada principal, sinalizando para que o acompanhasse. A casa era avarandada e Varro o aguardava sentado em uma confortável poltrona romana. Seus pés descansavam sobre um escabelo. Havia uma manta pequena sobre seu colo, mais para apoiar o pesado livro que folheava do que para aquecê-lo. Era uma tarde de fim de primavera, muito agradável. O frio viria em breve e esses momentos de desfrute ao ar livre, seriam cobiçados por longos meses.

Varro sorriu para Tito como se fossem velhos amigos. Seus olhos, apertados contra a luz do sol que entrava perpendicularmente pelos arcos da varanda, mal podiam ser vistos. Seu semblante gentil e atencioso era notório mesmo num rosto cujas dobras da pele denunciavam a passagem do tempo.

— Seja bem-vindo, meu jovem! Que bom que tenha chegado ainda cedo para desfrutarmos deste fim de tarde. — Varro fez menção de se levantar para cumprimentar seu visitante, mas Tito se adiantou em sua direção evitando tal desconforto.

— Varro, que honra visitar sua casa! Agradeço por me receber de bom grado.

— Bem, só será de bom grado se tiver trazido o que lhe pedi. — respondeu, soltando uma risada abafada.

Tito fez sinal ao servo para trazer suas bagagens. Varro interviu.

— Não se apresse, meu filho, é só uma brincadeira. Deixemos o melhor para mais tarde. Domício irá levá-lo aos seus aposentos, espero que esteja tudo a contento. Tire a poeira da estrada das vestes e descanse. Não me recolho cedo. A velhice costuma nos deixar de olhos bem abertos, esperando pela morte.

— Sim, sim. Vou me lavar e acomodar meus pertences. Mas, se não se incomoda, quero usufruir de sua companhia neste fim de tarde. — Tito estava ansioso para trocar experiências com Varro.

— Se é de teu agrado... estarei aqui.

Notei os pensamentos de Tito enquanto olhava para Varro. Era curioso detectar aquela admiração contida, mas plenamente notada por quem o observasse. Pouco tempo depois, Tito surgiu na varanda, segurando uma das garrafas que trouxera consigo, com o vinho de Chianti. Era o preferido de Varro. Para os romanos influentes, não se podia considerar uma raridade, pois era servido na maioria dos banquetes em Roma; mas Varro já não ia com frequência à Cidade, a não ser por solicitação de Otaviano. Por isso, ao responder o pedido de Tito, condicionou a visita a algumas garrafas de Chianti. Claro que isso era uma maneira gentil e bem humorada de quebrar a formalidade entre os dois. Varro conhecia os trabalhos de Tito Lívio e admirava seu estilo, ainda que o considerasse muito estoico, assim como Otaviano. Talvez ele mesmo tivesse, num momento da vida, sido como os dois, mas agora, com o avançar da idade, habilmente aprendera que qualquer excesso é um desperdício. Ao se aproximar, Tito percebeu que o velho estava de olhos fechados; achou que dormia e não quis incomodá-lo. Silenciosamente, aproximou-se da mureta e viu-se absorvido pela paisagem das colinas verdejantes.

— Sente falta disso? — perguntou Varro, ao percebê-lo. — Esta é uma coisa que os homens não conseguem substituir: as benesses que o verde produz em suas mentes. — Ah, sim! Em Padova tinha isso ao meu dispor e não imaginava o quanto me faria falta.

— Sente-se aqui. — o homem apontou a cadeira ao lado.

Tito sentou-se, ainda cerimoniosamente, como era de seu estilo, um tanto desajeitado.

— Domício... Domício.... — chamou Varro. Sua voz era suave, mas tinha o tom ideal para ser ouvida no silêncio cativo daquele lugar.

O servo veio rápido, como se estive alerta em algum lugar próximo.

— Sim, *dominu*. — Traga-nos duas taças e um pouco de azeitonas.

Prontamente, o criado cumpriu a ordem. Entre goles do delicioso vinho, Tito Lívio e Varro foram trocando impressões detalhadas sobre a vida de Roma. Riram à larga, falando abertamente da vida alheia e criando apelidos para determinadas figuras. Quando se cansaram de rir com todas as fofocas que circulavam no Fórum, sobre os últimos anúncios de divórcio e as últimas mortes encomendadas, foram convidados a entrar. O criado acendeu as lamparinas e a casa tomou-se de uma roupagem diferente; só então Tito a notou. Havia duas salas contíguas separadas por um grande arco. Espalhados pelo chão, tapetes de cores vivas, provavelmente de origem persa. Algumas cadeiras, vasos de cerâmica ornamentados, e uma escultura da deusa da sabedoria, Palas de Athenas. Um único busto adornava a segunda saleta, o de Pompeu Magno, ao lado de inúmeros volumes de livros encadernados. Um pequeno corredor conduzia a uma ampla cozinha dividida por uma mesa larga. Nela caberiam, confortavelmente, umas doze pessoas, mas em geral era apenas ocupada pelo dono da casa e pelos criados. Varro fazia questão de sentar-se com eles; a vida já era solitária o bastante para comer sem companhia. Naquela noite, porém, eles não sentariam à mesa com seu senhor, por causa da presença de Tito.

Havia perdiz assada, galinha ensopada e um caldo grosso feito com batatas, salpicado de tomilho e sálvia, pão fresco e mais do vinho que Tito havia trazido. Para Tito, parecia um jantar dos deuses. Havia um aroma no ar que lembrava a casa aconchegante dos Lívio, em Padova, criando um ambiente peculiar que as refeições entre amigos costumam ter. Quando a cozinheira trouxe a última travessa, Varro a chamou juntamente com Domício para sentarem-se à mesa. Os dois se entreolharam, desconcertados, pensando que Tito se ofenderia em dividir a mesa com criados; afinal, ele vinha de Roma.

— Sentem-se logo — disse Varro, servindo-se do caldo. — Se ele fosse como os outros romanos, não seria um convidado meu.

Foi a primeira gargalhada aberta de Tito Lívio. Varro riu também, limpando o líquido que pingava em sua longa barba.

Tito Lívio ficou na companhia de Varro por cerca de dez dias, tempo suficiente para estreitarem os laços e se tornarem amigos. Com o passar do tempo, Varro ficou muito mais aberto a comentários picantes sobre a aristocracia romana, e quando o assunto era Otaviano, agora chamado de Divino Augusto, manifestava sua gratidão sem, contudo, adulá-lo. Não era o tipo de historiador que empunhava a pena para propagar atributos de seus clientes. Já estava muito velho para isso. Não obstante, trabalhava duro para registrar tudo que dissesse respeito a Roma e sua origem, a influência exercida pela Grécia, os povos dominados, as províncias, a origem etrusca. Mais de uma vez, elaborou calendários encomendados pelo imperador; o mais importante deles denominado Fasti Capitolini, que apresentava dois novos meses: Quintilis e Sextilis. Ele foi gravado no arco construído em homenagem ao sobrinho de César, ao lado do Templo das Vestais.

Em uma de suas conversas, Tito perguntou a Varro sobre as profecias sibilinas.

— Mas que surpresa! Haverá em você um místico escondido por trás de uma persona cética?

— Místico? Não! Jamais! — Tito só não se ofendeu porque já tinham intimidade suficiente àquela altura. O misticismo, para os historiadores, era uma espécie de doença sem cura, algo muito pior do que um defeito que se possa corrigir; beirava a maldição. Historiadores precisavam ser homens avessos às lendas, caçadores apenas de verdades atestadas, testemunhadas ou registradas por alguém de procedência confiável em seu meio social. O próprio Cícero não conseguiu ser ouvido em Roma enquanto não frequentou a escola da Grécia. Contudo, nem por isso falou sempre a verdade.

— Ora, não se ofenda, Tito. O misticismo não nos torna piores no ofício de historiar. O homem é dotado de imaginação por natureza, embora nem sempre saiba usá-la. Há emoções que sequer podem ser nomeadas. Eu mesmo, por muito tempo, já me apeguei a detalhes do passado que foram passados de boca em boca, mas que me foram úteis quando precisei criar um juízo sobre certos acontecimentos.

Tito se manteve silente. A cabeça pendendo para baixo. Na verdade, o que ele precisava era de um argumento plausível na misteriosa história de Roma, tão repleta de lendas. Se as Sibilas fossem, de uma certa forma, uma figura aceita entre os historiadores, Tito poderia cumprir sua promessa à Mirta e contar, pela boca das Sibilas, sobre o filho perdido de Júlio César. Era uma saída para ele.

— Não se leve tão a sério — continuou Varro —, a maioria das pessoas faz isso o tempo todo; por que então temos que nos tolher para satisfazer a vontade alheia?

— É perigoso nos apegarmos ao jogo falacioso das versões...

— Ouça, meu amigo, todos estamos dando a nossa versão quando nos dispomos a escrever, relatar uma parte do passado ou do presente. Só podemos ser falaciosos quando nos reportamos ao futuro. Isso não nos cabe... isso sim é predição, adivinhação. E não precisam de nós para fazer isso. As ruas de Roma estão cheias de adivinhos. Chegará um tempo em que você compreenderá o que estou dizendo agora. Mas aí eu já não estarei por perto, os deuses terão me levado. Você provavelmente vai estar em meu lugar.

— Seria uma honra... ocupar seu lugar dentre os homens que fazem o nosso trabalho.

— Espere e verá. Mas cada um tem a sua missão. Mas, me diga, o que quer saber sobre as Profecias Sibilinas? — Varro serviu-se de mais vinho. — Quero saber tudo que for possível. O que pensa sobre elas... se conhece alguma, quero dizer... se teve acesso a elas.

— Bem, tive acesso a apenas uma, quando estive em Atenas. O pergaminho me pareceu tão antigo que temi tocá-lo. Estava sob os cuidados de Antíoco de Ascalon. Os gregos dão muito valor a elas.

— Sim... ouvi dizer. — respondeu Tito. Ele nunca havia visitado a Grécia.

— Pois bem, tratava-se da Profecia da Sibila de Helesponto. Estava lá, guardada como se fosse a chama de Vesta em nosso templo sagrado. Tive acesso a ela de maneira inusitada, fazendo uma incursão pela biblioteca de Éfeso. Ascalon resolveu mostrá-la, nem sei o porquê; talvez confiasse em mim. Agora que me perguntou a respeito, tantos anos depois, eu me recordo de algo que me intrigou na época: a cor da tinta nos papiros. Não era nanquim. Os escritos proféticos foram gravados com uma tinta vermelha, desbotada, quase ocre. Nunca soube de que tipo de tinta se tratava.

Às vezes, Varro parecia divagar em meio a lembranças e era difícil trazê-lo de volta. Isso deixava Tito um pouco indócil, porque pensava que ele não regressaria ao ponto de partida. Mas tal não ocorria. Como de súbito, o velho despertava.

— O conteúdo era similar ao que vemos e ouvimos pelas colinas. Um fogo que varrerá Roma, a destruição se avizinhando, sendo que para aqueles que veem o futuro, o que está por vir pode demorar mil anos ou quem sabe, um intervalo de duas velas.

— É verdade... por isso nos parece tão vago e passível de descrença.

— Mas não esqueça das profecias que já se consumaram diante de nós. Como a da Sibila de Cumas. Lembra do que fora dito sobre Tarquínio? E aqui estamos depois de tudo ter acontecido como foi previsto, séculos atrás. Sorte? Predição dos deuses, inspiração... Como saberemos? Não saberemos! Apenas nos é facultado acreditar ou não.

— Nós, historiadores? — perguntou Tito Lívio, vendo uma fresta de luz em seu íntimo sonhador.

— Não, nós, seres humanos.

Era isso que me fazia simpatizar com Varro. Por causa da idade avançada, já não se apegava aos títulos que o mundo lhe dera. Estava na condição apenas de ser humano, como tinha que ser desde o início dos tempos. Isso o tornava livre para compreender seus semelhantes, os sonhos, a própria intuição e os sinais que a vida lhe dava. Já Tito se estranhava em sua própria pele quando se aprofundava em lendas e passagens deixadas por gente que não estava mais viva. Se estivessem escritas, sim; sentia-se à vontade para acreditar. Mas as que chegavam com ares de mitologia, as que vinham em sopro, essas, Tito Lívio custava a assimilar. A única pessoa que o tocou, nesse sentido, foi Mirta, a primeira a lhe falar em forma de vaticínio com uma força que parecia não ser dela. Só por isso ele se dispôs a dar algum crédito às profecias, quando ainda era um jovem sonhador em Padova.

Talvez ele tivesse ido até Varro com a esperança de que este lhe desse o aval para seguir em frente nesse trabalho, justamente quando havia se deparado com as Profecias Sibilinas. Se Varro, com sua incontestável sabedoria, dissesse a Tito para se aprofundar nas Profecias, se lhe permitisse escrever sobre elas, ainda que não pudesse prová-las... E isso Varro fez por Tito Lívio. De uma forma bem simples.

— Tito, diga-me... Você já escreveu sobre César? — o velho sabia que sim, era só um gancho para chegar onde queria.

— Certamente! Como não?!

— Não vou perguntar de que forma o retratou. Afinal, como padovano, só posso crer que, assim como eu, você foi um simpatizante de Pompeu — argumentou, bebericando mais um pouco do néctar de uvas. — Entretanto, gostaria de saber, e asseguro que jamais direi algo sobre esta nossa conversa a ninguém, resonda-me, Tito, você acha que Júlio César foi de fato um deus, como quer nos impor a Família Iulius? Acha que César, como descendente de Vênus, foi herói, cônsul da Gália, pretor, general, Máximo Pontífice, edil, *imperator* dentre seus soldados, porque era um deus ou porque era um protegido de Fortuna, a Boa Fortuna?

Por um instante, Tito Lívio buscou as palavras certas. Seria um teste? Estaria ele sendo avaliado pelo mais antigo historiador vivo enquanto falavam informalmente sobre um homem morto, mesmo sendo este homem o responsável por colocar no poder de Roma aquele que a dominava no momento? Naqueles tempos, era difícil acreditar totalmente na amizade de alguém, ainda mais uma que havia nascido há poucos dias.

Parecendo adivinhar seus pensamentos, Varro adiantou-se com uma risada marota:

— Vamos Tito, isso não é uma prova de fidelidade a Otaviano. Estamos em casa. A minha opinião ou a sua sobre a família dos Iulius não faz diferença para ele. Diga, o que acha? E não me venha com um texto ensaiado, eu saberia de longe por causa de sua retórica. Já li seus trabalhos.

Tito sentiu-se lisonjeado, até agora Varro nada tinha falado a respeito de seus escritos.

— Creio que César tenha sido um homem de talento raro. Caráter forte, coragem ímpar. E com uma sorte acima da média. Inteligente, arguto e muito elegante nos modos como lidava com o poder. — ele fez uma pausa. — Mas é só. Não o vejo como um deus. E não creio que tenha sido.

Varro ficou sério e Tito pensou que o havia desagradado.

— Muito bem, meu filho. Vejo que somos muito parecidos. — dizendo isso, Varro aproximou-se dos ombros de Tito Lívio num nítido gesto de afeição. Estava claro que era um teste, mas não que valesse a vida de um ou de outro. Varro estava apenas constatando que Tito Lívio tinha a alma de um historiador.

CAPÍTULO LVII

DE VOLTA A ROMA

Finalmente reencontrei Rhodes, perto do Porto de Brindísio. E o melhor: na companhia de Ícaro que havia levado Scrix ao seu dono. Ambos apreciavam uma robusta caneca de vinho ao redor de uma grande fogueira erguida pelo contingente de Otaviano Augusto. É óbvio que as coisas mais secretas e íntimas só foram ditas quando ambos estavam a sós e seguros, no entanto, junto dos arqueiros allobroges, e também dos soldados romanos, celebraram e deram muitas risadas. Rhodes estava mudado, isso era nítido para Ícaro. A guerra, sobretudo as vitórias, tornam os homens mais maduros e isso tem sua beleza. A de Rhodes estava estampada em seu rosto; era possível ver a rigidez em seu maxilar, a postura tomada de altivez e o brilho perfeito que os olhos refletem quando um homem se encaixa no que considera ser a "verdadeira missão". Era isso que pensava o nosso arqueiro. E ele não estava errado.

— Sua carta chegou a mim. Transmiti o recado à sua mãe, assim que pude. — disse Ícaro.

— Então ela deve estar mais calma.

— Não conte com isso. Não conhece o instinto das mães? — retrucou Ícaro, rindo, com a face ruborizada pelo vinho.

— Então vamos acalmar esse instinto. Pelo que ouvi, assim que chegarmos a Roma seremos pagos e dispensados. Creio que a guerra contra Antônio e Cleópatra tenha arrefecido o ânimo belicoso de nosso *imperator* — arrematou Rhodes.

— É o que dizem... — Ícaro não estava muito convencido, mas Rhodes parecia não estar interessado em Otaviano, não agora que estivera tão próximo de seu primo e experimentado um pouco das razões que o levaram a derrotar o casal egípcio, como o próprio imperador se referia a seus inimigos, agora finalmente derrotados.

— Filho, vamos dormir? — a pergunta de Ícaro saiu tão natural que Rhodes se questionou se era algo para os soldados perceberem ou ele falava mesmo com Rhodes como se fosse seu pai, sem notar.

Rhodes sorriu.

— Vá indo, vou em seguida. — um olhar trocado mostrou como aqueles dois se amavam. Tinham orgulho um do outro.

Aos poucos, os soldados ao redor da fogueira foram se dissipando; estavam cansados, mas também imbuídos do mesmo sentimento de Rhodes, de dever cumprido. De tão acostumados entre si pela convivência próxima, pelo companheirismo testado a ferro e fogo diante da guerra, agora viviam uma espécie de nostalgia diante da separação. A maioria tinha um lugar para voltar e isso, naquele momento, era o que ocupava seus pensamentos.

Absorto em pensamentos, com o olhar distante, Rhodes pensou ter visto uma silhueta feminina. O vinho fazia seu efeito e a luz das chamas remanescentes da fogueira criavam um cenário de sonho. Ao longe, ouvia vozes, algumas conhecidas e outras em idiomas diferentes do latim. Sentindo-se desconfortável, decidiu ir para a tenda dos arqueiros. Ícaro já dormia. Tentou se deitar, mas a escuridão o incomodava. Levantou-se e começou a andar pelo acampamento. As noites, particularmente no sul da Itália, pareciam ter um tipo de juventude celestial; eram estreladas, com o cheiro da maresia suave que se equilibrava entre as rochas da costa amalfitana.

Alguns homens dormiam por ali mesmo, mantendo seus pertences por perto. Isso era desgastante... ter que manter-se vigilante o tempo todo. Lucius, o filho de Lion Nora e Bautec, já havia sido furtado no acampamento em Alexandria; depois disso, manteve-se alerta o tempo todo. Às vezes, ele e Rhodes se revezavam para ter umas horas de sono em paz.

Naquela noite, com a descontração e a embriaguez causada pelo vinho, a vigilância da maioria dos soldados estaria menos eficaz. Um gatuno sabia disso. E talvez por isso, a tal silhueta feminina que Rhodes pensara ver, fosse na verdade, o vulto de uma mulher à procura do que furtar.

Só dali a um tempo Rhodes saberia o seu nome. Mas então, muitas coisas inesperadas já teriam acontecido.

De repente, um soldado gritou, e seguiu-se um leve tumulto. Vozes alteradas, espadas desembainhadas, e o acampamento todo despertou. Até então, tudo muito comum em noites como aquela, em que os homens bebem além da conta. Mas, desta vez, havia um grande diferencial: a presença de uma mulher.

— Ela estava me roubando! — gritou um soldado romano, nitidamente alterado pela bebida.

— Estava mesmo... — completou um outro que Rhodes conhecia muito bem. Ele estava envolvido no incidente ocorrido em Alexandria com Lucius e os arqueiros allobroges suspeitavam dele desde então. Ele incitava tão prontamente a condenação da mulher, que Rhodes teve a certeza de que ela era inocente.

Apesar de visivelmente bela, seu aspecto selvagem e andarilho reforçava a versão do soldado a quem Rhodes atribuía o verdadeiro motivo da confusão. Não demorou para o tumulto aumentar, porque os homens agora pareciam incitados pela beleza da mulher. Embriagados e em estado animalesco, era possível que eles se apossassem dela para servirem-se da pior forma possível. Ela se debatia tentando se livrar a todo custo, e enquanto alguns a seguravam com os braços para trás, um pedaço de pão caiu de suas mãos. Diante disso, ouviram-se gargalhadas, e o soldado ofendido passou a caçoar da situação. Rhodes se alarmou em meio a toda aquela cena, consciente do que aconteceria com a mulher. Não era justo que fosse atacada como uma presa fácil entre aqueles lobos. Ela parecia estar apenas faminta. Nosso arqueiro tentou intervir, apaziguar os ânimos, para deixar que a mulher escapasse. Era preciso dissuadi-los antes que o pior acontecesse.

Lucius se aproximou, assustado, percebendo o movimento do amigo.

— Deixem-na, ela só está com fome. Vamos, parem com isso... Estamos todos cansados. — gritou Rhodes.

— Cale a boca, gaulês. Vamos mostrar como se trata gente dessa laia.

Àquela altura, os homens começaram a ficar descontrolados. Rhodes sentiu vontade de partir para cima e socar um por um. Aquela situação o remetia a tantas histórias que ouvira na Gália, sobre como soldados romanos dispunham das mulheres gaulesas e as violentavam de modo desumano. Aquele sentimento de revolta corria no sangue de Rhodes e parecia existir desde muito antes de ele nascer. Ele não ia conseguir se conter.

Por sorte, um tenente se aproximou a fim de saber o motivo da confusão, e não gostou do que viu. Com um comando, afastou os homens e interrompeu o que seria uma verdadeira barbárie. O soldado que iniciou a baderna ainda tentou se defender, alegando que havia sido roubado, mas recebeu ordem para que se calasse.

— Levem a mulher para as carroças dos escravos — gritou o tenente. — Amanhã eu resolvo o que fazer com essa sibila!

Rhodes a pegou pelo braço, enquanto Lucius abria a passagem. A mulher, instintivamente, num relance súbito, cravou os dentes no braço do arqueiro.

— Au! Mas o que é isso!? — a dor foi imediata e ele pensou por um instante se valia a pena defender aquela criatura selvagem. — Maldita!

Com custo, enfiaram-na em uma das carroças apinhadas de escravos.

Incomodava a Rhodes ver a mulher sendo puxada daquela maneira, pelos pulsos, como se fosse um animal. O que uma mulher magra como aquela poderia fazer contra um bando de homens fortes e armados? A marca da mordida ainda ardia na sua pele, mas mesmo assim ele se compadecia dela. Apesar do aspecto selvagem, Rhodes não podia ignorar sua beleza.

"Afinal", pensou ele, "o que era uma sibila"? Ele esticou o corpo sobre o cavalo, tentando obter uma visão melhor de quem estava na dianteira da tropa. Queria encontrar Ícaro. Talvez ele soubesse explicar do que se tratava, e não caçoaria de sua ignorância como fariam os homens do exército romano.

Sibila... que nome estranho. Tinha a impressão de que já tinha ouvido falar disso, em algum momento de sua vida, mas era certo que ele não tinha dado a menor importância ao fato. Será que Mirta saberia algo a respeito? Pelo jeito daquela mulher, por sua força e rebeldia, ela devia ter alguma espécie de poder, ainda que fosse oculto — sendo esse o mais temido —, do tipo que ninguém sabe de onde vem e o que pode fazer. Os romanos eram supersticiosos, Rhodes sabia disso. Ele a observava pelo caminho. Seu vestido puído arrastava na estrada tingindo-se de terra; certamente um dia aqueles trapos foram uma veste de nobre, pois era possível notar reminiscências de bordados dourados, figuras que pareciam um tipo de flor. Por vezes ela tropeçou, mas não emitia um som sequer de lamúria ou queixa, seu tronco ereto se negava a deflagrar a exaustão, e a dureza no olhar sustentava uma firmeza incomum diante daqueles homens hostis.

Rhodes continuava incomodado, tanto por ela e seu visível sofrimento físico quanto pela dificuldade de prestar atenção em outra coisa.

A uma curta distância, o guerreiro allobroge vislumbrou uma ponte de pedra, o que significava descanso. O exército voltava sem pressa; não tinha compromisso em Roma. Pela lentidão com que cavalgavam, provavelmente acampariam na próxima província, Arpinum. Novamente ele pensou nela, em seu corpo esquálido e sofrido, que receberia algum descanso.

De súbito, ela estancou o corpo e gritou, com uma força sobre-humana:

— Parem! Se atravessarem esta ponte vocês morrerão! — Cale-se ou sentirá o peso do meu chicote, feiticeira! — bradou o soldado que a mantinha presa a uma corda. — Diga ao seu comandante que não passe por aquela ponte. Vá e diga, homem! Nesse momento, Rhodes percebeu que ela se dirigia a ele, fitando-o com um olhar desesperado. Indefesa, com as mãos amarradas pelos pulsos, sendo sacudida pelo troglodita que a arrastava, ela repetia a súplica sem cessar.

Naquele instante, eu pude ver nitidamente que Carlina e Rhodes, sem saber, firmaram uma imediata cumplicidade.

Rhodes titubeou por um instante, mas imediatamente se questionou como ela poderia ter visto a ponte de onde estava, se ele próprio, encimado em seu cavalo, teve dificuldade em avistá-la. Do chão, atrás de uma fileira de homens, cavalos, escudos e carroças, era impossível.

Tomado por um ímpeto, Rhodes decidiu alcançar o comandante. Chegou afoito, e informou sobre o aviso da mulher. Ícaro percebeu sua movimentação e juntou-se a ele.

— Que houve Rhodes?

— É a mulher... a tal sibila. Está dizendo para não atravessarmos a ponte. Está se negando a caminhar.

O comandante riu alto e olhou com sarcasmo para Ícaro, dando a entender que Rhodes era um novato que se impressionava facilmente com qualquer coisa.

— Nunca transportou mercadorias vivas, gaulês? Elas sempre falam demais! — bradou e saiu a galope, deixando Rhodes falando sozinho.

Ícaro não achou motivo algum para rir, ao contrário. Ele fez sinal para Rhodes diminuir o ritmo até se assegurar das condições da ponte; já havia passado por ali antes, mas não notara nenhuma inconsistência do local. A estrutura de pedra era a mesma das pontes construídas pelas legiões de Roma, e não aparentava nenhuma fragilidade; ao vê-la, percebeu que ninguém estaria disposto a dar ouvidos à sibila.

É fato que uma profecia não ecoa facilmente nos homens; eles não dão a devida importância a isso. Um profeta é solitário, ainda mais em sua própria terra. Mas o gaulês Rhodes, que sempre conviveu com a existência de outros mundos, percebeu que a mulher dizia a verdade. O filho de Mirta reconhecia em si a própria intuição, e viu que nos olhos de Carlina havia o desespero de quem sabia o que estava por vir.

Ao ver a proximidade da ponte, ela tornou a gritar, debatendo-se inutilmente. Estava sendo arrastada e não havia o que fazer. Os homens que seguiam na dianteira já avançavam pela estrutura de pedras, que não demonstrava qualquer abalo.

Finalmente, Rhodes a alcançou. Encorajado por sua ascensão militar, proporcionada pelo próprio Augusto, o gaulês arrancou da cintura sua faca e cortou a corda que prendia Carlina. — simples assim, aos olhos de quem quisesse ver. Ícaro, nesse momento, margeando o comboio, viu quando dois soldados avançaram na direção de Rhodes. Apesar da hierarquia, a situação não estava a favor de Rhodes.

— Homens, acalmem-se... há uma explicação! — Ícaro chegou a tempo de evitar uma investida contra Rhodes. Suas insígnias podiam ser notadas de longe e os soldados não arriscariam desrespeitá-las.

— Gaulês, sua atitude terá consequências! — bradou um dos romanos, devolvendo a espada à bainha. Por pouco Rhodes não enfrentou um combate corpo a corpo ali mesmo. Os soldados viraram seus cavalos abruptamente e seguiram a galope para alcançar o tenente e delatar o ocorrido.

Mas não houve tempo. Antes que pudessem alcançar a dianteira do contingente, ouviu-se um enorme estrondo seguido de gritos e relinchos. A ponte desabara! Marco Lúcio e alguns soldados despencaram em meio às pedras, caindo nas águas do rio.

A visão era assustadora. Os homens não estavam preparados para aquele tipo de situação. Alguns tentavam resgatar os que ficaram presos na beira do que restou da ponte, outros simplesmente ficaram paralisados, em estado de choque. Os cavalos se debatiam desesperadamente contra a correnteza, as águas eram revoltas e em grande volume.

Aproveitando-se do momento, Carlina tentou fugir. Seguiu para um atalho à margem da estrada, mas seus pés estavam feridos demais para correr; além disso, a boca seca e o corpo desidratado não permitiriam que chegasse muito longe. Pouco depois, viu dois homens se aproximarem: Rhodes e Ícaro.

—Vamos. Desta vez fique quieta e não arrume confusão. Ao menos finja que nos obedece. Quando chegarmos a Roma faremos de tudo para libertá-la. — a voz de Ícaro tinha autoridade. E ela acatou.

Carlina subiu no lombo de Scrix e segurou na cintura de Rhodes. Ela estava cansada demais para contestar.

Rhodes e Ícaro seguiram para o que restara da ponte. Apearam dos cavalos quase ao mesmo tempo.

— Fique onde está. Nem pense em fugir ou eu a caçarei pessoalmente, sem descanso, até encontrá-la. — Rhodes falava a sério, e Carlina leu em seus olhos que o melhor a fazer era obedecê-lo.

Sem hesitação, ambos mergulharam no rio, cada um seguindo uma direção — tinham focos diferentes a resgatar. O centurião foi direto para o lugar onde estava Marco Lúcio e o trouxe até a margem. O tempo trabalhava contra eles. Antes mesmo de constatar se o resgatado estava vivo, Ícaro voltou às águas buscando Múcio Atílio e outros dois centuriões. Rhodes afastou-se, nadando o mais rápido que pôde para livrar os cavalos das rédeas que os prendiam às carroças. Ele era um celta, e não deixaria aqueles animais abandonados à própria sorte, sem salvação.

Exaustos, alcançaram a margem com grande esforço e ali ficaram, deitados e ofegantes, por um bom tempo. Não fosse por eles, nenhuma vida ali se salvaria. Isso era certo.

CAPÍTULO LVIII

Dois dias depois, a XL legião chegou a Roma. Um a um, os romanos seguiram seus rumos e o contingente aos poucos tornou-se diminuto. Os estrangeiros se instalaram nos postos militares, aguardando que fossem chamados. Logo receberiam seus soldos e finalmente poderiam voltar para casa. Graças à coragem de homens como Ícaro, o incidente na ponte não acarretou mortes, e os feridos receberam os cuidados necessários. Marco Lúcio, assim que se recuperou completamente, foi ao encontro de Ícaro e Rhodes.

— Eu já providenciei o relato minucioso do ocorrido na ponte de Arpinum. Pedi que fosse enviado prontamente ao secretário pessoal de Otaviano. Ele saberá o que vocês fizeram. Provaram mais uma vez que nosso *imperator* possui um exército de bravos homens. Rhodes fingiu não se incomodar com aquele discurso pomposo. Ele sabia que os romanos, principalmente os militares, não conseguiam se pronunciar sem garbo, quanto mais aquele que comandava um contingente. Além disso, não gostava da ideia de acharem que ele pertencia a Roma. Naquele tempo, Rhodes ainda acreditava que podia escolher entre obedecer ou não ao chamado para lutar pelo Império que Otaviano angariava.

— Somos gratos por isso, tenente. — respondeu Ícaro, com deferência.

O homem jogou para Ícaro um pequeno saco de couro amarrado. Pelo peso, certamente continha várias moedas de ouro. Depois, jogou um para Rhodes também, num gesto que parecia ser, na verdade, a extensão da consideração que nutria por Ícaro.

Rhodes adiantou-se quando viu o superior virar as costas.

— Senhor... e quanto à mulher que trouxemos conosco? Carlina estava inerte em um canto, encolhida. Seu corpo não conseguia manter-se ereto. Agora, ela não parecia mais tão selvagem e rebelde.

O homem olhou para ela, aproximando-se um pouco mais. Ícaro manteve-se silente, já havia detalhado ao tenente todo o ocorrido que antecedera a queda da ponte.

Marco Lúcio pertencia a uma família tradicional de Roma, cumpridora dos seus deveres cívicos e temente aos deuses. Para ele, não havia importância alguma o fato de se tratar de uma sibila, aquilo pouco importava no seio da aristocracia romana. Rhodes, normalmente impaciente e impetuoso, por incrível que pareça, manteve-se calado, aguardando a decisão do superior. — Diga-me, centurião... tem um lugar para ela?

Rhodes olhou para Ícaro e desejou que respondesse um sim rápido e sonoro.

— Por quanto tempo, senhor?

— Por um par de dias. Quando for a Curia buscar seus soldos, levem-na ao Colégio de Áugures; eles dirão o que fazer com ela. As sibilas estão muito além de minha compreensão e não gosto de me intrometer em assuntos sobre os quais não tenho domínio. — encerrou o tenente. Tenho certeza de que, naquele momento, Marco Lúcio pensava consigo como uma figura daquelas poderia ser uma ameaça a alguém.

Ícaro assentiu, bateu continência e fez um sinal rápido para Rhodes segui-lo. Sem demora, colocaram Carlina sobre o cavalo e partiram para a casa de Dona Ismênia, cientes de que teriam que arrumar uma ótima explicação para justificar a inesperada hóspede. Ícaro, que conhecia bem a mãe, contava com sua benevolência e com seu coração cheio de saudade.

CAPÍTULO LIX

RHODES E CARLINA

Como era de se esperar, Dona Ismênia ficou tão satisfeita com a presença de Ícaro e Rhodes — que voltavam da guerra vivos, inteiros e com saúde — que sequer questionou a presença de Carlina.

A sibila estava de pé no portão da casa, esperando para ser conduzida. Por garantia, Ícaro preferiu mantê-la amarrada, mas cuidou para que a corda não lhe ferisse os punhos.

Dona Ismênia achou que se tratava de uma escrava, e sequer questionou "por quanto tempo ela iria ficar", ou "para onde a levariam"; simplesmente fez o que o filho pediu: deu comida e água para a estranha, ofereceu-lhe uma manta e a instalou no cômodo dos fundos da casa.

Rhodes fingiu que não se importava com a presença de Carlina; e não demonstrou o quanto estava contrariado com a ordem de levá-la aos áugures. Preferiu mostrar para Ícaro que concordava com tudo aquilo. Acomodou seus pertences e foi se lavar, tomou um prato de sopa bem quente e pediu licença para se retirar da mesa, alegando cansaço. Logo em seguida foi a vez do centurião; estava exausto e também foi se deitar.

Quando a terceira vela da noite foi acesa, Rhodes foi até o cômodo dos fundos; queria ver se a sibila estava bem. Ele abriu a porta sem muita dificuldade, mas não entrou. Deixou que a luz da lua trouxesse um pouco de claridade para o lugar. Então, disse lentamente:

— *Bene est tu?* — Você está bem? Por um tempo não ouviu resposta, sequer respiração. Mas não se foi. Ficou parado à espera de algo.

— *Ex hinc...* — Vá embora... — sussurrou Carlina. — *Si vis adiuvare possit evadere.* — Se queres partir, posso ajudar. Carlina se ajeitou no chão do quartinho e, embora Rhodes não pudesse vê-la, imaginou que ela quisesse se recompor para falar com ele sobre uma possível fuga.

— Não. Eu não teria chance de voltar para casa. Morreria no caminho ou seria capturada mais uma vez por algum soldado de Roma. E não quero pertencer a ninguém.

— Se ficar aqui, terá de se submeter às vontades dos sacerdotes.

— Eu sei.

— E é isso que você quer? — inquiriu Rhodes, impaciente.

Carlina veio para a claridade, e aproximou-se da porta. Seu rosto revelado pelo feixe de luz podia ser visto em parte. Seus lábios moviam-se com suavidade e as palavras saíam como um sussurro.

— Por que se importa, Rhodes?

Ele não via os olhos dela e se incomodou com isso. Não conseguia distinguir o seu real tom de voz, porque, como uma cobra, Carlina parecia prestes a dar um bote a qualquer momento, mesmo sem ter razão alguma para atacar. Aquela era a primeira vez que ela pronunciava seu nome.

— Porque eu não suporto a escravidão.

— Se não suporta a escravidão, por que ajuda seu imperador a subjugar outros povos?

— Não o ajudo a escravizar ninguém. O ajudo a vencer batalhas, homens contra homens. Nada mais. E tenho minhas razões. — Rhodes ficou irritado com aquela pergunta.

— Se o ajuda a vencer batalhas, facilita todo o resto para ele.

— Tenho os meus motivos e não os revelarei, você não entenderia.

— Não preciso que me revele nada. Eu já conheço os seus motivos e lhe adianto que eles só o farão perder tempo. Se deseja reclamar um trono, uma coroa de louros, não será nesta vida que os terá.

As palavras de Carlina atingiram Rhodes em cheio. Por um instante, ele ficou desconcertado.

— Isso não é você quem sabe. É algo entre mim e os deuses. O meu destino não se afetará por qualquer um. Sou eu quem o desenho, mais ninguém.

— Veremos — continuou Carlina.

— Veremos, não. Eu vou ver. E você vai ver do que esses velhos malucos de Roma são capazes! Fique por sua conta. Você não merece ajuda!

Rhodes puxou a porta com força e a trancou.

— Feiticeira!

Saiu cuspindo fogo. Voltou para o quarto praguejando.

— Bruxa idiota, vai penar até a morte. Que se dane! Nunca mais tentarei ajudá-la.

Foi difícil pegar no sono. A voz de Carlina sibilava repetidamente em seus ouvidos "Não será nesta vida". Quando seu corpo relaxou de toda a tensão que Carlina havia causado, Rhodes se perguntou por que afinal se importava com ela.

Ícaro não via a hora de voltar para a Gália; sentia muito a falta de Mirta. Quando pediu, mais uma vez, que Dona Ismênia o acompanhasse, já sabia a resposta.

— Filho, sabe que meus ossos não suportariam uma viagem tão desgastante como essa. Além disso, Roma é meu lar. — argumentou, puxando-o para beijar seu rosto.

— Achei que eu valia o sacrifício — retrucou Ícaro, rindo. Ele sabia que a mãe tinha razão.

— E você, meu menino gaulês, venha cá... deixe-me abraçá-lo, pois não sei quando o verei novamente.

Ícaro interrompeu aquela despedida que poderia terminar em lágrimas.

— Não faça drama, minha mãe, é bem capaz de vê-lo em breve. Além de ser um excelente arqueiro, Rhodes gosta tanto das guerras quanto estas gostam dele.

— Pelos deuses, meu filho, não diga isso. Ninguém pode gostar de guerras, elas causam muito sofrimento.

Carlina ouvia a tudo, sem se manifestar. Logo ela seria levada ao Colégio de Áugures, bem no seio do Fórum Romano. Depois de ter sido entregue como coisa qualquer aos cuidados do centurião, não podia esperar que os sacerdotes romanos lhe oferecessem um destino melhor. Carlina, a sibila sorrentina, não escaparia da condenação daqueles homens que ao longo de séculos temiam alguém como ela; não escaparia da inveja de impostores cuja fama de adivinhos fora construída sobre uma falsa capacidade de interpretar vísceras de animais sacrificados aos deuses. Áugures e suas predições malsinadas... Não faziam senão repetir as fórmulas que haviam aprendido com seus mestres. Homens pagos para dizer o agouro, de preferência, a figuras ilustres, como um general diante de uma campanha urgente, ou um nobre abastado prestes a investir em causas perdidas na esperança de obter favores no futuro. Eram patéticos! Tanto os romanos, que confiavam a eles suas vidas, quanto os áugures, que com o passar do tempo mistificaram um poder que jamais tiveram. E agora, depois de tanto tempo sem saber o paradeiro das sibilas, surgia Carlina. Não... eles não dariam a ela um bom destino. Eles a usariam, a torturariam, a submeteriam sabe-se lá a que métodos até que, exaurida e combalida, a última profetisa descendente da Sibila de Cumas, morreria no seio da Cidade.

- 532 -

Rhodes se despediu de Dona Ismênia e montou em seu cavalo, ignorando a presença de Carlina. Ícaro estranhava aquela atitude; afinal, a princípio ele se mostrara disposto a enfrentar um exército inteiro para defender aquela mulher.

Na noite anterior, quando questionou ao centurião qual seria o seu provável destino, Ícaro deu de ombros indicando que não fazia ideia do que aconteceria a ela. E o gaulês pareceu não se importar.

A sibila tinha um olhar duro e distante, desses que nos fazem questionar nossa própria natureza. Mas se alguém como Rhodes, que não temia quase nada nesse mundo, tivesse a chance de olhar para ela por algum tempo, notaria que aquilo era apenas um modo de defesa. Carlina tentava, a todo custo, esconder a própria fragilidade.

No Fórum

Os soldos e as dispensas do exército de Augusto estavam sendo efetuados na Cúria Júlia. Assim que saíram de lá, Ícaro e Rhodes foram para o Colégio dos Áugures, que ficava no próprio Fórum, entre os escritórios oficiais da República.

Ícaro estava ansioso para se livrar da sibila. Mal a porta se abriu, ele foi logo dizendo ao servo que apareceu:

— Chame o sacerdote, tenho ordens para entregar-lhe esta mulher. A determinação veio do tenente Marco Lúcio. — Ícaro foi direto. Quase ríspido. Sabia das dificuldades que os soldados tinham ao lidar com homens religiosos. Eles sempre tentavam se impor com uma superioridade que não procedia.

O rapaz disse que chamaria alguém, e pediu que aguardassem.

Muito tempo depois, quando Rhodes, Carlina e Ícaro já estavam sendo castigados pelo sol, surgiu um ancião nada simpático, visivelmente contrariado, olhando-os de cima a baixo, como se quisesse mostrar-lhes o quanto eram inoportunos.

O centurião repetiu as ordens de Marco Lúcio, mas o velho continuou olhando como se as palavras de Ícaro não fizessem o menor sentido para ele. Por fim, disse:

— Soldado, a ignorância de seu tenente, bem como a sua, não me surpreende. O velho virou-se e ordenou para que alguém conduzisse o trio para outro lugar.

— Leve-os ao Colégio Quindecênviro! Onde já se viu... Que atrevimento virem aqui tomar meu tempo! Vão, agora mesmo... — disse, e bateu a porta, sem que Ícaro tivesse tempo de replicar.

Um rapazote de uns 15 anos adiantou-se na frente do centurião e fez sinal para que o seguissem. Era esperto e tinha os olhos bem vivos. Ícaro já estava sem paciência com aquilo, e tentava repetir mentalmente aquela palavra estranha, da qual jamais tinha ouvido falar... Quindec...quindecênviro. Pelos deuses! "Quantos Colégios existiam em Roma?", pensou, "E quando esses sacerdotes arrogantes entenderiam o quanto eram desnecessários para a República?". Que abuso... Já não bastava o Colégio de Pontífices, de Áugures, dos Sálios, das Vestais (embora este Ícaro aprendera a respeitar), e agora, mais esse tal Colégio Quindecênviro... Para que serviam, afinal, além de compor as festas dos nobres e criar gastos para os cofres da República? Quanto desperdício.

Carlina seguia atrás de Ícaro, com Rhodes em seu encalço.

CAPÍTULO LX

SUBURRA - O BAIRRO DEVASSO DE ROMA

Depois de se afastarem do Fórum, subiram uma parte de Suburra, um bairro afastado, esquecido dos deuses, que mais parecia um lugar pós-guerra. O ambiente fedia a excremento e restos de animais e as construções decadentes tinham um ar de abandono. Rhodes não sabia o que era pior; um esgoto a céu aberto ou o ranço de vísceras de todo o tipo de animal circulando em bancas, nas mãos dos mercadores. Aquela parte de Roma definitivamente não era um local aprazível para as narinas.

O rapaz que os conduzia parou diante de um edifício estranho; não era uma domus, nem um templo, nem algo que Ícaro soubesse identificar. De todo modo, ficou claro que ali era o tal Colégio Quindecênviro, porque duas colunas jônicas, muito altas, ladeavam uma enorme porta de madeira onde se via a inscrição entalhada no pórtico de mármore: *"Lectos sacrabo viros"* — *Guardiães dos escritos sagrados.*

O lugar parecia vazio, mas o rapaz foi entrando pelos corredores e indicou para que o seguissem. Foi direto até um grupo de três homens vestidos de toga, e relatou brevemente do que se tratava. Os sacerdotes olharam para aquele trio demoradamente, estreitando o olhar sobre a sibila.

Carlina, como se soubesse que ali ela tinha valor, ergueu-se de maneira que Rhodes e Ícaro ainda não haviam visto. Seu rosto se iluminou, e num movimento discreto, seus cabelos foram jogados para trás, descortinando sua face. O mais velho dos homens veio até eles.

— Quem são vocês, soldado? — Ícaro apresentou-se como centurião e referiu-se a Rhodes como integrante da guarda pessoal de Otaviano. Queria respeito. Enquanto Ícaro falava, o filho de Mirta olhava ao redor como se o tempo andasse por outros caminhos. Estava dedicando aqueles últimos instantes para gravar Carlina na memória: a cor de sua pele, entre o âmbar e o rosado, sua estatura diferenciada, o formato de seu corpo, cujas curvas pareciam em total harmonia e proporção, os ombros retos e autoritários, os braços longos, as pernas torneadas e graciosas, os cabelos negros e espessos, embolados de um jeito selvagem, caindo pelas costas. Já não sabia o que era real e o que imaginava. Não havia como negar, era uma linda mulher. De repente, ele se deu conta de que qualquer homem a desejaria, inclusive ele. No entanto, Carlina se mantinha firme, encarando aqueles homens como se eles não valessem nada. Ela sim, uma sibila, era muito superior a eles, e lhes diria como tratar uma profetisa.

— Então qualquer um lhe diz que esta mulher é uma sacerdotisa e você acredita? E ainda que ela seja uma sibila, o que faremos com ela? Não temos lugar para mulheres aqui, apenas guardamos escritos sagrados. O Quindecênviro dos Fatos Sagrados era o local onde se guardavam as Profecias Sibilinas, as nove que haviam sido compradas pelo Rei Tarquínio da Sibila de Cumas, antepassada de Carlina. Algumas dessas nove profecias já haviam se cumprido, outras não, mas elas restavam intactas na forma original numa espécie de câmara bem protegida do calor e da umidade. Outras cópias estavam igualmente guardadas em lugares seguros.

Parecia que os homens não acreditavam no fato de que Carlina era mesmo uma sibila, e ao contrário do que Rhodes pensava — que aquilo seria algo bom para ela, pois poderia significar sua liberdade —, era insuportável. Afinal, como aqueles homens se negavam a reconhecer uma verdadeira sibila diante deles!

— Como saberemos se o que ela diz é a verdade? — perguntou um outro, aproximando-se.

— Só há um jeito — disse aquele que tinha ares de decano. — Despindo-a!

Ícaro, que nunca se surpreendia com os hábitos romanos, retirou as vestes de Carlina. O homem pareceu se dar por satisfeito diante do que viu.

— Pois bem, podem ir. Considerem a ordem cumprida. Estão dispensados.

Carlina manteve-se inerte, como uma estátua, e Rhodes demorou um instante para entender que deveria se retirar definitivamente. Tentou, em vão, capturar o seu pensamento, afinal, ela não tinha medo? Estava satisfeita em ficar nua diante de homens que sequer a reconheciam como profetisa? Tentou lançar um último olhar em sua direção, mas Carlina não correspondeu. Ele seguiu Ícaro para fora do lugar.

Chegando à saída, Rhodes olhou para trás e viu o corpo nu de Carlina, com o vestido roto caído ao tornozelo, como se a dignidade não lhe fizesse falta. Seu corpo era tal qual ele havia imaginado, pouco antes.

— Vamos! Agora estamos livres. Ainda é cedo, vamos até a Porta Flamínia, lá selaremos os cavalos, reuniremos algum suprimento e seguiremos viagem até que o sol se ponha. Rhodes parecia não ouvir sequer uma palavra. O centurião o chamou.

— O que foi! Não quer voltar para casa?

— Quero sim... Mas é que, você não...

— Se me preocupo com ela? Na verdade, não. Ela sabe se virar.

— Ícaro, isso não me agrada. Não sabemos o que farão com ela. E aquela mulher salvou nossas vidas, nos avisando sobre a ponte.

— Ouça, gaulês — Ícaro falava assim quando queria chamar Rhodes à realidade —, já fizemos a nossa parte. Deixe o destino dela nas mãos dos deuses. Ela é uma mulher complicada.

— Vão matá-la ou torná-la uma escrava, na melhor das hipóteses. — os pés de Rhodes pisavam com raiva enquanto desciam a ladeira.

— Se eu não o conhecesse desde que veio ao mundo, diria que está apaixonado por aquela mulher.

— Não se trata disso, Ícaro. Ela nos salvou, merece mais respeito e consideração de nossa parte — argumentou o gaulês, com o cenho franzido.

— Espere... — Ícaro o segurou pelo ombro. — Está mesmo apaixonado, finalmente! — exclamou o centurião, e arrematou — Mas tem o dedo podre para o amor.

— Não me julgue, você não foi muito esperto para isso também...

— Ahá! Então admite!

— E se for? Que diferença faz isso agora que a entregamos para aquele bando de velhos lunáticos? — retrucou, suspirando.

Rhodes tinha os cabelos presos, rente à nuca. Com as campanhas, sua barba estava longa, as vestes surradas. Mas sua beleza independia da aparência. A única coisa que trazia impecavelmente cuidada era a espada, sempre reluzente. Ele, tal como Ícaro, tinha o costume de descansar a mão direita sobre o cabo da lâmina, enquanto caminhava.

— Por que não ofereceu dinheiro para comprá-la dos sacerdotes?

— E isso é possível? — os olhos do arqueiro se iluminaram diante da possibilidade.

— Ora, Rhodes, tudo é possível em Roma desde que você possa negociar com aquele que possui a mercadoria.

— Mas ela teria que ser entregue aos sacerdotes, não foi isso que Marco Lúcio nos ordenou? Ficar no Colégio... Não foi uma exigência que teríamos que cumprir?

— Rhodes, ninguém sabia o que fazer com aquela mulher, nem mesmo os sacerdotes sabem. Não me pareceu que faziam questão de ter uma sibila entre eles. E Marco Lúcio tem muito com o que se preocupar, só não ordenou que nos livrássemos dela porque de alguma forma se impressionou com o episódio na ponte.

O saquinho de couro com o pagamento das campanhas estava na bolsa que carregava às costas, e naquele momento, foi como se estivesse valendo o peso de uma vida. Ícaro notou que Rhodes havia levado a sério a sugestão de oferecer uma quantia por Carlina.

— Aonde vai?

— Vou comprá-la, como você sugeriu. Rhodes inverteu o caminho e começou a subir a ladeira a passos largos. Ícaro não teve outra alternativa senão segui-lo, maldizendo a si mesmo, pela boca larga. Por eles passavam homens com carrinhos vendendo grãos, liteiras, crianças maltrapilhas e todo tipo de gente. Suburra era um bairro *sui generis*. As casas pareciam apinhadas com grandes famílias vivendo num espaço onde cabia somente a metade. Ícaro cortava caminho por algumas ruas, e chegou a mencionar a Rhodes que César viveu muitos anos ali, em Suburra; crescera lá quando o bairro tinha feições bem melhores. Disse que a casa de seus antepassados estava intacta e ficava a poucos passos dali, mas o filho de César não deu importância àquelas palavras; definitivamente, havia uma chama em seu peito que fora acesa por Carlina.

— Rhodes, se você realmente quer esta mulher, seja breve e direto com os sacerdotes. No fundo, eles sentem medo de nós, soldados de Roma. Além disso, não nos atrase, quero seguir viagem ainda hoje.

O arqueiro assentiu com um rápido olhar e continuou subindo, sendo conduzido pela intimidade do romano com as ruas estreitas de Subura. Não fosse por Ícaro, certamente perderia muito tempo; Roma parecia um labirinto. O sol estava a pino, e o centurião decidiu cortar caminho por uma viela estreita, assombreada. O Colégio de Quindecênviro não estava longe.

Sem perceberem, Rhodes e Ícaro foram surpreendidos por um bando de marginais armados até os dentes. Ícaro respirou fundo e decidiu avançar; ainda apostava no seu porte de centurião. No entanto, o bando impediu a passagem e fez isso muito à vontade, como se tivesse o poder de domínio sobre as ruas Suburra. Por estar muito tempo fora de Roma, Ícaro não tinha mais tanto conhecimento a respeito da violência e do perigo nos bairros, não conhecia mais as histórias que corriam à boca pequena sobre a realidade nas colinas. Augusto estava organizando tudo a seu tempo, moralizando as contas e os hábitos, fortalecendo os colégios, fortificando ainda mais os seus exércitos. Mas a segurança da Cidade fugia ao seu controle. Pequenos grupos de marginais, antes parcos e discretos, haviam crescido e se estabelecido nas castas populares, transformando-se em um organismo fortalecido e alimentado no submundo dos crimes encomendados. E isso estava fora do alcance de Augusto.

Rhodes calculava rapidamente o que poderia ser feito diante da situação; não era do tipo que pensava muito antes de agir, a impetuosidade estava no seu sangue e ele achava que isso era uma grande arma — surpreender seu oponente mesmo estando em desvantagem. A coragem era sempre um elemento surpreendente. Mas Ícaro não pensava assim. Seu olhar ia mais além, por isso fez sinal para que Rhodes não avançasse. O repeliu com o braço estirado à sua frente.

— Perdidos em Suburra, soldados? — disse o mais forte do bando, com uma expressão de escárnio e destemor. Junto dele, oito homens criavam uma espécie de muralha humana.

— É muito difícil se perder em Suburra, somente os incautos... — Ícaro não chegou a terminar a frase quando sentiu o primeiro golpe no abdome, desferido com um bastão de madeira que o cretino segurava.

Rhodes avançou sobre ele e conseguiu derrubá-lo com um golpe no queixo, mas imediatamente foi atacado pelo resto do bando, levando tantos socos e pontapés que mal conseguia reagir. O mesmo foi feito com Ícaro. Em poucos instantes, não havia uma parte do corpo dos dois que não houvesse sido espancada. Eles jaziam no chão, prostrados, quase inertes. Dois homens vasculhavam as suas bolsas, procurando o que havia de valor. O líder do grupo agachou-se e ergueu a cabeça de Rhodes, puxando-o pelos cabelos. Ele segurava o cabo de um *pugio* — uma espécie de adaga afiada — e o apontou contra sua garganta, proferindo ameaças que o gaulês sequer conseguia ouvir; por muito pouco não furou sua jugular. O sangue turvava a visão de Ícaro e amargava em sua boca. Seus pensamentos não conseguiam se firmar diante da dor. Depois de enfrentar e sair vitorioso de tantas batalhas, aquele era um modo injusto e vergonhoso de um soldado morrer. Agora era uma questão de tempo. Eles não resistiriam por muito mais... não fosse a providência dos deuses. Uma pequena escolta formada por centuriões passou pela via principal, e um deles chamou a atenção dos demais quando percebeu o ataque que ocorria na viela. A última coisa que Rhodes e Ícaro puderam entrever foi a imagem enevoada das botas romanas se aproximando.

Ao verem os soldados, os marginais se dispersaram como ratos num celeiro incendiado.

O líder dos soldados aproximou-se de Ícaro para tentar ouvir sua respiração e conferir se ainda estava vivo.

— Ajudem... eu sou... — a voz enfraquecida de Ícaro mal podia ser ouvida. A dor ao falar era quase insuportável por conta das costelas quebradas, que dificultavam sua respiração.

— Eu sei quem você é, centurião. Não se preocupe. Está a salvo.

— Meu filho...

— Fique tranquilo, ele está vivo. Vamos tirar vocês daqui. Para onde devemos levá-los?

— Aventino, no topo da colina. — foi a última coisa que Ícaro pôde dizer, antes de ficar inconsciente.

Dona Ismênia quase morreu de aflição ao receber o filho e o neto naquele estado. Ambos foram deixados em sua casa, em condições tão deploráveis que nem mesmo nos tempos de César ela se lembrava de ter visto algo assim. Quem poderia ser tão cruel a ponto de ferir um outro ser humano daquele modo e por um motivo tão torpe? Como a humanidade havia chegado a esse ponto? Era algo animalesco. Não. Um animal não faria aquilo; nem os predadores mais selvagens. Animais atacavam por instinto de sobrevivência, para comer. Não por crueldade. Não por prazer de ferir. Ícaro estava quase irreconhecível. E Rhodes, pelos deuses, mal se movia; tinha o rosto deformado, os lábios cortados e os olhos fechados de tão inchados. Ambos tinham feridas pelo corpo todo, certamente alguns ossos quebrados, e estavam tão debilitados que mais pareciam duas crianças indefesas.

Próclito Aurelianus, o centurião que salvou Ícaro, contou a Dona Ismênia que o reconheceu assim que o viu; já haviam servido na mesma legião e enfrentado algumas batalhas juntos. Sabia de sua coragem e o admirava. Faria o possível para ajudar. Ele tentou tranquilizá-la e disse que voltaria o mais rápido possível trazendo ajuda médica.

E assim foi feito, mas a ajuda chegou apenas no fim da tarde, quando Dona Ismênia terminava de limpar os ferimentos, usando o que havia de disponível dentre suas poções caseiras. Amassou mirra com um pouco de vinho para embeber algumas bandagens, e as colocou sobre as feridas; outras continham chá de casca de pinheiro — um conhecido bactericida nos campos de batalha.

O médico, que certamente pertencia à legião de Ícaro, chegou a Aventino apressado; entrou marchando a passos largos e agia com precisão: verificou a temperatura e perguntou à Dona Ismênia se haviam vomitado ou apresentado alguma outra reação que ela pudesse relatar. Examinou os ferimentos e confirmou que o procedimento dela estava correto. Admirou-se do uso apropriado dos remédios e das bandagens. Rhodes estava consciente, no entanto, mal conseguia responder às perguntas que lhe eram feitas. Ícaro não respondia a nenhum estímulo e parecia já desenvolver alguma infecção, porque tinha febre e a coloração de sua pele não parecia nada saudável.

— Se a febre aumentar, o que faço?

O homem ergueu os olhos enquanto tentava auscultar o peito de Ícaro.

— Antes de nos preocuparmos com o aumento da febre, temos que conhecer sua causa — declarou, sucinto, e continuou com o exame. Ao chegar na altura do abdome, notou uma proeminência logo abaixo das costelas. Sua expressão tornou-se ainda mais séria.

— Vamos fazer uma atadura aqui. Arranje-me um tecido limpo e extenso, precisamos deixá-lo o mais imóvel possível.

Dona Ismênia imaginou Ícaro ouvindo uma ordem como essa... "o mais imóvel possível"; era bem provável que ele se erguesse em um pulo antes de obedecê-la. No entanto, seu filho permanecia ali, sem reação. Isso quase a fazia esmorecer, mas tinha que manter-se forte. Ele precisava dela naquele momento.

Enquanto enfaixavam o seu tronco, o centurião acordou e tentou se erguer. O médico o interrompeu, pedindo que ficasse quieto.

— Eu me chamo Eurípedes Alcipião, soldado. Fui designado para cuidar dos homens da sua legião. Estou aqui a pedido de Marco Lúcio, que parece ter muita consideração a seu respeito.

— Pelo nome, vejo que não é romano.

O médico sorriu. Pela primeira vez, desde que chegou, parecia satisfeito.

— Está atento, soldado. Isso é bom. Não, de fato não sou romano. Augusto mandou chamar médicos gregos e aqui estou eu.

— E Augusto os manterá na Cidade? — a conversa parecia despertar Ícaro e era exatamente isso que seu médico queria, embora sua voz saísse sob muito esforço.

— Só enquanto os oficiais conferem as condições dos acampamentos nas Províncias. Caso haja alguma baixa ou substituição, serei chamado para ocupar algum Valetudinário.

— Não faço ideia do que seja isso... — Ícaro sentia-se tonto, mas o médico não parava de falar.

— São hospitais militares que estão sendo implementados em todos os castros. Ao voltar da guerra, Augusto chegou à conclusão de que muitos homens morrem mais por falta de socorro imediato do que pela natureza da lesão.

— Ah, que bom. Fico feliz que o nosso imperador tenha "descoberto" o que todo soldado já sabia.

— Vejo que tem senso de humor — disse Eurípedes, com um sorriso curto e condescendente, enquanto prendia a última volta da atadura.

— Pronto. Agora beba esta dose de poejo. Será bom para interromper a infecção.

— *Timeo Danaos et dona ferentes.* — disse o centurião.

Eurípedes lançou uma sonora gargalhada, surpreendido com a brincadeira de Ícaro, ao mencionar a célebre frase de Virgílio, o poeta, sobre a guerra de Tróia: "Eu temo os gregos, mesmo quando nos oferecem presentes".

— Ora, temos aqui um homem letrado! — exclamou, inclinando-se ligeiramente para fitar o centurião.

— Ah não. Sou apenas um curioso ouvinte — respondeu, tentando não se mover.

— Bem. Por enquanto é isso. Vamos continuar observando a sua evolução. Sua mãe saberá o que fazer. Deixarei instruções sobre as beberagens que deverá tomar.

— E Rhodes, como ele está? — perguntou Ícaro, preocupado.

— Seu filho ficará bem... ele tem a juventude a seu favor. — o médico olhou para o catre ao lado, onde Rhodes dormia. — Ele teve mais sorte do que você, embora não pareça. Os hematomas levarão algum tempo para sumir. Isso vai mantê-lo longe das mulheres por algum tempo.

Ícaro sorriu, mas depois fechou o semblante ao lembrar que tudo aquilo aconteceu por causa de Carlina.

— Assim espero — disse ele ao médico.

Naquela noite, Dona Ismênia permaneceu em vigília ao lado dos dois. Qualquer movimento parecia um sacrifício para Ícaro e Rhodes; eles mal se moviam. Mas, graças aos deuses, não tiveram pior sorte. Agora só restava esperar e orar pela total recuperação dos ferimentos.

Três dias se passaram sem maiores surpresas. Ícaro e Rhodes já apresentavam uma melhora significativa para tão pouco tempo.

Quando o *medicum* grego voltou a examinar Ícaro, constatou que, apesar de quebradas, suas costelas não haviam atingido nenhum órgão. Rhodes também estava se recuperando, apesar das aparências; as feridas e os hematomas enegrecidos davam-lhe um aspecto assustador. Outras beberagens foram recomendadas, além de um pouco de esforço por parte de Rhodes para se manter sentado. Caso conseguisse se levantar, era preciso ficar atento às tonturas. O médico agora parecia mais preocupado com o estado mental do rapaz, que parecia apático e derrotado. Já Ícaro, apesar de se sentir bem melhor, estava proibido de se mover e teria de amargar mais dez dias em Roma.

— Já vi muitos casos como o seu, centurião. Pode parecer bobagem, mas na primeira tentativa de galope ficará tão arrasado quanto no dia da surra. Não vale a pena arriscar. As costelas nos sustentam. Deixe-as se recuperarem a tempo; depois disso, poderá ir aonde quiser.

Ícaro desejou que toda gente pudesse receber a mesma dedicação que ele e Rhodes estavam recebendo. Gostava daquele homem. Além disso, ele se divertia com o sotaque que o médico imprimia ao latim. Dona Ismênia ouvia de longe a conversa entre os dois e pensava que seu filho e o médico falavam em grego. Certa noite, ela disse a Ícaro:

— Meu filho, se o seu pai estivesse vivo ficaria muito orgulhoso de você. Ele sempre quis vê-lo falar o grego.

Ícaro precisou conter a gargalhada. As costelas doloridas não permitiam tal excesso. Nem mesmo Rhodes — que andava abatido por conta da emboscada — conseguiu segurar o riso.

Naquele dia fatídico, em Suburra, além da surra que quase o levou à morte, Rhodes também perdeu os soldos recebidos pela última campanha. Os bandidos levaram seus pertences e os de Ícaro, mas este foi mais precavido e guardou a maior parte do soldo amarrado à cintura. A espada de Rhodes, graças a Bellenus, ficou no chão ao lado de seu corpo combalido e foi devolvida pelos soldados que os socorreram.

Agora recuperados, Rhodes e Ícaro só falavam do quanto estavam ansiosos para partir de Roma. Eles nunca mais haviam mencionado nada sobre o motivo que os fizera voltar até o Colégio Quindecênviro.

— O que será que fizeram a ela? — disse finalmente Rhodes, como quem desabafa um assunto engasgado.

— Não sei. Só sei o que ela fez a nós. — respondeu Ícaro, rispidamente, deixando claro que não queria esse assunto. Se dependesse dele, Rhodes nunca mais se aproximaria de Carlina.

— Não foi culpa dela...

— Basta, Rhodes! Nós vamos embora hoje; a menos que você queira ficar em Roma. Eu partirei. Já fiquei aqui tempo demais.

— Partirei com você. Já basta de Roma. — o gaulês anuiu, condescendente.

Ícaro pousou o braço sobre os ombros do filho e sorriu enquanto olhava o seu rosto ainda marcado de hematomas; ele jamais deixaria de ser um menino aos olhos do centurião. Rhodes segurou seu braço fraternamente. Estava consentindo oficialmente com a decisão do centurião.

— Chegou o momento, minha mãe. Seu filho está voltando para a Gália. — disse Ícaro, abraçando Dona Ismênia no portão da casa de Aventino.

— Que Júpiter os acompanhe, meu filho. Não me aperte tão forte assim, você pode sentir dor — murmurou ela, prendendo as lágrimas.

— Estão mesmo se sentindo bem o suficiente para viajar por tanto tempo? — perguntou, enquanto deslizava o dorso da mão sobre a face de Rhodes, investigando seus ferimentos.

— Estamos sim, mãe. Antes passaremos no Fórum. Tenho economias suficientes para comprar uma carroça e mais um cavalo. Desta vez a senhora realmente se verá livre de nós.

— Vocês é que querem se livrar de mim.

Rhodes abaixou-se e a beijou na testa.

— Obrigado por tudo... tudo mesmo. — disse ele, certamente se referindo aos cuidados que ela dedicou a ele desde sua tenra infância.

— Não há de quê, meu filho. Não há de quê. — suas pequeninas mãos batiam nervosas nas costas de Rhodes. Ela não queria se emocionar.

Nos arredores do Fórum sempre havia algum comerciante disposto a se livrar de mercadorias que não haviam sido vendidas nas colinas de Esquilino e Célio. Ícaro soube que o Circo Máximo agora era o melhor lugar para comprar bons cavalos. Desceram o Monte Aventino em pouco tempo, passando pelo Templo de Diana, dando graças por não ser um período de celebração religiosa, quando os fiéis e matronas romanas se apinhavam ali, ofertando mundos e fundos aos deuses de Roma.

Ícaro ainda sentia dores nas costelas, mas por ter obedecido à risca as prescrições médicas de se manter enfaixado até chegarem à Gália, acreditou que sua viagem seria possível. Próximos ao Circo, entraram em um mercado a céu aberto. Ali havia de tudo um pouco.

— Então, Roma está se tornando uma grande feira livre — falou Ícaro, como se lesse o pensamento de Rhodes.

— Vamos aproveitar e ver se precisamos de algo mais. — completou o rapaz.

Assim como a maioria dos gauleses, conhecidos por carregarem suprimentos demais, Rhodes achava bom levar tudo que pudessem, para que não precisassem de muitas paradas na longa jornada até a Gália.

— Não precisamos de mais nada, gaulês. Veja quanta comida dona Ismênia nos fez carregar. — Ícaro virou os olhos para cima, sentindo que o exagero de sua mãe lhes obrigaria a uma marcha lenta. Rhodes riu.

Naquela manhã, depois de muito tempo, eles estavam experimentando uma espécie de paz que invade aqueles que regressam para casa. Roma parecia calma, apesar do movimento ininterrupto nas ruas, e o céu claro e a temperatura agradável contribuíam para aquela sensação. Eu soprei entre os dois, para celebrarmos juntos aquele regresso. Também eu estava feliz em acompanhá-los até a Gália e rever Tumbo e Mirta.

Ícaro já estava quase decidido entre um dos cavalos que o comerciante tentava lhe empurrar por um preço exorbitante, quando Rhodes ouviu de longe um tipo de rugido. O som não parecia nem de gente nem de animal, mas não lhe era estranho... de fato, não era.

Sobre um tablado de escravos, várias mulheres e crianças estavam expostas para quem pudesse pagar, e entre elas, Carlina. Ainda mais magra e pálida do que da última vez. Estava amarrada às outras, e como se ainda restasse um feixe de natureza em seu corpo combalido, liberava um rugido rancoroso para assustar qualquer comprador. — Veja. — disse Rhodes ao centurião com o dedo apontado para o local.

Enquanto pagava ao vendedor sua mais nova aquisição, Ícaro deteve-se entre a contagem das moedas e a imagem degradante daquelas mulheres. Até reconhecer Carlina.

Por um instante, ambos se calaram. Eu vi os olhos de Ícaro tão chocados quanto os de Rhodes. O tempo que vivera entre os allobroges retirou do centurião a naturalidade em lidar com a escravidão massacrante imposta pelos romanos.

Ícaro não deteve Rhodes quando ele se virou em direção ao tablado; parecia que o jovem arqueiro precisava assimilar mais de perto a imagem da sibila. Ela estava morrendo, ele sabia; seu corpo agora apresentava intensas marcas de maus-tratos e não suportaria mais do que duas luas — os homens da guerra têm um olhar astuto sobre isso. Carlina emitia aquele grunhido com a pouca força que lhe restava, praguejando à sua maneira, para afastar compradores, vingar-se dos vendedores e certamente morrer mais rápido.

— Cale a boca, vadia. — gritou um dos homens que prendia a corda das escravas, batendo com a mão fortemente no rosto de Carlina.

Rhodes se contraiu. A sibila caiu e puxou consigo outras duas mulheres amarradas a ela.

— Covarde... vou matá-lo. — disse Rhodes num tom contrito.

Ícaro se aproximou a tempo de detê-lo.

Ali, ficaram de pé por um instante. O pensamento experiente do centurião correu rápido: ele conhecia o instinto justiceiro de Rhodes e sabia que ele estaria disposto a fazer coisas inesperadas, ainda mais em relação àquela mulher. Então, antes que Rhodes começasse a resolver as coisas à sua maneira, ele decidiu intervir. Viu Rhodes colocar a mão sobre a Gold Bula — o presente que seu pai lhe dera quando tinha apenas três anos de idade.

— Homem! Quanto quer por essa aí que ruge? — Rhodes não queria demonstrar seu interesse. Naquele momento, como seu pai, demonstrou a capacidade de pensar com frieza nos momentos de decisão.

Nesse instante, Carlina pareceu despertar daquele estado animalesco, identificando o possível comprador.

— Por essa? — disse o vendedor, apontando. Era um homem gordo de baixa estatura. Ele olhava fixamente para o arqueiro, investigando seu poder aquisitivo. Infelizmente a beleza de Scrix o fez calcular as posses de Rhodes.

— Sim... essa aí. — retrucou o arqueiro, fingindo desdém.

Pelo porte de Rhodes, e pelas marcas que apresentava no rosto, o homem concluiu que se tratava de alguém da guerra. Era um gaulês, por certo, mas se andava por Roma após as batalhas de Augusto, certamente tinha algum dinheiro. Calculou rapidamente um valor com base no soldo dos soldados de Roma. No entanto, um escravo podia valer muito ou quase nada, dependendo do tipo. Htinham o preço alto, pois, mas mulheres e crianças valiam bem menos E Carlina estava muito debilitada, além de soltar aquele grunhido feito um bicho indomável. Talvez fosse louca. Aquele homem gorducho e sujo estava com um lote fraco. Falta de sorte. Resolveu arriscar e lançou um preço por Carlina.

— 20 denários. Em ocasiões normais, o vendedor faria um discurso descrevendo as qualidades da mercadoria, mas Carlina não proporcionava nenhuma vantagem aparente. Além disso, vinha lhe trazendo problemas desde o momento em que a capturou. O homem esperava a resposta do gaulês enquanto os olhos de Rhodes percorriam os braços de Carlina, notando as marcas de ferro quente em seus pulsos. "O que aqueles malditos sacerdotes haviam feito à ela? Quantas outras marcas haveria em seu corpo, além da marca de nascença das sibilas?

Rhodes começou a desatar o nó de seu colar. Ele iria oferecer sua gold bula em troca de Carlina, mas Ícaro o deteve e colocou algumas moedas em suas mãos.

— Espero que saiba o que está fazendo — sussurrou ele. — Ofereça 15 denários e ele a entregará de bom grado.

— Homem, tome 15 denários. É o que estou disposto a pagar. Nem para a cama ela servirá. — gritou Rhodes.

O homem recebeu as moedas com pressa, temendo que o outro chamasse Rhodes à luz da razão, já que Carlina era um verdadeiro estorvo. Cortou a corda que a prendia pelos pulsos e a empurrou para o gaulês, deixando claro que não aceitaria devolução. Sobre os braços de seu novo dono, a sibila sorrentina murmurou, quase desfalecida, "um bom começo para quem não suporta a escravidão". Ela pesava muito pouco, tinha os ossos à mostra, os lábios rachados, as unhas sujas de terra e os pés descalços e feridos. E cheirava muito mal. No entanto, o que mais chocava a Rhodes era vê-la frágil e derrotada.

CAPÍTULO LXI

EM ALGUM PONTO PRÓXIMO A BAÍA DO MAR BRITTANICUS

Amarantine e Lebor caminhavam lentamente sobre a areia branca. Uma embarcação de médio porte a aguardava, mas ambos pareciam ignorar o fato de que em tempos de fuga a pressa se faz necessária.

A Brittania dava sinais de que não queria deixar escapar um pedaço da magia que lhe pertencia. O céu parecia mais escuro e o ar pesava à beira-mar. — Não julgue todos os druidas pelo que ocorreu em Unterspone, Amarantine — disse Gabala, na mais profunda franqueza. — Eu realmente sinto muito por tudo o que você passou. A fada ruiva respirou fundo. O Mar Brittanicus chamava por ela através de curtas ondas que espumavam na barra de seu vestido.

— Agradeço pelo que fez por nós. Por ter nos salvado. E por me ajudar a fugir. Então ela o abraçou como se nunca mais fosse vê-lo novamente. Cinco navegadores experientes entraram na embarcação com víveres suficientes para atravessar os sete mares. Por fim, Lebor Gabala disse-lhe que as Ilhas de Galli estavam a par de sua chegada e que a druidisa-mor a aguardava ansiosa pelos detalhes da Noite Negra em Unsterspone. Amarantine baixou o olhar. Já esperava por isso. Não havia chance alguma daquela terrível noite ser esquecida, era certo que a obrigariam a repetir muitas e muitas vezes as atrocidades cometidas em Unterspone.

A bola de fogo despontou no horizonte dando sinal de retirada. Lebor Gabala ainda olhava para aquele infinito quando Amarantine acenou ao longe, já sob os cuidados do poderoso Mar Brittanicus.

CAPÍTULO LXII

As Ilhas de Galli
Elavon

As Ilhas de Galli tinha uma guardiã, a Suprema Druidisa Elavon. Segundo as lendas que contavam dos seres mitológicos e monstros marinhos, Elavon presidia as Ilhas de Galli há tanto tempo que apenas os bruxos mais antigos se recordavam de sua antecessora: Mousina. Ambas haviam pertencido ao primeiro conselho de druidisas na Gália Bretã, há muitas e muitas décadas atrás. Após meio século ordenando o celtismo feminino, Mousina percebeu em seu corpo os sinais que o tempo costuma legar, e isso ficou patente no inverno o mais rigoroso das Ilha de Galli em 100 anos. Uma falta de ar atacava os pulmões de Mousina constantemente, assim que o sol se punha no horizonte do Mar Brittanicus. Os habitantes das Ilhas sentiam junto com sua guardiã aquele mesmo ar faltoso e esperavam, contritos, o que era notório: a visita da morte aos aposentos de Mousina.

Coube a Elavon o bastão de Druidisa Suprema, porque essa foi a decisão de Mousina quando ainda tinha forças. Ela abriu as Nove Tábuas Sagradas e fez gravar a ferro quente a seguinte inscrição:

"Mousina Tetuaric, Druidisa Suprema de Galli, nomeia como sua sucessora a druidisa Elavon Nuath, por ela ungida nas águas sagradas do Danúbio. E ordena, com o poder que lhe foi conferido pelo Conselho Supremo dos Druidas de Glastenbury, que Elavon tome seu bastão e conduza o celtismo feminino nas Ilhas Sagradas de Galli, além e a favor do Mar Brittanicus. Em nome de Dannu e sob as bênçãos da Thuatha, esse é o seu desejo e sua ordem."

– M.T.

Amarantine aportou ao entardecer na primeira ilha do arquipélago. Por estar na condição de fugitiva, não pôde ser recebida na maior das três ilhas, onde ficava a morada de Elavon; teria que aguardar a visita da druidisa-mor que a julgaria após ouvir os seus relatos sobre o que ocorrera em Unterspone, dando-lhe a justa sentença. Contudo, as

Então foi levada a um cômodo simples, mas confortável; recebeu roupas limpas e depois de se lavar, desceu à cozinha para comer. A refeição era simples — um prato de sopa e chá de melissa.

Na noite seguinte, quando as três estrelas irmãs se alinharam bem acima do arquipélago de Galli, Elavon chegou em sua embarcação. Vinte remadores a levaram até Amarantine, atravessando as águas incertas que separavam as ilhas, cujas lendas diziam conter terríveis monstros marinhos. Mas estando na companhia de Elavon, os homens nada temiam; acreditavam estar sob a proteção de uma força maior da natureza.

A visão de Elavon era surpreendente. Caminhava com altivez, vestida de algo fluido, que em nada se parecia com um tecido. Era praticamente uma deusa! Como a maioria das fadas, sua pele reluzente parecia brilhar sob a claridade lunar. As mãos longas combinavam com a silhueta delgada de seu corpo, que se movia com harmonia e leveza. Raramente vista pelos habitantes das Ilhas, conseguiu ser ainda mais misteriosa que sua antecessora, mas amava seu ofício tanto quanto Mousina. O povo também a amava, por sua justiça e retidão, mas sentia-se órfão da figura materna que Mousina firmou.

Reverente, Amarantine aguardava a Fada das Fadas e sabia que depois daquela noite, sua vida nunca mais seria a mesma.

CAPÍTULO LXIII

Muito tempo se passou até que Amarantine voltou a pisar na Gália. Parecia inacreditável estar ali novamente; se algumas luas atrás alguém tivesse lhe dito que isso aconteceria, ela acharia impossível, e muito menos pelos motivos que a levavam até lá. Sua fuga e todos os percalços de Unsterspone, e a verdade sobre o druidismo feminino. Pelos deuses! O destino era um especialista em reviravoltas.

O porto escolhido foi o de Ambleteuse. Diferentemente de anos atrás, quando partira pela Costa Armórica até a Britannia Prima, agora chegava por outra ponta da Gália, mais a nordeste, conhecida por Gália Belgae. Ambleteuse estava mais estruturado desde 54 a.C., quando Júlio César intentou sua primeira ida à Brittania, usando o forte que já existia por lá. Aquele pedaço de terra e mar pareceu mais belo e plácido agora, assim como quando reencontramos velhos amigos. O sol saiu pela primeira vez em dias e os guardiões de Elavon disseram a Amarantine que era um bom dia para seguirem até Avaricum, na Gália Céltica — como se dizia naquela época sobre as divisões na Gália. Antes de retraçar seus planos de vida, Amarantine tinha que cumprir uma promessa e chegar até os bitúriges, em Avaricum, para avisar a Margot sobre tudo o que ocorrera e pedir que parte do exército de seu povo fosse imediatamente à Brittania para buscar Esther, Anna e, quem sabe, Andriac. Com a ajuda de sua amiga, ela precisava convencê-los de que a história que estava prestes a contar era verdade; despertar a consciência dos homens que, em geral, não se importavam muito com o druidismo feminino, mas faziam questão de ter em sua linhagem uma filha escolhida pela Caravana. Tudo era tão cercado de hipocrisia e títulos... mas sempre foi assim... desde o princípio do mundo.

Escoltada pelos guardiões, Amarantine finalmente chegou e foi recebida com extremo amor e surpresa por Margot, que estava linda, em estado gestacional.

— Pelas esferas! Não posso crer que está aqui, minha irmã! — as mãos de Margot seguravam o rosto de Amarantine como se fosse uma pérola a proteger. Estava tão feliz ao abraçá-la que nem mesmo questionou o porquê de tê-la ali. Depois, como se lesse nos olhos da amiga um presságio ruim, a puxou pelos braços para que pudessem se sentar e conversar com calma.

— Por favor, me diga que ela está bem. Diga logo... diga... — Margot consumiu-se em pranto, porque sua intuição sempre foi certeira.

— Não chore minha querida, Esther está bem. Está escondida em um lugar seguro, com Andriac. Estavam um pouco feridas, mas nada grave. Precisamos buscá-las.

Margot enxugou o excesso de lágrimas e olhava para Amarantine, confusa. — Escondida, mas por quê? O que aconteceu?

— É uma longa história, minha amiga — suspirou Amarantine, sabendo que precisava esclarecer tudo. — Unterspone sofreu um ataque brutal. Macbot se foi. Margot sentiu-se tonta. Talvez pelo estado avançado de sua gravidez, a notícia tenha sido impactante demais. Pediu que Amarantine chamasse alguém para ajudá-la;

precisava se deitar. A serva veio prontamente, a acomodou sobre algumas almofadas e buscou água fresca.

— Bell, traga-me chá de funcho. Quero a erva fresca; preciso de algo verdadeiramente mágico nesse momento. — a serva sorriu, obediente, e saiu apressada.

Margot vivia como uma rainha. Estava casada com Caudeus, o chefe do povo bitúrige e como era, ela mesma, filha de reis bretões, sentia-se muito a vontade na condição de nobre.

— Pelos deuses, me perdoe, Margot. Eu deveria ter tido mais cuidado ao contar-lhe isso. Vamos falar mais tarde — disse Amarantine.

Num pulo, Margot ajeitou-se sobre a cama, tomada de súbito por um inexplicável vigor.

— Está louca, Ama? Conte-me tudo. Rápido. Feche a porta. Não quero que ouçam nossos segredos, eles são apenas nossos. — retrucou, com seriedade. Admirada pela força de Margot, Amarantine começou a contar sobre a Noite Negra. Ela narrava os detalhes daquele fatídico acontecimento, repetindo que daria tudo para apagá-lo de sua memória. Macbot sendo açoitado por Serviorix para forçar Anna a sair da casa, e depois sendo apunhalado por ele, aceitando os golpes até cair ao chão, enquanto Anna erguia o punhal de Secellus que havia retirado da sala de estudos, e que jamais pensaram usar... os homens encapuzados ateando fogo no vale e na casa, para que elas morressem ali. E quem seriam aqueles homens? Talvez criados de Serviorix, ou aldeões comandados por forças ocultas, ou membros da Caravana... quem poderia saber? Tudo era tão nebuloso e triste. Quando ela, Andriac e Esther conseguiram se afastar e finalmente alcançar uma parte que o fogo ainda não havia consumido, Amarantine se lembrava de ter olhado para trás e visto o corpo de Serviorix estirado ao lado de Macbot, parecia que o vulto de Anna se mantinha de pé ao lado dos dois, de posse da espada. A fumaça invadia todo o vale, e a beleza dourada do funcho jazia junto de todo o resto. Anna havia se sacrificado por todas elas, assim como Macbot. Isso doía tanto no peito de Amarantine que sua cabeça pendeu. Ela quis parecer forte, mas desabou sobre o colo de Margot furtando um pouco daquela maternidade.

— Mac... nosso Mac... não sei se suportarei viver sem ele, meu maior amigo. O anjo de Belissãma. Por que os deuses fazem isso conosco, Margot? Arrancam de nossas vidas o que nos é mais caro! E pobre Anna, nossa querida e gentil irmã. Peço a todo momento que esteja a salvo, que de alguma forma tenha escapado para um lugar seguro. — Você, Esther e Andriac conseguiram se refugiar onde?

Amarantine tentou se recompor. Precisava deixar Margot a par de tudo.

— Fomos até a Ponte das Plêiades, lembra-se?

— Sim, claro. Quantas vezes apostamos corrida até lá... — disse, tentando esboçar um sorriso, sem conseguir.

— Ali nos escondemos embaixo da ponte, pois sabíamos que estavam atrás de nós. Esther tinha algumas queimaduras e eu alguns arranhões, mas Andriac sofreu uma queda no caminho e parecia ter fraturado o braço. Sentia uma dor lancinante, mas não podia sequer gemer. Quando tivemos a certeza de que estávamos a salvo, voltamos ao vale e tudo aquilo que podíamos chamar de Unterspone não estava mais lá. Restava apenas uma clareira negra por onde o fogo havia passado.

Margot teve medo, mas fez a pergunta que lhe veio à mente.

— Viram alguém, Anna e Mac? — ela estava perguntando por seus corpos.

— Não. Nem mesmo Serviorix.

— E depois? Para onde foram?

Voltamos para nos refugiar no mesmo lugar, embaixo da ponte das Plêiades. Esperamos o sol se pôr e começamos a caminhar lentamente por dentro da floresta, de modo que não perdêssemos a estrada de vista. Foi então que Lebor Gabala surgiu na companhia de alguns cavaleiros, assoviando de um jeito que sempre fazia.

— Sim, não podia gritar seus nomes... claro.

— Isso mesmo. Foi o que me disse depois, antes de nos despedirmos.

— E Esther... ficou com Andriac?— Sim, os homens que acompanhavam Lebor cuidaram de tudo. Improvisaram um acampamento para que pudéssemos descansar e trataram dos nossos ferimentos. Ao ver os nossos olhares petrificados de pavor, eles disseram que nos protegeriam como à própria alma. No entanto, na manhã seguinte, Andriac havia sumido. Tenho certeza de que partiu em busca de Anna. — O que foi que Gabala pediu que fizesse na Gália, além de me encontrar?

— Bem, ele me fez contar tudo para Elavon e aguardar sua decisão. Estive com ela, Margot, ela é linda! Tanto quanto imaginávamos, porém, bem mais dura do que eu esperava.

Essas palavras acenderam os olhos de Margot. A fada ruiva, ao notar seu interesse, decidiu desviar a conversa para esse rumo. Sua amiga estava grávida e claramente mais sensível. Tinha uma capacidade ampliada de vivenciar as coisas através dos relatos que ouvia. Profusamente, Amarantine contou a Margot os ricos detalhes de sua estadia nas Ilhas Galli. Falou sobre os rituais e todo o aparato céltico que cercava a imagem de Elavon; descreveu não apenas suas características físicas como sua voz aveludada e reta, seu olhar analítico que causava incerteza sobre suas ações. Enquanto a druida ouvia tudo que Amarantine vivera com suas companheiras no Vale outrora Sagrado, ela algumas vezes a interrompia para servir-lhe um chá, e mesmo que Amarantine negasse, Elavon insistia. Mais tarde, Amarantine soube que aquele chá era conhecido como água da verdade, e fazia revelar tudo o que existia dentro e fora de quem o bebia. Ao final, enquanto era conduzida para a Gália na companhia dos guardiões de Elavon, Amarantine viu partir uma frota a caminho da Brittania. Ficou claro para ela que havia um poderio bélico e feroz por trás dos ritos célticos, entre a Brittania e a Gália, e talvez estivesse justamente no meio do caminho.

— Por fim, Elavon mandou-me para cá, para lhe contar pessoalmente tudo o que aconteceu.

— E depois? Ela quer que você volte para a Brittania?

— Sinceramente, não sei. Mandou que eu viesse até aqui pedir ajuda. E quanto a isso só posso reafirmar diante de seu marido e de seu povo tudo o que sei. Já que eu mesma não possuo mais uma terra para chamar de minha e nem um povo para me acolher.

— E os allobroges?

— Estamos tão longe deles, Margot. Não recebo notícias de meu pai desde que você veio para cá. Não sei por onde anda, provavelmente já partiu de lá. Você sabe, ele não se fixa em lugar algum.

Margot fitava Amarantine com profundidade e foi como se a fragilidade de seu estado tivesse passado para ela. Segurou suas mãos com cuidado e tinha na voz um tom de quem procura as palavras certas.

— Tenho algo para lhe contar, mas quero que se acalme. Respire fundo...

— O que é? Sabe algo sobre meu pai... Margot, por favor, não me esconda nada. — a face de Amarantine perdeu a cor.

— Não é sobre seu pai.

— Não? Então sobre quem é?

— Rhodes.

Subitamente, a temperatura agradável do ambiente mudou. O corpo de Amarantine foi percorrido por um calafrio que a fez estremecer, como se os seus ossos tivessem congelado.

— O que tem ele... — balbuciou a fada ruiva.

— Acho que está vivo.

A voz de Margot tornou-se inaudível por um instante, e nos ouvidos de Amarantine surgiu uma espécie de trinado; sua cabeça girou, os braços pesavam além do normal e as pernas por sorte estavam sobre a cama. Seus olhos tentavam focalizar algum ponto na direção do teto. Ela tentou respirar.Aquela conversa não seria fácil.

— Nós estamos muito próximos dos allobroges agora, Ama. Caudeus e seu pai tornaram-se apoiadores de Augusto. Desistimos de lutar contra Roma. Você sabe, os bitúriges e os allobroges duelaram ao longo dos anos, mas há mais de cinco calendários estão estreitando laços. Eles nos fornecem excelentes vinhos e ferro, e nós oferecemos em troca lã e cavalos.

Enquanto Margot se perdia em descrições minuciosas sobre a relação política entre allobroges e bitúriges, Amarantine só ouvia seus próprios pensamentos e tentava concatenar o que isso tudo tinha a ver com Rhodes. Margot continuava.

— Algumas vezes fui até a Narbonesa com Caudeus, pois ele queria que eu mesma escolhesse objetos de arte nos mercados de Narbo. Depois fomos até os allobroges, já que tínhamos sido convidados para um rito em homenagem a Belissãma. Toda a aldeia estava em festa, não só pela data, mas também pelo feliz retorno dos arqueiros, depois de mais de um ano fora com as Campanhas de Augusto. Foi então que ouvi chamarem por Rhodes e o ovacionaram dentre seu povo. Eles o jogavam para cima, festejando alguma coisa que para mim não teve nenhuma importância a não ser pelo fato de que sua aparência era exatamente da maneira como você descrevia. Além disso, ele era o líder dos arqueiros. Acho que isso explica tudo, não?

— Você falou com ele? Disse que tinha vindo de Unterspone? Falou de mim?

— Não pude, Caudeus me proibiu. Ele disse que se Rhodes não foi buscá-la, não a merecia.

Apesar de contrariada, Amarantine foi obrigada a concordar com o marido de Margot. Afinal, ele mesmo não fora buscá-la e lutou por ela, contra tudo e contra todos? Caudeus enfrentou o celtismo sem temor e lançou-se até a Brittania Prima bravamente.

E o motivo que o havia separado de sua amada era o mesmo que havia afastado Amarantine de Rhodes: um engano. Um engano tolo demais para um destino tão cruel. No fim, o amor de Caudeus parecia mais sincero e corajoso do que o de Rhodes.

A partir dali a Noite Negra perdeu a importância na conversa; o celtismo — já tão nebuloso no coração da druidisa — pareceu distante e sem sentido. A incerteza sobre o destino de Anna e a misteriosa figura de Elavon e seu poder absoluto sobre vários povos também passaram a segundo plano, e até mesmo as experiências telepáticas com sua mentora pareciam não mais pertencer a Amarantine. Estavam além dela. Além da Amarantine que amou Rhodes, que ainda o amava mesmo depois de morto e agora... Vivo novamente. Pelos deuses! Quantas surpresas ainda viriam?

CAPÍTULO LXIV

DE VOLTA PARA CASA

UM MÊS ANTES

A mesma ânsia que impulsionava Rhodes para as guerras também o fazia desejar voltar para casa. É a sina dos guerreiros. Ele, Ícaro e Carlina atravessavam a Via Aemilia, num ponto bem próximo da fronteira entre o norte da Itália e a Gália. Estavam bem no meio da Gália Cisalpina. Pelas condições do centurião, a viagem estava sendo mais lenta, mas deram graças aos deuses por ser uma época boa do calendário, afinal, se estivessem no inverno, certamente seria muito mais difícil. Ícaro havia apostado com Rhodes que Carlina fugiria na primeira oportunidade, mas o gaulês nada dizia; não tinha a menor ideia do que se passava na cabeça daquela selvagem.

Nos primeiros dias, enquanto ainda estava muito debilitada, Rhodes a acomodou na carroça de Ícaro; para alimentá-la, era preciso colocar a comida em sua boca. Carlina não tinha forças sequer para levantar os braços. Tinham a impressão de que ela dormiria para sempre. Pouco a pouco, foi recuperando as forças e ganhou uma aparência mais saudável, mas nem por isso ficou mais dócil. Depois de dez dias, já estavam bem próximos da fronteira.

Em uma das paradas, Ícaro e Rhodes conversavam distraidamente, sentados diante da fogueira, enquanto preparavam um assado. De repente, ouviram um relincho seguido do rompante de um galope, e quando olharam para trás, viram Carlina disparando com Scrix. Pela velocidade, tiveram a certeza de que ela fugia, carregando o cavalo de Rhodes. Ícaro, furioso, virou-se para o gaulês pronto para dizer-lhe "Eu avisei", mas estancou a voz diante da expressão no rosto do rapaz. Ele não queria acreditar no que tinha acabado de ver. Visivelmente contrariados, eles foram até a carroça para ver o que mais haviam perdido. No entanto, se surpreenderam. Carlina surgiu, logo depois, arrastando consigo um homem amarrado por uma corda, laçado como se fosse um animal. Ela explicou em poucas palavras que enquanto Ícaro e Rhodes estavam distraídos, o homem se aproximou do acampamento, sorrateiro, e roubou a bolsa que estava sobre as cobertas. Talvez por estarem muito próximos da fronteira e de tropas romanas, os dois baixaram a guarda e perderam o olhar vigilante.

Ícaro, pela primeira vez, não sabia o que pensar. Na véspera, quando falava sobre a sibila, ele havia caçoado de Rhodes, citando uma frase de Publius Sirus, que dizia: *"Aut amat, aut odit mulier; nil est tertium"* — A mulher ama ou odeia, não existe uma terceira via. Ícaro adorava provocar Rhodes fazendo citações em latim, pois sabia o quanto ele valorizava as coisas dos romanos. Mas o retorno de Carlina, trazendo consigo uma prova de sua fidelidade, calou o centurião e despertou em Rhodes um sorriso irônico. Como não estavam dispostos a matar ninguém, resolveram apenas amarrar o larápio a um tronco de árvore. Ao alvorecer, partiram, deixando-o ali, à espera de uma patrulha romana.Quando chegaram a Acerrae, entre os Alpes e o rio Pó, Rhodes pediu a Ícaro para diminuir a marcha. Estavam a poucos passos da fronteira. O gaulês aproximou-se de Carlina e ousou fazer algo bem típico de sua personalidade. Com a voz firme, apontou adiante e disse:

— Você está livre. A partir daqui pode ir para onde quiser. Mas, se desejar, pode nos acompanhar até nossa terra. Lá terá o que comer e onde dormir. Não pertencerá a mim e não permitirei que pertença a ninguém, a menos que queira.

Ícaro nada disse, mas, assim como eu, sentiu-se repleto de orgulho e admiração — aquele gaulês tinha um jeito muito singular de ganhar as batalhas. Carlina estava na carroça e Rhodes a olhava, esperando uma resposta. Acho que, pela expressão da sibila, aquilo foi uma das coisas mais inesperadas de sua vida.

— E então? Não temos o dia todo... — tornou ele. Agora estava impondo um distanciamento forçado, mas creio que fazia parte de sua estratégia. Vinte e dois anos de pura astúcia.

O sol estava a pino, e no céu não havia sequer uma nuvem anunciando qualquer mudança no tempo. Mais um dia de cavalgada e já estariam na Gália.

Carlina ergueu o queixo e fixou seus olhos escuros nos de Rhodes, certamente vendo coisas que os outros não podiam ver. Pelo seu silêncio, meu palpite era de que a sibila havia caído na armadilha de Rhodes. Ela iria com ele para a terra dos allobroges. Aliás, naquele momento, ela iria com ele para qualquer lugar.

De um jeito muito peculiar para uma mulher daqueles tempos, Carlina bateu com a rédea no cavalo e seguiu na direção da fronteira. E foi assim que respondeu à pergunta de Rhodes.

Em quatro dias, chegaram a Lugdunum.

Ao avistarem a oppida, Ícaro acelerou o galope — a saudade de sua curandeira era maior do que a sua dor. Rhodes ficou mais atrás, sem pressa, acompanhando o ritmo da carroça guiada por Carlina. Curiosamente, pensou ter visto um tipo de expressão amena na face da sibila, algo que não tinha visto até então. Ela se mostrava interessada nas construções gaulesas e admirava a beleza natural daquelas florestas.

Ao atravessar a muralha dos allobroges, Rhodes foi recebido como um herói. Tumbo surgiu como um relâmpago, galopando Iazus, seu novo cavalo. Saltou do animal ainda em movimento e pulou sobre seu irmão. Seus cabelos estavam longos, como jamais estiveram, e seu corpo era mais forte e robusto. Estava tão feliz por ver Rhodes que sequer notou Carlina. Os dois se abraçaram e sorriram um para o outro. A gente conhecida se aproximava para cumprimentar Rhodes e para perguntar como haviam sido as coisas em Roma — isso era interesse constante. Só depois de alguns instantes, Tumboric se deu conta de que o irmão estava acompanhado, mas percebeu de imediato que não se tratava de uma amante. Tampouco achou que fosse uma escrava; definitivamente, seu irmão não faria isso. Ele não se deixaria romanizar a esse ponto.

— E quem é essa? — perguntou Tumbo, no meio da empolgação.

Rhodes olhou para Carlina, e apenas disse:

— Alguém que vai morar entre nosso povo até encontrar um lugar para ficar.

Tumboric perdeu alguns instantes rondando as feições da mulher e logo entendeu que as explicações viriam depois.

No alto da campina, de onde se via o centro da cidadela, Rhodes pôde finalmente relaxar. Respirava o ar da Gália. Estava em casa. Notou que o tempo, antes tão lento e impiedoso, desta vez passara num piscar de olhos. Como uma nuvem atravessando o céu. Rhodes regressou para junto de sua gente cheio de glória e garbo, com a barba feita e cabelos mais curtos; não como o dos romanos, mas bem menor do que o dos gauleses. Tinha ares de homem, viço de menino e, olhando assim, de longe, era possível acreditar que fosse um novo Rhodes, sem feridas a cicatrizar.

Mirta não estava em casa, tinha acabado de sair para ajudar a esposa de Lenius, um aldeão rude, criador de ovelhas. Com pouco mais de vinte anos, ela tinha dado à luz o sétimo filho e desta vez quase perdera a vida. Era assim na Gália Narbonense e no resto do mundo: as mulheres não tinham muitas opções. A experiência de Mirta dizia que a moça não resistiria a mais uma gravidez. Por isso, antes de deixar mãe e filho seguros, Mirta advertiu o homem:

— Ela não sobreviverá a uma nova gestação, e de agora em diante será tudo mais difícil, Lenius. — as mãos da curandeira ainda estavam sujas de sangue. O homem, ao ouvir as recomendações de Mirta, só fez dar de ombros.

— Que se há de fazer? Se os deuses quiserem, assim será. Ela é minha mulher. Ou me satisfaz ou procuro outra e ponho em seu lugar — resmungou, indiferente.

O homem tinha uma cara ossuda e comprida, olhos vazios e inexpressivos; ali parecia não haver o menor sinal de inteligência. Verbena, deitada e exaurida, sequer ergueu os olhos para Mirta, só queria admirar seu bebê. Tinha a esperança de que aquele anjo recém-chegado aplacasse nela o destino de procriar sem fim.

Mirta se despediu, afagando os cabelos da jovem mãe, e prometendo voltar no dia seguinte. A curandeira não conseguia parar de pensar em como livraria aquela moça de mais gestações; considerava mais importante mantê-la viva para criar os sete filhos que já tinha. Perdida nesse pensamento, a caminho de casa, Mirta se deparou com a cena mais feliz dos últimos tempos: Rhodes estava no alto do morro, de braços cruzados, com a pose de um rei que contempla sua terra.

A conversa entre o arqueiro e a sibila não havia progredido muito. Eram teimosos demais para qualquer concordância.

— Você pode dormir na cabana das anciãs — sugeriu Rhodes. — São mulheres de idade avançada que perderam seus maridos e não têm família. Elas serviam ao povo como curandeiras, parteiras, lavradoras, boticas e até druidisas.

A moça respondeu entre os dentes:

— Não vou dormir com as feiticeiras de sua tribo — respondeu a moça, entre os dentes. — Elas não são feiticeiras, como você. São mulheres de sabedoria. — Então não vão gostar de mim, não sou sábia. — Por isso mesmo vão gostar, é melhor ensinar aos tolos. — Prefiro dormir sozinha. — Para isso você terá de trabalhar e adquirir alguma cabana *só sua*. — Então vou para as montanhas, onde estou acostumada. — As montanhas daqui já são ocupadas pelas cabras, mas pode ser que elas gostem de sua companhia, afinal, vocês são bem parecidas.

Carlina saiu batendo os calcanhares em direção às montanhas, mas deixou para trás um cheiro bom, de limpeza. Havia se banhado no rio e seus cabelos, antes ásperos e maltratados, agora estavam limpos e brilhosos, mostrando um pouco mais de sua beleza. Rhodes não sabia onde ela havia conseguido essa outra vestimenta — usava agora uma túnica marrom, nem um pouco atraente, que certamente pertencia a alguém menor, porque terminava no meio de suas canelas. Contudo, ainda assim, deu a ela um aspecto bem mais agradável.

Tumboric aproximou-se de Rhodes enquanto Carlina se afastava.

— Aonde ela vai?

— Dormir com as cabras — respondeu o arqueiro, com um sorriso sarcástico.

Rhodes contou a Tumbo como havia conhecido a sibila, o que os romanos tinham feito com ela, e como a natureza selvagem da moça dificultava as coisas. Ele ouvia atento, somando ao que tinha escutado de Ícaro na cabana de Mirta e às suas próprias impressões sobre a estranha. Podia apostar que o irmão estava apaixonado, mesmo sem notar. Rhodes contou também como havia sido a Batalha de Ácio e de como salvara a vida de Otaviano com suas flechas obedientes, mesmo com o estômago mareado, porque, segundo ele, a pior coisa que podia acontecer na vida de um guerreiro era lutar no mar. Tumbo quis saber todos os detalhes, o tamanho das embarcações e quantos homens cabiam nelas, e que tipo de armas foram usadas contra a frota de Marco Antônio e Cleópatra. Rhodes se esforçava para descrever ricamente cada detalhe, mas nada se aproximaria daquilo que seus olhos testemunharam. Falou sobre a desvantagem que tinham quanto ao número de galeras, que eram 250 dos romanos contra 290 de Marco Antônio, e que, além disso, Otaviano contava com 16.000 legionários enquanto o consorte de Cleópatra tinha ao seu dispor 20.000 soldados de infantaria. Isso confundiu Tumboric, que não conseguiu entender como Otaviano venceu a Batalha de Áccio. Então Rhodes chegou na melhor parte: disse que o exército que defendia a flâmula SPQR — a sigla da República Romana — dispunha de 3.000 arqueiros, enquanto os outros só tinham 2.000. Os arqueiros allobroges mostraram a Otaviano o domínio que tinham sobre o arco e a flecha, lançando sobre os homens de Antônio — muitos deles tão romanos quanto o exército de Agrippa e Otaviano — suas afiadas setas. Quanto ao fato de ter salvado a vida de seu primo, Rhodes não parecia dar importância; disse apenas que tudo se deu de forma muito rápida, como costuma ser em todas as guerras. É claro que estava orgulhoso de seu desempenho, mas, principalmente, de poder mostrar para os romanos que os gauleses tinham sangue nos olhos.

— Apesar de tudo, Tumbo, reconheço que a maior arma de Otaviano não era "o que" ele tinha ao seu lado, mas sim "quem".

— Quem?

— Agrippa! — exclamou Rhodes, fincando os olhos no irmão. — Assim como eu tenho a você. — completou, tentando controlar a emoção que isso causava.

Tumbo fingiu não entender. Não queria despertar sentimentos que não podia controlar.

— Bom, mas ele também tinha mais dois comandantes: Lúcio Arrúncio e Marco Núrio.

— Ah, sim, sem dúvida. Eram mais cabeças para pensar, mas garanto que todas sabiam que o melhor era seguir as ordens de Agrippa. Além disso, Antônio cometeu um grave erro ao pensar que por ser um comandante vitorioso em terra também o seria numa batalha naval. Isso não é uma regra, sabe, Tumbo? Existem tantos fatores decisivos... como o vento que nos desequilibra nas ondas ou as correntes marítimas que nos distanciam sem percebermos. O mar é um teste para os homens, porque no momento em que o navegamos não podemos contar apenas com as nossas habilidades, mas principalmente com os deuses. É tudo inesperado. Nossas galeras eram bem menores do que os quadrirremes egípcios, mas bem mais leves; por isso conseguíamos nos deslocar com mais velocidade. E foi Agrippa quem apostou tudo no momento em que Antônio, já em desvantagem e sem suprimentos em razão do cerco das rotas marítimas, decidiu partir. — Rhodes...

— Sim...

— Você acha que os deuses romanos são mais poderosos do que os deuses egípcios?

— Sinceramente, não. Mas acredito que Marco Antônio e Cleópatra despertaram a ira de deuses. Um de seus comandantes ordenou que fosse derrubado quase um bosque inteiro na floresta de Asclépio, em Cós, um lugar sagrado para os gregos.

— Entendo... Os olhos de Tumbo penderam para baixo com um ar grave de respeito, embora Rhodes soubesse que seu irmão jamais se ligara aos deuses como os outros ao seu redor. Tumbo tinha uma mente prática, um jeito simples de ver as coisas como sendo o resultado de toda ação ou inação do homem. Era curioso para mim, o fato de ser ele o escolhido de Mirta no ofício de curar, já que para ela isso estava tão fortemente ligado à intuição e aos deuses e, para Tumbo, era apenas uma questão de observação e de estudo das ervas e técnicas conhecidas até então. O que Tumboric notava claramente, em virtude dos relatos de seu irmão, de Ícaro e do que chegava até a Gália, era o talento de Otaviano César e sua inegável capacidade de articulação política, sua prudência e paciência para agir como ele mesmo bem dizia: *"apressa-te lentamente"*.

CAPÍTULO LXV

CARLINA

A noite chegava mais tarde naquela época do ano. O centro de Lugdunum, como de hábito, mantinha suas fogueiras acesas, as canções, bebidas e assados. Ali havia sempre um lugar entre os homens para concentrar pequenos prazeres, porque sem eles, tornava-se penoso viver — os allobroges sabiam disso. Talvez porque os homens da guerra haviam voltado para casa, talvez porque Roma deixasse os povos cativos sentirem uma brisa de segurança, ou simplesmente porque não era preciso muito para celebrar nos tempos de paz.

Carlina aos poucos foi permitindo a proximidade de Mirta — a gaulesa tinha lá seus truques para angariar a confiança das mais indóceis criaturas — e não demorou muito para que ambas estabelecessem uma espécie de ritmo diário: ao amanhecer, iam ao campo para colher as ervas necessárias para a curandeira; em seguida, buscavam água e começavam o preparo dos remédios.

Mirta se surpreendeu com o conhecimento da sibila em termos de plantas. Ela sabia os nomes da maioria e para que serviam. Quando foi apresentada às anciãs que tanto rejeitara a princípio, apenas para contrariar Rhodes, sentiu-se acolhida. Junto das mulheres mais velhas, Carlina se dispunha docilmente a fazer o que lhe pediam, como se jamais tivesse sido arredia com estranhos: cozia uniformes militares, limpava, lavava roupas... e o que mais fosse necessário. Quando soube, Rhodes precisou ver com os próprios olhos. E a encontrou com as outras na beira do rio, tranquila e submissa. Parecia uma miragem, daquelas que ouviu falar no deserto do Egito. Carlina ria alto, com os dentes à mostra. Certamente as mulheres estavam lhe contando algum segredo dos homens da aldeia. Mas foi só notar a presença de Rhodes que a sibila fechou a cara, fustigando-o com o olhar.

Rhodes sorrriu, satisfeito em saber que ainda a provocava. Os ares da Gália fizeram bem àquela selvagem italiana; sua pele adquiriu um tom bronzeado, que mudava em nuances com a luz do dia; seu rosto tornou-se suave e agora era possível notar que seu lábio inferior, carnudo e vermelho, vergava ligeiramente sobre o queixo pequeno e redondo, conferindo-lhe uma moldura perfeita para o deleite de qualquer homem. Parecia também, para os olhos agora assumidamente investigadores de Rhodes, que a sibila ganhava formas mais arredondadas — os ossos, antes tão evidentes, não se revelavam com tanta clareza. Os quadris elevados e marcantes sobre as pernas longas e fortes, eram mais harmoniosos e destacavam sua cintura delicada. Carlina parecia uma rosa selvagem dentre as folhagens verdes e abundantes, e por isso o nosso arqueiro não fazia questão de disfarçar suas descobertas.

Ali, no meio daquele povo despretensioso e amigável, ela sentia-se em casa. O único problema foi, talvez, o maior que alguém poderia ter entre os allobroges: os druidas. Rhodes precisou ter uma longa conversa com Bautec e Cohncot para mantê-la entre o seu povo; apelou para todos os princípios e tradições celtas, até atingir seu propósito. Venceu a ambos pelo cansaço. Sibilas e druidas eram inimigos antigos, embora naqueles tempos a presença delas fosse quase nula, ainda assim, as evitavam. Eles as culpavam por tantos crimes antes cometidos pelas Profetisas.

— É certo que eu a comprei nas ruas de Roma, o que contraria nossos costumes e nossa lei. Mas isso foi feito para salvá-la. Já lhes contei repetidas vezes como a conheci e em que condições estava quando a resgatei. Ela morreria se não fosse feito desse modo.

— Você não tinha o direito de nos impor sua "mercadoria". Sabe bem o que os estrangeiros causam à nossa terra. Eles não aceitam nossos costumes e ainda tentam impor os seus. — a antiga rixa de Bautec com o filho de Mirta parecia ter reacendida.

— E quem nos garante que as suas "aquisições" são melhores que as minhas, Bautec? — A insubordinação de Rhodes não tinha limites diante do homem e tornava a tarefa de conciliação muito mais difícil para Cohncot.

— Insolente! — gritou Bautec, dando um passo na direção do arqueiro. Cohncot interferiu.

— Acalme-se, Bautec. Vamos encontrar uma solução. Afinal, Rhodes é um allobroge. Ele pode e vai se beneficiar de nossas leis, ainda que para isso tenha que se adaptar à *Mos Maiorum*, a antiga tradição.

Bautec bufou, contrariado. Sabia que o rapaz havia vencido aquele embate.

A postura de Rhodes impressionava Cohncot; seu porte militar revelava alguns trejeitos dos soldados romanos — o que era inevitável, depois de tanto tempo entre eles. Mas havia algo mais... ali era possível ver o sangue de César que corria nas veias do gaulês. Cohncot percebia claramente, diante de si, a chegada do homem no lugar do menino que ele viu crescer.

— Ouça Rhodes, vou permitir que ela viva aqui. Desde que... — interrompeu o druida, com o dedo indicador em riste — ...ela não se aproxime de nós, sacerdotes, e não participe ativamente dos ritos religiosos. Ela será tratada com o mesmo respeito e a mesma consideração que qualquer um do nosso povo, contanto que seja recíproco. E ficará sob a sua tutela.

Dessa última condição Rhodes não gostou, porque percebeu mais uma vez a sagacidade do velho druida. Afinal, querendo ou não, Carlina fora comprada, teria que ficar próxima de seu dono, mesmo que ele não quisesse seus préstimos. Ela não poderia mais se afastar todas as noites, como vinha fazendo, para dormir no alto das montanhas, com as cabras. Mas não havia mais o que discutir; já havia conseguido muito mais do que Cohncot estava disposto a ceder. — Está bem. Assim será. Rhodes pediu permissão para se retirar, o que, aliás, parecia um tanto contraditório diante do enfrentamento que acabara de acontecer ali. Talvez fizesse aquilo mais pelo costume do que pelo respeito que tinha por seus mentores.

Mais tarde, naquele mesmo dia...

— Já disse que estou bem, pensei que tivesse entendido isso. E, afinal, você disse que não lhe pertenço, que eu poderia partir quando quisesse. Está voltando atrás em sua palavra?

Estavam todos reunidos na cabana de Mirta. Rhodes precisava comunicar à Carlina que agora ela não poderia mais dormir nas montanhas, e achou melhor fazer isso junto da família, para que ela não se sentisse ameaçada. A presença de Mirta poderia apaziguar as coisas. Enquanto Rhodes falava, Tumbo, Mirta e Ícaro se mantiveram em silêncio, sentados à mesa, e comiam como se nada ouvissem. Carlina se empertigou, como costumava fazer diante do gaulês.

— Você quer partir? — perguntou Rhodes, sentando-se. Ele pegou um naco de pão e o comia, displicentemente, como se não ligasse para aquela conversa.

— Não... não agora.

— Então terá que fazer o que estou pedindo, do contrário, os sacerdotes não permitirão que fique... — ele dizia isso sem olhar para ela, com distanciamento.

Mirta o fitou de cenho franzido, mas antes que a mãe o questionasse, ele completou:

— Foi o que Cohncot determinou. Ele deixou bem claro que eu sou o responsável por sua presença aqui na aldeia... E que responderei por seus atos. Então, não posso simplesmente deixá-la por aí, fazendo o que bem entende.

Carlina não dizia nada, mas a raiva tingia de púrpura o seu rosto e fazia seus olhos faiscarem. Faltava muito pouco para que ela explodisse e começasse a praguejar contra os velhos druidas, contra Rhodes e contra quem entrasse pela frente. Ele já a conhecia o suficiente para ler em seu rosto aqueles sinais.

— Eu sou livre, sou livre, livre, livre! — Carlina gritava a plenos pulmões como se quisesse que toda a aldeia ouvisse, principalmente Cohncot. — Sou livre como minha mãe foi, minha avó, e antes dela sua mãe e sua avó e todas as mulheres que as antecederam. Sou livre, ainda que mil homens joguem moedas uns para os outros enquanto eu esteja entre eles... Sou livre porque minha alma é livre, porque meu pensamento e... *meus poderes* são livres.

De repente, os olhos de Carlina se encheram de lágrimas e sua voz embargou. Tumbo a fitava com extrema admiração, talvez com compaixão e igualdade, porque também ele não possuía a sensação de pertencimento aos allobroges. Mirta, por sua vez, a respeitava, conhecia a condição das mulheres de seu tempo, presas às pessoas e às obrigações que lhes eram impostas, tratadas na maior parte do tempo como "coisas". Ícaro já tinha visto a sibila em várias condições — presa, castigada, famélica, nua e agora liberta —, por isso parecia surpreso com aquele desabafo de Carlina; não porque fora lembrada que deveria obedecer a homens estranhos e suas regras, mas principalmente porque sua ancestralidade emergia tão repleta de luz e poder que não havia como não notar sua importância. Brígida não estava lá, mas certamente afastaria de uma vez por todas a sua relutância e se permitiria conhecer um pouco melhor aquela mulher arredia. Rhodes manteve-se reto e impassível; parecia muito militarizado apesar do regresso à sua gente. Ou, quem sabe, tenha preferido manter uma postura fria para que Carlina não pensasse que ele queria se aproveitar das circunstâncias.

— Não estou pedindo que me sirva, nem que se deite comigo, tampouco é preciso cozinhar para mim, lavar minhas roupas ou arrumar a minha casa. Estou dizendo apenas para fingir, se quiser viver entre nós — falou calmamente, e continuou de cabeça baixa, comendo e bebendo como se conversasse com o pão e o vinho, sem encarar os olhos mareados de Carlina. — Só vá para minha casa, entre nela, deite e durma.

— Não sei se quero fingir — respondeu ela, contrariada, com a voz ainda embargada.

— Então terá de partir. Eu sei o quanto custou ao meu amigo dizer aquilo. Eu podia ver no seu olhar, todos os dias, que estava se apegando cada vez mais à Carlina, e sua partida o faria sentir, mais uma vez, o vazio do abandono. Mirta, que sabia disso tanto quanto eu, tentou intervir.

— Apenas fique lá, Carlina. Durma e saia de manhã, como faz todos os dias, indo ao campo comigo, ou à tenda das anciãs; mas, fique conosco... você já faz parte de nossas vidas... E depois — acrescentou com voz suave, usando a mesma estratégia de seu filho —, sinta-se à vontade para partir quando quiser.

Carlina fixou os olhos em Mirta por alguns instantes, não para assimilar suas palavras, mas porque precisava de mais alguns segundos até que pudesse decidir. Não disse mais nada. Saiu batendo os pés na direção da cabana de Rhodes.

— Como se fosse um sacrifício dormir perto de mim... — resmungou o gaulês.

— Talvez não seja esse, justamente, o sacrifício — disse o centurião, como se tivesse chegado naquele momento.

Dali, Rhodes e Tumbo desceram até a fogueira. Beberam, riram, encontraram Brígida e ficaram conversando boa parte da noite. Quando Rhodes voltou para casa, o tampo da porta estava baixado, não havia luz no interior e Carlina estava encolhida no canto da cabana, deitada sobre trapos no chão; aparentemente dormia. O arqueiro jogou-se sobre a cama com a roupa do corpo e dormiu em seguida.

Carlina acordava muito cedo. Pouco antes do alvorecer, ela se lavava na pia comunitária, escovava Scrix, dava-lhe de comer, ia até a cabana de Mirta e esperava a curandeira aparecer na porta com um chá quente e um pedaço de pão; trocavam olhares amistosos e seguiam para o campo. Mais tarde, ela procurava pelas anciãs em busca de algo para se ocupar. Mal via Rhodes. Fazia o possível para evitá-lo. Ao anoitecer, entrava sorrateiramente na cabana, de preferência enquanto ele estivesse fora. Algumas vezes, o via de longe, sozinho ou na companhia de Tumbo e Brígida, rindo, dançando, bebendo, conversando com os arqueiros. Sentia vontade de estar ali, rindo e dançando ao redor da fogueira allobroge, sob o luar, entre as mulheres da aldeia, como se nunca tivesse recebido as profecias sibilinas, como se não pudesse ler o futuro nos olhos de todos, incluindo o de Rhodes.

Carlina queria simplesmente fazer parte, mas para ela, fazer parte era algo muito mais complexo; fazer parte tinha a ver com as suas raízes, com a matriz de onde ela vinha, com o material de que era feita — e ela era feita de outros elementos, não muito comuns, não muito compreensíveis, e não muito aceitos, no fim das contas. Carlina nascera para testemunhar fatalidades, porque a vida dos homens, ao seu olhar, tinha muito mais peso do que leveza, muito mais lutas do que vitórias, mais lágrimas do que sorrisos, embora ali, nas florestas da Gália, algumas vezes começasse a questionar essa certeza. Não tardou para que ela começasse a encontrar Rhodes nos braços de lindas mulheres, jovens, belas e allobroges, belas e celtas, belas e não-sibilas.

Nessas noites, ficava desconcertada. Não queria ser enxotada ou sentir-se um estorvo se o gaulês chegasse acompanhado à cabana. Mas Rhodes nunca fez isso. Chegava ao fim da noite, às vezes bêbado, às vezes sóbrio, mas sempre sozinho. Ele a respeitava. Ao menos era o que parecia, mas, na verdade, ele a amava. Por tantas vezes teve vontade de se jogar sobre ela, beijá-la ardentemente, tocar cada parte de seu corpo, acariciá-la e trazê-la para sua cama sem que fosse preciso usar as palavras, mais por instinto do que por razão. Mas algo o impedia: a sua promessa de mantê-la livre.

Numa noite em que os allobroges se preparavam para os ritos de Belenos — quando a maior parte dos guerreiros fazia suas ofertas ao deus celta da guerra, ao deus dos deuses, e as mulheres os auxiliavam —, Carlina se aprontou: colocou o vestido que as anciãs haviam feito para ela, longo e sem mangas, cinturado, em tom de terra com amarrações enviesadas a baixo do busto, e um ramo de goivos brancos atrás da orelha, contrastando com o seus cabelos negros. Rhodes quase engasgou ao vê-la. Como estava linda! Carlina sabia disso, pelo olhar que ele lançou a ela assim que se encontraram próximo à aglomeração. Ela sempre chegava por último. Nem sempre expunha a imagem. Nem sempre ficava por muito tempo.

Bautec e Cohncot, apesar de serem ambos druidas allobroges, pareciam pertencer a povos distintos. Cohncot vestia uma túnica reta simples, de linho grosso, e trazia, como único ornamento, um colar de relicários, ossos, pedras preciosas e lascas de carvalhos sagrados; quando criança, Rhodes adorava aquilo, e se perguntava com quem ficaria o adereço depois que o velho morresse. Já Bautec, parecia ter vindo diretamente dos palácios da Pérsia — sua túnica era toda bordada com símbolos celtas, e seus adornos brilhavam com safiras, lápis-lazúli, esmeraldas e pérolas encrustadas em anéis e colares. Eu sempre percebi essa diferença entre eles, mas gosto dos dois. Ao longo do tempo, aprendi que nem sempre o uso das coisas simples cabe às pessoas de natureza humilde, e o uso do brilho nem sempre revela uma ausência de luz pessoal. Esses estereótipos culturais vinham perdendo forma ultimamente.

Naquela noite, cumprindo a restrição imposta pelos sacerdotes, a sibila ficou de longe. Mas Rhodes a via. Ele bem que tentava, mas não conseguia desviar o olhar. Parecia esperar pelo momento em que eu passaria ao seu redor e sopraria seus cabelos, só para vê-la afastá-los do rosto com um movimento único, que só cabia a ela. E como se ouvisse uma canção diferente em seus ouvidos, Rhodes, o meu amigo destemido, o menino curioso que havia adormecido para o amor depois da prisão, acordava. De repente, o espaço que fora imposto entre a sibila e o centro dos rituais pareceu-lhe muito penoso e injusto, para não dizer arcaico. Afinal, por que Carlina precisava pagar pelos atos das sibilas de muitos séculos atrás? Por que Cohncot e Bautec tinham de seguir ordens tão antigas? Por que os homens sempre se justificam com o passado quando querem discriminar alguém?

Tumboric começou a bater seus tamboretes, acompanhando a flauta de Linus e a viola de Lucius. A canção era entoada pelas vozes masculinas; as mulheres apenas murmuravam suavemente. Rhodes ainda olhava para Carlina, e aquela espécie de exílio o incomodava. Então ele foi até ela, caminhando firme e apressado, os olhos presos aos dela. Seus passos pareciam combinados, seguindo as batidas de Tumbo e as palmas dos bardos e dos druidas, que aumentavam a força e o ritmo conforme os tamboretes. Era um som contundente. Um som decisivo. De perto, a sibila parecia assustada, mas Rhodes já estava com uma das mãos sobre seu rosto e logo chegou à nuca, prendendo os dedos sobre seus cabelos, aproximando o corpo e os lábios aos dela, sentindo o hálito quente daquela mulher arredia, perdendo-se no acastanhado de seus olhos.

— Sei que é livre... Mas eu não.

Rhodes a beijou, com sede. Um beijo público que dizia muitas coisas — ao povo allobroge, proclamava: "ela é minha", aos druidas, gritava: "que se danem suas regras", e a Carlina, falava: "eu a amo". Foi o que me pareceu. Talvez esse beijo tenha lhe dito mais coisas, pois ela não saiu dos seus braço nem recusou seus beijos. Rhodes a pegou pela cintura e a levou para casa. Não esperou que tirasse a roupa, puxou os cordões que prendiam seu vestido e o rasgou sem se conter. Beijava e mordia o corpo de Carlina, lambia seus seios, lançava a língua pelos seus lábios carnudos, cheirava-lhe os cabelos próximos as orelhas e lhe dizia coisas balbuciadas: *eu te quis e quero, você é linda, é livre, mas é minha*. Carlina às vezes respondia coisas incompletas, num idioma irreconhecível, e apertava o corpo de Rhodes contra si, sentindo seu membro sobre as coxas, prendendo seu rosto contra o dele enquanto a penetração começava ardente e apressada por conta do desejo represado.

Se Carlina tinha consciência de que seu envolvimento com Rhodes era como uma espécie de maldição que teria de evitar, naquele instante, soube que havia falhado.

Revelou-se para Rhodes a verdadeira Carlina

Carlina tinha medo da felicidade. Não estava acostumada com nada daquilo, era uma nômade por natureza. Fixar-se dentre os allobroges parecia inapropriado para uma sibila, afinal, ela conhecia seu destino... Agora, ele a espiava de longe, sem se fazer notar por mais ninguém além dela mesma. Esse destino do qual Carlina não podia fugir, não fazia par com nada, não permitia que uma sibila esquentasse uma cama por várias luas num mesmo lugar. Ela sempre se mostrara fria como uma rocha dos Alpes, porque se ousasse demonstrar o quanto se sentia plena de amor no meio daquela gente, o seu destino certamente a trairia e, sem dó nem piedade, a arrancaria imediatamente daquela vida à qual nunca pertencera.

Mas o tempo foi passando por cima dos medos e das leis sagradas que ela conhecia, e de um jeito silencioso os deuses apostaram a vida de Carlina, vendo-a se transformar em uma nova mulher: agora o embate era entre a força do destino e a sabedoria do tempo. Quem venceria?

Era um jogo de presságios; os dela nasciam facilmente em sonhos ao lado de Rhodes, e os dos sacerdotes celtas, que pouco dividiam com ela, em virtude de uma velha lenda. Sibilas e druidas não partilhavam suas visões.

Houve um tempo em que as primeiras profetisas queimavam os bruxos celtas que cruzavam o Estreito de Messina, em direção a Siracusa. As sibilas espalhavam lendas sobre monstros marinhos que habitavam o Mar Jônico e o Mar Tirreno, os mares do Estreito de Messina. Pelo que Carlina sabia, as primeiras profetisas eram cruéis, temiam ser perseguidas pelos druidas ou por qualquer um que tivesse poderes iguais ou maiores que os delas; fanfarreavam a presença de Cila: um monstro marinho cujo corpo híbrido era formado por um corpo de mulher e uma cabeça com seis bestas. É claro que as sibilas eram, antes de tudo, excelentes contadoras de histórias. Do contrário, como acreditar que suas lendas tivessem tanto poder no imaginário dos gauleses?

Quando olho para Carlina, assim, tão repleta de mistério e beleza, penso em suas antecessoras e no poder que tinham no passado. Quanto mais perto do início, mais força e poder tem uma raiz. O poder hereditário requer mantença e cuidado. Carlina é, por assim dizer, uma guardiã do poder sibilino, que permite ver o futuro com riqueza de detalhes. Uma sibila pode vê-lo desde o nascimento de um homem até a extinção de sua última célula. Mas isso era tudo! Ela não pode reverter fatos, adentrar a mente alheia, revolver a terra ou abrir os céus, ou chegar no Gwinfyd. Uma sibila simplesmente sabe do futuro dos homens, principalmente quando nele está incluída.

Quando Rhodes tomou ciência disso, tentou fazer de Carlina seu oráculo particular. Mas foi em vão. Ela era íntegra e séria demais para dividir seu legado com outra pessoa, mesmo que fosse a pessoa de sua vida. Ela o olhava profundamente nos olhos e dizia, enfática:

— Não manipule o futuro, ou ele o destruirá.

E Rhodes retrucava, com sua lógica de guerreiro:

— Mas se esse for o plano dos deuses, que diferença faz?

— Você chegaria no dia de sua morte com mais perguntas do que respostas, e a morte, meu caro, só respeita os sábios.

— Claro, certamente. — Rhodes concordava, e se aproximava sério, como se observasse as sábias palavras de sua mulher. — Então deite-se aqui para que eu possa lhe mostrar minha sabedoria.

Rhodes amava Carlina até que as estrelas se cansassem de brilhar. Nos seus braços ele encontrava o amor a postos, sem caprichos, disponível sempre. Mas isso não significava de maneira alguma qualquer espécie de submissão. Carlina era irremediavelmente insubordinada, só obedecia seu próprio coração. Mas foi perdendo o controle de si mesma e se entregando aos costumes dos allobroges, miscigenando aquilo que acreditava serem as tradições das profetisas com o *modus vivendi* dos galos cabeludos. Seu paladar se acostumou aos temperos da tribo, afeita ao cominho e aos assados defumados, e seus ouvidos já não retinham as palavras por tanto tempo, ela os entendia muito bem. Tumbo tornou-se um grande amigo da sibila e quando Rhodes partia em alguma missão, ele tomava o posto de faz-tudo, realizando os mais inusitados desejos de Carlina. Mas ela não abusava dele. Contava-lhe coisas mágicas que nem mesmo para Rhodes havia dito. Retribuía o carinho de Tumbo com o que tinha de melhor, um conhecimento misterioso e raro sobre o mundo. Talvez o fato de serem ambos estrangeiros, e terem uma pele cor de âmbar em meio a um povo de maioria clara, cujo legado Kymry trazia a eles um orgulho particular, fosse o verdadeiro motivo daquela cumplicidade. Tumbo e Carlina riam disso, porque no fundo sabiam que o tom da pele em nada importava para os deuses.

Os druidas, por sua vez, não tiveram outra escolha a não ser aceitar Carlina, ainda mais depois que ela previu algumas situações que prejudicariam a oppida; tempestades devastadoras, um contingente do exército que precisava de reforços na fronteira, saques no Templo de Belissãma... Com o tempo, tudo foi tomando seu lugar, inclusive ela, que era a mulher do líder *sagitarii*.

Numa manhã tranquila das calendas de setembro, pouco antes de Rhodes se juntar aos *sagitarii*, a vida o presenteou. Ao beijar os lábios de sua mulher, dessa vez ela não o aconselhou, como de costume, dizendo *"tome cuidado com isso ou aquilo"*, *"não vá por tal caminho"*, ou *"hoje não é um bom dia para andar sozinho"*. Naquele dia, especialmente, Carlina deixou Rhodes sem presságios matinais.

— Está tão sonolenta a ponto de não me advertir em nada?... O que você tem? Algum *malum*?

Carlina sorriu, gostava quando ele mesclava o idioma.

— Não posso adverti-lo em nada da vida. Nem do bem e nem do mal. — a voz da sibila saía lenta, como se quisesse provocar um suspense.

— Ora, ora... então posso crer que o druidismo finalmente derrotou o poder das sibilas? — provocou, levantando-se para vestir a indumentária de cavaleiro, tateando em busca da espada.

— Sim. — Carlina pigarreou. — Até que nossa filha nasça eu não poderei saber do futuro.

Rhodes estagnou. Precisou de um tempo para assimilar o que Carlina dissera. Depois soltou a espada, ajoelhou-se ao lado dela, olhou-a com ternura e perguntou, como se precisasse ter certeza:

— Um filho, teremos um filho... Há quanto tempo você sabe?

— Um filho não, uma filha. As sibilas só geram filhas mulheres. E sei desde ontem, quando não pude antever a chegada da marcha sagitarii. Nossas visões do futuro se entorpecem quando estamos grávidas.

O arqueiro gaulês deitou-se novamente ao lado dela, abraçou-a e acarinhou sua barriga, imaginando que ali havia uma tímida presença de vida. Rhodes mal podia se conter. Um filho! Pela primeira vez sentia um tipo de poder desconhecido, um canal com a divina aliança da ancestralidade. Assim como seu pai e sua mãe, um dia ele também seria um ancestral e naquele momento, com as mãos sobre o ventre de Carlina, sentiu o passado e o futuro fundirem-se num só momento. Carlina olhava para ele e sorria, pensando que teria de cuidar de duas crianças: Rhodes sucumbiu subitamente à ansiedade de um menino.

— Quando ele chegará? Mandarei que as tecelãs façam o mais belo manto de rebento allobroge... Quero que vocês se alimentem muito bem. Nada de experimentos com chás... você tem que cuidar do nosso filho, quero que ele seja forte como o pai... Pelos deuses... eu serei pai!

As palavras se amontoavam umas sobre as outras revelando os excessos de cuidados e preocupações aos quais Carlina teria que se submeter até que o bebê chegasse. Rhodes lançou-se para fora da cabana, encheu os pulmões de ar e bradou para a aldeia.

— Rhodes será pai! Rhodes será pai!

Pela primeira vez, falou como César, em terceira pessoa.

Por causa da tradição allobroge, os sinos da oppida tocaram. Os que estavam de pé àquela hora da manhã, respondiam à sua passagem:

— Que venha com a força de Secellus e a luz de Belissãma; pela Thuata, que os deuses bendigam essa criança!

Ao encontrar os *sagittarii*, Rhodes viu cruzar nos céus de Lugdunum dezenas de flechas em homenagem a seu filho. Carlina o viu atravessar a colina allobroge, e depois voltou para a cama. Ela e sua futura sibila precisavam de descanso.

Seis meses se passaram e Rhodes foi novamente chamado para Roma.

Este mundo devia se chamar mudança. Tudo aqui se modifica tão rápido...

Rhodes queria voltar logo para a Narbonesa; pelos seus cálculos seu filho nasceria na próxima calenda e ele não queria fazer Carlina passar pelo que Mirta passou. Queria estar ao lado de sua mulher quando seu filho viesse ao mundo, levá-lo envolto numa manta para fora da tenda e mostrá-lo para todo o povo allobroge, para que recebesse as bênçãos do vento, ou da chuva, da lua ou do sol: o que quer que estivesse reservado para seu filho teria de ser testemunhado por ele. Pretendia ser o melhor pai do mundo. Seu filho aprenderia com ele tudo aquilo que um homem precisa para sobreviver; o ensinaria a lutar com o gládio e com o machado, a montar no mais selvagem dos cavalos, a escalar as montanhas rochosas da Gália com as próprias mãos, a matar javalis, a correr com obstáculos, a preparar sua própria refeição com o alimento oferecido pelo solo sagrado dos gauleses. Seu filho seria um guerreiro. Seu filho...

Carlina parecia bem disposta da última vez em que a viu, ainda em casa, pouco antes de sair em missão, mas algo em seu olhar o preocupara. Rhodes não sabia se ela lamentava sua partida ou se era alguma premonição sobre algo que não podia contar a ninguém.

Agora que havia cumprido todas as missões exigidas por Augusto, Rhodes gozava de privilégios. Em sua última conversa com o imperador, fez-lhe um pedido solene:

— Derrotarei quantos homens ordenares, mas quero que me permita estar na Gália quando meu filho nascer. O romano assentiu, confiante pelo que sabia de Rhodes; tratou de fechar o compromisso com a parte que lhe cabia. Três meses depois, o gaulês voltou a Roma, vitorioso de suas missões, e exigiu o cumprimento da promessa: um documento garantindo ao portador que atravessasse com segurança as fronteiras itálicas. Assim foi feito. Otaviano Augusto o fez de próprio punho, na presença de Rhodes. Cerrou o pergaminho com o brasão da República Romana e lhe entregou com a seguinte sentença:

— Foste muito útil a Roma e aos propósitos dos Iulius. Tens aqui minha chancela. Augusto fez questão de usar seu nome de família para ver se causava em Rhodes alguma reação; havia alguma coisa naquele rapaz que o intrigava profundamente; ele continuava sentindo que algo os ligava além da submissão dos povos cativos.

Rhodes estendeu a mão para pegar o documento e Augusto se aproximou para fitá-lo de perto. Havia uma curiosidade no olhar do romano que ele não fazia questão de disfarçar. Parecia querer saber de algo que habitava dentro de Rhodes, algo que ele — quase um rei em Roma — não possuía. Seria a coragem e a insensatez guerreira dos gauleses? Quem era aquele rapaz, afinal... e o que tinha que despertava sua intuição tão fortemente?

Eu sabia. Rhodes era um misto da nobreza de seu pai e do destemor de sua mãe. Não era apenas um bom arqueiro gaulês com uma dose extra de sorte. Era um ser, como Otaviano, que tinha a hereditariedade dos Iulius, portanto, poderia muito bem, tanto quanto este, ser batizado de divino. Naquela tarde, em Roma, uma das mais quentes dos últimos tempos, o frescor do salão oval de mármore branco parecia uma espécie de refúgio. Roma estava se beneficiando do mármore da região de Carrara — um tesouro descoberto no ano 33 a.C., que proporcionou uma reforma como jamais se viu na Cidade.

— Podes seguir de volta para o teu povo. No entanto, quero que antes vá a Módena levar um recado pessoalmente ao meu comandante. Temo que aquelas terras sejam palco de um levante.

— Se me permite, senhor. Crês que haja alguém de coração romano disposto a lutar contra ti? — Rhodes falava um latim impecável, que surpreendeu o romano.

Otaviano notou o envolvimento do gaulês na política de Roma. Então ele não era apenas um soldado servil, provindo de uma Gália dominada e cativa. Rhodes tinha uma visão ampla das coisas, e apesar da pouca idade, apresentava maturidade em seu comentário. Otaviano Augusto dispensou-lhe um olhar demorado, assumindo parcialmente que o rapaz não havia dito nenhuma sandice e, por isso, precisava colher algo mais.

— O que sabes gaulês, que possa me acalmar em definitivo?— Sei que os homens com quem lutei sentem orgulho de serem romanos, que o admiram como general e estrategista — nesse instante, Rhodes se perguntou o quanto aquilo soava como bajulação, mas estava, de fato, falando a verdade. — Até mesmo aqueles que se diziam saudosos de Antônio admitem que a Guerra de Áccio foi um presente dos deuses que os fez enxergar em definitivo a verdade.

— E que verdade seria essa, segundo essas vozes? — inquiriu Otaviano, com um olhar fixo e inexpressivo.

— Creio que essa verdade diz respeito ao fato de que Antônio não era mais um romano, como tinha sido por tanto tempo, em defesa de Roma. Antônio, sem a *dignitas* romana, perdeu o amor e a admiração do povo.

Augusto sorriu. O latim de Rhodes era muito bom, mas a palavra *dignitas* tinha um acento diferente, e o romano achou graça. Mas o teor do que ele tinha ouvido lhe agradava muito.

— Diga... Rhodes — continuou Otaviano, com um tom intimista que me assustou. Eu estava começando a estranhar aquele falso despojamento do romano, meus instintos se aguçaram. Afinal, eu nunca soube muito bem como defini-lo, e menos ainda nas vezes em que esteve com Rhodes. — Acreditas que o povo tem amor e admiração por mim?

Percebi Rhodes corar. Afinal, aquilo era um teste?

— Isso não posso dizer. Não possuo vivência intensa junto ao povo de Roma. Das vezes em que aqui estive não permaneci tempo suficiente; só posso falar daquilo que vi e ouvi dos homens com os quais convivi nas batalhas, dos rumores em Lugdunum e dos comentários nas fronteiras.

Rhodes era astuto e um diplomata nato, como o pai. Isso sempre me surpreendia! Quando se via testado, preferira apostar com as cartas da verdade. Porém, o meu amigo já não era mais um menino, em breve se tornaria pai... precisava finalizar aquela resposta de uma forma mais conclusiva.

— Penso que o povo o respeita, *imperator.* Sendo assim, boa parte do caminho está percorrida.

Otaviano Augusto ainda fitava Rhodes de maneira incógnita, sem deixar pistas.

— Caminho... — repetiu, para que o gaulês completasse.

— O caminho do amor e da admiração requer tempo. As vitórias trazem respeito, mas o amor e a admiração são coisas do coração e por isso são mais exigentes.

Rhodes mantinha um olhar pacífico, sincero, e não havia o menor sinal de arrogância ou insubordinação em sua voz. Mesmo assim, aquilo foi arriscado. Sinceramente, eu não sabia muito bem por que Otaviano chegou a esse assunto com ele. Por que dava tanta importância à opinião de um gaulês? Ou seria justamente esse o ponto? Talvez quisesse saber o que pensava um estrangeiro, com outra mirada... e, até aquele momento, confiável.

Lado a lado, Otaviano e Rhodes tinham algumas características físicas em comum. Estatura elevada — embora corresse à boca pequena que o romano se utilizasse de sandálias com solado grosso —, porte atlético, as maçãs do rosto destacadas, a pele uniforme e os lábios bem definidos, como das pessoas de aspecto saudável. Embora Otaviano fosse mais velho do que Rhodes, curiosamente possuía um espírito jovial. Rhodes, por sua vez, tinha aquele olhar profundo, de quem percebe coisas que a maioria das pessoas ainda não viu; em Otaviano, o cenho quase sempre franzido revelava o seu esmero na tarefa de perscrutar o outro, suas intenções ocultas entrementes e os arquejos sufocados. A beleza do imperador de Roma era como a de uma estátua de mármore, carecia do aspecto humano, como se emoções fossem coisas que ele não possuía — tantos as boas quanto as que escorrem da alma. Otaviano era imune a elas, e talvez essa fosse a maior diferença entre eles, e sua melhor arma.

— Muito bem, gaulês. Creio que hoje os deuses sorriram para ti. Está dispensado desta missão. Siga para a Narbonesa quando quiseres, meus homens não o deterão. Rhodes assentiu e saiu prontamente, antes que ele mudasse de ideia. O arqueiro não havia mentido quanto ao que diziam sobre Otaviano e por isso mesmo estava radiante. Adorava quando sua sinceridade colhia frutos em seu favor.

Naquela mesma tarde, Rhodes partiu para casa. Pelas suas contas, chegaria com folga para ver seu filho nascer.

CAPÍTULO LXVI

O retorno de Amarantine

É preciso ter cuidado com o que se pede aos deuses, contudo, um coração tomado de paixão nada teme. Foi por isso que o nosso Rhodes desejou tantas vezes o retorno de Amarantine, e até quis buscá-la na Britannia, mas quando tudo se mostrou contrário ao seu desejo, sentiu raiva do mundo, do celtismo e do destino.

Olhando para trás, tudo parecia ter acontecido há tanto tempo! Mas o tempo é algo relativo. Para os homens maduros, este se mostra rápido e voraz, para os jovens, é lento e cruel, e para os sábios, não existe. No caso do meu amigo, acho que podemos usar outra palavra: intervalo. No lapso temporal entre o último beijo de Rhodes e Amarantine e o dia em que ele regressava de Roma radiante, ansioso para ver Carlina dando à luz, parecia ter ocorrido a formação de um novo universo, um outro mundo paralelo, onde um outro Rhodes podia desfrutar de um novo amor. Por isso digo: é quando os humanos piscam que seus desejos se realizam.

Uma comitiva bitúrige havia chegado três dias antes em Lugdunum, e fora recebida com deferência pelos nobres allobroges e druidas.

Mirta e Ícaro, surpreendidos pela situação, ficaram paralisados com a chegada de Amarantine. Ao encontrá-la, sequer tinham palavras, mas a moça interpretou isso como o efeito de uma grande surpresa e não como um grande problema. Tumbo foi o mesmo: legitimamente feliz em rever Amarantine Cabelos de Fogo, como a chamava. Trocaram palavras efusivas, riram e se abraçaram como velhos amigos; e foi quando toda a frieza que Amarantine pretendeu sustentar pelo longo caminho cruzado até Lugdunum se desfez. Tomada de emoção, reviu o cume allobroge onde Rhodes gostava de ver o pôr-do-sol. Ela desejou que ele estivesse lá, mas sentiu que não o veria, como tantas vezes sonhou. Sentiu que seu amor — o grande amor de sua vida que sequer se dispôs a buscá-la na Britannia — não estava naquele momento dentre os allobroges. E estava certa.

Entre uma frase e outra, ela não se conteve e acabou dizendo a Tumboric o que não saía de sua cabeça: que só a pouco tinha ficado sabendo que Rhodes estava vivo e que precisava vê-lo o quanto antes, que tinham muito a esclarecer. Mas Tumbo a interrompeu, e se limitou a dizer que o irmão estava em Roma. Não quis contar mais nada. Não seria ele o responsável por revelar a verdade. Não queria ver perecer nos olhos cintilantes de Amarantine o amor flamejante que ainda estava lá, à vista de todos. Mirta, após o susto, sentiu-se impelida a desvelar um pouco da vida que os separou, afinal, de súbito, algum desavisado poderia antecipar as coisas de maneira truculenta. Mas não foi preciso.

Na manhã seguinte, onde o sol da primavera batia suavemente nas muralhas allobroges, Amarantine reuniu-se com Cohncot e Bautec para relatar um pouco dos fatos sucedidos na Britannia. A fada ruiva escolhia as palavras com muito cuidado, pois temia revelar todos os detalhes da Noite Negra. Graças ao poder cedido por Elavon, sentia-se livre para não somente andar pelo mundo celta, como também para se manter firme em suas próprias escolhas acerca do celtismo. Bautec, com uma ansiedade visível, cercava a moça com perguntas que traziam a severidade masculina de um druida inflexível. Mas ela não cedeu, nem se intimidou. A verdade é que Amarantine não confiava mais nos homens. E isso era a outra coisa que a fada tinha em comum com a mulher grávida que a fitava com olhos estreitos e profundos quando eles chegaram no interior da aldeia.

Os três caminhavam entre os aldeões, ora cumprimentando um ou outro com um aceno, ora desviando das crianças que corriam entre eles. E foi ali, no centro da aldeia, que as duas se encontraram pela primeira vez. No instante em que se olharam, sem a menor necessidade de qualquer palavra, os dois amores de Rhodes souberam exatamente quem eram. Não precisaram de nenhuma apresentação. Aliás, pela tensão explícita naquela troca de olhar, ninguém se atreveu a falar. Eu não sei como, mas as mulheres que amam um mesmo homem têm um poder incrível de se reconhecerem. Cohncot já previa que não seria simples para nenhuma das duas, ainda mais convivendo num lugar em que provavelmente se cruzariam a todo momento.

Amarantine soçobrou. Num instante, perdeu o foco da conversa com os sacerdotes. Reduziu a fala a um tom quase inaudível. Enquanto Bautec tagarelava, os pensamentos da fada, atropelados pelo olhar perscrutador de Carlina, exigiam um comando inconsciente. Ela se mantinha de pé com trejeitos autoritários que em nada se pareciam com a doce filha de Macarven; sua face estava quase tão rubra quanto seus cabelos.

A voz da intuição sussurrava em sua mente que aquela mulher de pele morena e aparência atraente, pertencia a Rhodes e ia além: naquela barriga estava seu filho. Mas também dizia para se acalmar, que tudo na vida era destino. E o destino não pode ser julgado simplesmente como algo bom ou ruim. Ele é muito mais do que isso. Essa era a voz de Unterspone, a voz de Elavon, a voz de sua mentora e as vozes de todas as mulheres que junto dela construíam o celtismo feminino. Era o que sustentava Amarantine de pé, dizendo-lhe para manter sua postura íntegra apesar de tudo; lembrando-a de que era uma mulher de fé. Todas as vozes diziam a mesma coisa, cada qual ao seu modo.

A fada ruiva parou definitivamente de responder aos questionamentos de Bautec e rapidamente se desvencilhou, arranjando uma desculpa qualquer. Mas a intuição ainda precisava de algo mais para dar provas à razão. E assim foi. Sem notar Amarantine, Brígida caminhava distraidamente ao encontro de Carlina. Ela sorria, compartilhando alguma coisa que pertencia ao universo de intimidade entre amigas. Para a fada, aquilo foi mais um golpe. Nos recortes rápidos entre os rostos que pertenciam ao passado de Amarantine e aquela nova mulher dentre os allobroges, muita coisa foi dita. Ela lembrou do silêncio de Mirta e de Ícaro, do quanto Cohncot pareceu mais reticente, de como Tumbo fora sucinto ao falar do irmão. E agora, diante da naturalidade com que Brígida se dirigia à estranha, tudo se conectou. — Teremos tempo para isso Bautec. — disse Cohncot, quando Amarantine os deixou.

— É preciso rever o celtismo feminino com seriedade, ao menos na Gália, porque na Britannia as coisas perecem ter ruído. — enquanto discorria sobre as regras e os dogmas que pretendia instituir, alheio ao que o velho Cohncot havia percebido, Bautec parecia o único alheio ao que acontecia ao seu redor.

Amarantine caminhava com passos firmes, como se soubesse aonde ia, mas, na verdade, estava sem direção. De repente, viu-se tomada por todas as sensações que a fizeram ler de uma só vez o que não fora escrito. É certo que ela já vinha sentindo Rhodes distante de sua esfera, como se ambos fossem estranhos na energia do amor. Mas agora, ela havia saltado vertiginosamente da ânsia de revê-lo — nascida assim que ela soube que ele estava vivo —, para o desalento do abandono total, já que Rhodes, além de não ter lutado por ela, havia encontrado um novo amor. Será que aquela mulher sabia de sua existência e do que eles haviam vivido juntos?

Na cabana de Rhodes, a mente de Carlina fervilhava. Debilitada pela gravidez de risco e longe de Rhodes, aquele acontecimento só fez piorar o que já estava sendo difícil. Era ela, tinha certeza disso. Finalmente a conhecera. A mulher com os cabelos de fogo. Mas, afinal, o que ela estava fazendo ali, justamente agora? A sibila não conseguia parar de pensar. Agora tudo seria diferente. Amarantine era sagrada para eles, enquanto ela, andarilha e estrangeira, só se sentia bem com o arqueiro por perto. Nem a família de Rhodes era capaz de fazê-la sentir-se parte dos allobroges. Mas o respeito que ela havia conquistado na aldeia certamente iria acabar. Ela viu o quanto os druidas bajulavam a ruiva. E as anciãs, então, com certeza iriam se desdobrar em carinhos e mimos para a druidisa da Britannia. Carlina tinha aquele olhar que eu conhecia muito bem; ela se sentia ameaçada por Amarantine. E isso poderia provocar o imprevisível. Afinal, eu jamais consegui decifrar a profundidade daquele olhar que nem mesmo sua filha possuiria, aliás, nenhuma das suas descendentes. Seriam todas mulheres muito fortes, com um destino muito especial, mas nenhuma com o olhar tão profundo como o de Carlina. Com o passar dos anos, isso me fez pensar que quanto mais perto da matriz, mais consistente é o poder. Percebi a diluição de muitas forças com a passagem do tempo. Meu consolo é a capacidade inesgotável da magia; ela se refaz nas mais inusitadas matérias ou no mais modesto dos seres. É preciso ter olhos virgens para notá-la renascendo. A questão é saber esperar. Com calma e serenidade. Muitas sibilas ainda estão por vir, no seu tempo, embora nenhuma irá trazer consigo o aspecto misterioso e selvagem de Carlina.

O ar ainda estava em suspenso quando Rhodes chegou de Roma, um dia depois. Ele estava feliz e ansioso por notícias de sua mulher e de seu filho; tinha um brilho no olhar que os pais de primeira viagem costumam ter, e trazia no peito uma masculinidade em potencial, uma humanidade em perpetuação antecipada, e talvez por isso, não tenha notado de pronto as palavras curtas de Carlina mescladas por um suave distanciamento. Ele a cobriu de beijos e abraços, afagou sua barriga, tirou da sacola de couro as essências de sândalo que comprara de um mercador macedônio próximo ao Campo de Marte e depois envolveu em seu pescoço um belo colar feito de corais que acentuou o tom moreno da sua pele. Falava de modo atropelado e afoito, contando para ela seu último encontro com Otaviano Augusto — ele tinha orgulho daquela relação, se é que podemos usar o termo. Enquanto conversava e guardava seus pertences, Rhodes finalmente se deu conta do estado defensivo de Carlina. Teria ele feito algo errado?

— A ruiva voltou — despejou Carlina sobre ele, sem rodeios.

Por um instante, aquelas palavras carregadas de sotaque siciliano pareciam pertencer a um idioma desconhecido. Era como o efeito de uma chuva passageira, dessas que nos molham sem termos para onde correr e somente quando acabam nos deixam assimilar sua chegada. O olhar atento de Rhodes, tão cheio de viço momentos antes, caiu de súbito; agora era Carlina quem andava de um lado para o outro, tirando e recolocando as coisas no mesmo lugar. Tinha vontade de agir, mas não tinha exatamente o que fazer. Rhodes repetia mentalmente a frase de sua mulher: "A ruiva voltou". Qualquer palavra mal-empregada magoaria Carlina. Qualquer suspiro denunciaria sua ânsia de sair correndo pela oppida perguntando o paradeiro de Amarantine, e deparar-se com todos os elementos que o fizeram imaginá-la tantas vezes regressando para a Gália, embora no passado tal realidade parecesse improvável.

Eu bem sei que improvável é um termo criado pelo homem, e usado por aqueles que pensam dominar os fatos. Improvável é aquilo que os homens deixam de perseguir. E Rhodes descobrira isso naquele instante.

Não havia o que falar. Mas seu silêncio atingiu Carlina do mesmo modo. Naquele dia eu não o vi mais. Fui levado a soprar em outras paragens, ali na Gália mesmo, o que era conveniente, pois assim qualquer curva mais sinuosa me levava direto a Lugdunum. Assim fiz na madrugada seguinte, e cheguei a tempo de notar Rhodes e Carlina abraçados na cama, dormindo tranquilamente; ao menos era o que parecia. Do outro lado, na cabana das anciãs, numa cama macia, Amarantine fixava seus lindos olhos azuis nas chamas inquietas de uma vela.

Rhodes não era o tipo de homem que fingia sentimentos, nem ações. Ele era sólido como uma montanha, de presença notável e difícil de ignorar, talvez por isso suas reações criassem tanta expectativa; as pessoas pareciam observá-lo mesmo nas mais simples atitudes. Rhodes era quem era. E os allobroges o amavam. Os poucos que o odiavam só nutriam tal sentimento por total incapacidade de imitá-lo. Para a aldeia, Rhodes era o mais talentoso dos arqueiros, o líder dos sagitarii, o filho da mulher que salvava vidas, e o soldado valente, com uma personalidade forte e carismática... como seu pai. Ele era filho de César e um pillum dos deuses — embora ali somente Cohncot e Bautec soubessem disso. E agora, Rhodes era também o marido de uma sibila; quebrara uma importante regra e mostrava com isso que muitas delas devem ser repensadas de tempos em tempos. Quanto à Carlina, agora nem mesmo o gaulês a fazia sentir-se protegida. Ele estava dividido e relutava intimamente com isso. E como eu disse, meu amigo não sabia fingir. Essa era uma situação inesperada, para a qual não estava preparado. E nunca estaria.

Amarantine, perdida no meio da gente que tanto amara no passado, já não sabia o que fazia ali. Duas noites mal dormidas, a longa viagem até os allobroges e a presença de Rhodes — tão perto e tão longe — enfraqueciam-na. É incrível como pensamentos tortuosos confundem sentimentos tão arraigados, iludindo corações que caminharam tanto tempo numa mesma direção.

Ah, meus queridos amigos! Como eu queria poder ajudá-los! Meu apreço por cada um deles é tão legítimo. Percebo a cintilância rara de seus sentimentos, ouço o ritmo de seus corações, às vezes lento e às vezes tão apressado. Coloco-me em seus lugares. Observo, com a capacidade de um Natural, a vida de cada um. A vida solitária e dura de Carlina, os segredos que manipularam a tenra história de Amarantine, os desencontros que o destino impôs a Rhodes. Esse tecido delicado e cheio de veios entrelaçados em que a vida costuma traçar o destino dos homens é muito difícil de decifrar, há muitos nós. Ainda bem que não cabe a mim desfazê-los. Eu já tenho o meu fardo, e nos últimos tempos estou menos afoito, mais sereno. Porém, para a história daqueles três, eu queria um final feliz.

Dois dias depois, decidida a partir das terras allobroges sem aguardar a Comitiva bitúrige ou qualquer outra companhia, Amarantine reuniu seus pertences, selou seu cavalo, cobriu-se com um manto encapuzado e saiu ao alvorecer, na tentativa de se misturar à enorme e poderosa bruma que cobria o vale naquela manhã. Ao deixar os muros de pedra, seu caminho não estava definido, mas a vontade de partir para bem longe de Rhodes e encarar sua nova vida a impulsionavam. Ela já não suportava mais ficar ali, e sua partida o pouparia de conviver em sua indesejável presença. Uma saída silenciosa, naquele momento, era o que ela mais queria. O mesmo caminho que a trouxera, anos antes, para a terra dos allobroges, estava agora diante dela. À sua direita, a estrada estreita por onde Rhodes subia até o cume allobroge, procurando respostas para suas dúvidas. Segurando as rédeas de seu cavalo, sentiu-se tentada a subir, despedir-se do lugar onde fora tão plena e feliz. O animal dócil, malhado em tons de marrom e branco — um presente de Margot —, aguardava seu comando pacientemente.

— Está bem, Apus, vamos lá. Acho que você merece conhecer este lugar. — Margot escolhera esse nome por causa da constelação, que significava Ave do Paraíso. Disse que ele, tal qual uma constelação, iria nortear os caminhos de Ama, ajudá-la a fazer boas escolhas e voaria sobre o solo quando necessário. Assim foi.

A estrada margeada por esguios pinheiros estava limpa. Amarantine conduzia Apus sem pressa, admirando o caminho que lhe trazia tantas lembranças. Logo chegaram ao topo, de onde se podia avistar toda a oppida na luz do dia. Onde tantas vezes Rhodes sentou-se, pensando em sua druidisa. Onde tantas vezes ele desejou que ela estivesse. De pé, olhando para o imenso espaço à sua frente, a fada de Unterspone rezou para que novos caminhos se abrissem diante dela, para que tivesse luz e sabedoria para aceitar as coisas que não podiam ser modificadas, para que Andriac, Anna, Esther estivessem bem e que Mac descansasse em paz, enterrado em algum solo sagrado. Pediu à sua mentora que não a abandonasse, e agradeceu por sua jornada terrena. Apesar de tudo, ela sabia que teria que passar por muitas aprovações, se ainda quisesse atingir esferas superiores. Resignação era a sina das mulheres de fé.

Eu estava tão triste com a partida de Amarantine e com tudo que ela e Rhodes tinham deixado de viver por causa dos carnutes, que me perdi em seus pensamentos — talvez porque eles fossem tão fáceis de serem percebidos, ao contrário do que ocorria com os de Carlina, tão encadeados. Soprei suavemente ali, naquele vale tão deles, de Rhodes e Amarantine, onde um abismo de rochedos causava vertigens na menina que não queria ser druidisa e que agora, depois de se tornar o que não queria, não mais o temia. De tão absorto, sequer notei a chegada inesperada de Rhodes, que vinha junto das lágrimas que encharcavam a despedida silente de Amarantine.

— Fugindo mais uma vez? — a voz do gaulês rompeu a conversa da fada com o abismo e causou-lhe um calafrio. Assustada por vê-lo assim, tão perto, Amarantine engoliu a seco. Não tinha o que responder. Eram dois corações partidos que não sabiam muito bem o que fazer. As palavras de Rhodes não faziam sentido, estar diante dele e não abraçá-lo muito menos, ainda mais naquele pedaço da Gália onde partilharam tantos segredos e beijos. Parecia inadmissível se falarem assim, com tanta distância. Pelos deuses! Dentro desse amor estava o meu amor por todos eles!

— Não estou fugindo, estou partindo. — respondeu ela, esforçando-se para manter a calma e não sair correndo em sua direção.

— É apenas retórica... Fugir ou partir é o mesmo que deixar as coisas para trás. — o tom de Rhodes tinha um misto de mágoa e punição; parecia querer expurgar sentimentos que o atormentavam há tempos. Mas também havia o tom dos que amam, mesclado suavemente nas palavras.

— Você está me culpando? Por tudo isso? — o rosto de Amarantine e sua voz surtiam um efeito no meu amigo que eu podia perceber através das cores que começaram a cintilar ao seu redor, em tons de fogo. Eu imagino a força que fazia para manter-se longe dela, apesar da vontade de tomá-la em seus braços e sorver ao máximo aquele conhecido aroma de cedro.

— Sim. Afinal, se já havia decidido voltar para os allobroges, por que vai partir? — o tom de indiferença ainda estava lá.

— Havia decidido voltar para você. Só voltei às terras dos allobroges porque amava um deles.

— Amava? — falou o arqueiro logo em seguida.

— Sim, amava... Amo. Amava, sim. — ela também se refez, altiva, sem entender ao certo o que ele quis dizer com a pergunta.

— Se amava, por que partiu da outra vez?

— Porque você estava morto! Rhodes! Que tipo de conversa é esta? Acaso não lhe disseram que velei seu corpo, que chorei sua morte até a exaustão? O que mais você queria que eu fizesse...

— Que me esperasse.

— Como?! Queria que eu esperasse por alguém que estava morto?! Que eu me recusasse a seguir com a Caravana quando me parecia tão claro o sinal de Dannu, tendo ela tirado sua vida para que eu me tornasse druidisa? Isso é loucura. E quanto a você? Por que não foi me buscar, contar que estava vivo, lutar por meu amor, dizer que me queria ao seu lado e que lutaria contra tudo e contra todos para ficarmos juntos... Que amor era esse seu, então? Melhor que o meu? Eu fui obrigada a tentar esquecê-lo porque dentre os vivos você já não mais habitava. — as palavras de Amarantine, carregadas de dor, traduziam os mesmos sentimentos de Rhodes. Ambos estavam revoltados com um destino tão inimigo.

Rhodes deu um passo à frente.

— Pergunte aos outros o quanto eu quis ir até a Britannia para buscar a mulher que eu amava! Pergunte! — Amarantine sentiu o peito doer. Ele a *amava*. No passado.

— Já sei...Tumbo me contou tudo.

Agora eles estavam mais próximos um do outro e podiam notar a expressão que não haviam perdido desde a primeira vez em que se viram. O amor estava lá, intacto e imutável. Mas também estava lá o sentimento de Rhodes por Carlina. Afinal, o coração tem muito mais espaço do que os homens imaginam.

— Não parta. — sussurrou Rhodes. E desta vez não havia aquele maldito tom indiferente.

— Por quê? Você tem um novo amor, uma família... Por que eu deveria ficar por perto?

— Porque eu não saberia o que fazer se te perdesse mais uma vez.

Amarantine sentiu todo o corpo flamejar. E Rhodes continuou.

— Agora, sinceramente não sei o que lhe dizer a não ser que os deuses parecem não gostar de nós. Sim, tenho uma mulher, ela é boa para mim e está esperando um filho meu. Não pretendo magoá-la, mas sei o quanto me dói essa distância que foi imposta entre nós dois. Eu a amo e sempre a amei, esses malditos deuses sabem disso... E Carlina também.

— Não serei sua amante, Rhodes...

Amarantine mal terminou sua fala. O gaulês a puxou num impulso e a apertou contra o peito, afundando o rosto nos seus cabelos cor de fogo como se pudesse morrer ali, consumido pelo cedro. Mesmo que ela quisesse, o que não me pareceu bem a questão, seria difícil desvencilhar-se do abraço forte de Rhodes. Ele a apertava como se precisasse ter certeza de que era verdade, como se a presença de Amarantine ali não fosse real.

— Fique, por favor, fique. — a testa do arqueiro pressionava a dela. Ele beijava-lhe o rosto todo sem tocar-lhe os lábios, como se ali, na parte mais tenra e doce da face, residisse um veneno letal.

— Não serei sua segunda esposa, Rhodes...
— Não, não... Eu jamais faria isso, com nenhuma de vocês duas. Mas você me deve uma chance, Amarantine. Eu preciso pensar, por favor... Não parta... Ela fixou seus olhos nos dele. Não havia como negar a sinceridade de seu olhar. E então segurou o rosto de seu amado com as mãos firmes, como se dona dele fosse. E o beijou. Um longo beijo, desses que duram o sempre.

Carlina não comentou uma palavra sobre o fato de Rhodes ter saído tão cedo da cabana. Fingiu não saber exatamente o que estava acontecendo. Talvez por estar em dúvida sobre todos aqueles sentimentos, talvez por ter certeza do que ele sentia por ela, ou sabe-se lá o que mais a nossa sibila guardava dentro de suas visões. O fato é que ela nada disse. Na vida a dois, podem existir vários tipos de silêncio, e aquele imposto por Carlina, creio, tratava-se de um silêncio permissivo ou temporário. Ele sabia disso. Amarantine também. O tempo estava correndo rápido demais, a ponto de não deixá-los tomar uma decisão, então foi lançada uma trégua naquela tríade apaixonada. E acho que a razão dessa trégua estava dentro do ventre da sibila.

Dois dias depois, Carlina teve um mal-estar súbito. Foi uma correria. Mirta custou a manter a frieza necessária para cuidar da mãe de seu neto. Foi difícil para ela, como futura avó, controlar-se emocionalmente. A sibila perdeu muito sangue e agora precisaria de repouso absoluto. Não poderia se levantar para nada. O velho bruxo veio à cabana de Rhodes, pousou a mão sobre a barriga desenvolta e murmurou uma oração celta, fez isso concentradamente e chegou a levar consigo uma tímida lágrima de Carlina.

Apesar dos erros do passado, quem sabe um dia eu lhe conto, o Arquidruida Allobroge sempre foi o meu preferido. Percebi que com a chegada de Amarantine o velho se chegou à Carlina. Essas são coisas que eu aprecio.

Difícil mesmo foi fazê-la obedecer às recomendações, seu espírito não acatava nem as ordens mais necessárias.

CAPÍTULO LXVII

UMA LEMBRANÇA TRISTE...

Há dias eu vinha notando um olhar fugidio em Mirta, daquele tipo que não se fixa em nada nem ninguém, porque tem pressa de encontrar uma solução. Eu conhecia aquele olhar, era o mesmo que eu tinha visto no dia em que César morreu, vítima de uma conspiração sanguinária. De tempos em tempos, mulheres como Mirta, repletas de intuição e dons provenientes de uma natureza atenta ao que as cerca, ficam absorvidas pelas circunstâncias; são como pragas se espalhando numa bela plantação, nem sempre notadas a tempo de salvarmos alguma coisa. Creio que as premonições, como a que Mirta estava tendo, assustam muito mais quando se instalam em momentos como os que meus amigos estavam vivendo; momentos de paz e tranquilidade.

Apesar do reaparecimento de Amarantine e da conturbação que o coração de Rhodes enfrentava por isso, havia a iminente chegada de uma criança aguardada com grande expectativa e muito amor.

Ao redor da curandeira, tudo parecia plácido e manso: Tumbo e Brígida finalmente assumiram seu amor e decidiram viver na mesma cabana, o que parecia tê-los transformado em seres menos temperamentais, pois tiveram que se ajustar dentro de suas similitudes e diferenças; Ícaro gozava de boa saúde e finalmente havia se retirado do exército; não precisaria mais lutar pelo imperador de Roma, viveria dentre os allobroges com uma segurança antes jamais experimentada; o velho Cohncot embora visivelmente fragilizado como uma crescente perda da visão, mantinha-se firme na condição de sacerdote, apesar de assumir cada vez mais que a qualquer momento passaria o bastão a Bautec, pois assim era o ciclo da vida e ele o compreendia muito bem.

A aldeia expandia-se de forma organizada, sua estrutura se aproximava a de uma cidadela próspera. Lugdunum era um orgulho para os allobroges e também para os governadores romanos. O cenário era o da primavera gaulesa, sempre encantador, quando as chuvas chegavam na medida certa e o céu noturno adquiria um tom de azul-ferrete muito intenso, sem se importar com a presença de algumas nuvens aqui e além. Nos campos, havia o perceptível processo de inflorescência das espécies perfumadas que os allobroges adoravam — bem como a nossa curandeira, por motivos de ofício. Mas nada disso servia para aplacar a angústia que tomava conta de seu espírito de Mirta. Sentia-se perturbada com aquela sensação ruim, que assumia força e proporções largas.

Em momentos como aquele, diferentemente de todos os outros, Mirta não sabia como agir; assim como das outras vezes, ela não fazia ideia de que forma usar aquele aviso, como evitar a perda — sim, isso era inexorável — de alguém amado; afinal, uma premonição deveria ser uma chance de evitar um acidente ou uma tragédia. Essa incapacidade de impedir os resultados que a vida lhe impunha era cruel. Para quê antever o que não podia ser mudado? Premonições são como castigos, principalmente para as mulheres. Assim como Mirta, Carlina e tantas outras, elas sofrem por antecipação e por incapacidade de reverter um resultado sombrio que, ainda sem forma, se reveste com a capa protetora das fatalidades.

Como na madrugada que antecedeu a morte de César, anos atrás, naquela noite em Lugdunum a gaulesa não conseguia adormecer. Ao seu lado, Ícaro dormia profundamente, e Mirta pensou na sorte que aquele bravo centurião tinha, afinal, estava livre de presságios. A ela restou apenas o remédio dos que têm fé: as rezas. Vestiu seu manto encapuzado e foi ter comigo do lado de fora de sua morada, agora bem romanizada, com estrutura de alvenaria e telhado vermelho. Lugdunum negava-se a manter o aspecto antigo das oppidas gaulesas e chegava a incomodar os edis em Roma, sempre aturdidos com a organização de uma capital apinhada de insulas com nenhum saneamento. Lugdunum, como tantas outras províncias romanas, funcionava.

Eu estava debruçado sobre toda aquela extensão, apoiado no cume de uma das verdejantes montanhas que me permitia observar todos eles. Por isso notei a presença de Mirta do lado de fora. Na verdade, eu a esperava. Quis dizer a ela que a compreendia, e que eu, se pudesse, a ajudaria. Quis dizer que a amava à minha maneira, como os bons amigos sabem amar, quis dizer o quanto a admirava e que ela não se magoasse com aquele que lhe deu o dom de pressagiar, assim como eu não me magoava com a missão de revoar para longe dos lugares aos quais eu me apegava. Assim como ela, eu não queria que algo de ruim acontecesse a qualquer um deles, mas sabia — talvez na mesma profundidade — que não escaparíamos disso.

Certamente atravessávamos a terceira vela da noite e o negrume do céu logo sumiria nas nuances que os primeiros raios de sol trazem ao inaugurar novas manhãs. Havia, contudo, muitas estrelas no céu da Gália, algumas piscavam freneticamente como se relutassem contra a condição de poeira falida, e outras, maiores, se diferenciavam pela serenidade de iluminar ao longe. Mirta as observava, clamava por proteção, pedia aos deuses que cuidassem de sua família e de todos da aldeia. Ela olhava para o firmamento com os olhos marejados e atormentados, implorando para que estivesse errada quanto à natureza de seus pressentimentos.

— Proteja-nos, Belissãma... Proteja-nos!

Eu me sentia tão mal por não ter voz em um momento como aquele. Então, fiz a única coisa que me é permitida: soprei ao seu lado, revoando ligeiramente seus cabelos castanhos com uma pequena lufada, somente para ela, e procurei envolvê-la para dizer-lhe que era eu procurando uma forma de abraçá-la... Acredito que isso seja o mais próximo que posso chegar de um abraço.

Mirta sorriu com tristeza e uma lágrima insistente rolou em sua face rosada; sei que essa foi a maneira que encontrou de mostrar que sentiu meu consolo e expressar sua gratidão.

Despertando-nos abruptamente de nossa conexão, o som de uma águia reverberou em Lugdunum. Mirta abriu os olhos cerrados por um átimo de paz, e procurou a ave como quem caça uma presa na floresta. Ela queria ver o animal, sentir seu voo e sua natureza, saber se pertencia aos allobroges. Afinal, águias não costumam voar à noite, como as corujas, que não raro nos surpreendem chirriando na madrugada, como foi no Colégio das Vestais na fatídica noite em que Mirta pressagiava a morte de César. O crocitar da águia repetiu-se em intervalos: uma vez... *você está certa, Mirta*, duas... *sou um mensageiro inoportuno*, e três... *você nada pode fazer*. Foi horrível! Vi o rosto de Mirta se contrair com a dor que antecipava o jorro de lágrimas que viriam. Revoei até a ave para afastá-la, mas sem lhe fazer mal; afinal, era apenas mais um de nós cumprindo ordens. Ao voltar, tranquilizou-me ver que Ícaro havia saído da casa e estava ao lado de Mirta. Assim ele poderia fazer o que eu não pude: abraçá-la fortemente.

O dia finalmente amanheceu e pude avistar meus amigos de longe. Ícaro selava Vesta para uma cavalgada matinal e estava se preparando para montá-la quando Mirta surgiu na porta com um olhar aparentemente manso. Adiante, surpreendi-me com Amarantine vestida como se estivesse prestes a viajar... será que ela havia decidido realmente partir e abandonar o sonho de ter Rhodes novamente? No caminho, ela encontrou Tumbo, que havia acabado de se despedir de Brígida — ela andava muito sonolenta e sequer despertou com o beijo que ele lhe dera. Pela expressão contrita de Tumbo, vi que havia mesmo em Amarantine o desejo de partir.

Naquela manhã, eu me sentia impelido a varrer Lugdunum, soprar até as fronteiras, movimentar as águas do Ródano, passar por dentre os seios das faias, e espalhar um pouco do perfume contido nos lírios e nos narcisos. Alguma coisa me dizia para mexer em tudo que eu pudesse, como se de alguma forma esse movimento criasse uma nova realidade, diferente da que eu e Mirta havíamos sentido há pouco. Assim foi feito. Entre um sopro e outro, vi Rhodes saindo de sua morada, só e concentrado, como se alguém já tivesse lhe emitido uma ordem. Scrix, distraído com sua porção de gramíneas frescas, sequer notou a aproximação de seu dono. Carlina certamente estava em casa, contrariada pelo repouso forçado.

Dias mais tarde, relembrando as cenas recortadas daquela manhã, me dei conta de não ter visto Cohncot, o primeiro a figurar todos os dias entre seu povo. Não dera o ar da graça naquela manhã, como fazia na maioria das vezes. Esse pensamento tardio despertou-me para o fato de ele ser o avô de Falconi.

Por mais que eu tente, não há o que me faça esquecer aquele dia, marcado em mim como uma triste lembrança. O tempo não ameniza a minha dor. Mil anos não serão suficientes para apagar os acontecimentos daquela manhã em Lugdunum. Apesar de todas as barbáries que já vi ao longo da história dos homens, e as que ainda vejo, eu me afeto sempre de maneira pontual, pois de tempos em tempos encontro pessoas que me marcam e por isso me ligo a elas. Eu as amo. Quem vive como eu, na eternidade, sabe que o amor é o único sentido da vida.

Tudo aconteceu muito repentinamente, embora para mim e para Mirta já havia algo de soturno no ar. Nem sempre a guerra se dá com preparo, com dia marcado, com exércitos somente, longe de crianças e de mulheres grávidas, longe dos anciões, longe das casas para que o sangue derramado não marque um lugar de abrigo e descanso. Naquele dia foi assim. Como numa tempestade bravia, em poucos minutos estava tudo de pernas para o ar, pessoas corriam para se abrigar de golpes de machados e espadas, cavalos galopavam por cima de corpos recém caídos ao chão, moradas ardiam com o fogo ateado, e naquele desespero generalizado eu não conseguia encontrar meus amigos.

Os carnutes ocuparam Lugdunum em massa, como se fossem seus verdadeiros habitantes e não invasores cruéis e assassinos; estavam em maior número, organizados, dispostos pela extensão da cidadela metodicamente, acuando os allobroges. Os malditos haviam escolhido uma data precisa, a coroação de Otaviano Augusto César, ocasião em que boa parte dos exércitos romanos, tanto das fronteiras quanto os sediados nas províncias, haviam se deslocado para Roma. Nobres, governadores e cônsules de toda parte foram à Cidade para demonstrar seu apoio a Augusto. Era uma oportunidade imperdível para aqueles que viviam de alianças políticas e econômicas. E um excelente momento para tribos inimigas que pretendiam atacar sem a presença das centúrias romanas.

É claro que não se tratava de um esvaziamento, havia muitos exércitos pela Gália, e em Lugdunum não era diferente, mas certamente havia uma boa vantagem para aqueles malditos carnutes. O tempo, que não passa para mim, parecia também não passar para a tribo de Falconi; a derrota que sofreram uma década antes não havia adormecido em seus pensamentos e agora buscavam a vingança, assolando os allobroges sórdida e inesperadamente. A cidadela foi tomada subitamente — cavaleiros, arqueiros e soldados invadiam o centro da aldeia matando o que encontravam pela frente. A mim pareceu que não havia homens suficientes para lutar contra eles; talvez por estar ao lado dos allobroges, qualquer perda que eu contabilizasse parecia se multiplicar em detrimento de um ou outro carnute morto. Mais ao norte, finalmente avistei um número de homens lutando que me pareceu de igual para igual; vi o contingente de arqueiros treinados por Rhodes e os soldados da infantaria que se armavam com o que podiam, vi Ícaro mandando os sentinelas soprarem as trombetas que deveriam ser ouvidas pelos romanos que estivessem próximos de Lugdunum, vi Amarantine e Brígida se abraçando com desespero, e correndo para dentro da cabana de mãos dadas, certamente preocupadas com os homens que amavam.

Tudo ocorreu com tamanha velocidade ao ponto de me confundir, como se naquele dia eu não tivesse os poderes de um Natural. A cabana de Mirta ficou imediatamente repleta de feridos — homens, crianças e mulheres, todos gemendo e gritando de tal modo que a gaulesa, desesperada, despejava sobre eles o vinho disponível em suas ânforas; se não os entorpecia ao menos serviria para assepsia dos ferimentos. Eram todos rostos amigos, de gente inocente que sequer embainhava uma espada. Que covardia!

A curandeira, acostumada a tratar de doenças, no máximo surtos que apareciam de tempos em tempos, agora se via inserida em um campo de batalha, sem ajudantes e, claro, temerosa por seus filhos e por seu marido. Pela graça dos deuses, Amarantine e Brígida conseguiram chegar até lá para ajudá-la, dentro do possível.

Improvisavam ataduras para cobrir os ferimentos causados pelos golpes das espadas e flechadas, e muitos estavam embebidos de sangue do pescoço aos pés. A esses Mirta não tinha alternativa a não ser ministrar-lhes uma dose de ópio guardado apenas para urgências. A custo puxavam para fora aqueles que podiam esperar ou os que já haviam passado para os umbrais celestiais. Algumas plantas com efeito lenitivo só serviam para entorpecer as crianças e os mais idosos. Mirta orientou para que Ama e Brígida colocassem folhas de mirra sobre as feridas menos profundas, e procurassem estancar as hemorragias com torniquetes. Assim fizeram, com presteza e brevidade, controlando o desespero que sentiam ao cuidar de pessoas tão próximas, rostos conhecidos, já alforriados de vida, agora caídos com o olhar petrificado numa mesma direção. Amarantine parecia mais racional, talvez pelo fato de ter enfrentado a Noite Negra em Unterspone, enquanto Brígida mostrava-se mais abatida, e não sem uma forte razão — a condição em que ela estava a fragilizava bem mais.

Leon Nora juntou-se a elas e ficou encarregada de distribuir as porções de meimendro entre aqueles que pareciam aguardar por cuidados; a planta era um poderoso calmante. Daquelas mulheres, a esposa de Bautec foi a que mais me impressionou: estava lúcida e solidária, sem qualquer sinal de superioridade, transmitia paz e uma força sobre-humana — era impossível imaginar que havia acabado de estender em sua própria cama o corpo morto de Lucius, seu filho amado. Soube-se disso muito tempo depois, mas não ali, não naquele momento em que ela, talvez como alívio para a própria dor, se doava para salvar a vida de outros allobroges. Nenhuma daquelas mulheres, dispostas a salvar vidas, obtinha notícias dos homens que amavam; nem Brígida, nem Amarantine, nem Mirta, que entre um socorro e outro sentia as lágrimas descontroladas descendo de seus olhos, impossíveis de conter.

Um arqueiro, trazido por dois de seus companheiros, chegara com uma flecha carnute atravessada na coxa esquerda e Mirta precisou da ajuda de Amarantine para extraí-la. A curandeira só havia feito aquele tipo de cirurgia uma vez, mas no momento era como se o arqueiro diante dela fosse seu próprio filho; imbuiu-se de uma força incomum para agir com frieza e, pela graça dos deuses, obteve êxito. Por ele, soube que Rhodes e Tumbo estavam em campo, combatendo. Diante do caos que elas estavam vivendo, isso pareceu um alívio.

Ícaro, no centro da aldeia, gritava para formar um escudo com os homens que vinham até ele, e secretamente rogava a Marte que enviasse um contingente romano para Lugdunum o mais rápido possível. Entre o momento do pedido e a sua realização pareceu-lhe uma eternidade; pensou que não teria forças para derrotar sequer mais um carnute, quando finalmente viu a chegada de um contingente de soldados romanos que se espalharam rapidamente pela cidade. O centurião sucumbiu ao chão, estafado; não havia notado o corte em seu antebraço, causado por um punhal. Sentiu-se puxado por um homem forte, que lhe amarrou um cinto ao braço, estancando a hemorragia do ferimento. Depois disso, ele se ergueu com uma força vinda não sei de onde, disposto a encontrar Rhodes e Tumboric em meio àquele caos da guerra.

Decidi acompanhar Ícaro de perto em sua busca, algo me dizia que ao seu lado eu encontraria os irmãos que eu tanto amava. Pouco antes de avistá-los, porém, vimos uma cena memorável em meio àquela desordem surreal: Carlina, como uma deusa selvagem de cabelos ao vento, caminhava altiva e impassível entre todos, e seus olhos muito negros, estalados e brilhantes, estavam fixados em alguém que não tínhamos visto. A sibila era, naquele momento, uma espécie de Natural, e sei disso porque reconheci nela algo que pertence somente a nós: uma força destrutiva, que se apossava de seu corpo ignorando até mesmo o seu avançado estado de gravidez. E como estava linda! No entanto, perigosamente irreconhecível. Carlina herdara essa força por ancestralidade e ninguém ali em Lugdunum, além de mim e de Rhodes, conhecia esse domínio: um poder legado do qual não se pode fugir... E que pode custar-lhe tudo, até a própria vida. Eu e Ícaro olhávamos, estupefatos, aquela cena inexplicável em que homens combatiam com espadas e machados cingindo ao ar, de couraças e saiotes gauleses e romanos, com cavalos rodopiando e caindo ao chão, e tudo contrastava com a visão daquele único elemento feminino: a sibila sorrentina. Rhodes e Tumbo lutavam juntos, lado a lado, e em alguns momentos pareciam um só guerreiro, completo e imbatível, derrubando ao chão qualquer um que se aproximasse, a pé ou montado.

Por um átimo, eu fiquei diante da possibilidade de me afastar dali, espalhar-me pela oppida e ver tudo do alto, por um ângulo mais abrangente, que poderia diluir meu sofrimento. Eu sabia que presenciaria algo marcante, e que estava livre para ficar ou partir. Escolhi ficar. Então tudo voltou ao movimento de antes, dos homens e de Carlina — que certamente já havia previsto aquilo em suas visões. Repentinamente, ela lançou uma pequena adaga na direção de Rhodes, atingindo em cheio quem vinha por trás dele: montado em um belo cavalo carnute, estava Falconi e sua ave maldita. Mas o alvo foi outro. O falcão caiu morto do ombro daquele ser infernal. Os olhos bestiais de Falconi se arregalaram, incrédulos. Ele virou-se cheio de ódio na direção da sibila; iria matá-la nem que fosse a última coisa que fizesse. Tumbo, em combate corpo a corpo, não via o que eu, Ícaro e Rhodes testemunhávamos com a rapidez que a guerra exige. O centurião correu naquela direção, mas sabia que não o alcançaria a tempo; Falconi estava a cavalo. Carlina, sem a menor chance de defesa, esperava por seu destino, como sempre esperou. Rhodes, desesperado, descartou seu arco e flecha e correu por trás do cavalo carnute, tentando agarrar-se na altura das ancas do animal para derrubá-lo, mas escorregou e foi ao chão, gritando desvairadamente para Carlina fugir dali.

Falconi, com um olhar enlouquecido e um sorriso malévolo de vingança, puxou as rédeas do cavalo para fazê-lo rodopiar ao redor de Carlina, derrubando-a abruptamente. Rhodes a viu cair e bater com a cabeça em uma pedra. Agoniado, o gaulês levantou-se e correu na sua direção.

Ícaro alcançou Falconi e jogou-se sobre seu cavalo com a espada em punho. Apesar de conseguir levar o carnute ao chão, este levantou-se em um pulo e avançou contra o centurião com uma voracidade animalesca. A visão daquela luta me afligia. Visivelmente estafado, Ícaro tentava se defender dos golpes violentos que seu inimigo investia. Pérfido e sagaz, Falconi logo notou a ferida no braço de Ícaro e passou a golpear ali, sempre que tinha chance. O centurião não conseguiria resistir por muito tempo.

Tumbo, agora desvencilhado de seu último adversário, corria para alcançá-los, impulsionado por uma fúria avassaladora. Seus olhos faiscavam. Seu sangue fervia diante daquele a quem odiava com toda a força do seu ser. Ele teria prazer em matar aquele cretino desalmado que tinha abusado com sadismo não só dele, mas de tantas outras crianças capturadas por ordem de seu pai, um rei louco e tirano.

Por graça dos deuses, ele chegou justo no momento em que Falconi havia derrubado Ícaro e estava prestes a fincar o gládio sobre seu peito. Tumboric atingiu o carnute com um golpe pelas costas, jogando-o para o lado. Rhodes, divisado pelo desespero de socorrer Carlina e a vontade de defender o irmão, sentiu-se impotente. Reunindo toda a força que lhe restava, ergueu o corpo de sua mulher e o carregou para um local mais seguro, longe daquele embate.

Na oppida, a guerra entre carnutes e allobroges parecia terminada, agora que outras centúrias alcançavam o território de Lugdunum e davam cabo dos últimos carnutes que restavam. Vi Bautec com o corpo banhado em sangue, mas vivo e com um olhar de dever cumprido; algo me dizia que ele sobreviveria. Cohncot permanecia diante de sua cabana com uma expressão sombria de desalento e vergonha. No fundo ele sabia, e jamais poderia negar, que tinha sua parcela de culpa por aquela chacina.

Falconi e Tumboric agora eram os protagonistas da cena que encerraria aquele dia assustador e fatídico. O tilintar de suas espadas era o único som bélico que restava. Ambos tinham sangue nos olhos, mas em Tumbo isso era leal e corajoso enquanto em Falconi, era pérfido e sujo. Enquanto Tumboric vociferava palavras malditas para Falconi, o carnute mantinha a mesma expressão sádica, com o mesmo sorriso que o fazia parecer desumano e cruel. Aquele rapaz despertou em mim um sentimento humano que eu não queria ter conhecido: o rancor.

O príncipe carnute parecia possuído por um ser maligno de outra esfera, de algum submundo onde o ódio se alimentava da crueldade e do mal de toda a humanidade, e isso lhe conferia uma força ainda maior. Tumbo, além de enfrentar o inimigo, lutava contra o passado negro que tanto o atormentava, e seus fantasmas sugavam-lhe as forças e o foco. De repente, o que eu temia deu-se diante de mim. Falconi golpeou Tumbo com o cabo de sua espada, atingindo seu ombro direito, e aproveitou-se do momento em que ele se curvou para cravar-lhe a espada no abdome. Ícaro avançou no carnute com violência e fincou o gládio sobre suas espáduas. Falconi tombou para trás, enquanto Tumbo caiu de joelhos.

Rhodes lançou um grito que jamais vi igual em nenhum outro ser. Era como o grito de mil homens. Era o som de quem perde muitos laços num mesmo instante. O som de quem se despedaça e sabe que nunca mais se tornará inteiro.

Por um capricho do destino que não sabe distinguir o bem do mal, Mirta subia o aclive nesse exato momento. Ela ouviu o grito lancinante de Rhodes e virou-se a tempo de ver seu filho Tumboric cair ao chão, com a vida se esvaindo. Mas ela já sabia.

De um jeito que só as mães sabem, Mirta reconheceu todos os detalhes contidos naquele grito, e decifrou o terrível código das perdas irreparáveis no som daquele berro. Seu corpo contraído espremia tudo que havia dentro dele, contorcendo seus músculos e principalmente seu abdome, como se pudesse recolher no seu ventre matriz todo aquele sofrimento. Brígida vinha logo atrás de Mirta, mas não quis acreditar no que seus olhos viam. Talvez por ser jovem acreditasse no melhor; seu querido gaélico era forte e treinado, não, ele não sucumbiria ali daquele modo. Não mesmo. Ele não ousaria morrer, não agora que seria pai. Ele precisava receber aquela criança que ela carregava em sua barriga.

Quando Mirta e Brígida finalmente alcançaram o lugar onde Tumbo jazia, Rhodes já estava lá, abraçado ao corpo do irmão, chorando copiosamente feito uma criança, enquanto tentava levantá-lo do chão. Mirta permaneceu de pé ao lado deles, endurecida, paralisada; o corpo não lhe obedecia. Ela apenas assistia àquela imagem surreal, que ficaria gravada em sua mente por toda a vida. Daquele momento em diante, a Mirta que todos conheciam — doce, sábia, alegre e confiante —, nunca mais seria a mesma. Nunca mais seus olhos brilhariam outra vez. Nunca mais veríamos seu sorriso sincero, fácil e cativante. Nunca mais teríamos seus abraços afetuosos, feitos para alegrar e consolar. Naquele exato instante, eu vi a minha Mirta pela última vez. Não pude me despedir. Não pude convencê-la a ficar.

Um urro ensurdecedor rompeu o ar. Mirta soltou um grito enlouquecido, de dor, como se tivesse recebido um punhal fincado que a fazia sangrar por dentro.

— Meu filho... meu filho... meu Tumboric...

Cortou-me. Até hoje sinto a mesma dor ao lembrar, e sei que sentirei de modo igual por toda a eternidade.

Brígida curvou-se ao lado de Tumbo, e falava ao seu ouvido. Por um momento, ele pareceu reagir e abriu os olhos; começou a sussurrar palavras que Rhodes não conseguia compreender. Ela segurava em seus braços enquanto dizia, entre soluços:

— Levante daí, Tumbo, vamos! Anda, gaélico... Duvido me pegar! Você não é de nada, não é de nada mesmo! Logo agora que vai ser pai resolve aprontar uma dessas... Não me deixe sozinha... não me deixe agora... — Tumbo olhou em sua direção, sorrindo ingenuamente, da mesma maneira que fazia quando criança, e fez um esforço brutal para levantar a mão e tocá-la. Brígida o beijou delicadamente, como nunca havia feito, dizendo o que jamais tivera coragem: — Você é tudo que tenho, gaélico! Não me deixe, não me deixe! Você é tudo que tenho... Eu o amo, sempre o amei...

— Você me terá para sempre. — suspirou o meu amigo em *sotto voce.*

Mirta enfim conseguiu se aproximar. Ela agachou-se ao lado de Tumbo, pousou as mãos sobre o ferimento da espada e implorou... Aliás, não. Ela exigiu dos deuses o tempo de um ou dois suspiros para o seu filho, afinal, ela já havia salvado tantas almas e curado tantos doentes que aqueles malditos deuses deviam isso a ela. Mas a ele, nada pôde dizer. Não haveria uma palavra que fosse o bastante para aquele momento.

Rhodes segurava a cabeça do irmão, silente, contrito. Tumbo estava rodeado por Mirta e Brígida, mas procurava por Ícaro com os olhos lentos e pesados. O centurião, o único pai que tivera na vida, estava de pé como o soldado que era, sentindo-se derrotado como jamais fora. E chorava de modo inaudível.

— Amo todos vocês... E amarei para sempre.

Segurando o rosto de Tumbo entre as mãos, com olhos ávidos que procuravam nele um resto de vida, Rhodes balbuciou:

— Eu te amo, Tumbo, sempre amarei... de tudo que a vida me deu, você é meu maior tesouro. Minha alegria é tua, minha bravura é tua, carrega-as contigo... para sempre...

Tumbo, com seu manso sorriso, ultimou um pedido a Rhodes:

— Cuide do meu filho e de Brígi...

Os olhos de Tumbo estancaram, fixos nos céus, vislumbrando seu novo lar. Ao lado deles, Ícaro despencava da postura romana. Morria um pouco também. Tumbo se foi.

O filho adotivo de Mirta morreu jovem, eu sei. Mas antes dessa lembrança, eu preciso buscar na memória muitas outras: o coração fiel de Tumboric; sua integridade diante de tantos medos da infância; a capacidade do amor de Mirta, Rhodes e Ícaro em resgatá-lo; a força para realizar seu sonho de se tornar um guerreiro respeitado, além de um exímio curandeiro; os momentos em que podia ter invejado Rhodes mas, ao contrário, sentiu-se feliz pelo irmão; a persistência no amor por Brígida, nascido ainda em tenra idade; e a fidelidade ímpar do menino, do irmão, do filho e do homem em ascensão... como poucos. Como Tumboric.

Não tenho como entender uma dor assim, que provém de um amor que eu, assim como esses seres que eu amei, sentia por Tumboric? Não é justo. Nunca será.

As perdas na vida deveriam obedecer a uma ordem natural; pelo menos foi o que senti com a morte de Tumbo. Pai e mãe deveriam partir somente depois de se tornarem avós, bem velhinhos, e irmãos não deveriam deixar a vida assim, tão cedo. Viver sem as pessoas que são importantes, para não dizer fundamentais, creio que seja algo muito próximo da eterna incompletude. Mesmo eu, um Natural, um ser que não foi criado para ter apegos, senti tanta falta de Tumbo que mal tinha forças para cumprir a função para a qual fui designado. Imagino como deve ter sido para Mirta, Rhodes, Ícaro e Brígida, e todos que amavam aquele gaélico.

Por uma ironia da natureza, os momentos em que mais me assemelhei aos homens foram justamente os de perda. Em razão do impacto que me causa, meus poderes são contraídos e isso dificulta o meu trabalho de Natural — a morte das pessoas especiais parece levar também um pouco de mim. Mesmo consciente de que uma separação está, na verdade, caminhando para um reencontro, é difícil explicar aos que ficam que aqueles que partem, sempre que podem, permanecem por perto, como seres protetores. Leva um tempo para o seu regresso, em carne e osso ou em corpos alados; é preciso esperar, quem sabe, uma espécie de autorização das esferas. E acredito que eles voltem, corporificados em luzes celestiais. O problema é que, mesmo sabendo disso, não há como negar a falta de importância da vida depois que perdemos quem amamos.

E isso me leva de volta ao cenário da batalha em que meu amigo Rhodes perdera o irmão e, não bastasse tamanho sofrimento, ele agora teria que enfrentar outro.

Depois do último suspiro de Tumbo, Rhodes mal teve tempo para assimilar sua morte. Carlina precisava de socorro urgente.

Ela ainda estava viva e foi levada às pressas para casa. Recebia, não sei como, todos os cuidados possíveis da curandeira; até mesmo Cohncot foi chamado. O velho bruxo entoou canções antigas, e orou aos deuses pedindo por Carlina. Era a primeira vez que um druida rogava pela vida de uma sibila. Estavam todos aflitos, em estado de amargura e desespero.

Leon Nora e Bautec prepararam as cerimônias fúnebres de Lucius e Tumbo, com a ajuda de Amarantine e Brígida. Infelizmente, aquele funeral não seria o único. Havia muitos outros para se fazer; os carnutes haviam ceifado muitas vidas allobroges.

Rhodes, vencido pela dor, suplicava aos céus por forças que não possuía. E quem poderia tê-las? Quem, ao perder um irmão tão amado, estaria preparado para perder também a esposa e o seu primeiro filho?

— Mirta... Faça-a nascer... faça! — a voz de Carlina, muito fraca, era um sussurro suplicante e desesperado.

Rhodes ajoelhou-se ao lado da mulher, soterrado pelos últimos acontecimentos. Ele sabia bem o que ela queria, mas não aceitava a ideia de perdê-la.

— Não, meu amor... nem pense nisso. Você precisa descansar...

Os olhos de Carlina estavam fixos em Rhodes, inabaláveis. Ela parecia olhar para ele não como uma mulher apaixonada olha para o homem amado, mas sim como um general olha seu exército antes de mandá-lo ao campo de batalha. Era o olhar de alguém capaz de fazer o que precisava ser feito. Havia mais que uma súplica em suas palavras. Havia um comando. — ... é preciso, Rhodes, senão morreremos, eu e ela. É preciso, meu amor. Do contrário, todas as sibilas morrerão.

Na véspera do ataque, Carlina achou que era hora de contar a Rhodes a profecia das sibilas e de suas filhas. Ele, por mais que quisesse, não retrucou a mulher, dizendo que a história não passava de uma lenda, nem procurou desviar o assunto falando de seus planos para o filho homem que teriam. Desta vez, por causa da força que as profecias imprimem quando são invocadas, o arqueiro nada disse. Ouviu as palavras de Carlina e as respeitou. Por isso, agora, mesmo que todo o ocorrido lhe extraísse o raciocínio prático e lógico, Rhodes viu-se obrigado a compreender que havia uma gravidade muito maior envolvida no pedido de Carlina; se a bebê não nascesse, as sibilas nunca mais viriam ao mundo. Ele perderia as duas.

— Não posso vê-la morrer...

— Você verá, meu arqueiro. Verá porque o mundo não foi feito para duas sibilas da mesma linhagem... — sua voz saía cada vez mais cansada e baixa.

Mirta olhou para Cohncot. Eles sabiam que não teriam muito tempo para salvar a criança. Carlina partiria em breve.

E como era o seu desejo, assim foi feito.

A curandeira deu a Carlina uma beberagem calmante, e em pouco tempo ela ficou entorpecida. Com a ajuda do velho Cohncot e de outra anciã, Mirta fez uma enorme incisão no ventre de Carlina. Apesar da firmeza e da exatidão dos movimentos de suas mãos — ciente de que era a única ali capaz de fazer aquilo —, Mirta chorava e rezava em murmúrio. Pedia a César que, se pudesse vê-los, os ajudasse naquela missão de trazer sua neta com vida para o mundo. Cohncot, mesmo idoso, mostrava seu valor. Segurava Carlina para que ela não se movesse, enquanto entoava antigas orações celtas. Por fim, proclamou, comovido, as palavras que absolviam a sibila de sua sina:

"Na longa meada das coisas sagradas, eu te aceito e desfaço qualquer imprevidência entre a tua linhagem e a minha casta. Eu te aceito e te abençoo, se tu quiseres, Carlina de Lugdunum... Carlina Sorrentina, Carlina das Profecias Sibilinas."

O velho druida fazia isso não só por Carlina, mas principalmente por Rhodes; afinal, ele agora seria pai de uma criança, sibila e órfã de mãe, mas, sobretudo, uma criança allobroge.

Carlina entreabriu os olhos, quase sem vida, e sorriu com o canto dos lábios, sussurrando para Rhodes:

— Eu te disse...

Não sei como Rhodes teve forças para ver sua filha vir ao mundo do modo como veio: no mesmo instante de seu primeiro fôlego, deu-se o arquejo último da mãe. De mãos dadas com Carlina, ciente de que o nascimento da criança simbolizava a perda de sua mulher, ciente de que lá fora estavam sendo preparados os ritos fúnebres de seu irmão e de toda a gente que havia morrido naquele dia infeliz para os allobroges, Rhodes, num cáustico sem fim, desfazia-se em lágrimas.

Carlina cerrou os olhos como se dormisse de súbito, entre uma palavra e outra. Mirta não teve tempo de consolar o filho; cortava o cordão umbilical com a lâmina afiada que usava nos partos. A anciã tomou a criança nos braços e a ungiu com um preparado de mirra e alecrim, lavanda e óleo de cedro: todas as coisas que representavam a Gália, para sua proteção, inspiração e bênção, e depois a envolveu na manta que haviam tecido para a menina. Sim, Carlina estava certa, sua filha era a prova de tudo que dissera para Rhodes e, com o tempo, muitas outras coisas aconteceriam para que ele não se esquecesse das palavras de sua mulher. Mirta trouxe a criança para Rhodes, que permanecia de joelhos ao lado de Carlina, tão mergulhado nas dores daquele dia que o ato de erguer a cabeça para ver a filha parecia-lhe custar um esforço so-bre-humano. Segurou sua menina nos braços, certo de que era a coisa mais preciosa que já tivera, e a mostrou para Carlina, como se ela pudesse vê-la. — Eis a nossa sibila, meu amor, a primeira sibila celta do mundo romano: nossa pequena Lótus. Assim ela se chamará. Eu prometo que a protegerei e ensinarei a ela as nossas coisas, minhas e suas, como você me pediu.

Rhodes acomodou a bebê ao lado da mãe, e arrumou os cabelos de Carlina para que não impedissem que ela sorvesse a nascente de vida que provinha de sua linhagem: o corpo miúdo, o rosto cor de rosa em botão, a testa estreita e o nariz pequenino e arrebitado de Lótus — uma feição tão inocente e isenta da crueldade daquele dia — ficaram abrigados pelo braço morto de Carlina.

Mirta, Cohncot e a anciã saíram da cabana, para que Rhodes tivesse um último momento com Carlina. Eu entrei assim que eles saíram, quis dar meu adeus à sibila e conhecer a pequena Lótus. Fiz minha incursão junto dos três com a maior suavidade possível, afinal, Lótus, ainda tão cheia das luzes de outras vidas, não possuía defesas físicas para um vento forte.

Ela era tão linda... tão rosada e delicada. Tinha mais os traços de Rhodes do que os de Carlina, a cor da pele, principalmen-te. Um pedacinho tão pequeno da humanidade contendo tanto amor, força e luz. Rhodes a olhava, admirado, enternecido. Ela trazia o sorriso da mãe. Aquela boca tão pequenina, em formato de coração, vermelha como a flâmula de Roma, tinha um sorriso tão celestial e suave que destoava dos acontecimentos fatídicos daquele dia. Seu chorinho foi acalmando o coração de Rhodes pela beleza da singularidade, e alçou no pensamento do arqueiro um nível de elevação que eu não supunha possível. Aos poucos, uma serenidade que ele desconhecia tomou conta de seu coração, abrandando todo o seu ser. Ele repetia à Carlina:

— Essa é a nossa menina, meu amor, e eu prometo que cuidarei dela mais que da minha própria vida. Eu contarei a ela todas as coisas que você me ensinou, coisas do celtismo e das sibilas; cumprirei minha promessa. — E depois, com um carinho ímpar, ele falava para a menina, como se ela compreendesse: — Essa é a sua mãe, minha pequena sibila, ela se chama Carlina. Sinta seu cheiro enquanto sua carne ainda é quente, toque sua pele enquanto ela está entre nós; vocês foram feitas da mesma luz e do mesmo sopro. Eu a amo, e amarei para sempre.

Rhodes sempre me surpreendia, mas nunca havia me causado tamanha emoção.

E assim eu deposito aqui, junto da tristeza, a beleza das despedidas. E esse conhecimento serve para que os homens aprendam a aproveitar junto dos seus toda e qualquer oportunidade para amar. Sei que Rhodes fez o melhor para Carlina, isso talvez, no seu devido tempo, o console.

Ele saiu da cabana com a filha nos braços, e pediu à Mirta que preparasse Carlina para seu funeral, untando seu corpo com os óleos aromáticos.

Lugdunum parecia suspensa no ar por uma espécie de inclemência dos deuses com os allobroges; como se a Terra em poucos instantes não mais lhes pertencesse, com todos os hábitos e costumes; como se a rotina de quem desconhece a proximidade com as tragédias fosse um devaneio e eles, ao contrário disso, tivessem vivido o terror e as dores daquele dia por toda uma vida; e, de fato, tudo o que tinham vivido até a noite anterior não passasse de um sonho bom.

Nunca mais seremos os mesmos

Sinceramente, não sei por que a mesma força que me leva para longe quando eu contrario a natureza também não me carrega em momentos como esse. Ficar aqui entre Rhodes, Mirta e Ícaro, e não ter Tumboric por perto, como um elemento indissociável deste clã, me dói tanto que não tenho a menor vontade de soprar... na verdade, não tenho forças. Sinto dor. Será que também possuo alma? Será que a minha permanência aqui, entre os humanos, deu a mim um pouco de humanidade? Não sei, essa vulnerabilidade, na verdade, não chega a me incomodar, ao contrário, ela me permite falhar, e isso é bom. Falhar é bom, nos humaniza. Quisera eu que o destino falhasse; assim Tumboric estaria conosco.

Deus! Deus dos deuses! Como é difícil viver sem as pessoas que amamos.

Toda essa minha transcendência não me traz justificativas para não termos mais o nosso gaélico corajoso. Espere! Estou falando como se já fosse parte desta família...

Se sou, por favor, Senhor dos deuses, não me tire dela!

CAPÍTULO LXVIII

ANTES DO FIM

Aqueles dias marcaram o início do que nós chamamos de passado. Tudo que conhecíamos, até então, por mais penoso que parecesse era passível de superação, e para Mirta não havia dúvidas de que nem mesmo a morte de César a marcara de maneira tão profunda e dolorosa como a morte de Tumboric.

Pela primeira vez, em séculos, eu me senti semelhante aos humanos ao compartilhar com eles da mesma dor, do mesmo buraco negro aberto bem no meio do peito. Afinal, é a dor que nos nivela e nos torna indubitavelmente inferiores aos deuses, despidos de vontades e querelas, reduzidos à nossa insignificante vontade de dominar nossos destinos, e somente assim, achatados até a menor das possibilidades, podemos nos sentir finalmente membros de uma família universal.

Eu nunca quis que fosse assim. Não desse jeito. Sem completude, como um cacho de uvas disforme. Eu, Mirta, Rhodes, Tumbo e Ícaro somos assim: como um fruto formado de semelhantes; não como uma maçã, com sua forma integral, bela, perfeitamente arredondada. Não mesmo. Somos partes de um todo, nascidos no mesmo cacho, ainda que com caroços, talvez sem a mesma cor rubra e o sabor adocicado das uvas das melhores parreiras, talvez com um certo nível de acidez. No entanto, não tenho dúvidas de que estaríamos unidos no momento da colheita, formados pela junção daqueles minúsculos galhos, cujo caminho se fez unicamente para nos manter coesos, e no fim das contas, para sermos apreciados por aqueles que nos veriam como você nos viu até aqui. A impressão que ficaria seria a mesma que vive em nós: como somos belos quando unidos

EPÍLOGO

Não foi fácil para nenhum de nós superar aquele dia, mas a vida continua, e sempre continuará. Sopro estas últimas palavras um ano depois daquele terrível dia, aqui mesmo, na Gália Narbonense. O que posso sentir é que talvez somente agora algumas feridas estejam dispostas a cicatrizar enquanto outras jamais estarão. Não demorou para que eu fosse soprar em outros lugares do mundo e, naquele momento, percebi que aquilo, para mim, era uma espécie de remédio; afinal, eu também tinha aprendido a gostar de outros seres, como Anna, Macbot, Andriac, Lebor Gabala e a bela Margot, que agora tinha uma linda garotinha em seus braços, assim como Amarantine.

Quando Lótus nasceu, antes da morte de Carlina, a aldeia estava castigada, ferida, em boa parte destruída, e os ritos fúnebres se estenderam por vários dias. As mulheres que amamentavam suas crianças de colo tiveram seus seios secos por causa da tragédia; muitas haviam perdido tudo, marido, filhos, irmãos. Mirta e Rhodes procuraram por toda parte, naquele caos, e não havia uma ama de leite sequer disponível para Lótus. A menina não tinha como se alimentar e chorava, aos berros, faminta. Rhodes não sabia mais o que fazer.

Amarantine chegou à cabana de Mirta e ouviu de longe o choro da criança, que soluçava, exausta, no colo do pai. Rhodes, ao vê-la, tentou esboçar um sorriso, mas sua expressão era de incapacidade e desespero.

— Eu não sei o que fazer. Não há ninguém que possa alimentá-la. Ela vai morrer em meus braços e eu não posso fazer nada para impedir — disse ele, embargado.

A postura da fada, que pretendia manter-se firme na presença do gaulês, dilui-se como água. Ela não estava preparada para uma cena como aquela, um ser tão frágil, por natureza, e outro tão fragilizado, pela impossibilidade.

Naquele instante, Amarantine ouviu a voz do Boi Ápis, que soava clara em sua memória: *"...não faltará leite para você e nem para a menina"*.

Por uma obra dos deuses, Amarantine encheu-se de leite imediatamente. Podia sentir seu corpo se modificando, ali, inexplicavelmente, os seios doendo... precisava esvaziá-los.

— Dê-me a menina, Rhodes. Agora. Eu vou alimentá-la.

Rhodes nem teve tempo de contestá-la. Ela tomou Lótus de seus braços, sentou-se na primeira cadeira que encontrou, puxou a alça do vestido, ainda sem jeito, e ofereceu-lhe o seio. A menina o agarrou, ávida, e sugou com força o leite de Amarantine.

Sem saber como reagir, o gaulês olhava, estupefato. Era difícil acreditar no que seus olhos viam.

A fada olhava para Lótus comovida, enternecida. As lágrimas desciam pela sua face sem que ela percebesse. Sentia-se totalmente arrebatada por aquele ser tão pequenino e tão grandioso. Acho que foi ali, exatamente naquele momento, que nasceu o seu amor de mãe.

— Há algo que eu possa fazer, agora? — perguntou o gaulês, desconcertado, tirando Amarantine daquele êxtase momentâneo.

Ela o olhou, tranquila, e moveu a cabeça para lhe dizer que não precisava de nada.

Mirta chegou de fora e se assustou ao ver a cena. Demorou para assimilar o que acontecia. Parecia inconcebível. Mas ao ver o olhar de Amarantine, percebeu de imediato que se tratava de algo além da compreensão humana. A curandeira pegou Rhodes pela mão e o levou para a cozinha.

— Venha comigo, vamos preparar algo. Ela terá fome e sede depois que Lótus terminar de mamar. Algum tempo depois, foi a vez de Brígida dar à luz um menino: Amintas, moreno e robusto como seu pai. Rhodes sugeriu o nome, contando que Tumboric tinha ficado impressionado com o rei da Galácia, citado entre as histórias que ele relatou ao voltar do Egito. "Quando eu tiver um filho, vai se chamar Amintas", disse Tumbo. E assim foi feito.

Assim como o nosso arqueiro e seu irmão gaélico, Lótus e Amintas cresceram juntos, desfrutando de uma era de paz, conhecida por causa da administração "pacífica" de Augusto, marcada na história como *Pax Romana*. Mirta e Ícaro desfrutaram de muito tempo juntos, ajudando a criar Amintas e Lótus, que trouxeram de volta a alegria às suas vidas. Com o tempo, passaram a compreender e acolher as dores um do outro, porque, no fim das contas, é isso que fazemos por aqueles que amamos.

Rodhes e Amarantine cumpriram, finalmente, o que o destino tentou interromper: o amor, nascido nas montanhas da Gália, desviado pelos homens e reunido pelos deuses.

Tito Lívio registrou todos os feitos de Augusto na nova fase de Roma, e posso contar-lhe um segredo: dos quarenta volumes escritos em sua obra mais conhecida *Urbi et Conditia*, há uma menção ao nosso arqueiro e sua árvore genealógica.

Procure saber...

FIM

"Assim chega ao fim a segunda parte de nossas vidas. A primeira foi contada nos registros de A Dama do Coliseu, onde comecei a seguir a minha curandeira preferida."

CARTA AO LEITOR
E
AGRADECIMENTOS

QUERIDO LEITOR,

Ao contrário de A Dama do Coliseu, que foi escrito em nove meses, Rhodes tomou de minha ampulheta um tempo maior. Este livro precisava relembrar personagens do antecessor e criar, como um organismo vivo, sua própria estrada. Por isso a voz do Vento, elemento que tanto me atrai, tornou-se um instrumento libertador no processo de escrita. Colocando-me em sua "pele" notei que poderia falar de todos esses personagens com uma liberdade poética, muitas vezes ciente de que misturei o celtismo, minha dependência com a beleza da natureza e alguns sentimentos profundos que o vento me causa.

Eu realmente acredito que todos nós pertencemos a algum Natural.

Assim como fiz no meu primeiro romance, que também é, uma ficção histórica, neste existem personagens históricos e fictícios. Otaviano César Augusto, o primeiro imperador de Roma, Agrippa, um dos maiores generais da Idade Antiga, Tito Lívio, historiador meticuloso que nos deixou uma extensa obra sobre Roma, Marco Antônio e seus generais, Cleópatra, Cesarion, os governadores da Gália, bem como localizações durante a batalha de Áccio, foram criteriosamente trabalhados no texto.

É muito comum que, ao término de romances com descrições de fatos históricos o leitor se pergunte o quê, exatamente, foi verdade.

Sobre as minhas obras, lhes asseguro, que as descrições físicas das figuras históricas e dos locais foram as mais honestas e pesquisadas através da História Antiga. Os personagens da Gália, tanto os allobroges quanto os carnutes e bitúriges são fictícios, embora esses povos tenham mesmo existido e eram, de fato, tribos gaulesas poderosas e adiantadas culturalmente (ainda que os romanos não admitissem).

O povo Allóbrogo – na tradução do latim para o português –, desde *A Dama do Coliseu*, foi retratado por allobroge por ser a maneira como encontrei nos mapas antigos e também, por considerá-lo mais íntimo aos meus ouvidos.

Finalmente, agradeço a todos os profissionais que estiveram envolvidos para a realização desta obra doando seus talentos para esta linda edição: Janaína Lucena, amiga de tantos anos, fotógrafa sensível que capturou a alma do nosso Rhodes. Flávia Portellada, revisora, profissional atenta e dedicada cujo trabalho me traz segurança. Lucas Campos e a equipe da empresa de design gráfico Indie6, responsáveis pelas capas e diagramação tanto de *A Dama do Coliseu* como de *Rhodes*.

Agradeço ao meu editor Fernando Sarvier, pela liberdade que me cedeu para trabalharmos esses dois romances; *A Dama do Coliseu*, em sua segunda edição, e *Rhodes*, de acordo com os meus sonhos editoriais.

Agradeço ao meu irmão, Leonardo Alauk, por ter me emprestado seu rosto para ser o nosso modelo da capa e por resolver os meus problemas mais cibernéticos.

À minha família e amigos, todo o meu amor. Vocês são minha ponte para o sempre.

E por último, agradeço a uma leitora muito especial: Alba Maria. Alguém que por anos me perguntou quando nós teríamos este livro. Quando ela, que gostou tanto de *A Dama do Coliseu*, conheceria a vida de Rhodes? Para ela, todo o meu carinho e gratidão. Albinha, você me estimulou em momentos difíceis.

GABRIELA MAYA

A DAMA DO COLISEU

JÚLIO CÉSAR é comumente conhecido como um dos maiores generais do mundo antigo, confundido com a figura de imperador, amante da rainha egípcia Cleópatra, assassino dos povos da Gália, e às vezes até, como inimigo de parte do senado romano. Em *A Dama do Coliseu*, Gabriela Maya traz outro César. Um homem transformado pelo amor, ainda que a História o relembre como o romano cruel e conquistador de terras.

"Mirta foi o verdadeiro amor de César, mas ele não estava preparado para isso".

O romance de César com uma camponesa gaulesa que o curou da epilepsia, é delicadamente desenhando num cenário das guerras civis da Roma Republicana, nos campos da Gália, e nas entranhas das religiões celta e romana. Sob uma cortina da ancestralidade, o envolvimento entre uma desconhecida mulher e o mítico Júlio César vai transformar os rumos da História Antiga.

sarvier

São Paulo, 2021